MADAME

DE LONGUEVILLE

PARIS. — IMPRIMERIE DE J. CLAYE

RUE SAINT-BENOIT, 7

MADAME

DE LONGUEVILLE

ÉTUDES

SUR LES FEMMES ILLUSTRES ET LA SOCIÉTÉ
DU XVIIe SIÈCLE

PAR

M. VICTOR COUSIN

MADAME DE LONGUEVILLE

PENDANT LA FRONDE

1651-1653

PARIS

DIDIER ET Cie, LIBRAIRES-ÉDITEURS

QUAI DES AUGUSTINS, 35

1859

AVANT-PROPOS

Madame de Longueville pendant la Fronde comprendra deux volumes dont voici le dernier.

On s'étonnera peut-être que nous ayons l'air de commencer en quelque sorte par la fin cette nouvelle période de la vie de notre héroïne. Nous répondons que notre ouvrage étant à peu près terminé dans toute son étendue, et chacune des deux parties dont il se compose formant par elle-même un tout distinct et presque indépendant, nous avons pensé que nous pouvions, sans aucun

a

inconvénient, offrir au public celle de ces
deux parties qui se trouvait achevée, et qui
était de beaucoup la plus importante, à nos
yeux, par la multitude et la gravité des pro-
blèmes qu'elle embrasse, et que nous avons
essayé de résoudre à l'aide de documents
restés jusqu'à ce jour inconnus aux historiens.

Avouons-le aussi : c'est dans cette dernière époque de la Fronde que sont rassemblées en tout genre les fautes de Mme de Longueville les plus pénibles à raconter, et plus
d'une fois nous avons reculé devant cette
tâche ingrate et nécessaire. Nous avons enfin
voulu l'aborder résolûment, et traverser le
plus tôt possible ces trois années 1651, 1652,
1653, pendant lesquelles la sœur de Condé,
plus coupable encore que son frère, comme
aussi plus conséquente, plus politique et
plus hardie, l'entraînant bien plus qu'elle
n'est entraînée par lui, se précipite, et pré-

cipite avec elle sa maison, la monarchie et
la France, dans les aventures les plus périlleuses, où la grandeur de son caractère et
la délicatesse de son cœur ne paraissent plus
que par de rares éclairs dans la nuit sanglante de la guerre civile.

Nous sommes loin de la *Jeunesse de Madame de Longueville*, des Carmélites de la rue
Saint-Jacques, de l'hôtel de Rambouillet, des
fêtes de Chantilly, de Ruel, de Liancour,
des chastes amours du duc d'Enghien et de
Mlle du Vigean, des premières et merveilleuses
campagnes de ce capitaine de vingt-deux
ans qui à son aurore éclipsait Wallenstein et
Gustave-Adolphe, de la triomphante ambassade de Münster, des brillants et trompeurs
débuts de la Fronde. C'étaient là les beaux
jours de Mme de Longueville, de Condé, de
la France, et quelque chose du souffle heureux qui les animait a pu passer jusque dans
nos fidèles peintures. Maintenant les temps

sont changés, et le sujet même que nous avons à traiter résiste à tout agrément. Nous avons affaire à la pire époque du XVIIe siècle. Nous avons à montrer les derniers égarements de Mme de Longueville, une femme poussant à la guerre presque malgré lui, contre son bon sens et sa loyauté, le guerrier le plus audacieux, pour satisfaire des passions assez médiocres; la royauté, cette âme de la France, menacée en la personne d'un enfant qui sera un jour Louis XIV; les stériles agitations et les convulsions suprêmes d'une aristocratie ambitieuse forçant l'habile Mazarin à la corrompre pour la ramener à son devoir; les parlements, institués pour rendre la justice, se révoltant dans l'intérêt de leurs priviléges, usurpant la placé des États-Généraux de la nation, et entreprenant de gouverner l'État; la bourgeoisie abusée faisant un moment cause commune avec ses éternels ennemis

contre son alliée naturelle, la monarchie ;
et, ce qu'il y a de plus déplorable, dans ce
désordre universel, le premier prince du
sang, le vainqueur de Rocroy et de Lens,
descendant au rôle de chef de parti, conspi-
rant avec l'étranger, consumant son courage et son génie en d'obscurs combats avec
d'Harcourt et Turenne, tandis que l'Espagne
nous chasse de la Catalogne, envahit le Roussillon, reprend Dunkerque, et que l'Angleterre met la main en pleine paix sur notre
flotte de l'Océan et tente de soulever les
protestants du midi en faisant luire à leurs
yeux la chimère de la République. Voilà
les tristes spectacles que nous avons à retracer. Il fallait bien leur laisser la couleur
austère qui leur appartient, et nous garder
de jeter des fleurs sur les misères de la guerre
civile. Toute notre ambition a donc été de
présenter au lecteur attentif de sérieux récits, animés par la seule passion de l'exac-

titude, et par un patriotisme à l'épreuve des mensonges ou des illusions de l'esprit de parti.

On le verra en effet : si nous demeurons fidèle, malgré tous ses torts, à l'aimable et brillante héroïne qui inspira nos premiers travaux et dont le nom sert de parure à cet ouvrage; si nous professons une admiration sans borne pour l'homme de guerre en Condé, rendons-nous cette justice qu'aucun sentiment particulier n'a fait fléchir entre nos mains la balance de l'histoire, et que nous n'avons pas hésité à blâmer hautement et la sœur et le frère dès qu'ils séparent leurs intérêts de ceux de la France. Car, il est un sentiment qui domine aisément en nous tous les autres, tous les intérêts, toutes les opinions, l'amour de cette noble patrie, qui nous est aussi chère dans le passé que dans le présent, qui, depuis Charlemagne jusqu'à nos jours, a fait sa route à travers les tempêtes, qui sort plus grande de toutes ses épreuves, et dont les malheurs et les fautes mêmes, toujours relevés par l'héroïsme et la gloire, ne sont qu'un attrait de plus à notre inviolable dévouement.

25 octobre 1859.

V. COUSIN.

Mme DE LONGUEVILLE

PENDANT

LA DERNIÈRE ÉPOQUE DE LA FRONDE

DE 1651 A 1653.

CHAPITRE PREMIER

RENOUVELLEMENT DE LA GUERRE CIVILE.

1651

PUISSANCE DE CONDÉ, DE MADAME DE LONGUEVILLE ET DE LA FRONDE DANS LES PREMIERS MOIS DE 1651. — FAUTE PREMIÈRE ET IRRÉPARABLE : RUPTURE DU PROJET DE MARIAGE ENTRE LE PRINCE DE CONTI ET MADEMOISELLE DE CHEVREUSE. — PROFOND RESSENTIMENT DE MADAME DE CHEVREUSE. LA FRONDE SE SÉPARE DE CONDÉ ET SE RAPPROCHE EN SECRET DE LA COUR. — CARACTÈRE ET DESSEINS DE RETZ. — POLITIQUE DE LA REINE ET DE MAZARIN. — PROJET D'ASSASSINER OU D'EMPRISONNER DE NOUVEAU CONDÉ. — IRRITATION DE CONDÉ. IL SE RETIRE A SAINT-MAUR. — CONDUITE INCERTAINE DE LA ROCHEFOUCAULD. — CONDUITE PASSIONNÉE DE MADAME DE LONGUEVILLE. — AVERSION DE CONDÉ POUR LA GUERRE CIVILE. SES IRRÉSOLUTIONS ET EN MÊME TEMPS SES PRÉPARATIFS. — INFLUENCE DE MADAME DE LONGUEVILLE SUR SA DERNIÈRE DÉTERMINATION.

On connaît assez le rôle brillant de Mme de Longueville dans les deux premières époques de la Fronde, la guerre de Paris et celle qu'alluma la prison de Condé. Nous allons la suivre dans la troisième et dernière époque, qui commence à la

1

délivrance des Princes, en février 1651, et ne finit
qu'avec la guerre de Guienne, en août 1653. C'est
l'époque la plus longue, la plus désastreuse, et en
même temps la plus obscure de la Fronde. Nous
tâcherons de l'éclaircir. Pour cela, il nous faudra
ôter le masque à plus d'un acteur illustre, montrer
le revers des plus belles médailles, et les ombres
qui partout se mêlent à la gloire, au génie, à la vertu
même. Le XVIIe siècle est assurément le plus grand
siècle de notre histoire, mais il est dans l'humanité,
et l'humanité est pleine de misères. Mme de Longueville a des côtés charmants et sublimes, mais
elle est loin d'être irréprochable. D'ailleurs, nous
nous hâtons de le reconnaître : c'est ici la moins
bonne partie de sa vie. En la racontant avec une
fidélité scrupuleuse, nous aurons souvent besoin de
nous souvenir que les fautes des grandes âmes
servent quelquefois à leur perfection par la vertu
bienfaisante des remords qu'elles soulèvent, et que
la sœur de Condé devait peut-être ressentir toute
la vanité de l'ambition et de la fausse grandeur,
toute l'amertume des passions coupables, pour
leur dire adieu d'aussi bonne heure, reprendre
le chemin austère du devoir, revenir au Carmel et
monter à Port-Royal.

Sorti de la citadelle du Havre le 13 février 1651, avec son frère le prince de Conti et son beau-frère le duc de Longueville, Condé était entré, le 16, à Paris, en triomphateur. Le duc d'Orléans, lieutenant général du royaume pendant la minorité de Louis XIV, était allé au-devant de lui jusque dans la plaine Saint-Denis, accompagné des deux plus célèbres représentants de la Fronde, le duc de Beaufort et Retz, coadjuteur de Paris ; il l'avait pris dans son carrosse, l'avait mené en grande pompe au palais Royal saluer la reine régente et le jeune Roi, et de là au palais d'Orléans, où il l'avait magnifiquement traité[1]. Quelques jours après, le 25 février, une ordonnance royale reconnaissait l'innocence des princes de Condé et de Conti et du duc de Longueville, et les rétablissait dans toutes leurs charges et dans leurs gouvernements. Le 27 du même mois, cette ordonnance était vérifiée en parlement, toutes les chambres assemblées, avec un grand applaudissement[2]. Condé se trouvait alors au plus haut degré de puissance où un sujet fût encore parvenu. Le malheur avait rehaussé sa gloire : une longue captivité, endurée avec une sérénité inaltérable et une gaieté altière, avait porté sa popularité à son comble ; il était le vainqueur et comme l'héri-

---

1. *Gazette* pour l'année 1651, p. 196.
2. *Journal des assemblées du Parlement,* depuis la Saint-Martin 1650 jusques à Pasques 1651, p. 47-51.

tier désigné de Mazarin, qui s'était enfui devant lui
et trouvait à peine un asile hors du royaume, sur
les bords du Rhin.

Mᵐᵉ de Longueville était restée quelque temps à
Stenay avec Turenne, occupée à dénouer l'engagement qu'ils avaient contracté avec l'Espagne pour
la délivrance des Princes, et à négocier une trêve
qui devait frayer la route à la paix générale tant
désirée. Rappelée par les vœux pressants de sa
famille, elle avait quitté Stenay, le 7 mars, avant
d'avoir achevé son ouvrage; son jeune frère, le
prince de Conti, était venu la chercher à Châ-
lons-sur-Marne, et elle était arrivée le 13 à Paris,
où « chacun avait applaudi à ses héroïques actions[1] ». Monsieur s'était empressé d'aller la visiter
avec Mademoiselle et un cortége de dames de la
plus haute distinction. Elle avait été ensuite le
même jour présenter ses hommages à Leurs
Majestés, qui lui avaient fait le plus gracieux accueil. Ce moment est, sans contredit, le plus brillant de toute sa carrière. En 1647, après l'ambassade de Münster, son retour en France et à la cour
avait été aussi un véritable triomphe que nous avons
essayé de peindre[2]; mais la puissance de sa maison
et la gloire de son frère en faisaient presque tous les
frais; elle n'y était guère que pour son esprit et sa

1. *Gazette*, p. 296.
2. *La Jeunesse de Mᵐᵉ de Longueville*, chap. ɪᴠ, p. 292, etc.

beauté ; après Stenay, l'éclat qui l'environnait lui
était plus personnel en quelque sorte. Elle venait de
déployer des qualités éminentes qui la relevaient
presque à l'égal de Condé. En Normandie, elle s'é-
tait montrée aventurière intrépide et politique habile
dans les Pays-Bas. Pendant l'emprisonnement de
ses deux frères et de son mari, quand, à Bordeaux, sa belle-sœur, Mme la Princesse, avait été
forcée de reconnaître l'autorité royale, elle s'était
trouvée chargée des destinées de sa maison ; elle
avait été le chef d'un grand parti ; elle avait traité
de puissance à puissance avec l'Espagne ; sa parole
avait paru une suffisante garantie à l'archiduc Léopold
et au comte de Fuensaldagne ; elle avait eu dans sa
main des guerriers tels que Turenne, La Moussaye,
Bouteville ; et lorsqu'après la bataille de Rethel
elle avait semblé à deux doigts de sa perte, elle était
parvenue à ressaisir l'avantage, et à contribuer plus
que personne à la délivrance des Princes, grâce aux
profondes négociations poursuivies en son nom par
la princesse Palatine. Les hommes d'État estimaient
sa capacité, et la foule admirait son courage et sa
constance. Elle était enfin en possession de ce rôle
politique que La Rochefoucauld avait fait briller
à ses yeux, pour cacher ses propres desseins :
orgueilleuse chimère qui, se mêlant à celle de
l'amour, avait séduit cette âme ardente et superbe.
Elle était alors l'idole de l'Espagne, la terreur de la

cour, une des grandeurs de sa famille. Nous verrons
bientôt si elle sut mieux résister à cette nouvelle
épreuve, qu'elle n'avait fait à la première, à la fin
de l'année 1647.

La Fronde recueillait le fruit de son habile conduite du mois de janvier 1651. C'est elle qui, faisant
taire ses anciennes inimitiés, et donnant à propos la
main aux partisans de M. le Prince, l'avait tiré de
prison, afin d'acquérir et d'avoir ainsi à sa tête, avec
Monsieur, l'oncle du Roi, lieutenant général du
royaume, le premier prince du sang, le vainqueur
de Rocroi et de Lens, le héros du siècle. Elle l'emportait partout, à la cour, dans le parlement, sur la
place publique ; elle avait proscrit et mis en fuite
Mazarin ; elle tenait Anne d'Autriche captive dans
son palais ; déjà même elle était entrée dans le cabinet par le vieux Châteauneuf [1], en qui l'ambition
entretenait sous les glaces de l'âge la vigueur de la
jeunesse, et dont la capacité n'était guère inférieure
à l'ambition. Le moment était venu d'accomplir
l'œuvre commencée, et de mettre à exécution le
plan arrêté entre la princesse Palatine et Mme de
Chevreuse.

Ces deux fermes esprits avaient conçu l'idée d'une
grande ligue aristocratique qui devait asseoir la
Fronde sur l'union de tous les intérêts qui la com-

---

1. Sur Charles de l'Aubépine, marquis de Châteauneuf, voyez *Mme de
Chevreuse*, chap. 1er, p. 24; ch. iii, p. 133, etc.

posaient, fermer les avenues de la France et de la
cour à Mazarin, et, sous les auspices du duc d'Orléans et de M. le Prince, fonder un gouvernement
où entreraient des amis de l'un et de l'autre, les
représentants les plus accrédités de toutes les frac-
tions du parti. Or, la base de ce plan était un double
mariage : l'un entre le jeune duc d'Enghien et l'une
des filles du duc d'Orléans, l'autre entre le prince
de Conti et la fille de Mme de Chevreuse. Ce dernier
mariage se pouvait accomplir sur-le-champ. Condé
l'avait accepté sans difficulté. Mme de Longueville,
loin de s'y opposer à Stenay, en avait embrassé
l'idée avec tant d'ardeur que, dans une lettre à la
Palatine, du 26 novembre 1650[1], après avoir pesé
les différentes résolutions à prendre, elle s'arrête à
celle-là, et conclut ainsi : *c'est donc à quoi il se faut
attacher.* Ce mariage, en effet, était d'une suprême
importance : il donnait à jamais la maison de Condé
à la Fronde et la Fronde à la maison de Condé; car
la Fronde c'était Mme de Chevreuse; elle disposait,
par sa fille, du coadjuteur[2], lequel à son tour disposait du duc d'Orléans et par lui du parlement.
C'est Mme de Chevreuse qui, en 1650, avait enhardi

1. *Bibliothèque Impériale, Mélanges de Clérambault,* t. CCXXVII,
fol. 171.

2. Retz lui-même a pris soin de nous instruire de sa triste liaison
avec Mlle de Chevreuse. *Mémoires* de Retz, édition d'Amsterdam, 1731,
t. Ier, p. 382, tout le second volume et le commencement du troisième.
Mlle de Chevreuse mourut, sans avoir été mariée, en 1652; elle était
née en 1627.

Mazarin à mettre la main sur Condé, en lui faisant
voir qu'il pouvait frapper impunément ce grand coup,
puisqu'elle lui répondait de la secrète connivence du
duc d'Orléans et du parlement, qui seuls auraient
pu s'y opposer. Ici, Mazarin avait commis une faute
immense : se voyant délivré de Condé, à l'aide de la
Fronde, n'ayant plus devant lui que celle-ci, il avait
cru pouvoir se retourner contre elle, et avait traité
fort légèrement Mme de Chevreuse qui, se refroidis-
sant pour le cardinal et ne trouvant plus son compte
à le servir, avait prêté l'oreille aux propositions des
amis de Condé, et l'avait fait sortir de prison en
lui donnant le duc d'Orléans et le parlement qu'elle
avait d'abord animés contre lui. Elle apportait
dans la maison de Condé l'esprit le plus politique
de la Fronde, une audace à la hauteur de ses
desseins, une expérience consommée, avec l'appui
de ses trois puissantes familles, la maison de Rohan,
la maison de Luynes et la maison de Lorraine. Elle
assurait l'alliance du duc d'Orléans et de M. le
Prince. Elle achevait la ruine de Mazarin en consti-
tuant un grand gouvernement qui peut-être eût fini
par triompher de l'affection de la Reine. Elle avait
dans sa main un homme d'état formé à l'école de Richelieu, et qu'elle jugeait capable de remplacer Mazarin, l'ancien garde des sceaux Châteauneuf, déjà
rentré dans le cabinet. Elle se croyait sûre d'acquérir
Retz au moyen du chapeau de cardinal. Elle n'avait

pas la moindre objection à faire à l'élévation des
amis de Condé, et elle était prête à favoriser l'ambition de La Rochefoucauld, pour lequel autrefois,
en 1643, elle avait tant importuné la Reine et Mazarin[1]. Ajoutez qu'en sortant de la citadelle du
Havre, le jeune prince de Conti n'avait pas vu la
belle Charlotte de Lorraine sans être touché de ses
charmes[2], et lui-même souhaitait fort ce mariage.
Qui donc l'a empêché? Qui a rompu l'engagement
contracté? Qui a blessé à la fois la Palatine et Mme de
Chevreuse? Qui les a rendues toutes deux et pour
toujours à la Reine et à Mazarin? Qui a perdu la
Fronde en la divisant? Nous le rechercherons tout à
l'heure, mais disons tout de suite que c'est la rupture
de ce mariage qui a de nouveau brouillé toutes les
cartes et changé la face de la situation. En mettant
contre lui ceux qui l'avaient si puissamment secouru
dans son malheur, Condé devait au moins se rapprocher de la cour et s'entendre sérieusement avec
la Reine ; mais il tergiversa, et au bout de quelques
mois de cette politique incertaine, il se trouva à découvert entre la cour et la Fronde également mécon-
tentes, renouvelant et exagérant la faute que venait
de commettre Mazarin. La plus grande erreur, en
temps de révolution, est de croire qu'on se puisse
passer de l'appui de l'un des partis qui sont aux

---

1. Mme de Chevreuse, chap. III, p. 142.
2. Voyez le portrait de Mlle de Chevreuse, par Daret, in-4°.

prises ; à la fin d'une révolution, on peut entreprendre de les dominer ; dans la crise il faut choisir. Mazarin était tombé pour avoir essayé de dominer à la fois la Fronde et Condé ; Condé se perdit en croyant dominer la Fronde et la cour.

C'est un problème historique très difficile à résoudre avec certitude, qui est l'auteur de la rupture du mariage projeté entre le prince de Conti et Mlle de Chevreuse. Nous sommes bien tenté de croire que celui-là est au moins l'auteur principal de cette rupture à qui elle pouvait le plus profiter. La Reine, et Mazarin qui la dirigeait du fond de son exil comme s'il eût été auprès d'elle, virent tout d'abord de quel danger les menaçait une pareille alliance à laquelle ils étaient loin de s'attendre. Les négociations entre Mme de Chevreuse, Condé prisonnier, et Mme de Longueville à Stenay, avaient été conduites par la Palatine avec un tel art et un tel secret que la Reine et Mazarin n'en avaient pas eu le moindre soupçon. Lorsque le bruit en arriva au cardinal dans sa retraite de Brühl près Cologne, il s'emporta contre Mme de Chevreuse avec une violence dont la grossièreté même [1] est un hommage involontaire rendu à la profonde habileté de Marie

---

1. *Mémoires de la duchesse de Nemours*, édition d'Amsterdam, 1737, p. 102 : « Ce ministre n'en avoit aucun soupçon et ne pouvoit se résoudre à le croire ; mais, lorsqu'il s'en vit tout à fait convaincu, il jura qu'il ne se fieroit jamais à une femme de la sorte. Il fit ce serment en se servant d'un nom tout à fait injurieux, qu'il lui donna, etc. »

de Rohan. La Reine s'en émut, et les ministres
eurent ordre de tout faire pour entraver l'alliance
projetée. Ils se mirent donc à négocier avec Condé[1].
C'est à la suite de ces négociations qu'il obtint l'é-
change de son gouvernement de Bourgogne pour
celui de Guienne bien autrement important[2]; on
lui fit même espérer la Provence pour le prince de
Conti au lieu de la Champagne et de la Brie, et
le port et la forteresse de Blaye pour La Rochefoucauld en augmentation de son gouvernement
du Poitou, quoiqu'on n'eût pas la moindre envie
de remplir cette espérance. Ainsi parle la duchesse
de Nemours, ennemie de la Fronde et des Condé,
et qui, s'étant donnée à la cour, devait en bien
connaître les intentions. Retz aussi ne doute pas que
la Reine n'ait combattu une alliance aussi évidemment opposée à ses intérêts[3]. Mme de Motteville,
amie de la Reine, l'avoue[4]. Enfin il est certain,
et nous avons ici le témoignage irrécusable de
Mme de Motteville[5], que lorsque la Reine eut réussi
à gagner Condé elle fit savoir « à Mme de Chevreuse

1. *Mémoires, ibid.* « La cour avoit si bien connu de quoi seroit capable
cette princesse (Mme de Chevreuse) dans la maison de Condé, que les
ministres n'oublièrent rien pour l'empêcher d'y entrer... de sorte que
pour y parvenir on commença à négocier. »

2. Condé fut pourvu du gouvernement de Guienne le 20 mai.
Gazette, p. 526.

3. *Mémoires*, t. II, p. 223.

4. *Mémoires*, édition d'Amsterdam, 1750, t. IV, p. 350.

5. *Ibid.*, p. 351.

qu'elle ne désiroit pas que ce mariage se fît, parce
qu'il avoit été concerté pour des fins contraires au
service du Roi. Ce commandement fut cause que
toutes ces propositions s'évanouirent et qu'on n'en
parla plus. »

Mais, comment la Reine gagna-t-elle Condé, et
quelle a été dans toute cette affaire la part de
Mᵐᵉ de Longueville? Voilà ce que ne peuvent savoir
certainement ni Retz, qui ne connaît bien que ce qui
s'est passé dans le parlement, au palais d'Orléans et
à l'hôtel de Chevreuse, ni la duchesse de Nemours
et Mᵐᵉ de Motteville, qui n'étaient pas dans la confidence de l'hôtel de Condé : elles ne peuvent ici que
répéter ce qu'elles ont entendu dire dans le cercle de
la cour, et il faut les considérer seulement comme les
échos des bruits qu'il convenait à la Reine de répandre. Cela est si vrai que l'une et l'autre, d'ailleurs
si différentes d'intentions et de sentiments, font exactement le même récit. Mᵐᵉ de Motteville dit positivement que Mᵐᵉ de Longueville, dès qu'elle fut revenue
de Stenay, conseilla à Condé de rompre avec les
Chevreuse, et que La Rochefoucaud la fortifia dans
ce dessein; et voici les motifs qu'elle lui attribue :
« Mᵐᵉ de Longueville ne trouva pas à propos de
mettre dans sa famille une personne qui, étant femme
de son frère, l'auroit précédée partout, et qui, plus
jeune et aussi belle, l'auroit pu effacer, ou du moins
partager avec elle le plaisir de plaire et d'être louée.

Elle ne voulut pas non plus qu'elle lui pût ôter le crédit qu'elle vouloit avoir sur l'esprit du prince de Conti, par où jusqu'alors elle s'étoit rendue considérable à sa famille. » La duchesse de Ne- mours dit les mêmes choses presque dans les mêmes termes.

Confident et conseiller de Mme de Longueville et de Condé, La Rochefoucauld seul a su toute la vé- rité, et pouvait nous la dire; mais ce n'est pas pour dire la vérité qu'on écrit ses mémoires, c'est pour la cacher, pour mettre en relief ce qu'on peut avoir fait de bien, dissimuler ce qu'on a fait de mal ou le rejeter sur les autres. Attentif à composer son personnage et à ne se jamais donner le mauvais rôle, La Rochefoucauld dit bien que les frondeurs, pres- sant le mariage du prince de Conti et de Mlle de Chevreuse, et le voyant retardé, « soupçonnoient[1] Mme de Longueville et le duc de La Rochefoucauld d'avoir dessein de le rompre, de peur que le prince de Conti ne sortît de leurs mains pour entrer dans celles de Mme de Chevreuse et du coadjuteur »; mais il se garde bien de s'expliquer sur ces soupçons et de nous apprendre s'ils étaient bien ou mal fondés. Au lieu de se défendre, lui et Mme de Longueville, il accuse Condé d'avoir « adroitement augmenté les soupçons des frondeurs contre sa sœur et La Roche-

---

1. *Mémoires* de La Rochefoucauld, collection Petitot, t. LII, p. 66.

foucauld, croyant bien que tant qu'ils auroient cette
pensée, ils ne découvriroient jamais la véritable cause
du retardement du mariage ». Et quelle était cette
véritable cause? La voici, selon La Rochefoucauld :
c'est que M. le Prince « n'ayant encore ni conclu ni
rompu son traité avec la Reine, et ayant eu avis que
le garde des sceaux Châteauneuf devoit être chassé,
vouloit attendre l'événement pour faire le mariage si le
cardinal Mazarin étoit ruiné par M. de Châteauneuf,
ou le rompre et faire par là sa cour à la Reine si
M. de Chateauneuf étoit chassé par le cardinal. »

Cette interprétation de la conduite de Condé ne lui
fait pas grand honneur, mais elle est très vraisemblable. D'abord si La Rochefoucauld sait glisser à
merveille sur tous les points délicats où il ne paraîtrait
pas à son avantage, il ne ment pas à proprement
parler; il se dérobe plutôt qu'il n'attaque, à moins
que la passion ne l'emporte, et il n'a pas de passion
contre Condé. Et puis, la conduite qu'il lui prête sort
tout naturellement de la fausse situation où Condé
s'était laissé peu à peu engager.

L'art de Mazarin et de la Reine qu'il gouvernait
avait été de l'attirer sur un terrain où Mazarin était
passé maître, et où Condé vit toujours ses meilleures
qualités tourner contre lui. Condé avait accepté les
négociations que les ministres de la Reine lui avaient
demandées avec les intentions les plus loyales. Il n'y
entra que sur les pressantes sollicitations de la prin-

cesse Palatine à laquelle il devait tant, de l'aveu du prince de Conti et de Mme de Longueville, et il avait voulu que La Rochefoucauld s'y trouvât. Dans la première conférence quand les ministres de la Reine, Servien et Lionne, témoignèrent la répugnance que la Reine avait au mariage du prince de Conti et de Mlle de Chevreuse, « on ne leur donna pas lieu d'entrer plus avant en matière sur ce sujet, et l'on fit connaître que l'engagement que l'on avoit pris avec Mme de Chevreuse étoit trop grand pour chercher des expédients de le rompre[1] ». Cependant ces premières négociations, que la Reine ne tint pas fort secrètes, éveillèrent les soupçons de l'hôtel de Chevreuse. Retz y régnait. Contre l'opinion du véritable ami et du meilleur conseiller de Mme de Chevreuse, le marquis de Laigues, Retz fit passer l'avis, imprudent ou perfide, de le prendre de haut, de ne pas avoir l'air de courir après ce mariage, d'aller même offrir aux Condé de leur rendre leur parole, et il se fit charger de ce message. Il ne manqua pas de mêler ses propres affaires à celles qui lui avaient été confiées. « Je fis, dit-il [2], mon ambassade à M. le Prince. Je mis entre ses mains la prétention de mon chapeau. Je lui remis le mariage de Mlle de Chevreuse. Il s'emporta contra moi, il jura, il me demanda pour qui je le prenois. Je sortis persuadé,

1. La Rochefoucauld, *ibid.*, p. 62.
2. Retz, t. II, p. 214.

et je le suis encore, qu'il avoit toute l'intention de
l'exécuter. »

Et nous aussi, nous sommes persuadé que Condé
alors était sincère. Son unique tort, et c'est celui de
toute sa conduite pendant la Fronde, est de n'avoir
pas eu, dans cette occasion ni en toute autre, un objet
fixe et invariablement arrêté. Il se laissa entraîner
dans ces négociations sans avoir même l'idée de
manquer à Mme de Chevreuse. Retz et La Rochefoucauld sont unanimes sur ce point ; mais les négociations continuant, Servien et Lionne promettant
tout au nom de la Reine et du cardinal, peu à
peu Condé fléchit ; les soupçons des frondeurs
s'accrurent, et il n'est pas impossible que Condé les
ait laissés s'égarer sur sa sœur et sur La Rochefoucauld pour les détourner de lui-même, jusqu'à ce
que son traité avec la cour fût conclu ou rompu. Il
parut assuré par deux actes en apparence décisifs.
Le 13 avril [1] la Reine ôta les sceaux à Châteauneuf,
l'ami de Mme de Chevreuse, le représentant de la
Fronde dans le cabinet, pour les donner au personnage le plus grave du temps, le premier président
Mathieu Molé, le l'Hôpital du XVIIe siècle, grand
serviteur de l'État, fort peu ami de la Fronde, et qui
alors était assez favorable à M. le Prince. Le même
jour elle rappela dans le conseil comme secrétaire

1. *Gazette*, p. 379-380.

d'Etat le comte de Chavigny, fils de M. Le Bouthi-
lier ancien surintendant des finances, et lui-même
quelque temps ministre des affaires étrangères sous
Richelieu. Formé à l'école du grand cardinal, ainsi
que Mazarin, rompu aux affaires, délié et résolu,
se sentant capable de porter le poids d'un ministère, Chavigny avait vu d'assez mauvais œil, après
la mort de leur commun maître, la subite élévation d'un collègue qui même avait commencé par
être un peu son protégé [1]. Dès 1643 la vanité
l'avait détourné des grandes voies de l'ambition, et
il s'était jeté dans des intrigues très compliquées.
En 1651 il passait pour l'homme de M. le Prince.
C'est alors seulement, si l'on en croit La Rochefoucauld, que Condé se prononça contre le mariage de
son jeune frère avec Mlle de Chevreuse; et il était
temps qu'il s'y opposât, car ce mariage était près de
se conclure. Conti témoignait à Mlle de Chevreuse
une vive passion; il lui rendait mille soins qu'il cachait à ses amis, et particulièrement à sa sœur pour
laquelle il professait toujours une adoration sans
partage. Il avait de longues conférences avec le
marquis de Laigues et d'autres amis intimes de
Mlle de Chevreuse; on craignait même qu'il ne voulût l'épouser sans les dispenses nécessaires et sans
la participation du chef de sa famille. M. le Prince

---

1. *Mémoires* du jeune Brienne, gendre de Chavigny, publiés par
M. Barrière, t. 1er, p. 288, etc.

prit donc son parti, et « sans concerter sa pensée
avec personne, dit La Rochefoucauld [1], il alla chez
le prince de Conti; il commença la conversation par
des railleries sur la grandeur de son amour, et la
finit en disant de Mˡˡᵉ de Chevreuse, du coadjuteur,
de Noirmoutier et de Caumartin, tout ce qu'il crut
le plus capable de dégoûter un amant ou un mari.
Il n'eut pas grand'peine à réussir dans son dessein;
car, soit que M. le prince de Conti crût qu'il disoit
vrai, ou qu'il ne voulût pas lui témoigner qu'il en
doutoit, il le remercia d'un avis si salutaire, et résolut de ne point épouser Mˡˡᵉ de Chevreuse. Il se
plaignit même de Mᵐᵉ de Longueville et du duc de
La Rochefoucauld de ne l'avoir pas averti plus tôt
de ce qui se disoit d'elle dans le monde. On chercha dès lors les moyens de rompre cette affaire sans
aigreur; mais les intérêts en étoient trop grands et
les circonstances trop piquantes, pour ne pas renouveler et accroître encore l'ancienne haine de Mᵐᵉ de
Chevreuse et des frondeurs contre M. le Prince et
contre ceux qu'ils soupçonnoient d'avoir part à ce
qu'il venoit de faire. »

Ce témoignage justifierait Mᵐᵉ de Longueville et
La Rochefoucauld lui-même d'avoir poussé Condé à
cette rupture déloyale et impolitique, si on le pouvait
croire entièrement sincère; mais il est bien difficile

1. La Rochefoucauld, p. 69.

d'admettre que Mme de Longueville et son tout-puissant conseiller soient demeurés étrangers à une détermination aussi importante, et il reste bien des doutes et des ombres sur ce point délicat. Retz, dont le coup d'œil est si pénétrant, et qui ne se pique pas d'une grande réserve dans ses jugements, ne sait à quel avis s'arrêter, Condé, Mme de Longueville et La Rochefoucauld l'ayant depuis assuré qu'ils n'avaient été pour rien dans la rupture de ce mariage. « Ce qui est encore de plus étonnant, dit-il, est que Mme de Longueville m'a dit vingt fois depuis sa dévotion qu'elle n'avait point rompu ce mariage, que M. de La Rochefoucauld me l'a confirmé, et que M. le Prince, qui est l'homme du monde le moins menteur, m'a juré d'autre part qu'il n'y avoit contribué ni directement ni indirectement. Comme je disois un jour à Guitaut [1] que cette variété m'étonnoit, il me répondit qu'il n'en étoit point surpris, parce qu'il avoit remarqué sur beaucoup d'articles que M. le Prince et madame sa sœur avoient oublié la plupart des circonstances de ce qui s'étoit passé dans ce temps-là. Faites réflexion, je vous prie, sur l'inutilité des recherches qui se font tous les jours par les gens d'étude, à l'égard des siècles qui sont plus éloignés [2]. »

1. Le comte de Guitaut, ami particulier de Condé, dont il sera question plus tard, chap. II.
2. Retz, t. II, p. 223.

Mais quelle que soit la main qui ait brisé l'alliance projetée des Condé avec Mᵐᵉ de Chevreuse, il est hors de doute que cette main a perdu Condé et sauvé Mazarin. Toutes les fautes qui suivirent dérivèrent de celle-là : il y faut voir le premier anneau de cette chaîne d'événements malheureux qui finirent par entraîner Condé à la guerre civile.

On se peut imaginer le ressentiment de Mᵐᵉ de Chevreuse, lorsqu'elle reconnut qu'on l'avait jouée, qu'elle s'était séparée de Mazarin et de la Reine et avait tiré Condé de prison pour en recevoir un pareil outrage ! Déjà même un peu auparavant, lorsque la Reine révoqua Chateauneuf, la colère des frondeurs avait été telle qu'au palais d'Orléans, dans un conseil de tout le parti [1], il fut proposé d'aller redemander les sceaux au premier président Mathieu Molé de la part de Monsieur, en qualité de lieutenant général du royaume. Il y eut même des emportés qui parlèrent de reprendre les armes et de descendre dans la rue. Condé qui n'avait pas encore tout à fait rompu avec les frondeurs, et assistait à ce conseil avec quelques-uns de ses amis, s'éleva avec force contre une telle résolution, déclarant qu'il n'entendait rien à la *guerre des pavés et des pots de chambre*, et qu'il se sentait trop poltron pour cette guerre-là. Quand M. le Prince et ses amis eurent

1. Retz, t. II, p. 219.

quitté le conseil, Retz, poussé par Mme et Mlle de Chevreuse, demanda à Monsieur deux heures seulement pour faire prendre les armes aux colonels des quartiers et faire voir qu'il était absolument maître du peuple. Mme la duchesse d'Orléans appuya l'avis de Retz, et Mlle de Chevreuse alla jusqu'à proposer d'arrêter M. le Prince qui n'était pas encore sorti du palais. En même temps au parlement on renouvelait toutes les violentes mesures déjà prises contre Mazarin ; on le bannissait et on le rebannissait, avec confiscation de ses biens, vente de ses livres et de ses tableaux, etc. On avait déjà rendu un arrêt déclarant tous les cardinaux étrangers incapables de servir en France et d'entrer dans le ministère. On ne s'arrêta pas dans cette route, et des conseillers, qui n'étaient pas dans les secrets du parti et n'obéissaient qu'à la passion, proposèrent d'exclure du ministère jusqu'aux cardinaux français comme étant encore trop dépendants de Rome. Cette belle motion [1]. passa avec de grands applaudissements qui retentirent dans toutes les parties de la salle. Condé dit alors en riant : « Voilà un bel écho [2]. » Cet écho-là était la ruine des espérances de Retz qui ne désirait si passionnément devenir cardinal que pour succéder à Mazarin. Bientôt la division de Condé et de la vieille Fronde se

---

1. *Journal du Parlement*, séance du 2 mars, p. 52-54.
2. Retz, t. II, p. 205.

déclara , et Condé s'appliqua à former un parti
intermédiaire, une Fronde nouvelle, qui devint
assez puissante pour inquiéter Mme de Chevreuse
et le coadjuteur[1]. « Jugez, dit celui-ci, ce qu'eût
été l'autorité royale purgée du mazarinisme, et le
parti de M. le Prince purgé de la faction ! Sur le
tout, quelle sûreté en M. le duc d'Orléans ! »

Mais Retz n'était pas seul à s'effrayer d'un pareil
avenir : Mazarin le redoutait autant que lui. Caché
derrière la Reine, il suivait d'un œil vigilant les querelles de M. le Prince et des frondeurs, les fomentant
et les aigrissant par tous les moyens dont il pouvait
disposer, prodiguant à Condé les promesses qui devaient le plus alarmer la Fronde, et l'enlaçant de
jour en jour davantage dans les replis de négociations tortueuses, jusqu'à ce qu'il eût vu la séparation
qu'il souhaitait irrémédiablement consommée. Alors
il s'arrêta, et commença même à reculer insensiblement. On différa de mettre la Provence entre les
mains du prince de Conti ; et en effet on la tenait en
réserve pour le duc de Mercœur, le fils aîné du duc
de Vendôme, qui recherchait une nièce de Mazarin ;
on trouva aussi bien malaisé d'enlever Blaye au duc
de Saint-Simon pour le donner à La Rochefoucauld ;
on fit mille autres difficultés de ce genre, qui étonnèrent et blessèrent Condé. Puisqu'il rompait avec la

---

1. Retz, t. II, p. 214.

Fronde, c'était apparemment pour s'unir à la Reine, et plus son ambition était haute, plus il devait la couvrir de respects et de déférences, afin de hâter et d'assurer le traité commencé et d'enchaîner la monarchie à son sort. Mais le fougueux Condé était incapable d'une telle conduite : trouvant des obstacles inattendus où auparavant il ne rencontrait que facilités et prévenances, il s'irrita et reprit ce ton impérieux qui déjà en 1649 l'avait brouillé avec la Reine et Mazarin.

Il paraît bien que Mme de Longueville partagea les orgueilleuses illusions de son frère, et qu'elle porta assez mal sa prospérité nouvelle. Mme de Motteville le donne à entendre avec sa modération accoutumée, et la duchesse de Nemours se complaît à le dire avec l'aigreur et sans doute aussi avec l'exagération de la haine [1]. Il faut bien l'avouer en effet : avec les instincts héroïques de Condé, Mme de Longueville en avait la hauteur. Tous les contemporains lui donnent une majesté naturelle qui ne paraissait pas dans les occasions ordinaires; loin de là, elle était simple et bonne, y ajoutant, lorsqu'elle voulait plaire, une douceur caressante et irrésistible; mais avec les gens qu'elle n'aimait pas, elle se retranchait dans une dignité froide, et Anne d'Autriche et elle ne s'étaient jamais aimées. On lui prête envers la

---

1. Mme de Motteville, t. IV, p. 346; Mme de Nemours, p. 106.

Reine une fierté déplacée. Un jour, dit Mme de Nemours, elle la fit attendre deux ou trois heures. Nous
doutons que Mme de Longueville ait pu s'oublier à ce
point; mais il n'est pas impossible qu'elle se soit
imaginé, ainsi que son frère, que la fortune de leur
maison, étant sortie plus brillante que jamais d'une
si rude tempête, n'avait plus à craindre de fâcheux
retours.

Ils se trompaient : un péril immense était suspendu
sur leurs têtes.

Aussitôt que Mme de Chevreuse avait vu que la
Reine se refroidissait pour M. le Prince, et ne paraissait pas disposée à tenir les promesses qu'on lui
avait faites, sa haine clairvoyante saisit à l'instant
ce qu'il y avait à faire, et, s'étant à jamais séparée
de Condé, elle se rapprocha de la Reine et lui offrit
ses services et ceux de tout son parti contre l'ennemi
commun. Mazarin reconnaissant la faute qu'il avait
commise de se donner deux ennemis à la fois, et
qu'en ce moment l'homme redoutable, l'homme
qu'à tout prix il fallait détruire, était Condé, oublia
bien vite ses griefs envers Mme de Chevreuse, et fut
d'avis d'accepter ses propositions. La Reine, dit-on[1],
eut bien de la peine à recevoir Retz et à s'en servir;
elle le détestait presque autant que Condé, sachant
bien que c'étaient là les deux plus dangereux adver-

1. Mme de Motteville, t. IV, p. 353.

saires de celui sans lequel elle ne croyait pas véritablement régner. Mazarin l'exhorta lui-même à flatter
l'ambition de Retz, et, s'entendant à merveille de
loin comme de près, ils composèrent et jouèrent on
ne peut pas mieux une comédie dont Retz lui-même
paraît avoir été la dupe, et dont Condé faillit être
la victime.

Ailleurs [1] nous avons peint Mme de Chevreuse en
bien et en mal, son génie politique, son indomptable
audace, et tout ce qu'elle était capable d'entreprendre pour arriver à ses fins. Il faut maintenant faire
bien connaître Retz, pour montrer tout le péril que
courait Condé.

Né plus remuant encore qu'ambitieux, mauvais
prêtre, impatient de son état et s'étant longtemps
agité pour en sortir, Paul de Gondy s'était formé aux
cabales en composant ou traduisant la vie d'un conspirateur célèbre ; puis, passant vite de la théorie à
la pratique, il était entré dans un des plus sinistres
complots ourdis contre Richelieu, et pour son coup
d'essai il avait fait la partie, lui jeune abbé, d'assassiner le cardinal à l'autel pendant les cérémonies du
baptême de Mademoiselle [2]. En 1643, il n'eût pas
manqué de se jeter parmi les Importants [3] ; mais le

1. *Mme de Chevreuse*, etc.
2. C'est ce que nous apprend Retz, t. Ier, liv. Ier p. 23.
3. Sur les Importans, voyez la *Jeunesse de Mme de Longueville,*
chap. III, et *Mme de Chevreuse,* chap. III et IV.

titre de coadjuteur de Paris, qu'on venait de lui accorder en récompense des services et des vertus de
son père, l'arrêta. La Fronde semblait faite tout exprès pour lui. Il en fut un des pères avec La Rochefoucauld. En vain dans ses Mémoires il met en avant
des considérations générales : il ne travaillait que
pour lui-même, ainsi que La Rochefoucauld, lequel
du moins a la bonne foi d'en convenir. Forcé de
rester dans l'Église, Retz voulait y monter le plus
haut possible. Il aspirait au chapeau de cardinal, et
il l'obtint bientôt, grâce à d'incroyables manœuvres;
mais son objet suprême était le poste de premier
ministre, et pour y parvenir, voici le double jeu
qu'il imagina et qu'il joua jusqu'au bout. Voyant
que Mazarin et Condé n'étaient pas des chefs de gouvernement qui pussent laisser à d'autres à côté d'eux
une grande importance, il entreprit de les renverser
l'un par l'autre, de faire sa route entre eux d'eux,
et d'élever sur leur ruine le duc d'Orléans, sous le
nom duquel il eût gouverné. C'est pourquoi il poussait incessamment et le duc d'Orléans et le parlement et le peuple à exiger, comme la première condition de tout accommodement avec la cour, le renvoi
de Mazarin, et en même temps il se portait dans
l'ombre comme un bienveillant conciliateur entre
la royauté et la Fronde, promettant à la Reine, le sacrifice indispensable accompli, d'aplanir toutes les
difficultés et de lui donner Monsieur en le séparant

de Condé. Tel est le vrai ressort de tous les mouvements de Retz en apparence les plus contraires : d'abord le cardinalat, puis le ministère sous les auspices du duc d'Orléans associé en quelque sorte à la royauté, sans Mazarin ni Condé. Il a beau envelopper son secret sous un voile de bien public, ce secret éclate par les efforts mêmes qu'il fait pour le cacher, et il n'a pas échappé à la pénétration de La Rochefoucauld, son complice au début de la Fronde, puis son adversaire, qui l'a parfaitement connu et l'a peint de main de maître [1], comme aussi Retz a très bien connu et peint admirablement La Rochefoucauld. Retz a été le mauvais génie de la Fronde ; il l'a toujours empêchée d'aboutir soit avec Mazarin, soit avec Condé, parce qu'il ne voulait qu'un gouvernement faible où il pût dominer. Pour arriver à son but, il était capable de tout : intrigues souterraines, pamphlets anonymes, sermons hypocrites dans la chaire sacrée, discours étudiés au parlement, émeutes populaires et coups de main désespérés. Voilà l'homme qui, vers la fin de mai 1651, entra dans les conseils secrets d'Anne d'Autriche.

Ainsi que nous venons de le dire, l'objet qu'a-

---

1. Le portrait que Retz a fait de La Rochefoucauld se rencontre dans ses Mémoires, t. 1er, p. 217 ; le portrait de Retz, par La Rochefoucauld, est dans la plupart des éditions des *Maximes*. Ces deux portraits sont de la plus parfaite exactitude ; ils disent le bien et le mal avec une entière liberté, mais sans la moindre exagération : ils méritent de guider la postérité.

lors poursuivait Retz, était le cardinalat pour marcher l'égal de Richelieu et de Mazarin, et leur succéder un jour. La Reine et Mazarin le savaient fort
bien. C'est par là qu'ils le prirent, lui montrant immédiatement le chapeau de cardinal et en perspec-
tive la place de premier ministre.

Ils feignirent de jeter les hauts cris sur les prétentions exorbitantes de M. le Prince, tandis qu'auparavant ils les avaient provoquées, lorsqu'ils avaient
voulu le rendre suspect à la Fronde et le séparer
de ses amis. Mazarin écrivit à la Reine une lettre
quelle devait montrer à Retz, et que Retz, tout
fin qu'il était, eut la bonhomie d'admirer, son ambition et son amour-propre ne lui laissant pas apercevoir le piége qu'on lui tendait. Cette lettre finis-
sait ainsi : « Vous savez, Madame [1], que le plus
capital ennemi que j'aie au monde est le coadjuteur ;
servez-vous-en, Madame, plutôt que de traiter avec
M. le Prince aux conditions qu'il demande ; faites-
le cardinal, donnez-lui ma place, mettez-le dans mon
appartement. Il sera peut-être plus à Monsieur qu'à
Votre Majesté, mais Monsieur ne veut point la perte
de l'État ; ses intentions dans le fond ne sont point
mauvaises. Enfin tout, Madame, plutôt que d'accorder à M. le Prince ce qu'il demande. S'il l'obtenoit,
il n'y auroit plus qu'à le mener à Rheims. » « Je ne

1. Retz, t. II, p. 230.

me souviens pas, dit Retz, d'avoir vu en ma vie une
aussi belle lettre. » Et sur cela il se donne pour le
plus modéré des hommes de n'avoir pas pris le ministère et de s'être contenté du cardinalat. Anne
d'Autriche reçut Retz à minuit dans son oratoire, le
caressa fort et tâcha, chemin faisant, de le brouiller
avec Chateauneuf, en lui apprenant que c'était cet
ami de Mᵐᵉ de Chevreuse qui s'était le plus opposé
à son cardinalat, parce qu'il voulait le chapeau pour
lui-même. Il faut savoir qu'en ce moment la France
avait une place de cardinal à sa disposition ; elle était
depuis longtemps promise à M. le prince de Conti ;
Anne d'Autriche l'offrit à Retz en lui disant : « Que
ferez-vous pour moi ? » — « Madame, répondit-il,
j'obligerai M. le Prince à sortir de Paris avant qu'il
soit huit jours. » La Reine, transportée de joie, lui
tendit la main en lui disant : « Touchez là, et vous
êtes après-demain cardinal. » Quelques jours après,
Retz et Mᵐᵉ de Chevreuse avaient soulevé toute la
Fronde contre M. le Prince. On commença par une
guerre de pamphlets[1] mêlée de toutes sortes d'intrigues au parlement et à la cour, et on finit, dans
les derniers jours de juin, par le tragique projet d'arrêter de nouveau ou d'assassiner Condé.

Cette affaire obscure, encore mal démêlée et qui
peut-être ne le sera jamais, demande à être pré-

---

1. Retz, t. II, p. 247. On y voit le nom des pamphlets que Retz déclare avoir écrits lui-même.

sentée avec une juste étendue, car elle a décidé des
événements qui ont suivi. Elle explique et, jusqu'à
un certain point, justifie le parti désespéré que prit
Condé.

Retz convient que, voulant tenir la parole qu'il
avait donnée à la Reine, il lui proposa de faire arrêter de nouveau M. le Prince[1]; son plan était de
l'attirer au palais d'Orléans, et là de l'entourer et
de s'emparer de lui. Déjà dans les conseils de la
Fronde, comme nous l'avons vu, la duchesse d'Or-
léans, Mme et Mlle de Chevreuse et Retz avaient mis
en avant et soutenu ce projet, qui n'avait manqué
que par la sagesse ou la faiblesse de Monsieur. Cette
fois, Retz s'était assuré de son consentement. La
Reine agréa fort l'idée d'arrêter Condé, mais elle
n'accepta pas le mode d'exécution et le plan du coadjuteur; elle prétendit que Monsieur ne serait jamais
capable d'une semblable résolution, et qu'il y aurait
même du péril à la lui communiquer. « Je ne sais, dit
Retz, si elle ne craignit pas que Monsieur, ayant fait
un coup de cet éclat, ne s'en servît ensuite contre
elle-même. » Il est bien certain que si le duc d'Orléans eût fait arrêter M. le Prince et qu'il l'eût tenu
prisonnier, il eût été l'arbitre de la monarchie; car,
Condé dans les fers et Mazarin en exil, le parlement
et Paris entre les mains de la Fronde, la Reine était

1. Retz, t. II, p. 250.

hors d'état de rien refuser à Monsieur, c'est-à-dire
à Retz et à Mme de Chevreuse. Voilà pourquoi Retz
avait pu amener le duc d'Orléans à cette résolution
extrême, à cause du grand avantage qu'il y trouverait, et pourquoi lui-même la proposait à la Reine. Il
ne nous dit pas, il est vrai, que tel fut son motif;
mais nous sommes accoutumé à ne pas juger des
intentions de Retz par ce qu'il veut bien nous en dire.
S'il était utile à la Reine de faire arrêter M. le Prince
une seconde fois, pourquoi ne le pas faire arrêter,
comme la première fois, par l'ordre du Roi, par un
capitaine des gardes ou par quelque autre officier.
déterminé, soit au Louvre où Condé allait encore
autant qu'au palais d'Orléans, soit dans la rue, au
milieu de son escorte, soit tout autrement ? Une arrestation hautement avouée d'un prince dangereux
à l'État marquait la force de la royauté et lui en
donnait; une arrestation clandestine confiée à une
autre main était un signe de faiblesse et ne fortifiait
que celui qui oserait l'exécuter. Anne d'Autriche
eut donc parfaitement raison de rejeter l'offre de
Retz et de la Fronde; et Retz en vérité se moque
un peu trop de la simplicité de ses lecteurs, lorsqu'il dit qu'il n'a jamais pu savoir pourquoi la Reine
n'approuva pas le parti qu'il lui avait proposé.

Il est encore indubitable qu'on fit aussi à la Reine
la proposition d'assassiner Condé. Mais qui la fit?
Voilà ce qui demeure incertain.

Mme de Motteville affirme que c'est le coadjuteur
qui eut l'idée de faire assassiner M. le Prince, et que
la Reine en montra tant d'horreur que les conférences, qu'elle avait chargé un de ses ministres,
Lionne, d'avoir avec Retz chez le comte de Montrésor, en furent abandonnées[1]. Il est impossible
de supposer que ce soit là une invention de Mme de
Motteville, si honnête, si sobre d'accusations envers
les personnes, si tempérée dans ses jugements. Elle
ne fait ici autre chose que répéter ce qu'elle a entendu dire autour d'elle, et vraisemblablement à la
Reine elle-même. Ce témoignage est donc très-con-
sidérable : nous le donnons sans l'accepter mais
aussi sans le repousser tout à fait. Que Retz s'en
prenne à lui-même des hésitations de la critique,
puisqu'il a pris soin de nous raconter que tout jeune
il était entré dans une conspiration contre la vie de
Richelieu. Plus tard l'hôtel de Chevreuse ne lui fut
pas sans doute une école de scrupules ; et on ne fait
pas tort à Mme de Chevreuse, la conseillère de Retz,
en admettant qu'elle a bien pu ouvrir un pareil avis,
elle, la complice de Chalais, et de bien d'autres,
elle qui en 1643 avec Mme de Montbazon avait armé
le bras de Beaufort et l'avait porté à assassiner Mazarin au sortir du Louvre[2]. Après avoir, en 1650,
donné le conseil d'arrêter Condé, le voyant sortir de

1. Mme de Motteville, t. IV, p. 353-354.
2. Mme de Chevreuse, chap. IV.

prison plus redoutable qu'auparavant, animée en 1651 de nouveaux et particuliers ressentiments, elle pouvait fort bien conseiller de s'en défaire. Et pourquoi s'assembler chez Montrésor, s'il ne se fût agi que d'une simple arrestation? Ce n'eût guère été là une affaire digne de cet audacieux personnage exercé à de plus tragiques entreprises[1].

Maintenant écoutons Retz : il ne se défend même pas d'avoir proposé à la Reine d'assassiner Condé ; il a l'air d'ignorer qu'on lui ait imputé cette proposition, et il l'attribue nettement au maréchal d'Hocquincourt ; il assure que la Reine y avait donné les mains, et que c'est lui, Retz, et aussi Mme de Chevreuse, qui eurent horreur d'un tel dessein. Et Retz ne parle pas ici par ouï-dire : il déclare avoir entendu d'Hocquincourt et la Reine : « Je ne sais, dit-il, si ce que d'Hocquincourt me dit de l'offre qu'il avoit faite à la Reine de tuer M. le Prince en l'attaquant dans une rue, ne lui avoit pas fait croire que cette voie étoit encore plus décisive... Elle me commanda de conférer avec d'Hocquincourt ; il vous dira, ajouta-t-elle, qu'il y a des moyens plus sûrs que celui que vous proposez. Je vis d'Hocquincourt le lendemain à l'hôtel de Chevreuse, qui me conta familièrement tout le particulier de l'offre qu'il avoit faite à la Reine. J'en eus horreur, et je suis obligé de

1. Sur le comte de Montrésor et ses conspirations contre Richelieu, voyez les *Mémoires* de Retz et ceux de Montrésor lui-même.

dire pour la vérité que Mᵐᵉ de Chevreuse n'en eut pas
moins que moi. Ce qui est d'admirable, c'est que la
Reine, qui m'avoit renvoyé à lui la veille comme à
un homme qui lui avoit fait une proposition raisonnable, nous témoigna à Mᵐᵉ de Chevreuse et à moi
qu'elle approuvoit fort nos sentiments qui étoient
assurément bien éloignés d'une action de cette nature. Elle nous nia même absolument qu'Hocquincourt la lui eût expliquée ainsi : voilà le fait sur lequel
vous pouvez fonder vos conjectures[1]. » Retz trouve là
quelque chose d'inexplicable, et il se moque de
« l'insolence des historiens vulgaires qui croiroient se
faire tort s'ils laissoient un seul événement dont ils ne
démêlassent tous les ressorts, qu'ils montent et re-
lâchent presque toujours sur des cadrans de colléges. »
Mais, n'en déplaise à l'auteur des Mémoires, il est un
cadran qui n'est pas tout à fait de collége, et sur
lequel on peut, ce semble, fonder d'assez solides conjectures : c'est l'intérêt, la passion, le caractère.
Or, nous connaissons le caractère d'Anne d'Autriche
et celui de Mazarin; il n'y a pas dans toute leur vie
un seul fait qui permette de leur attribuer des intentions sanguinaires, l'homicide attentat dont il est
ici question. Leur intérêt n'y était pas le moins du
monde. Que pouvait gagner la Reine à la mort de
Condé? La Fronde, délivrée d'un tel adversaire, se

_____

1. Retz, t. II, p. 250.

retournait contre elle plus puissante que jamais, avec
toutes ses forces réunies, et Anne d'Autriche était
perdue. Par cette même raison Retz et Mme de Chevreuse avaient tout intérêt à la mort de Condé, car
ils n'avaient que deux ennemis, Mazarin et Condé;
Mazarin était en exil et sous le poids d'une réproba-
tion alors universelle et irrésistible; il n'y avait donc
entre eux et le pouvoir qu'un seul obstacle, et cet
obstacle ils n'étaient pas d'humeur de le respecter,
s'ils croyaient pouvoir l'abattre. Nous l'avouons:
nous avons peu de foi dans les scrupules vertueux
de Mme de Chevreuse et de Retz; nous les croyons
capables de tout pour satisfaire leur passion et leur
intérêt, et nous inclinons à penser que l'édifiante
horreur qu'ils témoignèrent à la proposition de
d'Hocquincourt n'était qu'un masque pour couvrir
un motif tout différent. Encore une fois, l'intérêt de
la Reine n'était pas d'assassiner Condé, mais de
l'arrêter comme elle l'avait déjà fait, et il est vraisemblable que d'Hocquincourt n'avait proposé à la
Reine qu'une arrestation, s'il le fallait, à force ouverte. Voilà ce qu'elle prétend dans le récit de
Retz, et ce que Lionne soutint en son nom dans la
conférence qu'il eut avec Retz chez Montrésor,
telle que Retz lui-même la raconte. Lionne déclara
que « la Reine ne pouvoit plus souffrir M. le Prince,
qu'il falloit que lui ou elle périt, qu'elle ne vouloit
pas se servir des voies de sang, mais que ce qui

avoit été proposé par d'Hocquincourt ne pouvoit
avoir ce nom, puisqu'il l'avoit assurée la veille qu'il
prendrait M. le Prince sans coup férir, pourvu que
je l'assurasse du peuple... Lionne me somma vingt
fois au nom de la Reine de ce que je l'avais assurée
que je ferais quitter la partie à M. le Prince : ses instances allèrent jusqués à l'emportement, et il ne
me parut que médiocrement satisfait de sa négociation avec moi, quoique je lui offrisse de faire
arrêter M. le Prince au palais d'Orléans. » Lionne
en effet ne pouvoit être que très médiocrement satisfait d'un expédient qui, comme nous l'avons dit,
abaissait encore plus l'autorité de la Reine, et élevait
le duc d'Orléans au-dessus du Roi, car le duc d'Orléans ne pouvait prendre une pareille mesure qu'en
sa qualité de lieutenant général du royaume, et en
alléguant l'impuissance de la royauté. Tenant entre
ses mains Condé prisonnier, et pouvant à son gré le
déchaîner ou le retenir, il dominait l'État et assurait
le triomphe de la Fronde. Aussi Retz tenait-il invin-
ciblement à ce mode d'arrestation, tandis que la
Reine dans une entrevue secrète qu'elle eut avec
Retz « revint encore à la proposition de d'Hocquincourt à laquelle elle donnoit toujours un air innocent. » Le scrupuleux Retz s'excusa sur la délicatesse de sa conscience et de celle de Mᵐᵉ de
Chevreuse, qui ne leur permettait pas d'accepter un
moyen qui pouvait aboutir à un attentat sur la per-

sonne de M. le Prince. La Reine, de son côté, n'entendait pas remettre Condé entre les mains des frondeurs ; et, selon nous, c'est à cette opposition d'intérêts et de desseins que Condé dut son salut. Mais il est certain que les deux partis voulaient également l'arrêter, chacun à son profit ; le doute ne peut tomber que sur le projet d'assassinat et sur ses véritables auteurs, soit d'Hocquincourt et la Reine comme le veut Retz, soit Retz lui-même, comme le veut Mme de Motteville.

Le marquis de Monglat, alors maître de la garde-robe, vivant dans l'intimité de la Reine et du Roi, et qui a pu recueillir tous les bruits de la cour, fait un récit[1] qui tient à la fois de celui de Retz et de celui de Mme de Motteville. Il se rapproche de Retz, en ce qu'il donne aussi d'Hocquincourt pour l'auteur de la proposition d'assassinat, en y joignant le comte d'Harcourt que seul il nomme en cette affaire ; il se rapproche de Mme de Motteville en disant que la Reine eut horreur de cette proposition. Il parle aussi des secrètes conférences du coadjuteur avec Lionne, mais il ne lui impute que d'avoir fort insisté pour qu'on s'assurât de la personne de M. le Prince.

La Rochefoucauld, fort mal avec la cour et avec la Fronde, n'a pu connaître les desseins qui furent alors agités de part et d'autre, et il s'en tient avec une sage circonspection à ce qu'il y a de plus cer-

1. Mémoires de Monglat, collection Petitot, t. L, p. 289.

tain. « On offrit, dit-il, à la Reine[1] de tuer M. le
Prince ou de l'arrêter prisonnier; mais elle eut horreur de la première proposition, et consentit volontiers à la seconde. Le coadjuteur et M. de Lionne se
trouvèrent chez le comte de Montrésor pour convenir des moyens d'exécuter cette entreprise. Ils demeurèrent d'accord qu'il la fallait tenter, sans
résoudre rien pour le temps ni pour la manière de
l'exécuter. »

On sait comment Condé apprit ce qui se tramait
contre lui. Lionne, par un motif ou par un autre,
dit au maréchal de Grammont, ami de la Reine et
de Mazarin et en même temps de Condé, ce qui
s'était passé chez Montrésor. Le maréchal le dit à
Chavigny, et celui-ci avertit sur-le-champ M. le
Prince. On peut juger quels furent à cette nouvelle
les sentiments de Condé. Il vit clair enfin dans sa
situation. Il reconnut qu'il était brouillé à fond et
à jamais avec les frondeurs et avec la Reine, et
que désormais il était placé entre l'assassinat et
la prison. Il sentait bien que cette fois s'il tombait
entre les mains de ses ennemis, il serait traité bien
plus durement qu'en 1650, et que vraisemblablement il ne reverrait plus la lumière. Il méprisait la
mort, mais l'idée d'un cachot éternel lui était insupportable, et cette idée s'emparant peu à peu de son

1. La Rochefoucauld, p. 73.

esprit y fit entrer des projets qui jusqu'alors n'avaient fait que le traverser.

Trop fier pour quitter Paris comme s'il eût eu peur, Condé ne changea rien à sa conduite : il se borna à ne plus aller au Palais-Royal ni au palais d'Orléans, et il ne marcha plus qu'accompagné d'un grand nombre d'officiers et de domestiques. Déjà depuis quelque temps, prévoyant l'orage qui se formait contre lui, il avait pris de sérieuses mesures pour y faire face : il avait fortifié toutes les places qui étaient en son pouvoir ; il y avait mis des officiers dont il était sûr, le marquis de Persan dans la forteresse de Montrond en Berri, le comte de Bouteville dans celle de Seurre ou Bellégarde en Bourgogne, Arnauld dans le château de Dijon ; et il tenait rassemblés à Clermont et à Stenay tous les vieux régiments de sa maison sous le commandement du comte de Tavannes. Il avait envoyé en Flandre le marquis de Sillery, beau-frère de La Rochefoucauld, sous prétexte d'achever de dégager Mme de Longueville et Turenne des traités qu'ils avaient faits en 1650 avec les Espagnols, mais avec l'ordre secret de les renouveler [1], et de pressentir sur quelle assistance il pourrait compter de la part de l'Espagne s'il était réduit à tirer l'épée. Le comte de Fuensaldagne n'avait pas manqué, selon la politique de

1. La Rochefoucauld, p. 73.

sa cour, de promettre beaucoup plus qu'on ne lui
demandait, et il n'avait rien omis pour animer
Condé à prendre les armes.

Le hasard se mit de la partie pour faire faire à
Condé un pas de plus et presque décisif dans la
route dangereuse qui s'ouvrait devant lui. Un soir
qu'il venait de se coucher[1] et causait encore avec
Vineuil, un de ses affidés, celui-ci reçut un billet
qui lui mandait d'avertir M. le Prince que deux
compagnies des gardes s'avançaient du côté du faubourg Saint-Germain. On s'imagina que ces troupes
venaient investir l'hôtel. Condé se précipite à bas
de son lit, s'habille, monte à cheval à l'heure même,
et accompagné de quelques-uns de ses gens il sort
par le faubourg Saint-Michel. Sur le grand chemin,
il entendit un assez grand nombre de chevaux qui
marchaient vers lui; il crut que c'était un escadron
qui le cherchait, et se retira d'abord du côté de
Meudon; puis, au lieu de rentrer dans Paris, à la
pointe du jour il alla chercher un asile dans son château de Saint-Maur. Il y arriva le 6 juillet au matin.
On comprend quel fut, dans Paris et dans tout le
royaume, l'effet d'une pareille retraite et pour
de pareils motifs. Mme la Princesse, le prince
de Conti, Mme de Longueville, La Rochefoucauld,
le duc de Nemours, le duc de Richelieu, les amis

1. La Rochefoucauld, p. 75; Retz, t. II, p. 264; Mme de Motteville,
t. IV, p. 399.

les plus particuliers du prince et plus d'un personnage illustre, tels que le duc de Bouillon et Turenne, se rendirent aussitôt à Saint-Maur. Dans les premiers jours, Condé y eut une cour aussi brillante et aussi nombreuse que celle du Roi. Il y étala un faste royal. Il y vint, dit La Rochefoucauld [1], « un nombre infini de ces gens incertains qui s'offrent toujours au commencement des partis et qui les trahissent ou les abandonnent d'ordinaire selon leurs craintes ou leurs intérêts. » C'est au milieu de cette cour qu'il reçut le maréchal de Grammont, son ami particulier, qui venait au nom de la Reine l'inviter à retourner à Paris, lui montrant que sa retraite était due à une méprise, et lui promettant toutes sûretés. Mais Condé n'était pas encore désabusé, et, quelque amitié qu'il eût pour le maréchal, il congédia avec un peu de superbe l'envoyé de la Reine en lui rappelant l'odieuse entreprise formée contre sa personne dont lui-même avait pleine connaissance. On l'a blâmé de cette hauteur, parce qu'on ne savait pas le dessous des cartes; mais lisez Retz, et vous verrez que cette fameuse ambassade du maréchal de Grammont n'était qu'un jeu joué de la part de la Reine [2], et qu'Anne d'Autriche n'avait pas la moindre envie de se réconcilier avec Condé. Celui-

1. La Rochefoucauld, p. 78.
2. Retz, t. II, p. 279. Retz s'étant plaint à la Reine de cette ambassade, qui semblait annoncer l'intention de renouer avec Condé : « Écoutez-moi, reprit la Reine sans balancer, je convins hier avec Monsieur

ci se mit sur ses gardes. Il fit entrer dans Paris
un bon nombre d'officiers déguisés qui remuèrent
de tous côtés en sa faveur ; et quand il se crut en
état de s'y maintenir contre la Reine et contre les
anciens Frondeurs tout ensemble, il quitta Saint-
Maur et revint en son hôtel à côté du palais d'Orléans, voulant donner de la réputation à ses affaires
et en imposer à ses ennemis par cette conduite fière
et hardie[1]. Il reparut aussi au parlement, devenu
le champ de bataille des partis. Retz, plein de sa
propre haine augmentée de celle de Mme de Chevreuse, secondé à la fois par les amis du duc d'Orléans et par ceux de la Reine, brûlant d'arracher à
la cour et de gagner par ses services le chapeau de
cardinal, l'objet de ses ardents désirs, le nécessaire
marchepied de son ambition, mit son courage et
sa vanité à se porter ouvertement l'adversaire de
M. le Prince. Là, pendant le mois de juillet et le
mois d'août, dans ce prétendu sanctuaire de la justice et des lois, se passèrent toutes les scènes déplorables que Retz et La Rochefoucauld ont racontées,
et où Mazarin, de sa retraite des bords du Rhin,
put voir avec joie ses deux ennemis consumer leurs
forces et travailler sans s'en douter à leur ruine
commune et à son prochain triomphe.

que nous enverrions, pour la forme seulement, M. de Grammont à
M. le Prince, et que nous tromperions même l'ambassadeur... »
   1. La Rochefoucauld, p. 83.

Soyons sans faiblesse envers Condé, mais soyons juste envers lui, et mettons-nous sincèrement à sa place. Au point où les choses en étaient arrivées, après les ténébreux complots ourdis contre lui, pouvait-il traiter avec sûreté, soit avec les frondeurs dont les chefs véritables, Mme de Chevreuse et Retz, avaient voulu mettre la main sur sa personne, et dont le chef apparent, le duc d'Orléans, avait consenti à le faire arrêter dans son propre palais, soit avec la Reine qui l'avait constamment trompé, d'abord en lui promettant sans réserve tout ce qu'il demandait afin de le compromettre, pour lui tout refuser en suite lorsqu'il s'était compromis pour elle, et qui venait ou de pousser elle-même ou de donner les mains à sa perte? Il considérait avec raison Retz et Mazarin comme des ennemis irréconciliables, qui ne consentiraient jamais à négocier avec lui que pour l'abuser encore, et qui, dans leur inflexible ambition, ne pouvaient trouver de repos que dans son entière ruine. Il était trop intrépide pour redouter les poignards, mais il craignait la prison qui lui eût été cette fois le plus affreux de tous les tombeaux. Cette image toujours présente pesait sur son âme, et quelquefois le précipitait vers toutes les extrémités.

Si La Rochefoucauld eût été un vrai politique ou un sérieux homme de parti, il eût pu jouer en 1651 un rôle admirable. Il avait alors sur Condé presque autant de crédit que sur sa sœur. Il était, comme

nous l'avons dit, un des pères de la Fronde; c'est
lui qui, en 1648, avait attiré Mᵐᵉ de Longueville
dans la première guerre civile, et il avait jeté un
assez grand éclat dans la seconde. Sa valeur, son
esprit, son habileté, ses sacrifices lui donnaient
un ascendant mérité. Il venait de seconder puissamment la Palatine dans les négociations de janvier 1651, dont le résultat avait été la délivrance des
Princes, et la condition le mariage du prince de
Conti avec Mˡˡᵉ de Chevreuse. Sa parole y était tout
aussi engagée que celle de Mᵐᵉ de Longueville et
celle de Condé. L'honneur comme la politique lui
faisaient donc un devoir de hâter ce mariage, et de
cimenter par là l'alliance des Condé et de la Fronde.
M. le Prince n'y faisait d'abord aucune difficulté;
Mᵐᵉ de Longueville était encore dans les liens étroits
de la parole donnée à la Palatine; le prince de Conti
désirait ce mariage : il fallait le presser et l'achever. Si les premières incertitudes vinrent de Condé
ou même de Mᵐᵉ de Longueville, il appartenait à La
Rochefoucauld de les surmonter, en se rangeant hautement du côté de la Palatine et de Mᵐᵉ de Chevreuse.
Loin de là, les frondeurs ainsi que Mᵐᵉ de Motteville l'accusent de concert d'avoir porté Mᵐᵉ de Longueville à se tourner contre une alliance dont naguère
à Stenay elle avait si bien apprécié les avantages.
La Rochefoucauld lui-même rappelle les accusations
des frondeurs. Si elles eussent été dépourvues de

fondement, nous le connaissons assez pour être à
peu près sûr qu'il les eût repoussées, et qu'il se fût
défendu. même aux dépens de Mme de Longueville,
comme il l'a fait plus d'une fois.

Il manquait à La Rochefoucauld une ambition
nette et forte : il n'avait de vigueur et de constance
ni dans le bien ni dans le mal. La Fronde n'avait
été pour lui, comme pour bien d'autres, qu'un moyen
de mieux négocier avec la cour. Il ne s'était jeté
dans l'opposition en 1648, comme en 1643, que par
dépit, en désespoir de cause, pour arracher de la
Reine et de Mazarin, par la crainte, ce qu'il n'avait
pu en obtenir par ses services et ses condescen-
dances. En 1649 il était resté dans la Fronde parce
que la paix de Ruel ne lui avait pas donné ce qu'il
demandait. En 1650, il avait fait la guerre avec
courage ; il avait vu ses terres de Saintonge et d'Angoumois ravagées, sa belle maison de Verteuil à peu
près ruinée, et après trois années de combats et de
dangers il se trouvait plus mal encore dans ses affaires qu'au commencement des troubles. Il était
fatigué de la guerre et il soupirait après le repos. La
Reine s'était empressée de lui rendre son gouvernement de Poitou [1]. Condé avait demandé pour lui la
place importante de Blaye qui les aurait parfaite-

1. La Rochefoucauld avait obtenu cette restitution de Mazarin même,
avant la délivrance des princes, le 6 février. *Gazette*, p. 171.

ment accommodés tous deux, car c'eût été là un
lien admirable entre le Poitou, qui appartenait aux
La Rochefoucauld, et la Guienne destinée à M. le
Prince. Aussi la Reine ne songeait pas le moins du
monde à donner Blaye à La Rochefoucauld, mais
elle ne s'était pas fait faute de le lui promettre, et
elle avait tâché de l'acquérir ou de l'endormir en
lui accordant pour son fils Marsillac la survivance
de son gouvernement [1]. Toutes ces petites faveurs
avaient fort adouci La Rochefoucauld ; comme Condé,
il donna dans le panneau de ces négociations inter-
minables où la Reine avançait et reculait à son gré,
et comme lui, au bout de quelque temps, il se trouva
éconduit par la cour et sans asile dans la Fronde.
Il n'avait pas compris qu'avec les engagements de
toute sa vie, la Fronde était sa patrie naturelle qu'il
ne devait jamais quitter, et dont le triomphe seul
pouvait assurer sa fortune. Le jour où il rompit avec
elle en poussant ou en ne s'opposant pas, ce qui est
la même chose, à la rupture du mariage de Mlle de
Chevreuse et du prince de Conti, ce jour-là il
se renia et se perdit lui-même. Il souleva la redoutable inimitié de Mme de Chevreuse, et acheva de se
brouiller avec le coadjuteur.

1. *Gazette*, p. 623 : « Le 10 juin, sur les deux heures après midi,
le prince de Marsillac, fils aîné du duc de La Rochefoucauld, prêta,
entre les mains de Leurs Majestés, le serment pour la survivance du
gouvernement de Poitou, duquel ce duc est pourvu. »

Retz et La Rochefoucauld s'étaient rencontrés au
début de la Fronde et avaient servi la même cause,
mais sans se faire illusion l'un sur l'autre; ils se
connaissaient trop pour ne se pas détester. Jamais
hommes ne différèrent davantage. Ils avaient tous
deux infiniment d'esprit, mais l'un en grand, l'autre
en petit [1]. Dans le détail La Rochefoucauld avait
plus de justesse; mais dans l'ensemble et dans les
grands partis à prendre, une sorte de timidité
naturelle, l'absence de toute vraie passion, la recherche inquiète et mobile de l'intérêt du moment,
troublaient et bornaient les vues de son esprit;
son bon sens même ajoutait à l'irrésolution de son
caractère [2]; outre que s'il était sans vertu, il n'é-
tait pas sans honneur, et qu'en se prêtant volontiers à toutes les manœuvres, à toutes les ruses,
à tous les mensonges de la vanité et de l'intérêt,
il avait ses limites et gardait des mesures; tandis

---

1. Ailleurs nous avons comparé La Rochefoucauld et Retz, plus particulièrement comme écrivains. *Mme de Sablé*, chap. III, p. 139-140.

2. Retz, t. II, p. 266, dépeint la conduite incertaine de La Rochefoucauld à cette époque, dans le passage suivant : « M. de La Rochefoucauld, qui étoit un des membres les plus considérables du parti de
M. le Prince par le pouvoir absolu qu'il avoit sur l'esprit de M. le
prince de Conti et sur celui de Mme de Longueville, étoit dans la
faction ce que M. de Bullion avoit été autrefois dans les finances.
M. le cardinal de Richelieu disoit que celui-ci employoit douze heures
du jour à la création de nouveaux offices, et les dix autres à leur
suppression; et Matha appliquoit cette remarque à M. de La Rochefoucauld, en disant qu'il faisoit tous les matins une brouillerie et que
tous les soirs il travaillait à un rhabillement; c'étoit son mot. »

que Retz, méprisant les petits avantages, le bien-
être, la fortune, ne recherchant que le pouvoir, les
grands rôles, les grandes situations, y tendait d'une
vue fixe, par toutes les voies, avec une audace
égale à son ambition et qui ne connaissait ni bornes
ni scrupules. Retz, au fond, faisait peu de cas de
La Rochefoucauld ; il n'estimait en lui que le bel
esprit et les belles manières ; il ne le regardait pas,
et avec raison, comme de la famille des hommes de
parti et des ambitieux. Il dut être furieux de sa
conduite dans l'affaire du mariage ; mais nous pen-
sons que La Rochefoucauld cède à la seule passion
qu'il ait connue, la vanité et le goût de l'importance,
lorsqu'il accuse Retz d'avoir voulu se défaire de
lui, comme Retz peut-être avait pensé à se défaire
de M. le Prince. « La haine du coadjuteur, dit-il[1],
éclatoit particulièrement contre le duc de La Rochefoucauld. Il lui attribuoit la rupture du mariage
de Mlle de Chevreuse, et croyant toutes choses per-
mises pour le perdre, il n'oublioit rien pour y engager ses ennemis par toutes sortes de voies extraordinaires. Le carrosse du duc de La Rochefoucauld fut attaqué trois fois de suite en ce temps-là,
sans qu'on ait pu savoir quelles gens avaient pris
part à de si fréquentes rencontres. » De leur côté,
La Rochefoucauld et ses amis tentèrent plus d'une

---

1. La Rochefoucauld, p. 81-82.

fois de faire un mauvais parti au coadjuteur. Un
jour, au palais et dans les couloirs du parlement,
La Rochefoucauld tint Retz fort serré entre deux
portes, et sans l'arrivée de Champlatreux, le fils
du premier président, on ne sait ce qui serait arrivé[1]. Un peu plus tard, Condé voulut au moins
imiter Retz dans l'entreprise qu'il avait certainement
formée contre sa personne : il résolut de l'enlever
dans Paris même et de le faire conduire dans une
de ses places. Pour exécuter ce coup de main, il
jeta les yeux sur un ancien domestique de La Rochefoucauld, qui entrait alors à son service, avant de
passer à celui de Mazarin, homme d'esprit, de résolution, et de ressources inépuisables. « Quelque
impossibilité qui parût en ce dessein, dit La Rochefoucauld, Gourville s'en chargea, après en avoir reçu
un ordre écrit, signé de M. le Prince, et il l'auroit
sans doute exécuté si le coadjuteur, un soir qu'il alla
à l'hôtel de Chevreuse, en fût sorti dans le même carrosse qui l'y avoit mené ; mais l'ayant renvoyé avec ses
gens, il ne fut pas possible de savoir certainement
dans quel autre il pouvoit être sorti. Ainsi l'entreprise
fut retardée de quelques jours et découverte ensuite[2]. »

1. Retz, t. II, p. 367; La Rochefoucauld, p. 88.
2. La Rochefoucauld, p. 101. Voyez aussi les Mémoires de Gourville,
ibid., p. 236-242, et ceux de Retz, t. III, p. 17. — Quoique Condé
connût et détestât Retz, il y avait dans l'audace de ce personnage quelque chose qui ne lui déplaisait pas; comme Retz, qui
avait de la hauteur dans l'esprit et dans le caractère, ne peut, dans
ses Mémoires, retenir son admiration pour Condé aussi bien que

On le voit : une crise était inévitable; Condé
n'apercevait plus d'issue pacifique à la situation
qu'on lui avait faite ou plutôt qu'il s'était faite à lui-
même,. et autour de lui Mᵐᵉ de Longueville, et le
prince de Conti, qui ne pensait que d'après elle,
l'engageaient à trancher le nœud qu'il ne savait
comment résoudre. La Rochefoucauld l'arrêta un
moment encore sur le seuil de la guerre : il le pria
de lui laisser entreprendre des négociations nouvelles.
Condé y consentit volontiers. Mᵐᵉ de Longueville

pour Molé, après les avoir sans cesse combattus. Si l'on veut sur
Condé le jugement d'un grand connaisseur, d'un homme qui n'est
dupe de rien ni de personne, qui dit volontiers le secret de tout le
monde, bien entendu excepté le sien, on le trouvera dans une page des
Mémoires de Retz, où, à travers ses préjugés de vieux frondeur et en
gardant le rôle qu'il s'était composé, le cardinal rend pleinement justice à la loyauté de M. le Prince, d'autant plus digne en cela de confiance qu'il signale en même temps le défaut qui a perdu Condé, et que
nous avons relevé nous-même, le manque de suite et de plan bien
arrêté. Retz, comme Mᵐᵉ de Longueville, auroit voulu que Condé
servît toujours la Fronde; nous voudrions, nous, qu'il eût toujours
servi la royauté en l'éclairant. Mais voici le passage de Retz, t. I,
p. 179 : « Les héros ont leurs défauts; celui de M. le Prince est de
n'avoir pas assez de suite dans l'un des plus beaux esprits du monde.
Ceux qui ont voulu croire qu'il avait tâché, dans les commencements,
d'aigrir les affaires par Longueil, par Broussel et par moi, pour se
rendre plus nécessaire à la cour, et dans la vue de faire pour le cardinal ce qu'il fit depuis, font autant d'injustice à sa vertu et à la
vérité, qu'ils prétendent faire d'honneur à son habileté. Ceux qui
croyent que les petits intérêts, c'est-à-dire les intérêts de pension, de
gouvernement, d'établissement, furent l'unique cause de son changement, ne se trompent guère moins. La vue d'être l'arbitre du cabinet
y entra assurément; mais elle ne l'eût pas emporté sur les autres
considérations, et le véritable principe fut qu'ayant tout vu d'abord
également, il ne sentit pas tout également. La gloire de restaurateur
du public fut sa première idée, celle de conservateur de l'autorité
royale fut la seconde. Voilà le caractère de tous ceux qui ont dans l'es-

s'y opposa. La Rochefoucauld, lui parlant[1] avec
l'autorité que lui donnait son long dévouement, lui
représenta la terrible responsabilité qu'elle prenait
sur elle envers Condé et envers l'État, et il obtint
d'elle qu'elle se retirerait quelque temps de la scène
des affaires, accompagnerait sa belle-sœur la
princesse de Condé en Berri, et lui permettrait de
rester à Paris auprès de Condé pour essayer une
dernière fois de conjurer la tempête.

C'est ici le moment de faire connaître la conduite
de Mme de Longueville dans ces graves conjonctures,
les divers sentiments qui l'animaient, et le véritable
et triste motif qui la décidait à jeter ainsi son frère
dans la guerre civile et à s'y jeter avec lui.

Rappelons-le : Anne de Bourbon avait dans le caractère des contrastes extraordinaires, des qualités

prit le défaut que je vous ai marqué ci-dessus. Quoiqu'ils voyent
très bien les inconvénients et les avantages des deux partis, sur lesquels ils balancent à prendre leurs résolutions, et quoiqu'ils les voyent
même ensemble, ils ne les pèsent pas ensemble : ainsi ce qui leur
paroît aujourd'hui plus léger, leur paroît demain plus pesant. Voilà
justement ce qui fit le changement de M. le Prince, sur lequel il faut
confesser que ce qui n'a pas honoré sa vue, ou plutôt sa résolution, a
bien justifié son intention. L'on ne peut nier que s'il eût conduit
aussi prudemment la bonne intention qu'il avoit, certainement il n'eût
redressé l'État et peut-être pour des siècles; mais l'on doit convenir
que s'il l'eût eu mauvaise, il eût pu aller à tout dans un temps où l'enfance du Roi, l'opiniâtreté de la Reine, la faiblesse de Monsieur, l'in-
capacité du ministre, la licence du peuple, la chaleur du Parlement,
ouvroient à un jeune Prince, plein de mérite et couvert de lauriers,
une carrière plus belle et plus vaste que celle que MM. de Guise
avoient courue. »

1. La Rochefoucauld, p. 79 et suiv.

entièrement opposées qui, se développant tour à
tour suivant les circonstances, donnent une empreinte
particulière aux diverses époques de sa vie. Elle
tenait de la nature et de l'éducation chrétienne
qu'elle avait reçue une conscience délicate et inquiète, une humilité devant elle-même et devant Dieu
qui en eût fait une carmélite accomplie ; et en même
temps le ciel lui avait donné cette ardeur de l'âme
qu'on appelle l'ambition, l'instinct de la gloire et
de la grandeur. Cet instinct, qui était aussi celui de
sa maison et de son siècle, prit bientôt le dessus au
sortir de sa pieuse adolescence, et lorsqu'elle déses-
péra de vaincre la résistance de son père au sérieux
désir qu'elle avait manifesté d'ensevelir[1] à quinze
ans, dans le couvent de la rue Saint-Jacques, entre
ses chères et sublimes amies, la mère Marie Madeleine
de Jésus et la mère Agnès, sa beauté déjà redoutable
et le besoin naissant de briller et de plaire. Ce besoin était à la fois la force et la faiblesse de Mᵐᵉ de
Longueville, le principe de sa coquetterie parmi les
amusements de la paix, comme de son intrépidité
au milieu des dangers. Une fois condamnée au
monde, elle transporta les rêves de gloire qu'elle
n'osait faire pour elle-même, sur la tête de son frère,
ce Louis de Bourbon, presque du même âge qu'elle,
le compagnon chéri de son enfance, si spirituel, si
généreux, si hardi, qui lui fut tout ensemble un ami

---

1. *La Jeunesse de Mᵐᵉ de Longueville,* chap. 1ᵉʳ.

et un maître, et l'idole de son cœur, avant qu'un autre objet en eût usurpé la place ou lorsqu'il l'eut abandonnée. Dans la première et la dernière partie de sa vie, qui sont incomparablement les meilleures, elle rapportait tout à Condé, et Condé avait en elle une confiance sans bornes. De bonne heure, le soupçonneux et pénétrant Mazarin en avait jugé ainsi, et dans les carnets où il dépose ses sentiments les plus intimes, il la peint en ennemi, mais en ennemi qui la connaît bien : « Mme de Longueville, dit-il[1], a tout pouvoir sur son frère... Elle voudrait voir Condé dominer et disposer de toutes les grâces. Si elle aime la galanterie, ce n'est pas du tout qu'elle songe à mal, mais pour faire des serviteurs et des amis à son frère. Elle lui insinue des pensées ambitieuses auxquelles il n'est déjà que trop enclin. » En 1648, si elle s'emporta si fort contre son frère, c'est que, fascinée et égarée par La Rochefoucauld, elle croyait que Condé, en servant la cour et Mazarin, trahissait sa véritable gloire. En 1649, elle n'avait que trop contribué à le faire entrer peu à peu dans la voie funeste où La Rochefoucauld l'avait elle-même engagée. Sa fierté nourrissait l'espérance de voir un jour les Condé remplacer les d'Orléans. Lorsqu'en 1650, Monsieur eut un fils, le petit duc de Valois, qui ne vécut pas, elle s'affligea d'un évé-

---

1. *La Jeunesse de Mme de Longueville,* chap. iv, p. 272.

nement qui menaçait d'affermir et de perpétuer une
maison qu'elle n'aimait point, et dans une lettre jusqu'à présent restée inédite, elle laisse paraître les pensées qui s'étaient glissées dans son cœur. « Je pense,
écrit-elle à Lenet, le 22 août 1650, que la nouvelle de
la naissance du fils de M. d'Orléans ne réjouira pas
plus ma belle-sœur qu'elle ne m'a réjouie. C'est à mon
neveu qu'il en faut faire des doléances[1]. » En 1651,
cette ambition fut portée à son comble. Mme de
Longueville éprouva l'enivrement naturel que lui
devaient donner la puissance et la prospérité de sa
maison, et lorsqu'on songe quels périls elle venait
de surmonter, de quels hommages elle était de toutes
parts environnée, qu'elle avait alors trente-deux ans,
qu'elle était dans tout l'éclat de la beauté, et aussi
dans toute la force des passions, on serait bien tenté
de lui pardonner cet enivrement passager, s'il n'avait
pas entraîné d'aussi désastreuses conséquences pour
elle-même, pour Condé et pour la France.

Ici vient la question que nous avons agitée : est-ce
Mme de Longueville qui a fait rompre le mariage
projeté entre le prince de Conti et Mlle de Chevreuse?
Si elle est la première coupable, nous le disons à
regret, qu'elle porte devant la postérité le blâme
d'une telle faute. Si elle n'a fait que céder aux conseils de La Rochefoucauld, nous l'excusons davantage, et nous disons, que la faute retombe sur lui.

---

1. *Bibliothèque Impériale, Manuscrits de Lenet,* t. III.

Comme nous l'avons vu, cette affaire garde encore
bien des obscurités, et puisque Retz hésite lui-même;
nous serions bien fondé à hésiter à notre tour. Mais
nous en convenons, les soupçons des frondeurs et
les accusations des amis de la Reine nous en imposent, et nous ne pouvons nous empêcher d'attribuer
à Mme de Longueville une assez grande part dans la
déplorable rupture d'où sont sortis tant de maux.
Son bienveillant historien [1], Villefore, se joint ici à
Mme de Motteville. Sans doute le mariage du prince
de Conti avec Mlle de Chevreuse était loin de réunir
tous les suffrages. Les précieuses de l'hôtel de
Rambouillet et en particulier Mlle de Scudéri décla-
maient fort contre une pareille alliance [2]. On rappelait l'ancien outrage qu'en 1643 Mme de Montbazon, aidée par Mme de Chevreuse, avait osé faire à
Mme Longueville, les mœurs très hardies de la mère

1. Villefore, édit. de 1739, t. Ier, p. 203.
2. Mlle de Scudéri, dans une de ses curieuses lettres à Godeau,
évêque de Vence, publiées par M. Montmerqué, *Historiettes de Tallemant*, t. VI, p. 407, s'exprime, sur ce mariage, avec une sévérité qui
tient presque du cynisme : « Pour moi, dit-elle, j'avoue que je ne sais
pas comment le prince de Conti a la hardiesse d'épouser une fille de
Mme de Chevreuse. Je vis hier un homme qui me dit qu'il aimeroit
mieux épouser quelque jeune sultane qui sortiroit du sérail que la
fille d'une telle mère. » Dans cette même lettre, du 2 mars 1651, se
trouvent ces lignes à peu près démonstratives : « Quelque avancé
que soit ce mariage, il y en a qui doutent encore qu'il s'achève, parce
qu'on sait que Mme de Longueville y a une aversion étrange. Le temps
nous fera voir ce qui en sera. » Voici une note de Lenet qui ne l'est guère
moins. Lenet, édit. de M. A. Champollion, partie inédite, p. 524 :« La duchesse de Longueville porte impatiemment le mariage proposé du prince
de Conti avec Mlle de Chevreuse, et pourquoi. » Vérifié sur l'original.

qui semblaient avoir passé jusqu'à la fille, la réputation équivoque de celle-ci, et la liaison suspecte
et quasi publique qu'elle entretenait avec Retz.
Vaines objections que ne pouvait alléguer Mᵐᵉ de
Longueville, car elle savait parfaitement tout cela
lorsqu'à Stenay elle avait autorisé la Palatine à
engager sa parole pour la sienne. Il faut donc
chercher d'autres raisons à sa conduite, et ces raisons ne peuvent être que celles que ses ennemis ont
données, et au premier rang la jalousie d'influence,
le désir de retenir sur son jeune frère le prince de
Conti un empire que Charlotte de Lorraine lui aurait
infailliblement enlevé.

Cette faute irréparable, en amenant la situation
périlleuse où se trouva bientôt Condé, devait conduire Mᵐᵉ de Longueville à une autre faute en quelque
sorte forcée qui acheva la première : il est certain
que plus que personne elle anima son frère à la résolution qu'il a fini par prendre. La Rochefoucauld
le dit, et tous les écrivains contemporains le répètent.
Faisons seulement cette remarque essentielle : Mᵐᵉ de
Longueville était d'abord fort bien entrée dans les
desseins d'accommodement de Condé et de La Rochefoucauld et dans leurs négociations avec la cour;
c'est seulement quand ces desseins eurent échoué,
quand vers le mois de juin les négociations eurent
fait place aux violences, quand elle vit son frère
entouré d'assassins, tout près à chaque instant de

tomber sous les coups de d'Hocquincourt ou d'être
replongé dans les cachots de Vincennes, c'est alors
que frémissante d'indignation et de crainte, toute
malade qu'elle était, elle accourut à Saint-Maur,
et que, trouvant là réunie la fleur de l'aristocratie
et de l'armée, elle reprit son ardeur belliqueuse
de 1649 et 1650. Elle croyait que rien ne résis-
terait sur les champs de bataille au vainqueur de
Rocroy et de Lens, secondé par Turenne qui à Stenay lui avait montré un si vif, un si tendre attachement, et dont elle n'avait cessé de ménager les sentiments avec tout l'art dont elle était capable. Elle
avait aussi une grande confiance dans l'Espagne
qui était à ses pieds, et lui prodiguait toutes sortes
de déférences. Elle pressait donc Condé de laisser là
de perfides et inutiles négociations, et d'en appeler
à la fortune des armes.

Mais à ces divers motifs que Mme de Longueville
faisait valoir avec l'autorité de son esprit et de ses
services, s'en joignait un autre bien plus puissant
sur son cœur, et qui a été le ressort principal de ses
déterminations et de sa conduite. La Rochefoucauld
seul n'a pas le droit de lui en faire un crime. Pour
nous, nous ne balançons pas à le faire connaître sur
la foi d'irrécusables témoignages ; car nous ne com-
posons pas un panégyrique de Mme de Longueville,
nous raçontons sa vie, où se réfléchit celle du
XVIIe siècle tout entier avec ses grandeurs et avec ses

misères ; et si nous ressentons pour la sœur de Condé
une admiration sincère, cette admiration ne nous
ferme pas les yeux sur ses défauts. Il ne nous messied
pas d'avoir une héroïne, dont les hautes qualités
sont mêlées de faiblesses qui rappellent son sexe.
C'est d'ailleurs le premier devoir de l'histoire, telle
que nous la comprenons et voudrions la faire comprendre[1],
de ne se point arrêter à la surface des
événements, et d'en rechercher les causes au foyer
de l'âme, dans les passions humaines et leurs suites
inévitables.

Nous l'avons déjà dit [2] : Mme de Longueville n'aimait
point son mari. Non-seulement il était beaucoup
plus âgé qu'elle, mais il n'avait rien qui répondît à
l'idéal que s'était formé cette illustre disciple de
l'hôtel de Rambouillet, et qu'elle poursuivit en vain,
à travers des illusions coupables, jusqu'à ce qu'elle
le cherchât et le trouvât dans sa source même, non
plus à l'école de Corneille et de Mlle de Scudéri, mais
à celle de Jésus-Christ, au couvent des Carmélites et
à Port-Royal. Jamais femme ne fut moins portée naturellement
à la galanterie qu'Anne de Bourbon : les
plaisirs des sens ne l'attiraient point [3] ; mais, comme
nous venons de le dire, son cœur et son imagination
lui faisaient un besoin de plaire et d'être aimée ;

1. *Mme de Chevreuse*, Avant-propos, p. vi.
2. *La Jeunesse de Mme de Longueville*, chap. iii, p. 204.
3. Confession de Mme de Longueville, du 24 novembre 1661, *Supplément au Nécrologe de Port-Royal*, p. 137-140.

et c'est ce besoin, cultivé de bonne heure par les romans, la poésie, le théâtre, et un peu plus tard corrompu par les exemples de la société où elle vivait, qui l'égara loin du foyer domestique, et la précipita dans la carrière brillante et aventureuse au milieu de laquelle nous la trouvons en 1651. Alors sa plus grande crainte était de rentrer sous la main de son mari. M. de Longueville avait suivi très volontiers sa femme dans la Fronde : ses propres mécontentements l'y portaient d'eux-mêmes, ainsi que son caractère incertain et mobile qui le faisait entrer dans les nouvelles entreprises avec autant de facilité qu'il l'en faisait sortir. En 1649 il avait été un des généraux de Paris, et il avait soulevé la Normandie contre Mazarin. Une année de prison l'avait refroidi, et, en 1651, ayant retrouvé son gouvernement de Normandie et goûté quelques mois de cette grandeur paisible, il s'en trouvait bien, et n'était pas fort tenté de rentrer dans les orages à l'âge de près de cinquante-sept ans. Des récits trop véridiques lui avaient appris ce que jusqu'alors il avait à peine entrevu, la liaison déclarée de sa femme avec La Rochefoucauld. Il en avait été fort irrité, et les ennemis de M. le Prince, Retz à leur tête[1],

---

1. La Rochefoucauld, p. 71 : « Mme de Longueville savoit que le coadjuteur l'avait brouillée irréconciliablement avec son mari, et qu'après les impressions qu'il lui avoit données de sa conduite, elle ne pouvoit aller en Normandie sans exposer au moins sa liberté. Le duc de Longueville vouloit la retirer auprès de lui par toutes les voies... »

attisaient avec soin sa mauvaise humeur. Sa fille,
Marie d'Orléans, depuis la duchesse de Nemours[1],
les seconda de toutes ses forces.

Elle détestait sa belle-mère, dont son bon sens lui
faisait apercevoir aisément tous les défauts, sans que
son cœur, médiocre et vulgaire, fût capable d'en
comprendre les grandes qualités. Il était impossible
de se moins ressembler. L'une adorait la grandeur jusqu'au romanesque et au chimérique, l'autre
était toute positive, enfoncée dans ses intérêts, surtout dans celui de la fortune. Éloignée de la Fronde
par la haine jalouse qu'elle portait à sa belle-mère,
qui à son tour ne l'aimait guère et peut-être aussi
ne la ménageait point assez, Mlle de Longueville se
tourna du côté de la Reine et travailla à lui donner
son père[2]. Elle y parvint peu à peu. M. de Longueville ne pouvait pas se séparer ouvertement de Condé,
et il lui promit d'abord tout ce qu'il voulut; puis
il se renferma en Normandie, et y tint une conduite
douteuse qui ne le compromettait pas trop ni avec
le parti de la cour ni avec celui de M. le Prince.
Mais il rappela sa femme avec empire et lui donna
l'ordre de revenir auprès de lui. Cet ordre était
pressant et menaçant : il épouvanta Mme de Longueville. Elle savait son mari instruit de tout et entiè-

---

1. Voyez *La Jeunesse de Mme de Longueville,* chap. III, p. 202-203.
2. Mme de Motteville, t. IV, p. 433, et surtout les Mémoires de
Mme de Nemours.

rement livré à sa fille; elle craignit de mauvais
traitements.; elle était sûre au moins qu'une fois en
Normandie elle n'en sortirait plus, et que sa destinée
s'écoulerait entre un vieux mari jaloux et irrité et
une belle-fille toute-puissante, qui s'appliqueraient
de concert à la retenir dans la solitude d'une province et peut-être à lui faire expier ses triomphes
passés. L'image de la triste vie qui l'attendait en
Normandie faisait à peu près le même effet sur elle
que l'image d'une prison nouvelle sur l'esprit de
Condé. Elle chercha les moyens d'éviter ce qui lui
était le pire de tous les dangers; il y en avait
un assuré, c'était la guerre, qui lui permettrait de
ne se pas rendre en Normandie, sous le prétexte plus
ou moins spécieux qu'elle ne pouvait abandonner
son frère. Tel est le dessein qu'elle forma et arrêta
d'assez bonne heure avec elle-même, et les négociations nouvelles qu'imagina La Rochefoucauld la
contrarièrent doublement. Si ces négociations réus-
sissaient, elles lui ôtaient le seul prétexte qu'elle eût
de ne pas aller rejoindre son mari en Normandie, et
elle trouvait étrange que ce fût La Rochefoucauld
qui l'exposât à ce péril. Dès lors sans doute il y eut
entre eux de fâcheuses explications. Elle s'aperçut
que La Rochefoucauld était las de ses sacrifices,
qu'il voulait s'accommoder avec la cour, refaire sa
fortune et goûter les douceurs de la paix, tandis
qu'aux yeux de la superbe princesse le premier

intérêt de celui pour qui elle avait tant fait, devait
être de ne se pas séparer d'elle, dussent-ils tous les
deux courir ensemble à une ruine certaine. Mais La
Rochefoucauld n'était plus monté sur ce ton-là, digne
du grand Cyrus et de leurs chevaleresques amours
de 1648, et la fière Mandane [1] en reçut une blessure
profonde. Cependant elle ne fut pas insensible à ce
qu'il y avait de raisonnable dans les conseils de La
Rochefoucauld, et pour ne pas avoir toute la responsabilité du parti que prendrait son frère, elle consentit à suivre sa belle-sœur Mᵐᵉ la Princesse et son
neveu le duc d'Enghien dans le Berri, l'un des gouvernements de Condé : voyage qui d'ailleurs avait
l'avantage de l'éloigner de son mari. Elle s'achemina
donc le 18 juillet [2] vers Bourges, emmenant avec elle
l'aîné de ses deux fils, le plus jeune, Charles de Paris, né en 1649, ne pouvant pas supporter les fatigues
de la route. M. de Longueville la rappela du Berri
comme il avait fait de la capitale, et il redemanda son
fils avec une telle force qu'elle dut se résigner à le
lui envoyer. Désormais étant seule et n'exposant
qu'elle, sans rompre avec M. de Longueville et en
employant tout son esprit à colorer sa désobéissance,
elle éluda ses ordres, resta en Berri, faisant au fond
de son cœur des vœux ardents pour la guerre, mais
tranquille en apparence, tantôt accompagnant à

1. Voyez La Société Française au xviiᵉ siècle, chap. 1ᵉʳ.
2. Retz, t. II, p. 344.

Montrond la princesse de Condé, tantôt faisant d'assez longues retraites au couvent des Carmélites de Bourges. C'est là qu'elle attendit ce que les négociations conseillées et conduites par La Rochefoucauld décideraient de sa destinée.

Il faut en vérité que La Rochefoucauld ait bien ardemment désiré mettre un terme à la vie de fatigues et de dangers qu'il menait depuis trois années, pour avoir pu se faire la moindre illusion sur le succès des démarches qu'il allait renouveler. Comment espérer regagner la Fronde qu'on venait de tromper outrageusement après qu'elle s'était donnée à M. le Prince dans son malheur, et qu'elle l'en avait tiré? Si La Rochefoucauld pensait que l'alliance de la Fronde était nécessaire, il devait s'en aviser plus tôt et en temps utile, persuader à Condé et à sa sœur de tenir leur parole, de sceller l'alliance convenue entre le prince de Conti et Mlle de Chevreuse. Il ne l'avait pas fait, et maintenant qu'il avait laissé s'établir entre Condé et la Fronde une guerre parjure, par quel charme croyait-il la pouvoir suspendre? Avec la Reine aussi toutes les négociations étaient épuisées et superflues. Il fallait s'entendre avec elle lorsqu'elle y était disposée, lorsque Condé était tout-puissant, lorsqu'il pouvait abaisser davantage ou relever la couronne : *Tum decuit cùm sceptra dabas*. Mais, à la fin du mois d'août, Condé, brouillé avec la cour et avec la Fronde, n'avait plus

que son épée. C'était assez sans doute pour faire
peur encore à tout le monde; ce n'était point assez
pour inspirer confiance à personne. La Rochefoucauld
n'obtint donc de toutes parts à ses avances que des
réponses du dernier vague. L'heure des négociations était passée sans retour, et pendant que La
Rochefoucauld s'épuisait en efforts inutiles, la Reine
et la Fronde concluaient ensemble un traité dans le
commun dessein d'accabler Condé.

Ce traité était l'ouvrage de Mazarin, le chef-
d'œuvre de sa politique. Il autorisait les frondeurs
a parler contre le cardinal dans le parlement
quelque temps encore pour couvrir leurs secrètes
intelligences. Le chapeau était assuré au coadjuteur,
des places éminentes et de grands avantages aux
principaux amis de Mme de Chevreuse, le premier
rang dans le cabinet donné à Châteauneuf, et une
paix solide ménagée entre Mazarin et la puissante
duchesse, sous la condition que son neveu Mancini,
pourvu du duché de Nevers ou de celui de Rethelois, épouserait Mlle de Chevreuse. On avait surpris ce projet de traité sur le chemin de Cologne,
dans un paquet porté par un courrier qui appartenait au marquis de Noirmoutier, et M. le Prince
l'avait fait imprimer pour éventer et mettre au jour
l'alliance des frondeurs, de la Reine et de Mazarin.
Mme de Motteville, si bien informée de tout ce qui
vient de la Reine et du cardinal, considère ce traité

comme parfaitement authentique, et elle en donne les divers articles « comme pouvant servir d'instruction pour comprendre les changements qui furent faits par la Reine aussitôt après la majorité du Roi [1]. »

Cette majorité avait été déclarée le 7 septembre dans un lit de justice, avec la pompe ordinaire [2]. Le premier prince du sang n'avait pas cru pouvoir y assister avec sûreté, et le soir la Reine indignée avait dit à Retz ces propres mots : « M. le Prince périra ou je périrai [3]. »

Anne d'Autriche se préparait sérieusement à faire tête à Condé, et pour cela elle rassemblait autour d'elle toutes les forces de la Fronde unies à celles de la royauté. Elle venait de renvoyer Chavigny du ministère, comme trop favorable à M. le Prince, ou du moins comme incapable d'entrer dans le dessein de sa perte. Quelque temps auparavant elle avait fait la faute d'ôter les sceaux à Mathieu Molé pour les donner au chancelier Seguier, et Condé avait fait celle de mécontenter profondément l'austère et ambitieux magistrat, en ne le soutenant pas comme il l'aurait dû, lui et les siens. Molé, du reste, quitta le pouvoir avec sa dignité et sa fermeté accoutu-

1. Mme de Motteville, t. V, p. 48.
2. Mme de Motteville, *ibid.*, p. 55; *Gazette*, p. 373, etc. Le Roi avait alors treize ans accomplis.
3. Retz, t. II, p. 291.

mées[1] ; et quand la Reine l'eut jugé bien séparé de
Condé, elle s'était empressée de le reprendre et de
lui rendre les sceaux, afin d'acquérir le parlement
dans la personne de son premier président. Pour
s'attacher plus particulièrement encore la princesse
Palatine et l'ôter aux Condé, elle avait remplacé
dans la surintendance des finances le président de
Maisons par le marquis de La Vieuville, ancien ministre du temps de Richelieu, jadis accusé de con-
cussion, et dont le plus grand mérite était d'être le
père du jeune et vaillant chevalier de La Vieuville,
qui régnait alors sur le cœur de la Palatine, et assurait au nouveau ministère l'appui de ses conseils et

1. *Gazette*, p. 404 : « Le premier président alla le 13 avril trouver
la Reine; il lui dit que comme elle lui avoit fait une grâce en lui donnant la charge de garde des sceaux, il lui en demandoit une seconde,
qui étoit qu'elle agréât qu'il les lui rendît, et qu'il en fût déchargé,
dans la connoissance qu'il avoit qu'en cette occurrence il servoit très
utilement le Roi et l'État par cette démission volontaire, continuant
comme il feroit ses services en sa charge de premier président du
parlement. Ce qu'ayant fait agréer à la Reine, il lui remit à l'heure
même les sceaux, lors de laquelle remise Sa Majesté, voyant que la
magnanimité de ce grand homme le privoit de cette reconnoissance
qu'elle avoit destinée à ses anciens services, Sa dite Majesté lui offrit
plusieurs autres récompenses auxquelles il ne se montra pas moins
inflexible, etc. » Mᵐᵉ de Motteville, t. IV, p. 386, raconte aussi que,
pour complaire à Monsieur, qu'excitaient les amis de Chateauneuf,
la Reine fut bien forcée d'ôter les sceaux à Molé. « Le nouveau garde
des sceaux fut contraint de retourner à son premier état. Ce fut
malgré lui, et il le fit néanmoins de fort bonne grâce. La Reine envoya chercher le premier président, et toute honteuse de ce qu'elle
faisoit, le pria de souffrir avec patience ce sacrifice au repos de l'État.
Elle lui dit que pour satisfaire Monsieur, elle étoit contrainte de lui
redemander ce qu'elle lui avoit donné, mais qu'elle l'assuroit qu'aussitôt
qu'elle pourroit, il reverroit les sceaux entre ses mains. Le premier

de son influence. Enfin, dans le ferme dessein d'inspirer toute confiance à la Fronde ; en même temps
que la nomination de la France au cardinalat était
dévolue au coadjuteur, la Reine faisait rentrer dans
le cabinet, comme une sorte de premier ministre,
l'homme d'État du parti, l'ami et l'instrument de
Mme de Chevreuse, le vieux et ambitieux Châteauneuf, avec le double engagement de servir en secret Mazarin et de contribuer de toutes ses forces
à détruire M. le Prince. Bien entendu, personne
ici n'était de bonne foi : Retz et Châteauneuf ne se
proposaient nullement de rétablir Mazarin ; Châteauneuf ne croyait pas faire le lit d'un autre, mais,
une fois arrivé au pouvoir, il prétendait le garder

président, sans s'étonner, avec un visage riant, lui dit qu'il étoit trop
heureux de connoître par là l'estime qu'elle faisoit de sa fidélité, et
trop heureux encore de pouvoir contribuer à son repos ; et tirant de son
col la clef des sceaux, qu'il y tenoit pendue, la lui donna. » Ailleurs,
p. 355, Mme de Motteville va plus loin, et beaucoup trop loin ; elle est
presque injuste envers Molé : l'amie de la Reine ne lui peut pardonner
d'avoir un moment appuyé Condé : « Le prince de Condé perdit encore
le premier président Molé, à cause qu'il avoit dit qu'il ne seroit jamais
content qu'il n'eût fait chasser Le Tellier du conseil et du service du Roi,
afin de pouvoir faire mettre à sa place le président Viole, qu'il préféra à
Champlâtreux, fils du premier président, qui avoit espéré de pouvoir
devenir secrétaire d'État. Les hommes les plus sages cessent de l'être
quand il s'agit de leurs intérêts. Voilà la source de toutes les fautes de
ce sage magistrat. Sa fermeté, sa probité, le zèle qu'il avoit pour le
bien de l'État et le service du Roi, qui avoit paru au travers de sa
faiblesse, toutes ses vertus perdirent leur éclat, parce qu'il ne fit pas
tout ce qu'il devoit faire ; et par là seulement il se priva de l'avantage
qu'il auroit pu avoir d'être estimé un des premiers hommes de son
siècle. Sa prétention l'avoit rendu trop partial du prince de Condé, et
l'avoit souvent fait manquer à son devoir ; mais les dégoûts qu'il eut
de ce prince, qui se multiplièrent beaucoup, le rendirent plus fidèle. »

pour lui-même, et Mazarin était fort résolu à con-
gédier Châteauneuf aussitôt qu'il le pourrait. Il faisait écrire officiellement à Rome, par le secrétaire
d'État Brienne, pour le chapeau de Retz; mais
d'autres dépêches plus confidentielles avertissaient
de ne se point presser, et si Retz a été nommé cardinal, il le doit par-dessus tout à lui-même, d'abord
à ses heureuses manœuvres au Palais royal et auprès
de la Reine, ensuite à son admirable activité, à ses
puissantes intrigues auprès du Saint-Siége, et aux
énormes dépenses qu'il sut faire pour séduire et entraîner la cour de Rome. Mais si ces grands politiques
étaient prêts à se trahir en tout le reste, il y avait un
point sur lequel ils étaient sincèrement unis : la
perte de Condé. Ils y travaillaient de concert ou
plutôt à l'envi. La reine Anne y montra une passion, une constance, une habileté merveilleuse. Elle
parvint à enlever à Condé les principaux soutiens
de sa grandeur. Elle négocia avec le duc de Bouillon qui avait, il est vrai, d'assez étroits liens avec
M. le Prince, mais qui, touché des avances et des
offres brillantes de la Reine, s'appliqua à les dénouer
doucement et peu à peu. Le duc de Bouillon,
comme La Rochefoucauld, était fatigué de la guerre
civile. Elle avait commencé pour lui de bonne heure,
sous le comte de Soissons, et elle avait eu d'étranges
vicissitudes : en 1641, la victoire de la Marfée;
en 1642, la prison de Pierre-Encise et presque

l'échafaud de Cinq-Mars et de de Thou ; en 1644,
un long exil à travers la Suisse et l'Italie ; en 1650,
le siège de Bordeaux. Aujourd'hui avec Condé ; la
guerre encore, une guerre terrible et douteuse ; avec
la Reine, de magnifiques équivalents de sa principauté de Sedan, et pour lui et pour son frère Turenne d'importants gouvernements et le commandement des armées. Turenne aussi trouvait plus
d'avantages à s'accommoder avec la cour qu'à
suivre M. le Prince. Il prétendait qu'en 1650 il n'a-
vait promis à Condé que de le servir jusqu'à ce que
la liberté lui fût rendue, qu'ainsi ses engagements
finissaient avec sa prison. Il se louait des attentions
de Mme de Longueville, mais il n'avait pas réussi
auprès d'elle de la façon qu'il l'eût souhaité, et il
disait que M. le Prince ne l'ayant pas appelé à ses
conseils intimes, il se croyait libre de suivre le chemin qui lui conviendrait le mieux. Peut-être au fond
du cœur du grand capitaine était le secret désir de ne
plus être au second rang, comme il l'eût toujours été
dans le parti de M. le Prince, tandis qu'avec la Reine
et Mazarin il était sûr d'être le premier. Ajoutez que
la duchesse de Bouillon, si puissante sur son mari,
et qui avait été pour beaucoup dans toutes ses déterminations, le portait du côté de la cour. Par toutes
ces raisons, au lieu de tenir ses promesses envers
Condé, le duc ne songeait plus qu'à s'accommoder
avec la Reine en sauvant les apparences.

Mais Condé comprenait de quelle importance il
lui était de ne pas laisser à la Reine Bouillon et
Turenne; il mit donc à ses pieds tout amour-propre,
et bien qu'il fût déjà blessé des faux-fuyants que
prenaient les deux frères, il fit de nouveau parler
au duc de Bouillon par La Rochefoucauld, qui a
été l'agent principal de cette dernière négociation
et en peut être considéré comme le fidèle historien.
Condé autorisa La Rochefoucauld à faire au duc
de Bouillon des propositions capables de balancer
celles de la Reine. Il lui offrit[1] : 1° sa propre place
de Stenai, avec le domaine entier, pour en jouir
aux mêmes droits qu'auparavant il avait fait lui-
même, jusqu'à ce qu'il lui eût fait rendre Sedan
ou qu'il l'eût mis en possession des riches équivalents que lui avait promis la cour; 2° de lui céder
ses droits sur le duché d'Albret; 3° de l'établir dans
Bellegarde avec le commandement de la place; 4° de
lui fournir les subsides nécessaires pour lever des
troupes et pour faire la guerre; 5° de n'accepter
aucun traité sans faire prévaloir ses prétentions
pour le rang de sa maison; 6° de remettre à Turenne toutes ses vieilles troupes qui étaient alors à
Stenai, à Clermont, à Damvilliers, auxquelles on
joindrait toutes celles que l'Espagne enverrait de
Flandre, en sorte que là Turenne fût maître de tout et

1. La Rochefoucauld, p. 92.

commandât seul. Il fit connaître au duc de Bouillon toutes les forces dont il disposait dans les diverses parties de la France. La Rochefoucauld assure que le duc, séduit par de telles offres et de si grandes perspectives, promit « de se déclarer pour M. le Prince, et de joindre à ses intérêts M. de Turenne, le prince de Tarente et le marquis de La Force, aussitôt que M. le Prince auroit été reçu dans Bordeaux, et que le parlement se seroit déclaré pour lui. » La Rochefoucauld le répète une seconde fois[1] : « Tant de belles apparences fortifièrent le duc de Bouillon dans le dessein de s'engager avec M. le Prince, et il en donna encore sa parole au duc de La Rochefoucauld. » Ce témoignage, si net et si formel, est d'une bien grande force, et Condé était parfaitement fondé à regarder le duc de Bouillon et même Turenne comme attachés sans retour à sa cause. Retz, ici fort désintéressé[2], se demande si M. le Prince s'est laissé aller à compter sur les deux frères sans en avoir le droit, ou si MM. de Bouillon ont rompu à tort un engagement contracté. Il est fort embarrassé entre Condé et Turenne. Condé lui a dit que Turenne lui avait promis si positivement de le servir, qu'il avait même accepté un ordre signé de sa main par lequel il ordonnait à celui qui commandait pour lui dans

1. La Rochefoucauld, p. 94.
2. Retz, t. II, p. 395.

Stenai de remettre la place au vicomte, et que la
première nouvelle qu'il eut après cela de Turenne
fut qu'il allait commander l'armée du Roi. « Je vous
prie d'observer, ajoute Retz, que M. le Prince est
l'homme que j'aie jamais connu le moins capable
d'une imposture préméditée. » Il remarque en même
temps « qu'il n'a jamais vu personne moins capable
d'une vilainie que Turenne. » Il conclut, selon sa
coutume, « qu'il y a des points dans l'histoire
inconcevables à ceux mêmes qui se sont trouvés les
plus proches des faits [1]. »

Se croyant bien sûr du duc de Bouillon et de
Turenne, qui lui donnaient les deux meilleures épées
de l'armée, toute l'Auvergne, et une grande influence
sur les protestants de France, Condé s'efforça de
gagner aussi son beau-frère le duc de Longueville;
il alla le trouver dans son château de Trie à l'entrée
de la Normandie; mais Mlle de Longueville avait
fait la leçon à son père, et Condé ne put rien ni sur
l'une ni sur l'autre. Il eut beau presser le duc de
Longueville, lui rappeler leurs communs malheurs,
la nécessité d'être unis, le danger et la honte d'une
semblable division dans les circonstances critiques
où ils se trouvaient, Condé n'en put tirer aucune

---

1. Lenet, p. 525 : « Bouillon me charge de proposer au Prince de lui
donner une de ses places, s'il s'engage dans ses intérêts. Le Prince y
consent. Mlle de Bouillon, liée avec Turenne, fait naître des difficultés. » On appelait Mlle de Bouillon la gouvernante de M. de Turenne,
pour marquer son crédit sur son frère.

parole certaine, « soit par irrésolution, dit La Rochefoucauld[1], soit parce qu'il ne vouloit pas appuyer
un parti que Mme sa femme avoit formé, ou soit
qu'il crut qu'étant engagé avec M. le Prince, il seroit
entraîné plus loin qu'il n'étoit accoutumé d'aller. »

En quittant Trie et M. de Longueville, Condé ne
crut pas pouvoir retourner à Paris, considérant la
nomination du nouveau cabinet, Châteauneuf à sa
tête, comme une véritable déclaration de guerre ;
il s'en alla à Chantilly, et, dit-on[2], il s'en fallut assez
peu qu'il ne tombât dans une embuscade que la cour
lui avait dressée à Pontoise.

Il resta quelques jours à Chantilly, pensif et agité
devant la grande résolution qu'il allait prendre. La
médiation du duc d'Orléans, la seule qu'il pût accepter, n'offrait aucune sûreté, Monsieur ne gouvernant
pas le coadjuteur et Mme de Chevreuse, mais étant
gouverné par eux. Son inclination particulière était
de s'entendre avec la Reine et même avec Mazarin ;
il l'avait bien fait voir ; il y revenait toujours ; mais
après tant de paroles mensongères et des trames
odieuses auxquelles l'exécution seule avait manqué,
il croyait qu'il serait dans une bien meilleure posture pour traiter solidement avec la cour à la tête
d'une armée puissante et victorieuse, qu'au milieu
de misérables intrigues, indignes de son caractère,

---

1. La Rochefoucauld, p. 94.
2. *Histoire de Condé*, par Desormeaux, t. III, p. 121.

où il jouait à tout moment son honneur et sa vie.
Jamais il ne laissa pénétrer dans son âme l'idée de
s'élever au-dessus de la royauté; il pensait seulement que pour en obtenir de meilleures conditions,
il avait besoin de lui en imposer et de se faire
craindre. Voilà ce qui se passa réellement dans son
esprit. La guerre civile lui faisait horreur, et on peut
voir dans La Rochefoucauld[1], qui était alors dans
sa plus intime confidence, qu'il pesa longtemps
« les suites d'une si grande affaire ». Gardons-
nous donc d'accuser Condé de légèreté ; reconnaissons qu'insensiblement sa situation était devenue
telle qu'il ne pouvait ni s'y tenir ni en sortir d'une
façon ou d'une autre qu'avec un égal danger.

Parmi les divers motifs qui éloignaient Condé de
la guerre civile, il ne faut pas oublier l'amour qu'il
commençait à ressentir pour la duchesse de Châtillon.
Nous reviendrons un peu plus tard[2] sur cet épisode
de la vie de Condé. Il suffit ici de dire qu'il lui était
pénible de quitter la belle duchesse qui demeurait
alors à côté de Chantilly dans le charmant château de
Merlou ou Mello, près Pontoise, dont la jouissance
lui avait été accordée sa vie durant par la vieille
princesse de Condé, Charlotte Marguerite de Montmorency, morte auprès d'elle à Châtillon-sur-Loing
en décembre 1650 ; don gracieux que M. le Prince

---

1. La Rochefoucauld, p. 76.
2. Voyez plus bas, chap. III, *La Fronde à Paris en 1652.*

s'était empressé de ratifier avec une générosité
quelque peu intéressée. Mme de Châtillon avait ses
raisons de plus d'un genre d'être opposée à la
guerre, et dans les conseils intimes du Prince elle
le portait à s'entendre avec la cour. Elle faisait en
cela cause commune avec La Rochefoucauld, et
elle était en querelle ouverte avec Mme de Longueville. Sensible à la passion de Condé sans la partager, elle ménageait avec un art infini cet altier
amant, tandis qu'elle aimait le jeune, beau et vaillant duc Charles Amédée de Savoie Nemours[1],
qui par son âge et ses instincts aventureux aurait
été pour la guerre, et qu'elle seule, secondée par
La Rochefoucauld, retenait dans le parti de la paix.

Cependant tout précipitait Condé vers le fatal
dénoûment : la prudence ne lui permettait pas de
rester plus longtemps à Chantilly[2], et il dut songer
à se mettre à l'abri d'un coup de main en se retirant
dans son gouvernement du Berri où déjà il avait

1. Charles Amédée avait succédé au titre et au rang de son frère
aîné, le duc de Nemours, un des amis intimes de Condé dans sa première jeunesse, qui avait été tué de bonne heure, même avant
Rocroy. Condé avait reporté sur Charles Amédée l'affection qu'il avait
pour son frère. Le jeune duc avait épousé la belle Mlle de Vendôme,
fille du duc César, sœur des ducs de Mercœur et de Beaufort, et il en
avait deux filles qui devinrent, l'une reine de Portugal, l'autre duchesse de Savoie. A la mort du duc de Nemours, en 1652, on fit passer
son titre sur la tête de son dernier frère Henri de Nemours, déjà
nommé archevêque de Rheims, qui alors quitta la carrière ecclésiastique et épousa Mlle de Longueville, l'auteur des Mémoires.

2. La Rochefoucauld, p. 96.

envoyé son fils, sa femme et sa sœur. C'était, il est
vrai, le chemin de la Guienne, mais il s'y pouvait
arrêter. Toute la population lui était dévouée, et la
tour de Bourges et la forte citadelle de Montrond
lui offraient un asile assuré.

Avant de prendre une dernière et irrévocable résolution, il voulut épuiser la dernière chance d'éviter
la guerre civile : il chargea le duc d'Orléans de
demander de sa part à la Reine une satisfaction à
laquelle il se pût fier sur la nomination d'un ministère composé de ses ennemis, et qui annonçait un
dessein formé contre lui. Puis il alla passer un
jour encore à la campagne, à Angerville, près
d'Étampes, chez le président Perrault, intendant
de sa maison, pour y attendre la réponse de la
Reine, que Monsieur devait lui faire parvenir. Personne ne sait bien que ce qui se passe dans son
propre parti. On a cru, et La Rochefoucauld laisse
entendre lui-même, que la fortune joua ici son rôle
ordinaire, et qu'une petite circonstance décida d'un
grand événement. Selon La Rochefoucauld, Monsieur obtint de la Reine la satisfaction demandée, et
il en envoya porter la nouvelle à Condé par un ami
commun, le conseiller Fouquet de Croissy, qui mal-
heureusement arriva trop tard à Angerville, lorsque
déjà Condé en était parti pour se rendre en Berri.
Voilà le récit de La Rochefoucauld[1] qui a été reproduit

1. La Rochefoucauld, p. 94.

partout ; voici maintenant celui de Retz qui ne peut
pas ne pas être le véritable. Monsieur, poussé par
Retz et par Mme de Chevreuse, avait été un des auteurs du nouveau ministère à la tête duquel était Châteauneuf ; mais il avait feint avec Condé d'en être
aussi mécontent que lui, parce qu'il voulait se ménager et rester bien avec M. le Prince. « Dans le fond,
dit Retz[1], il était ravi de lui voir prendre le parti
de l'éloignement. » Toutefois, il dépêcha quelqu'un
à Angerville pour avoir l'air de le retenir, « mais il
donna l'ordre de n'arriver à Angerville que quand
M. le Prince en seroit parti. » Telle était la bonne
foi[2] du seul médiateur assez puissant pour intervenir
entre la Reine et Condé. La Reine aussi était fort
aise du départ de M. le Prince ; mais, contenue et
guidée par Mazarin, elle feignit, comme le duc
d'Orléans, de le vouloir rappeler ; et pour mettre

---

1. Retz, t. II, p. 392.

2. Retz ne nous dit pas qui donna à M. le duc d'Orléans le conseil de cette basse trahison, mais nous savons que Monsieur n'agissait
guère de son propre mouvement, et que Retz alors ne le quittait pas
et réglait sa conduite. En tout cas, voici ce que lui-même il faisait
pendant ce temps-là, à ce que nous apprend Mme de Motteville, t. V,
p. 85 : « Le coadjuteur, qui voyoit que toutes les négociations qui se
faisoient à la cour et à Paris auprès du duc d'Orléans par plusieurs personnes, et entre autres par Mme du Plessis-Guénégaud, mon
amie, sœur de la maréchale d'Étampes, dame d'honneur de Mme la
duchessse d'Orléans, alloient toutes directement à convier M. le
Prince de se remettre bien avec la Reine ; et craignant que cela
n'arrivât, il dépêcha Bartet au cardinal Mazarin, pour lui offrir de
faire consentir le duc d'Orléans à son retour en France, en se remettant bien avec lui, pourvu qu'en récompense de ce service il lui
fît donner la nomination du Roi au chapeau pour la première promotion.

sur sa tête toute la responsabilité de l'avenir elle
envoya en Berri ce même Croissy qui était arrivé
trop tard à Angerville, le chargeant d'inviter
Condé à demeurer en paix dans un de ses gouvernements, jusqu'à la convocation des États généraux, avec la promesse que, dans ce cas, on ne
l'attaquerait point. Mais était-ce là une bien grande
grâce? Etait-ce là la satisfaction et la sûreté que
Condé avait demandée par le duc d'Orléans, et dont
il avait besoin? N'était-ce pas plutôt un moyen de
l'amuser, comme on l'avait toujours fait, jusqu'à ce
que le nouveau cabinet eût acquis assez de force et
rassemblé assez de troupes pour lui parler sur un
autre ton? Quant à la convocation des États généraux, il savait parfaitement que la Reine y était opposée, et que dans le ministère il y avait un homme
qui jamais n'y consentirait, le garde des sceaux et

Mme de Chevreuse et le marquis de Noirmoutier, amis du coadjuteur,
fortifioient ces offres par les espérances qu'ils donnoient de sa fidélité et de
sa réconnoissance. Bartet, grand débiteur de paroles fabuleuses, dit au
cardinal que le coadjuteur avoit l'âme belle et généreuse, et qu'il seroit
son ami; si bien qu'enfin ce ministre absent, pressé de tant de côtés,
flatté de tant de belles apparences, lui fit donner par le Roi cette
nomination qu'il souhaitoit avec tant d'ardeur, et qu'il fit mettre entre
les mains du duc d'Orléans, dans la crainte qu'il témoigna qu'une
récompense qui paroîtroit venir du cardinal Mazarin, qui n'étoit
pas aimé du Pape, ne gatât l'affaire. » Mme de Motteville ajoute :
« Le ministre fut mal payé de son bienfait : le coadjuteur, au lieu de
réconnoître la sincérité de son procédé par une conduite pareille, quand
il eut ce qu'il demandoit, et qu'il vit M. le Prince s'engager à la guerre,
se moqua du cardinal et parut son ennemi avec la même hauteur qu'il
avoit eue par le passé. »

premier président Mathieu Molé. En effet, ç'avait
été pour plaire à la Reine et pour ménager le premier président avec lequel alors il était bien, que
dans des vues conciliantes, contre son intérêt manifeste et contre celui de la France, Condé, quelques
mois auparavant [1], avec le duc d'Orléans, s'était
prononcé contre les États généraux. Les propositions
de Croissy n'étaient donc ni fort sérieuses ni bien
séduisantes, et pourtant Condé répugnait tellement
à la guerre civile qu'il ne les repoussa point, et on
s'accorde à penser [2] que si ces offres l'eussent trouvé
à Angerville, dans toute la liberté de son jugement
et de ses résolutions, il y eût donné les mains. Mais
en Berri, si l'on en croit La Rochefoucauld [3], les
propositions de Croissy échouèrent devant la confiance qu'inspirèrent à Condé la force de la place de
Montrond et à Bourges les applaudissements du
peuple et de la noblesse; il s'imagina que la France
entière allait imiter le Berri, et il ne balança plus
à faire la guerre. La Rochefoucauld ne dit pas un
mot du favorable accueil que Condé fit à Croissy;
mais le témoignage de Retz mérite une grande
considération, car il s'appuie sur celui de Croissy
lui-même. Croissy trouva M. le Prince à Bourges
très disposé à accepter les propositions qu'on lui ap-

1. La Rochefoucauld, p. 65.
2. La Rochefoucauld, p. 95; Retz, t. II, p. 397; etc.
3. La Rochefoucauld, p. 95-96.

portait, d'autant plus qu'elles lui laissaient quelque
temps encore la liberté de réfléchir, et de choisir entre
les divers partis qu'il avait à prendre ; mais il fut entraîné et subjugué par sa famille et par ses amis, qui
tous, dit Retz[1], le portèrent à la guerre, parce qu'ils
y avaient chacun leur intérêt particulier, surtout
Mᵐᵉ de Longueville, qui se trouvait par là délivrée
de la nécessité d'aller rejoindre son mari en Normandie. Et là-dessus Retz fait cette belle remarque,
qui n'a pas vieilli depuis la Fronde : « On ne connoît
« pas ce que c'est que le parti, quand on s'imagine
« que le chef en est le maître. »

Mᵐᵉ de Motteville et Mᵐᵉ de Nemours, qui expri-
ment les bruits de la cour, s'accordent ici[2] avec les
deux frondeurs, Retz et Croissy, et mêlent à leur récit des circonstances aussi piquantes que vraisem-
blables. Condé encore incertain, même en Berri, ne
voulut prendre aucun parti sans avoir conféré de
nouveau avec sa sœur, qui était alors à Montrond
avec Mᵐᵉ la Princesse. Là il se tint un dernier conseil, une délibération suprême où se trouvèrent
Mᵐᵉ de Longueville, le prince de Conti et La Rochefoucauld. Condé était très partagé. Plus d'un grave
motif le portait à la guerre : la crainte très fondée
d'un assassinat ou d'une prison nouvelle, l'ardente
haine de ses ennemis, de la Reine et de la Fronde,

---

1. Retz, t. II, p. 397-398.
2. Mᵐᵉ de Nemours, p. 130-134 ; Mᵐᵉ de Motteville, t. V, p. 82.

le pouvoir de Châteauneuf qui certes ne lui avait
pas été donné en vain, l'inutilité de négociations
avec des gens qui semblaient bien avoir pris leur
parti, la nécessité d'éviter le sort de Henri de Guise,
la conscience de sa force dès qu'il serait sur un
champ de bataille, les promesses en apparence si
sûres des Bouillon et de bien d'autres. En même
temps, son bon sens, sa loyauté, l'instinct mal
étouffé du devoir, et son aversion innée pour tout
ce qui ressemblait au désordre, le retenaient ; et,
dans ce combat longtemps douteux entre ces divers
sentiments, ce furent les autres qui l'entraînèrent.
Mme de Longueville, le prince de Conti, La Rochefoucauld lui-même le pressèrent de se déclarer contre
la cour, et Mme de Longueville avec plus de viva-
cité que personne[1]. Condé résistait toujours, leur
expliquant toutes les forces de la royauté, l'ascendant du nom du Roi, les faiblesses et les trahisons
des partis, la mauvaise foi des Espagnols. Puis,
finissant par céder, il leur adressa ces paroles mé-
morables : « Vous me jetez dans un étrange parti,
dont vous vous lasserez plutôt que moi, et où vous
m'abandonnerez. » Il disait vrai pour Conti et peut-
être aussi pour La Rochefoucauld ; mais nous verrons si Mme de Longueville, après avoir contribué

---

1. Mme de Motteville, *ibid.* : « Et pour dire comme les choses se passèrent, ce fut une femme qui dans ce conseil opina pour la guerre, et l'emporta contre le plus grand capitaine que nous ayons eu de nos jours. »

à jeter son frère dans la guerre civile ; ne l'y a
pas suivi avec une inviolable constance, si elle n'a
pas partagé jusqu'au bout les périls et les adversités
de Condé, et si, pendant son long exil, elle reparut
une seule fois à la cour et dans ces salons du Palais
royal et du Louvre, témoins de ses anciens succès,
où son esprit et sa beauté lui promettaient de nouveaux triomphes.

CHAPITRE DEUXIÈME

CONDÉ EN GUIENNE.

22 septembre 1651 — Fin de mars 1652.

CONDÉ LAISSE EN BERRI SA FEMME, SON FILS, SA SŒUR, LE PRINCE DE CONTI ET LE
DUC DE NEMOURS. — COQUETTERIES DE Mme DE LONGUEVILLE AVEC LE DUC DE
NEMOURS. — CONDÉ EN GUIENNE. BRILLANTS DÉBUTS DE LA CAMPAGNE. SUCCÈS
BIENTOT MÊLÉS DE REVERS. SIÉGE DE MIRADOUX. — LA SITUATION GÉNÉRALE DES
AFFAIRES CHANGÉE PAR LE RETOUR DE MAZARIN. RENAISSANCE DE LA FRONDE.
RÉCONCILIATION DES FRONDEURS ET DE CONDÉ. — MAUVAISES NOUVELLES DE PARIS
ET DE L'ARMÉE. — AVIS JUDICIEUX ET HARDI DE Mme DE LONGUEVILLE. — CONDÉ
QUITTE LA GUIENNE ET S'EN VA DÉGUISÉ REJOINDRE L'ARMÉE DE LA FRONDE SUR LES
BORDS DE LA LOIRE.

Une fois la résolution de faire la guerre arrêtée,
Condé la mit sur-le-champ à exécution sans plus
regarder derrière lui. Il avait en Berri sa famille et
ses principaux amis, La Rochefoucauld, le duc de
Nemours, et le président Viole du parlement de Paris, qui de l'ancienne Fronde avait passé à la nouvelle. Il leur distribua les rôles qu'ils avaient à
remplir dans leur commune entreprise. Ensuite, accompagné de La Rochefoucauld, il s'en alla prendre
possession de son nouveau gouvernement de Guienne
et y lever l'étendard de l'insurrection, laissant dans
le Berri sa femme et son fils, sa sœur, le prince de
Conti, le duc de Nemours, avec le président Viole et
un de leurs amis, Vineuil, auquel il donna le titre et

les fonctions d'intendant de justice,[1] chargé de lever
les contributions dans tout le pays et d'y recruter
des troupes. Il avait mis le prince de Conti à la tête
des affaires et donné le commandement militaire au
duc de Nemours. Ils devaient aisément lui garder
une province qui depuis longtemps appartenait à sa
famille, soulever les provinces voisines, donner la
main au Poitou où les amis de La Rochefoucauld
allaient commencer la révolte, ainsi qu'à l'Aunis et
à La Rochelle où commandait le comte du Dognon[2]
dont il s'était assuré. Il espérait qu'ainsi les mouvements du Berri s'étendraient jusqu'en Guienne, et
que bientôt lui-même les soutiendrait de ses propres
succès. Cette espérance fut trompée. Le duc de
Nemours avait sans doute le plus brillant courage,
mais il ne possédait ni les talents ni la tenue d'un
général. Encore rempli de sa passion pour Mme de
Châtillon, qui, comme nous l'avons dit[3], l'avait longtemps retenu dans le parti de la paix, il trouva en
Berri Mme de Longueville qui l'attira vers le parti de
la guerre ; et il paraît qu'il s'occupa plus de faire la
cour à la belle dame que de lever et d'armer des
soldats et de faire du Berri un foyer de résistance
politique et militaire ; car en peu de temps le prince

1. La Rochefoucauld, p. 96.
2. Il signe toujours Daugnion, comme on le peut voir dans les manuscrits de Lenet. D'ordinaire on l'appelle Doignon ou Daugnon ou
Dognon. Ce dernier nom a prévalu.
3. Voyez plus haut, chap. 1er, p. 74.

de Conti et lui furent réduits à se défendre dans
Bourges au lieu d'en pouvoir sortir et de se répandre
au dehors. Le nouveau premier ministre Châteauneuf
se montra digne de la confiance de Mme de
Chevreuse et de la Fronde. Il fit comprendre à la
Reine qu'il fallait combattre la révolte dès le premier
pas, et il lui persuada de marcher elle-même
avec le jeune Roi en Berri à la tête d'une forte
armée. Il inaugura noblement le nouveau cabinet
par cette démarche hardie qui avait deux objets :
l'un direct et immédiat, réprimer l'insurrection à sa
naissance ; l'autre plus important encore, mettre la
royauté en liberté loin de Monsieur et du parlement.
La ville de Bourges, qui avait témoigné tant d'enthousiasme
à l'arrivée de Condé, ouvrit ses portes au
Roi et à Châteauneuf. La grosse tour qui défendait
la ville ne résista pas, elle fut prise sans coup férir,
et sur-le-champ démolie. La princesse de Condé,
son fils, Mme de Longueville, Conti et Nemours
durent se réfugier bien vite dans la citadelle de Montrond.
Châteauneuf détacha une partie de l'armée
sous le commandement du comte de Palluau pour
l'investir et en faire le siége, tandis que lui-même,
avec la Reine et le jeune Roi, se dirigea sur Poitiers,
y établit solidement l'autorité royale, et proposa
même d'aller attaquer Condé en Guienne. La vigilance,
la vigueur, l'esprit de suite et de décision de
ce mâle vieillard révélèrent un homme d'État capable

de succéder à Mazarin. En voyant Palluau s'avancer vers Montrond, Conti et Nemours ne voulant pas
hasarder les gages précieux confiés à leur garde,
laissèrent dans Montrond le marquis de Persan, et
avec ce qui leur restait de troupes fidèles escortèrent
la princesse de Condé, son fils et Mme de Longueville jusqu'en Guienne où ils arrivèrent sur la fin du
mois d'octobre.

C'est pendant ce rapide voyage et leur séjour en
Berri de bien courte durée qu'il paraît s'être formé
entre le duc de Nemours et Mme de Longueville
d'obscures relations dont le bruit arrivant à Bordeaux, grossi peut-être par des subalternes intéressés et malveillants, blessa La Rochefoucauld
et le poussa à une rupture éclatante. Une explication loyale et affectueuse eût suffi à dissiper ce
nuage, tel qu'il s'en élève parfois dans les unions
les plus assurées : La Rochefoucauld en fit sortir
une tempête qui, grâce à ses Mémoires, a retenti
jusque dans la postérité. Il se sépara de Mme de
Longueville avec un empressement à faire croire
qu'il l'avait souhaité[1]. Il devait au moins s'arrêter
là, mais entraîné par un ressentiment implacable il
l'accusa ou la fit accuser auprès de Condé d'avoir
voulu trahir ses intérêts pour servir ceux du duc de
Nemours, donnant même à entendre que « si une

1. Mme de Nemours, p. 150 : « La Rochefoucauld, depuis assez longtemps ayant envie de la quitter, prit cette occasion avec joie. »

semblable préoccupation la prenoit pour un autre,
elle étoit capable de se porter aux mêmes extrémités si celui-là le désiroit [1]. » L'accusation est encore
plus absurde qu'odieuse. Le duc de Nemours n'était
pas le moins du monde un chef de parti : c'était un
ami de Condé dont la fidélité ne pouvait être ébran-
lée que par son amour pour Mme de Châtillon : le détacher de Mme de Châtillon était donc le donner tout
entier à Condé. De plus, Mme de Châtillon comme La
Rochefoucauld était pour la paix, elle y avait gagné le
duc de Nemours, et tous ensemble y portaient Condé :
enlever le duc de Nemours à cette conspiration et
le séduire au parti de la guerre, c'était servir les
intérêts de Condé tels que sa sœur les entendait.
Ainsi le motif principal et dominant de la conduite
de Mme de Longueville est juste le contraire de
celui que La Rochefoucauld lui imputait. Disons
encore qu'elle avait toujours eu avec Mme de Châtillon une émulation de beauté, et que sa vanité
n'était pas fâchée de désoler une rivale qu'elle
n'aimait pas en lui dérobant en quelques jours
un amant dont elle se croyait bien sûre. Politique
et coquetterie, voilà ce qui fit agir Mme de Longueville. L'amour et les sens n'y ont été de rien. Nous
l'avons déjà dit [2] : les plaisirs des sens ne la tou-

1. La Rochefoucauld, édition de 1662, p. 198. Il y a quelques adou-
cissements à ce passage dans l'édition Petitot, p. 132.
2. Chap. 1er, p. 58-59.

chaient point; elle était à l'abri de leurs surprises.
Autrefois le duc de Nemours lui avait adressé d'ardents hommages, mais tous les agréments de sa
personne et ses grands airs n'avaient fait aucune impression sur elle, et elle ne songea à l'aimable duc que
lorsqu'elle eut quelque intérêt à faire ou à ressaisir
cette conquête. Et ce n'est pas nous qui inventons
après coup cette explication; elle nous est fournie
par une personne fort bien informée et qui n'aimait
pas du tout Mme de Longueville; le témoignage est
précieux à recueillir : « M. de Nemours [1] autrefois
ne lui avoit pas trop plu, et malgré l'attachement
qu'il paroissoit avoir pour elle, aussi bien que tout
ce qu'il avoit de bonnes qualités et de grands airs,
elle n'a rien su trouver en lui de charmant que le
plaisir qu'il témoignoit lui vouloir faire de quitter
Mme de Châtillon pour elle, et celui qu'elle eut d'ôter
à une femme qu'elle n'aimoit pas un ami de cette
conséquence [2]. » Maintenant jusqu'où avait été cette

1. Mme de Nemours, p. 149-150.
2. Il faut en vérité que la duchesse de Nemours ait été étran-
gement aveuglée par la haine qu'elle portait à sa belle-mère, pour
s'être imaginé que c'était Sarasin qui, avec une des filles d'honneur
de Mme de Longueville nommée Mlle de Verpillière, jaloux du crédit
de La Rochefoucauld sur la princesse, aurait brouillé les deux amants
et formé le dessein de lui donner « quelque ami jeune, bien fait, qui
ne fût point propre aux affaires, et qui ne pût que lui plaire et l'amuser (Mémoires, p. 149). » Voilà un étrange portrait du vaillant duc
de Nemours; et par une contradiction bizarre, le même auteur convient, comme nous venons de le voir, que Mme de Longueville n'aimait
pas le duc, et qu'elle n'agit que pour faire dépit à Mme de Châtillon.
Tous ces contes d'antichambre et de valets gagnés par la cour ne mé-

liaison de quelques jours? Bussy est le seul contemporain qui s'explique à cet égard avec la clarté
cynique de l'*Histoire amoureuse des Gaules.* Mais
qui peut prendre cette satire à la lettre? Elle ne
prouve qu'une chose, l'éclat malheureux qu'avait
reçu l'imprudence de Mme de Longueville des Mémoires de La Rochefoucauld publiés en 1662. Avant
ces Mémoires, pas un mot nulle part sur ce point
aussi obscur que délicat; depuis, Bussy s'est complu
à répéter La Rochefoucauld, et Mme de Longueville
est ainsi tombée dans la chronique scandaleuse.

Gardons-nous de la défendre : quand même nous
serions assuré qu'elle a su s'arrêter à ce jeu périlleux
de la coquetterie, elle n'en est pas moins coupable à
nos yeux et envers La Rochefoucauld et envers elle-
même, et, nous n'hésitons pas à le dire, elle a mérité
jusqu'à la calomnie. Sans doute elle était justement
blessée des incertitudes de La Rochefoucauld, qui,
après l'avoir jetée dans la guerre civile en 1648
sans nul autre motif que son propre intérêt, l'en
voulait faire sortir en 1651 par le même motif encore, qui tantôt la poussait vers la Fronde, tantôt
la ramenait vers la cour, au gré de ses mobiles espérances, et s'unissait à Mme de Châtillon pour engager Condé dans des négociations dont le succès

---

ritent pas d'être réfutés. Terminons en disant qu'on a ici le peu de
renseignements bons ou mauvais qui se peuvent rassembler sur cette
pénible affaire.

entraînait leur séparation et lui donnait une prison
en Normandie. Oui, elle avait de sérieux griefs
contre La Rochefoucauld : elle le pouvait quitter,
mais non pas pour un autre. Elle n'avait qu'un
moyen de couvrir, d'honorer presque l'unique faute
de sa vie, c'était d'y demeurer fidèle, ou d'y renoncer pour la vertu et pour Dieu. Et c'est bien là ce
que paraîtrait avoir fait Mᵐᵉ de Longueville, si ce
triste et rapide épisode était resté inconnu ; mais
il n'y a point d'ombres favorables pour les personnages qui occupent la scène de ce monde ; leurs
moindres actions n'échappent pas à la lumière redoutable de l'histoire : une faiblesse d'un moment leur
est une faute immortelle. Celle de Mᵐᵉ de Longueville, si fugitive qu'elle ait été, si incertaine qu'elle
soit même, suffit à ternir une fidélité jusque-là victorieuse de tant d'épreuves ; elle a besoin d'être ra-
chetée par la sincère conversion qui bientôt va la
suivre et par vingt-cinq années de la plus dure péni-
tence ; et encore elle nous force de mettre Anne de
Bourbon, dans l'histoire des grands sentiments et
des nobles amours, au dessous d'Héloïse et de
Mˡˡᵉ de La Vallière.

Du moins nous pouvons assurer que cette faute,
que nous n'avons ni dissimulée ni diminuée, est
la seule que nous apercevions dans la vie intime
de Mᵐᵉ de Longueville. Mais laissons là ces misères de la fragilité féminine dans une des âmes

les plus grandes, pour suivre Condé en Guienne.

Il était parti de Montrond avec La Rochefoucauld
le 16 septembre 1651, et il avait traversé en diligence la Marche, le Limousin, l'Angoumois, la Sain-
-tonge, l'esprit tout rempli de ses desseins aventureux.
En passant auprès de Jarnac, il voulut voir la place
où, près d'un siècle auparavant, le 13 mars 1569,
avait trouvé la mort le premier prince de son nom,
Louis de Bourbon, au milieu d'une entreprise fort
semblable à celle qu'il allait tenter. Pendant qu'il
parcourait à cheval ce funeste champ de bataille, son
épée s'échappant de son baudrier tomba par terre[1].
Sans s'arrêter à ce mauvais présage, Condé poursuivit sa route et arriva à Bordeaux le 22 septembre.
Il y fut reçu avec d'unanimes transports de joie
C'était lui qui naguère en 1648 et 1649, tout-puissant auprès de la Reine et de Mazarin, avait défendu
la cause de la Guienne dans ses démêlés avec son
impérieux gouverneur, le duc d'Épernon. De là sa
popularité dans toute la province, l'indignation qu'y
avait excitée son emprisonnement inattendu, et l'énergique prise d'armes de 1650. Cette première chaleur n'était point éteinte, et elle se réveilla avec force
lorsqu'il fut nommé gouverneur de Guienne, et
qu'il vint demander asile à Bordeaux, lui et toute
sa famille. Ses malheurs et sa gloire lui donnaient

1. Priolo, *De Rebus Gallicis,* lib. vi, p. 63 et 64 de l'édition in-4° de
1665.

tous les cœurs, et il ne rencontra partout qu'enthousiasme et dévouement. Le parlement adressa au Roi
une longue remontrance [1] sur le mal qu'on faisait à
la monarchie en persécutant un prince du sang qui
avait rendu de si grands services à l'État, et il envoya cette remontrance à tous les parlements du
royaume en leur demandant de s'unir à lui dans une
si bonne cause. L'alliance du parlement de Bordeaux
et de celui de Paris devint si intime que le président
Viole, étant venu rejoindre Condé à Bordeaux,
prit place au parlement de cette ville immédiatement après le doyen [2]. Le premier président
Du Bernet, qui en 1650 s'était montré si attaché
à la cour et qui correspondait encore avec elle,
fut écartée de nouveau; il se retira à Limoges,
où il mourut, et on lui substitua le président
d'Affis, dévoué à la Fronde et à Condé [3]. Les
choses même allèrent si loin que, dans l'ardeur
méridionale qui échauffait alors toutes les têtes,
plusieurs membres du parlement offrirent à Condé

---

1. Cette remontrance est dans l'*Histoire de la Ville de Bordeaux*,
par dom Devienne, Bordeaux, in-4°, 1771, p. 439. On trouve aussi
dans plusieurs recueils de mazarinades : « *Véritables raisons de
l'union du parlement de Bordeaux avec M. le Prince, adressées au
Roi. A Bourdeaux*, 1651. » Il y faut joindre : « *Question canonique, si
M. le Prince a pu prendre les armes en conscience, et si ceux qui pren-
nent son parti offensent Dieu. Contre les théologiens courtisans. A
Bourdeaux*. 1651. Lisez surtout la lettre de Condé au Roi *sur sa retraite à Bourdeaux*, communiquée au parlement de Paris, etc., etc.

2. *Mémoires* de Lenet, p. 527.

3. Devienne, *Histoire de Bordeaux*, etc., p. 446.

de le proclamer duc de Guienne ; mais le Prince repoussa avec colère cette déloyale proposition [1].

Du reste il ne se faisait pas illusion sur les difficultés d'une telle entreprise. A peine arrivé à Bordeaux et au milieu des fêtes qu'on lui prodiguait, il avait reconnu bien vite les dangers qui le menaçaient. Il voyait autour de lui de grands éclats de zèle, sans aucune force effective, et il savait qu'il se préparait contre lui une expédition considérable confiée à un chef résolu et expérimenté, le comte d'Harcourt, de la maison de Lorraine, l'un des meilleurs capitaines de son temps, qui s'était couvert de gloire en Italie, et qui était à ce point dévoué à la cour qu'en 1650 il s'était chargé de conduire lui-même Condé prisonnier de la forteresse de Marcoussis à celle du Havre. Pour faire face à l'orage qui s'avançait, Condé n'avait ni troupes ni argent : jamais il ne s'était vu dans une situation plus critique ; jamais aussi il ne déploya une plus grande capacité administrative et militaire.

Il s'empara d'abord sans hésiter des sommes qui se trouvaient dans les caisses publiques ; et pour s'assurer des ressources pécuniaires sans fouler les peuples, il prit une mesure habile : il diminua les contributions de la province et tint fermement la main à leur recouvrement. Avec le premier argent qu'il se procura ainsi, il envoya des commissaires dans tout le

1. Lenet, p. 527.

pays pour lever des soldats et les diriger à la hâte
sur les points qu'il désigna ; mais une armée ne s'im-
provise point, et au bout de plusieurs mois il n'avait
encore que des recrues sans armes, sans munitions,
sans instruction et sans discipline. Il avait traité avec
le vieux maréchal de La Force du côté de Bergerac,
avec le marquis de Bourdeilles du côté de Périgueux,
avec le prince de Tarente à Taillebourg, avec le
comte du Dognon à La Rochelle. La Force entra
ouvertement dans le parti de M. le Prince, mais
quelques mois après il mourut à Bergerac à l'âge de
quatre-vingt-treize ans, et son fils aîné ne tarda pas
à se mettre en communication avec Mazarin par
l'intermédiaire de Turenne, son gendre. Bourdeilles
promit beaucoup et ne fit presque rien. Le prince de
Tarente, le fils et l'héritier du duc de La Trémoille,
tint loyalement ses engagements ; mais, son régiment étant à Dunkerque, il ne voulut se déclarer
qu'après avoir rassemblé un peu de monde avec l'argent que lui envoya Condé [1]. Du Dognon était venu
lui-même à Bordeaux offrir au prince ses vaisseaux
et ses soldats, comptant bien que la victoire n'aban-
donnerait pas ce grand gagneur de batailles, et sous
l'expresse condition du bâton de maréchal de France,
que jusque-là il avait en vain sollicité. Il était venu
des propositions encore plus pressantes de la part

---

1. Voyez les *Mémoires* trop peu connus et trop peu appréciés d'*Henri
Charles de La Trémoille, prince de Tarente*; Liége, in-8°, 1767.

d'un autre personnage, le célèbre duc de Guise, qui,
fait prisonnier à Naples par les Espagnols et enfermé
au château de Ségovie, écrivit de sa prison à Condé
pour le conjurer de l'en faire sortir, s'engageant de
la façon la plus formelle, s'il lui devait sa liberté,
de la consacrer à son service [1]. Condé s'empressa
donc de la demander au roi d'Espagne, et il l'obtint
non sans peine. Le duc de Guise se rendit à Bordeaux en quittant Ségovie; mais, n'y trouvant déjà
plus Condé, et voyant ses affaires en mauvais état,
après avoir solennellement renouvelé toutes ses promesses [2], il s'en vint à Paris offrir sa chevaleresque
épée à la Reine et à Mazarin. Cependant il arriva peu
à peu à Condé, des divers points de la France, des
partisans moins illustres et plus fidèles : le comte de
Matha et le marquis de Gerzé, gentilshommes d'une
tête fort légère, mais d'une bravoure à toute épreuve;
le cadet du marquis de Mortemart, le comte de Maure,
honnête homme un peu bizarre [3], frondeur énergique

1. Lenet, p. 529, donne la lettre même du duc de Guise à Condé du
château de Ségovie, le 11 de novembre 1651, avec une *instruction
pour le sieur de Taillade, allant de ma part trouver M. le Prince.*
Le style de ces deux pièces est un opprobre à la conduite que tint
bientôt après le duc de Guise. Voyez ce que nous avons dit de ce personnage dans *la Jeunesse de Madame de Longueville,* chap. III,
p. 225, etc.

2. *Déclaration de monseigneur le duc de Guise, faicte à Bordeaux,
le 3e du mois courant, sur la jonction de ses intérêts avec ceux de
messieurs les princes.* A Paris, jouxte la copie imprimée à Bordeaux,
chez Guillaume de la Court, imprimeur du Roi et de monseigneur le
Prince, 1652.

3. Sur le comte de Maure, voyez *Madame de Sablé,* chap. V et VI.

et obstiné ; le comte de Guitaut[1], homme d'esprit et
de cœur, particulièrement attaché à M. le Prince,
et qui le suivit jusque dans l'exil. Mais c'étaient là
des officiers sans soldats, et si le comte d'Harcourt
se fût hâté davantage, s'il se fût porté rapidement
sur Condé, celui-ci se serait bientôt vu bloqué dans
Bordeaux, et incapable de résister.

Combien n'aurait-il pas désiré avoir sous sa main
les vieux régiments de sa maison, formés par ses
soins, et qui l'avaient suivi sur tous les champs de
bataille ! Il les avait laissés à Stenai, sous le commandement du comte de Tavannes, et c'était une
opération bien difficile à des troupes peu nombreuses
de traverser la France tout entière et de se frayer
un passage jusqu'au fond de la Guienne. Il pouvait
s'en reposer à cet égard sur l'habileté éprouvée de
Tavannes ; mais il souhaitait ardemment aussi obtenir de l'Espagne qu'elle joignît à ce corps des renforts considérables tirés des Pays-Bas. Pour y réussir, il envoya sur les lieux le duc de Nemours dès les
premiers jours de son arrivée à Bordeaux. Le duc,
avec l'autorité de son nom et de son rang, s'acquitta
fort bien de cette commission difficile, mais sans
pouvoir surmonter d'inévitables lenteurs, et c'est à

I. Il ne faut pas confondre ce comte de Guitaut avec le comte du
même nom de la maison de Comminges, capitaine des gardes de la
reine Anne, et qui arrêta Condé au Louvre le 19 janvier 1650. L'ami
de Condé appartenait à une autre branche de la même famille origi-
naire d'un petit lieu des Pyrénées appelé Pechpeirou.

peine si en janvier 1652 Nemours et Tavannes avaient quitté la Flandre.

Heureusement Condé avait de bonne heure envoyé Lenet à Madrid pour y conclure avec l'Espagne un traité qui lui assurât des subsides et des soldats. Ce traité avait été signé le 6 novembre 1651 [1]; et même avant qu'il fût ratifié officiellement, l'habile diplomate avait persuadé au premier ministre espagnol, don Luis de Haro, en vertu d'engagements antérieurs négociés en Flandre par Silleri [2], de faire entrer dans la Gironde la flotte qui était toute prête à Saint-Sébastien. En même temps, Condé avait écrit à son ami le comte de Marsin [3], capitaine-général de Catalogne, pour le prier de venir le joindre aussi promptement et avec autant de troupes qu'il pourrait, et Marsin n'avait point hésité. Pour juger équitablement sa conduite, il se faut souvenir qu'il n'était pas Français et qu'il devait tout à Condé. C'est M. le Prince qui, en 1649, avait demandé et obtenu pour lui le gouvernement de Catalogne; aussi, quand on l'arrêta lui-même au Louvre, en janvier 1650, on n'avait pas manqué de mettre la main, à Barcelone, sur son dévoué lieutenant, et pendant

1. Lenet, p. 528. Les divers articles de ce traité sont rappelés dans une longue *Instruction* donnée par Condé à M. de Saint-Agoulin, chargé de porter à Madrid la ratification de ce traité. Lenet, p. 582-584.

2. Voyez plus haut ch. 1er, p. 39.

3. Son vrai nom est Marchin; il signe et il est toujours appelé ainsi au xviie siècle, et même dans le Père Anselme, édition de Fontette; mais le nom de Marsin est passé dans l'usage.

7

toute la prison de l'un on avait tenu l'autre dans la
forteresse de Perpignan. Dès que Condé avait été
libre, il s'était empressé de délivrer Marsin et de le
faire rétablir dans son gouvernement. Il était évident
que le ressentiment de la cour allait de nouveau
s'étendre sur le favori de M. le Prince, et que celui-
ci avait à choisir entre une prison nouvelle et une
prompte fuite. Il prit donc son parti sur-le-champ;
mais, fidèle au devoir militaire jusque dans la défection, il fit venir le lieutenant général don Joseph
de Marguerit, qui commandait sous lui à Barcelone, l'avertit qu'il allait faire dans les environs
une reconnaissance de quelques jours, donna toutes
les instructions nécessaires à la subsistance des
troupes pendant son absence, et marqua soigneusement les divers points où les fortifications de la
ville demandaient à être augmentées. Puis, la nuit
venue, il partit à onze heures du soir avec plusieurs régiments bien choisis, mais qui pourtant
ignoraient ses desseins et croyaient qu'ils allaient
tenter une diversion sur les derrières de l'ennemi.
Ils s'étonnèrent quand ils virent qu'on leur faisait
prendre une route bien différente; cependant ils
suivirent leur général, passèrent les Pyrénées avec
des fatigues incroyables, et arrivèrent en Guienne,
apportant à Condé le précieux renfort de mille
fantassins et de trois cents cavaliers [1]. D'autre part,

1. *Mémoires* de La Rochefoucauld et du colonel Balthazar.

le baron de Vatevile.[1], officier franc-comtois au
service d'Espagne, pressé par Lenet, entra dans
la Gironde avec une flotte composée de huit vaisseaux de guerre.[2]. Enfin le fameux colonel allemand
Balthazar, successivement formé à l'école de Gustave-Adolphe, du grand-duc Bernard et de Gassion, et qui déjà s'était distingué en Catalogne sous
le comte d'Harcourt, sous Condé lui-même et sous
le maréchal de Schomberg, trouvant que la cour ne
le traitait pas assez bien, après avoir inutilement offert ses services à d'Harcourt, comme il nous l'apprend lui-même [3], les offrit à Condé, et au mois de
novembre 1651 vint se mettre sous ses ordres. Balthazar était le type achevé de l'officier de fortune,
connaissant parfaitement son métier, se battant bien,
et même incapable de trahir, tant que dureraient
ses engagements. C'est avec ce peu de forces et
même avant qu'elles fussent rassemblées, que Condé
commença la campagne.

Il l'ouvrit par les plus brillants succès. Il établit
Vatevile et ses Espagnols à Bourg, sur la Gironde,
afin de servir de rempart avancé à Bordeaux et de
contenir le duc de Saint-Simon, qui commandait

1. Il signe toujours ainsi, et non pas Batteville, comme on le nomme
quelquefois.
2. La Rochefoucauld, p. 103.
3. *Histoire de la Guerre de Guyenne*, Cologne, 1694, petit in-12.
Nous nous servons de l'excellente édition qu'en vient de donner
M. Moreau en 1858, in-12, p. 295.

pour le Roi à Blaye. Il mit à Libourne une petite garnison, sous le commandement du comte de Maure.
Ensuite, en moins de quinze jours, il se répandit
comme un torrent dans toute la Guienne, dans le
Périgord, l'Angoumois et la Saintonge. A sa droite,
il se jeta sur Agen et y plaça son frère, le prince de
Conti, prit Bergerac et Périgueux, et s'avança jusqu'aux portes d'Angoulême, que gardait le brave et
fidèle Montausier. A sa gauche, il s'empara du cours
de la Charente, envahit Saintes, Taillebourg, Ton-
nai-Charente, et conçut un dessein vraiment digne
de lui. Il songea à passer dans le gouvernement du
comte du Dognon et à y transporter le théâtre de
la guerre. Il eût été là dans une position admirable:
appuyé sur La Rochelle et Brouage, sur les îles de
Ré et d'Oleron et sur une flotte considérable, il
pouvait manœuvrer librement de tous côtés, et menacer la cour à Poitiers, tandis que Marsin tiendrait
ferme à Bordeaux et lui garderait toutes les conquêtes déjà faites. Ce plan hardi et judicieux échoua
par l'égoïsme et les honteuses fourberies de du Dognon. Celui-ci voulait bien promettre et prêter même
quelques secours à Condé, afin d'en obtenir le maréchalat s'il était vainqueur, mais sans livrer ses
places et se dessaisir du gage qui faisait sa force
et lui servait à négocier en même temps avec les
deux partis. Il refusa donc de recevoir Condé dans
son gouvernement, l'assurant bien qu'il saurait con-

server ses deux forteresses. Cette fois il se trompa lui-même. Du Dognon était un excellent officier de mer ; il avait fort bien servi sous le jeune et illustre amiral Armand de Maillé Brézé, beau-frère de Condé; mais il n'était pas général, encore moins ingénieur ; il défendit mal La Rochelle, et il en fut bientôt chassé par le comte d'Harcourt et par un oncle de La Rochefoucauld, le marquis d'Estissac, secondés par les habitants eux-mêmes las des exactions et des cruautés de leur gouverneur. Du Dognon se réfugia à Brouage, où il attendit les événements.

Le comte d'Harcourt, encouragé par le succès qu'il venait de remporter à La Rochelle, enhardi par un puissant renfort de six mille hommes de pied et de quatre mille chevaux [1], et bien informé de l'extrême faiblesse des troupes de Condé, marcha enfin à sa rencontre et le força de reculer. La partie, en effet, n'était pas égale. D'Harcourt avait une armée de près de quinze mille soldats aguerris, commandés par des lieutenants généraux et des maréchaux de camp qui avaient fait leurs preuves, Saint-Luc, Bellefonds, Plessis-Bellière, Bougi, le comte de Lillebonne, et le jeune chevalier de Créqui, encore à ses débuts, mais appelé à devenir un des premiers hommes de guerre de la fin du XVIIe siècle. Condé avait à peine quinze cents hommes de bonnes troupes,

---

1. La Rochefoucauld, p. 107, et Montglat, collection Petitot, t. L, p. 311.

qu'il avait été contraint de disséminer sur divers
points importants, et pour tenir la campagne il n'a-
vait guère que des bandes de paysans à peine habillés
et armés, excellens pour piller et ravager, mais qui
n'osaient pas regarder en face les vieux soldats de
l'armée royale. Jusque-là, sa véritable force avait
été la terreur de son nom et sa prodigieuse activité.
Partout où il s'était présenté, les garnisons intimi-
dées s'étaient rendues presque sans coup férir, et
nul petit commandant n'avait eu l'idée de résister à
M. le Prince ; mais il n'en pouvait plus être ainsi
lorsqu'un général tel que d'Harcourt parut en
Guienne avec une armée aussi imposante par la qualité que par le nombre. Les succès devinrent bien
autrement difficiles, et peu à peu ils furent mêlés de
revers. Il était impossible à Condé de songer à aucune de ses manœuvres accoutumées avec les troupes
qu'il avait entre les mains. A la guerre, on peut
suppléer au nombre à force d'art et d'audace, mais
il faut être sûr de ses soldats. Où Condé n'était pas,
rien ne réussissait, et lui-même, en risquant tous les
jours sa vie, ne parvenait guère qu'à diminuer les
défaites, et plus d'une fois il lui fallut partager la
fuite des siens. Au commencement de la campagne,
il n'avait pu prendre Cognac, parce qu'il ne l'avait
pas assiégé en personne, et s'en était reposé sur
La Rochefoucauld et sur le prince de Tarente qui,
manquant de tout ce qui était nécessaire pour une

opération pareille et ayant pris d'assez mauvaises dispositions, laissèrent d'Harcourt secourir la place ; en sorte que Condé, accouru de Bordeaux en toute hâte, arriva pour assister à la levée du siége [1]. De même, dans les premiers jours de mars 1652, il perdit Saintes, la clef de la Saintonge, pour avoir remis au prince de Tarente le soin de couvrir cette ville et de couper le chemin à d'Harcourt. Les troupes du prince de Tarente lâchèrent pied honteusement. Il était au moins permis d'espérer qu'une garnison de quatorze cents hommes, commandée par un maréchal de camp estimé, se piquerait d'honneur et tiendrait un certain temps : elle capitula au bout de quelques jours [2]. Taillebourg suivit bientôt l'exemple de Saintes. L'affaire de Miradoux est l'image de toutes les autres, et montre comment les choses se passaient dans cette petite guérre.

Condé avait appris à Libourne, à la fin de février 1652, que le prince de Conti, sorti d'Agen pour s'emparer de quelques villes du voisinage, était vivement pressé par le marquis de Saint-Luc, un des lieutenants du comte d'Harcourt, qui commandait à Montauban, et s'était avancé à Lectoure et à Miradoux avec des troupes bien meilleures et plus nombreuses que celles du jeune prince. A cette nouvelle, Condé part de Libourne, n'emmenant avec lui

---

1. La Rochefoucauld, p. 104 et 105, Tarente, p. 76
2. Tarente, p. 94, Balthazar, p. 310-311.

qué La Rochefoucauld, ses gendarmes et ses gardes,
et avec sa rapidité ordinaire il vole au secours de son
frère. Il le trouve à Estafort rassemblant sa petite
armée pour faire face à Saint-Luc ; il la lui prend,
et reconnaissant que Saint-Luc, qui ne l'attend pas,
a placé son infanterie à Miradoux et logé toute sa
cavalerie en avant de la ville avec un peu de négli-
gence et dans des quartiers assez éloignés les uns
des autres, il fond sur ces quartiers, les culbute, défait six régiments [1], dont une partie s'enfuit vers
Lectoure et Montauban, et le reste se réfugie à Miradoux sous la protection de l'infanterie [2]. Jusque-
là, tout ce que pouvait faire un capitaine et un
soldat, Condé l'avait fait : il avait réussi par la
promptitude de la résolution, la célérité de la marche, l'audace et la vigueur de l'attaque ; mais pour
emporter une ville telle que Miradoux, tout le génie
et toute la valeur du monde ne pouvaient rien sans
canons et sans une infanterie un peu solide. Miradoux est une petite ville située sur le haut d'une
montagne presque inaccessible, où l'on ne peut arriver que par un chemin étroit et raide, coupé de
haies et de fossés. Condé ne pouvait aller chercher
Saint-Luc dans ce nid d'aigle, défendu par une

---

1. La Rochefoucauld, p. 119.
2. Il y a ici dans les deux récits de La Rochefoucauld et de Balthazar des différences de détail sans importance ; mais La Rochefoucauld
était à l'affaire, tandis que Balthazar était sur un autre point du
théâtre de la guerre.

infanterie d'élite. Tout lui manquant, il eut recours
à la seule force qui lui restât, l'ascendant de son
nom. Il donna la liberté à quelques prisonniers qui,
se sauvant à Miradoux, y répandirent la nouvelle
que M. le Prince en personne en faisait le siége. A
ce bruit, tout prit l'épouvante, et, la nuit venue, la
garnison tenta de s'échapper et de se retirer à Lectoure. Il lui fallait passer par l'unique chemin dont.
nous avons parlé. Le vigilant Condé, qui l'épiait et
l'attendait en silence, se jeta sur elle, la renversa, et
l'aurait entièrement détruite, s'il n'avait eu affaire
aux meilleurs régiments de l'armée française. C'é-
taient les deux vieux régiments de Champagne et de
Lorraine, éprouvés dans cent combats, et pour lesquels Condé avait la plus haute estime. Que n'aurait-
il pas fait pour acquérir une pareille infanterie ! Vainement il s'efforça de lui persuader de se rendre,
dans l'espoir peu dissimulé de l'engager ensuite à
passer de son côté : Champagne et Lorraine voulaient
bien se retirer sur Lectoure avec leurs armes et tous
les honneurs de la guerre, mais la seule idée d'une
capitulation équivoque révolta ces braves gens. On
dit que Lamothe-Vedel, lieutenant-colonel de Champagne, sommé de se rendre, ne fit que cette réponse :
« Je suis du régiment de Champagne. » Condé voulut au moins les obliger à ne pas servir de six mois [1],

1. Tel est le dire de La Rochefoucauld, qui doit être cru, puisqu'il
sut parfaitement tout ce qui se passa à Miradoux, où il ne quitta pas

car sans cela tous ses avantages se réduisaient à la
prise d'une bicoque qu'il ne pouvait pas même garder. Cette proposition n'ayant pas été acceptée, il
se résolut à assiéger l'intrépide garnison. Il fit venir
d'Agen quelques canons dont il se servit habilement ;
mais bientôt les boulets manquèrent, et on était
forcé de donner de l'argent à des soldats pour aller
en ramasser dans les fossés. Champagne et Lorraine
se défendirent avec leur valeur accoutumée. Cependant la brèche était ouverte, et Condé aurait fini
par faire prisonnière cette précieuse infanterie, si
d'Harcourt ne se fût empressé d'accourir au secours
de Miradoux avec quatre mille chevaux. Le Prince
avait envoyé au-devant de lui Marsin et Balthazar
pour lui disputer le passage de la Garonne ; ils ne
purent l'arrêter, et à son approche Condé, reconnaissant qu'avec des troupes telles que les siennes
il ne pouvait tenir tête à la fois aux vigoureuses sorties des assiégés et à l'excellente cavalerie de d'Harcourt, fut bien forcé de lâcher sa proie pour se
retirer sur Estafort et de là sur Agen.

C'est ainsi que Condé, avec des prodiges d'habileté et d'audace, et en payant toujours de sa per-

un moment Condé. Le prince de Tarente, qui n'était pas là, prétend
(p. 95) que les deux régiments offraient de ne servir de deux ans
contre le parti des Princes, pourvu qu'ils ne fussent pas prisonniers de
guerre. Balthazar, qui était ailleurs comme Tarente, dit (p. 315) que
Condé s'opiniâtra au siége de Miradoux, « ne le voulant pas prendre à
composition. »

sonne, parvenait bien à électriser un moment ses
soldats et à remporter quelque brillant avantage,
mais sans être en état de mener à bien aucune entreprise considérable. De son côté, d'Harcourt, sans
se montrer indigne de sa renommée, ne fit pas tout
ce qu'il aurait pu faire, et il semble que lui-même
ait un peu cédé à l'empire qu'exerçait sur tous les
esprits la gloire de son incomparable adversaire.
Plus d'une fois, en le poussant avec vigueur, il
l'aurait pris ou détruit; mais, redoutant toujours
quelque manœuvre inattendue et sachant quelles
inépuisables ressources M. le Prince trouvait dans
son génie, il n'agit qu'avec une circonspection et
une prudence souvent excessives. Par exemple, lorsqu'après avoir chassé du Dognon de La Rochelle,
il s'avança dans la Charente avec une très forte
armée, il aurait pu aisément balayer devant lui
Condé et le rejeter dans Bordeaux. Et encore, à la
levée du siége de Miradoux, dans la retraite de Condé
sur Agen, au lieu de s'amuser devant une petite ville
telle que Le Pergan, il fallait suivre l'ennemi l'épée
dans les reins, ne lui pas donner une heure de relâche,
et l'écraser au passage de la Garonne[1].

Cependant au milieu des soucis de l'administration et de la guerre, Condé entretenait une corres-

---

1. La Rochefoucauld relève judicieusement ces fautes de d'Harcourt
et plusieurs autres, et il est ici probablement l'écho de ce qu'il a
entendu dire à Condé. La Rochefoucauld, p. 107-108, etc.

pondance assidue avec Chavigny tombé en disgrâce, qui le tenait au courant de l'état des affaires à la cour et à Paris. Elles avaient pris depuis quelques mois une face toute nouvelle. Mazarin dans son exil n'avait pas appris sans inquiétude les succès toujours croissants de Châteauneuf. Il le voyait actif et décidé, accepté comme chef par tous ses collègues, habilement secondé par le garde des sceaux Mathieu Molé, et par le maréchal de Villeroi, gouverneur du Roi, personnage ambigu, au fond très ambitieux, et jaloux du crédit du cardinal auprès de la Reine. Châteauneuf, il est vrai, n'était entré dans le cabinet qu'en s'engageant à rappeler bientôt Mazarin ; mais il demandait sans cesse de nouveaux délais ; il s'appliquait à faire comprendre à la Reine le danger d'un retour précipité, la Fronde prête à se réveiller, le duc d'Orléans et le coadjuteur reprenant leur ancienne opposition, et la royauté se trouvant de nouveau sans aucun appui solide. Anne d'Autriche prêtait peu à peu l'oreille à ces sages conseils. Mazarin, qui d'abord avait eu peine à contenir l'impatiente affection de la Reine, la trouvant moins empressée, s'effraya : il comprit qu'il était perdu s'il laissait un pareil rival s'établir[1]. Aussi, passant tout à coup d'une rési-

---

1. Mme de Motteville, t. V, p. 96 : « La Reine vouloit le retour du cardinal, mais elle vouloit le bien de l'État préférablement à toutes choses, et la crainte qu'elle avoit que ce retour ne redonnât des forces

gnation apparente à une audace extraordinaire, il avait, sur la fin de novembre 1651, rompu son ban, quitté sa retraite de Dinan, et était entré résolûment en France, avec une petite armée rassemblée par ses deux fidèles amis, le marquis de Navailles et le comte de Broglie, et conduite par le maréchal d'Hocquincourt. Il avait surmonté de vive force tous les obstacles, bravé les arrêts et les députés du parlement, gagné Poitiers où la Reine et le jeune Louis XIV l'avaient admirablement reçu ; et là, en janvier 1652, après s'être bientôt délivré de Châteauneuf, trop fier et trop capable pour se résigner au second rang, il avait repris en main les rênes du gouvernement.

Cette conduite hardie, qui sauva peut-être Mazarin, vint aussi au secours de Condé. La seconde et irréparable disgrâce du ministre de la vieille Fronde

à M. le Prince la faisoit balancer sur le temps. La duchesse de Navailles m'a depuis conté qu'étant un jour avec elle, cette princesse lui dit ces mêmes paroles : « Je connois la fidélité de M. le Cardinal et combien le « Roi et moi avons besoin d'un ministre qui soit tout à nous, afin de « faire cesser les intrigues de la cour et de ceux qui se veulent mettre « à sa place. Je sais que l'insolence du Parlement de Paris doit être « punie, et qu'elle ne le sauroit mieux être que de son retour ; mais il « faut avouer que je crains le malheur de M. le Cardinal, et que son « retour trop précipité n'empire nos affaires. C'est pourquoi j'ai de la « peine à me déterminer là-dessus. » Cette dame, qui étoit intéressée au retour du cardinal par l'attachement que le duc son mari avoit à ce ministre, m'a dit que ce discours de la Reine lui fit une si grande frayeur qu'au lieu de le prendre comme un effet de sa sagesse, elle crut que c'étoit une marque de son changement ; elle écrivit promptement au cardinal qu'il vînt, et qu'il étoit perdu s'il ne se hâtoit de reprendre sa place. Cet avis fit l'effet qu'il devoit faire. »

l'avaient ranimée ainsi que les ombrages du duc
d'Orléans. Il s'était cru joué par la Reine, et s'était
plaint hautement. Les amis de Condé n'avaient
pas manqué de saisir cette occasion pour le réconcilier avec le duc, et négocier entre eux une alliance
nouvelle ; et comme précédemment la Fronde et
la Reine s'étaient réunies contre M. le Prince, de
même à la fin de janvier 1652, M. le Prince et la
Fronde presque tout entière s'étaient réunis contre
Mazarin.

Mᵐᵉ de Chevreuse seule, avec ses amis les plus
particuliers, demeura fidèle à sa haine et à la Reine,
redoutant bien moins Mazarin que M. le Prince, et
choisissant entre eux deux pour toujours avec sa
résolution et sa fermeté bien connues. Retz louvoya,
suivit le duc d'Orléans, en se ménageant avec la
Reine pour ne pas manquer le chapeau, et sans s'engager personnellement avec Condé. On mit de nouveau en jeu le parlement. Quelques mois auparavant
il avait enregistré une ordonnance du Roi qui décla-
rait Condé, le prince de Conti, Mᵐᵉ de Longueville,
le duc de Nemours et le duc de La Rochefoucauld
rebelles envers l'autorité royale[1] : sur la requête
de Condé[2], il n'abolit pas, il est vrai, cette ordonnance, mais il déclara qu'il y serait sursis, il re-

1. *Journal du Parlement,* depuis le mois d'avril 1651 jusqu'en juin
1654, p. 123 et 124, et p. 136 à 140.
2. Cette requête est du 4 janvier. *Journal,* etc., p. 166 et 167.

nouvela les anciens arrêts contre Mazarin, et nomma
même des commissaires pour aller à Poitiers faire
entendre ses doléances à la Reine et au Roi. Condé
s'était empressé de mettre à la disposition de Monsieur la petite armée que le duc de Nemours amenait alors de Flandre, et qui était composée en
partie des vieux régiments de sa maison et en partie
de troupes nouvelles recrutées dans les Pays-Bas
aux frais de l'Espagne. Le duc d'Orléans avait joint
cette armée à la sienne, et il avait envoyé l'une et
l'autre sur les bords de la Loire pour faire tête à
l'armée royale. Mais tout en donnant au chef reconnu du parti cette marque de déférence, Condé
n'avait pas laissé de proposer un autre plan de campagne : il avait tâché de faire sentir quelle faute
c'était de tant diviser ses forces; il avait supplié
qu'on permît au duc de Nemours de suivre sa des-
tination première et de venir le trouver en Guienne,
promettant de battre promptement d'Harcourt avec
un pareil renfort, et de secourir efficacement la capitale en contraignant le gouvernement de Poitiers de
rappeler toutes ses forces, afin de couvrir Poitiers
et de se défendre lui-même. On pense bien que la
jalousie du duc d'Orléans et l'inimitié de Retz n'entendaient pas ménager à Condé un pareil[1] succès,

1. Mme de Motteville, t. V, p. 110 : « Les ordres du duc de Nemours,
qui venoient du prince de Condé, étoient de passer la Loire pour secourir Montrond et marcher vers la Guienne; et ceux du duc de Beau-

en sorte qu'il se trouvait à Bordeaux avec de mauvaises recrues dans l'impuissance de rien tenter de
grand, tandis que sa véritable armée était loin de
lui sur les bords de la Loire.

Au mois de mars 1652, en revenant de Miradoux,
il reçut à Agen des lettres de Chavigny, qui lui pei-
gnaient des plus tristes couleurs l'état de l'armée et
de Paris. Mazarin avait déployé à Poitiers une activité extraordinaire. Il s'était porté rapidement sur
Angers, et en assez peu de temps il avait enlevé toute
la province au duc de Rohan Chabot. D'Angers, il
était venu à Tours, et de Tours il se dirigeait vers
Paris. Mais la pire des nouvelles était l'accommodement définitif des Bouillon avec Mazarin. Au mépris
de la parole positive donnée à La Rochefoucauld,
après bien des hésitations, le duc de Bouillon avait
embrassé la cause royale; il suivait la cour, et son
frère Turenne avait consenti à partager avec le maréchal d'Hocquincourt le commandement de l'armée.
Celle de la Fronde était aussi divisée en deux corps,
l'un que conduisait le duc de Beaufort au nom du
duc d'Orléans, l'autre que commandait le duc de

fort, qui venoient du duc d'Orléans, qui étoit à Paris, étoient opposés
à ceux-là, parce qu'il vouloit avoir des forces pour se défendre contre
le Roi, en cas qu'il en fût attaqué, soutenir sa réputation dans le Parlement et parmi le peuple, et les empêcher de quitter son parti, ce qui
auroit pu arriver s'il étoit demeuré sans d'autres forces que celles de
l'intrigue. Le coadjuteur, qui avoit alors toute la confiance du duc
d'Orléans, appuyoit ce dessein et augmentoit sa crainte, afin de rendre
cette armée inutile à M. le Prince, qu'il haïssoit. »

Nemours au nom de Condé. Mais les deux généraux étaient plutôt de vaillants soldats que des capitaines, et quoique beaux-frères ils ne s'entendaient pas. Le meilleur officier de cette armée, celui sur lequel Condé mettait ses plus grandes espérances, le baron de Sirot, depuis longtemps lieutenant général, et l'un des héros de Rocroy, venait d'être mortellement blessé à l'attaque du pont de Gergeau[1]. D'autre part à Paris, le faible duc d'Orléans, devenu comme le roi de la Fronde, incapable de gouverner lui-même était plus que jamais tombé entre les mains de Retz qui, ayant enfin obtenu le chapeau de cardinal, portait ses vues plus haut, et aspirait à remplacer à la tête de la Fronde Châteauneuf usé et à demi mourant. Il avait une correspondance particulière avec la Reine, et on le croyait fort capable de s'unir d'abord à Mazarin dans l'espoir de le renverser plus tard. Du moins, il pouvait à tout moment brouiller de nouveau le duc d'Orléans avec M. le Prince, et le pousser du côté de la cour. Déjà Condé, comme nous l'avons dit[2], avait eu la pensée de le faire enlever de Paris par Gourville, et de le transporter prisonnier dans une de ses places fortes. En Guienne, un soir dans une conversation à laquelle Lenet assista et qu'il nous

1. Mort à Orléans de ses blessures, le 8 avril 1652. Sur le baron de Sirot, voyez *La Jeunesse de Mme de Longueville*, chap. iii, p. 215, et *Appendice, bataille de Rocroy.*

2. Chap. I, p. 49.

8

a conservée[1], un des amis de Condé, le comte de
Fiesque[2], frondeur intrépide et tout aussi résolu
que Retz, fit au prince la proposition « de faire
tuer le coadjuteur qui venait de recevoir le chapeau
et de prendre le titre de cardinal de Retz. Le
Prince se moqua d'abord de la proposition de
Fiesque; puis, lui parlant sérieusement, il lui fit une
réponse tout à fait digne de lui. »

Quelque temps auparavant, étant encore à Libourne avant l'affaire de Miradoux, des nouvelles à
peu près semblables étaient parvenues à Condé, et
dès lors il avait songé à se rendre lui-même sur les
bords de la Loire et à Paris, dans la triste conviction qu'en Guienne, avec des troupes telles que les
siennes, rien de grand n'était possible, tandis qu'en
allant prendre le commandement de l'armée du duc
de Nemours et du duc de Beaufort, composée de
véritables soldats, il espérait remporter des avantages qui retentiraient jusque dans la Guienne, et
feraient plus pour sa cause que de petits combats
où il compromettait chaque jour sa vie et sa gloire.
Mais, avant de s'embarquer dans un voyage aussi
hasardeux, il consulta les amis qui l'entouraient. La
Rochefoucauld et Marsin se bornèrent à discuter
avec lui le pour et le contre, sans conclure dans un

1. Lenet, p. 535.
2. Voyez, dans *La Société française au* xviiie *siècle*, t. 1, chap. v,
p. 233, un admirable portrait de Fiesque, sous le nom de Pisistrate.

sens ni dans un autre [1]. Lenet et Fiesque lui-même
ne se prononcèrent pas davantage. Il n'en fut pas
ainsi de Mme de Longueville. Par une sorte d'intelligence naturelle avec les instincts héroïques de
son frère, elle n'hésita point à lui conseiller la résolution à laquelle il inclinait, et avec le président
Viole « elle en déduisit les raisons [2]. » La Rochefoucauld garde un incroyable silence sur ce détail
intéressant qu'il ne pouvait pas ignorer ; mais le
témoignage de Lenet, si bien informé, ne laisse
place à aucun doute, et met en lumière la parfaite
conséquence et la haute fermeté d'âme et d'esprit
de Mme de Longueville. Depuis le jour fatal où elle
avait tant contribué à jeter Condé dans la guerre
civile, elle n'eut plus qu'un avis, ne poser les armes
qu'après la victoire. Ne nous étonnons donc pas
qu'ici, lorsqu'aucun des amis et des lieutenants de
M. le Prince n'osait avoir une opinion, elle prît
encore sur elle la responsabilité d'un conseil périlleux
sans doute, mais qui seul pouvait le sauver lui et la
cause qu'il avait embrassée.

Condé suivit les mouvements de son cœur et l'avis
de Mme de Longueville. Au lieu d'attendre les événements qui allaient se passer au loin, il se décida à
les prévenir, et prit la résolution de traverser les
lignes du comte d'Harcourt, de faire comme il pour-

---

1. La Rochefoucauld, p. 129.
2. Lenet, p. 540.

rait les cent cinquante lieues qui le séparaient de la
Loire et de Paris, d'y paraître tout à coup et de se
mettre lui-même à la tête de ses affaires.

Il laissait d'ailleurs en Guienne assez de forces
pour y attendre avec sécurité les succès qu'il allait
chercher. Il nomma le prince de Conti son lieutenant
général : un prince du sang donnait du lustre à l'autorité, dominait toutes les rivalités, et devait rendre
l'obéissance plus facile. Il connaissait la légèreté de
Conti, mais il savait aussi qu'il ne manquait ni d'esprit ni de bravoure. Il croyait à l'ascendant que
Mme de Longueville avait toujours exercé sur son
jeune frère, et il espérait qu'elle le guiderait encore.
Il avait confiance en cette sœur qu'autrefois il avait
tant aimée, et, quoique des intrigues et une triste
influence, que bientôt nous ferons connaître [1], eussent
diminué la haute admiration qu'il avait eue pour
elle et à laquelle il revint plus tard, il comptait sur
son esprit, sur sa fierté, sur ce courage dont elle
avait donné tant de preuves à Stenay. A côté de sa
sœur, il laissait sa femme Claire Clémence de Maillé
Brézé qui s'était si bien conduite dans la première
guerre de Guienne. Il la laissait enceinte d'un
second enfant, et avec elle il donnait à Bordeaux et
mettait pour ainsi dire en gage entre ses mains,
pour lui tenir lieu de lui-même, le duc d'Enghien,

---

1. Plus bas, chap. III, p. 139

l'espoir et le soutien de sa maison, l'objet particulier de ses tendresses. C'était là un gouvernement
qui avait bon air aux yeux de la France et de l'Europe. Au-dessous de sa famille étaient deux hommes
investis de toute sa confiance, et qui en secret tenaient de lui des pouvoirs absolus. Ces deux hommes
étaient Lenet pour les affaires civiles et Marsin pour
la guerre. Lenet, ancien conseiller au parlement de
Dijon, depuis conseiller d'État, de tout temps
l'homme d'affaires de Condé, était merveilleusement
propre à son rôle : esprit solide et fin, rompu à
toutes les intrigues, capable de conduire en même
temps les négociations les plus diverses avec l'Espagne, avec Mazarin, avec la Fronde, jouant, au
gré de son maître, tous les personnages, et, sous
tous les masques, d'une fidélité à toute épreuve. Le
comte de Marsin, né à Liége, était par-dessus tout
un homme de guerre qui s'était élevé par son courage et ses talents comme Sirot, Gassion, Fontaine,
Merci. Il ne leur était guère inférieur. Il avait pris
part aux plus grandes batailles de Condé, et il avait
commandé en Catalogne. Lenet et Marsin devaient
reconnaître la suprématie du prince de Conti, ménager son amour-propre et lui prodiguer toutes les
marques publiques de déférence ; mais en réalité ils
ne relevaient que de Condé, et toute l'autorité était
entre leurs mains.

Ainsi ce n'était pas une illusion de penser qu'avec

un tel gouvernement et l'assistance continuelle de
l'Espagne; Bordeaux pouvait tenir au moins une
année, et donner à Condé le temps de frapper
des coups décisifs. La résolution qu'il prit était
donc aussi raisonnable qu'elle était grande. Il
eût été d'une souveraine imprudence de rester en
Guienne pour livrer de petits combats à d'Harcourt
et y prendre à grand'peine quelques bicoques, lorsqu'au cœur du royaume une trahison ou une défaite
perdait tout sans ressource, et condamnait Bordeaux à partager le sort commun, après avoir plus
ou moins prolongé la résistance. Dans l'ensemble des
affaires, la Guienne était sans doute un accessoire
considérable, mais le principal n'était pas là; c'était
à Paris et sur les bords de la Loire que se jouaient
évidemment la destinée de la Fronde et celle de
Condé: c'était donc là qu'il fallait courir. Chaque
jour on lui mandait que des jalousies, des divisions,
les querelles, augmentaient dans l'armée, et il trem-
blait de recevoir un matin la nouvelle que Turenne
et d'Hocquincourt avaient battu Nemours et Beaufort, et marchaient sur Paris. Il voulut prévenir à
tout prix ce désastre irréparable, et il s'élança sur
le point où était le péril suprême, où sa présence
inattendue devait jeter la terreur dans l'âme de ses
ennemis, relever le courage des siens et faire passer
la fortune de son côté. Quand César, arrivé en Grèce,
apprit que Scipion qui le suivait emportait son ar-

mée, avait été dispersée et détruite par celle de Pompée, il se jeta seul la nuit dans un bateau de pêcheur pour aller chercher en Asie, à travers la mer, les légions d'Antoine et revenir avec elles gagner la bataille de Pharsale. Quand Napoléon connut en Égypte l'état de la France, les hontes du Directoire, l'agitation des partis, et que déjà plus d'un général songeait à un dix-huit brumaire, il n'hésita pas, et quelque folie qu'il y eût en apparence à tenter de traverser la flotte anglaise sur une faible embarcation, au risque d'être pris ou coulé à fond, il affronta tous ces dangers, et à force d'adresse et d'audace parvint à gagner les côtes de France. Condé fit de même, et sur la fin de mars 1652, il entreprit de se faire jour des bords de la Gironde aux bords de la Loire, sans autre escorte qu'un petit nombre d'amis intrépides, la vive conscience de la nécessité de cette démarche aventureuse, l'habitude et le goût secret du danger, son incomparable présence d'esprit et sa gaieté accoutumée.

CHAPITRE TROISIÈME

LA FRONDE À PARIS

EN 1652

CONDÉ PART DE BORDEAUX POUR ALLER PRENDRE LE COMMANDEMENT DE L'ARMÉE DE LA FRONDE. — COMBAT DE BLENEAU. — CONDÉ ET TURENNE DÉFENDUS CONTRE NAPOLÉON. — CONDÉ QUITTE L'ARMÉE. LA FRONDE A PARIS. INTÉRIEUR DU PARTI. INTRIGUES POLITIQUES ET GALANTES. MADAME DE CHATILLON. HONTEUSE CONSPIRATION CONTRE MADAME DE LONGUEVILLE. — NÉGOCIATIONS INUTILES. TRAHISON DU DUC D'ORLÉANS ET DE RETZ. TRAHISON DU DUC DE LORRAINE. — COMBAT DU FAUBOURG SAINT-ANTOINE. NOBLE CONDUITE DE MADEMOISELLE.—EXCÈS DE LA FRONDE A PARIS DANS L'ÉTÉ DE 1652. AFFAIRE DU 4 JUILLET A L'HOTEL DE VILLE. DUEL DE NEMOURS ET DE BEAUFORT. CONDÉ S'ENFONCE DANS L'ALLIANCE ESPAGNOLE ET DANS LA GUERRE. — MESURES VIOLENTES DU PARLEMENT. MISÈRE DU PEUPLE. AMNISTIE DU 26 AOUT, REJETÉE PAR CONDÉ. RENTRÉE DE LOUIS XIV A PARIS LE 21 OCTOBRE.

Condé sortit d'Agen le dimanche des Rameaux, en plein midi, faisant annoncer qu'il s'en allait pour quelques jours à Bordeaux. Il était accompagné de six personnes, La Rochefoucauld et son jeune fils le prince de Marsillac, le comte de Guitaut, le comte de Chavagnac, Gourville, et un valet de chambre nommé Rochefort. Ils suivirent quelque temps la route de Bordeaux, puis arrivés à un certain endroit ils la quittèrent, s'engagèrent à travers les lignes ennemies, et commencèrent ce voyage extraordinaire qui dura plus de huit jours avec mille incidents de toute espèce et d'incroyables fatigues, toujours sur

les mêmes chevaux, ne s'arrêtant jamais plus de deux
heures pour manger et pour dormir, évitant les villes,
passant les rivières comme ils pouvaient, se jetant
d'abord dans les montagnes de l'Auvergne, puis en
descendant, et par le bec d'Allier, se dirigeant du
côté de la Loire. Il faut lire dans les mémoires de
La Rochefoucauld et de Gourville[1] l'histoire de ce
voyage, et tous les dangers qu'ils coururent. Dix
fois ils manquèrent d'être pris et tués. Leurs chevaux épuisés ne les portaient plus. La Rochefoucauld
était tourmenté par sa goutte, le jeune Marsillac tombait de sommeil. Condé seul était infatigable, dor-
mant et s'éveillant à volonté, et toujours de bonne
humeur.

Ils arrivèrent le samedi soir aux portes de La Charité. Là, Condé dépêcha Gourville à Paris pour avertir
le duc d'Orléans qu'il allait s'y rendre après avoir
visité l'armée. Il ne savait où elle était, et tâcha de
gagner Châtillon-sur-Loing pour en apprendre des
nouvelles, et aussi pour se reposer au château, qui
appartenait à la duchesse de Châtillon. Mais la cour,
qui était à Gien, avait eu vent de son voyage et

---

1. Nous ne citons pas les *Mémoires de Chavagnac*, qui ne sont pas
authentiques, et ont été vraisemblablement composés sur des notes et
des ouï-dires par Gatien de Courtils, le spirituel et fécond auteur de
tant de Mémoires apocryphes et romanesques, tels que ceux du comte
de Rochefort et de la Vie de Turenne attribuée à du Buisson. Indi-
quons encore les *Particularités de la route de M. le prince de Condé
et le sujet de son retardement, avec le passage des troupes du cardinal Mazarin*. Paris, 1652, in-4°.

savait la route qu'il avait suivie. On fit courir après
lui vingt maîtres, comme on disait alors, c'est-à-
dire vingt cavaliers bien montés et déterminés, avec
ordre de le prendre mort ou vif. Condé n'échappa
que par miracle ; il avait envoyé son valet de chambre
Rochefort à Châtillon pour qu'on eût soin de tenir
la porte du parc ouverte. Guitaut et Chavagnac
étaient en avant, à la découverte. Il n'avait avec lui
que La Rochefoucauld et le jeune Marsillac ; celui-ci
marchait cent pas devant le prince, et La Rochefoucauld allait après lui à la même distance, afin qu'en
cas de malheur, averti par l'un ou par l'autre, il pût
avoir le temps de se sauver. Ils n'avaient pas fait
ainsi quelque chemin qu'ils virent paraître quatre
cavaliers qui marchaient vers eux. Ils crurent que
c'étaient les gens qui les cherchaient et ils se prépa-
raient à les charger, résolus à se faire tuer plutôt
qu'à se laisser prendre ; mais c'étaient Guitaut et
Chavagnac avec deux gentilshommes de leur connaissance. A Châtillon, Condé apprit que l'armée
était à huit lieues de là ; il y courut en toute hâte,
et rencontra les avant-postes le 1er avril 1652.

Il trouva l'armée de la Fronde aussi divisée que
ses chefs. Il en prit sur-le-champ le commandement,
ôtant ainsi la principale cause des jalousies de Nemours et de Beaufort ; il la réunit, la fit reposer un
jour, s'empara sans coup férir de Montargis et de
Château-Renard, et se porta rapidement sur l'armée

royale. Elle était dispersée dans des quartiers éloignés les uns des autres pour la commodité des fourrages, et à cause du peu de crainte qu'inspiraient
Beaufort et Nemours. Le maréchal d'Hocquincourt
était campé à Bleneau, et Turenne un peu plus loin,
à Briare ; les deux maréchaux devaient réunir leurs
troupes le lendemain. Condé ne leur en laissa pas le
temps : le soir même, dans la nuit du 6 au 7 avril 1652,
il tomba sur le premier quartier du maréchal d'Hocquincourt, le culbuta, et parvint à faire plier tous
les autres grâce à une de ces charges de flanc où il
payait énergiquement de sa personne. D'Hocquincourt, après s'être battu en soldat, fut contraint de
se retirer à quelques lieues du côté d'Auxerre, ayant
perdu tout son bagage et trois mille chevaux. Cependant on était venu dire à Turenne ce qui se passait à
Bleneau ; il crut d'abord que c'était une attaque du
duc de Nemours, et il ne s'en mit pas fort en peine.
Il vint au milieu de la nuit avec quelque infanterie
pour soutenir son collègue et rétablir le combat ;
mais en voyant, à la lueur des villages en feu, avec
quel ensemble l'attaque avait été conduite, il reconnut
qu'il n'avait pas affaire à Nemours, et s'écria : *Ah !
M. le Prince est arrivé[1]*. Il se garda bien de l'attendre,
n'ayant ni cavalerie ni artillerie, et, après avoir fait

1. Ramsay tenait cette anecdote « de feu M. le duc de La Rochefoucauld, alors prince de Marsillac. » Le jeune prince de Marsillac
était en effet à Bleneau, et s'y distingua ; il a dû très bien pu recueillir ce mot de Turenne.

2. Ramsay, liv. III, p. 315.

diré à d'Hocquincourt de se rallier à lui au plus vite,
il marcha en bon ordre pendant cette longue et
obscure nuit, à la rencontre du gros de ses troupes,
que Navailles et Palluau lui amenaient. Un moment
il s'arrêta dans une plaine où il avait un assez grand
bois à sa gauche et à sa droite des marais. Autour
de Condé, on trouvait ce poste avantageux; Condé
en jugea bien différemment. « Si M. de Turenne demeure là, dit-il, je m'en vais le tailler en pièces;
mais il se gardera bien d'y demeurer[1]. » Il n'avait
pas achevé qu'on vit Turenne se retirer, trop habile
pour attendre Condé en plaine et s'exposer à ses re-
doutables manœuvres. Un peu plus loin, il trouva
une position tout autrement favorable; là il fit ferme,
résolu à combattre. En vain ses officiers le pressèrent-
ils de n'en rien faire, de ne pas hasarder la dernière
armée qui restât à la monarchie, et de se borner à
couvrir Gien en attendant d'Hocquincourt : *Non,*
répondit-il, *il faut vaincre ou périr ici*[2]. Turenne,
il est vrai, était bien inférieur en cavalerie à Condé;
mais il avait une artillerie puissante et bien servie.
Il se plaça sur une hauteur qu'il couvrit d'infanterie
et d'artillerie, mit au bas sa cavalerie dans une
plaine trop étroite pour que Condé pût y déployer
la sienne, et où l'on ne pouvait arriver qu'à travers
un grand bois et par un seul défilé coupé de fossés

1. C'est Tavannes qui nous a conservé ce précieux détail.
2. Ramsay, liv. III, p. 245.

et rempli de marécages. A cette forte position,
Condé put reconnaître. à son tour son illustre disciple. Il n'y avait pas là de grandes manœuvres à
tenter; on n'avait pas le temps d'essayer de tourner
Turenne , il fallait l'écraser sur-le-champ, s'il était
possible, avant qu'il eût été rejoint par d'Hocquincourt. Le défilé était la clef de la situation; on s'y
battit avec acharnement de part et d'autre. Turenne
le défendit lui-même l'épée à la main, et aux six
escadrons qu'y lança Condé il opposa une batterie
d'un effet terrible, montrant un courage égal à celui
de son héroïque adversaire, bien que dans un genre
différent : car Turenne, on ne le sait pas assez, était
aussi grenadier que général. Bussy, dans son admirable portrait de Turenne[1], qu'égale ou surpasse
encore celui qu'il a laissé de Condé[2], a prétendu
que Turenne avait commencé par être plus circon-
spect qu'entreprenant, que sur la fin de sa vie il ne
se ménagea plus tant qu'il l'avait fait d'abord, sa
prudence venant de son tempérament et sa hardiesse de son expérience. Un paradoxe si bien tourné
ne pouvait manquer de faire fortune, et il a séduit
Napoléon lui-même; mais il est démenti par les faits.
De très bonne heure Turenne fit paraître un courage bien voisin de la témérité, et presque toutes
ses fautes viennent d'un excès de hardiesse. A Ma-

---

1. *Mémoires*, édit. de 1696, t. Ier, p. 477.
2. *Lettres*, édit. d'Amsterdam, 1751, t. V, p. 309.

riendal, il pouvait, il devait battre en retraite, éviter
la bataille, n'ayant pas toutes ses troupes réunies; à
Réthel surtout, il aurait dû rompre devant le maréchal du Plessis et savoir fuir : la raison la plus
vulgaire prescrivait cet unique moyen de salut;
Turenne ne s'y put résigner, et il manqua d'être tué
ou fait prisonnier en déployant une valeur inutile. A
Bleneau, pour la première fois il faisait tête à Condé
et se montra digne de lui et comme capitaine et
comme soldat : on ne saurait à qui des deux donner
le prix de la bravoure. Vers le soir, d'Hocquincourt
rejoignit Turenne, et le duc de Bouillon amena de
Gien quelques renforts à son frère. Les deux armées
sans avoir rien pu gagner l'une sur l'autre, se retirèrent l'une vers Gien, l'autre à Châtillon, et quelques
jours après Condé remettait la sienne entre les mains
du comte de Tavannes, et lui-même s'en allait à
Paris[1].

Ici Napoléon[2], qui a raconté et admirablement apprécié cette courte campagne, est également sévère
envers Turenne et envers Condé. Il blâme la réso-

---

1. Nous avons cinq relations de l'affaire de Bleneau par des témoins plus ou moins considérables : du côté de Condé, La Rochefoucauld, Tavannes et Gourville; du côté de Turenne, Navailles et Turenne
lui-même, sans parler des nombreuses mazarinades pour et contre, où
la vérité est sacrifiée à l'esprit de parti. Chavagnac aussi prit part
au combat, mais ce qu'il dit dans ses prétendus Mémoires manque à
la fois d'importance et de certitude. Le récit de Ramsay a pour base
celui du duc d'York, qui n'était pas à Bleneau, et qui parle d'après
Turenne. Napoléon n'a connu que Turenne, York et Ramsay.

2. *Mémoires*, t. V, p. 63-67.

lution que prit Turenne d'affronter toute l'armée
de la Fronde avec une seule division de l'armée
royale, et il prétend qu'il aurait dû attendre le
maréchal d'Hocquincourt et les renforts du duc de
Bouillon, afin de combattre en nombre égal ou supérieur. En principe, rien de plus juste assurément;
mais il est des situations où le comble de l'art est
de se mettre au-dessus de l'art ordinaire. Si Turenne,
selon les conseils de son état-major et l'avis de
Napoléon, eût reculé davantage, il risquait de ne
pas retrouver une position aussi avantageuse que
celle qu'il avait rencontrée; il donnait à Condé le
temps de l'atteindre et de l'envelopper de sa nombreuse cavalerie; il pouvait être contraint d'accepter
la bataille en rase campagne, exposé aux manœuvres
du grand stratégiste. Il lui était impossible de savoir à
quelle heure précise d'Hocquincourt le rejoindrait, et
l'illustre vaincu de Waterloo était payé, ce semble,
pour ne pas trop faire fond sur la promptitude des
secours qu'on peut attendre d'une division éloignée.

Napoléon n'épargne pas davantage les critiques à
Condé. Il les résume toutes en un mot piquant
auquel il n'a pas pu résister, et qui le fait sourire
lui-même : « Condé, dit-il, manqua cette fois d'audace. » L'épigramme est jolie, mais, nous en demandons pardon à Napoléon, elle n'est pas fondée,
au moins militairement. Non, Condé n'a pas manqué
d'audace dans cette campagne : loin de là, toute sa

conduite est une suite de combinaisons et d'actions
audacieuses. Quoi de plus audacieux que cette course
de près de dix jours pendant cent cinquante lieues
avec six personnes pour venir prendre le commandement de l'armée? Quoi de plus audacieux que la
résolution prise sur-le-champ de se jeter entre
d'Hocquincourt et Turenne, de couper en deux
l'armée royale et d'en disperser une partie avant
d'attaquer l'autre? Condé a-t-il perdu un moment
pour marcher sur Turenne et le poursuivre l'épée
dans les reins? Est-ce sa faute s'il avait affaire à un
grand capitaine, qui sut choisir une excellente position et s'y tenir avec une constance inébranlable?
Dans l'attaque de cette position, Napoléon reproche-
t-il à Condé d'avoir manqué d'audace? Turenne s'est
couvert de gloire, car il a résisté heureusement à
Condé, mais Condé, pour n'avoir pas été victorieux
n'a pas été le moins du monde vaincu. Le militaire
est donc ici à l'abri de tout reproche. Comme nous
allons le voir, c'est le politique qui a failli. Condé a
quitté l'armée fort mal à propos, selon nous, mais
ç'a été par des considérations qui n'ont rien à voir
avec l'art de la guerre.

Même avant le combat de Bleneau, Gourville était
revenu de Paris, apportant à Condé des nouvelles
et des lettres. Les amis du prince étaient fort par-
tagés sur la conduite qu'il avait à tenir. Les uns
étaient d'avis qu'il restât à l'armée et poursuivît ses

succès ; les autres insistaient avec force pour qu'il se
rendît immédiatement à Paris. Cette dernière opinion était celle du duc de Rohan Chabot, un des
amis intimes de Condé, et aussi celle de Chavigny,
qui, comme nous l'avons dit, lui inspirait une confiance particulière. Chavigny pensait avec raison que
l'union du duc d'Orléans et de Condé était indispensable au succès de la Fronde, et il aspirait comme
Retz à prendre du crédit sur le duc d'Orléans, mais
dans un dessein bien différent, afin d'adoucir ses
ombrages et de prévenir de fâcheuses divisions. Il
demandait avant tout un grand conseil, semblable
à celui qu'en 1643 il avait poussé Louis XIII
mourant à imposer à la régente, bien persuadé
qu'il ne pouvait manquer de faire partie d'un tel
conseil, et qu'une fois là sa capacité ferait le
reste. L'essentiel pour lui était donc d'arrêter les
menées de Retz, devenu cardinal, et d'autant plus
puissant sur le duc d'Orléans, auprès duquel il com-
battait de toutes ses forces l'alliance avec Condé.
Chavigny avait écrit à M. le Prince que, s'il tardait
un seul jour à se rendre à Paris, ses affaires étaient
perdues sans ressource. Monsieur, conduit par Retz,
était tout près de l'abandonner et de s'accommoder
avec la cour. Les partisans de Mazarin levaient partout la tête. Le parlement était à bout. Le peuple,
n'ayant plus là son idole, le duc de Beaufort, pour
l'animer sans cesse, commençait à s'apaiser. La

9

bourgeoisie presque entière demandait le Roi et la
paix. Paris pouvait d'un moment à l'autre échapper
à la Fronde, et quelques avantages de plus du côté
de la Loire étaient peu de chose devant la crainte
d'un pareil désastre. L'avis de Chavigny entraîna
Condé. Lui aussi il s'imagina qu'en arrivant à Paris
le front ceint de la merveilleuse auréole que lui faisaient et cette course extraordinaire à travers la
France et ses derniers exploits, il déjouerait les intrigues de Retz, et qu'en ralliant tout ce qui restait
de partisans à la Fronde autour de sa propre gloire,
il fonderait un gouvernement capable de se soutenir devant celui de la Reine. Mais c'étaient là
des espérances plus brillantes que solides. Le meilleur moyen de s'assurer de la fidélité du duc d'Orléans, de se mettre à l'abri de ses trahisons et de
celles de son digne conseiller, c'était d'être le plus
fort et le maître des événements. Paris serait toujours le prix du vainqueur. On y pouvait envoyer des
hommes mille fois plus en état que Condé de tenir tête
au dangereux cardinal, La Rochefoucauld par exemple et le duc de Nemours, qui, réunis au duc de
Rohan, à Chavigny et au président Viole, pouvaient
au moins lui garder le duc d'Orléans et Paris jusqu'à la fin de la campagne. Le comte de Tavannes,
qu'il avait choisi pour le remplacer, était sans doute
un excellent officier, l'un de ces vaillants Petits-maîtres qui, sur les champs de bataille, servaient d'ailes

à sa pensée, portaient partout ses ordres, exécutaient
les manœuvres les plus périlleuses, tantôt chargeant
avec une impétuosité irrésistible, tantôt soutenant les
charges les plus terribles avec une constance et une
solidité à toute épreuve[1]. Mais si l'intrépide Tavannes
pouvait fort bien conduire une division dans une
grande armée, il n'était pas de force à commander
en chef, et il n'avait pas d'autorité sur les troupes
étrangères que le duc de Nemours avait amenées de
Flandre, et qu'il remit, en se rendant à Paris avec
Condé, entre les mains du comte de Clinchamp.
L'armée, ainsi partagée, n'était capable de rien de
grand. Condé seul pouvait achever ce qu'il avait
commencé. Une fois engagé dans la formidable
entreprise qu'il avait formée contre la Reine et
Mazarin, il n'y avait de salut pour lui qu'en la poussant jusqu'au bout. Il devait donc, s'il est permis
de s'exprimer ainsi, s'acharner sur Turenne, périr
ou le vaincre, et contraindre Mazarin à s'enfuir
une dernière fois en Allemagne ou en Italie, et la
Reine à lui remettre le jeune Roi. Pour cela, il aurait
fallu à Condé une ambition fixe, un but bien déterminé ; il aurait fallu qu'il se proposât nettement
d'être régent ou du moins lieutenant-général du
royaume à la place de Monsieur, de gré ou de force,
qu'il concentrât tous les pouvoirs dans sa main,

---

1. Sur les *Petits-maîtres*, voy. *Mme de Sablé*, chap. Ier, p. 44 et suiv.

qu'il fût enfin Cromwell ou Guillaume III, et Condé
n'était ni l'un ni l'autre. Son esprit avait été traversé
par de mauvais rêves; mais, comme nous l'avons dit[1],
il y avait dans son cœur un fond invincible de loyauté.
L'ambition était bien plus autour de lui qu'en lui-
même. Il n'avait pas même songé à effacer les d'Orléans, à supprimer entre le trône et sa maison un
intermédiaire qui depuis vingt années n'avait cessé
d'être funeste à la monarchie et à la France. Au contraire, il avait contracté avec Monsieur des engagements auxquels il entendait rester fidèle. Il exigeait
pour ses parents et pour ses amis des avantages considérables : pour lui-même, il ne savait trop ce
qu'il voulait. Mais quoi qu'il voulût et dans toutes
les hypothèses, car son secret est demeuré entre
Dieu et lui, il eut tort de s'éloigner de la Loire en
laissant Turenne debout. Voilà sa véritable faute,
et non pas d'avoir manqué d'audace, comme le
suppose Napoléon. Ce n'est pas ici une faute militaire, c'est une faute politique immense, irréparable.
Il pouvait écraser Turenne, il devait le tenter du
moins; il le laissa échapper. L'occasion une fois
manquée ne revint plus. Turenne jusque-là n'était
qu'au second rang; par une résistance glorieuse, il
eut dès ce moment et on s'efforça de lui donner l'importance d'un rival de Condé. Mazarin s'enhardit de

1. Chap. Ier, p. 74 et p. 81.

jour en jour davantage; la royauté, qui avait été à
deux doigts de sa perte, se releva, et la cour se rapprocha de Paris, tandis que, poussé par son mauvais
génie, quittant les champs de bataille où était sa véritable force, Condé s'en alla consumer un temps
précieux dans un dédale d'intrigues pour lesquelles
il n'était pas fait, et où il se perdit lui et la
Fronde.

Il arriva à Paris le 11 avril, et trouva toutes
choses dans la dernière confusion. Il s'appliqua à
ménager et à caresser la vanité ombrageuse de Monsieur, lui prodiguant toute sorte de déférences et
ayant bien soin de garder partout le second rang.
Le lendemain, il se rendit au parlement, et quoique
le président Bailleul, qui remplaçait Mathieu Molé,
lui fût ouvertement contraire, loin de se laisser aller
à ses emportements ordinaires, il eut l'air d'approuver les sentiments de la compagnie pour le Roi et
pour la paix, et déclara qu'il n'avait d'autre prétention que de servir le parlement et de faire exécuter ses arrêts, c'est-à-dire d'obtenir la sortie de
Mazarin du royaume. Sur ce point seul il se montra
inflexible. Il tint le même langage à la cour des
comptes et à la cour des aides. On lui témoignait
les plus grands respects; mais il ne lui était pas
difficile de reconnaître que les temps étaient bien
changés, qu'on était las de la guerre, et qu'on
souhaitait la paix. Le président Bailleul avait ex-

primé sa douleur de voir un prince du sang royal les
mains teintes du sang des sujets du Roi[1]. A la cour
des comptes, le premier président, Nicolaï, avait
conjuré Monsieur de s'entremettre pour un accommodement pacifique [2]. A la cour des aides, le premier président, Amelot, s'était plaint hautement [3]
qu'il semblât y avoir un traité avec l'Espagne,
puisque c'était avec des deniers espagnols qu'on
payait les nouvelles recrues. Condé faisait-il battre
le tambour pour rassembler la milice bourgeoise, on
demandait au nom de qui battait le tambour, et on
se plaignait qu'on usurpât l'autorité royale. Évidemment il fallait prendre un parti, ou traiter avec la
cour à des conditions acceptables, ou ranimer la
Fronde et combattre vivement Mazarin. Les perpé-
tuelles hésitations de Monsieur étaient un obstacle à
tout. Condé ne savait ni comment se servir du duc
d'Orléans, ni comment s'en passer. Il lui faisait une
cour assidue, sans rien gagner sur ce prince spirituel et aimable, mais égoïste, vain, pusillanime,
qui, au lieu d'être touché de la fidélité de Condé et
d'y répondre par la sienne, plus il était forcé de
reconnaître ses grandes qualités, plus en secret il

1. *Journal du Parlement*, depuis le mois d'avril 1651 jusqu'en juin
1652. Séance du 12 avril, p. 262.

2. *Ibid.*, p. 290.

3. Conrart donne le discours même du premier président Amelot et
toute la scène. *Mémoires de Conrart* dans la collection Petitot,
t. XLVIII, p. 33 et suiv.

en était jaloux, et dans son dépit prêtait l'oreille
aux perfides suggestions de Retz.

Condé, il est vrai, avait bien des appuis au
Luxembourg. La duchesse d'Orléans, cette belle
Marguerite de Lorraine, que Gaston avait épousée à
Bruxelles malgré Louis XIII, n'était pas sans pouvoir sur lui, et elle l'animait contre le successeur de
Richelieu. Au mois de janvier 1652, un traité avait
été conclu entre Monsieur, Condé et le duc Charles
de Lorraine : Madame l'avait signé au nom de son
frère, et le comte de Fiesque au nom de Condé. De
son côté, Mademoiselle, un peu fantasque, mais
loyale et courageuse, s'était jointe à sa belle-mère,
et elle était déclarée pour la guerre, moitié par
goût de l'éclat et du bruit, pour parader à la tête
des troupes avec ses deux dames d'honneur, la comtesse de Frontenac et la comtesse de Fiesque, trans-
formées en aides de camp, moitié par l'espoir secret
que dans la défaite de Mazarin et dans le triomphe
de son père elle parviendrait à épouser le jeune Roi
et à échanger le casque de la Fronde pour la couronne de France [1]. Madame et Mademoiselle, fidèles

---

1. Voyez le portrait de Mademoiselle en Pallas, le casque en tête,
si admirablement gravé par Poilly. — Mademoiselle ne dissimulait
guère ses prétentions. Mme de Motteville, t. V, p. 108 : « Quelque temps
avant l'entrée de Mademoiselle dans Orléans, elle avoit écrit une lettre
à Mme de Navailles pour la faire voir à la Reine, par où elle marquoit
beaucoup désirer de la servir, et montroit d'entrer par complaisance
seulement dans tout ce qui se passait à Paris; mais elle faisoit entendre
fortement qu'elle désiroit qu'on la regardât comme une personne qui

à la parole donnée, parlaient à Monsieur le langage
de l'honneur ; mais Retz, s'adressant à ses mauvais
instincts, était bien plus sûr d'être écouté. Il fomen-
tait ses soupçons jaloux par le récit envenimé des
traits de hauteur qui échappaient à Condé ; il flat-
tait le goût du repos qui renaissait bien vite dans le
cœur de Monsieur après quelques agitations et à la
vue du péril ; il l'engageait à ne se pas sacrifier
pour Condé, et à traiter sans lui avec la Reine, puisque la Reine repoussait absolument cet impérieux
personnage. En un mot, il le poussait par où il
penchait, marchant lui-même à ses propres fins sous
le masque d'un faux dévouement. En vain La Rochefoucauld, Rohan, Nemours, et les autres amis de

pouvoit prétendre à la couronne fermée. Cette lettre, *que j'ai vue*, fut
mal reçue par la Reine, qui étoit trop accoutumée à n'avoir pas grande
considération pour elle. Mademoiselle fut sensiblement touchée de ce
que ses bonnes volontés n'avoient pas été assez bien reçues. Elle en
écrivit une autre à la même personne, par laquelle on voyoit qu'elle
étoit persuadée d'être maîtresse du parti. Elle lui mandoit avoir toujours haï le ministre comme n'en ayant jamais été bien traitée, décla-
roit de vouloir épouser le Roi, et se vantoit qu'elle seule avoit empêché les troupes royales d'entrer dans Orléans. Elle lui marquoit qu'on
ne la devoit pas mépriser, et qu'elle pouvoit être utile pourvu qu'elle
fût satisfaite, mais qu'elle ne la pouvoit être sans être Reine. Enfin, elle
témoignoit qu'elle pouvoit mettre les choses en état qu'on la demanderoit
à genoux, et ajoutoit ces mêmes mots que j'ai pris dans l'original :
*que, quoique ce chapitre lui soit fort agréable, elle est toutefois trop
importunée d'en entendre parler, parce que tous ceux de son parti
croyant lui plaire ne lui parloient pas d'autre chose.* Il y avoit beaucoup
d'esprit dans cette lettre, comme il y en a dans toutes celles qu'elle
écrit, mais la Reine ne vouloit pas cette Princesse pour sa fille, et la
guerre qui se faisoit contre elle et le Roi n'étoit pas une bonne voie pour
y parvenir. » Sur Mademoiselle, voyez *Mᵐᵉ de Sablé*, chap. ɪɪ, p. 71-87.

Condé le combattaient-ils de toutes leurs forces :
Retz, en fait d'intrigues et de complots, leur était
bien supérieur. Il était à Paris sur son vrai champ
de bataille, manœuvrant avec un art consommé dans
les sens les plus différents, et toujours vers le même
but, la perte de Condé. Il excitait aisément contre
lui le parti royaliste, et le minait chaque jour dans
le parlement et dans les autres cours, en laissant entendre que Monsieur n'était pas si intimement uni
qu'on le pouvait croire à M. le Prince. Il avait aussi
conservé ses vieilles intelligences dans le peuple : il
y était presque aussi puissant que Beaufort, et pouvait lancer à son gré sur la place publique des gens
apostés pour crier tour à tour, selon les occasions :
A bas le Mazarin ! et *Vive la paix !* c'est-à-dire à
bas M. le Prince. Égaré dans la Fronde comme dans
un monde étranger, Condé cherchait péniblement
sa route à travers toutes ces intrigues, luttant sans
cesse contre lui-même, s'efforçant de retenir son
humeur bouillante, et se laissant volontiers conduire
aux conseils de ses amis.

La plupart étaient d'avis de sortir de cette situation incertaine et de s'accommoder honorablement
et sûrement avec la cour. Condé ne s'y refusa point,
et se laissa entraîner de nouveau, dit La Rochefoucauld[1], qui y fut bien pour quelque chose, « dans un

1. La Rochefoucauld, p. 148.

abîme de négociations dont on n'a jamais vu le
fond, et qui a toujours été le salut de Mazarin et la
perte de ses ennemis. » De concert avec le duc
d'Orléans, Condé autorisa une démarche auprès de
la Reine, et chargea Chavigny de ses propositions.
Il faisait une condition absolue du renvoi de Mazarin ; pour lui-même il demandait seulement qu'on
acquittât les promesses qu'il avait faites à ses partisans, et qui étaient à ses yeux des engagements
d'honneur. Chavigny ne réussit pas dans cette ambassade. Si nous en croyons La Rochefoucauld, il
songea plus à ses propres intérêts qu'aux intérêts
de celui qui l'avait envoyé. Il ne devait voir que le
Roi et la Reine, et il vit aussi Mazarin ; il traita
même avec lui sans insister sur cette condition pré-
liminaire que Mazarin sortît du royaume, ce qui donnait à Condé envers le duc d'Orléans une apparence
de déloyauté qui le mit dans le plus grand courroux.

Les choses en étaient là, et « tout ce qu'il y a de
plus raffiné et de plus sérieux dans la politique, dit
encore la Rochefoucauld[1], étoit exposé aux yeux de
M. le Prince pour prendre un de ces deux partis, faire
la paix ou continuer la guerre, lorsque Mᵐᵉ de Châtillon lui fit naître le désir de la paix par des moyens
plus agréables. Elle crut qu'un si grand bien devoit
être l'ouvrage de sa beauté, et, mêlant de l'ambition
avec le dessein de faire une nouvelle conquête, elle

1. La Rochefoucauld, p. 156.

voulut en même temps triompher du cœur de M. le
Prince et tirer des avantages de la négociation. »

Déjà nous avons dit un mot de la duchesse de
Châtillon [1] : il est indispensable d'y insister pour
l'entière intelligence de ce qui va suivre.

Isabelle Angélique de Montmorency était l'une
des deux filles de ce brave et infortuné comte de
Montmorency Bouteville, qui, victime d'un faux
point d'honneur et de sa passion offrénée pour le
duel, eut la tête tranchée en place de Grève le
21 juin 1627. Elle était sœur de François de Montmorency, comte de Bouteville, depuis l'illustre maréchal de Luxembourg. Née en 1626, elle avait été
mariée en 1645 au dernier des Coligny, duc de
Châtillon, l'un des héros de Lens, tué au combat de
Charenton en 1649. Veuve à vingt-trois ans, sa
rare beauté lui fit mille adorateurs ; elle fut une
des reines de la galanterie pendant la Fronde ; et
même, après bien des aventures, à trente-huit ans
elle séduisit encore le duc de Mecklembourg, qui
l'épousa en 1664. A la beauté, Mme de Châtillon joignait beaucoup d'esprit, mais de l'esprit tourné à
l'intrigue. Elle était vaine et ambitieuse, en même
temps fort intéressée, médiocrement scrupuleuse, et
un peu de l'école de Mme de Montbazon [2]. De bonne
heure, elle avait frappé Condé ; mais il n'y avait

1. Chap. 1er, p. 74 et 75.
2. *La Jeunesse de Mme de Longueville*, chap. III, p. 230.

plus songé, tout entier à sa passion pour Mˡˡᵉ du
Vigean [1]. Depuis ces nobles amours, si tristement
terminées, et après l'émotion passagère que lui
donna encore un moment la belle et vertueuse
Mˡˡᵉ de Toussy [2], Condé étouffa ses instincts chevaleresques et dit adieu à la haute galanterie de sa
jeunesse et de l'hôtel de Rambouillet; il n'a plus eu
que des attachements légers et vulgaires, dont on
n'a pas gardé le souvenir. Mᵐᵉ de Châtillon seule
est connue pour avoir une dernière fois captivé son
cœur, et cette liaison a exercé sur Condé et sur ses
affaires, à l'époque où nous en sommes arrivés, une
assez grande influence pour que l'histoire s'en doive
occuper, si elle ne veut pas se contenter de retracer
la suite et comme la figure des événements qui se
passent sur la scène du monde sans les comprendre,
sans en pénétrer les causes véritables, qui résident
dans le caractère des hommes et dans leurs passions.
Or, de toutes les passions, il n'en est pas une plus
énergique à la fois et plus étendue que l'amour. Il
tient une place immense dans la vie humaine, et dans
les plus hautes comme dans les plus humbles conditions. De nos jours, nous l'avons vu faire et défaire
des rois. Jadis, en retenant trop longtemps César à
Alexandrie auprès de Cléopâtre, il amassa sur sa
tête l'orage formidable qui pensa l'accabler à Munda.

1. *La Jeunesse de Mᵐᵉ de Longueville*, chap. ⅠⅠ, p. 180.
2. *La Société française au* XVIIᵉ *siècle*, t. 1ᵉʳ chap. ⅠⅠ, p. 82.

Il était pour beaucoup dans la guerre qu'Henri IV
allait entreprendre, lorsque la mort le vint arrêter [1].
On ne peut s'empêcher de sourire en voyant la plupart des historiens n'en tenir aucun compte, comme
d'une chose trop frivole, et le reléguer dans la vie
privée, comme si la vie privée n'était pas le fond
même de la vie publique, comme si ce qui s'agite
dans l'âme n'était pas le principe de ce qui éclate
au dehors! Non, l'empire de la beauté ne connaît
pas de limites, et nulle part il n'est plus puissant
que sur ces grands cœurs qu'on appelle Alexandre,
César, Charlemagne, Henri IV. On peut bien mettre
Condé dans cette illustre compagnie.

Nous connaissons un gracieux monument du pouvoir de Mme de Châtillon sur Condé. A Châtillon-sur-
Loing, dans ce qui subsiste de l'antique château des
Coligny, qu'Isabelle de Montmorency tenait de son
mari et qu'elle laissa à son frère, dans ce salon du
noble héritier des Luxembourg, aussi précieux pour
l'histoire que pour l'art, où l'on voit rassemblés, à
côté de l'épée du connétable Anne, le portrait de
Luxembourg à cheval avec sa mine si fine et si fière,
ainsi que le portrait en pied de Charlotte Marguerite
de Montmorency, princesse de Condé, en habit de
veuve, est un grand et magnifique tableau [2], repré-

---

1. *La Jeunesse de Mme de Longueville,* chap. 1er, p. 64, note 1.
2. A la légèreté du coloris et à la grâce de toute la composition,
nous soupçonnons la main de Juste ou de Ferdinand.

sentant une jeune femme d'une beauté ravissante,
aux traits parfaitement réguliers, avec les plus jolis
cheveux d'un châtain clair, et des yeux gris de l'éclat
le plus doux, au cou de cygne, à la taille fine et légère, peinte de grandeur naturelle, et parée de tous
les attraits de la jeunesse relevés par une exquise
coquetterie. Elle est assise dans une molle attitude.
Une de ses mains, nonchalamment étendue, tient un
bouquet de fleurs; l'autre est posée sur la crinière
d'un lion, dont la tête se montre de face, et dont les
yeux flamboyants sont, à ne s'y pouvoir méprendre,
les yeux terribles de Condé lorsqu'il avait les armes à
la main [1]. Voilà bien la belle duchesse de Châtillon
à vingt-cinq ou vingt-six ans, et à peu près telle
qu'elle a pris soin de se décrire elle-même dans les
Divers Portraits de Mademoiselle [2]. La tête se dé-
tache merveilleusement [3]. On ne peut voir une figure
plus gracieuse, mais elle manque un peu de carac-

1. *La Société française au* xviie *siècle*, chap. ii, p. 73-78.
2. *Portrait de Mme de Châtillon fait par elle-même.*
3. Cette tête est évidemment l'original du charmant portrait gravé
de Frosne, que Moncornet a si médiocrement reproduit. — A Châtillon-
sur-Loing, il y avait autrefois une ancienne maison du Temple, dont
l'amiral de Coligny avait fait une sorte de collége et d'académie pour y
élever des gentilshommes protestants, et que Mme de Mecklembourg
transforma en un couvent où elle venait faire de fréquentes retraites.
Elle fit cadeau de son portrait aux religieuses. Le couvent est devenu
un hôtel-Dieu encore desservi par des religieuses, qui ont conservé avec
soin le portrait donné à leurs devancières. Ce portrait subsiste parfaitement intact. C'est bien Mme de Châtillon du salon de M. le duc de
Montmorency-Luxembourg. Elle est plus âgée, mais encore bien belle.
Elle a plus d'embonpoint, et la bouche est déjà moins fine. Elle est

tère et de grandeur, et ce n'est pas là Mme de Longueville. Celle-ci n'était pas aussi régulièrement
belle ; mais elle avait un bien plus grand air, et
une suprême distinction reluisait dans toute sa personne[1].

Mme de Châtillon et de Mme de Longueville avaient
été élevées ensemble, et fort liées pendant toute leur
première jeunesse[2]. Peu à peu il se mit entre elles
quelque rivalité de beauté, et elles se brouillèrent
tout à fait lorsque Mme de Longueville s'aperçut,
après la mort de Châtillon, que la jeune et belle
veuve, tout en accueillant fort bien les hommages du
duc de Nemours, portait aussi ses vues sur Condé.
Mme de Longueville avait ses raisons pour ne pas
être alors très sévère, mais elle connaissait le cœur
intéressé de la belle duchesse, et elle la redoutait
pour son frère : elle craignait que Mme de Châtillon,
ayant grand besoin des faveurs de la cour, ne retînt
Condé dans les engagements qu'il avait avec Mazarin, tandis qu'elle-même s'efforçait de l'entraîner
dans la Fronde. La querelle s'était renouvelée
en 1651, comme nous l'avons vu[3], et elle était dans
toute sa force en 1652. Mme de Châtillon et Mme de

peinte à demi corps, un peu en Madeleine, et plus tard on lui a mis
une croix entre les mains. Ce morceau est d'un coloris exquis, et on
l'attribue avec toute vraisemblance à Mignard.

1. *La Jeunesse de Mme de Longueville*, Introduction, p. 6.
2. *Ibid.*, chap. ii, p. 178 et suiv.
3. Plus haut, chap. ier, p. 75.

Longueville se disputaient le cœur de Condé : l'une
l'attirait vers la cour, espérant bien que la cour ne
serait pas ingrate envers elle, l'autre le poussait de
plus en plus dans le parti de la guerre. Nous avons
raconté comment Mᵐᵉ de Longueville, sachant combien Condé avait d'amitié pour le duc de Nemours,
qui était dans la main de la duchesse, mêla en Berri
fort mal à propos la politique et la coquetterie, et
essaya sur Nemours le pouvoir de ses charmes, afin
de l'enlever à Mᵐᵉ de Châtillon et au parti de la paix[1].
Nul ne sait jusqu'où avait été la faute de Mᵐᵉ de Longueville; mais, ainsi que nous l'avons dit, la moindre apparence suffit à La Rochefoucauld. Comme
il n'avait cherché que ses avantages dans la Fronde,
ne les y trouvant pas, il commençait à se lasser, et
ne demandait pas mieux que de mettre fin à la vie
errante et aventureuse qu'il menait depuis plusieurs
années par un bon accommodement. La conduite
de Mᵐᵉ de Longueville, en le blessant jusqu'au vif
dans ce qui pouvait lui rester de tendres sentiments
pour elle, et surtout dans la partie la plus sensible
de son cœur, la vanité et l'amour-propre, lui fut une
occasion ou un pretexte[2] qu'il saisit avec empressement, de rompre une liaison devenue contraire à
ses intérêts. Aussi en avril 1652, quand il revint à

1. Chap. ii, p. 87 et suiv.
2. *Ibid.*

Paris avec Condé, et y trouva Mme de Châtillon, il
entra dans toutes ses passions et dans tous ses desseins, comme lui-même l'avoua depuis à Mme de Motteville [1] ; il mit à son service tout ce qu'il y avait en
lui d'adresse et d'habileté, et descendit envers Mme de
Longueville à des vengeances indignes d'un galant
homme, et qui nous révoltent encore, au bout de
deux siècles, comme elles ont fait les contemporains [2].

Mme de Châtillon ne se contenta pas d'arracher
l'inconstant et léger duc de Nemours à sa nouvelle
amie absente ; elle exigea qu'il se tournât contre elle
et lui en fît un public et outrageant sacrifice. Ce
n'étaient encore là que les représailles de la vanité
féminine : l'ambitieuse duchesse alla plus loin : elle
entreprit de ruiner Mme de Longueville dans l'esprit
de son frère. Pour cela, elle s'appliqua, avec l'aide
de La Rochefoucauld, à la décrier de toute manière
auprès de lui, et tâcha même de lui persuader que sa
sœur ne lui était pas aussi attachée qu'elle le faisait
paraître, et qu'elle avait promis au duc de Nemours
de le servir à ses dépens, tandis que Mme de Longueville n'avait pas songé le moins du monde à enlever le duc de Nemours à Condé, mais à elle,
Mme de Châtillon, précisément pour l'engager da-

1. Mme de Motteville, t. V., p. 132 : « M. de La Rochefoucauld m'a
dit que la jalousie et la vengeance le firent agir soigneusement, et
qu'il fit tout ce que Mme de Châtillon voulut. »
2. Mme de Motteville, *ibid.*

vantage dans les intérêts de Condé[1], tels qu'elle les comprenait.

La politique de Mme de Longueville était fort simple, et c'était la vraie, la Fronde une fois admise. Certes il eût bien mieux valu et pour Mme de Longueville et pour Condé et pour la France ne pas entrer dans cette voie fatale où la grandeur nationale fut arrêtée pendant dix années et où la maison de Condé pensa périr ; mais après avoir embrassé ce funeste parti, il ne restait plus à un esprit conséquent et ferme qu'à en poursuivre résolûment le triomphe. Or ce triomphe, aux yeux de Mme de Longueville, était dans le renversement de Mazarin, condition nécessaire de la domination de Condé. Voilà le but que lui avait montré La Rochefoucauld en l'engageant dans la Fronde au commencement de 1648, et elle ne l'avait jamais perdu de vue. C'est pour l'atteindre qu'elle s'était jetée dans la guerre civile, et qu'elle avait fini par y entraîner son frère ; que, vaincue à Paris en 1649, elle avait tenté en 1650 de soulever la Normandie ; qu'elle avait risqué sa vie, bravé l'exil, fait alliance avec l'étranger et maintenu à Stenay le drapeau des princes. En 1651, elle avait été d'avis de reprendre les armes, et maintenant elle pensait qu'il ne fallait pas les quitter, et qu'au lieu de se perdre en négociations

---

1. Plus haut, chap. ii, p. 87.

inutiles avec le rusé et habile cardinal, c'était sur
son épée seule que Condé devait compter. Elle le
croyait incapable de se tirer à son avantage des intrigues qui l'environnaient, et elle le poussait sur
les champs de bataille. Elle avait toujours eu sur lui
un assez grand empire, parce qu'il lui savait un
cœur de la trempe du sien ; et si l'amour ne l'eût
aveuglé, il aurait rejeté avec mépris les odieuses accusations qu'on osait élever contre elle, comme il
avait fait, en 1643, dans l'affaire des lettres que lui
attribuait Mme de Montbazon [1] : il aurait aisément
reconnu que Mme de Châtillon, Nemours et La Rochefoucauld ne la noircissaient à l'envi auprès de lui,
comme une créature vulgaire toujours prête à le trahir pour le premier amant, que dans le dessein manifeste de les brouiller, de s'emparer de lui, et de
le faire servir à leurs vues particulières. Nemours
seul savait ce qui s'était passé dans ce voyage de
Montrond à Bordeaux, et l'homme assez lâche pour
se faire le dénonciateur d'une femme après l'avoir
entourée d'hommages, n'est pas fort digne d'être
cru sur sa parole. D'ailleurs Nemours n'a pas parlé
lui-même, c'est Mme de Châtillon, c'est La Rochefoucauld qui l'ont fait parler, et nous savons par quel
motif.

Il est difficile d'imaginer une conspiration plus

---

1. *La Jeunesse de Mme de Longueville*, chap. III.

honteuse que celle qui alors se forma contre Mme de
Longueville ; et ce qu'il y a de plus honteux peut-
être, c'est que La Rochefoucauld se vante lui-
même d'avoir inventé et conduit cette machine,
comme il l'appelle [1]. Les trois conjurés étaient mus
par des raisons différentes, mais également méprisables : Mme de Châtillon voulait seule gouverner
Condé, et seule le représenter auprès de la cour,
afin d'avoir les profits de la négociation ; Nemours
voulait complaire à Mme de Châtillon, et prétendait
aussi avoir sa part des grands avantages qu'on se
promettait ; enfin La Rochefoucauld agissait par un
impitoyable esprit de vengeance et dans l'espoir
d'un accommodement nécessaire à sa fortune.

Mais il y avait ici un point délicat, si l'on peut
parler de délicatesse en une pareille affaire : de toute
la cabale, le moins mauvais était encore le duc de
Nemours, plus frivole que perfide, et qui était sincèrement épris de Mme de Châtillon. Il l'aimait et il
en était aimé. Le retour de M. le Prince, avec ses
prétentions bien déclarées, le faisait cruellement
souffrir, et son dépit menaçait de troubler le plan si
bien concerté. La belle dame elle-même ne laissait
pas d'être quelquefois embarrassée entre un prince
impérieux et un amant jaloux. Heureusement le futur
auteur des *Maximes* était là. La Rochefoucauld se

1. La Rochefoucauld, p. 157.

chargea d'arranger tout pour le mieux. Il ne lui fut
pas très difficile d'enseigner à Mme de Châtillon à
ménager à la fois Condé et Nemours, et à faire en
sorte qu'elle les conservât tous les deux. Il fit comprendre à l'ombrageux Nemours qu'en vérité il
n'aurait pas raison de se fâcher d'une liaison inévitable, « qui ne lui devoit pas être suspecte, puisqu'on voulait lui en rendre compte, et ne s'en servir
que pour lui donner la principale part aux affaires. » En même temps « il porta M. le Prince
à s'engager avec Mme de Châtillon, et à lui donner
en propre la terre de Merlou [1]. » De cette façon,
grâce à l'honnête entremise de La Rochefoucauld,
l'accord se soutint, et la conspiration marcha doucement à son but. Condé ne se doutait de rien. On
avait mis un voile sur ses yeux ; on endormait son
humeur martiale dans les plaisirs et les négociations ;
on le berçait de l'espoir d'une paix prochaine.

Pour donner aux nouvelles négociations qu'il en-
tamait une base ferme et empêcher que ses vraies
intentions pussent être altérées comme elles l'avaient
été par Chavigny, Condé fit dresser sous ses yeux,
devant Mme de Châtillon, Nemours et La Rochefou-

---

1. La princesse douairière de Condé n'avait donné par son testament
à Mme de Châtillon, comme nous l'avons dit, chap. Ier, p. 74 et 75, que
la jouissance, sa vie durant, de la terre et du château de Merlou. Condé,
en sortant de prison en 1651 s'était empressé de ratifier cette donation
et de l'exécuter ; en 1652 il alla plus loin, il fit cadeau à la belle duchesse de la propriété même de ce charmant domaine.

cauld, une instruction précise et détaillée qu'il chargea Gourville de porter à la cour. La Rochefoucauld nous en a conservé une copie [1]. Condé y
déclare que ces propositions contiennent son dernier
mot, qu'il agit sincèrement, et qu'il lui faut une réponse positive sur chacune d'elles. Il demeure fidèle
à ses engagements avec Monsieur, et il ne demande
pour lui-même que l'honneur de travailler à la paix
générale, de concert avec le duc d'Orléans. Hors de
là, il ne stipule qu'en faveur de ses amis. La liste de
ces amis est un peu longue, il est vrai ; mais en
l'examinant avec soin, on reconnaît que tous ceux
dont les noms s'y rencontrent y figurent à bon droit,
et qu'on ne réclame pour eux rien d'excessif. Ainsi
Condé demande pour son frère, le prince de Conti,
ce qu'on lui avait promis en 1651, le gouvernement
de Provence au lieu de celui de Champagne ; des
brevets de maréchaux de France pour Marsin et pour
du Dognon, le gouvernement de Bergerac pour M. de
La Force, pour le prince de Tarente le rang de M. de
Bouillon et un dédommagement de la perte de Taillebourg ; pour le président Viole la permission de traiter
d'une charge de secrétaire d'État ; qu'on rétablisse
le duc de Rohan Chabot dans son gouvernement
d'Anjou ; qu'on donne au duc de Nemours le gouvernement d'Auvergne ; enfin qu'on accorde à La

1. *Mémoires*, p. 150.

Rochefoucauld deux avantages d'un ordre différent :
l'un pour sa vanité, à savoir le même rang et les
mêmes honneurs que M. de Bouillon ; l'autre pour
sa fortune, 120,000 écus, afin de traiter du gouvernement de Saintonge et d'Angoumois, ou de tout
autre à son gré. On voit que La Rochefoucauld ne
s'était pas maltraité. Pour Mme de Châtillon, elle ne
pouvait être mentionnée dans l'acte officiel ; mais,
comme on le pense bien, elle n'avait pas été oubliée,
et Mademoiselle nous apprend[1] qu'il était convenu
que pour ses divers services elle toucherait la somme
de 100,000 écus. Il n'est question de Mme de Longueville ni dans l'instruction, ni dans aucune clause
patente ou secrète. Et pourtant que de sacrifices n'a-
vait-elle point faits? Elle avait contracté des dettes
énormes, elle avait vendu jusqu'à ses pierreries, et
l'honneur de paraître en une façon quelconque dans
un semblable traité lui eût été bien nécessaire pour
la relever aux yeux de la France et à ceux de son
mari. Après tout, on peut la féliciter de n'être pas
entrée dans ce marché comme Mme de Châtillon et
La Rochefoucauld, et d'avoir au moins couvert les
fautes où la passion l'a pu jeter du lustre incomparable, de la gloire unique du désintéressement.

Toutes les conditions que nous venons d'énumérer
pouvaient être acceptées sans danger ; mais la partie

1. *Mémoires*, édition d'Amsterdam, 1735, t. II, p. 129.

épineuse de la transaction proposée était dans les
articles relatifs à Mazarin. Ils étaient assez modérés,
sans être pourtant bien rassurants. D'un côté, on
souhaitait que le cardinal sortît présentement du
royaume, et de l'autre on promettait de consentir de
bonne foi à tout ce qui lui serait avantageux et même
à son retour dans trois mois ; il était même dit que
M. le Prince ne signerait la paix qu'après le retour
du cardinal. Ainsi la condition préalable était dure,
et les promesses un peu vagues. Mazarin croyait à
la loyauté de Condé, mais il avait fait l'expérience
de ses hauteurs, de ses exigences sans cesse renaissantes. Il craignait avec raison de se remettre
entre les mains d'un homme qui n'avait pas toujours le gouvernement de lui-même, et dont il
était difficile d'être bien sûr, parce que, ne poursuivant pas un objet bien déterminé, on n'était jamais
certain de l'avoir définitivement satisfait. Mazarin ne
se pressa donc pas de répondre, et, trop habile pour
ne pas accepter la négociation, il s'appliqua à la tirer
en longueur. Il en trouva une fort bonne raison. Le
duc de Bouillon, si considérable et par lui-même et
par son frère Turenne, élevait des prétentions sur le
duché d'Albret, qui appartenait aux Condé. Il fallait
avant tout résoudre cette difficulté. Cependant le
voyage de Gourville n'avait pas été si secret qu'il ne
fût venu aux oreilles de Retz. Celui-ci comprit sur-
le-champ qu'il était perdu et tout son plan renversé,

si Mazarin et Condé s'entendaient. Il se mit donc
promptement à l'œuvre ; il peignit au duc d'Orléans
la négociation entamée comme une trahison envers
lui et comme la ruine de son autorité ; il lui persuada
de parer le coup qui le menaçait en faisant à Mazarin
de bien meilleures conditions que M. le Prince; et le
duc de Damville, intermédiaire ordinaire du duc
d'Orléans et de la cour, fut envoyé en secret à la
Reine pour l'engager à ne rien conclure avec Condé,
l'assurant que Monsieur souhaitait seulement avoir
le mérite de la paix, qu'il était prêt à se rendre de
sa personne auprès du Roi, et à donner un exemple
qui serait suivi par le parlement et par le peuple de
Paris[1]. Des propositions aussi flatteuses ne pouvaient
manquer d'être prises en très grande considération,
et elles devaient beaucoup refroidir pour celles
qu'avait apportées Gourville. On n'en voulait pas
davantage ; on se réservait de voir ensuite jusqu'à
quel point on tiendrait la parole donnée.

C'est ainsi que le palais d'Orléans répondait à
l'hôtel de Condé, et Retz à La Rochefoucauld. De
toutes parts des intrigues se croisant en sens contraire ; mines et contre-mines, luttes intestines, inimitiés sourdes et violentes au sein des alliances les
plus solennelles ; le bien public compté pour rien ;
le parlement et le peuple servant d'instruments et

1. La Rochefoucauld, p. 154-155.

de jouets à l'ambition de quelques grands seigneurs ;
pas la moindre foi entre les chefs, tous se trahissant
à l'envi. Une trahison plus éclatante et plus dangereuse que toutes les autres vint mettre encore plus
à nu l'état misérable des affaires de la Fronde.

Charles IV, duc de Lorraine, qui avait signé par
la main de sa sœur, en janvier 1652, un traité avec
le duc d'Orléans et Condé, après s'être fait longtemps attendre, avait enfin paru avec ses vieux régiments, moitié lorrains, moitié allemands, et en
concertant ses mouvements avec ceux de la division
française du comte de Tavannes et de la division
étrangère du comte de Clinchamp, il aurait pu aisément forcer l'armée royale, inférieure en nombre,
à reculer et à regagner les bords de la Loire. Les
troupes de la Fronde avaient ainsi trois chefs s'entendant médiocrement, tandis que depuis l'affaire de
Bleneau, Turenne, bien plus en faveur auprès de la
Reine et de Mazarin, commandait à peu près seul,
et avait dans sa main une armée peu nombreuse, il
est vrai, mais unie sous des généraux dociles et in-
telligents. Il avait manœuvré avec habileté pour tenir
séparés le plus possible Tavannes et Clinchamp;
plus fort que chacun d'eux, il était parvenu à les
pousser toujours devant lui, et en laissant à sa gauche
Orléans, qu'occupait Mademoiselle, il s'était avancé
vers Paris et avait mis le siége devant Étampes. A
l'approche du duc de Lorraine, craignant d'être en-

veloppé par ses trois adversaires, il avait levé le
siége commencé, et sans donner le temps à Charles IV
de faire sa jonction avec Clinchamp et Tavannes, il
s'était porté à sa rencontre pour le battre séparément.
Le duc était campé à Villeneuve-Saint-Georges. Il
avait une bonne position qu'il venait de fortifier, cinq
mille hommes de cavalerie, trois mille d'infanterie,
avec une artillerie bien servie, placée sur une hauteur[1]. Il était d'une bravoure éprouvée, et savait
fort bien la guerre ; il avait même autrefois vaincu
une armée française à Tudelingen. Il pouvait donc
combattre Turenne avec avantage, ou du moins le
contenir, pendant que Tavannes et Clinchamp, sortis d'Étampes, tomberaient sur ses derrières. Mais
Charles IV, de faute en faute ayant perdu ses États,
se trouvait depuis longtemps réduit au rôle d'aventurier, de *condottiere ;* il n'avait plus d'autre fortune
que ses troupes ; aussi les ménageait-il avec le plus
grand soin. Il s'offrait et se vendait à peu près à tous
les partis, sans se piquer de fidélité envers aucun
d'eux. En même temps qu'il avait traité avec la
Fronde, le duc d'Orléans et Condé, il avait négocié
aussi avec la cour, faisant son compte de se tirer
d'affaire et de gagner son argent au moyen de quelques démonstrations, mais bien décidé à ne pas
compromettre sa petite armée, sa suprême ressource.

---

1. *Mémoires du duc d'York,* livre Ier.

Quand donc il vit venir à lui Turenne, il crut pouvoir l'amuser avec ses artifices accoutumés, en lui
représentant qu'il était un ami et un allié du roi de
France. Turenne, n'entendant rien à toutes ces fa-
çons, lui déclara nettement qu'il allait le charger
sur l'heure, s'il ne décampait et ne se retirait en
Flandre. Le duc, qui n'en était pas à son coup d'essai en ce genre, prit bien vite son parti et sauva ses
troupes aux dépens de sa parole. Les Lorrains sortirent de leurs retranchements, défilèrent devant
l'armée royale en bataille, regagnèrent la frontière,
et Charles IV, qui assaisonnait ses fourberies de ba-
dinages et de railleries, prétendit qu'il était parfaitement quitte avec l'Espagne et avec son beau-frère,
puisque ayant été appelé au secours d'Étampes il en
avait fait lever le siége. A cette nouvelle, Madame,
qui était de bonne foi, versa des larmes de honte et
d'indignation, et le duc d'Orléans ne put faire moins
que d'avoir l'air de partager les sentiments de sa
femme. Condé, trahi de tous côtés, put enfin reconnaître quelle faute il avait faite de quitter l'armée
pour venir se perdre en intrigues impuissantes, et
d'avoir préféré les conseils d'une maîtresse telle
que Mᵐᵉ de Châtillon à ceux d'une sœur courageuse et dévouée telle que Mᵐᵉ de Longueville. Vers
la fin de juin, il monta à cheval avec un petit nombre d'amis intrépides, et sortit de Paris pour tenter
une dernière fois le sort des armes.

Il n'était plus temps. Le maréchal de La Ferté-
Senneterre avait amené de Lorraine de puissants
renforts à l'armée royale, qui comptait ainsi de dix
à douze mille hommes. Celle de la Fronde en avait à
peine la moitié; elle était découragée, divisée, incapable de livrer une bataille, et elle ne tint quelques
jours la campagne autour de Paris que grâce aux
manœuvres et à l'énergie partout présente de son
chef. Il était évident qu'il ne restait à Condé d'autre
alternative que de traiter avec la cour à tout prix, ou
de se jeter entre les bras de l'Espagne, et le fameux
combat de Saint-Antoine, sérieusement considéré,
n'est qu'un acte de désespoir, une héroïque et vaine
protestation du courage contre la fortune : le succès
ne remédiait à rien, et on devait s'attendre à une
défaite où Condé pouvait laisser sa gloire et sa vie.
Ce n'était pas une moindre faute à Turenne de risquer un combat contre un tel adversaire sans disposer de toutes ses forces, car en ce moment La Ferté-
Senneterre était encore avec l'artillerie devant la
barrière Saint-Denis. Réunis, les deux généraux de
la Reine pouvaient accabler Condé; séparés, La
Ferté-Senneterre demeurait inutile, et Turenne tout
seul devait acheter bien cher la victoire. Aussi de-
mandait-il qu'on pressât La Ferté de venir le rejoindre à marches forcées, et qu'on ne commençât
pas l'attaque avant son arrivée[1]. Mais les ordres de

1. Turenne l'insinue, et le duc d'York le dit très clairement.

la cour n'admettaient aucun retard , et le duc de
Bouillon lui-même fut d'avis d'attaquer sur-le-champ
pour ne pas avoir l'air de ménager Condé[1]. De là ce
fatal combat du 2 juillet 1652, où périrent inutilement tant de vaillants officiers, l'espoir de l'armée.

Les historiens ont raconté les détails de cette déplorable journée [2], quel courage et quel talent déploya Condé sur ce petit espace, dans cette espèce
de patte d'oie qui s'étend depuis la barrière du
Trône, par la grande rue du Faubourg-Saint-An-
toine, et par plusieurs rues latérales coupées elles-
mêmes de nombreuses rues de traverse , jusqu'à la
grande place de la Porte-Saint-Antoine ; devant la
Bastille. Selon sa coutume, il avait formé un escadron
d'élite [3] avec lequel il se portait partout, conduisant
lui-même les charges les plus périlleuses. Il s'était
posté en face de Turenne, lui disputant pied à pied
la grande rue Saint-Antoine, et dans les moments de
relâche il s'échappait pour aller du côté de Picpus
encourager Tavannes, qui résistait avec sa vigueur
ordinaire à toutes les attaques de Saint-Mégrin [4], ou

1. Le duc d'York.
2. Nous ne parlons que des historiens contemporains qui ont pris part
à l'affaire, d'un côté Turenne, York et Navailles, de l'autre le prince
de Tarente, Tavannes et La Rochefoucauld. Le récit le plus clair est
celui du prince de Tarente. La relation faite au nom de la Fronde est
de Marigny ; elle est précieuse pour le détail des régiments engagés,
des blessés et des morts.
3. La Rochefoucauld.
4. Tavannes.

du côté de la Seine et de Charenton contenir Navailles, un des meilleurs lieutenants de Turenne.
C'est dans la grande rue que se portèrent les plus
rudes coups. Turenne et Condé y rivalisèrent de
constance et d'audace, chargeant l'un et l'autre à la
tête de leurs soldats, tous deux couverts de sang,
et sans cesse exposés au feu de la mousqueterie.
Turenne, bien supérieur en nombre, gagnait du
terrain; puis tout à coup Condé, l'épée à la main,
à la tête de son escadron, le forçait de reculer, et
l'affaire demeurait indécise, jusqu'à ce que Navailles,
qui venait de recevoir du renfort et du canon, renversa toutes les barricades qui lui étaient opposées,
et s'avança, menaçant d'envelopper Condé. Celui-
ci, se portant rapidement sur ce point, vit à la dernière barricade ses deux amis, Nemours et La Rochefoucauld, l'un blessé en plusieurs endroits et ne
se soutenant plus, l'autre atteint d'une balle qui, lui
perçant le visage au-dessous des yeux, lui avait à
l'instant fait perdre la vue; ils allaient être pris.
Tout épuisé qu'il était, Condé trouva dans son cœur
la force de pousser une dernière charge qui les dé-
livra[1], et on put les emmener dans la ville. Pendant
ce temps, La Ferté-Senneterre était arrivé : dès lors
tout plia, et le prince, mal secondé par ses soldats
épouvantés, eut toutes les peines du monde à gagner

---

1. La Rochefoucauld.

la place de la Bastille. Là il trouva les portes de Paris
fermées. En vain Beaufort pressa-t-il la milice bourgeoise d'aller au secours de cette poignée de braves
près de succomber : fatiguée de trois ans de discordes
et travaillée par Mazarin, elle ne répondait plus à la
voix de son ancien chef. Retz et la peur avaient
glacé le duc d'Orléans [1] ; il allait laisser périr Condé,
qui se battait en désespéré, et Mazarin, des hauteurs de Charonne où il s'était placé avec le jeune
Roi, put croire que c'en était fait de son dernier
ennemi ; lorsque Mademoiselle indignée [2] arracha à
son père, à force de supplications et de larmes, un
ordre avec lequel elle fit ouvrir à Condé et à ses
troupes les portes de Paris, et tirer même sur l'armée
royale le canon de la Bastille. « Voilà, dit Mazarin,
un coup de canon qui a tué son mari », faisant al-
lusion à l'ambition qu'avait toujours eue Mademoiselle d'épouser le jeune Louis XIV [3]. Oui, ce jour-là,
Mademoiselle détruisit de sa propre main ses plus
chères espérances ; mais ce trait de générosité et de
grandeur d'âme l'honore à jamais, et protége sa
mémoire contre bien des fautes et quelques ridicules.
Après s'être solennellement engagée avec Condé,

---

1. Mme de Motteville, t. V, p. 146 : « Le duc d'Orléans étoit au Luxembourg, obsédé par le cardinal de Retz, qui vouloit se défaire du prince
de Condé et le laisser périr. Il disoit qu'il (Condé) avoit fait ses accommodements avec la cour, et que tout cela étoit une comédie. »

2. Mademoiselle, *Mémoires*, t. II, p. 133-145.

3. Voyez plus haut, p. 135-136.

c'eût été le comble de l'opprobre pour la maison
d'Orléans de laisser Condé tomber sous ses yeux :
il valait mieux se perdre avec lui, et sauver du moins
l'honneur.

Mademoiselle nous raconte en quel état elle trouva
Condé, lorsque, s'étant rendue à une petite maison,
près de la Bastille, pour voir passer les troupes qui
entraient dans la ville, il vint l'y saluer. Il ne pensait ni à lui-même, qui était tout couvert de sang, ni
même à sa cause, à peu près désespérée : il ne pensait
qu'aux amis qu'il avait perdus. Il ne lui venait point
à l'esprit que c'étaient eux qui l'avaient embarqué
dans des négociations dont les résultats avaient
été si funestes : il les croyait morts, et il éclatait en
sanglots. « Il étoit, dit Mademoiselle [1], dans un état
pitoyable ; il avoit deux doigts de poussière sur le
visage, ses cheveux tout mêlés ; son collet et sa che-
mise étoient pleins de sang ; quoiqu'il n'eût pas été
blessé, sa cuirasse étoit pleine de coups, et il tenoit
son épée nue à la main, ayant perdu le fourreau. Il
la donna à mon écuyer. Il me dit : « Vous voyez un
homme au désespoir, j'ai perdu tous mes amis ;
MM. de Nemours, La Rochefoucauld, Clinchamp,
sont blessés à mort. » Je l'assurai qu'ils étoient en
meilleur état qu'il ne croyoit, que les chirurgiens ne
les croyoient pas blessés dangereusement, et que tout

---

1. Mademoiselle, t. II, p. 140.

présentement je venois de savoir des nouvelles de
Clihchamp, qu'il n'étoit en aucun danger. Cela le
réjouit un peu, il étoit tout à fait affligé. Lorsqu'il
entra, il se jeta sur un siége ; il pleuroit et me disoit :
« Pardonnez à la douleur où je suis. » Et Mademoiselle ajoute : « Après cela, qu'on dise qu'il n'aime
rien ! Pour moi, je l'ai toujours connu tendre pour
ses amis et pour ce qu'il aimoit. » Noble et sincère
témoignage que l'histoire doit recueillir et opposer à
des calomnies honteuses et intéressées, démenties
par toute la conduite de Condé dans cette négociation même dont nous avons donné les principaux
articles, et dans celle qu'il entreprit en 1659 pour
son retour, où il recommande constamment à ses
agents de sacrifier ses intérêts à ceux de ses amis et
de la France [1].

Quelques jours après ce terrible combat, Condé
revit le duc d'Orléans, « qui l'embrassa d'une mine
aussi gaie que s'il ne lui eût manqué en rien [2]. »
Condé ne lui adressa pas le moindre reproche par
respect pour sa fille. Il ne se conduisit pas tout à fait
de même avec Mme de Châtillon. Elle lui avait fait
écrire un billet pour l'engager à venir. Elle montra
ce billet à Mademoiselle, disant : « Il verra au moins
par là l'inquiétude où l'on est pour lui. » Mais Condé

---

1. Voyez Lenet, p. 627 : *Instructions pour le sieur Caillet allant en
Espagne.*
2 Mademoiselle, t. II, p. 148.

était désabusé, et quand il rencontra celle qui l'avait
perdu, « il lui fit les plus terribles yeux du monde,
lui marquant par sa mine qu'il la méprisoit [1]. »
Heureux si bientôt après le petit-neveu de Henri IV
n'eût pas de nouveau prêté l'oreille au chant de la
sirène et repris d'indignes fers !

Comment retracer les tristes scènes qui, après le
combat de Saint-Antoine et pendant le reste du
mois de juillet 1652, se passèrent à Paris! C'est ici
qu'il faut se donner le spectacle de l'agonie et des
suprêmes convulsions d'un parti vaincu, se débat-
tant en vain pour échapper à son sort, et cherchant
son salut dans des excès qui ne font que précipiter
sa perte.

Condé, à peine rentré dans Paris, tint conseil
avec ce qu'il lui restait d'amis sur l'état de leurs
communes affaires. Les propositions d'accommodement qu'on avait précédemment adressées à Mazarin
n'ayant pas eu de suites, on ne vit d'autre parti à
prendre que de se lier plus étroitement que jamais
avec l'Espagne, et, en attendant les secours qu'elle
promettait, de ranimer le plus qu'il se pourrait le
vieil esprit de la Fronde. Pour cela, il fallait descendre assez bas dans le peuple, car tous les honnêtes gens soupiraient après la paix. On faisait mine
de condescendre à ce vœu, et, comme on croyait

---

1. Mademoiselle, *ibid.*

bien que Mazarin victorieux n'irait pas reprendre le chemin de l'exil, on se donnait un air de modération en envoyant à la Reine des députations où l'on proposait de se rendre sans autre condition que celle-là, qui ne pouvait pas être acceptée. En même temps on pesait sur toutes les autorités municipales pour les entraîner de gré ou de force, et le 4 juillet eut lieu à l'Hôtel de Ville une scène révolutionnaire[1], digne des plus mauvais jours de la Ligue, où la populace déchaînée, soutenue par une soldatesque mal déguisée, se porta aux derniers excès envers les magistrats assemblés, et, sans bien distinguer entre eux, les maltraita à tort et à travers, en blessant beaucoup et en massacrant quelques-uns. Un cri de douleur retentit dans toute la bourgeoisie parisienne. Par pudeur, il fallut bien arrêter un certain nombre de ces misérables, et deux même furent pendus; mais l'horreur générale qu'excita cette sanglante émeute n'en fut pas diminuée.

Le 20 juillet, on fit un pas de plus : le parlement intimidé, et réduit à un petit nombre de membres

1. Il y en a bien des relations. La Rochefoucauld nous paraît avoir très bien vu le dessous des cartes de cette malheureuse affaire. « Pour moi, dit-il, je pense que Monsieur et M. le prince s'étoient servis de M. de Beaufort pour faire peur à ceux de l'assemblée qui n'étoient pas dans leurs intérêts, mais qu'en effet pas un d'eux n'eut dessein de faire mal à personne. Ils apaisèrent promptement le désordre, mais ils n'effacèrent pas l'impression qu'il avoit faite dans les esprits. » Mme de Motteville, très royaliste mais honnête et modérée, parle comme La Rochefoucauld, et n'est pas dupe des bruits semés par Retz et par Mazarin. *Mémoires*, t. V, p. 154.

déjà trop compromis pour avoir été rejoindre leurs
collègues convoqués par le Roi à Pontoise, rendit,
sur la proposition du fameux président Broussel, un
arrêt solennel par lequel le duc d'Orléans était déclaré de nouveau, malgré la majorité du Roi, lieutenant général du royaume pour le service du Roi
« prisonnier du cardinal Mazarin », le prince de
Condé généralissime, et le duc de Beaufort gouverneur de Paris à la place du maréchal de L'Hôpital. Le même jour, cet arrêt était adressé à
tous les parlements de France; le 25 juillet, le duc
d'Orléans écrivait aux divers gouverneurs de province en la nouvelle qualité dont il venait d'être
revêtu, et le 24 il venait au parlement avec M. le
Prince, demandant qu'on avisât aux moyens de trouver de l'argent pour faire de nouvelles levées, solder
les gens de guerre, et compléter les 150,000 livres
destinées à récompenser celui qui apporterait la tête
de Mazarin. Immédiatement un nouvel arrêt était
pris, enjoignant de procéder sans délai à la vente
de ce qui restait des meubles, tableaux et statues
du cardinal, de saisir tous ses revenus, et d'ajouter
cet argent à celui qu'avait déjà produit la vente
de sa riche bibliothèque jusqu'à concurrence des
150,000 livres affectées à payer sa tête [1]; toutes

1. *Relation contenant la suite et conclusion de tout ce qui s'est passé
au parlement pour les affaires publiques, depuis Pasques 1652 jusqu'en
janvier 1653*, in-4°, p. 70-71.

mesures iniques et extravagantes qui décriaient de
plus en plus la Fronde. Au début des troubles, quand
les imaginations enivrées s'élancent à la poursuite
d'un objet mal défini et qui par cela même émeut
davantage, il est des hardiesses, des violences même
qui, par un faux semblant d'énergie, répondant à
l'état des esprits et des âmes, réussissent et accrois-
sent le mouvement commencé ; il en est tout autrement à la fin des discordes civiles, quand l'expérience a ôté les illusions et que la fièvre est tombée :
les mêmes violences, qui d'abord avaient été applau-
dies, envisagées de sang-froid, révoltent, et redou-
blent le besoin du repos.

Le 30 juillet, l'indignation des cœurs honnêtes
s'accrut encore par un événement odieux : le duc
de Nemours périt dans un duel abominable de la
main du duc de Beaufort, son beau-frère. Le duc
de Nemours était le provocateur, et tous les torts
étaient de son côté ; mais, en qualité de victime, il
fut pleuré de tous ceux qui ne savaient pas comment
s'étaient passées les choses, et pendant quelque
temps le nouveau gouverneur de Paris ne put pas se
montrer en public [1].

1. Mme de Motteville, t. V., p. 155 : « Ils se querellèrent tout de nouveau pour le rang, et se battirent derrière l'hôtel Vendôme à coups de
pistolet. Le duc de Nemours attira sur lui la colère du ciel, en ce qu'il
força le duc de Beaufort à ce combat. Il y fut tué, et sa mort fut
pleurée de tous ceux qui connoissoient le mérite de ce prince infiniment aimable et doué de beaucoup de belles qualités. » Voyez aussi
pour les détails les *Mémoires de Conrart*, p. 172-179.

Condé avait perdu dans le duc de Nemours et dans
La Rochefoucauld ses deux conseillers pacifiques.
En vain il avait offert à La Rochefoucauld l'emploi
de Nemours, c'est-à-dire de commander sous lui et
d'être ainsi la seconde personne de l'armée : La
Rochefoucauld s'était excusé sur sa blessure [1], et
Condé donna le commandement vacant au prince de
Tarente. Désormais Mme de Châtillon toute seule ne
put plus balancer auprès de lui le crédit et les conseils de Mme de Longueville [2], et il s'enfonça plus que
jamais dans l'alliance espagnole et dans la guerre.

Cependant les arrêts du parlement recevaient leur
exécution. On mit sur la ville de Paris une imposi-
tion extraordinaire de 800,000 livres, et il fut résolu « qu'à cette fin chaque porte cochère paieroit
75 livres, les portes carrées et les boutiques des
marchands chacune 30 livres, et les petites portes
et boutiques 15 [3]. » On rétablit aussi et on augmenta

1. Mme de Motteville dit que dès lors et même auparavant La Rochefoucauld songeait fort à s'accommoder avec la cour et à se séparer de
Condé. Elle assure que le duc de Nemours avait eu la même pensée.
Le passage est curieux : « Un peu avant le combat de Saint-Antoine,
le duc de Nemours, dit-elle, avoit mandé au ministre que ses prétentions n'empêcheroient point la paix, et qu'il renonçoit de bon cœur à
tous ses avantages pour rentrer dans son devoir, dont il ne s'étoit écarté
que par malheur et par l'engagement d'amitié où il s'étoit trouvé avec
M. le Prince. Le duc de La Rochefoucauld m'a dit depuis qu'il y avoit
renoncé aussi, quoique dans le vrai on ait sujet de croire qu'il n'étoit
pas indifférent aux articles qui se proposoient toujours pour lui lorsqu'on parloit de paix. »

2. Mme de Motteville, *ibid.*

3. *Relation,* etc., p. 77 et suiv. Assemblée de l'hôtel de ville, 29 juillet.

les droits sur les marchandises à l'entrée et au
dedans de Paris. Tout le petit commerce et les
pauvres gens murmurèrent. Le 1ᵉʳ août, le Roi,
en son conseil d'État, siégeant à Pontoise, cassa
toutes ces taxes comme illégales, et fit défense de
les acquitter. Le 9 août, un arrêt du parlement de
Paris avait ordonné aux présidents et aux conseillers absens [1] de revenir exercer leurs charges dans
la huitaine, sous peine d'en être privés et de voir
leurs noms rayés des registres du parlement. De
son côté, le 16 du même mois [2], le Roi publia une
déclaration enjoignant à ceux des membres du parlement qui étaient encore à Paris d'y cesser leurs
fonctions, et de se transporter à Pontoise, ne reconnaissant d'autre parlement que celui de cette ville,
qu'inaugura solennellement le garde des sceaux et
premier président Mathieu Molé, assisté d'un bon
nombre de présidents à mortier, de conseillers et
de maîtres des requêtes : en sorte que les peuples
ne savaient plus où étaient la justice, l'autorité et
l'obéissance légitime. On avait renouvelé les magistrats de l'Hôtel-de-Ville comme trop mazarins, et à
leur place on avait élu de nouveaux échevins : le
vieux Broussel avait été nommé prévôt des marchands au lieu de Le Feron ; mais le Roi n'avait pas

1. *Relation*, etc., p. 101-104, avec les noms de ceux qui siégeaient à
Pontoise.
2. *Ibid.*, p. 121-123.

manqué de déclarer toutes ces nominations contraires
« à la liberté publique », et de frapper de nullité
toutes les délibérations et les résolutions qui seraient
prises à l'Hôtel-de-Ville jusqu'à ce que « le gouverneur de Paris, le prévôt des marchands légitime, et
les autres magistrats qui ont été contraints d'en sortir, aient été remis en la fonction de leurs charges[1]. »
L'anarchie était à son comble dans le gouvernement
et dans les esprits.

Pendant ce temps-là, l'Espagne, intéressée à
nourrir parmi nous la guerre civile, avait renouvelé
avec le duc de Lorraine une alliance qu'elle croyait
plus solide que la première, et avait renvoyé le duc
à la tête d'une armée considérable. Il arriva dans
les premiers jours de septembre; mais Condé ne put
se joindre à lui : il était tombé assez gravement malade, et son inaction forcée pendant tout le mois de
septembre porta le dernier coup aux affaires du
parti. Turenne contint le duc de Lorraine et le contraignit habilement de s'arrêter dans les environs de
la capitale, où ses troupes ne pouvaient manquer de
se livrer à des pillages et à des brigandages qui
soulevèrent les paysans ruinés et Paris affamé. Les
maladies vinrent à la suite de la famine. Bientôt il
n'y eut plus qu'un seul sentiment, un seul besoin, un
seul cri, la paix, la fin d'une guerre abhorrée.

1. *Relation*, etc.

Pour soutenir et accroître cette disposition, Mazarin conseilla au Roi une amnistie générale qui ras-
surât tous ceux qui avaient pris quelque part aux
événements des dernières années. Quiconque accep-
terait l'amnistie et ferait sa soumission ne serait pas
recherché ; le passé était clos, l'avenir seul serait
compté. Cet acte habile, promulgué le 26 août[1], en
se répandant à Paris et dans toute la France, y fut
le signal de la déroute de la Fronde. L'altier Condé
n'accepta point l'amnistie ; et, au lieu de poser les
armes, de licencier ses troupes et de rompre avec
l'Espagne, comme le Roi l'y invitait expressément
dans l'édit du 26 août, il s'éloigna de Paris avec le
duc de Lorraine, se jetant aveuglément dans une
guerre plus affreuse encore et plus criminelle que la
guerre civile, *plus quam civilia bella*. Son exemple
ne fut pas suivi. Il garda ses propres régiments et
les officiers les plus dévoués à sa fortune ; mais plus
d'un et des meilleurs, Tavannes par exemple, refu-
sèrent de quitter la France et de passer au service de
l'étranger. A Paris ce fut comme une émulation à
qui profiterait le plus tôt de l'amnistie. On ne voyait
que députations se dirigeant vers Compiègne, où
était la cour. Le 24 septembre, l'Hôtel-de-Ville s'assembla pour délibérer sur l'ordre du Roi qui interdi-

---

1. *Relation*, etc., p. 142-151. « Édict du Roi portant amnistie de tout
ce qui s'est passé à l'occasion des presens mouvemens, à la charge de
se remettre dans trois jours dans l'obéissance du Roi. »

sait de reconnaître les magistrats nommés depuis les
derniers troubles, et Broussel donna sa démission
de prévôt des marchands [1]. Le 29, les six corps de
marchands allèrent supplier le Roi de donner la paix
à son peuple. L'un de ces députés [2], « les larmes
aux yeux et courbé jusqu'à terre, pressa leurs majestés de retourner à Paris en des termes que la
véhémence de son affection ne rendit pas moins
agréables et puissants que s'ils avoient été plus étudiés, puisqu'ils tirèrent aussi des larmes à l'assemblée. Deux autres députés parlèrent ensuite, dont le
dernier représenta la misère des pauvres malades
de l'Hôtel-Dieu de Paris, qu'il dit se monter à trois
mille, lesquels on seroit obligé d'abandonner, si on
ne mettoit bientôt fin à cette guerre, qui avoit fait
perdre à cet hôpital la plus grande partie de son
revenu. Et ces bons bourgeois, qui faisoient paroître
plus de cœur que de langue, s'exprimèrent néanmoins si heureusement que leurs majestés en furent
beaucoup touchées. » Les colonels et les officiers de
la milice bourgeoise allèrent aussi protester de leur
dévouement. Le jeune Louis XIV recevait toutes ces
députations avec ce grand air qui lui était naturel,
ces grâces et cette majesté précoce qui donnaient du
charme et de l'autorité à toutes ses paroles. Inspiré
par sa mère, qu'inspirait Mazarin, il répondait qu'il

1. *Relation*, etc., p. 176-177.
2. *Gazette*, nº 119, p. 946.

était impatient de revoir sa bonne ville de Paris,
mais qu'il n'y voulait rencontrer que de fidèles sujets et non des gens qui se laissaient gouverner par
ses ennemis et qui souffraient le joug de l'étranger. En revenant à Paris, les députés racontaient ce
que le Roi leur avait dit ; on se rassemblait dans les
différents quartiers pour aviser aux moyens de surmonter les obstacles qui s'opposaient encore au vœu
général ; on faisait choix de signes particuliers pour
se reconnaître ; le papier était le symbole des amis
de la paix, comme autrefois la paille l'avait été des
amis de la Fronde [1]. Poussés et conduits par des
chefs habiles et hardis qui s'entendaient avec la cour,
les bourgeois s'emparèrent des portes de la ville.
Enfin le 21 octobre le jeune Roi et sa mère Anne
d'Autriche entrèrent dans Paris avec un cortége mi-

---

1. *Relation*, etc., p. 176. Mardi, 24 septembre 1652. « Ce jour, sur
les dix heures du matin, s'assemblèrent au Palais-Royal environ
1,500 bons bourgeois et principaux marchands de la ville de Paris.
M. le Prevost, conseiller en la cour, s'étant trouvé en cette assemblée,
dit qu'il avoit une lettre de cachet par laquelle le Roi lui mandoit
qu'il avoit envie de revenir à Paris, mais qu'il ne le pouvoit pendant
que les factieux y étaient les maitres, que c'étoit aux bons bourgeois
à s'assembler en armes, et se saisir des principaux quartiers et places
de la ville... que pour commencer, il falloit, au sortir, que tout ce qui
étoit présent, criât dans la rue Saint-Honoré, vive le Roi, et mlt au
chapeau pour livrée du papier, comme peu de temps auparavant on
avoit porté de la paille. Ce qu'ils firent, et cela pensa émouvoir grande
sédition, d'autant que ceux de la faction des Princes ne vouloient point
de papier...... Ces Messieurs, avant que de se séparer, arrêtèrent de
revenir le lendemain s'assembler au même lieu, et que chacun aver-
tiroit ceux de sa connoissance, afin d'aviser ce qu'il y avoit à faire pour
sortir de la misère en laquelle tout le monde étoit et disposer les choses
pour le retour du Roi à Paris. »

litaire imposant et aux joyeuses acclamations du peuple. Le lendemain, le Roi tint un lit de justice où furent convoqués tous les membres de l'un et de l'autre parlement, excepté quelques membres par trop compromis. L'amnistie promulguée le 26 août fut solennellement enregistrée. Il n'y eut plus qu'un seul parlement, une seule justice. Le maréchal de L'Hôpital reprit le gouvernement de Paris ; les anciens échevins et prévôts des marchands revinrent à l'Hôtel de Ville, et tout rentra peu à peu dans l'ordre accoutumé.

CHAPITRE QUATRIÈME.

TRIOMPHE DE MAZARIN

le 3 février 1653.

MAZARIN REVIENT A PARIS : SA RÉCEPTION AU LOUVRE LE 3 FÉVRIER 1653. PRESQUE
TOUS SES ANCIENS ENNEMIS DEVENUS SES PARTISANS, LA PALATINE, MADAME DE CHE-
VREUSE, LES VENDOME, LES BOUILLON, ETC. — APPRÉCIATION DE LA CONDUITE DE
L'ARISTOCRATIE DANS LA FRONDE ; SI LA FRONDE EST UNE ANTICIPATION DE LA RÉ-
VOLUTION FRANÇAISE OU UNE IMITATION DE LA RÉVOLUTION D'ANGLETERRE. SOU-
MISSION DE L'ARISTOCRATIE, ET A QUELLES CONDITIONS. — LE PARLEMENT. VICE
RADICAL DE SA CONSTITUTION : LE MÉLANGE DE LA JUSTICE ET DE LA POLITIQUE. SES
GRIEFS CONTRE MAZARIN, SES ACTES PENDANT LA FRONDE. — NICOLAS FOUQUET ET
MATHIEU MOLÉ. — DÉCLARATION ROYALE DU 22 OCTOBRE 1652; MAZARIN SOUMET
A LA FOIS LE PARLEMENT ET LE SATISFAIT. — SOUMISSION EMPRESSÉE DE LA
BOURGEOISIE, RÉTABLISSEMENT DU CRÉDIT, GRANDES FÊTES DANS PARIS, TRIOMPHE
SOLIDE ET DÉFINITIF DE LA ROYAUTÉ ET DE MAZARIN.

Mazarin aurait bien eu le droit d'accompagner à
Paris, le 21 octobre 1652, Louis XIV et Anne d'Autriche, et de partager la joie de leur victoire sur la
Fronde, car il en était le véritable auteur. C'est lui
qui, en se retirant à propos, en livrant la Fronde à
elle-même, l'avait laissée montrer tout à son aise
ses fureurs et son impuissance ; c'est lui qui, du fond
de son exil, inquiet des succès de Châteauneuf, avait
rassemblé des troupes, rallié autour de lui des généraux accrédités, relevé le drapeau de la monarchie,
et d'avantages en avantages l'avait porté jusqu'à

Paris. Mais en y reparaissant trop tôt, Mazarin pouvait ranimer des rancunes mal éteintes. Lui-même avait été d'avis de seconder l'effet de l'amnistie par un éloignement momentané, afin de ne laisser aucun prétexte à ceux qui si souvent avaient promis de se rendre s'il quittait le royaume. Sûr du jeune Roi, plus sûr encore de sa mère, leur laissant ses instructions et des conseillers éprouvés, Mazarin s'était effacé, et s'était retiré d'abord à Bouillon, un peu au delà de la frontière; puis, à mesure que le gouvernement du Roi se consolidait à Paris, il s'était rapproché et était venu à Sédan; puis il était allé ouvertement rejoindre l'armée royale, amenant avec lui de puissants renforts, des munitions, des vivres, de l'argent. Admirablement servi par Turenne et par La Ferté-Senneterre, il avait forcé la petite armée de Condé et celle du duc de Lorraine de battre en retraite peu à peu du côté des Pays-Bas. Actif, résolu, infatigable, il n'avait pas hésité à prolonger la campagne au delà de ses limites ordinaires, jusqu'à la fin de décembre et même jusqu'en janvier 1653. Il n'avait quitté l'armée qu'après avoir vu l'ennemi abandonner le territoire français, et après avoir mis la frontière de Champagne et de Picardie à l'abri de tout retour offensif. C'est alors seulement qu'il avait établi ses troupes dans leurs quartiers d'hiver, et que lui-même, précédé et soutenu par ces solides succès, il avait pris le chemin de Paris.

Il y avait à peu près deux ans qu'il en était sorti, en février 1651, objet de la haine universelle, condamné par le parlement, proscrit par l'aristocratie, presque maudit par le peuple, et ne sachant où il trouverait un lieu pour reposer sa tête. Le 3 février 1653, il y fit une rentrée vraiment triomphale. Le jeune Roi, accompagné de son frère le duc d'Anjou, alla plus d'une lieue au-devant de lui, le reçut avec les plus grandes tendresses, le fit mettre dans son carrosse, et ils entrèrent ensemble, à côté l'un de l'autre, par la porte Saint-Denis, à deux heures après midi, en grande pompe, à travers les flots joyeux et les cris d'allégresse de ce même peuple qui, deux ans auparavant, le poursuivait de ses imprécations. Le cardinal fut ainsi conduit jusqu'au Louvre, où l'attendait Anne d'Autriche.

Il la revit cette Reine admirable, que l'histoire, abusée par les écrivains imposteurs de la Fronde, a trop méconnue, cette amie courageuse, exemple unique entre toutes les reines, et presque entre toutes les femmes, d'une fidélité à l'épreuve de l'une et de l'autre fortune ; qui de bonne heure, en 1643, avait reconnu les grandes qualités de Mazarin et discerné en lui le seul homme capable de bien conduire les affaires de la France ; qui, après lui avoir dû cinq longues années de gloire, l'avait en 1648 et 1649 défendu contre l'aristocratie, le parlement et le peuple réunis ; qui plus tard n'avait consenti à

sa retraite que parce que lui-même l'avait jugée nécessaire; qui pendant son absence avait résisté à
toutes les séductions comme à toutes les menaces, et
n'avait jamais cessé de se gouverner par ses conseils;
qui, à Gien, apprenant la déroute de Bleneau pendant qu'elle était à sa toilette, la continua paisible-
ment, quand tout le monde parlait de fuir, disputant
de courage et de sang-froid avec Mazarin lui-même.
En se retrouvant dans la demeure des rois après
tant de séparations douloureuses, après s'être vus si
souvent à deux doigts de leur perte, ils pouvaient
être fiers de leur constance, qui avait mérité et
amené les prospérités de ce grand jour, et rêver
ensemble pour la fin de leur vie un repos glorieux.

Autour de la Reine, le cardinal rencontra un
brillant cortége de grands seigneurs et de grandes
dames, naguère ennemis du successeur de Richelieu
et qui venaient le complimenter sur son heureux
retour.

Parmi ces dames était au premier rang la princesse Palatine, que nous avons appris à connaître[1],
Anne de Gonzague, une des personnes les plus
éminentes du XVIIe siècle, d'une admirable beauté[2]
qui servait en quelque sorte de parure à l'esprit le
plus solide, aussi capable de prendre part à des déli-

1. Plus haut, chap. Ier.
2. Voyez son portrait à Versailles au-dessus de celui de Mme de
Longueville.

bérations d'hommes d'État qu'à des assemblées de beaux esprits ou à de galantes intrigues, cherchant, il est vrai, ses avantages, mais en ne manquant à personne, qui, sans trahir la royauté, avait donné à la Fronde les plus judicieux conseils, et l'aurait sauvée, si la Fronde avait pu l'être. Comme elle n'avait pas cessé d'entretenir avec Mazarin les meilleures intelligences, elle pouvait fort bien s'associer à son triomphe[1].

Elle était là aussi, cette autre politique, d'un ordre encore plus relevé, aussi belle et aussi galante, d'un esprit moins gracieux mais plus fort peut-être, plus capable encore de grandes entreprises, et ne s'arrêtant ni devant aucun danger ni devant aucun scrupule : la veuve du connétable de Luynes, Marie de Rohan, duchesse de Chevreuse[2], qui autrefois avait mis la main dans tous les complots ourdis contre Mazarin, et, de concert avec la Palatine, avait proposé, nous l'avons vu[3], la seule mesure qui pût mettre ensemble tous les ennemis du cardinal, et former un grand parti aristocratique en état de tenir tête à la royauté : le mariage du fils de Condé avec une fille du duc d'Orléans, et celui de sa propre

---

1. L'oraison funèbre de la princesse Palatine mérite une entière confiance, bien entendu le ton du panégyrique admis. Toutes les fautes sont indiquées, et les éloges se peuvent justifier par les témoignages les plus certains, et par celui de Retz lui-même.

2. Voyez l'ouvrage particulier que nous lui avons consacré.

3. Voyez plus haut, chap. 1ᵉʳ.

fille avec le prince de Conti. Ce dernier mariage
ayant échoué de la façon la plus outrageante pour
elle, Mme de Chevreuse s'était séparée avec éclat de
Condé; et trop expérimentée pour donner dans cette
espèce de tiers-parti que Retz avait imaginé, d'ailleurs habilement et doucement conduite par le marquis de Laigues, que Mazarin avait su gagner, elle
était revenue à sa première amie, Anne d'Autriche,
et s'était résignée au pouvoir d'un homme qui savait
au moins ce qu'il voulait, et dont la forte ambition
ne chancelait pas au gré de la vanité et de la passion
du moment. Le crédit et les honneurs qu'elle pouvait
attendre de la Fronde, Mazarin les lui avait offerts,
et en retour Mme de Chevreuse apportait à la royauté
l'appui déclaré de ses trois illustres familles, les
Rohan, les Luynes et les Lorrains. C'est elle qui,
toujours puissante sur le duc de Lorraine, avait ménagé un traité secret entre le cardinal et lui, et qui
tour à tour l'avait fait mouvoir en des sens si contraires. Rentrée dans toute la faveur de la Reine,
Mme de Chevreuse était au Louvre, à côté d'elle, ap-
plaudissant au retour de l'heureux cardinal.

Après Mme de Chevreuse, Mazarin n'avait pas eu
de plus dangereux adversaires que les Vendôme et
les Bouillon. Et pourtant dans cette mémorable
journée du 3 février 1653 il pouvait considérer les
chefs de ces deux puissantes familles comme les plus
fermes appuis de sa grandeur.

César, duc de Vendôme, fils naturel d'Henri IV,
était plus redoutable encore par son esprit, sa valeur
et ses artifices que par sa naissance. Il n'y avait pas
jusqu'aux vertus de sa femme, réputée une sainte,
qui ne profitassent à son ambition. Sa fille, la belle
Mlle de Vendôme, avait épousé ce brillant duc de
Nemours, qui venait de finir si tristement. Son fils
aîné, le duc de Mercœur, était un prince sage et
estimé, et le duc de Beaufort, son cadet, était l'idole
du peuple de Paris. C'est Beaufort qui, en 1643,
poussé par Mme de Montbazon et Mme de Chevreuse,
avait formé le dessein d'assassiner Mazarin[1]. Le duc
de Vendôme avait été soupçonné d'avoir eu la main
dans cette affaire; il avait du moins donné asile en
son château d'Anet à tous les complices de son fils;
et, forcé de quitter la France pour prévenir la menace d'une arrestation, il avait erré plusieurs années
en Italie et en Angleterre, faisant partout des ennemis au cardinal. Celui-ci reconnut qu'il valait beaucoup mieux acquérir un fils d'Henri IV, en y mettant
le prix, que de le persécuter sans le moindre avantage. Après tout, que désirait le duc de Vendôme, et
qu'avait-il demandé au début du ministère de Mazarin? Ou qu'on lui rendît le gouvernement de Bretagne, que lui avait destiné son père Henri IV, et
que possédait son beau-père, Philibert Emmanuel

---

1. *Mme de Chevreuse*, chap. IV.

de Lorraine, duc de Mercœur, ou qu'on lui donnàt
l'amirauté, une des plus grandes charges de l'État.
Mazarin avait repoussé ces prétentions en 1643, il
les accueillit en 1652; il fit le duc de Vendôme
grand-amiral, lui conféra même le titre de ministre·
d'État, avec entrée dans le conseil d'en haut, après
s'être assuré que Vendôme, arrivé où il avait toujours
voulu parvenir, le servirait aussi fermement qu'il
l'avait autrefois combattu. Il avait un gage infaillible
de sa fidélité. Le fils aîné du duc de Vendôme, le
loyal et pieux Mercœur, avait épousé une des nièces
du cardinal, l'aimable et vertueuse Laure Mancini,
en sorte que la maison de Vendôme était intéressée
et inséparablement unie à la fortune de Mazarin.
Aussi le 3 février 1653 le grand-amiral César de
Vendôme était occupé à poursuivre la flotte espagnole dans la mer de Gascogne, entrait dans la Gironde, et menaçait à Bordeaux les restes de la Fronde.
De son côté, Mercœur, nommé gouverneur de Provence, reprenait sur le duc d'Angoulême et gardait
au Roi et à Mazarin cette importante province, tandis que Beaufort, qui autrefois avait voulu porter la
main sur le cardinal, et qui, tout récemment encore,
s'était montré son implacable ennemi, couvert et protégé par les services de son père et de son frère, se
retirait à Anet, sans y être le moins du monde in-
quiété, content de voir Mme de Montbazon contente
parce qu'on lui avait donné beaucoup d'argent, et

attendait tranquillement le moment où il succéderait
à son père dans le commandement de la flotte, et
donnerait son sang pour le service du Roi.

Les Bouillon n'étaient guère moins considérables
que les Vendôme. Le duc de Bouillon était un politique et un homme de guerre du premier ordre, capable de conduire un gouvernement ou une armée,
et qui n'avait qu'un sentiment et une pensée dans la
tête et dans le cœur, l'agrandissement de sa maison.
Déjà prince souverain de Sedan, poussé par sa
femme, encore plus ambitieuse que lui, il avait, en
1641, dans l'espérance d'accroissements nouveaux,
traité avec l'Espagne, pris part à la révolte du comte
de Soissons, et gagné contre l'armée royale la bataille de La Marfée. En 1642, il était entré dans la
conspiration du duc d'Orléans et de Cinq-Mars; et
arrêté, jeté dans les fers à Pierre-Encise, il n'avait
sauvé sa tête de l'échafaud qu'en abandonnant sa
principauté. Depuis, il n'avait cessé de remuer pour
ressaisir ce qu'il avait perdu. Il avait redemandé
Sedan à Mazarin, en 1643; et n'ayant pu obtenir de
ce grand serviteur de la couronne que, pour satisfaire un intérêt particulier, la France renonçât à une
de ses meilleures places fortes du côté des Pays-Bas,
il s'était rangé parmi les ennemis du cardinal, et,
forcé de s'enfuir d'abord, comme le duc de Vendôme,
à peine rentré en France il avait embrassé avec ardeur la Fronde, bien entendu sans la moindre con-

viction, et dans la seule espérance d'obtenir aisément d'elle ce·qu'il n'avait pu arracher à la royauté.
Il avait engagé avec lui dans la Fronde son frère
Turenne, dont il disposait absolument, et qui était
tout aussi ambitieux, tout aussi passionné pour la
grandeur de leur famille, mais à sa manière, et
selon la tournure de son caractère froid, réfléchi,
dissimulé. A la paix de Ruel, en 1649, le duc de
Bouillon avait demandé [1] « son rétablissement dans
Sedan, si mieux n'aimoit la Reine en faire faire présentement l'estimation à un prix certain; le rang
promis et dû à sa maison; pour lui, le gouvernement
d'Auvergne, et pour son frère le gouvernement de la
Haute et Basse-Alsace, avec celui de Philipsbourg,
et le commandement de toutes les armées d'Allé-
magne. » Mazarin avait fait alors la faute de ne pas
contenter l'ambitieuse et puissante maison; de là,
en 1650, la conduite du duc de Bouillon en Guienne
et celle de Turenne à Stenay et en Flandre. En 1651,
la Reine traita sérieusement avec le duc [2], et à son
retour Mazarin finit par le gagner tout à fait. Ne
voulant à aucun prix lui rendre Sedan, il accorda
l'équivalent demandé, un grand domaine à Château-
Thierry, plus riche encore que celui de Sedan, et,
sans souveraineté effective, ce titre de prince, si cher
à la vanité des Bouillon, que le chef de la famille ne

1. *Mme de Motteville*, t. III, p. 233, etc.
2. Plus haut, chap. 1er, p. 68-72.

devait pas seulement transmettre à ses enfants, mais qui · devait s'étendre jusqu'à son frère Turenne. Le duc de Bouillon ayant une fois pris son parti d'abandonner Condé, malgré tous ses engagements, et de servir la royauté, le fit avec la même énergie qu'il avait déployée à Paris et à Bordeaux. Il ne quitta plus Mazarin, l'assista de ses conseils, et paya même plus d'une fois de sa personne, avec sa vigueur accoutumée et l'ardeur opiniâtre de son pays et de sa race. Lui-même, le soir du combat de Bléneau, il amena des renforts à Turenne, qui venait d'arrêter Condé. C'est encore lui, qui, le 2 juillet 1652, pour bien faire voir à Mazarin qu'il lui était acquis sans retour, se joignit au cardinal pour presser Turenne, contre toutes les règles de la guerre, de ne pas attendre les troupes de La Ferté-Senneterre. Un témoin véridique, et l'un des principaux acteurs de cette sanglante journée, Navailles [1] affirme même que le duc de Bouillon prit part à l'affaire, et qu'il était à l'attaque où périt Saint-Mégrin. Si Bouillon eût vécu, avec son ambition démesurée et sa capacité égale à son ambition, se serait-il toujours contenté du second rang, et serait-il demeuré le serviteur dévoué du cardinal? Nul ne le sait : le duc de

---

1. *Mémoires*, p. 434. « Je me mis en bataille dans un fond où M. de Bouillon et M. le marquis de Saint-Maigrin me joignirent... Notre infanterie avoit toujours marché... M. de Bouillon, sans considérer qu'elle étoit hors d'haleine, nous pressa d'attaquer les ennemis. »

Bouillon n'a pas rempli toute sa destinée ; il est mort
le 9 août 1652 ; il n'a pas joui de·ces biens, de ces
honneurs qu'il avait tant souhaités ; mais, avant de
se fermer, ses yeux les virent passer sur la tête de
ses enfants. Turenne, particulièrement ménagé et
caressé, fut fait, à la mort de son frère, gouverneur
d'Auvergne, et la vicomté de Turenne érigée en
principauté. Bientôt même il reçut le titre de ministre
d'État. Mazarin alla plus loin : voulant combler l'illustre capitaine dont il connaissait depuis longtemps
l'honnêteté et l'ambition, voulant en même temps
s'attacher en sa personne tout le parti protestant par
des actes décisifs, en établissant d'une manière
éclatante que quiconque servirait bien serait fidèlement récompensé, sans distinction de religion, l'habile et politique cardinal fit le duc de La Force, protestant et beau-père de Turenne, maréchal de France,
comme l'avait été son père. Aussi, le 3 février 1653,
Turenne était-il au Louvre, à côté de Mazarin, y
représentant tous les siens, et déjà occupé des préparatifs de la campagne qui devait s'ouvrir au prin-
temps prochain dans les Pays-Bas, et où il devait
commander l'armée française.

Mais si Mazarin avait pris soin de gagner successivement les chefs des Importants et des Frondeurs
dans lesquels son œil exercé avait reconnu de sin-
cères dispositions à une soumission loyale, il s'était
bien gardé cette fois de se laisser séduire à de vaines

apparences, et il ne s'était pas fait faute de frapper
ou du moins d'écarter de Paris ceux qu'il désespérait
d'acquérir. Il s'était prêté de bonne grâce à l'accommodement demandé par le duc d'Orléans ; il
n'avait pas voulu donner à la France et à l'Europe
le spectacle de l'oncle du Roi maltraité, et le contraindre peut-être à aller de nouveau chercher un
asile à l'étranger ; mais en le ménageant comme il
convenait, il avait pris ses sûretés envers lui, et
s'étant convaincu que trop de douceur ne ferait que
l'enhardir à se mêler de nouvelles intrigues, il n'avait
pas souffert qu'il restât à Paris, lorsque le Roi y revint, de peur qu'en son palais du Luxembourg, entouré de conseils perfides, tout en prodiguant de
grandes marques de déférence à la Reine et au jeune
Roi, il n'entretînt et ne ranimât dans l'occasion les
espérances de la Fronde. Ainsi le duc d'Orléans dut
quitter Paris la veille du jour où le Roi y rentra; et
se retira d'abord à Limours, puis à Blois, refuge ordinaire de ses trahisons et de ses lâchetés, où, nullement persécuté, mais surveillé et contenu, il acheva
dans l'indifférence publique le reste de sa triste carrière. Mademoiselle demeura aussi quelque temps en
disgrâce à Saint-Fargeau, et se consola peu à peu
de la ruine de ses diverses prétentions avec sa grande
fortune et sa petite cour. Le cardinal de Retz, faisant bonne mine à mauvais jeu, et surtout voulant
recevoir des mains du Roi le chapeau de cardinal

que le Pape lui avait adressé, afin d'avoir le droit
d'en porter l'habit et de jouir des honneurs et des
priviléges attachés à cette haute dignité[1], s'était
rendu des premiers à Compiègne auprès du Roi à la
tête du clergé de Paris, le 9 septembre 1652, et il
lui avait adressé une harangue hardie et artificieuse,
dans le genre de celle de César dans l'affaire de
Catilina, couvrant habilement la défaite de son parti,
recommandant la modération au nom de la politique,
rappelant à plusieurs reprises la conduite d'Henri IV
avec les Ligueurs, et de peur qu'on ne comprît pas
assez qu'il entendait parler pour lui-même, citant
les paroles pacifiques d'Henri IV à son grand-oncle le
cardinal de Gondi. Il avait même placé dans ce discours[2] de grands compliments pour la Reine, comme
s'il avait repris ses anciennes espérances. Le lendemain à la messe le Roi lui avait mis le bonnet rouge
sur la tête, et dès lors Retz prit et porta l'habit de
cardinal. Après le retour du Roi, il avait poussé
l'audace jusqu'à se présenter au Louvre pour rendre, comme un sujet fidèle, ses hommages à Leurs
Majestés. Le 1er décembre, il avait prêché avec
éclat à Notre-Dame, et recommençait son train de
vie de 1648, faisant de pieux sermons dans les

---

1. Montglat a parfaitement discerné et relevé ce jeu habile de Retz.
Mémoires, ibid., p. 465.

2. Ce discours nous a été conservé. *Relation contenant la suite et la
conclusion de tout ce qui s'est passé au parlement,* etc., p. 163.

intervalles de ses galants rendez-vous, le matin à
l'église, le soir en bonne fortune, et renouant dans
l'ombre la trame de ses vieilles intrigues [1]. Mais
Mazarin le connaissait : il était persuadé que Retz
était incapable de se renfermer dans ses fonctions
ecclésiastiques, incompatibles avec ses habitudes
dissipées et déréglées, avec sa nature inquiète et
remuante, et c'est par ses conseils qu'au moindre
soupçon le Roi le fit arrêter au Louvre même, le
19 décembre 1652, et conduire au bois de Vincennes [2].

Mazarin était trop avisé pour traiter ainsi La Ro-

1. Il est bien certain que Retz, au moment où il fut arrêté, songeait
à se rendre redoutable à Mazarin. Il avait fait faire des ouvertures aux
amis de Condé, pour se raccommoder avec M. le Prince. On écrit à
Lenet, de Paris, le 14 décembre 1652 (Lenet, p. 591) : « M. le cardinal
de Retz travaille puissamment pour se mettre en état de ne pouvoir
être poussé d'ici par la cour. Je suis assuré qu'il cherche à se raccommoder avec M. le Prince, afin de se mettre à la tête des amis de
l'un et de l'autre, et des mécontents de la cour, qui sont et seront en
grand nombre, par le peu d'état de tenir les paroles qu'on ne se soucie
guère de donner. » Condé à Lenet, 26 décembre 1652 (*ibid.*, p. 594) :
« Pendant tout ce temps, le cardinal de Retz m'a fait faire des civilités
auxquelles j'ai répondu de même façon, et nous en étions en ces termes,
quand il a été arrêté. J'ai écrit, après en avoir su la nouvelle, à Croissy
d'assurer les ennemis du cardinal de Retz, que je n'avois aucune
part à son emprisonnement, croyant bien que le cardinal Mazarin le
voudroit faire entendre de cette sorte, pour éloigner le dessein que
ses amis pourroient prendre de se joindre à moi. Je lui ai de plus
mandé de leur faire savoir que j'étois en état d'écouter leurs propositions s'ils ont à m'en faire. » Cela explique parfaitement l'arrestation
de Croissy, comme on le verra plus bas.

2. Le peuple témoigna de la joie en voyant conduire Retz au bois de
Vincennes, s'il en faut croire le secrétaire d'État Brienne, dans les dépêches qu'il ne manqua pas d'écrire à Rome sur l'arrestation d'un car-

chefoucauld. Il savait à merveille que, séparé de
Condé et de Mme de Longueville, qui faisaient toute
son importance, La Rochefoucauld n'était plus à
craindre, et qu'il n'était pas d'humeur à se faire le
champion et le martyr d'un parti vaincu. La grave
blessure qu'il avait reçue au combat de Saint-Antoine
lui tourna pour ainsi dire en avantage. Atteint d'une
balle qui lui traversa les deux joues et lui ôta momentanément la vue, il lui était impossible de continuer la guerre et de suivre l'armée. Il ne trahit
donc pas Condé en n'acceptant point le commandement des troupes qui restaient à la Fronde, commandement qui, à son défaut, fut offert au prince de
Tarente. Il devait avant tout soigner sa blessure, et
ce motif très réel couvrant sa lassitude et des dégoûts
déjà anciens, il n'alla pas, comme Persan, Bouteville
et Vauban, retrouver le prince en Flandre. D'autre
part il ne réclama point l'amnistie, et on ne put pas
ne pas le comprendre dans la déclaration royale lan-

dinal. *Bibliothèque Impériale*, fonds Gaignières, Dépêches autogra-
phes de Brienne, du 21 décembre 1652, à M. le bailly de Valençay,
à l'abbé Strozzi, à M. Justiniani, à M. Gueffier, à M. du Nozet, tous
agents ou amis du gouvernement français à Rome. Dépêche à l'abbé
Strozzi : « .... Sa Majesté est fâchée qu'un sujet qui a reçu tant de
grâces et de bienfaits d'elle soit capable de les méconnoître, et l'aie
obligée à lui faire sentir le poids de sa justice et de son autorité.
Le peuple de Paris, qui autrefois avoit de l'inclination pour cette Éminence, étant son pasteur, a témoigné de la joie lorsqu'il l'a vue conduire au bois de Vincennes, connoissant bien qu'il ne peut jouir du
repos qu'il désire que dans l'entier affermissement de l'autorité
royale. »

cée le 13 novembre 1651 contre Condé, le prince de
Conti, Mᵐᵉ de Longueville et leurs principaux adhérents [1]; mais Mazarin se garda bien de le poursuivre, et La Rochefoucauld, après avoir laissé passer
en lieu sûr les premiers éclats de l'orage, alla dans
ses terres se faire oublier quelques années et goûter
le repos dont il avait grand besoin [2]. Puis il sortit de
sa retraite et reparut à Paris. Il lui fallait revenir de
bien loin pour rentrer en grâce; il y réussit en sauvant les apparences, et en ménageant habilement la
transition, comme on dirait aujourd'hui. Il fit sa paix
avec le politique et débonnaire cardinal, monta dans
son carrosse, en disant avec autant de raison que
d'esprit : tout arrive en France. Il s'arrangea pour
faire entrer son fils Marsillac dans l'intimité du
jeune Roi, et, chose admirable, il obtint de Mazarin,
en dédommagement des pertes qu'il avait éprouvées
en lui faisant la guerre, une bonne pension de huit
mille livres [3].

Si le temps nous permettait de parcourir ainsi
successivement la liste de tous les grands seigneurs

1. *Relation*, etc., p. 252.
2. La Rochefoucauld resta toute l'année 1653 dans la place forte de
Damvilliers, dont son beau-frère, le marquis de Sillery, était gouverneur. De là il négocia son retour en France par son oncle M. de Liancourt et par Gourville, qui obtinrent aisément pour lui de Mazarin la
permission de rentrer en France et de se retirer dans ses terres de l'Angoumois. *Mémoires* de Gourville, collection Petitot, t. LII, p. 269-272.
3. *Bibliothèque Impériale*, papiers de Gaignières, nᵒ 771, p. 567 :
« Pension de huit mille livres au duc de La Rochefoucauld, le 11 juillet 1659. »

qui autrefois avaient mis la main dans la Fronde, il
nous serait aisé de faire voir que, le 3 février 1653,
les plus ardents et les plus illustres, et ceux que nous
avons cités, et bien d'autres, tels que le duc d'Elbeuf et le maréchal de Lamothe Houdancourt, tous
deux généraux de la Fronde à Paris en 1648 et
1649, le duc de Guise, si fort engagé avec Condé,
presque tous enfin étaient rangés autour de Mazarin, et combattaient avec lui et pour lui, et cela
par une seule raison, mais très suffisante : c'est que
l'habile cardinal avait su leur faire comprendre où
était leur intérêt véritable.

L'intérêt, l'intérêt, voilà, à bien peu d'exceptions
près, le mobile unique de l'aristocratie dans la
Fronde, et La Rochefoucauld n'a fait qu'ériger en
maxime et généraliser même avec excès ce qu'il avait
vu pratiquer autour de lui.

On peut juger par là si, comme on le répète sans
la moindre connaissance des faits, la Fronde est une
grande cause généreuse à laquelle la fortune a manqué. Non, c'est tout simplement une coalition puissante d'intérêts particuliers, et il s'en faut tellement
qu'elle soit une anticipation avortée de la révolution
française, que si l'on veut à toute force y trouver un
dessein général, c'est bien plutôt celui d'étouffer dans
leur berceau les principes de cette révolution.

Que voulait en effet la France en 1789 ? En un
seul mot, l'abolition définitive du régime féodal. La

royauté avait devancé et guidé la nation dans cette
longue et difficile entreprise. Henri IV avait fait les
premiers pas. décisifs; Richelieu avait continué
l'œuvre d'Henri IV, et Mazarin celle de Richelieu.
Tous les trois avaient eu naturellement pour adversaires les grands du royaume, intéressés à maintenir leurs antiques priviléges, leur haute et basse
justice, les places fortes où ils trouvaient au besoin
un asile, les régiments qu'ils levaient, soudoyaient
et commandaient eux-mêmes, pouvant ainsi former
dans l'État bien des États différents et entraîner les
populations dans leurs querelles, comme si ces populations leur appartenaient, ayant à leur solde de
petits gentilshommes qui les servaient comme des
rois, et eux-mêmes toujours prêts à tirer l'épée contre
le Roi, si le Roi ne les contentait pas, et même à conspirer avec l'étranger, les catholiques avec l'Espagne, les protestants avec l'Angleterre. Depuis les
premières années du xviie siècle, ils s'étaient sentis
plus particulièrement menacés, et tantôt sous un
prétexte, tantôt sous un autre, selon les circonstances,
ils s'étaient efforcés d'arrêter ou de suspendre les
progrès de l'esprit nouveau. De là ces célèbres révoltes des grands, diverses dans leurs moyens, toujours dirigées vers le même but. La Fronde est la
dernière de ces révoltes.

Le premier ancêtre des frondeurs est le maréchal
de Biron, sous Henri IV. Vient ensuite la ligue des

Princes, Marie de Médicis à leur tête, contre le connétable de Luynes; puis, sous Richelieu, Mme de
Chevreuse, Chalais, Rohan et Soubise, les Vendôme,
Henri de Montmorency, le comte de Soissons et le
duc de Bouillon. Croyez-vous par hasard que ce
soient là des patriotes méconnus par l'histoire, des
philosophes et des démocrates qui ont payé de leur
défaite le noble tort d'être venus avant le temps? On
aurait bien fait sourire ces grands seigneurs et ces
grandes dames, ou plutôt on leur aurait fait horreur,
si on leur eût attribué les principes qui ont fait battre
le cœur à nos pères, et qu'il nous a fallu conquérir
avec des flots de notre propre sang. Lorsqu'en 1641,
pour ne point remonter plus haut, le comte de Soissons et le duc de Bouillon levèrent à Sedan l'étendard de la révolte en s'appuyant sur l'Espagne, et
livrèrent à la royauté la bataille de La Marfée, ils
ne rêvaient point la liberté et l'égalité future, l'ac-
cessibilité de tous à tous les emplois, l'impôt pro-
portionnel, l'émancipation de la bourgeoisie et du
peuple : ils songeaient à l'agrandissement de leurs
maisons, ils se proposaient le démembrement du
pouvoir royal au profit de principautés indépendantes. L'insurrection de 1641 s'est renouvelée
en 1642. Le duc d'Orléans et Cinq-Mars traitent
encore avec l'Espagne, et c'est encore le duc de
Bouillon qui est l'âme et l'épée de l'entreprise. Que
voulait Bouillon? Nous le savons : vainqueur, sa

13

principauté de Sedan se serait étendue en une sorte
de petit royaume ; vaincu, il perdit sa principauté
et cessa d'être un souverain féodal, un vassal indépendant. Après la mort de Richelieu, que préten-
daient ceux qui s'opposèrent à l'établissement de son
successeur ? Quel objet poursuivait en 1643 la faction des Importants ? Il n'y a point à s'y tromper :
c'est bien la même cause, car ce sont les mêmes
hommes. Ici tous les voiles sont levés, et nous avons
mis dans une irrésistible lumière les intentions, les
desseins, les intrigues des Importants ; ils continuaient l'œuvre de leurs devanciers, et ils eurent
recours aux mêmes armes [1]. On avait tenté d'assassiner Richelieu, on tenta d'assassiner Mazarin. On
réclama de celui-ci ce qu'on avait désespéré d'arracher à celui-là, des principautés indépendantes, des
places fortes, des gouvernements héréditaires. L'hé-
rédité des charges et des gouvernements, voilà le seul
principe qui s'agite en ces tristes querelles. Le duc
de Bouillon veut ravoir sa principauté de Sedan ;
Vendôme, le gouvernement de Bretagne, comme
héritage de son beau-père ; La Rochefoucauld, le
gouvernement du Poitou, parce que son père l'avait
occupé. La royauté fait effort pour résister à ces
prétentions et pour faire prévaloir le principe que les
charges sont personnelles et émanent de la couronne.

---

1. Mᵐᵉ *de Chevreuse*, chap. ᴵᴠ.

Maintenant n'est-il pas évident que les Importants de 1643 sont les Frondeurs de 1648? Encore une fois, c'est la même cause servie par les mêmes hommes. Mme de Motteville nous a conservé les demandes des chefs de la Fronde et les conditions auxquelles ils consentaient alors à désarmer et à se soumettre. Le catalogue de ces demandes[1] est fort long : nous avouons n'y avoir rien trouvé qui ressemble au bill des droits et aux principes de 1789. Des charges de cour, des gouvernements, des pensions, tel est l'unique sujet de toutes ces demandes, qui fatiguent de leur uniformité et révoltent par leur impudence.

Si on veut voir clair dans la Fronde et connaître un peu le dessous des cartes, il faut lire les correspondances confidentielles, les lettres échappées dans l'action même, où les cœurs et les intentions véritables se montrent à découvert, et ne se fier qu'avec une grande circonspection aux manifestes officiels, surtout aux mémoires. Les mémoires en effet ne sont pour la plupart que des apologies, des plaidoyers composés après l'événement pour se défendre soi-même ou pour attaquer les autres, et en imposer à la postérité, qui se laisse prendre aux apparences comme les contemporains, et, comme eux et plus qu'eux peut-être, cède au prestige du

---

1. Mme *de Motteville,* t. III, p. 233, etc.

talent. Or il n'y a point de meilleurs écrivains que
Retz et La Rochefoucauld, en attendant Saint-Simon. Leur style a toutes les grâces de la plus fine
aristocratie : pas la moindre rhétorique, le dédain
des règles pédantesques, une simplicité et une viva-
cité charmantes, et ce grand air, si puissant sur la
bourgeoisie dans les livres comme dans le monde.
On ne se lasse point de les relire, et à force de les
admirer on les croit. C'est là ce qui protége et pro-
tégera toujours la Fronde auprès de la postérité.
Mais résistez un peu, s'il vous est possible, à la sé-
duction de ces récits entraînants, de ces portraits
inimitables, et cherchez ce que nous disent de leurs
desseins Retz et La Rochefoucauld. Qu'y trouvez-
vous? Rien de net : ils se bornent à accuser Richelieu et Mazarin d'avoir porté atteinte à l'ancienne
constitution de la France. Or cette accusation, bien
comprise, absout et relève Richelieu et Mazarin aux
yeux de tout juge impartial, et elle accable les Importants et les Frondeurs, car qu'était-ce que cette
fameuse constitution de la France avant Richelieu,
sinon le reste des dominations du moyen âge, le
gouvernement féodal affaibli mais formidable encore?

Est-il plus vrai que la Fronde, comme on l'a aussi
prétendu, est un contre-coup, une sorte d'imitation
malheureuse de la révolution qui agitait alors l'Angleterre? Pas le moins du monde : cette autre erreur,

plus étrange encore que la précédente, repose sur
une fausse et trompeuse analogie, cet ordinaire
écueil des considérations et des comparaisons histo-
riques. Au fond, la première révolution d'Angleterre était presque toute religieuse, tandis que chez
nous les querelles religieuses ne sont point interve-
nues dans la Fronde, grâce à la protection éclairée
dont jouissaient les protestants[1]. On leur avait, il est
vrai, enlevé leurs places fortes de Montauban et de
La Rochelle, refuge commode aux ministres fana-
tiques et aux chefs ambitieux qui poussaient les
peuples à la révolte; mais ils exerçaient librement
leur culte, ils pouvaient parvenir à tous les emplois,
ils étaient même admis dans les parlements dont le
ressort comprenait un grand nombre de religion-
naires[2]; et dans l'armée leur mérite et leur fidélité
les élevaient aux plus hautes dignités, à ce point
qu'un jour on avait vu cinq protestants en même
temps maréchaux de France : La Force, Chatillon,
Gassion, Rantzau, Turenne. Tout au contraire
l'Angleterre n'avait pas alors la moindre idée de la
liberté religieuse, et ce qu'elle appelait, et appela
même longtemps ainsi, n'était pas autre chose que
le droit de persécuter à son aise les catholiques, de

1. Voyez plus bas, chap. v[e].
2. Ils entraient en nombre à peu près égal dans les chambres dites
de l'Édit, religieusement conservées jusqu'à Louis XIV, qui les abolit
en 1669.

les exclure de tous les emplois publics, de la chambre
des lords, de la chambre des communes, et même
des universités, le droit enfin de les traiter à peu près
comme on traitait les Juifs au moyen âge. La Reine
elle-même, la noble fille d'Henri IV, n'avait-elle pas
été indignement tourmentée par un Buckingham, et
plus tard livrée aux plus basses calomnies, com-
plaisamment recueillies par les historiens protestants, pour avoir réclamé en faveur du libre exercice
de sa religion les garanties solennellement stipulées
dans son acte de mariage, et qui en France étaient
reconnues et inviolablement respectées dans le plus
humble membre de la communion de la minorité?
Il n'y avait donc aucune vraie ressemblance dans la
situation des deux royaumes. On oublie toujours que
la France, de 1648 à 1653, ne voyait pas au delà
de la Manche la glorieuse monarchie constitutionnelle
fondée par le génie de Guillaume III : elle n'y voyait
qu'une anarchie sanglante, nulle ombre de liberté,
ni civile ni religieuse, l'oppression des catholiques,
l'Irlande mise à feu et à sang, toutes les divisions
et les extravagances du calvinisme victorieux, la prison et l'échafaud de Charles Ier, les sombres intrigues et la tyrannie de Cromwell. Voilà le spectacle
que donnait alors l'Angleterre : en vérité il était
plus propre à épouvanter qu'à séduire la France.

Pour revenir à l'aristocratie française, il est certain qu'elle ne laisse paraître aucun autre dessein

dans la Fronde que de ressaisir la puissance qu'elle
exerçait à la fin du xvi° siècle, et à laquelle Richelieu avait porté de si rudes coups. L'altier cardinal,
patriote et despote, comme l'a très bien dit M. Guizot, eût tenté peut-être d'exterminer par l'épée cette
nouvelle conspiration comme il avait fait les précédentes; peut-être il eût relevé pour les chefs des
Importants et des Frondeurs l'échafaud de Chalais,
de Montmorency et de Cinq-Mars. Son habile successeur s'y prit d'une façon plus douce et plus sûre.
Voyant qu'il avait affaire, non pas à des principes,
mais à des intérêts, il entreprit de les gagner en
s'adressant successivement à chacun d'eux. Il négocia donc avec ces illustres mécontents, et les ac-
quit l'un après l'autre, en leur accordant à peu près
ce qu'ils demandaient, sans rien céder des droits de
la royauté, sans rétablir des pouvoirs indépendants,
incompatibles avec l'idée naissante de l'État, mais
en faisant à propos des concessions nécessaires,
plus apparentes qu'effectives, en prodiguant des
titres un peu vains et de brillants honneurs de cour,
et en se réservant la puissance réelle à lui-même et
au Roi qu'il représentait. Le traité que fit Mazarin
avec les Bouillon et les Vendôme est l'image de ceux
qu'il finit par conclure avec tous les autres grands
seigneurs de la Fronde. Il leur dit en quelque sorte :
« Vous désirez l'agrandissement de votre maison et
de votre fortune, vous avez raison ; seulement vous

vous trompez de chemin : celui de la révolte ne
peut plus vous réussir comme autrefois; la fidélité
et la soumission vous réussiront mieux. Les temps
sont changés. Une faible royauté vous avait laissés
usurper sur elle ce qu'ensuite elle s'efforçait de vous
reprendre; une royauté forte vous donnera sans retour, sous des formes un peu différentes, presque autant que vous n'avez jamais eu. » Un pareil langage,
qui eût été repoussé en 1648, dans le premier enivrement de l'espérance, était fait pour être écouté
dans la lassitude qu'amènent à leur suite les agitations stériles. Mazarin a cette gloire unique que,
dans sa longue carrière, parmi les dangers les plus
capables de le pousser à de violentes représailles, et
quelquefois dans une prospérité qui lui promettait
l'impunité, il ne fit monter sur l'échafaud aucun de
ses plus acharnés ennemis, pas même ceux qui
avaient voulu l'assassiner; il n'en proscrivit aucun,
et il les gagna presque tous par des transactions
heureuses, à l'aide de son fidèle allié, le temps.
« Le temps et moi, » disait-il souvent. Le temps et
lui étaient venus à bout de l'aristocratie française,
et le 3 février 1653 elle lui servait au Louvre de
rempart et d'ornement.

Mazarin avait fait sur le parlement un travail à
la fois différent et semblable, et qui fut couronné
d'un égal succès.

Nous vénérons le souvenir et jusqu'au nom du

parlement de Paris. Jamais nulle autre part l'œil des
hommes n'a vu une pareille magistrature, aussi imposante par son indépendance, par son savoir, par
la gravité de ses mœurs et la vie austère à laquelle
elle était vouée. C'est une institution originale et
toute française, qui, sortie un jour, dans une circonstance extraordinaire, des besoins de la royauté[1],
s'établit peu à peu, s'enracine, se popularise, et
traverse de longs siècles, environnée du respect public, jusqu'au xviiie siècle, où elle s'énerve avec tout
le reste, et, comme tout le reste encore, succombe
sous ses fautes[2] et s'abîme dans le naufrage universel. Mais dans le sein de cette grande institution
était un vice qui devait, avec le temps, amener sa
ruine après lui avoir donné quelquefois un éclat
plein de dangers : nous voulons dire le mélange de
la justice et de la politique. En effet, le parlement
n'était pas seulement une cour de justice; en tant

1. « Un jour, un roi de France ayant besoin d'argent, trouva simple
de mettre en vente, quoi? La puissance publique. Elle fut achetée;
elle devint la propriété des acheteurs. Qui l'eût cru? De cet opprobre
de la vénalité des offices sortit une magistrature admirable, la lumière
et la force des derniers siècles de la monarchie. » M. Royer-Collard,
discours sur *la septennalité*, le 3 juin 1824.

2. Rappelez-vous d'abord l'intolérant jansénisme du parlement,·
puis cette anarchique suspension du cours de la justice qui le décria
dans l'opinion, enfin un peu plus tard la fatale décision que les États
généraux seraient convoqués en leur forme accoutumée, c'est-à-dire en
trois ordres différents comme au moyen âge, tandis que le Roi, s'il n'eût
pas été enchaîné par la déclaration du parlement, aurait pu, en réduisant les trois ordres à deux et en rendant les États généraux périodiques, donner la monarchie constitutionnelle et éviter une révolution.

que cour des pairs, il se transformait en une assemblée politique qui délibérait sur les plus grandes affaires de l'État, et où l'éducation particulière de la
plupart des membres, leurs études habituelles, les
qualités même qui faisaient l'honneur de leur profession, leur devenaient un écueil. La justice repose
sur des maximes inflexibles comme les lois de la
morale éternelle ; elle demande par-dessus tout à
ses interprètes une conscience droite et pure. Il n'en
est pas ainsi de la politique : elle n'a point de principes absolus ; elle exige donc un tout autre esprit,
et les magistrats les plus savants et les plus intègres,
les plus capables de bien juger en matière de droit
civil, quand ils étaient jetés dans des questions toutes
différentes où il ne s'agissait plus de discerner ce
qui était juste, mais ce qui convenait le mieux dans
des circonstances mobiles qu'ils connaissaient à
peine, y étaient fort embarrassés ou s'y égaraient
aisément, et suppléaient mal les États généraux du
royaume, tout autrement composés, et qui étaient
la vraie représentation politique de la nation. Il y
avait encore dans les attributions supérieures du
parlement un autre péril. Dans la cour des pairs, les
grands seigneurs prenaient place à côté des simples
magistrats, et leur naissance, leur fortune, leurs
manières, leur donnaient un ascendant presque irrésistible. On était flatté de se rencontrer avec d'aussi
hauts personnages. Un sourire, un mot flatteur, une

invitation, étaient des grâces dont on était fier : des
grands seigneurs habiles pouvaient entraîner ainsi
dans leurs intérêts, et même dans leurs querelles,
des gens de robe qui connaissaient mieux leurs livres
que le monde, surtout les jeunes conseillers des enquêtes, plus faciles à séduire à des prévenances
intéressées. ·Enfin le parlement était peu favorable
en général aux innovations même les plus utiles; il
inclinait à la routine, au maintien superstitieux du
passé. Il ne comprit point toujours et il contra-
ria quelquefois les grands desseins de la royauté,
au dedans et au dehors. Les gens du Roi, comme on
disait, c'est-à-dire le procureur-général et les avo-
cats-généraux, qui représentaient le gouvernement,
ne lui étaient pas eux-mêmes d'un grand secours,
car, sortis du sein de la compagnie, ils étaient imbus
de son esprit, de ses maximes, de ses préjugés; ils
n'entendaient guère mieux les affaires d'État, et dans
leurs remontrances ils portaient souvent la parole
avec la hardiesse de l'inexpérience.

Henri IV s'appliqua à renfermer le plus possible
le parlement dans ses attributions judiciaires, et il
avait bien raison, car c'était là qu'étaient sa suprême
utilité et sa vraie grandeur ; mais, avec sa bonté
accoutumée, il se contenta de peser doucement sur
ces esprits très peu politiques, par exemple dans
l'affaire des Jésuites, que le Roi rappela, malgré la vive
opposition des meilleurs magistrats, par des considé-

rations qui passaient leur portée. D'ailleurs, n'ayant pas eu le temps de commencer ses grandes entreprises militaires, il n'eut à présenter aucun édit pénible à enregistrer. Un peu plus tard, quand Richelieu reprit l'œuvre d'Henri IV, il ne rencontra dans le parlement que des obstacles. Richelieu était sorti des États généraux, il en était un des orateurs les plus autorisés, et quoiqu'il fît partie de la chambre du clergé, il connaissait et appréciait si bien les vœux du tiers état qu'il s'y conforma presque toujours dans sa longue administration. Il aimait ces grands conseils nationaux, parce qu'il était sûr de leur faire entendre sa politique toute nationale. En 1626, il assembla les Notables, leur soumit ses plans, et les laissa discuter à Paris, pendant près de deux années, ses vues administratives et financières; mais il désespérait de se faire comprendre d'un corps de magistrats qui la veille jugeaient des procès de mur mitoyen, et le lendemain voulaient traiter avec lui de la paix et de la guerre, sans la moindre connaissance de la France et de l'Europe. Aussi, au lieu d'écouter tranquillement leurs doléances, de supporter et d'user leur résistance, cet impérieux génie préféra la briser, et s'emporta en une suite de mesures illégales et violentes que ses ennemis ont justement relevées, et que nous-même nous condamnons hautement, n'admettant pas du tout que l'excellence d'une cause autorise tous les moyens qui la peuvent

servir. Richelieu crut pouvoir se conduire envers le
parlement comme envers l'aristocratie, et en cela il se
trompa fort ; car, l'aristocratie opprimant la nation
autant qu'elle entravait la royauté, il avait contre
elle l'appui de la nation et de l'opinion, tandis que
le parlement, par ses attributions judiciaires, qu'il
remplissait admirablement, était populaire et méritait
de l'être. Non-seulement Richelieu brava ses remontrances, mais il fit souvent casser ses arrêts par le conseil d'État ; il lança des lettres de cachet contre ceux
de ses membres dont l'opposition le gênait le plus,
et les exila loin de Paris ; il enleva à sa juridiction
d'illustres accusés, et les fit juger par des commissions extraordinaires, par exemple le maréchal de
Marillac, dont le procès pèse encore sur la mémoire
du cardinal, et mêle des ombres sinistres à l'admiration que nous inspire la grandeur de son caractère
et de ses desseins. Tantôt il amenait le Roi au parlement, pour faire enregistrer de force certains édits ;
tantôt il faisait venir au Louvre, et dans la chambre
même du Roi, un certain nombre de membres pour
leur arracher la condamnation à mort du duc d'Épernon[1]. Comment s'étonner que tous ces actes de
tyrannie eussent amassé dans le sein du parlement
une colère et des haines qui éclatèrent après la mort
de Richelieu ? Le parlement vit avec peine arriver à

1. Voyez les *Mémoires d'Omer Talon*, collect. Petitot, t. LX, p. 186-
197, et *M*me *de Chevreuse*, chap. II, p. 88.

la tête du gouvernement un des disciples et des
favoris du redouté cardinal, et un assez grand nombre
de parlementaires, poussés par les grands seigneurs
qui siégeaient avec eux, se jetèrent dans la faction
des Importants. On ne peut reprocher à Mazarin les
violences de son devancier. Pas une seule fois il ne
renouvela les commissions extrordinaires du règne
passé ; il respecta toujours la juridiction du parlement, et c'est à cette juridiction qu'en 1643, dans la
tentative d'assassinat formée contre sa personne et
qui est aujourd'hui bien démontrée, il remit le procès
de Beaufort et de ses complices ; il souffrit même
que le parlement, moins instruit ou plus indulgent
que l'histoire, décidât qu'il n'y avait pas de preuves
suffisantes pour condamner. La seule mesure à la
Richelieu que Mazarin se permit est l'exil de Barillon,
un des présidents des enquêtes, juge intègre, homme
de bien, mais esprit borné, opiniâtre, violent, qui
faisait vanité d'être toujours dans l'opposition, et
déclamait à tout propos contre les favoris, contre
la Reine et le cardinal. Ses déclamations ne s'arrêtant pas, on le relégua dans la citadelle de Pignerol,
où il mourut.

Mais ce fut un tout autre et moins noble motif qui
souleva le parlement contre Mazarin. On sait que
dans l'origine la plupart des membres de la compagnie avaient acheté leurs charges de la couronne, et
qu'ils pouvaient les transmettre à leurs enfants ou les

vendre à d'autres, plus ou moins cher, selon les circonstances. Moins ces charges étaient nombreuses,
plus elles avaient de valeur. Le parlement vit donc
de très mauvais œil que la couronne, usant de son
incontestable droit, créât de nouvelles charges, et
les donnât moyennant finance comme elle avait fait
les premières, très souvent dans l'intérêt du service, toujours dans celui du trésor, fort embarrassé
pour suffire aux dépenses les plus nécessaires. Il
élevait à cet égard des réclamations très peu fondées. L'administration de la justice souffrait-elle
donc, parce qu'elle n'était pas resserrée dans un
petit nombre de familles? Et même ce fameux droit
de la Paulette, contre lequel les parlements ont tant
protesté, et qu'ils ont fait abolir pendant leur
triomphe éphémère, n'était-il pas l'impôt le plus naturel et le plus juste en lui-même? Mazarin ne l'avait
pas créé, il en avait hérité, et c'est Henri IV qui en
était l'auteur. Les membres du parlement possé-
daient leurs charges pendant toute leur vie ; ils pouvaient même les transmettre à leurs enfants, mais
seulement avec la permission du Roi : le Roi pouvait
donc mettre à cette permission des conditions équi-
tables. Henri IV ayant besoin d'argent, un de ses
secrétaires, nommé Paulet, inventa un moyen de lui
en procurer sans augmenter les impôts ordinaires :
il conseilla d'exiger de tout membre d'un parlement
qui voudrait transmettre sa place à un de ses enfants

de payer chaque année une redevance. C'était là un impôt spécial qui n'atteignait pas le peuple et enrichissait l'État, sans faire grand tort à des familles en général opulentes. Le père du peuple approuva cet impôt, qui du nom de son inventeur fut appelé la *Paulette*. Nous le demandons, qu'avaient ici de bien touchant les remontrances des parlements? Toutes les mutations de propriété, toutes les ventes étaient frappées d'un droit, et les parlements auraient voulu que la justice leur fût une propriété dont ils pussent disposer sans aucune redevance, et apparemment sans la permission du Roi! Voilà pourtant le principal motif de tant de plaintes. Les parlements criaient à la tyrannie dans l'intérêt d'un monopole; ils se disaient opprimés parce qu'on les forçait de contribuer aussi aux charges accablantes qui pesaient sur la nation. Leurs murmures contre la multiplication des offices de judicature n'étaient pas plus raisonnables. En vérité il auraient bien dû indiquer un autre moyen de suffire aux énormes dépenses de la guerre. Auraient-ils mieux aimé qu'on augmentât les impôts? Mais ces impôts n'étaient déjà que trop lourds, et encore on était souvent forcé de les anticiper de la façon la plus fàcheuse. La création de nouveaux offices, presque toujours utile, ne portait préjudice qu'aux priviléges déjà bien grands de quelques familles qui auraient voulu former, non-seulement un corps inamovible, ce qui

était juste et nécessaire, mais un corps héréditaire,
clos et fermé, absolument indépendant, et que l'État
ne pût pas même accroître, parce que cet accroisse-
ment du corps tout entier blessait l'amour-propre et
l'intérêt des particuliers. Remarquez que les créations
d'office devaient être enregistrées dans les parlements, qui demeuraient investis de leur droit de
remontrances. Si on ne consentait pas à venir au
secours de l'État par ces remèdes innocents, il n'y
avait plus qu'à faire la paix[1], et c'était là en effet le
mot d'ordre des Importants et des Frondeurs bien
sûrs de répondre ainsi au vœu naturel de pacifiques
magistrats, et se donnant les airs de protecteurs du
peuple : lâche habileté, trahison criminelle des intérêts les plus sacrés de la France. Quelle politique que
celle qui aurait mis au néant l'entreprise d'Henri IV
et de Richelieu, et n'aurait tenu aucun compte des

---

1. Déjà en 1636, quand l'ennemi était à Corbie et menaçait Paris, le
parlement s'opposa pendant six mois à des créations d'offices qui pouvaient donner au Roi le moyen de soutenir l'armée en la payant. Le
2 janvier 1636, Louis XIII fit venir le parlement et lui dit : « Je veux
l'exécution de mes édits; j'en retirerai 15 millions; cela me fait grand
besoin et m'est nécessaire pour mes affaires. » Au mois de mai, les
chicanes intéressées du parlement continuaient encore. Louis XIII,
indigné, lui adressa ces paroles sévères : « Je trouve bien étranges les
longueurs que vous apportez à l'exécution de mes édits desquels je
vous ai parlé tant de fois; cependant toutes mes affaires se perdent
faute d'argent; si vous saviez ce que fait un soldat quand il n'a point
de pain, vous ne feriez point ce que vous faites. L'argent que je vous
demande n'est pas pour jouir ni pour faire de folles dépenses; ce n'est
pas moi qui parle, mais l'État et le besoin que l'on en a. Ceux qui con-
tredisent à mes volontés sont plus mes ennemis et me font plus de mal
que les Espagnols. »

14

sacrifices de trente années, de tant de sang versé sur
tous les champs de bataille de l'Europe pour faire
tête à la maison d'Autriche, relever un peu la France,
et tâcher de lui acquérir au moins quelques-unes des
frontières qui lui sont indispensables! Le parlement
et l'aristocratie voulaient la paix, mais Mazarin la
voulait aussi; seulement il la voulait solide, glorieuse,
utile. Il fallait redoubler d'efforts pour frapper un
grand coup, et remporter cette victoire de Lens qui
décida le traité de Westphalie et nous donna notre
frontière d'Allemagne. La politique, l'honneur, l'intérêt véritable interdisaient tout doute à cet égard;
mais le parlement ne connaissait pas le moins du
monde les affaires de l'Europe, et les grands seigneurs, travestis en tribuns du peuple, n'avaient pas
dans le cœur la noble flamme du patriotisme. En
même temps qu'ils invoquaient la paix à Paris, ils
l'entravaient à Münster par toutes sortes d'intrigues,
et leur opprobre éternel sera d'avoir encouragé l'Espagne à ne pas faire la paix en 1648, à ne pas signer le traité qui lui était offert, en la flattant de
l'espoir que bientôt allaient éclater des troubles qui
arracheraient l'épée de la France des mains de
Condé et de Mazarin, et rendraient à l'Espagne sa
vieille prépondérance du temps de la Ligue[1]. Ils
savaient très-bien aussi qu'ils ne pouvaient affronter

1. *La Jeunesse de Mᵐᵉ de Longueville,* chap. iv, p. 288 et p. 328;
Mᵐᵉ de Chevreuse, chap. v, p. 224.

l'armée royale avec leurs seuls régiments et des
bourgeois un moment séduits et égarés ; il savaient
que pour l'emporter, pour se soutenir même, le secours de l'étranger leur était indispensable. Ils ne
cessèrent de l'invoquer, de demander à l'Espagne
de l'argent et des soldats, et les choses en vinrent à
ce point qu'un jour sur les fleurs de lis étonnées
le parlement de Paris reçut un envoyé de l'Archiduc!

Quand on lit avec soin et qu'on examine à la lumière des événements contemporains toutes les résolutions prises par le parlement pendant la Fronde,
on n'y trouve guère que des actes de parti et de con-
tinuelles usurpations tantôt sur l'autorité royale, tantôt sur les États généraux. On a beaucoup vanté les
délibérations de la chambre de Saint-Louis en juin
et juillet 1648 : d'abord ces délibérations du parlement, de la cour des comptes et de la cour des
aides, réunis en un seul et même corps, auraient
eu grand besoin d'être autorisées par le Roi ; loin de
là, le Roi les interdit, et elles furent le premier signe
de la défaite de la royauté; de plus, elles avaient
avant tout pour objet le maintien et l'agrandissement
des priviléges du parlement et des deux autres compagnies qui s'y étaient jointes. Il y fut déclaré que
« l'établissement ancien des parlements et des autres
compagnies souveraines ne pourra être changé ni
altéré, soit par augmentation d'offices et de chambres, ou par démembrement du ressort desdites

compagnies pour en établir de nouvelles[1]. » Et en
conséquence la chambre de Saint-Louis n'hésite
point à révoquer la cour des aides de Saintes et le
parlement d'Aix. On a fait grand bruit de cet article
que nul « ne pourra être détenu prisonnier passé
vingt-quatre heures sans être interrogé et rendu à
ses juges naturels[2], » comme si c'était là une conquête de la Fronde, comme si cette excellente et
libérale prescription n'était pas depuis longtemps
dans toutes les ordonnances, et particulièrement
dans la grande ordonnance de Blois! Ajoutez qu'en
présence de cet article, protecteur de la sûreté indi-
viduelle, on arrêtait arbitrairement quiconque était
suspect d'être mazarin, et un jour, comme nous
l'avons vu, sur la place de l'Hôtel-de-Ville on avait
massacré comme mazarins les magistrats les plus
opposés à la cour. De nobles cœurs proposèrent
une fois de convoquer les États généraux, et Mazarin n'y répugnait point; ce fut le parlement qui s'y
opposa[3], pour retenir entre ses mains toute l'autorité législative ainsi que l'autorité judiciaire, se portant sans aucun titre, sans aucun mandat, comme le
seul représentant et le seul interprète de la nation.

Disons-le donc : la plupart du temps dans la

1. *Journal* contenant tout ce qui s'est fait et passé en la cour du parlement de Paris, toutes les chambres assemblées, sur le sujet des affaires du temps présent, p. 19 et 20.

2. *Ibid.*, p. 14.

3. Mᵐᵉ de Motteville, t. IV, p. 359; La Rochefoucauld, p. 55.

Fronde, le parlement a fait paraître le vice secret
de son institution. Par le mélange de la justice et
de la politique, il est trop souvent sorti de ses grandes
attributions judiciaires pour se jeter dans des intrigues politiques à la suite de grands seigneurs ambitieux et mécontents. Avouons-le encore, Mazarin
commit à son tour de grandes fautes. Sans exercer
sur le parlement une autorité aussi dure que Richelieu, il ne le ménagea pas assez, il ne sentit pas
assez la nécessité d'enlever à une aristocratie fac-
tieuse l'appui d'un corps en possession d'une vieille
et légitime influence. Tout occupé de ses grands
desseins, passant les jours et les nuits en continuels
travaux pour fortifier notre flotte de la Méditerranée,
entretenir nos cinq armées d'Italie, de Catalogne,
de Lorraine, d'Allemagne et de Flandre, et préparer
des victoires nécessaires à la conquête de la paix, il
n'aperçut pas la conspiration qui se formait contre
lui sur les bancs mêmes du parlement, et pressé par
d'impérieux besoins d'argent, il eut trop souvent recours à des créations de nouveaux offices. L'origine
de la Fronde et des premiers troubles qui éclatèrent
à Paris est un édit du surintendant des finances d'Hé-
mery, instituant douze nouvelles places de maîtres
des requêtes. Le 8 janvier 1648, les autres maîtres
des requêtes réclamèrent, et ils allèrent jusqu'à refuser de faire leur service accoutumé, comme au moyen
âge l'Église et l'Université au moindre grief suspen-

daient l'enseignement public et l'office divin. De
même en 1648, les maîtres des requêtes considé-
raient tellement leurs charges comme leur ap-
partenant en propre qu'ils croyaient pouvoir à
leur gré les exercer ou ne les exercer pas. Mandés
et sévèrement admonestés par la Reine, leur ressentiment n'en devint que plus vif. Le parlement
épousa leur cause, et le nouvel édit ne fut enregistré
qu'au moyen de la mesure extraordinaire d'un lit
de justice. Par-dessus tout diplomate et militaire,
Mazarin ne devina pas les orages qui pouvaient sortir d'un conflit du gouvernement avec une compagnie très puissante dans Paris; il ne vit pas derrière
elle ses éternels ennemis, les anciens Importans,
contenus mais non pas détruits, et qui n'attendaient qu'une occasion pour renouer leurs trames
et entreprendre de le renverser à tout prix, aux
dépens du repos et de l'honneur de la France, en prenant tous les masques, en parlant tous les langa-
ges, en s'appuyant tour à tour sur le parlement et sur
la populace, et en invoquant au besoin l'or et l'épée
de l'étranger. Mazarin manqua ici de prévoyance. A
la première résistance du parlement il fit arrêter le
vieux président Broussel, comme trois ans auparavant
il avait fait arrêter Barillon; mais la ligue qui s'était
formée contre lui n'était pas aisée à désarmer, et
ayant envoyé presque toutes les troupes disponibles
à la frontière, il se trouva dans Paris hors d'état de

faire tête aux frondeurs, qui, à mesure qu'ils voyaient
sa faiblesse, s'enhardissaient de plus en plus et se
montraient à découvert ; en sorte que la glorieuse
journée de Lens se rencontra presque avec la triste
journée des Barricades.

Plus d'une fois dans le cours de la Fronde, Mazarin
fit la même faute : il méprisa trop ses ennemis et
compta trop sur lui-même et sur sa fortune[1]. Mais,
éclairé par l'expérience, lorsqu'il revint en France
en 1652, il s'appliqua à reconquérir le parlement,
et dans toute sa conduite avec l'orgueilleuse compagnie il eut le bon sens de se laisser guider par deux
hommes qui la connaissaient bien et y étaient fort
puissants, le procureur général Nicolas Fouquet et
le premier président Mathieu Molé.

Fouquet n'était point un homme ordinaire. Sans
doute il n'était pas fait pour le premier rang, et après
la mort de Mazarin, lorsqu'un moment il gouverna
seul, cette prospérité excessive et venue trop vite
l'aveugla. Il fit trop montre de ses richesses et de
sa magnificence devant un jeune roi superbe, et l'implacable jalousie de Colbert, secondée par l'intérêt
et l'influence de Mme de Chevreuse, profita de ses
fautes pour le détruire ; mais les illustres amitiés qu'il
conserva après sa chute marquent assez qu'il possédait plus d'une qualité éminente. Formé à l'école
de Mazarin, il avait l'esprit des grandes affaires ; il

1. Voyez plus haut, chap. 1er, p. 8 et suiv.

était capable d'une conduite habile et ferme. Il aimait la gloire, et faisait le plus noble usage de son immense fortune, qui n'était guère plus mal acquise que celle de Mazarin et de Colbert lui-même, car apparemment celui-ci n'était pas parvenu à doter les trois duchesses, ses filles, et à bâtir sa magnifique maison de Sceaux avec les économies faites sur ses appointements. Fouquet avait le tort d'être homme de plaisir comme son frère l'abbé Fouquet; mais l'un et l'autre, pendant toute la Fronde, avaient été d'une fidélité exemplaire à Mazarin, et lui avaient rendu tout autant de services que Servien, Le Tellier et Lyonne. Fouquet, en qualité de procureur général, avait une grande autorité dans le parlement. Il était resté sur la brèche pendant les jours les plus difficiles, affrontant avec courage la tempête, et avec les présidents Bailleul, Novion et de Mesmes rappelant et défendant les droits du Roi, tandis que son frère entretenait avec Mazarin une correspondance où il l'instruisait du véritable état des affaires et des esprits[1]. L'abbé s'était si fort compromis que le 25 avril 1652 il avait été arrêté aux environs de Paris porteur de lettres adressées

---

1. On conserve à la Bibliothèque Impériale la correspondance inédite et autographe de Mazarin avec l'abbé Fouquet, qui contient le dessous des cartes de bien des choses, et montre l'habileté de l'abbé et la confiance qu'avait en lui Mazarin. Cette correspondance mériterait d'être publiée; elle ferait heureusement suite aux *Lettres du cardinal Mazarin à la Reine, à la princesse Palatine*, etc., *écrites pendant sa retraite hors de France* en 1651 et 1652, que nous devons à M. Ravenel.

au cardinal. Le procureur général alla rejoindre le
parlement de Pontoise, et au retour du Roi il exerça
la plus utile influence. Il fit en quelque sorte la police du parlement en 1652 et 1653, désignant à Mazarin les amis solides qu'il devait hautement récompenser, les amis douteux qu'il fallait s'attacher
davantage, les anciens ennemis qu'on pouvait gagner, et ceux qui étaient trop dangereux pour être
épargnés. Mais l'homme qui servit le plus Mazarin
dans cette œuvre de nécessaire sévérité et de judi-
cieuse indulgence fut sans contredit le premier président Mathieu Molé.

Ailleurs[1], nous avons essayé de peindre au vrai
cet illustre personnage ; il nous suffira de rappeler
ici les principaux traits de cette grande figure.

Disons d'abord que le fils d'Édouard Molé avait
par-dessus tout l'esprit et le cœur magistrat. Il
aimait sincèrement la vérité et la justice, et son âme
droite et ferme craignait Dieu plus que les hommes.
Sa piété était profonde, sans aucune ombre de su-
perstition. Ami de Saint-Cyran et de Bérulle, il était
au plus haut degré gallican, il défendit constamment
la cause de l'Université, et n'aimait point les Jésuites.
Sorti d'une famille parlementaire, entré de bonne

---

1. Voyez dans le *Journal des Savants* nos trop nombreux articles
sur les *Carnets de Mazarin*, où, d'après ce document inédit, nous
exposons la lutte de Mazarin contre le parti des Importants en 1643.
Le cinquième de ces articles, décembre 1654, est consacré au parlement et à Mathieu Molé.

heuré dans la compagnie, il en avait toutes les
maximes, et il en chérissait les priviléges. Il avait
peu de goût pour les États-généraux, et le parlement
était à ses yeux le véritable sénat destiné à servir
d'appui et de contrôle à la royauté. Il était né séna-
teur pour ainsi dire, et nul jamais, à Rome ou
ailleurs, ne fut mieux fait pour représenter un grand
corps. Sous Louis XI, il eût été Jacques de la Vac-
querie. Sa vie privée était simple et grave. Il avait
reçu du ciel l'âme la plus conforme à son esprit, se-
reine, calme, intrépide, et le dedans se réfléchissait
admirablement au dehors dans un corps sain et ro-
buste et dans une figure où la force était empreinte[1].
Sa parole était concise et ferme, sans nulle élégance,
et son ton presque toujours celui du commandement
et de l'autorité jusque dans la vie ordinaire. Voilà
ce qui a porté plus d'un historien à représenter Mathieu Molé comme un homme tout d'une pièce; mais
en général les hommes ne sont pas ainsi faits, et la
nature avait mieux traité Mathieu Molé que ne l'ont
fait ses panégyristes. Il avait en effet beaucoup d'esprit et de finesse, et il était fort loin de manquer
d'ambition. Il avait appris de son père Édouard à

---

1. On connaît par les deux admirables portraits de Nanteuil et de
Mellan le président du parlement de la Fronde dans sa verte vieillesse,
avec son aspect imposant et sa majestueuse barbe blanche; mais il faut
voir le procureur général Mathieu Molé, tel que l'a gravé Michel
Lasne : nulle figure ne donne plus l'idée de la force; c'est la tête de
Corneille et de Saint-Cyran.

faire sa route à travers les nécessités les plus diverses. Comme lui, il eût accepté d'être le procureur
général de la Ligue, sauf à travailler ensuite au rétablissement de la royauté légitime. De bonne heure
il avait fait l'apprentissage de la patience et de la
longanimité, et Richelieu l'avait accoutumé à faire
fléchir quelquefois ses maximes de magistrat sous
l'empire des circonstances. Sa jeunesse est marquée
par un grand acte d'indépendance et de vigueur où
paraissent ses instincts naturels. Il était lié avec
les Marillac, et quand Richelieu exila le garde des
sceaux à Châteaudun, et livra le maréchal à une
commission extraordinaire, parfaitement bien composée pour l'envoyer à l'échafaud, le maréchal ayant
réclamé la juridiction du parlement, dont il relevait
comme grand officier de la couronne, Mathieu Molé,
alors procureur général, accueillit cette réclama-
tion, et la porta lui-même au parlement. Le cardinal irrité fit rendre au conseil d'État un arrêt qui
mettait au néant les conclusions du procureur général, lui enjoignait de comparaître en personne
pour rendre compte de sa conduite, et lui inter-
disait l'exercice de sa charge. Molé se présenta devant le Roi et devant Richelieu avec le calme et la
dignité que donne une bonne conscience, et le cardinal, sur lequel le courage ne manquait jamais son
effet, l'estimant d'ailleurs et le sachant sans intrigue,
trouva bien plus sage d'acquérir un tel homme que

de le briser, et fit lui-même sa paix avec le Roi. Un des parents de Richelieu, le maréchal de La Meilleraye, vit le procureur général, et dans un entretien qui nous a été conservé par un contemporain véridique, Omer Talon, alors avocat général[1], La Meilleraye fit doucement comprendre à Mathieu Molé qu'il fallait s'accommoder au temps. Si Mathieu Molé eût été l'homme tout d'une pièce qu'on a rêvé, il eût répondu à La Meilleraye que la justice est la justice, que le maréchal de Marillac avait un droit certain d'être jugé par ses juges naturels et non par une commission ; que cette juridiction légitime, c'était le devoir du procureur général de la revendiquer, dût-il y périr. Molé ne fit point cette réponse. « Le procureur général, dit Omer Talon, déféra aux raisons du maréchal La Meilleraye, et commença à rabattre quelque chose de son ancienne sévérité. » Il ploya donc sous la main de fer de Richelieu, et laissa faire ce qu'il ne pouvait empêcher. Il vit avec douleur, mais sans murmurer, Richelieu frapper à coups redoublés sur l'indépendance de la compagnie, casser ses arrêts, exiler et emprisonner plusieurs de ses membres, et fouler aux pieds, particulièrement dans le procès du duc d'Épernon, les formes les plus substantielles de la justice. C'est ainsi qu'en 1641 de procureur général il devint premier président de la main de celui qui avait fait monter Marillac sur un

1. *Mémoires*, t. 1er, p. 34-35.

échafaud, et qui tenait encore Saint-Cyran à Vincennes. Claude Le Pelletier, depuis contrôleur général des finances, si digne de foi et par sa scrupuleuse probité et par sa haute admiration pour Molé [1], nous apprend que malgré tous les gages de déférence que le procureur général avait donnés à Richelieu, celui-ci dans sa prudence soupçonneuse, avant de le nommer premier président, lui demanda et en obtint une promesse écrite de sa propre main de ne jamais assembler le parlement sans un ordre exprès du Roi. Mathieu Molé passait tellement pour une créature de Richelieu, qu'après sa mort, et dans la tempête qui s'éleva en 1643 contre la mémoire et les partisans du terrible cardinal, il tomba en disgrâce, comme La Meilleraye, le duc de Brézé et bien d'autres, et courut risque de perdre sa charge. On parlait déjà, vu son veuvage et sa haute piété, de l'envoyer dans quelque évêché, avec l'espérance du cardinalat [2]. Dans cette critique circonstance, Ma-

---

1. Bibliothèque Impériale, *Supplément français*, n° 2431, *Mémoire sur la vie et les actions de M. Molé, garde des sceaux de France*. Voici le début de ce curieux *Mémoire*, jusqu'ici resté inédit : « La vénération que j'ai toujours eue pour la mémoire de M. Molé, qui a été procureur géné.al, premier président et garde des sceaux, m'engage à ne pas laisser perdre par ma mort les choses singulières que j'ai sçues de ce grand homme. Il avoit honoré feu mon père de son amitié, et il m'a souffert l'approcher lorsque j'étois encore fort jeune... »

2. *Journal d'Olivier d'Ormesson*, 19 septembre 1643 : « Le soir, M. Pichotel (un des greffiers du conseil d'Etat) nous dit que l'on parloit de faire le premier président Molé archevêque d'Auch avec promesse du chapeau de cardinal... C'est le bruit de Paris. » Mazarin répète ce bruit dans ses Carnets, II° carnet, p. 24.

thieu Molé se conduisit avec la dignité qui était dans
sa nature, et avec la prudence et l'habileté que l'expérience lui avait enseignées. Il devait trop à Richelieu pour se joindre à ses ennemis, sans se croire
obligé de le défendre : il se ménagea et attendit. A
mesure que Mazarin le connut, il discerna sa capacité et le releva aux yeux de la Reine. Bientôt ils
marchèrent à peu près de concert. Molé vit avec
plaisir le parlement reprendre une juste autorité ;
mais il n'était pas disposé à la mettre au service des
importans, et dès lors il se montra aussi modéré que
ferme, et favorable au nouveau ministre sans servi-
lité. Voici quelques lignes de Mazarin, qui, dans leur
simplicité, contiennent un bien grand éloge : « Il
faut caresser le premier président ; il aime l'État, et
on le peut contenter aisément [1]. » Touché de ses
services, il s'avertit lui-même « qu'il faut lui faire
quelque cadeau, lui accorder quelque gratification »,
et il s'assure que « l'austérité de Mathieu Molé ne
l'empêchera pas de recevoir volontiers les grâces
que la Reine voudra bien lui faire [2]. » Mazarin ne
témoigne pour personne autant d'estime que pour
Molé ; il l'honore sincèrement, et le sachant sans
fortune et resté veuf avec beaucoup d'enfants, il entra

---

1. IIIe carnet, p. 12 : « Far carezze al primo presidente, affezionato
suddito allo stato ; e con facilità si puol contentar. »

2. VIe carnet, p. 22 : « Donar qualche cosa al primo presidente,
poichè sono certo che la sua rigidità non l' impedirà di ricevere dà
S. M. le grazie che vorrà farli. »

dans les soucis du père de famille, il veilla sur les
intérêts de l'abbé François Molé, fit vaquer pour lui
l'abbaye de Sainte-Croix, de Bordeaux [1], et porta
Édouard Molé, déjà trésorier de la Sainte-Chapelle,
sur une liste de futurs évêques [2]. Enfin, comme le
premier président portait un attachement particulier
à son fils aîné Champlâtreux, chargé de soutenir et
de continuer sa maison, Mazarin, trouvant déjà
Champlâtreux conseiller au parlement, lui confia successivement les plus considérables intendances de
justice, de police et de finances auprès des armées
de Flandre, d'Allemagne et de Catalogne [3].

Quand vint la Fronde, Mathieu Molé déploya la
grandeur d'âme et la force de caractère à laquelle

1. VIII° carnet, p. 20. François Molé devint en effet abbé de Sainte-
Croix de Bordeaux, en 1646, et, plus tard, abbé de Saint-Paul à Ver-
dun. Il ne poussa pas plus loin sa carrière ecclésiastique. Conseiller au
parlement en 1650, il fut nommé maître des requêtes en 1657. On en
a un très beau portrait, gravé par Nanteuil, de l'année 1649.

2. Ibid., p 1. Édouard Molé a été évêque de Bayeux, et il est mort
en 1652, à l'âge de quarante-trois ans. On en conserve à Champlâtreux,
dans la noble demeure des Molé, un assez bon portrait peint du temps.
Le premier président a eu aussi un autre fils, plus jeune, qui s'appelait
Mathieu Molé, fut chevalier de Malte, et devint plus tard chef d'es-
cadre. Fronton, chancelier de l'Université, qui a prononcé en latin
l'éloge de Molé dans l'église de Sainte-Geneviève, dit avec raison que,
tout homme de guerre qu'il est, le jeune chevalier de Malte peut très
bien prendre pour modèle l'intrépide magistrat auquel il doit le jour.

3. Voyez aux archives du ministère de la guerre les papiers manuscrits de Le Tellier, particulièrement le tome VIII, fol. 124, qui tou-
chait la commission donnée à M. de Champlâtreux, le 4 mars 1647,
auprès de l'armée de Catalogne, et rappelle les services qu'il a déjà
rendus dans l'intendance des armées d'Allemagne et de Flandre, sous
les ordres du duc d'Enghien.

tout le monde a rendu hommage, et en même temps
une habileté consommée, qui n'a pas été assez re-
connue. Dans la journée des Barricades, il fit voir à
la population soulevée le visage et le cœur d'un grand
magistrat, et, au milieu des plus grands périls, une
présence d'esprit et une sérénité intrépide que Retz
peint à merveille, et qui lui font égaler avec raison
le courage de Molé à celui de Condé. Il voulait sincèrement la réforme des abus, et servit souvent
d'interprète assez altier à sa compagnie; en même
temps, il demeura fidèle à la royauté, et lorsqu'en
public il parlait le plus énergiquement à la Reine,
sous main il lui donnait les meilleurs conseils. Il con-
tribua beaucoup à la paix de Ruel, en 1649, mais il
n'approuva pas l'arrestation violente des princes en
1650; et quand ils sortirent de prison, et que Mazarin quitta le royaume, il se serait fort bien accom-
modé d'un gouvernement nouveau, si ce gouvernement avait pu s'établir. Nous l'avons vu [1], en 1651,
entrer dans le cabinet sous les auspices de M. le
Prince; qui ne le soutint point et ne le servit pas
comme il l'avait espéré. Il y rentra volontiers un
peu plus tard avec Châteauneuf, et il y demeura au
retour de Mazarin. C'est Mazarin qui, pendant son
exil, avait conseillé à la Reine de revêtir Molé de la
simarre, et d'ajouter les sceaux à la première présidence, faveur jusqu'alors sans exemple, et qui de-

---

1. Voyez chap. 1er, p. 16, 65 et 66.

puis ne s'est jamais renouvelée, mais qui avait le
double avantage d'attacher plus que jamais à la
Reine et à son ministre le premier magistrat du
royaume en couronnant sa juste ambition, et de
donner à tous les parlements une garantie certaine
pour leurs priviléges et pour tous leurs intérêts,
puisque celui qui devait représenter la couronne et
le ministère auprès d'eux était précisément l'homme
de France qui tenait le plus à leur dignité, et qu'ils
auraient volontiers chargé de la défendre. Molé,
garde des sceaux et premier président, avait successivement appelé à Pontoise tous ceux de ses collègues qui voulaient rester fidèles à la royauté et n'a-
vaient cédé qu'à un entraînement passager. Quand
le jeune Roi rentra à Paris, le 21 octobre 1652,
avec une amnistie solennelle, le nom seul du ministre
de la justice disait assez que l'amnistie proclamée
n'était pas un piége, et qu'elle serait loyalement
pratiquée.

Mais Molé n'était pas homme à confondre la
loyauté avec la faiblesse. Il était trop éclairé pour
ne pas comprendre qu'il fallait profiter sérieusement
d'une victoire si péniblement achetée pour prévenir
le retour des calamités passées. Depuis que l'amnistie avait été promulguée le 26 août, plusieurs membres du parlement de Paris, loin de l'accepter et
d'obéir aux ordres du Roi, s'étaient jetés encore
plus avant dans la révolte et avaient pris part aux

15

actes les plus coupables. Les maintenir au sein du
parlement eût été y laisser subsister un foyer perma-
nent d'opposition systématique. Ainsi que nous l'a-
vons dit[1], on ne les convoqua point au lit de justice
du 22 octobre, où l'amnistie devait être vérifiée, et
il leur fut enjoint de sortir momentanément de Paris.
En tout, ils étaient onze, tant présidents que conseillers. Les plus gravement compromis, le président
Viole par exemple, suivirent le prince de Condé jusqu'au bout, et quittèrent la France ; tous les autres,
et parmi eux le président Broussel, se retirèrent dans
leurs maisons de campagne, et n'y furent point recherchés : on se borna à surveiller leur conduite présente. On ne fit donc que ce qui était indispensable,
mais on le fit.

Ce qui avait égaré le parlement était ce commerce assidu avec des grands seigneurs consommés
dans l'art de la flatterie et de l'intrigue, qui, en
caressant l'amour-propre de magistrats inexpéri-
mentés, les entraînaient aisément dans leurs intérêts
et dans leurs querelles. Il était impossible de remé-
dier entièrement à ce danger sans toucher à la constitution même du parlement : cette constitution fut
scrupuleusement respectée ; mais on prit une mesure
qui diminua un peu le vice originel que nous avons
signalé[2] sans abaisser la compagnie, ou plutôt en

1. Chap, III, p. 173.
2. Plus haut, p. 202-203.

rehaussant sa dignité et sa vraie indépendance.

Le mal qu'avait toujours fait le mélange des magistrats et des grands seigneurs avait été porté à son comble pendant la Fronde. Les écrivains qui se font les panégyristes du parlement de la Fronde ne se doutent peut-être pas que, parmi ces Brutus et ces Caton déclamant si haut contre le premier ministre, les plus emportés étaient aux gages des grands seigneurs leurs collègues, en tenaient des pensions pour avoir soin de leurs affaires de tout genre, souvent même faisaient partie de leur haute domesticité[1]. Qu'on juge de leur indépendance en matière politique, et même en matière civile! Pour couper court à ces honteux abus, le premier président et garde des sceaux crut bien mériter du parlement en lui adressant, dans le lit de justice du 22 octobre, une déclaration royale parfaitement fondée en principe, dont les termes naïfs et forts sont précieux à recueillir[2] : « Considérant que la plus grande partie des désordres a procédé de la liberté que nos officiers se sont donnée de s'intéresser dans les affaires des princes et des grands de notre royaume, soit en prenant la conduite d'icelles, soit en recevant des pensions et gratifications, soit en leur faisant une

1. Par exemple, le président Perrault, de la Cour des comptes, était intendant du prince de Condé, et le président Nesmond, si fort opposé à Mazarin, était le chef des conseils de l'illustre maison.

2. *Journal* ou Histoire du temps, etc., p. 240-242 : Déclaration du Roi pour l'affermissement de la tranquillité publique.

cour ordinaire au préjudice du devoir et honneur de
leurs charges, soit en assistant à leurs conseils, ce
qui les a engagés ensuite à avoir une aveugle complaisance pour eux et pour tous leurs desseins,
jusques à révéler les secrets des délibérations contre
leur propre serment et le service qu'ils nous doivent,
et prendre leurs sentiments pour les porter dans les
délibérations de leurs compagnies, étant notoire que
ceux de nos officiers qui se sont dévoués auxdits
princes et grands ont eu l'artifice de les faire assister dans toutes les assemblées pour être fortifiées par
leurs présences et ôter à leurs confrères la liberté
des suffrages, faisant intimider les uns, interrompre
et contredire impérieusement les autres; nous défen-
dons à tous nosdits officiers, de quelque qualité
qu'ils soient, de prendre soin ou direction des affaires
desdits princes et grands de notre royaume, de recevoir d'eux des pensions, gratifications et autres
bienfaits, de leur faire la cour par des fréquentes
visites, d'assister à leurs conseils et s'intéresser à
leurs desseins, à peine d'être procédé contre les contrevenants selon la rigueur des ordonnances, et ce
nonobstant tous brevets et lettres qu'ils pourroient
avoir obtenus de nous, que nous révoquons par ces
présentes. »

Il ne suffisait pas d'avoir préservé le parlement
du commerce contagieux de l'aristocratie, si on lui
laissait le droit, qu'il s'était impunément arrogé,

de se saisir lui-même des plus grandes affaires de
l'État, d'intervenir dans les négociations diplomatiques, de s'ingérer même dans l'administration, et
de prendre l'initiative de toutes sortes de mesures
financières, au lieu d'attendre que le gouvernement
soumît à son enregistrement et à ses délibérations
des édits de ce genre. On fit donc justice de ce prétendu droit, et on renferma le plus qu'on put le parlement dans ses attributions judiciaires. « Considérant, dit le Roi dans la déclaration précitée, que
tous ceux qui ont voulu commencer la guerre civile
ou exciter quelque révolte dans notre État ont ordinairement essayé de surprendre la religion de notre
parlement, en gagnant ou séduisant les esprits de
plusieurs particuliers qu'ils ont engagés dans leur
parti, auxquels ils ont fait employer l'autorité que
nous leur avons donnée, par les charges qu'ils
exercent dans la compagnie, pour décrier nos affaires,
*dont leur profession leur avoit donné peu de connois-
sance,* et que, pour faire réussir leurs desseins, ils
ont artificieusement suscité des assemblées générales
de toutes les chambres, pour y faire délibérer in-
différemment sur toutes les propositions que les
moindres particuliers ont voulu faire; et voulant
éviter que les maux que notre royaume en a soufferts
n'arrivent plus à l'avenir, nous avons fait et faisons
très expresses inhibitions et défenses aux gens tenant
notredite cour de parlement de Paris de prendre en-

core connoissance des affaires générales de notre
État et de la direction de nos finances, ni de rien
ordonner ou entreprendre pour raison de ce contre
ceux à qui nous en avons confié l'administration, à
peine de désobéissance, déclarant dès à présent nul
et de nul effet tout ce qui a été ci-devant ou pourroit
être résolu et arrêté sur ce sujet dans ladite compagnie, au préjudice de ces présentes, et voulons qu'en
ce cas nos sujets n'y aient aucun égard. »

On reconnaît ici le bon sens courageux de Mathieu Molé; mais s'il eût été aussi grand homme
d'État qu'il était grand magistrat, il eût proposé au
Roi et à Mazarin une nouvelle déclaration qui eût
dignement couronné toutes les autres : le Roi, après
avoir ôté à un corps essentiellement judiciaire les
attributions politiques qui ne lui appartenaient point,
les eût remises à qui elles appartenaient légitime-
ment, et rétabli les États généraux du royaume, en
les rendant périodiques et obligatoires dans certaines
circonstances, selon la tradition française toute vi-
vante encore, un grand nombre des amis et des contemporains de Molé ayant assisté aux États généraux
de 1614 et à la grande assemblée des notables de
1626. Mais la Fronde n'était pas digne de l'immortel
honneur d'avoir amené la liberté véritable, et les cri-
minelles révoltes d'une aristocratie égoïste, ainsi que
les déclamations intéressées de gens de loi incapables, méritaient le châtiment du pouvoir absolu.

Molé, comme premier président et comme garde
des sceaux, prit la plus grande part à ces diverses
mesures, avec le chancelier Séguier et le procureur-
général Fouquet. Celui-ci les apporta devant le parlement le 22 octobre, et il en enleva l'enregistrement, grâce à la présence du Roi. Les Frondeurs
qui étaient restés à Paris et parurent s'agiter furent
contenus et réprimés, et Retz, comme nous l'avons
dit, ayant mêlé à ses grandes démonstrations de
respect et de soumission des menées suspectes, se
vit arrêter en plein Louvre et conduire à Vincennes.
Ce coup de vigueur intimida les plus hardis, et le
lendemain le vieil archevêque de Paris étant venu
avec son clergé adresser à la Reine des doléances
sur l'arrestation d'un cardinal, il lui fut nettement
répondu que, le Roi ayant agi dans l'intérêt de l'État,
il ne fallait pas s'attendre à ce qu'il changeât rien à
ce qu'il avait fait. On publia dans la *Gazette*[1] cette
ferme réponse, ainsi que les motifs de l'arrestation
de Retz. Le parlement, averti par un tel exemple,
garda le silence, se résigna peu à peu à sa condition
nouvelle, et reprit les habitudes qui conviennent à
l'exercice impartial et paisible de la justice.

Ainsi Mazarin, en revenant à Paris, n'avait plus
de tristes sévérités à exercer; Fouquet et Molé les
avaient prises sur eux, et sans en avoir l'odieux il
en recueillit le fruit.

1. *Gazette* pour l'année 1652, n° 149, p. 1175-1176.

Il trouva au Louvre, le 3 février 1653, le parlement de Paris, conduit par ses deux chefs, le procureur-général et le premier président, qui venait en corps, avec les autres ordres de l'État, lui présenter ses hommages. Mazarin le reçut avec sa bonne grâce accoutumée, et sans avoir l'air de se souvenir qu'à plusieurs reprises depuis 1648 ce même parlement l'avait condamné au bannissement, avait fait vendre à l'encan, sur la place du Châtelet, ses meubles, ses tableaux, sa blibliothèque, l'avait déclaré ennemi de l'État, perturbateur du repos public, et avait mis sa tête à prix, il eut des sourires pour tout le monde et laissa tout le monde satisfait. Il prodigua sans doute les faveurs à ses amis, mais il n'ajouta pas la moindre rigueur à celles que la politique avait d'abord imposées : il les adoucit plutôt. Les conseillers qui avaient souffert pour sa cause furent promus à des places importantes. En même temps que Servien, Le Tellier et Lyonne recevaient de hautes récompenses de leur fidélité courageuse[1], le procureur-général Fouquet, nommé

1. Servien, déjà ministre d'État, fut nommé, le 8 février, un des surintendants des finances avec Fouquet. Lyonne, depuis longtemps secrétaire des commandements de la Reine, reçut, le 28 du même mois, le cordon bleu avec la charge de commandeur, prévôt, et maitre des cérémonies de l'Ordre, et quelques jours après Le Tellier, déjà secrétaire d'État, eut la charge de grand trésorier des ordres du Roi, laissée vacante par la mort de Chavigny, ainsi que le cordon bleu. *Gazette de 1653*, pages 175, 224 et 307. — Menardeau-Champré, conseiller au parlement, qui s'était montré si fidèle à Mazarin, fut nommé, le 8 février, directeur des finances conjointement avec MM. d'Aligre et de

ministre d'Etat, prit séance au conseil d'en haut, et
partagea la surintendance des finances avec Servien.
Mathieu Molé, déjà comblé d'honneurs, vit sa fille
la religieuse pourvue de l'abbaye de Saint-Antoine,
et Champlâtreux eut le gouvernement de Vincennes,
avec l'assurance d'une charge de président à mortier à la retraite de son père. Quelque temps après,
l'illustre vieillard conserva les sceaux et résigna la
première présidence. Mazarin aurait pu nommer à
cette charge éminente l'un des présidents à mortier
qui lui avaient été le plus favorables : il fut assez
maître de lui-même, assez politique, pour la donner
à l'homme que la compagnie tout entière lui eût
désigné, Pomponne de Bellièvre, ami particulier et
en quelque sorte disciple de Châteauneuf, qui plus
d'une fois avait été très vif dans la cause du parlement, et désormais allait mettre la haute influence
que lui assuraient son habileté et sa grande fortune
au service de la royauté et de son ministre. Le parlement fut très flatté de ce ce choix. Au fond, il

Morangis; *Gazette*, page 175. En juin de la même année, l'abbé
Servien, un des fils du ministre, est nommé à l'évêché de Carcas-
sonne, etc. Parmi ceux qui avaient si bien mérité d'être récompen-
sés, Mazarin se garda bien d'oublier le marquis de Navailles : il
le nomma, le 29 mai, à la place que laissait Saint-Mégrin, tué au
combat de Saint-Antoine, c'est-à-dire lieutenant des chevau-légers de
la Reine, dont sa femme, Mlle de Neuillan, était fille d'honneur. Plus
tard, Navailles devint maréchal et duc, et sa femme première dame
d'honneur de la reine Marie-Thérèse. Le 1er juin, le comte de Miossens
fut fait maréchal de France, sous le nom de maréchal d'Albret, et le
comte de Palluau sous celui de maréchal de Clérambault.

n'était pas fort difficile de bien vivre avec des
magistrats nourris ordinairement dans le culte de
l'ordre public, et qui n'avaient aucune raison de
chercher querelle à la royauté. L'aristocratie qui
siégeait à côté d'eux les avait égarés en ayant
l'air d'entrer dans leurs intérêts pour les engager
dans les siens; mais, l'aristocratie vaincue et soumise n'agitant plus le parlement, il rentrait aisément dans son assiette accoutumée, et dès qu'on
n'avait plus devant soi que des griefs plus ou
moins légitimes, on les pouvait prendre en considération et les satisfaire dans une mesure convenable. Le plus sérieux de ces griefs était la
multiplication des offices. N'ayant plus que l'Espagne à combattre depuis le traité de Westphalie,
Mazarin avait moins besoin de ressources extraordinaires : il s'abstint donc, autant qu'il put, de créer
de nouveaux emplois de judicature, et il respecta
plus que jamais la juridiction du parlement. Un des
plus ardents frondeurs, le conseiller Fouquet de
Croissy[1], invité à sortir de Paris avec ceux de ses
confrères qui étaient enveloppés dans la même disgrâce, au lieu de suivre l'exemple du président Viole
et d'aller conspirer ouvertement à Bruxelles, s'était
obstiné à rester dans la capitale, et là, par ses correspondances factieuses et par ses efforts pour raviver

1. Auteur du *Courrier du temps.*

le vieux levain de la Fronde, il avait en quelque
sorte forcé le vigilant Mazarin à le faire arrêter;
mais cette arrestation, commandée par la nécessité,
fut au cardinal une occasion heureuse de bien faire
voir que les anciens abus ne reparaîtraient plus, et
que la déclaration du parlement, en juillet 1648,
sur la sûreté des personnes, serait désormais un
peu mieux observée que pendant la Fronde. On ne
livra point Croissy à une commission extraordinaire
et on ne l'ensevelit point en prison : selon son droit
de conseiller au parlement, il fut immédiatement
déféré au parlement lui-même, qui procéda à son
égard dans les formes accoutumées[1]. Le parlement
ne pouvait manquer d'être touché d'une pareille
conduite, et il le fut encore davantage de la modération, de la délicatesse même que Mazarin montra
envers le fils du fameux président Broussel. Nul
n'avait plus persécuté Mazarin que cet ardent et
opiniâtre parlementaire. Au milieu de la Fronde, il
avait été nommé gouverneur de la Bastille, et il avait
passé ce gouvernement à son fils Louvière. C'était
celui-ci qui, sur l'ordre apporté par Mademoiselle,
avait tiré le canon de la Bastille sur les troupes du
Roi à la fin du combat de Saint-Antoine. Mazarin
victorieux laissa le père s'éteindre tranquillement
dans la retraite et dans l'oubli, et il aurait bien pu,

1. Le 17 mars 1653. *Gazette*, p. 283.

sans être accusé de violence, destituer au moins le
jeune Broussel : il aima mieux tirer doucement de ses
mains cette place importante, en lui en payant conve-
nablement le prix[1], comme cela se faisait alors, afin
de ne pas avoir l'air de flétrir un nom qui ne laissait
pas d'être cher encore au parlement. On ne pouvait
pas mieux établir dans tous les esprits que le passé
était effacé, et que les fautes présentes seraient seules
punies. C'est par une semblable politique qu'on ter-
mine les révolutions sur leur déclin, et qu'on fonde
solidement son propre pouvoir en y ralliant tous les
intérêts.

Nous pouvons donc le dire en toute assurance :
le 3 février 1653, les deux grandes forces de la
Fronde, l'aristocratie et le parlement, étaient ren-
trées sous l'obéissance du Roi et reconnaissaient
l'autorité de son ministre.

Pour la bourgeoisie, depuis longtemps elle était
bien revenue de ses premières illusions. Une dou-
loureuse expérience lui avait appris combien elle
s'était trompée en se séparant de la royauté, sa fidèle
amie depuis tant de siècles, qui jadis l'avait tirée des
ignominies du servage féodal, qui avait encouragé
et protégé ses pacifiques travaux, et l'avait peu à
peu formée à l'art du commandement en lui remettant la police des villes, et cette multitude de charges

---

1. On dit que Louvière toucha 30,000 écus en donnant sa démission
de la Bastille.

municipales qui lui avaient été autant d'écoles d'instruction politique et d'utiles degrés pour monter plus haut et participer enfin au gouvernement de l'État. La bourgeoisie et la royauté n'avaient pas un seul intérêt contraire ; elles avaient grandi ensemble, et elles avaient encore grand besoin l'une de l'autre contre l'ennemi commun. Cet ennemi était l'aristocratie féodale, dont les priviléges héréditaires étaient à la bourgeoisie un joug honteux et à la royauté une chaîne insupportable. Ces priviléges, un peu affaiblis par le temps, subsistaient presque tout entiers au commencement du XVIIᵉ siècle, et composaient un ordre de choses où certes le tiers état n'était pas rien, comme depuis l'a prétendu l'abbé Sieyès, mais où il devait à la royauté le peu qu'il était. C'était là ce que les écrivains aristocratiques de la Fronde ont appelé l'ancienne constitution de la France. Jamais la royauté ne songea à détruire une aristocratie nécessaire, et il faut bien peu connaître Richelieu pour lui imputer une telle pensée [1]. Tout l'effort de la royauté, de Richelieu, et plus tard de Mazarin était de réduire l'aristocratie féodale à une grande magistrature politique et surtout militaire, qui guidât la nation et ne l'asservît point. Et c'était dans une

---

1. Ennemi déclaré de l'aristocratie féodale, Richelieu est en même temps un ami de la noblesse; loin de l'abaisser, il la veut relever, mais en empêchant qu'elle n'opprime le peuple comme elle-même est trop souvent opprimée par les grands. *Testament politique,* chap. III, section 1.

semblable entreprise que la bourgeoisie était venue
arrêter la royauté, pour se joindre à qui? Aux représentants de ceux qui jadis s'étaient opposés à son
émancipation, et qui maintenant refusaient d'échanger une domination qui avait fait son temps pour une
puissance bien considérable encore, mais soumise aux
lois et ne pouvant plus impunément fouler à ses pieds
le peuple. La bourgeoisie reconnaissait que les ducs
et pairs qui l'avaient appelée à la révolte avaient
travaillé pour eux et non pas pour elle; que s'ils
avaient employé les paroles flatteuses et les belles
promesses, tandis qu'autrefois ils procédaient bien
différemment, les moyens avaient changé, mais le
but était le même. Elle se demandait ce qu'elle avait
gagné aux longs désordres de ces derniers temps.
Le travail, le commerce, l'industrie, qui faisaient
sa force, avaient été interrompus. On avait mis sur
elle plus d'impôts qu'il n'en eût fallu à Mazarin pour
envoyer deux armées françaises à Bruxelles et à
Madrid. Au lieu d'accroître ses libertés municipales,
on lui avait imposé comme prévôt des marchands le
vieux et incapable Broussel, et le 4 juillet on avait
insulté, maltraité, massacré ses magistrats. On lui
avait promis une prospérité inouïe, et elle était ruinée. Le paiement des rentes de l'Hôtel de Ville,
cette épargne sacrée de la médiocrité laborieuse et
économe, était depuis longtemps suspendu. La famine était dans Paris, amenée par le ravage inces-

sant des campagnes environnantes ; avec la famine étaient venues toutes les maladies et une épidémie qui décimait particulièrement les quartiers pauvres de la capitale.

Elle s'était aussi demandé, cette bourgeoisie, si ces grands seigneurs, qui, sous de faux semblants, l'avaient jetée dans une sédition contraire à tous ses intérêts, avaient su diriger une affaire aussi difficile avec le concert et l'habileté qu'on avait droit d'attendre de personnages depuis longtemps exercés à commander. Loin de là, elle avait vu tous ces chefs de l'aristocratie divisés entre eux, intriguant les uns contre les autres, s'accusant tous de trahison, finissant par se battre entre eux, et même beaux-frères contre beaux-frères !

Aussi à quoi avait abouti une entreprise ainsi conduite? On avait commencé par dire bien haut, on avait répandu dans cent pamphlets, on avait écrit dans tous les arrêts du parlement qu'il était honteux de se laisser gouverner par un étranger, à moitié Italien, à moitié Espagnol, comme si Mazarin n'avait pas été depuis plus de douze ans naturalisé Français pour services rendus à la France, selon toutes les formes accoutumées, et par des lettres royales dûment enregistrées[1] ! Et contre ce prétendu étranger, quel secours avaient invoqué ces grands patriotes?

---

1. Nous les avons retrouvées aux Archives des affaires étrangères, *France*, t. XCI, fol. 115-125, datées d'avril 1639.

Le secours de l'étranger. L'aristocratie s'était adressée à un duc de Lorraine, aventurier sans foi, se battant pour quiconque le payait, et traînant avec lui
dans nos campagnes désolées le brigandage et la
débauche. Elle avait introduit dans le cœur de notre
pays une armée espagnole pour faire tête à l'armée
du Roi. Des régiments espagnols s'étaient avancés à
travers la Picardie et la Champagne jusqu'auprès
des bords de la Loire, que depuis Charles VII l'œil
de l'étranger n'avait pas vus. La Fronde avait perdu
toutes les conquêtes de Richelieu et de Mazarin. En
Flandre, Gravelines, faute d'être secourue, avait été
forcée de se rendre le 18 mai 1652, et quelques mois
après, le 6 septembre, Dunkerque avait fait de même
malgré la belle défense du comte d'Estrades. Le
13 octobre, Barcelone nous était enlevée, la Catalogne nous échappait, le Roussillon était menacé;
encore une année, et le drapeau de l'Espagne allait
flotter sur les murs de Rocroy [1]! Un tel spectacle
n'avait rien qui étonnât et affligeât les princes et les
grands, ils y étaient accoutumés, ils y fondaient
leurs espérances. Il n'en était pas ainsi de la bourgeoisie; elle en était profondément humiliée, et sa
fierté naissante en rougissait, comme si déjà elle eût
pressenti qu'un jour, après avoir pendant de longs
siècles fécondé de son travail et de ses sueurs le sol

1. Rocroy se rendit aux Espagnols le 30 septembre 1653.

de la patrie, elle le défendrait seule au prix de son
sang, laisserait bien loin derrière elle tous les exploits
du moyen âge, et enfanterait à son tour des héros
dignes de figurer dans l'histoire à côté des plus
illustres des temps passés !

La bourgeoisie parisienne invoquait depuis longtemps la présence du Roi, redevenu à ses yeux le
symbole vénéré de la liberté et de l'ordre. Le 21 octobre 1652, elle l'avait reçu avec des transports
d'allégresse. Le 3 février 1653, elle reçut de même
celui qui par son courage et sa persévérance était
parvenu à lui rendre son Roi, et à contraindre tous
les étrangers à abandonner le territoire français.
Aussitôt que les corps de l'Hôtel de Ville surent que
Mazarin était au Louvre, ils s'y rendirent tous sur-
le-champ, et, « reconnoissant l'obligation que la
France devoit à ses grands et illustres travaux, lui
vinrent témoigner leur joie de son heureux retour [1]. »
On conçoit quel accueil leur fit l'aimable et habile
cardinal. Il leur prodigua les paroles bienveillantes ;
il fit mieux : le même jour, une ordonnance royale
annonçait une mesure qui fut bénie par toute la petite bourgeoisie de Paris, le paiement depuis longtemps suspendu de la rente. Cette ordonnance [2]
« enjoignoit aux prévôts des marchands et échevins
de faire ouvrir au premier jour le bureau pour le

---

1. *Gazette* pour l'année 1653, n° 18, p. 139.
2. *Ibid.*, p. 140.

paiement des rentes, et d'y faire employer les sommes
qui ont été et seront incessamment fournies à cet effet, de semaine en semaine. » Quelques jours après
les syndics des rentiers s'empressèrent d'aller remercier le cardinal, et le 29 mars l'Hôtel de Ville
l'invita à un grand dîner [1].

Mazarin voulut aussi que le peuple, depuis si longtemps misérable, et dont la Fronde avait eu l'art de
tourner les souffrances contre le seul homme qui les
pût faire cesser, eût sa part de la joie commune.
Pendant deux jours entiers, il fit distribuer aux
pauvres d'abondantes aumônes. Le soir du 3 février,
des réjouissances publiques eurent lieu dans les divers quartiers de Paris, et de nombreux feux d'ar-

1. *Gazette*, p. 339 : « Le 29 mars, le cardinal Mazarin ayant été, le
jour précédent, convié par les officiers de l'Hôtel de Ville d'y aller
dîner, Son Éminence fut reçue, à une heure après midi, sur le haut
du premier escalier, par le maréchal de L'Hospital notre gouverneur,
le prévôt des marchands, les échevins, le procureur du Roi, le greffier
et quelques conseillers de ville; et conduite dans la grande salle,
expressément parée de fort belles tapisseries, où, après une demi-heure
d'entretien, le poisson le plus exquis de la saison fut servi sur une table
longue, à quarante couverts, à laquelle Son Éminence fut accompagnée
des ducs de Guise et d'Arpajon, des maréchaux d'Estrée, Villeroy,
Grammont, Lamothe Houdancourt, Seneterre, d'Aumont, d'Hoquincourt,
de Grancey, du comte de Servien et du sieur Fouquet, surintendants
des finances, de Le Tellier, secrétaire d'État, et de six conseillers de
ville et trois quarteniers. Les santés de Leurs Majestés furent presque
tout l'entretien des banquetants, Son Éminence ayant commencé par
celle du Roi, au bruit des agréables fanfares et trompettes de Sa Majesté et de la ville, qui se firent entendre pendant tout le dîner; à
l'issue duquel la compagnie passa dans un lieu appelé le Petit-Bureau,
aussi très superbement orné de tapisseries, où elle fut divertie par un
excellent concert de toute sorte d'instruments, touchés par les meilleurs

tifice les prolongèrent pendant la nuit tout entière[1].

Enfin, pour ajoûter à l'éclat de ce beau jour, les nombreuses nièces de Mazarin, gracieuse parure de sa puissance, qui déjà même en faisaient partie et devaient tant l'accroître, étaient arrivées à Paris par la porte Saint-Antoine. La princesse de Carignan, la maréchale de Guébriant, et d'autres dames de la plus haute distinction, étaient allées au-devant d'elles et les accompagnèrent jusqu'à l'hôtel Vendôme, où la vieille et respectée duchesse, entourée aussi d'un cortége de grandes dames, les reçut avec mille témoignages d'affection, qu'elle prodigua surtout à sa belle-fille, l'aimable et vertueuse duchesse de Mercœur. De là on les conduisit au Louvre auprès de Leurs Majestés, qui leur firent le plus gracieux accueil; et voulurent qu'elles logeassent au Louvre ainsi que leur oncle [2].

Et ce n'était pas là une journée brillante qui pût avoir ses éclipses, une de ces bonnes fortunes du sort souvent suivies de longues disgrâces : non, le triom-

maîtres. Puis, Son Éminence ayant jeté par les fenètres diverses pièces d'argent au peuple, qui les ramassa avec force cris de *Vive le Roi!* fut reconduite comme elle avoit été reçue. Lesquels honneurs ainsi rendus par ce corps de ville à ce premier ministre, qui porte avec plus d'éclat le caractère de Sa Majesté, font non-seulement voir que toutes nos factions n'ont été l'ouvrage que de quelques particuliers, auquel ce corps n'a point eu de part, mais qu'aujourd'hui plus que jamais cette ville est entièrement dans le respect et l'obéissance due à son souverain. »

1. *Ibid.*, p. 139.
2. *Ibid.*, p. 140.

phe de Mazarin réposait sur des fondements solides.
Non-seulement il voyait à ses pieds, au Louvre, tous
ses anciens ennemis vaincus, mais aucun d'eux ne se
pouvait relever, et toute leur force était épuisée. La
bourgeoisie fatiguée avait besoin de repos, et mettait
dans la royauté toutes ses espérances. Les parlements, honteux d'avoir laissé surprendre leur vieille
loyauté aux trompeuses caresses de grands seigneurs
mécontents, rentraient volontiers dans les sages limites de leur institution, satisfaits d'avoir vu le gouvernement reconnaître ce qu'il y avait de légitime
dans leurs griefs, et s'engager à respecter leur juste
et nécessaire indépendance. L'aristocratie se trouvait encore bien heureuse de s'être ainsi tirée de cette
dernière défaite. Elle laissait, il est vrai, sur le
champ de bataille quelques-unes de ses prétentions
féodales, mais en échange on lui prodiguait les titres,
les honneurs, les richesses, et sa vanité pouvait au
moins consoler son ambition. La fortune de Mazarin
ouvrait aussi les yeux sur son mérite. On ne pouvait
s'empêcher d'applaudir à sa constance et à sa capacité. Malheureux, on n'avait vu en lui qu'un second
Concini; victorieux, c'était un autre Richelieu sous
lequel il fallait bien fléchir, mais qu'on pouvait servir
honorablement, parce qu'après avoir montré qu'il
était aussi ferme sur les principes de l'État que son
impérieux devancier, il n'affectait point la tyrannie,
et loin de faire sentir le poids de sa puissance il

s'efforçait plutôt de la dissimuler sous de flatteuses
paroles, ne montrait pas le moindre ressentiment des
injures passées, tendait la main à qui venait à lui,
écoutait toutes les plaintes un peu légitimes, entrait
dans toutes les prétentions un peu raisonnables, et
semblait disposé à fonder son gouvernement sur des
concessions habiles et non sur d'inutiles rigueurs.
On croyait à son étoile, on se fiait à sa modération,
on s'empressait de participer à son triomphe. Déjà
un Vendôme, un petit-fils d'Henri IV, avait épousé
une de ses nièces ; la plus fière aristocratie allait
bientôt se disputer toutes les autres, et le persécuté
de la Fronde allait placer sa famille sur les marches
du trône. La solennelle réception que le Roi et la
Reine firent à Mazarin au Louvre, le 3 février 1653,
n'était donc pas une vaine cérémonie. Ce jour-là,
Mazarin put comprendre qu'une ère nouvelle se le-
vait pour lui, aussi brillante et plus sûre que celle
de 1643, après la défaite du parti des Importants,
et que cette halte stérile et sanglante dans la route
des réformes et dans la marche civilisatrice de la
royauté qu'on appelle la Fronde était enfin et pour
toujours terminée.

CHAPITRE CINQUIÈME

LA FRONDE A BORDEAUX.

1652 et 1653

GOUVERNEMENT DU PRINCE DE CONTI EN GUIENNE APRÈS LE DÉPART DE CONDÉ. COM-
POSITION DE SON CONSEIL : LUI, MADAME LA PRINCESSE, MADAME DE LONGUEVILLE,
LE PRÉSIDENT VIOLE, LENET, MARSIN. — MARSIN ET LES AFFAIRES MILITAIRES.
— AFFAIRES CIVILES. LA PETITE ET LA GRANDE FRONDE. NAISSANCE ET PROGRÈS DE
L'ORMÉE. — SON ORGANISATION. SES PRINCIPAUX CHEFS, VILLARS ET DURETÊTE. —
LA FRONDE DÉJA SOUS LA PROTECTION DE L'ESPAGNE RECHERCHE CELLE DE L'AN-
GLETERRE. AGITATION CALVINISTE ET RÉPUBLICAINE A BORDEAUX. CONDUITE DE
CONDÉ. RETOUR SUR CELLE DES ROHAN A LA ROCHELLE EN 1627 ET 1628. — CROM-
WELL ET MAZARIN.

Quand la Fronde avait été défaite au cœur du
royaume dans la personne même de Condé, comment se serait-elle soutenue dans un coin du Midi,
privée de son chef, successivement resserrée dans
une seule ville, et ayant contre elle la moitié des
forces de la monarchie et la politique astucieuse et
hardie de Mazarin? La Guienne devait suivre iné-
vitablement le sort de la capitale ; il faut même admirer qu'elle se soit si longtemps défendue. Condé,
en la quittant, ne lui avait demandé que d'attendre
les succès qu'il allait chercher, et, même après qu'il
avait été contraint de sortir de France et de se retirer dans la Flandre espagnole, la Guienne avait

encore les armes à la main. La Fronde était condamnée à succomber à Bordeaux, comme elle avait
fait à Paris : elle y parcourut le même cercle de chi-
mériques espérances, de succès éphémères, de honteuses dissensions, d'agitations effrénées, de crimes
impuissants. Le prince de Conti figure assez bien le
duc d'Orléans avec sa petite cour de beaux esprits
intrigans et corrompus. Le parti des Princes tombe
bien vite aux mains d'une faction populaire qui domine le parlement et l'hôtel de ville, renouvelle et
surpasse les tristes scènes du 4 juillet 1652 à Paris.
On s'efforce de remuer les passions des protestants,
on fait appel à la calviniste Angleterre comme à la
catholique Espagne, on lève des troupes en Irlande
et on mendie l'alliance de Cromwell, on descend jusqu'à flatter le fantôme de la république. Tout échoue,
grâce à Dieu ; l'étoile de la France et de la royauté
l'emporte. Condé est vaincu une seconde et dernière
fois, et sa sœur, abandonnée par toute espérance
humaine, ne trouve d'asile qu'au pied de la croix.

Revenons sur nos pas, et rappelons dans quel
état Condé avait mis et laissé en Guienne les affaires
de la Fronde, afin de bien comprendre ce qu'après
lui elles pouvaient devenir.

Le prince de Conti avait le titre de lieutenant-
général de son frère ; il était revêtu de tous les pouvoirs d'un gouverneur de province, et il devait les

exercer à l'aide d'un conseil, composé de la princesse
de Condé, de Mme de Longueville, de Lenet, de Marsin et du président Viole. Nous avons déjà dit quelques mots sur ces divers personnages ; faisons-les
mieux connaître.

Le prince de Conti avait alors vingt-trois ans [1].
Il avait assez bien réussi dans son commandement
d'Agen et montré du courage à Miradoux [2]; mais il
ne possédait ni les habitudes laborieuses, ni la suite,
ni la fermeté d'un administrateur et d'un général : il
avait besoin d'être conduit, et cela même ne se pouvait sans bien des délicatesses et des ménagements,
son principal défaut étant une vanité ombrageuse
qui s'accommodait assez mal du second rang, quoiqu'il fût incapable du premier. Beaucoup plus jeune
que Condé et Mme de Longueville, né faible, même
assez chétif, d'une taille défectueuse, quoique d'une
assez noble figure, et par ces motifs destiné à la carrière ecclésiastique, Armand de Bourbon s'était de
bonne heure attaché à sa sœur en retour des tendres
soins qu'elle avait pris de sa maladive enfance. Un
peu plus tard, lorsqu'il sortit du collège des Jésuites
de Paris, où il avait fait de brillantes études, jeune
abbé vivant dans le monde et attendant le chapeau
de cardinal, il avait revu avec admiration, dans tout

1. Sur Armand de Bourbon, prince de Conti, voyez *la Jeunesse de
Mme de Longueville*, chap iv, p. 289, etc.
2. Chap. ii, p. 103, etc.

l'éclat de son esprit et de sa beauté, cette sœur,
devenue la reine des salons et de la mode; et tandis
que la gloire de Condé lui était importune, la douceur
et les grâces de Mme de Longueville le captivèrent au
point que, dans ce cœur pur et innocent encore, la
plus légitime tendresse avait pris à son insu le caractère d'un autre sentiment. Mme de Longueville, qui
commençait alors à se lier avec La Rochefoucauld et
songeait déjà à la Fronde, n'avait pas été fâchée de
cette affection passionnée qui lui permettait de disposer d'un prince du sang. Elle l'avait engagé à sa suite
dans les affaires de Paris en 1648 et 1649, et pendant quelques années elle l'avait gouverné presque
absolument. Peu à peu ce dévouement chevaleresque
s'était un peu refroidi. Conti avait trouvé fort à
son gré Mlle de Chevreuse, qu'on lui avait destinée
au commencement de 1651 [1], et se voyant à Bordeaux libre et tout-puissant pour la première fois de
sa vie, l'amour-propre, les premiers déréglements
de la jeunesse, les flatteurs qui s'empressent toujours
autour d'un jeune prince pour favoriser à leur profit
ses mauvais penchants, tout le portait à secouer enfin la tutelle de Mme de Longueville. Il ne supportait
guère moins impatiemment celle de Lenet et de Marsin, qui, entretenant une correspondance assidue
avec leur maître absent, n'obéissaient qu'à ses in-

1. Chap. 1er, p. 9 et 17, etc.

structions, sans compter assez avec son représentant
officiel, et celui-ci revendiquait souvent avec une
humeur peu dissimulée l'autorité qui lui appartenait.
Il en résultait des embarras et des tiraillements fâcheux dans la direction des affaires.

Après le prince de Conti, Mᵐᵉ de Longueville était
la personne qui semblait la plus faite pour exercer
une influence décisive par les lumières de son esprit,
la fermeté de son caractère et la haute confiance
qu'elle inspirait à tout le parti. En 1650, elle s'était
couverte de gloire à Stenay, et avait fixé sur elle les
regards de la France et de l'Europe. Elle ne pouvait
jouer le même rôle à Bordeaux. Chargée à Stenay
de l'autorité suprême, elle avait été comme obligée
de montrer son intelligence et son énergie; ici elle
n'était qu'une conseillère médiocrement écoutée. Et
puis en 1650 l'état de son âme était bien différent.
Avec un attachement sincère aux intérêts de son parti
et de sa maison, un autre sentiment plus intime l'a-
nimait et la soutenait : elle aimait et elle était aimée.
Un dévouement réciproque justifiait en quelque sorte
cette passion, qui avait déjà traversé trois longues
années et trouvait son aliment et sa force dans de
communs sacrifices. En effet, si Mᵐᵉ de Longueville
avait bravé en Normandie tous les genres de péril et
la mort même pour aller à travers l'Océan gagner les
Pays-Bas et relever à Stenay le drapeau des Princes,
La Rochefoucauld, nous le reconnaissons volontiers,

n'avait pas cessé d'avoir les armes à la main. C'était
alors le plus beau temps de leur vie : ils souffraient,
ils combattaient l'un pour l'autre ; ils avaient la
même cause, la même foi, les mêmes espérances.
Jamais leurs cœurs ne furent plus unis que pendant
cette cruelle année où, séparés par la guerre, ils
pouvaient à peine, des deux extrémités de la France,
s'adresser, à travers mille hasards, quelques billets
insignifiants en apparence, mais où respirent une
tendresse et une confiance à toute épreuve [1]. Aujourd'hui tout était changé. Nous l'avons dit [2] : La
Rochefoucauld s'était lassé de la Fronde, où lui-
même il l'avait jetée en 1648. Dans l'année 1651,
il avait été d'avis de s'accommoder avec la cour et
de faire une paix qui les eût infailliblement séparés,
puisque M. de Longueville, irrité de tout ce qu'enfin
il avait appris, rappelait sa femme avec menace en
Normandie. C'est elle alors qui à son tour avait dû
entraîner La Rochefoucauld ; il l'avait suivie par un
reste de dévouement, mais sans conviction et avec
une tiédeur qui avait blessé la sœur de Condé. Elle
avait senti qu'elle n'était plus aimée à l'égal du modèle héroïque et tendre qu'elle avait rêvé, et qu'une
lutte trop longue avec la fortune pesait à cette âme
sans constance et sans force. De là aussi pour elle ce

---

1. Nous avons eu la bonne fortune de retrouver deux lettres de
Mme de Longueville à La Rochefoucauld, datées de Stenay, en 1650.
Nous les publierons un jour.

2. Chap. 1er, p. 45 et suiv.

moment d'erreur que nous n'avons ni dissimulé ni
excusé [1] : l'amour affaibli et découragé l'avait livrée
à sa coquetterie naturelle, et la coquetterie, animée
par la politique, lui avait fait braver l'apparence
d'une faute envers La Rochefoucauld et envers elle-
même. Sans le moindre entraînement des sens ni du
cœur, pour enlever le duc de Nemours à Mme de Châtillon et au parti de la paix, et l'engager davantage
dans celui de la guerre et de Condé, elle s'était un peu
compromise; et La Rochefoucauld, entraîné par un
ressentiment implacable, au lieu de dénouer rompant
avec éclat, avait formé à Paris une ligue honteuse
avec Mme de Châtillon et son prétendu rival, le duc
de Nemours, afin de ravir à la pauvre femme sa
dernière consolation, l'estime et l'affection de Condé [2].
Demeurée en Guienne, sans aucune grande et forte
occupation, l'âme vide, mécontente des autres et
d'elle-même, Mme de Longueville n'était plus la brillante guerrière de Stenay, mais elle se soutenait
toujours par la dignité et la fierté, qui ne pouvaient
pas l'abandonner : elle se proposait de rester jusqu'au bout fidèle à ce frère auprès duquel on la ca-
lomniait; elle était décidée à tenir à Bordeaux aussi
longtemps qu'il serait possible, sans reculer devant
aucun des moyens que prescrirait la nécessité.

Mme de Longueville était appuyée dans le conseil

1. Chap. ii, p. 86-90.
2. Chap. iii, p. 145-148.

par le président Viole, qui représentait en quelque
sorte à Bordeaux ce qu'il y avait de plus vif et de
plus avancé dans le parlement de Paris. Ardent et
ambitieux, Pierre Viole [1] s'était de bonne heure,
avec son collègue le président Broussel, déclaré pour
la Fronde, et il appartenait tout entier à Mme de
Longueville, parce qu'il la savait elle-même dévouée aux intérêts du parti. Lenet, qui avait toujours été pour un accommodement, et qui repoussait
en conséquence toutes les mesures un peu énergiques,
fort souvent contrarié par le hardi président, le fit
rappeler par Condé, sous le prétexte qu'il lui serait
plus utile à Paris par son crédit sur le parlement et
par son influence sur les Frondeurs. Viole, en effet,
ainsi que l'abbé son frère, inspiré de loin comme de
près par Mme de Longueville, suivit Condé avec un
entier dévouement et jusqu'à partager son exil.

On connaît Pierre Lenet [2]. Ses mémoires disent
assez que c'était un homme d'esprit et de mérite,
menant de front avec une égale aisance les affaires et
les plaisirs, la politique et la galanterie. Il s'était, à
ce qu'il paraît, fatigué assez vite des désordres san-
glants de la Fronde, et il était entré volontiers dans
la conspiration que La Rochefoucauld avait nouée
avec Mme de Châtillon, dans le dessein d'arracher

1. Sur le président Viole, voyez Retz, t. Ier, p. 145 de l'édition d'Amsterdam, 1735.
2. Plus haut, chap. II, p. 117.

Condé au parti de la guerre et de l'engager à traiter
avec Mazarin. Pour cela il fallait détruire par tous
les moyens l'influence de Mᵐᵉ de Longueville sur son
frère, et l'on sait si les conspirateurs s'y épargnèrent.
Lenet était trop fin et trop prudent pour se joindre
ouvertement à eux ; mais sous main il les favorisait,
les informait de tout ce qui se passait à Bordeaux,
et sans oser attaquer directement Mᵐᵉ de Longueville,
il semait contre elle avec art dans l'esprit de son
maître les ombrages et les défiances. Il faut bien
qu'il ait habilement servi les intérêts et les passions
de La Rochefoucauld et de Mᵐᵉ de Châtillon, puisque
celle-ci prend soin de le bien assurer qu'il n'a point
affaire à une. ingrate, et que si le plan commun
réussit, il y trouvera son compte[1]. Engagé dans toutes
ces intrigues, Lenet était loin de seconder dans le
conseil Mᵐᵉ de Longueville ; ils agissaient presque
toujours en sens contraire et furent même quelque
temps brouillés, jusqu'à ce que le mauvais succès

---

1. Les papiers de Lenet, conservés à la Bibliothèque impériale, contiennent plusieurs lettres de Mᵐᵉ de Châtillon à Lenet. Elle lui écrit de
Paris, le 13 août 1652, après que toutes les négociations avaient échoué :
« Tous les malheurs auroient été levés par un bon accord, de manière
que tout le monde auroit été content, et que vous y auriez trouvé votre
avantage, car je vous assure que je ne me suis mêlée de rien où l'on
n'ait pas songé à vous. » — Vers le même temps : « Je ne vous dirai
point de nouvelles des affaires en général, mais seulement de ce qui
vous regarde, à quoi je prends la même part que si c'étoit pour moi-
même. J'ai eu bien de la peine à obtenir ce que je désirois; mais enfin
on me l'a accordé. Si nous sommes assez heureux pour faire la paix,
vous aurez satisfaction; mais je ne vous puis encore rien dire de
certain, la chose se doit bientôt conclure ou rompre. »

des négociations entreprises par Mme de Châtillon eut ruiné le parti de la paix, et que le danger commun réunit tous les amis de Condé dans une seule et même pensée.

Si Lenet était le ministre de M. le Prince pour les affaires civiles, financières et diplomatiques, Marsin était chargé de toute la partie militaire, et il s'acquitta fort bien de cet emploi. Comme nous l'avons dit[1], Marsin était étranger; il était né à Liége, dans le pays de ces vieilles bandes wallonnes qui avaient tant contribué à la renommée et au succès des armées de l'Espagne. Il avait suivi Condé dans presque toutes ses campagnes; il lui devait ses grades, sa réputation, sa fortune. C'était sous ses auspices qu'à l'hôtel de Rambouillet il avait épousé Marie de Balzac, une des deux filles de la comtesse de Clermont d'Entragues[2]. Et quand tout récemment il avait quitté Barcelone pour venir, avec des régiments qu'il enlevait au Roi, grossir et fortifier l'insurrection de Guienne, il avait bien compris qu'après un tel acte il n'avait plus d'autre ressource, d'autre espoir, d'autre asile que le triomphe de son général. Il savait aussi que, dans toutes ses négociations avec la cour, Condé avait demandé pour lui le bâton de maréchal de France[3], et que si cette proposition avait

1. Chap. ii, p. 117.
2. Voyez *La Société française au* xviie *siècle*, chap. vii, p. 352 et 361.
3. Chap. iii, p. 150.

été constamment repoussée, elle avait été inflexible-
ment maintenue. Il était donc tout dévoué à Condé,
et ne connaissait que ses ordres, qu'il exécutait
aveuglément avec l'énergie et la rudesse de son métier, sans témoigner beaucoup d'égards au prince
de Conti, avec lequel il gardait son ton et ses habitudes soldatesques, tandis qu'il honorait Mᵐᵉ de Longueville, parce qu'il la voyait sincèrement attachée
à la cause commune.

Au premier rang du conseil et environné d'uni-
versels hommages, était Mᵐᵉ la princesse de Condé,
qui s'était si noblement conduite dans la première
guerre de Guienne en 1650. Cette fois, fatiguée par
une grossesse pénible, toujours souffrante et éclipsée
par sa belle-sœur, elle s'effaçait volontiers, et se bor-
nait, avec sa douceur accoutumée, à recommander
autour d'elle la modération et l'union, surtout l'absolue obéissance aux instructions de son mari, dont
elle-même ne cessa de donner le plus parfait et le
plus touchant exemple.

Voilà quel était le gouvernement laissé en Guienne.
Il pouvait suffire à la seule tâche qui lui avait été
confiée : attendre quelque temps les succès de Condé ;
mais il était hors d'état d'y suppléer et de sauver la
Fronde à Bordeaux si elle était vaincue à Paris. Il
manquait ici la première, l'impérieuse condition de
tout pouvoir solide et durable, un chef, s'appuyant
sans doute sur des conseillers et des ministres ha-

biles, mais ne craignant pas la responsabilité, capable de la porter, et d'exercer à ses risques et périls
l'autorité suprême. Le prince de Conti n'était point
ce chef : il n'était de force ni à conduire ni à être
conduit, et bientôt nous le verrons échapper à la main
douce et ferme qui jusqu'alors l'avait gouverné.

Rendons justice à Marsin : après le départ de
Condé, il déploya tour à tour les talents d'un ministre
de la guerre et d'un général, dirigeant de Bordeaux
l'ensemble des opérations dans toute l'étendue de la
province, et de temps en temps allant prendre lui-
même le commandement des troupes, et se montrant
un digne élève de son glorieux maître par son activité et sa vigueur. Les romanesques détails du voyage
audacieux de Condé et le bruit de la foudroyante défaite du maréchal d'Hocquincourt, accrus et grossis
par des récits fabuleux, ranimèrent un moment toutes
les espérances du parti des Princes. De son côté, le
comte d'Harcourt s'empara d'Agen et y établit le
centre d'un gouvernement qui prit chaque jour plus
de force. Tous les mécontents y trouvaient un asile
assuré, et les membres du parlement de Bordeaux
que persécuta la Fronde y formèrent bientôt une sorte
de parlement qui se proclama le vrai et légitime parlement de Guienne, à peu près comme le parlement
de Pontoise avait fait échec à celui de Paris[1]. Mais

---

1. Chap. III, p. 168.

ce grand avantage avait été bien compensé par une
sérieuse défaite que Montausier, gouverneur de l'Angoumois, essuya à Montançais, près de la petite rivière de l'Isle. Montausier avait espéré surprendre
Balthazar, et il était venu fondre sur lui à la tête
d'un corps assez considérable. Vainement d'Harcourt
lui avait-il écrit de prendre bien garde de ne commettre aucune imprudence devant un homme de
guerre expérimenté : il se précipita avec sa fougue
accoutumée, croyant écraser aisément un ennemi
plus faible en nombre, il est vrai, mais qui était sur
ses gardes, et qui le reçut avec une telle vigueur que
l'épouvante se mit parmi les assaillants. Montausier,
après avoir montré une grande valeur, assez griève-
ment blessé, dut quitter le champ de bataille ; on
le transporta à grand'peine dans la ville d'Angoulême ; le bruit de sa mort se répandit, et cette
petite victoire livra tout le Périgord au colonel
Balthazar[1].

Pendant que cette affaire avait lieu, le 17 juin
1652, d'Harcourt faisait depuis quelque temps le
siége de Villeneuve-d'Agen, défendue par le mar-

___

1. Balthazar, qui, en véritable officier de fortune, vante ses exploits
pour les mettre à plus haut prix, et se plaît à rabaisser ceux des
autres, particulièrement ceux de son général Marsin, dont il est
jaloux, donne un récit très détaillé du combat de Montançais,
Mémoires, p. 333-338. Voyez aussi *la Défaite des troupes du comte
d'Harcourt, que MM. de Montausier et Folleville commandoient, par
celles de M. le Prince, sous la conduite du sieur Balthazar*, avec les
noms des morts, blessés, prisonniers, in-4°.

quis de Théobon[1], qui lui opposait une résistance
opiniâtre. Marsin, comprenant qu'après avoir perdu
Agen, il fallait à tout prix sauver Villeneuve, courut
lui-même à son secours, et fit passer le Lot à un petit
corps de cavalerie qui se jeta heureusement dans la
place. Mais déjà le comte d'Harcourt avait quitté son
camp et pris une résolution extraordinaire. Après
avoir si bien servi pendant tant d'années, et être entré
si avant dans les intérêts de Mazarin qu'il avait consenti, comme nous l'avons rappelé[2], à escorter lui-
même Condé prisonnier de Marcoussis au Havre,
d'Harcourt n'avait reçu depuis longtemps ni nouvel
avancement ni faveur un peu considérable. Grand-
écuyer de France depuis 1643, ses biens ne répon-
daient point à son rang. Le maréchalat n'ayant point
paru une suffisante distinction pour un prince de la
maison de Lorraine, il avait demandé sans l'obtenir
le titre de maréchal-général, qui ne fut accordé bien
plus tard qu'au seul Turenne. Sa conduite et ses succès en Guienne lui donnaient aussi l'espoir légitime
qu'il en serait nommé gouverneur à la place de son
illustre adversaire. Mazarin avait d'autres vues : il
prétendit qu'il était de la dignité royale de rétablir
l'ancien gouverneur, le duc d'Épernon, que Bordeaux

1. C'était un gentilhomme protestant qui déjà avait été, en 1650, un
des généraux de l'armée bordelaise. Il rentra plus tard au service du
Roi, comme nous le verrons dans le chapitre suivant, et fut tué en
1672 au passage du Rhin.

2. Chap. II, p. 93.

avait chassé [1], et qui, ayant reçu en échange le gouvernement de Bourgogne, y servait utilement. Sous
cet air de grande politique se cachait dans le cœur
de Mazarin le secret désir de s'allier aux d'Épernon,
comme il avait fait avec les Vendôme, en faisant
épouser une de ses nièces à l'unique héritier de la
puissante et opulente maison. D'Harcourt s'indigna
de l'ingratitude du cardinal : voyant que toutes les
grâces étaient pour les nouveaux amis, pour ceux
qui avaient su se faire craindre, il crut qu'à son tour
il fallait forcer Mazarin à compter avec lui. On lui
avait refusé, à la mort du comte d'Erlac, le gouvernement de Brisach, qui, en se joignant à celui de
Philipsbourg, qu'il avait déjà, lui aurait formé un
grand établissement en Alsace ; il lui passa par l'esprit de se faire justice à lui-même, et de saisir une
occasion que lui envoya la fortune. Mazarin avait
donné Brisach à Tilladet, beau-frère de Le Tellier.
Tilladet trouva dans la place un officier, nommé
Charlevoix, qui commandait à titre provisoire depuis
la mort de d'Erlac, et y avait la plus grande autorité. Charlevoix, mécontent de n'être pas maintenu
dans son commandement, se révolta contre le nouveau gouverneur et le chassa de la ville ; puis, fait
prisonnier et conduit à Philipsbourg, il y rencontra
des officiers de d'Harcourt, et par eux il lui proposa
de le rendre maître de Brisach, à l'aide de la gar-

1. Chap. ii, p. 91.

nison, dont il répondait. D'Harcourt reçut cette proposition pendant le siége de Villeneuve-d'Agen, et se
résolut de l'accepter. Séduit par l'exemple de Condé,
il partit le 10 juillet 1652 avec six personnes,
comme avait fait M. le Prince, traversa déguisé
toute la France, gagna la Franche-Comté, passa
en Alsace et arriva sans mésaventure à Brisach,
où la garnison, travaillée par Charlevoix, le reçut et
se soumit à lui [1].

On comprend dans quel désordre tomba l'armée
royale de Guienne en perdant subitement un pareil
chef. Il y eut alors une excellente armée sans
général, comme auparavant il y avait eu un grand
général sans armée. Le siége de Villeneuve-d'Agen
fut levé le 2 août, et Marsin, se livrant aux plus
grandes espérances, entreprit de s'emparer de
Blaye, afin d'être ainsi le maître de tout le cours de
la Gironde et de pouvoir donner la main au comte
du Dognon, retiré à Brouage, et qui n'avait pas encore trahi. Mais le baron de Vateville, qui commandait à Bourg avec ses Espagnols, ne voulut fournir
ce qui était nécessaire au siége de Blaye, que sous
la condition que cette ville serait remise entre ses
mains, tandis que Marsin n'entendait pas céder à
l'Espagne une place de cette importance [2]. Ordinaire
déception de l'alliance espagnole! Les affaires de la

1. *Mémoires* de Montglat, p. 395.
2. Balthazar, p. 342.

Fronde allaient-elles mal et la royauté menaçait-elle
de l'emporter, l'Espagne s'empressait d'envoyer
quelques secours. La Fronde était-elle victorieuse
ou près de l'être, l'Espagne se refroidissait, et par
ses lenteurs mettait obstacle à tout grand succès, en
faisant toujours assez pour nourrir la guerre civile,
jamais assez pour y mettre un terme. Vateville ne
sortit pas de Bourg, Blaye resta au duc de Saint-
Simon, et Marsin, réduit à ses propres forces, dut
se borner à prendre çà et là quelques petites villes.
Il tenait encore la campagne au commencement de
l'hiver, quand déjà la cause de la Fronde était perdue à Paris, et que Condé s'acheminait vers la
Flandre.

Mazarin envoya en Guienne, pour y remplacer le
comte d'Harcourt, le fils même de celui qu'il songeait
à y rétablir comme gouverneur, le duc de Candale,
voulant ainsi l'associer de plus en plus à tous ses intérêts. Le jeune duc faisait alors une assez grande
figure. Sa naissance, sa fortune, sa bonne grâce (on
l'avait surnommé le beau Candale), sa politesse accomplie, en avaient fait l'idole des dames et un personnage dans le genre du duc de Nemours. C'était
un ami et presque un disciple de Saint-Évremond [1].
Sans être un général, il avait fait preuve du plus
brillant courage, et sa douceur et ses manières enga-

----

1. Œuvres de Saint-Évremond, édition d'Amsterdam, 1739, t. III,
p. 1 : Conversation avec le duc de Candale.

geantes le rendaient fort propre à la mission dont il
était chargé, et qui était politique encore plus que
militaire. Le duc de Candale devait sans doute chasser devant lui Marsin et le resserrer dans Bordeaux ;
mais il devait aussi, il devait surtout faire la guerre
à la mode de Mazarin, c'est-à-dire s'appliquer à
adoucir les ressentiments de la Guienne, que les
hauteurs et les rigueurs du duc d'Épernon avaient
poussée à la révolte, caresser tous les intérêts, flatter
toutes les espérances, prodiguer toutes les promesses,
animer le zèle des amis du Roi, fomenter et attiser les
divisions intestines qui depuis longtemps travaillaient le parti des Princes. Le duc de Candale répondit parfaitement à l'attente de Mazarin. Il avait sous
lui une nombreuse armée devant laquelle celle de
Marsin fut bientôt forcée de reculer. Presque en même
temps le grand-amiral César de Vendôme vint dans
la Gironde avec la flotte royale intercepter tous les
secours que Bordeaux pouvait espérer par cette voie.
Plus tard, le comte d'Estrades[1], homme de guerre
autant que diplomate, après avoir vaillamment défendu Dunkerque et en être sorti avec tous les honneurs de la guerre, fut envoyé à Agen, sa patrie,
pour y prendre le commandement de tout le pays et
donner la main au duc de Candale. Ainsi secondé et

---

1. Nous l'avons rencontré au début de cette histoire assistant Coligny dans son duel avec le duc de Guise, *La Jeunesse de Mme de Longueville*, chap. III, p. 246.

par terre et par mer, le duc fit aisément des progrès
rapides, et dès les commencements de l'année 1653,
la domination de la Fronde en Guienne se réduisait
presque à Bordeaux et aux villes les plus voisines,
Bourg, Saint-André, Libourne. Au loin, quelques
villes isolées, Bergerac, Périgueux, Marmande,
tenaient à peine. Pendant ce temps la discorde régnait dans Bordeaux : elle allait partout croissante,
dans les conseils du pouvoir, dans le parlement, dans
l'hôtel de ville, dans la bourgeoisie, et jusque dans
le peuple.

La Rochefoucauld, poursuivant le cours de ses
tristes calomnies, prétend que c'est Mme de Longueville qui, pour relever son importance personnelle
et se ménager une force propre sur laquelle elle se
pût appuyer dans toutes ses démarches, soit avec
Condé, soit avec la cour[1], donna la main à cette
terrible faction de l'Ormée qui, en effrayant à Bordeaux les honnêtes gens, les ramena peu à peu à
Mazarin. L'étude sincère des faits réfute aisément
cette accusation, et fait voir que si Mme de Longueville a plus ou moins favorisé l'Ormée, ce qui n'est
nullement prouvé, ce n'a pas été par les honteux
motifs que lui prête La Rochefoucauld, mais dans
l'intérêt bien ou mal entendu de Condé, à sa recom-
mandation, et même par son ordre.

Lorsque Condé arriva en Guienne à la fin de

1. La Rochefoucauld, *ibid.*, p. 130, et surtout p. 132.

septembre 1651, toutes les classes de la société
s'engagèrent dans sa querelle avec une ardeur
égale. Cependant, comme il était inévitable, les
uns voulaient s'arrêter en de certaines limites, les
autres étaient disposés à les franchir toutes. De
là la petite et la grande Fronde. La petite Fronde
voulait bien soutenir les droits d'un prince du sang,
couvert de gloire, contre l'injustice d'un favori
étranger, comme on disait alors, mais en cela même
elle croyait servir le Roi. A mesure que les choses
marchèrent, sa loyauté conçut des scrupules; elle
vit avec peine une flotte espagnole entrer dans la
Gironde et des régiments espagnols prendre possession de Bourg. Bientôt cette modération devint suspecte aux esprits ardents de la grande Fronde. La
petite comprenait ce qu'il y avait de mieux dans le
parlement, l'hôtel de ville et la bourgeoisie, par la
naissance, les lumières, la fortune; la grande avait
pour elle le nombre et la force. Dans le sein même
de la grande Fronde, les plus violents tout naturellement se séparèrent des autres, et composèrent
une faction à part, sortie du bas peuple, ou du
moins de la très-petite bourgeoisie, quoiqu'elle eût
aussi des adhérents dans les rangs les plus élevés.
Ne tenant à aucun corps constitué, elle s'assemblait
en plein air, à l'une des extrémités de la ville telle
qu'elle était alors[1], sur une espèce de plate-forme

1. Voyez quelque ancienne carte de Bordeaux, par exemple celle de

située entre le fort du Hâ et la porte de Sainte-Eulalie, et appelée l'Ormée[1], à cause des ormes
nombreux dont elle. était plantée. La faction en
prit le nom de l'Ormée, et ses membres celui d'ormistes. Ces divisions naissaient en quelque sorte
d'elles-mêmes, et elles étaient déjà formées lorsque
Condé était encore à Bordeaux. Tant qu'il demeura
en Guienne, sa gloire et son énergie dominèrent et
continrent toutes les cabales ; mais après son départ,
sous le faible gouvernement que nous avons fait connaître, elles éclatèrent, et l'Ormée grandit. Il est
vraisemblable que Mme de Longueville, résolue à ne
poser les armes qu'après la victoire et à résister
jusqu'à la dernière extrémité, sentit le besoin de ne
pas mettre contre soi des hommes énergiques, qui
pouvaient un jour devenir nécessaires. Condé ne
tarda pas à penser comme elle. De loin, et au milieu
de tous les soucis qui l'assiégeaient, de Paris, de
Stenay, de Bruxelles, il ne perdit jamais de vue Bordeaux, et sa correspondance avec Lenet, précieux
monument de sa capacité administrative et de son

Duval, chez Berey, qui est précisément de l'année 1653 ; mais c'est
un simple trait. La petite carte de Defer contient plus d'indications.
Celle de Lattré, de 1733, et celle de M. de Tourny, de 1754, présentent
parfaitement l'ancien Bordeaux avec tous ses accroissements.

1. Dans plusieurs pamphlets bordelais du temps, ce lieu est appelé
l'*Ormaie*, dans d'autres l'*Ormière*, et ce dernier nom est celui dont se
sert constamment le journal qui paraissait alors à Bordeaux, le *Courrier bourdelois*. Souvent aussi on dit l'*Ormée*, et c'est ainsi que disent
ordinairement Condé, La Rochefoucauld, Lenet, Montglat, dom Devienne, etc. Ce dernier nom a prévalu.

activité infatigable[1], nous montre quels sages conseils il adressa d'abord à ses amis ; puis lui-même
il cède par degrés à la nécessité, et il finit par passer tout à fait du côté de l'Ormée.

Il écrit de Paris à Lenet le 3 juin 1652 : « Quant
à la division de Bordeaux, j'en ai un tel déplaisir
que je vous prie de vous employer pour la réunion
de tous les esprits, et particulièrement pour empêcher que ceux de la petite Fronde ne succombent
aux poursuites qui se font contre eux, y ayant de
mes meilleurs amis qui y sont intéressés, que je ne
puis souffrir plus longtemps être entrepris comme
comme ils sont par ceux de la grande et par l'Ormée.
Je ne veux pas pour cela abattre ces derniers, mais
je désire de leur affection qu'ils ne se-portent pas
aux extrémités...[2]. » Lenet, qui souhaitait un accommodement avec la cour et partageait toutes les illusions de La Rochefoucauld, aurait bien voulu ne
s'appuyer à Bordeaux que sur la partie la plus
éclairée et la plus élevée du parlement et de l'hôtel
de ville : il cherche à prévenir Condé et à l'en-

---

1. On peut s'en faire une idée par les nombreuses lettres de Condé,
que M. Aimé Champollion a jointes à son édition des Mémoires de
Lenet. Mais, pour en bien juger, il faut parcourir les papiers mêmes
de Lenet qui sont à la Bibliothèque impériale et qui maintenant forment vingt-huit volumes in-folio, avec un autre volume encore, déta-
ché mal à propos de cette collection, et qui a pour titre : *Portefeuille
du prince de Condé*. C'est une source inépuisable de pièces et de documents de toute espèce sur Condé et sur la Fronde.

2. Lenet, p. 547.

traîner contre l'Ormée ; le prince s'y refuse et lui
recommande de ne pas le compromettre en prenant
trop hautement la défense de la petite Fronde ; il
l'engage à faire effort sur lui-même pour mieux
vivre avec les ormistes. « Il est à propos, lui écrit-il
le 9 juin [1], que vous ne rebutiez pas tout à fait ceux
de l'Ormée, de crainte que par leurs emportements
ordinaires ils ne viennent à nous accuser d'être mazarins. » Et il faut bien que Lenet lui eût fait entendre ou qu'il eût en secret mandé à La Rochefou-
cauld et à Mme de Châtillon que Mme de Longueville
et à sa suite le prince de Conti favorisaient l'Ormée,
car dans cette même lettre du 9 juin Condé l'invite
à découvrir ce qu'il y a de vrai dans ce bruit. Lenet
eut donc avec Mme de Longueville et le prince de
Conti une explication sérieuse sur la part qu'ils prenaient aux mouvements de l'Ormée ; ils s'en défendirent vivement, et Lenet rapporte que Mme de
Longueville versa des larmes à l'ombre seule de
l'injurieux soupçon qu'elle pouvait nuire aux intérêts
de son frère [2]. On tint des conférences avec les chefs
de l'une et l'autre Fronde pour essayer de les porter
à s'unir dans l'intérêt commun. On les invita à se
conformer aux ordres de Condé. Ceux de la grande
Fronde répondirent qu'il était notoire que « son
altesse était environnée de mazarins, et qu'elle serait

1. Lenet, p. 548.
2. *Ibid.*, p. 549.

bien aise quelque jour de tout ce qu'ils faisaient[1]. »
Lenet, se laissant séduire aux passions de ses amis
de la petite Fronde, prit d'assez fausses mesures,
très peu d'accord avec les instructions de son maître. Le parlement, par un arrêt solennel, interdit les
assemblées de l'Ormée. Celle-ci répondit par la demande de l'expulsion de plusieurs membres du parlement qu'elle accusa d'être mazarins, et, prenant
les armes, elle se porta contre les hôtels des conseillers suspects. Ces hôtels étaient situés dans un
quartier de la ville appelé le Chapeau-Rouge, entre
le château Trompette et le palais du parlement[2]. La
petite Fronde y était très puissante ; elle repoussa
la force par la force, et il y eut bien des tués de part
et d'autre. Le prince de Conti n'étant pas alors à
Bordeaux, il fallut que la princesse de Condé et
Mme de Longueville sortissent de l'archevêché[3], où
elles demeuraient, pour descendre dans la rue, et,
en se jetant dans la mêlée, arrêter l'effusion du sang[4].

1. Lenet.

2. Il reste encore aujourd'hui une trace de ce quartier dans la rue
du *Fossé du Chapeau-Rouge*.

3. L'archevêché était alors entouré de magnifiques jardins, ouvrage
du cardinal de Sourdis.

4. Voyez deux pamphlets du temps, l'un pour l'Ormée, *Extrait de
tout ce qui s'est fait et passé à Bourdeaux depuis le 29 juin, touchant
le parti des princes et celui des mazarins*, sept pages in-4°; l'autre
contre l'Ormée, *Journal de tout ce qui s'est fait et passé en la ville de
Bourdeaux depuis le 24 juin jusqu'à présent entre les bourgeois et les
ormistes, où il y a eu rude combat entre eux*, etc., six pages in-4°.
Voyez aussi le *quinzième Courrier bourdelois*, p. 5; le *seizième Courrier bourdelois*, p. 3 ; le *dix-septième Courrier bourdelois*, p. 5 et 6.

Le lendemain, l'un des chefs de l'Ormée osa se présenter chez Mᵐᵉ de Longueville, et lui dit qu'il y
avait quatre mille hommes armés pour venger la
mort de leurs camarades et brûler toute la ville, à
la réserve des maisons de leurs altesses. La sœur de
Condé le traita d'insolent et lui ordonna de sortir.
C'est de Lenet lui-même que nous tenons ce dernier
et curieux détail[1] : preuve évidente que Mᵐᵉ de Longueville ne soutenait pas l'Ormée dans ses excès;
mais, après avoir montré qu'elle savait résister
à propos et avec courage, elle pensait aussi qu'il
valait mieux diriger l'Ormée que d'essayer en vain
de la détruire, et qu'il était d'une étrange politique de tirer à la fois l'épée contre la puissance
royale et contre la puissance populaire. Condé en
jugea de même, et voici ce qu'il mande à Lenet
le 3 juillet[2] : « Vous croyez bien que c'est avec un
extrême déplaisir que j'ai appris par votre lettre du
27 juin les derniers emportements des bourgeois de
Bordeaux les uns contre les autres, et que c'est une
des choses du monde qui me donne le plus d'inquiétude. Il faut promptement y pourvoir de façon ou
d'autre, et si, par négociation et par adresse ou
autrement, on ne peut obliger l'Ormée à se contenir,
il vaut mieux se mettre de son côté. C'est néanmoins
un parti qu'il ne faut prendre qu'à l'extrémité; mais,

1. Lenet, p. 550.
2. *Ibid.*, p. 556.

dans l'état présent des choses, je n'en vois pas
d'autre à suivre après que tous les moyens qui se
pourront inventer pour apaiser la furie de l'Ormée
auront été employés. » Le 15 juillet, il s'explique
encore plus clairement [1] : « Je persiste toujours dans
la pensée de nous joindre tous à ceux de l'Ormée,
puisque ce parti se trouve de beaucoup plus fort que
l'autre, et que l'on n'a pu le réduire ni par adresse
ni par autorité; ce que je crois qu'il vaut mieux faire
que de hasarder de perdre Bordeaux. »

L'Ormée, se voyant ainsi ménagée, et non point
seulement, comme le dit La Rochefoucauld, par
Mme de Longueville et le prince de Conti, mais par
Condé lui-même, s'enhardit, et songea à se consti-
tuer solidement et à former un gouvernement véritable, qui pût au besoin remplacer celui du parlement et de l'hôtel de ville. Imitant la Ligue ou
devançant les Jacobins, elle s'érigea en une société
publique qui avait ses lois, ses magistrats de différent ordre, sa force armée avec toute une hiérarchie
militaire. Le lien des membres entre eux était la
signature d'un petit nombre d'articles sur lesquels
reposait l'*Union de l'Ormée* [2]. Les ormistes s'engageaient à exposer leur vie et leurs biens pour faire

---

1. Lenet, p. 557.
2. *Articles de l'Union de l'Ormée en la ville de Bourdeaux*, quatre
pages in-4°; pièce très-rare. Dom Devienne en donne la substance,
p. 447.

prévaloir le principe qu'ils avaient droit de voter
dans les assemblées générales de la cité et de faire
rendre compte à ceux qui maniaient les deniers publics. Ils devaient se protéger réciproquement, et,
dans le cas de différends, choisir entre eux des ar-
bitres, prêter de l'argent sans intérêt à ceux des
leurs qui tomberaient dans le besoin, secourir les
veuves et les enfants de leurs confrères morts, enfin
recevoir dans la société les étrangers qui demande-
raient à en faire partie et justifieraient des qualités
requises. La société avait pris pour armes un ormeau
avec un serpent tout autour, et cette devise : *Estote
prudentes sicut serpentes,* et cette autre : *Vox populi,
vox Dei* [1]. Chaque membre portait d'ordinaire une
branche d'orme. Comptant plus sur l'union et sur
l'audace que sur le nombre, l'Ormée n'était composée que de cinq cents membres [2], sauf à recourir
en outre au bras des citoyens de bonne volonté, et
ces affiliés ou auxiliaires montèrent peu à peu jusqu'à douze mille. Elle avait une juridiction spéciale
qui s'appelait la *chambre de l'Ormée,* tribunal formidable, semblable à ces terribles comités de vigilance
qui souvent s'élèvent en Amérique pour suppléer à
l'impuissance de la police et de la justice ordinaire.
Les sentences de ce tribunal étaient sans appel, et

---

1. Voyez deux pamphlets ormistes, *le Manifeste bourdelois,* in-4°,
huit pages; *la Généreuse résolution des Gascons,* in-4°.

2. Dom Devienne, p. 447.

elles étaient exécutées sur-le-champ. L'Ormée,
comme les Jacobins, n'avait point de chef reconnu ;
mais, là comme ailleurs, les plus capables ou les
plus violents prenaient le dessus et se faisaient
obéir. Les deux ormistes les plus puissants étaient
un avocat appelé Villars et un ancien boucher, devenu solliciteur de procès, nommé Duretête. C'étaient
deux hommes bien différents, représentant en quel-
que-sorte les deux types du genre révolutionnaire.
Avocat de bas étage, déclamateur sans conscience,
démagogue au cœur de valet, Villars jouait un double
jeu : insolent ou servile selon les circonstances, il
offrait en secret ses services aux amis de Condé et
même à ceux du Roi, et en attendant il redoublait
en public de violence pour nourrir et accroître sa
popularité. L'ancien boucher Duretête était un personnage d'une tout autre trempe : c'était un fanatique
sincère, dévoué à sa cause et ne cherchant que son
triomphe, sans scrupule, il est vrai, sur les moyens.
Il agissait plus qu'il ne parlait, mais son énergie
et son désintéressement lui donnaient sur les siens
une autorité presque absolue.

Tout ce que la Fronde avait osé à Paris dans les
quatre ou cinq mois qui précédèrent le retour du
Roi, l'Ormée, pendant ce même temps, l'entreprit
et l'exécuta impunément à Bordeaux : elle s'attaqua
par-dessus tout au parlement. D'abord elle tenta de
dominer ses délibérations, puis elle en vint, comme

nous l'avons dit, à demander l'expulsion de plusieurs
des conseillers en les traitant de mazarins, ce qui
était le crime à l'ordre du jour. Parmi ces conseillers proscrits pour leur attachement à la royauté,
l'histoire en signale un de la famille et du nom de
Montesquieu[1]. Bientôt tout ce qu'il y avait dans le
parlement de gens sages, ceux même qui d'abord
avaient été le plus attachés à la cause de Condé,
furent contraints de se retirer devant les menaces et
les insultes. Après le parlement, l'Ormée s'en prit à
l'hôtel de ville. L'autorité municipale se composait
à Bordeaux de six magistrats électifs, qu'on renouvelait par moitié d'année en année, et qui s'appe-
laient les *Jurats*, avec un maire à leur tête. C'était
une magistrature puissante et respectée ; elle lutta
courageusement contre l'Ormée. Le parlement ayant
condamné à mort pour quelque crime un des plus
turbulents ormistes, les jurats, chargés de la police
civile et criminelle, le firent mettre en prison. Une
bande de ses confédérés accourut à main armée à
l'hôtel de ville, demandant sa liberté sous caution.
Leur demande ayant été rejetée, ils dressèrent un
arrêt d'élargissement, et voulurent forcer le jurat
alors présent à l'hôtel de ville de signer cet arrêt ;
mais ils eurent beau lui mettre le poignard sous la
gorge et menacer de le tuer, l'intrépide magistrat

---

1. Dom Devienne, p. 451.

refusa constamment sa signature, et les factieux,
auxquels le courage impose toujours, se contentèrent
de délivrer leur camarade, moitié par ruse, moitié
par force. Une autre fois, un serrurier ayant tenu
des propos contre l'Ormée, le tribunal de la société
le condamna à l'emprisonnement; à défaut d'autre
prison, on le mena dans celle de l'hôtel de ville, et
on le jeta dans la basse-fosse des criminels. Les
jurats n'osèrent l'élargir, mais, par pitié pour ce
malheureux, ils lui donnèrent un moins mauvais
logement. Le lendemain, Duretête vint demander
au procureur-syndic qui avait été assez hardi pour
entreprendre sur leur juridiction; et, se rassemblant
dans la chambre du conseil, lui et ceux qui le sui-
vaient, au nombre de trente, ils firent comparaître
le pauvre serrurier, le jugèrent de nouveau, lui prononcèrent sa sentence et l'obligèrent à demander
pardon à l'Ormée. Enfin, craignant pour leurs assemblées le voisinage du fort du Hâ, ils le démolirent,
et Condé les en félicita. « Pour le regard du château
du Hâ, écrit-il à Lenet le 8 septembre 1652[1], témoignez à ces messieurs de l'Ormée que je suis bien
aise de la résolution qu'ils ont prise de le raser, et
que c'est une chose que je désirois depuis longtemps
pour leur satisfaction. »

On conçoit combien une pareille domination était

---

1. Lenet, p. 569.

insupportable à toute la bonne bourgeoisie de Bordeaux, et quand, le 21 octobre 1652, le Roi rentra
dans Paris avec une amnistie générale pour les
princes et leurs partisans, à la condition qu'ils
poseraient les armes trois jours après sa publication, renonceraient aux traités qu'ils pouvaient
avoir conclus avec l'étranger, et feraient sortir
les Espagnols des places où ils les avaient intro-
duits, tous les honnêtes gens furent d'avis d'accepter avec empressement une telle amnistie. Le
parlement, ou du moins la grande majorité de
ses membres, se crut parfaitement libre envers
Condé; on l'avait défendu contre les persécutions
de Mazarin; mais Mazarin était présentement hors
du royaume; Condé n'en avait plus rien à craindre; le Roi lui tendait la main; comment penser à le soutenir contre le Roi? Le parlement voulait donc enregistrer la déclaration royale. C'en
était fait de Condé sans l'Ormée. Ce fut l'Ormée
qui signifia au parlement qu'il eût à ne point enregistrer la déclaration jusqu'à ce qu'on eût appris si
elle était agréable à M. le Prince. Celui-ci ne manqua pas de prétendre que la sortie de Mazarin du
royaume était une pure feinte, qu'en réalité il gouvernait toujours, que ses créatures composaient le
cabinet, et qu'avant peu on le verrait reparaître à
la tête des affaires, qu'ainsi rien n'était changé, et
qu'au lieu de se rendre il fallait redoubler d'efforts

pour délivrer le Roi prisonnier, selon les anciennes
résolutions. Dès ce moment, la situation s'éclaircit;
il n'y eut plus dans Bordeaux que deux partis : l'un
pour le Roi, l'autre pour Condé, pour la paix ou
pour la guerre; le premier beaucoup plus nombreux,
répandu partout, mais sans lien, sans action commune; le second, bien moins nombreux, mais énergique, audacieux, étroitement uni et fortement
organisé.

Ici vont se renouveler toutes les mesures déplorables dans lesquelles la Fronde à Paris avait en vair
cherché son salut, et qui en Guienne aussi ne pouvaient qu'amener une ruine plus honteuse. Après le
combat de Saint-Antoine, nous avons vu Condé, avec
le duc d'Orléans et Beaufort[1], s'adressant aux plus
tristes passions, faisant venir de nouveau les hordes
barbares du duc de Lorraine, et mettant tout son
espoir dans l'Espagne. De même à Bordeaux, depuis
la fin d'octobre 1652, il donna l'ordre de s'appuyer
ouvertement sur l'Ormée; à l'aide de la catholique
Espagne, il tâcha de gagner l'Angleterre calviniste;
lui, prince du sang, il caressa la folie de la république, pourvu que cette folie lui donnât des
régiments et des vaisseaux; il ne rougit pas de
rechercher l'appui du régicide Cromwell et de
faire appel au fanatisme des huguenots, se jouant

1. Chap. III, p. 264.

ainsi de la religion, de la monarchie et de la
France, et cela dans l'incertaine espérance de
gagner un peu de temps et de prolonger à Bordeaux
l'agonie de la Fronde, tandis que lui, à la campagne
prochaine, à la tête d'une armée espagnole, se ferait
jour jusqu'à Paris. Insistons un moment ici pour
faire mieux sentir le vice radical de la Fronde. Il
n'y avait point de milieu : il ne fallait pas tirer l'épée
contre le Roi, ou il fallait en arriver par degrés à
toutes les extrémités où se précipitait Condé. Grâce
à une heureuse inconséquence et à l'intelligente ambition de son frère, Turenne s'arrêta à moitié chemin. Condé et sa sœur ont été jusqu'au bout de la
route fatale. Ne craignons pas de montrer l'étendue
de leur égarement, pour justifier un jour l'étendue
de leur repentir.

Condé avait l'esprit trop juste et trop ferme pour
n'avoir pas reconnu que, devant la toute-puissance
nationale de la royauté la Fronde n'avait d'autre
appui solide que l'étranger, et il se donna entièrement à l'Espagne; mais, sachant mieux que personne
combien il était difficile à l'Espagne d'entretenir à la
fois deux grandes armées, l'une dans le cœur de la
France, l'autre en Guienne, il lui demanda de
l'aider à obtenir de l'Angleterre les secours dont
il avait besoin. L'Espagne était alors en effet en
très bonne intelligence avec la Grande-Bretagne,
tandis que la France excitait au delà de la Manche

une malveillance et une inquiétude profondes, parce
qu'elle avait donné asile à la veuve de Charles Ier
et à ses enfants, reconnu le prince de Galles comme
roi d'Angleterre, et admis dans ses armées le duc
d'York, qui s'instruisait sous Turenne dans cet
art de la guerre qui aurait pu sauver le trône de
Charles et qui pouvait le rétablir. Tout ennemi du
gouvernement français était donc fort bien venu
à Londres et auprès de Cromwell, à plus forte
raison un personnage tel que Condé, qui si souvent avait tenu la victoire entre ses mains. D'ailleurs il y avait toujours eu de fréquentes relations
de commerce entre la Guiènne et l'Angleterre ;
et, grâce à la Gironde, la distance n'était pas
grande de Londres à Bordeaux. Aussi avait-il été
facile à l'Espagne d'intéresser l'Angleterre à l'entreprise de Condé. Le prince s'était empressé
d'envoyer à Londres deux agents, le marquis de
Cugnac et M. de Barrière, avec un M. de Saint-
Thomas particulièrement chargé de recruter des
soldats en Irlande, dont la population catholique
et royaliste n'était pas fort précieuse à la nouvelle
république protestante. Cette permission fut aisément accordée à Condé, comme l'Espagne l'avait
déjà obtenue pour elle-même. Ces régiments
irlandais, arrivés successivement en Guienne
au milieu et vers la fin de l'année 1652, furent
d'un très grand secours à Marsin et à Balthâ-

zar [1]. Mais lorsque les agents du prince allèrent
plus loin, et demandèrent la liberté du commerce,
qui aurait tant profité à Bordeaux à cause de ses
vins, déjà fort recherchés en Angleterre, et de plus
une flotte avec des troupes de débarquement, ils
trouvèrent devant eux la politique anglaise, fort peu
chevaleresque, qui, avant de s'engager, exigea tout
d'abord de sérieux avantages, un port et une place
de sûreté [2]. A ce puissant mobile de l'intérêt national se joignait un autre mobile encore, qui le
secondait merveilleusement, l'esprit de secte républicaine et calviniste. Des ministres de l'Évangile,
cette ordinaire et habile avant-garde de l'Angleterre, étaient venus à Bordeaux, s'étaient fait affi-
lier à l'Ormée, comme les statuts de la société le
permettaient; là, rencontrant un assez grand nombre
de protestants, ils les avaient échauffés, et ils disaient
hautement que l'Angleterre serait bien autrement

---

1. Lenet, p. 559. Lettre de Lenet à Condé, du 8 août 1652 : « Les
Irlandois sont arrivés cette nuit devant Poyac sur quatre vaisseaux. »
— *Ibid.*, p. 570. Don Louis de Haro à Lenet, septembre 1652 : « Il auroit
été bien inutile d'envoyer à M. de Vatteville les Irlandois qui débar-
quèrent à Saint-Sébastien; mais depuis vous en aurez reçu un corps
de mille et cinq cents, et l'on continuera de vous envoyer le reste. » —
Ibid., p. 584. M. de Saint-Thomas, 11 novembre 1652 : « Ce matin on
m'a offert mille Irlandois à très bon compte. »
2. Lenet, p. 584. M. de Saint-Thomas, 13 novembre 1652 : « On
a dessein ici de vous protéger à quelque prix que ce soit; mais ils
veulent un traité, et un port pour sûreté de leurs vaisseaux et
dépenses, et vous donneront un secours capable de prendre La Rochelle. En attendant ils fourniront à vos dépens mille Irlandois, si
vous en avez besoin. » — Le même, 2 décembre 1652 : « Pour la

disposée à secourir la Guienne, si elle avait l'espoir
d'y trouver, comme autrefois à La Rochelle, des
alliés politiques et religieux. Ce langage et ces desseins épouvantèrent Lenet, et il s'empressa de les
dénoncer à Condé. Celui-ci ne s'en émut guère.
Déjà refoulé par Turenne dans la Flandre espagnole,
il cherchait partout des forces pour la campagne
qui allait s'ouvrir, sans s'inquiéter de quel côté elles
lui viendraient. Il n'avait assurément pas le moindre
goût pour la république, mais il n'en avait pas peur.
Il savait très bien que ces bouffées républicaines
n'étaient pas contagieuses en France, et il ne voyait
dans la petite agitation qui effrayait tant Lenet qu'un
moyen d'empêcher Bordeaux d'accepter l'amnistie,
et une amorce à l'Angleterre pour en tirer la flotte
et les régiments qu'il lui demandait. Il laissa donc
les ministres anglicans intriguer dans le sein de
l'Ormée avec quelques-uns de leurs confrères du

dépense qu'il faut faire pour lever les Irlandois qu'ils vous offrent,
je confesse qu'elle est grande, quoique ce ne soit que 12 livres par
homme rendu au vaisseau, outre que si la liberté pour les vins s'accorde, comme je l'espère, et comme celui que je vous envoie vous en
portera la résolution, tant s'en faut qu'il vous en coûte de l'argent, que,
chargeant deux vaisseaux de vins, ils vous ramèneront mille hommes...
Quelques-uns du conseil d'État m'ont dit que le traité particulier que
le parlement voudroit faire avec vous est plutôt pour faire une diversion par votre moyen, au cas qu'on leur déclarât la guerre en France,
que pour dessein qu'ils aient de la commencer. Ils m'ont dit que lorsqu'ils auront traité avec vous, on ne vous envoiera pas moins de douze
mille hommes et des vaisseaux suffisamment pour les mener et pour
entreprendre sur La Rochelle ou tel autre lieu que vous jugerez le
plus à propos. »

midi de la France; et faire des plans de république
à l'exemple des saints de l'Angleterre et de Genève [1]; loin de s'en troubler, il répondit à Lenet
avec le plus grand sang-froid, de Stenay, le
10 mars 1653 : « Je n'ai rien à vous dire sur
les divisions de Bordeaux que ce que je vous
ai déjà mandé, qu'il faut toujours appuyer le
parti qui sera le plus fort; et pour vous dire mes
sentiments sur cette cabale des huguenots que vous
me mandez devoir aller droit à la république, je
crois que ce n'est pas la plus mauvaise de toutes;
et mon sentiment est qu'il vaut mieux la soutenir,
sans pourtant la rendre maîtresse, que de l'abattre;
car il est certain qu'elle ne pourra jamais venir à
ses fins, et conservant toujours cette pensée de république, elle empêchera les autres d'accepter l'amnistie et de demander la paix. [2] »

En conséquence, tandis qu'il dépêchait le comte
de Fiesque en Espagne pour se plaindre des irrésolutions et des procédés équivoques du baron de Vateville, et réclamer la complète exécution des traités,
Condé n'hésita pas à autoriser une démarche extraordinaire à laquelle se porta Bordeaux sous l'im-
pulsion de l'Ormée. La ville envoya en son nom et

---

1. Un de ces plans de république est parvenu jusqu'à nous. Sa ré-
daction seule trahit une main étrangère; ou peut-être est-ce l'ouvrage
d'une plume française, mais travaillant sur des idées si nouvelles
qu'elle a peine à les exprimer. Voyez l'*Appendice*.

2. Lenet, p. 599.

au nom des Princes trois députés en Angleterre,
avec plein pouvoir de conclure « tous traités, associations et alliances avec messieurs du parlement
de la république d'Angleterre, afin d'obtenir d'eux
des secours d'hommes, de vaisseaux et d'argent nécessaires pour la manutention de Bordeaux, de la
province de Guienne, et rétablissement de leurs
anciens priviléges, à telles conditions qu'ils jugeront
à propos. » A ce plein pouvoir était jointe une
instruction étendue et détaillée que Lenet nous a
conservée [1], et qui jette la plus triste clarté sur cet
épisode de la Fronde, où se peint son funeste génie,
et où l'on voit à découvert l'abîme où l'ambition de
quelques grands seigneurs menaçait de précipiter la
patrie. Il est dit formellement dans cette instruction
qu'en retour des secours demandés, on assurera
aux Anglais un port dans la rivière de Bordeaux
pour la retraite et sûreté de leurs vaisseaux, comme
Castillon, Royan, Talmont, ou Paulhac ou Arca-
chon, s'ils veulent, qu'ils pourront fortifier à leurs
frais, ainsi que les Espagnols ont fait à Bourg.
Ils pourront encore faire une descente à La Rochelle et s'en emparer. Ils pourront même assiéger
et prendre Blaye. « Et, dit l'instruction, comme le
principal mobile des affaires d'État est l'intérêt, et
que celui de l'Angleterre est de faire naître des

1. Lenet, p. 602-605.

affaires dans la France qui puissent l'occuper par
une guerre intestine, lorsqu'en temps de paix elle
voudroit agir pour le rétablissement du roi d'Angleterre, ils proposeront sans doute si Bordeaux ne
voudroit point prendre une forme de gouvernement
toute nouvelle et se servir de cette occasion pour
mettre ceux de la religion dans leurs intérêts et
affermir l'un par l'autre leur liberté commune. »
Dans ce cas, les envoyés devront répondre qu'il a
jusqu'ici été impossible de porter les protestants
à cette entreprise, quoiqu'ils soient fort mécontents,
de crainte que le roi de France ne les accable, et
qu'il faut préalablement qu'ils voient une flotte et
une armée anglaises dans la Gironde : « alors ils
crieroient hautement liberté. » Cette instruction
avec le plein pouvoir qu'elle accompagne est datée
du 4 avril 1653 et signée par le prince de Conti, par
Marsin, par Lenet, qualifié de « plénipotentiaire de
Son Altesse sérénissime monseigneur le Prince »,
par Laperrière, maire de la ville de Bordeaux, le
chevalier de Thodias, premier jurat, et dix-huit
bourgeois. Les trois envoyés étaient un conseiller
au parlement nommé Trancas et deux bourgeois,
Blarut et Dezert. Ils devaient s'entendre avec le
marquis de Cugnac et avec Barrière, auquel on
donne le titre de résident du prince de Condé auprès de la république d'Angleterre, et qui était en
même temps « maréchal des camps et armées du

Roi [1]. » Il n'y a point à s'y méprendre, c'était là
un acte évident de forfaiture envers la couronne de
France, le crime d'État le plus certain, le mieux
caractérisé. Et tout cela se faisait avec l'agrément
et sous l'autorité d'un prince du sang! « Je suis
bien aise, écrit Condé à Lenet [2], de l'acte qui
s'est passé pour appeler le secours de l'Angleterre,
n'y ayant rien qu'il ne faille mettre en usage pour
sauver Bordeaux. » Et il annonce qu'il envoie M. de
Mazerolles en Angleterre pour hâter les secours qu'on
destinait à la Guienne et obtenir immédiatement,
en y mettant le prix nécessaire, huit frégates
armées et équipées, dont la moindre était de vingt-
quatre pièces de canon.

Ainsi allait se renouveler à Bordeaux l'insurrection de La Rochelle en 1627 et 1628. Là aussi, la
religion n'avait été qu'un prétexte et un masque à
l'ambition de l'aristocratie : la maison de Condé
s'appelait alors la maison de Rohan. En 1627, les
protestants n'étaient pas plus persécutés en Saintonge qu'ils ne l'étaient dans le Midi en 1652.
Jamais on ne leur avait contesté le libre exercice de
leur religion ; la seule chose que Richelieu ne voulait
ni ne devait supporter, c'est que La Rochelle, avec

---

1. C'est ainsi que le désigne Condé dans la suscription des nombreuses le tres qu'il lui adresse et qu'on peut voir parmi les manuscrits de Lenet.

2. Lenet, *ibid.*, p. 609.

les îles de Ré et d'Oleron, jouît d'une indépendance
incompatible avec la légitime autorité de l'État, et
qu'il y eût sur les côtes de France une forteresse, un
port, une flotte où le Roi ne commandait pas. Mais
en revanche les Rohan y dominaient, et, au premier
grief qu'il leur plaisait d'élever, ils invoquaient la
protection de l'Angleterre, sans se faire faute, au
besoin, de recourir à celle de l'Espagne. Ils avaient
sous eux un maire fanatique, et quelques ministres,
pleins de leur importance et brûlant de jouer un
rôle, qui soulevaient le peuple par leurs déclamations et lui imposaient les plus durs sacrifices, en
abusant de son ignorance. Les Rohan aussi bé-
gayèrent le nom de république pour se soutenir
contre le Roi; et la catholique Espagne, comme la
calviniste Angleterre, unies dans le même intérêt,
l'abaissement de la France, auraient fort volontiers
reconnu une république calviniste à La Rochelle, pour
que la France fût diminuée de cette grande cité et
de sa forte marine. Et c'était le vainqueur de Rocroi
et de Lens, celui qui avait sauvé la monarchie en
1648 et 1649, qui allait reprendre à Bordeaux le
rôle honteux et usé de Soubise, recommencer une
entreprise qui, vingt ans auparavant, avait échoué
devant la fermeté de Richelieu, et qui n'avait
plus la moindre chance de succès depuis qu'un
gouvernement équitable avait assoupi les haines
religieuses, et en protégeant les populations protes-

tantes ôté sur elles toute prise aux ambitieux projets
de quelques chefs mécontents! Condé en avait fait
l'expérience dans cette guerre de Guienne. C'étaient
les habitants mêmes de La Rochelle, les descendants
de Guiton et des anciens et ardents défenseurs de la
foi protestante, qui avaient ouvert les portes de la
ville au général de l'armée royale. En gagnant le
vieux maréchal de La Force, Condé avait pu croire
qu'il acquérait en sa personne tous les protestants
du Midi; mais d'abord l'influence de l'illustre
maison était bien diminuée; puis à la mort du vieux
maréchal, Mazarin s'empressa de traiter avec son
fils, et lui offrit le bâton de son père, pour bien
établir qu'il ne s'agissait pas ici de religion, et que
les protestants seraient tout aussi bien traités que
les catholiques s'ils servaient loyalement. En Saintonge, l'héritier des La Trémoille, le prince de
Tarente, ne put pas même sauver Taillebourg, et
n'apporta d'autre force à Condé que celle d'une
épée vaillante et fidèle. Lui-même, à l'affaire de
Miradoux, poursuivant la cavalerie de Saint-Luc
vers Lectoure et Montauban, avait envoyé à cette
dernière ville un trompette qui, après avoir rappelé
aux habitants les services que les premiers Condé
avaient rendus aux protestants de France, annonça
que le Prince désirait avec passion leur faire du bien,
à eux et à tous ceux de leur religion, qu'il les pro-
tégerait toujours, et aurait soin de maintenir leurs

priviléges et leurs libertés, s'ils voulaient embrasser
son parti. Ces offres furent rejetées d'un commun
consentement, et les milices de Montauban allèrent
elles-mêmes reprendre la petite ville de Moissac et
la remettre sous l'autorité légitime. Mazarin ne
manqua pas de remercier le consistoire et les protestants de Montauban de cette marque éclatante de
fidélité ; il les en récompensa en leur permettant de
relever les fortifications de leur ville, autrefois dé-
truites par Richelieu ; et, pour gagner de plus en
plus la confiance de tous les sujets du Roi qui appartenaient à la religion réformée, il fit paraître, le
21 mai 1652, une déclaration admirable qui con-
firmait tous les anciens édits de pacification[1]. La
levée de boucliers des protestants de Guienne n'eut
donc pas grand écho dans le Midi, excepté peut-être

1. Il est étrange que ce fait important ne se trouve nulle part
ailleurs que dans l'*Histoire de Condé* par Coste ; mais la déclaration
royale certifie le fait qui lui a donné naissance. Elle est si belle et si
peu connue, que nous en détacherons quelques parties. « ... Le feu Roi,
ayant reconnu qu'une des choses les plus nécessaires pour conserver
la paix en ce royaume consistoit à maintenir ses sujets de la religion
prétendue réformée en la jouissance pleine et entière des édits faits en
leur faveur et à les faire jouir de l'exercice libre de leur religion, avoit
un soin très particulier d'empêcher par tous moyens convenables
qu'ils ne fussent troublés en la jouissance des libertés, prérogatives
et priviléges à eux accordés par lesdits édits.... Nous avons voulu faire
le semblable, ayant, pour les mêmes motifs et considérations, par
notre déclaration du 8 juillet 1643, voulu et ordonné que nosdits sujets
de la religion prétendue réformée jouissent de toutes les concessions,
priviléges et avantages, spécialement de l'exercice libre et entier de
leur dite religion, suivant les édits, déclarations et règlements faits en
leur faveur sur ce sujet. Et d'autant que nosdits sujets de la religion
prétendue réformée nous ont donné des preuves certaines de leur

dans quelque coin des Cévennes, et la petite cabale huguenote et républicaine sortie des bas-fonds de l'Ormée, fomentée et soutenue par les agents de l'Angleterre, ne servit à Bordeaux qu'à augmenter le désordre, à inquiéter les consciences, à irriter l'autorité ecclésiastique, et à faire des principaux couvents autant de foyers de conspirations sans cesse renaissantes en faveur de la royauté.

Nous qui savons aujourd'hui, sur de nombreux et irrécusables témoignages, à quel point l'intelligente administration de Richelieu et de Mazarin avait adouci et apaisé le sentiment protestant, nous avons peine à comprendre que l'Angleterre ait pú fonder aucune grande espérance sur les dispositions des calvinistes français, et nous inclinons trop à croire qu'elle n'a pas pris fort au sérieux les négo-

affection et fidélité, notamment dans les occasions présentes dont nous demeurons très satisfaits, savoir faisons que nous, pour ces causes, et sur la très humble supplication qui nous en a été faite de la part de nosdits sujets faisant profession de ladite religion prétendue réformée, et après avoir fait mettre cette affaire en délibération en notre présence et en notre conseil, nous, de l'avis d'icelui et de notre certaine science et autorité royale, avons dit, déclaré et ordonné, disons, déclarons et ordonnons, voulons et nous plaît que nosdits sujets de la religion prétendue réformée soient maintenus et gardés, comme de fait nous les maintenons et gardons, en la pleine et entière jouissance de l'édit de Nantes, autres édits, déclarations, arrêts, règlements, arrêts et brevets expédiés en leur faveur, registrés au parlement et chambres de l'édit, notamment en l'exercice libre et public de ladite religion en tous les lieux où a été accordé par iceux, nonobstant toutes lettres et arrêts tant de notre conseil que des cours souveraines ou autres jugements à ce contraires, voulant que les contrevenants à nosdits édits soient punis et châtiés comme perturbateurs du repos public. »

19

ciations commencées par Cugnac et Barrière, et
poursuivies par les députés de la ville de Bordeaux.
On a même prétendu que Cromwell s'était constamment joué de Condé et de ses agents. Cette opinion,
assez naturelle aujourd'hui, est dans le passé sans
fondement, et elle est entièrement démentie par les
faits. L'Angleterre, qui de notre temps même ne
connaît pas très bien la France, l'ignorait tout à fait
au xvɪɪᵉ siècle. Sous le gouvernement du long parlement, la passion calviniste et républicaine était
plus écoutée à Londres que la politique, et Cromwell
lui-même ne vit clair qu'assez tard dans les forces
respectives des protestants et des catholiques, de
Condé et de Mazarin, de la Fronde et de la royauté.
Il est indubitable qu'en 1651, 1652 et 1653, tant
que l'Angleterre craignit que la France ne prît en
main la cause des Stuarts, elle chercha par tous les
moyens à occuper chez elle sa redoutable voisine.
C'était pour elle, après tout, un avantage immense
de se faire un bon établissement dans la Gironde
ou sur les côtes de la Saintonge. De là les secours
effectifs de régiments irlandais envoyés à Bordeaux
en 1652. Cromwell ménageait alors si peu le gouvernement français qu'il se permit à son égard un
des attentats les plus inouïs dont fasse mention
l'histoire moderne. Lorsqu'au mois de septembre
de cette même année, le grand-amiral de France,
le duc de Vendôme, sortit de Brest pour aller par

mer secourir Dunkerque, assiégée par une armée
espagnole et défendue par le comte d'Estrades,
Cromwell envoya une flotte anglaise, sous le commandement de l'amiral Blake, barrer le chemin à la
flotte française, et même la faire prisonnière au
mépris du droit des gens et sans qu'il y eût aucune
hostilité déclarée. En vain le duc de Vendôme s'éleva
avec force contre une telle violation de la foi publique et réclama les vaisseaux qu'on lui avait pris ;
Cromwell maintint cet acte inique et insolent sous
les plus frivoles prétextes[1]. Son vrai motif était
l'intérêt anglais. Ce même motif lui fit plus tard
proposer à Condé de lui donner vingt vaisseaux,
que l'on fréterait sous le nom de quelque marchand
moyennant 200,000 écus, afin de s'emparer de
quelque port de Normandie, par exemple Quille-
beuf, et d'en faire un point d'appui au soulèvement
des protestants de la province. Lenet affirme que

1. *Mémoires* de Montglat, p. 381 : « En septembre, 1652, le duc de
Vendôme, grand-amiral de France, alla secourir Dunkerque avec ses
vaisseaux ; il avoit doublé la pointe de Bretagne et avoit fort avancé
dans la Manche d'Angleterre, lorsque Cromwell, protecteur de ce
royaume-là, fut sollicité par l'ambassadeur d'Espagne, qui étoit près
de lui, de s'opposer à ce secours, en le piquant d'honneur sur ce que
la France n'avoit point d'ambassadeur à sa cour, et ne vouloit point
reconnoître la république qu'il avoit fondée, outre que le roi d'Angleterre, son ennemi capital, quoique son maître, et le duc d'York,
son frère, étoient réfugiés à Paris et protégés par le roi de France.
Ces raisons obligèrent Cromwell de faire sortir sa flotte en mer,
laquelle, sans aucune guerre déclarée, s'opposa au passage de l'armée
navale de France, et même prit beaucoup de vaisseaux. Cet obstacle
imprévu contraignit le duc de Vendôme de se retirer à Brest et d'Estrades de rendre Dunkerque aux Espagnols, n'espérant plus de secours. »

Cromwell avait envoyé en Flandre à Condé un député, et que celui-ci avait assuré que bientôt les
Anglais seraient dans la rivière de Bordeaux [1].
Enfin il est certain qu'en 1653 Cromwell chargea
un de ses agents diplomatiques les plus affidés,
Stoop, moitié soldat, moitié ministre du saint Évangile, de faire une tournée en France, non pas seulement, comme le dit Burnet [2], pour sonder les dispositions des populations protestantes, mais pour
s'entendre avec leurs chefs et les pousser à la
révolte en leur prodiguant toute sorte de promesses.
Cela est si vrai que Stoop vint trouver en Flandre
le prince de Tarente, un des plus intimes amis de
Condé, et lui offrit au nom de Cromwell tout ce qui
pouvait dépendre de lui, s'il voulait se mettre à la
tête des protestants de France lorsque le temps
serait venu d'agir pour la cause commune. Le récit
du véridique et loyal La Trémoille ne peut laisser
à cet égard aucune incertitude [3].

1. Lenet, p. 612.

2. Burnet est instruit, judicieux, très modéré dans les affaires de
son pays, mais il n'a pas la moindre idée de celles de France. Il ne
sait rien que par Stoop, espion hardi et intelligent, mais sans foi.
C'est d'après les récits de Stoop que Burnet assure que Condé offrit à
Cromwell de se faire protestant, et autres sottises de ce genre qu'il est
inutile de réfuter. Voyez *Histoire de mon temps*, dans la collection des
Mémoires relatifs à la révolution d'Angleterre, par M. Guizot. t. Iᵉʳ,
p. 156 et suiv.

3. *Mémoires* du prince de Tarente, p. 169-171 : « Un ministre protestant nommé Stouppe vint faire des propositions de la part de
Cromwell, qui l'avoit envoyé en France pour assurer nos églises
réformées de sa protection, si elles vouloient s'unir pour demander à

Tout cela n'empêchait pas Cromwell de négocier aussi avec Mazarin, car il ne se proposait et n'avait à cœur qu'un seul grand objet, faire les affaires de l'Angleterre et les siennes propres par une voie ou par une autre. Il eût préféré sans doute, comme ardent calviniste, le triomphe des protestants de France sous des chefs tels que La Trémoille et Condé; mais peu à peu il reconnut qu'en général les protestants étaient tranquilles et satisfaits, et que tous les efforts des calvinistes républicains d'Angleterre n'avaient réussi qu'à former à grand'peine à Bordeaux un parti violent, mais peu nombreux et incapable de rien de considérable. Cependant il ne laissait pas de faire servir cette ombre d'insurrection à effrayer Mazarin et à l'amener à son but, et il y réussit. Tandis que Condé mettait tout en œuvre pour gagner Cromwell, qu'il lui écrivait des lettres de compliment sur son élévation [1], et lui rappelait sans cesse que

la cour le rétablissement de leurs priviléges. Le cardinal Mazarin, qui en fut averti, mit des gens en campagne pour arrêter Stouppe. Il avoit déjà parcouru le Languedoc et les Cévennes, lorsqu'il apprit qu'on le cherchoit. Il s'évada, mais il n'eut pas le temps de sauver ses papiers, qui furent saisis. Il me vint trouver à Spa, et, ne pouvant me montrer sa commission, qui avoit été prise, il m'assura seulement de bouche qu'il avoit charge du Protecteur de me promettre tout ce qui pouvoit dépendre de lui, si je voulois me mettre à la tête des protestants de France lorsqu'il seroit temps d'agir pour les intérêts de la cause commune, etc... La conclusion fut que je demeurerois en Hollande jusqu'à ce que le Protecteur se fût déclaré contre la France ou contre l'Espagne; que si c'étoit contre la France, je prendrois avec lui des mesures plus certaines dont M. le Prince pourroit se prévaloir.

1. Lenet, p. 612.

loin de protéger le prince de Galles et le duc d'York,
il était en guerre avec eux [1], Mazarin, pour déjouer
ces trames, s'empressa de reconnaître le Protecteur,
lui donna toute assurance que la France, tout en
continuant de donner asile à la sœur et aux neveux
de Louis XIII, n'entreprendrait rien pour le rétablissement des Stuarts, et il tint fidèlement sa parole pendant toute la vie de Cromwell. Et même,
afin de lui inspirer une entière confiance, il alla
jusqu'à faire quitter la France au prince de Galles,
auquel on avait donné jusqu'alors le titre de roi
d'Angleterre; de son côté, dès le milieu de l'année
1654, Cromwell dénoua d'abord, puis rompit tout à
fait avec Condé, les Frondeurs et les protestants.
Spectacle admirable de deux grands hommes d'État,
qui tous deux sacrifient les passions et les préjugés
de leur parti à l'intérêt véritable de leur cause :
Cromwell résistant à la tentation d'établir de petites
républiques calvinistes en France, pour faire recon-

1. *Manuscrits de Lenet*, Lettre de Condé à Barrière, 26 décembre 1652 :
« J'ai appris que le Roi avait envoyé le Sʳ de Bordeaux en Angleterre
pour ménager quelque chose avec la république contre mes intérêts.
Je ne doute pas que vous n'en soyez bien averti et que vous n'y re-
médiiez. On m'a appris que mes ennemis avoient tâché de me décrier
fort en ce païs-là, disant que j'ai une amitié étroite avec le roi d'Angleterre et même quelque engagement avec lui. Il vous sera aisé de
détruire cela en leur fesant connoître que nous sommes aussi mal
ensemble qu'il se puisse, que c'est lui qui fit l'accommodement de M. de
Lorraine avec la cour cet été à Villeneuve-Saint-Georges, que je le fis
chasser ensuite de Paris, que le duc d'York sert présentement contre
moi dans l'armée de M. de Turenne, enfin que tous les Anglois de son
parti sont absolument acquis au cardinal Mazarin, etc. »

naître et pour préserver de tout danger la grande
république dont les destinées lui étaient confiées ;
Mazarin faisant tout le contraire de ce que fera
un jour Louis XIV, né se piquant pas de trop de
chevalerie envers un prince malheureux, traitant
avec une république et avec un usurpateur pour
mieux servir son Roi, pour ne laisser aucun fer-
ment de discorde en France, y voir partout renaître
l'ordre, la paix, la soumission à l'autorité légitime,
et n'avoir plus devant soi d'autre ennemi que l'Espagne affaiblie et dégénérée.

CHAPITRE SIXIÈME

FIN DE LA FRONDE A BORDEAUX

3 août 1653.

QUERELLES DOMESTIQUES ET SÉPARATION POLITIQUE DU PRINCE DE CONTI ET DE MADAME DE LONGUEVILLE. INTÉRIEUR DU PRINCE DE CONTI : SARASIN, MARIGNY, CHÉMERAUT, GUILLERAGUES, L'ABBÉ DE COSNAC ; ON JETTE LE JEUNE PRINCE DANS LE DÉRÉGLEMENT ; ON LE POUSSE A ABANDONNER CONDÉ, A TROMPER MADAME DE LONGUEVILLE, A TRAITER EN SECRET AVEC MAZARIN. — LUTTE SU-PRÊME DE LA ROYAUTÉ ET DE LA FRONDE A BORDEAUX. RÉSISTANCE DES MAGIS-TRATS : MASSIOT. DÉCHAINEMENT DU PARTI ROYALISTE CONTRE MADAME DE LONGUEVILLE. — RÉSISTANCE DU CLERGÉ : LE PÈRE BERTHOD ET LE PÈRE ITHIER. NOBLE CONDUITE DE MADAME DE LONGUEVILLE. — RÉSISTANCE DE LA BOURGEOISIE : CHEVALIER ET JACQUES FILHOT. — DÉROUTE GÉNÉRALE DE LA FRONDE EN BERRI, EN BOURGOGNE, EN LANGUEDOC, SUR LA FRONTIÈRE DE FLANDRE. LA GUIENNE REPRISE : CAPITULATION DE BOURG ET DE LIBOURNE. BLOCUS DE BORDEAUX. — SAGE POLITIQUE DE MAZARIN : IL LAISSE SORTIR DE BORDEAUX LES CHEFS DU PARTI DES PRINCES. TRIOMPHE DE LA ROYAUTÉ. FIN DE LA FRONDE.

On peut juger maintenant combien est dépourvue de fondement, et absurde même jusqu'au ridicule, cette autre accusation de La Rochefoucauld contre Mme de Longueville : c'est elle, à l'en croire[1], qui, en se brouillant avec son frère, le prince de Conti, divisa le parti des princes et prépara sa ruine. Ainsi qu'on l'a vu, ce sont des causes un peu plus sé-rieuses qui ont perdu la Fronde à Bordeaux comme à Paris. Quand le prince de Conti et sa sœur au-

1. La Rochefoucauld, p. 131-132 et 174.

raient continué d'être aussi unis qu'ils le furent longtemps, leur impuissante union n'aurait pu retarder
la chute de la Fronde, et leurs divisions ne l'ont
point avancée d'une heure. Les brouilleries du frère
et de la sœur n'ont pas eu d'influence marquée sur
les événements, et nous y ferions à peine attention
si La Rochefoucauld n'en parlait avec une discrétion
perfide, en s'excusant « de ne pas entrer dans le
particulier de beaucoup de choses qui ne se peuvent
écrire », et en laissant entrevoir sous ces choses qui
ne se peuvent écrire des mystères très peu favorables à Mme de Longueville. Levons donc ces voiles
tissus par l'esprit de rancune et de vengeance, et
faisons paraître bien des misères pour repousser
d'odieuses calomnies. Si Mme de Longueville s'est
séparée du prince de Conti, ç'a été par une indispensable nécessité, d'abord par respect pour elle-
même, ensuite par fidélité à Condé, et la preuve en
est que Conti n'échappa des mains de sa sœur que
pour tomber entre celles de Mazarin. Ce dénoûment
certain jette de la lumière et de l'intérêt sur les
obscurs et tristes détails dans lesquels nous allons
entrer.

Nous l'avons dit[1] : Mme de Longueville avait jusqu'alors exercé sur le prince de Conti un pouvoir
presque absolu par la supériorité de l'âge, de l'esprit

1. Voyez le précédent chapitre, p. 249, etc.

et du caractère, et grâce aussi à cette espèce d'adoration chevaleresque que son jeune frère professait
pour elle. Sans doute il eût mieux valu le conduire
seulement par la raison et par l'honneur; mais, à
défaut de mieux, elle retenait comme elle pouvait
son ancien empire, ne sachant trop quel usage
ferait de sa liberté ce faible et capricieux personnage. Il n'y avait rien là que de fort innocent, bien
qu'il s'y mêlât un peu de manége et quelque ridicule ;
mais on conçoit quel parti on pouvait tirer de cette
passion étrange contre Mme de Longueville. Mazarin,
qui allait à ses fins par tous les moyens, et à qui les
Frondeurs avaient prodigué toutes les calomnies dans
le langage le plus cynique, se défendait de la même
manière, et ne se faisait pas faute de répandre des
bruits injurieux sur le frère et la sœur. De là bien
des chansons et des mazarinades, armes de guerre
utiles en leur temps, mais qui n'ont pas la moindre
valeur auprès de l'histoire. Pas un homme sérieux
au XVIIe siècle ne s'est arrêté à ces propos de parti,
et Retz, qui certes n'est suspect envers personne
d'un excès de bienveillance, ne les rappelle que pour
leur donner un formel démenti[1]. Le moment arri-
vait où cette affection exaltée devait finir avec les
chastes ardeurs de la première jeunesse; mais, au

1. Il dit avec le ton leste et dégagé qui lui est ordinaire, t. 1er,
p. 183, édit. d'Amsterdam, 1735 : « L'amour passionné du prince
de Conti pour sa sœur donna à cette maison un certain air d'inceste,
quoique fort injustement. »

lieu de s'affaiblir successivement et de mourir en
silence, elle se brisa, non sans quelque scandale, à
Bordeaux en 1652.

Le prince de Conti s'était fait une petite cour de
serviteurs intéressés, qui flattaient à l'envi ses défauts, cette vanité inquiète et jalouse qui était le
fond même de son caractère et qui entrait dans tous
ses sentiments, surtout le goût naissant des plaisirs.
Parmi ces courtisans étaient au premier rang deux
beaux esprits célèbres, Sarasin, secrétaire des commandements du prince, dont ailleurs [1] nous avons
fait connaître le talent délicat et l'âme servile ; Marigny [2], presque aussi spirituel et plus méchant que
Sarasin ; avec eux Guilleragues, se formant à cette
bonne école dans l'art d'amuser et de plaire qui un
jour lui méritera l'éloge de Boileau [3] ; Chémerauï
Barbezières, officier hardi, sans scrupules et sans
mœurs, et quelques autres encore dont il sera ques-

---

1. *La Société Française au xviie siècle*, t. Ier, chap. Ier, p. 48 et suiv.,
surtout t. II, chap. xiii, p. 208-213.

2. On en a un petit volume : *Œuvres de vers et de prose de M. de
Marigny*, in-12, Paris, 1674. Il est auteur aussi d'un petit poëme du
Pain bénit, imprimé en 1673. Tallemant, t. IV, p. 263, en fait le portrait suivant : « Il est bien fait, il parle facilement, sait fort bien l'espagnol et l'italien, et n'ignore pas un des bons contes qui se font en
l'une des trois langues ; fait des vers passablement ; pour du jugement,
il n'en a point. » Tallemant devait aussi parler de lui dans *la Fron-
derie*. Marigny est mort en 1670.

3. Boileau, Épître v :

> Esprit né pour la cour et maître en l'art de plaire,
> Guilleragues, qui sais et parler et te taire.

tion plus tard. Les deux lettrés ne s'entendirent pas longtemps, et se querellèrent. Il paraît que, dans ces démêlés, Mme de Longueville prit parti contre Marigny. Il fut contraint de quitter la place, jurant à Sarasin et à sa protectrice une haine de bel esprit offensé. De Paris, il adressa à son ancien maître une lettre contre son rival, qui irrita le prince et sa sœur; on parla même de supprimer la pension de Marigny : il n'en devint que plus ulcéré, et mit ses rancunes au service de celles de La Rochefoucauld et de Mme de Châtillon. Sans cesse il écrit contre Mme de Longue-ville à Lenet, qui, gagné lui-même à la conspiration, accueille fort bien ses lettres et en fait part à Condé, en sorte que, grâce à la connivence de Lenet, les traits forgés à Paris y revenaient par Bordeaux : manœuvre habile qui secondait à merveille la machine conduite par La Rochefoucauld[1]. Sarasin, qui devait tant à Mme de Longueville, se ménagea le plus longtemps qu'il put entre la sœur

1. On peut voir toutes ces intrigues dans Lenet. Il est certain que Marigny avait été pendant la Fronde au service du prince de Conti, puisqu'il en tenait une pension qu'il fut question de lui ôter (Lenet, p. 574; lettre de Marigny du 22 septembre 1652), et qu'il avait été avec lui quelque temps à Bordeaux, car dans une autre lettre du 25 septembre il parle à Lenet des affaires de Bordeaux en homme qui les sait à fond et y a mis la main. Il s'applique à tourner de plus en plus Lenet contre Mme de Longueville. On a vu que, dans les premiers troubles de l'Ormée, Lenet avait été chargé par Condé de rechercher la part qu'y pouvaient avoir Mme de Longueville et le prince de Conti, et qu'à ce propos il y avait eu une explication assez vive entre Lenet et la princesse qui avait versé des larmes en s'entendant accuser de nuire à Condé. En même temps elle avait assuré Lenet qu'elle ne songeait

et le frère, les flattant tour à tour et les trahissant
tous les deux. Enfin Chémeraut, emporté par la
passion et par l'intérêt, forma résolûment le dessein
de s'emparer de l'esprit de son jeune maître, en
attaquant avec art et en détruisant peu à peu auprès
de lui tous ceux qui jusqu'alors étaient en possession
de le conduire. Il ne tarda pas à entraîner Sarasin
dans ce complot.

Les deux habiles et effrontés courtisans commencèrent par s'adresser à l'amour-propre du prince de
Conti, et lui représentèrent qu'il n'avait point à
Bordeaux le pouvoir qui lui était dû, et qu'il était
traité beaucoup trop légèrement par Lenet et sur-

---

pas à le desservir auprès de son frère, et qu'il pouvait compter sur
son amitié, ce qui était parfaitement vrai, comme l'avenir l'a bien fait
voir. Il paraît que Lenet avait raconté tout cela à Marigny; celui-ci,
craignant un rapprochement entre Lenet et la princesse, s'efforça de
l'empêcher. « Je suis bien aise, lui écrit-il, de vous donner un avis
que, quelque chose que fasse Mme de Longueville, elle ne fera rien
pour vous, que ses larmes à votre égard sont des larmes de crocodile. »
Sur cela, il lui raconte une historiette où il a soin de placer ces mots:
« Le prince de Conti, qui languit, comme vous savez, pour Mme de
Longueville, sans lui en rien dire », n'osant pas calomnier tout à fait
M^mé de Longueville, mais tâchant de la rendre suspecte et ridicule.
Il ajoute, et cela le trahit : « Au surplus, vous ne devez point douter
que le Sarasin, qui va comme veut Mme de Longueville, ne pousse
M. le prince de Conti contre M. Lenet de tout son pouvoir, et je ne
doute point qu'il n'ait été un des principaux auteurs de la cabale.
Je vous en parle sans passion, et je ne pense pas me tromper, et je ne
sais pas si vous ne feriez pas bien d'en faire avertir M. le Prince, ou de
lui écrire même sur ce sujet, ou d'en écrire à M. de La Rochefoucauld,
afin qu'il en parlât plus amplement. » Ainsi c'est par vengeance contre
Sarasin et le prince de Conti que Marigny excite Lenet contre Mme de
Longueville; il l'engage à écrire contre elle à M. le Prince ou à La
Rochefoucauld, qui saura bien tirer parti de ces bavardages.

tout par Marsin. Ils lui insinuèrent que M. le Prince,
à Paris, dans ses négociations secrètes avec la cour,
avait fort négligé ses intérêts, tandis que Condé
n'avait jamais cessé de réclamer pour son frère
l'important gouvernement de Provence à la place de
celui de Champagne et de Brie[1]. Ils ne manquèrent
pas aussi de lui faire sentir le ridicule de ses sentiments passionnés pour une sœur qui n'était pas du
tout l'Uranie qu'il se figurait, et ne s'en tenait point
à des adorations platoniques comme les siennes, qui
depuis plusieurs années avait, sans qu'il s'en doutât[2],
pour amant déclaré La Rochefoucauld, qui venait
de commencer une intrigue nouvelle avec le duc de
Nemours, et avait peut-être quelque secret favori
parmi les jeunes et brillants officiers empressés à
lui faire la cour.

Et ici nous-même, recherchant par-dessus tout
la vérité et n'ignorant pas que la punition d'une
faute est presque toujours d'en amener d'autres,
nous avons voulu savoir si la conduite de Mme de
Longueville à Bordeaux avait fourni quelque prétexte à ce dernier propos, et voici tout ce que
nous avons pu trouver. Lenet dit qu'à Bordeaux le

---

1. Voyez chap. iii, p. 150.
2. Retz, t. 1er, p. 186 : « M. de la Rochefoucauld faisoit croire à M. le
prince de Conti qu'il le servoit dans la passion qu'il avoit pour madame sa sœur, et lui et elle, de concert, l'avoient tellement aveuglé
que plus de quatre ans encore après il ne se doutoit de quoi que ce
soit. »

marquis de Gerzé s'attacha un moment à Mme de
Longueville[1]; mais lui, qui est presque un de ses
ennemis, lui, le serviteur, le correspondant intime
de La Rochefoucauld et de Mme de Châtillon, ne
donne pas le moins du monde à entendre que la
princesse ait pris au sérieux des adorations auxquelles elle était fort accoutumée. Nous savons qu'à
Stenay, entourée de généraux et d'officiers qui se
battaient admirablement pour sa cause, tels que
Turenne, Bouteville, La Moussaye, Grammont,
Tracy, elle était trop politique et trop coquette pour
ne pas souffrir un peu leurs hommages quelquefois
très pressants, sans que sa fidélité à La Rochefoucauld se soit jamais démentie : nous en avons des
preuves certaines. Il est donc possible qu'à Bordeaux
elle n'ait pas rebuté davantage des adorateurs qui
pouvaient être utiles au parti des princes ; mais
nous n'avons pu découvrir l'ombre même d'un indice qui permette de croire à aucune galanterie suspecte, et bientôt nous verrons que ses pensées prirent
assez vite une tout autre direction. Le marquis de
Gerzé était un officier d'une grande bravoure et
entièrement dévoué à Condé. C'était un des beaux
à la mode, et qui, pour parler le langage du temps,
se faisait le mourant de toutes les beautés célèbres.

---

1. Lenet, p. 540 : « Gerzé s'attachoit à la duchesse de Longueville.
Je crus avoir eu l'occasion de l'observer; j'en donnai avis au prince
de Condé ». Cette observation n'est pas répétée dans Lénet.

Un jour, en 1649, nouveau capitaine des gardes, il
s'avisa de se mettre en tête de supplanter Mazarin
et de faire le galant auprès de la reine Anne, qui
d'abord s'en moqua, puis le chassa en lui faisant
affront[1]. Cette aventure avait laissé à Gerzé un certain air de ridicule : il n'avait pas la moindre importance politique ; il resta d'ailleurs assez peu de temps
à Bordeaux, suivit de près Condé, et le 1ᵉʳ juillet il
était à Paris au combat de Saint-Antoine.

Mais les flatteurs du prince de Conti ne se
piquaient pas de tant de critique, et soit en cette
occasion, soit en d'autres, pour le présent ou pour le
passé, ils parvinrent à irriter si bien le prince de
Conti contre sa sœur, qu'il en tomba « dans un
emportement de colère et de jalousie qui eût été plus
supportable à un amant qu'à un frère[2] ». Dans les
commencements, il suffisait à Mᵐᵉ de Longueville
d'un mot gracieux, d'une caresse, pour ramener le
jeune prince sous l'ancien joug ; un moment après,
la scène était changée, et les conseils de l'affection et
de l'honneur n'étaient plus écoutés : ils étaient même
rejetés avec des paroles injurieuses. La fierté de
Mᵐᵉ de Longueville se lassait bien souvent des soins
qu'il lui fallait prendre pour conduire cet esprit inquiet et jaloux, et son influence dépérissait chaque
jour. Cependant, Chémeraut ayant gravement man-

1. Mᵐᵉ de Motteville, t. IV, p. 9-20.
2. La Rochefoucauld, *ibid.*, p. 131.

qué à une des filles de la princesse, celle-ci s'en
émut et exigea de son frère qu'il chassât son indigne
favori. Elle l'emporta, mais non sans peine. Pour
les brouiller sans retour et aller plus droit à ses
fins, un autre flatteur du prince entreprit de lui
donner une maîtresse, et lui fit faire la connaissance
d'une dame de la ville, jolie et peu cruelle, nommée
Mme de Calvimont, chez laquelle Conti passa agréa-
blement ses soirées et tint sa petite cour. Cette belle
liaison dura jusqu'à la fin de la guerre de Guienne,
et même un peu au delà. Voilà mises à nu les misères que le silence affecté de La Rochefoucauld
rendait si suspectes, et dont on pourrait détourner
les yeux, si bientôt ces brouilleries n'eussent amené
des divisions d'un caractère plus sérieux, qui méritent l'attention de l'histoire.

Dans l'intérieur du prince de Conti, à côté de
Guilleragues et de Sarasin, était un personnage
qu'il est temps d'introduire sur la scène, plus honnête à la fois et plus habile, et qui ne pouvait se
contenter du triste rôle de complaisant du prince :
nous voulons parler de l'abbé de Cosnac, aumônier
de la maison. Comme il le dit lui-même dans ses
Mémoires récemment publiés[1], il était naturellement
aussi porté à l'ambition qu'éloigné des intrigues

---

1. *Mémoires* de Daniel de Cosnac, archevêque d'Aix, etc., 2 vol.
in-8°, Paris, 1852. C'est de ces mémoires que nous avons tiré ce qui
précède sur Chémeraut et sur la liaison du prince de Conti avec
Mme de Calvimont.

d'amour. C'était un ecclésiastique gascon, très fin
et très avisé, évitant le scandale, mais cherchant
par-dessus tout à faire son chemin. Il se tint quelque temps prudemment dans l'ombre et attendit que
son heure fût venue. Il ne favorisa ni les désordres
du jeune prince ni les déplorables querelles que le
frère faisait à la sœur. Dans tout le cours de ses
Mémoires, il ne lui échappe pas le plus petit mot
contre Mᵐᵉ de Longueville, dont l'inimitié de La
Rochefoucauld eût pu faire son profit; il ne parle
d'elle qu'avec un entier respect : seulement, au lieu
de l'aider à ressaisir son influence sur le prince de
Conti, il se réserva de le conduire lui-même, et il
le conduisit peu à peu dans une route tout opposée à
celle que suivait Mᵐᵉ de Longueville.

L'abbé de Cosnac reconnut aisément que la Fronde
était perdue, que, vaincue à Paris, elle penchait de
plus en plus à Bordeaux vers sa ruine, et que, pour
sa fortune, il n'avait rien à attendre de ce côté-là :
il conçut donc la pensée de gagner les bonnes
grâces de la cour en lui ménageant la conquête
d'un prince du sang; et cette entreprise une fois
arrêtée dans son esprit, il y travailla avec adresse
et persévérance. Il s'en ouvrit à l'un de ses amis,
le marquis de Chouppes, entré avec son régiment au service des princes, et qui ne demandait pas mieux que d'en sortir, croyant avoir à se
plaindre de Marsin. Cosnac introduisit Chouppes

auprès du prince de Conti, et, dans une occasion
importante où il s'agissait de réclamer de l'Espagne les secours promis par les traités, et sans
lesquels les affaires de Guienne ne pouvaient se
soutenir, comme on cherchait une personne de
confiance que l'on pût charger de cette mission,
l'abbé fit tomber sur son ami le choix du prince.
On donna au nouveau diplomate les instructions
les plus détaillées et les plus précises[1]. Chouppes
les suivit de manière à ne rien obtenir, et à son
retour il assura le prince qu'il n'y avait aucun fond
à faire sur les promesses des Espagnols. « Ce coup,
dit l'abbé de Cosnac[2], que je donnai assez adroitement pour n'en être point soupçonné, est assurément ce qui a le plus contribué à la paix de Bordeaux. » Sur ces entrefaites, il y eut dans la ville
une assez forte émeute où le prince de Conti courut
quelque danger. Cosnac saisit cette occasion pour
se déclarer; il représenta au prince qu'il se perdait en s'obstinant à servir une cause que rien ne
pouvait sauver, et il lui développa toutes les raisons
qui le pouvaient engager à traiter avec la cour. Le
faible Conti ne fit pas grande résistance. « Il prit,
sans beaucoup balancer[3], la résolution de sortir de
l'état où il étoit, qui commençoit fort à le dégoûter,

1. Elles sont tout au long dans Lenet, p. 596-599.
2. *Mémoires* de Cosnac, t. Ier, p. 53.
3. *Mémoires, ibid.*; p. 56.

tant à cause des fatigues qu'il lui falloit prendre, et
qui n'étoient pas trop selon son humeur, qu'à cause
des dangers qu'il couroit tous les jours. Après avoir
eu avec M. le prince de Conti plusieurs conférences
sur ce sujet, il fut entendu qu'il enverroit quelqu'un
à la cour pour traiter de notre accommodement
avec elle. »

Ce témoignage de l'abbé de Cosnac est irrécusable. Ainsi il est désormais acquis à l'histoire qu'au
lieu d'avoir attendu, pour se rendre, comme on le
croyait jusqu'ici, l'entière défaite de son parti, le
prince de Conti l'a prévenue, et que, dès les commencements de l'année 1653, il trahissait sourde-
ment celui dont il était le lieutenant, jusqu'à ce que
l'occasion lui fût donnée de lever le masque et de
passer avec éclat du côté de la cour. Déjà s'accom-
plissait une partie de la prophétie de Condé: « Vous
me jetez dans une affaire dont vous vous lasserez
plus tôt que moi. » Condé, en effet, plus énergique
et plus fier à mesure que le malheur s'appesantissait
sur lui, repoussait toutes les ouvertures d'accommodement. « Je vous dirai, écrit-il de Flandre à Lenet
le 19 mars 1653[1], que quand nous devrions perdre
Bordeaux et toute la Guienne, il vaudroit mieux s'y
résoudre que de faire une paix à contre-temps, sans
honneur et sans sûreté, comme il arriveroit, si nous

---

1. Lenet, p. 602.

la faisions dans ce temps-ci que le Mazarin continue
d'agir avec ses fourberies ordinaires et ne songe
qu'à notre ruine... tellement qu'il faut une fois pour
toutes que vous ôtiez cette pensée de paix de votre
esprit, que vous songiez sérieusement à la guerre,
et que vous vous appliquiez à sauver Bordeaux.
Pour moi, je vous dirai que quand je serois réduit
à demeurer ici avec un seul valet, j'aimerois mieux
le faire que de me mettre entre les mains de mes
ennemis. »

Cependant que faisait cette sœur qu'on lui avait
peinte comme livrée à ses plaisirs et toute prête à
le trahir pour quelque nouvel amant? Seule, sans
nul ami sur lequel elle se pût appuyer, le cœur
rempli de sombres pressentiments, voyant bien
qu'elle ne pouvait surmonter sa destinée, elle la
bravait du moins, et constamment elle refusa de
prêter l'oreille à tout accommodement particulier.
Elle aurait bien pu se dire que ses conseils n'avaient
jamais été suivis, qu'on n'avait répondu à son dévouement et à sa tendresse qu'en accueillant de basses
calomnies, qu'à Paris on avait négocié avec la cour
malgré elle et sans elle, qu'à Bordeaux on ne lui avait
donné aucun pouvoir, qu'un seul jour elle avait été
crue, lorsqu'elle avait été d'avis que son frère allât
chercher de plus illustres champs de bataille, qu'on
n'avait pas su diriger l'Ormée quand on pouvait la
conduire, pour la suivre follement maintenant qu'elle

courait à sa perte; qu'enfin depuis plus d'un an elle
était si peu comptée dans toutes les résolutions qui
se prenaient, qu'elle avait bien le droit d'aviser elle-
même à ses propres affaires. Mais Mme de Longueville avait d'autres pensées : elle savait bien au fond
de son cœur avec quelle passion à Saint-Maur, à
Chantilly, à Montrond, à Bourges, elle avait poussé
Condé à la guerre; plus donc elle le vit malheureux
dans l'entreprise où elle l'avait entraîné, plus elle
se fit une religion de lui demeurer fidèle, quelque
plainte qu'elle pût élever contre lui. Tandis que le
prince de Conti ourdissait avec son aumônier une
conspiration en faveur de la paix, tandis qu'à Paris
La Rochefoucauld se rendait petit à petit, et traitait
avec Mazarin par l'intermédiaire de Gourville, qui
passait alors lui-même de son service à celui du cardinal[1], elle, à Bordeaux, avec l'intrépide Marsin, et avec
Lenet obéissant enfin, bien qu'à contre-cœur, aux
dernières instructions de son maître, elle s'enfonça
chaque jour davantage dans une résistance désespérée. L'abbé de Cosnac lui rend cet hommage que
jamais il n'espéra triompher de sa fidélité. « Mme de
Longueville, dit-il[2], étoit tellement attachée aux
intérêts de M. le Prince, qu'elle n'eût jamais consenti à aucun traité de paix sans sa participation. »

1. *Mémoires* de Gourville, collection Petitot, t. LII, p. 272-274
et suiv.
2. *Mémoires* de Cosnac, p. 67.

Aussi le premier soin du prince de Conti et de Cosnac
fut-il de ne pas éveiller le moindre soupçon dans l'esprit de Mme de Longueville. Pour la mieux tromper,
Conti redoubla de zèle en apparence et lui disputa
la faveur de l'Ormée, et c'est sa main, guidée par
celle de son digne conseiller, qui, dans les premiers
jours d'avril 1653 [1], signa les instructions crimi-
nelles données à MM. de Trancas, Blarut et Dezert,
députés de l'Ormée auprès de la république d'Angleterre. Mme de Longueville, abusée, ne se douta
pas de la trahison qui se tramait. En vain de temps
en temps, avertie par les murmures soupçonneux
de l'Ormée, que ses instincts ne trompaient pas, et
trouvant elle-même étranges les allures de son
frère, elle tentait de se rapprocher de lui et de reprendre son ancien ascendant : toutes les avenues
du cœur de Conti étaient soigneusement gardées.
L'abbé de Cosnac n'avait pas manqué de renouveler et d'augmenter leurs brouilleries dès qu'il
avait vu Mme de Longueville bien résolue à ne point
abandonner Condé, et ces divisions, d'abord tout
intérieures, finirent par éclater au dehors et par
devenir publiques, grâce aux indiscrétions de l'en-
tourage du prince et à l'habileté des partisans de
Mazarin, appliqués à envenimer et à répandre ces
querelles domestiques, afin de nuire à celle qui était

1. Voyez chap. v, p. 281 et suiv.

devenue l'âme du fameux triumvirat, comme l'appelle l'abbé de Cosnac.

Nous le demandons à tout homme de bonne foi, à présent que tous les voiles sont levés et que le dessous des cartes est à découvert en bien et en mal : Mᵐᵉ de Longueville est-elle coupable de ces divisions dont on a fait tant de bruit? Devant les révélations inattendues de l'abbé de Cosnac, que deviennent les accusations de La Rochefoucauld? Voudrait-on que dès l'origine, pour prévenir les emportements jaloux de son jeune frère, Mᵐᵉ de Longueville se fût prêtée davantage à une passion ridicule? Elle n'avait déjà que trop fait, et quelle âme honnête la blâmera d'avoir aimé mieux s'exposer, comme le dit fort bien l'abbé de Cosnac lui-même [1], « aux effets de la haine de son frère qu'à ceux de son amitié? » Devait-elle donc ensuite condescendre, avec Cosnac, Guillergues et Sarasin, aux tristes amours de Conti? Plus tard, elle pouvait encore, il est vrai, se réconcilier avec lui en l'imitant; mais l'idée seule d'une semblable lâcheté ne se présenta pas même à son esprit. Pas un jour, pas une heure, elle ne consentit à séparer son sort de celui de Condé, et à fléchir le genou devant ses ennemis victorieux.

Il nous reste à conduire la guerre de Guienne à

---

1. *Mémoires*, p. 23.

son inévitable dénoûment, et à montrer la Fronde
se précipitant à sa perte par les mêmes chemins
qu'elle avait déjà parcourus : d'une part, les violences de plus en plus extravagantes de ses partisans aux.abois , de l'autre l'indignation toujours
croissante des honnêtes gens, ramenés au besoin
de l'ordre par les excès de l'anarchie, leurs révoltes
courageuses et l'intrépide dévouement de quelques
âmes d'élite.

On a vu avec quel enthousiasme le parlement de
Bordeaux avait accueilli Condé à son arrivée en
Guienne. C'est du sein de ce même parlement que
partit le premier signal de l'opposition qui finit par
renverser la domination des princes.

Le parlement, dans sa grande majorité, avait été
d'avis d'accepter l'amnistie royale promulguée en
octobre 1652 [1]. Les princes ayant repoussé cette
amnistie, dès lors les membres les plus autorisés
de la compagnie s'étaient considérés comme dégagés
envers eux, et n'avaient plus songé qu'à rentrer
sous l'autorité légitime. Profitant de ses dispositions,
le Roi avait déclaré le parlement de Guienne transféré à Agen. Cette déclaration avait produit son effet :
bien des magistrats, obéissant à l'appel du Roi,
avaient successivement quitté Bordeaux, s'étaient
rendus à Agen, et y avaient formé un parlement

1. Chap. v, p. 276

qui grossit chaque jour, et ouvrit sa première séance le 3 mars 1653. Il était à peine resté à Bordeaux assez de conseillers pour rendre la justice ordinaire : les uns, trop compromis pour espérer un pardon sincère et engagés sans retour dans la rébellion; les autres, qui aspiraient à en sortir, et n'étaient retenus que par un scrupule de fidélité envers Condé, plusieurs aussi dans la pensée qu'ils serviraient mieux le Roi à Bordeaux qu'à Agen, en y tenant tête à ses ennemis.

Ceux-là souffraient impatiemment le joug de l'Ormée. L'un d'eux, nommé Massiot, entreprit de le secouer et de reconquérir l'hôtel de ville, dont les ormistes s'étaient emparés; et dans les premiers jours de décembre 1652, secondé par une partie de la bourgeoisie, il osa faire une grande démonstration qu'on eut bien de la peine à réprimer. Massiot fut pris, et conduit pour être jugé au palais du parlement à travers les flots d'une populace furieuse. Il entra fièrement dans le palais, et, se retournant vers la foule qui le suivait, il dit qu'il saurait bien se justifier, et qu'on ne lui en voulait que parce qu'il s'opposait à ce qu'on mît garnison espagnole dans Bordeaux. Plusieurs membres du parlement soutinrent qu'il y avait eu réellement conspiration. Massiot nia tout dessein contre la personne du prince de Conti et contre la maison de Condé, mais il déclara qu'il avait en effet tenté de se saisir de l'hôtel

de ville et de se défaire des chefs de l'Ormée, qu'il
l'avouait, le tenait à honneur, et le ferait savoir au
Roi. Ce hardi langage étonna et agita l'assemblée.
Il y eut des conseillers qui osèrent approuver Massiot. Le président d'Affis, celui-là même qui, en
septembre 1651, à la place du premier président
Dubernet, avait reçu Condé et lui avait promis avec
tant de chaleur l'appui de la compagnie, s'emporta
contre les usurpations de l'Ormée. Au milieu de ces
débats confus, la nuit vint, et on leva la séance sans
avoir rien décidé. Cependant le peuple attroupé autour du palais [1] ne cessait de réclamer à grands cris
la tête de Massiot. On avait peur qu'il ne fût mis
en pièces à la sortie de l'audience. Le prince de
Conti dit qu'il conduirait volontiers le prévenu dans
son hôtel [2], mais qu'il n'y répondrait pas de sa vie.
Il offrit de le mener à l'hôtel même [3] du prince de
Condé, comme en un asile inviolable, et il se dirigea
de ce côté ; mais le peuple força la voiture du prince
d'aller à l'hôtel de ville [4], où Massiot fut jeté dans
les fers. On eut bien de la peine à sauver la vie du
courageux conseiller. Sa famille, qui était fort con-

---

1. Situé sur la *place du Palais*, pas bien loin du quai. Au
xviiie siècle, le palais du parlement fut transféré ailleurs. Il n'y en a
aujourd'hui d'autre vestige que la *rue du Parlement*.

2. Quartier du Chapeau-Rouge, *rue des Fossés-du-Chapeau-Rouge*.
Cette rue subsiste.

3. Cet hôtel était dans la rue du *Mirail*, qui subsiste aussi.

4. Près de la rue du *Mirail*, entre le collége des Jésuites et le collége de Guienne.

sidérée, obtint sa liberté à condition qu'il quitterait
Bordeaux immédiatement[1]. Il se rendit à Agen, et
on le voit figurer parmi ceux qui assistèrent à la première séance du parlement royal, le 3 mars 1653.

Le soir de la scène que nous venons de raconter,
il y eut chez Mᵐᵉ de Longueville une réunion de
tous les principaux du parti[2]. Là, sous les auspices
de l'ancienne reine de la Fronde, on prit la résolution de ne se jamais séparer de Condé, de faire prévaloir à tout prix son autorité, de se rendre maître
du parlement en chassant tous les membres dont on
ne serait pas sûr, enfin de s'appuyer ouvertement
sur l'Ormée, suivant les derniers ordres qu'on avait
reçus de M. le Prince. En conséquence, quelques

---

1. *Manuscrits de Lenet,* Lenet à M. le Prince, 26 décembre 1652 :
« Celle-ci vous apprendra que M. le prince de Conti s'est enfermé
aux Jésuites la veille de Noël, et moi avec lui. Son Altesse se servit
de l'occasion du bon jour pour mettre M. de Massiot en liberté,
pour contenter ce qui nous reste du parlement, qui ne croit pas que
ce soit un grand crime que d'avoir voulu se saisir de l'hôtel de ville
et couper la gorge aux chefs de l'Ormée, comme il est très certain
qu'on a voulu faire, M. de Massiot ayant confessé en sa place au
palais qu'il en avoit pris toutes les mesures. Pour le reste de la conspiration contre Leurs Altesses, il n'y en avoit de preuve que ce que j'en ai
fait savoir à Votre Altesse. Ainsi, par toutes les raisons ci-dessus, et à
la prière de tous les parents, M. le prince de Conti envoya le chevalier
de Thodias et son capitaine des gardes avec un ordre pour l'élargir,
et un passeport pour le mettre hors la ville avec défense d'en approcher de douze lieues; sur quoi il faillit arriver du désordre, ledit
sieur chevalier ayant trouvé un ordre entre les mains du capitaine qui
étoit de garde à l'hôtel de ville, par lequel l'Ormée défendoit audit
capitaine de n'élargir ledit sieur Massiot sur quelqu'ordre que ce pût
être, de sorte que l'on eut toutes les peines du monde de le faire
obéir, etc. »

2. Lenet, p. 592.

jours après, le prince de Conti, comme lieutenant-
général de son frère, se transporta à l'hôtel de ville
et y signa solennellement l'union avec l'Ormée.

Tout ce qu'il y avait encore à Bordeaux de membres
du parlement attachés à la royauté blâmèrent hautement une pareille démarche. L'Ormée victorieuse
se déchaîna contre eux, et en chassa plusieurs de la
ville. La plupart appartenaient à cette petite fronde
qui d'abord avait été la plus grande force de Condé.
Celui-ci, consulté par Lenet, approuva tout ce qu'on
faisait. Il jouait de loin cette dernière partie sans
illusion, sans colère, mais aussi sans pitié, avec ses
habitudes militaires. Il n'hésita donc pas à sacrifier
ses anciens amis, devenus ses ennemis du moment.
« Les personnes qu'on a chassées de Bordeaux,
écrit-il à Lenet le 26 décembre 1652[1], doivent être
considérées comme irréconciliables, tellement qu'il
ne faut pas avoir égard aux services qu'ils m'ont
rendus autrefois. Cette réflexion me feroit perdre Bordeaux, et je le veux conserver, à quelque prix que ce
soit, comme je vous l'ai toujours mandé. » Il va plus
loin le 28 décembre[2] : « Il ne faut pas, dit-il, que
vous fassiez à Bordeaux comme nous avons fait à
Paris, où nous commencions beaucoup de choses
et n'en finissions jamais aucune, mais que vous
poussiez toutes les choses à bout, afin de vous rendre

1. Lenet, p. 593.
2. *Ibid.*, p. 595.

les maîtres de Bordeaux, que vous en chassiez tous
les malintentionnés, et que vous empêchiez le retour
de ceux qui déjà ont été chassés. »

Mais comme en même temps il n'agit que par
nécessité et non par passion, qu'il nourrit l'espérance de rentrer un jour triomphant dans Bordeaux,
et qu'alors il se propose bien de mettre à la raison
l'Ormée, de rétablir le parlement et de s'appuyer
sur les honnêtes gens, il ne veut pas se brouiller
d'avance avec eux, et s'il pousse Lenet aux violences
qu'il croit nécessaires, il le prie de n'y point mêler
son nom et d'en laisser toute la responsabilité à son
frère et à sa sœur, qu'il saura bien d'ailleurs mettre
à l'abri de toutes les récriminations : précaution
étrange qui peint à merveille l'homme de guerre,
recourant sans scrupule à tous les moyens pour se
défendre dans une position désespérée, et l'homme
de gouvernement, ami de l'ordre et des gens de
bien, recherchant leur concours et décidé à les soutenir quand le temps sera venu. Laissons-le s'expliquer lui-même : « [1] Comme, la paix se faisant, je
voudrois nécessairement que les conseillers fussent
rétablis dans leurs charges et le parlement dans son
autorité, je serai bien aise que les violences que l'on
doit faire envers le corps du parlement et les particuliers qui le composent puissent être attribuées à

---

1. Lenet, p. 593.

M. le prince de Conti ou à Mme de Longueville, et
qu'il n'y paroisse pour cela aucun ordre de moi,
afin qu'un jour il y ait plus de facilité à oublier les
aigreurs passées. — Je [1] vous prie de faire que mon
nom ne paroisse point dans toutes ces choses-là,
afin que je les puisse raccommoder avec plus de
facilité lorsqu'il en sera temps et que le bien de mes
affaires le permettra. — Je crois [2] qu'il seroit bon de
faire à ces sortes de gens-là (les conseillers opposés
à l'Ormée) une punition plus sévère que celle d'être
simplement chassés de Bordeaux, car ce leur est
un prétexte d'aller à Agen tenir leur parlement prétendu. Remédiez à cela fort sérieusement; mais ne
dites pas que ce soit moi qui vous l'écrive, si vous
ne le jugez absolument nécessaire. » Lenet se con-
formait volontiers à de pareils ordres, en sorte
qu'aux yeux de la petite fronde tout l'odieux de ce
qui se passait retombait sur le prince de Conti et
sur Mme de Longueville, qui avait la réputation de
gouverner son jeune frère, et que sa politique bien
connue et la fermeté de son caractère désignaient
particulièrement à l'inimitié et aux outrages du parti
royaliste.

De là contre elle ces libelles sous la forme populaire d'affiches, de placards, comme on les appelait,
qu'on mettait clandestinement la nuit sur les murs

1. Lenet, p. 595.
2. *Ibid.*, p. 600.

de Bordeaux, dans les quartiers les plus fréquentés,
et qui, le jour, défrayaient la curiosité maligne des
passants. Bien entendu, on l'attaquait par où elle
était vulnérable, et elle expiait cruellement l'éclat
de ses fautes. Elle s'en affligeait, et tâchait en
vain de supprimer ces affiches [1] ; chaque jour on
les déchirait, et chaque nuit les renouvelait. « On a
affiché cette nuit, écrit Lenet à Condé le 9 décembre 1652 [2], des placards si insolents, si infâmes
contre M. le prince de Conti et Mᵐᵉ de Longueville,
qu'il n'y a homme, tant malintentionné puisse-t-il
être, qui n'en ait horreur ; aussi les va-t-on brûler
par la main du bourreau. » Et le 12 du même mois [3] :
« On a brûlé par la main du bourreau le pasquin
horrible contre M. le prince de Conti et Mᵐᵉ de
Longueville dont je parlai à Votre Altesse par le dernier courrier. Cela n'a pas empêché qu'on n'en ait

---

1. Parmi les manuscrits de Lenet, il y a deux billets de Mᵐᵉ de
Longueville, qui prouvent combien elle était sensible à ces attaques.
T. VI, p. 254-255. « Je vous supplie de retirer le plus de ces placards
que vous pourrez et de les faire brûler, car il y a des sottises que je serois
bien aise qui n'aillent pas à Paris. Je vous en charge. Rendez-moi bon
compte de cette affaire. » — « On dit qu'on a encore mis des placards,
cette nuit. Je ne doute pas que vous le sachiez, et je ne vous le mande
pas aussi pour vous l'apprendre, mais pour vous dire que je pense tout
à fait nécessaire qu'on fasse toutes sortes d'efforts pour découvrir et
punir les auteurs de cette insolence. Je vous supplie d'en imaginer les
moyens et de les ordonner aux personnes que vous jugerez les plus
propres à exécuter cette entreprise... » Conrart, dans ses Mémoires,
édit. Montmerqué, t. XLVIII de la collection Petitot, p. 71 et 72, parle
de ces placards, et dit que « ils se sont vus imprimés à Paris. »

2. Lenet, p. 586.

3. *Ibid.*

fait encore un pire qui vient de même boutique et qui a eu même sort. »

Nous avons recherché et trouvé parmi les papiers encore inédits de Lenet un de ces placards, dont la cynique énergie, mêlée de prétentions et presque de raffinements aristocratiques, trahit un écrivain de la petite Fronde. Nous le donnons ici, sans le trop affaiblir, tel qu'il parut un matin sur les murs de Bordeaux, pour bien faire voir à quels affronts Mme de Longueville était exposée, et que si le parti des princes livrait le parlement aux fureurs de l'Ormée, le parti du parlement savait aussi se défendre et exercer à son tour les plus sanglantes représailles. Voici ce placard digne de Massiot ou de quelqu'un de ses amis.

« Messieurs,

« On fit brûler lundi dernier quatre papiers qu'on avoit trouvés affichés dans quatre divers carrefours de notre ville ; ils n'ont mérité le feu que pour avoir dit la vérité. Vous avez donc souffert, messieurs de Bordeaux, qu'on fît un sacrifice de lettres et de caractères pour apaiser la crainte du tyran et la colère de la duchesse vertueuse. Mais, quoique vous soyez nés pour la servitude et que vous ne respiriez plus que le sentiment des âmes lâches et basses, je ne désespère pas du salut public, sachant comme je sais que les esclaves de l'Ormée, les pensionnaires

21

de l'altesse bossue, cette lie du sang bordelais, ces
gueux autorisés, ces milords de la plate-forme [1], ces
sénateurs de marché et de places publiques, enfin
cette canaille de halle et de carrefour, ont prêté main-
forte à cette glorieuse exécution sous la conduite du
bourreau qui sera un jour leur bienfaiteur. Mais nous
ne cesserons pour cela de placarder, dussions-nous
mettre le placard sur le nez et sur la bosse de Conti
et dans le lit de sa sœur [2].

« Après ceci, il faut que le tyran tremble, et que
la peur lui cause de plus horribles frissons que sa
fièvre quarte.

« Messieurs qui lisez ce placard, ne l'arrachez
pas, je vous prie; mais laissez-le afin que tout le
monde le voie.

« Ne croyez pas que ce soit Dublan Mauvezin
(membre du parlement qui venait d'être chassé de
Bordeaux, avec son fils, procureur syndic) qui ait
placardé lundi matin; c'est un autre homme, qui
égorgera le prince de Conti et qui couvrira le pavé
de son corps. »

Le clergé de Bordeaux ne resta pas en arrière du
parlement dans cette lutte suprême de la royauté et
de la Fronde.

---

1. Cela ne prouve-t-il pas qu'il y avait beaucoup d'Anglais dans
l'Ormée?
2. L'original : « Dans le lit de sa p..... de sœur. »

On sait avec quel art Richelieu s'était servi de sa
dignité de prince de l'Église pour mettre la main
sur la plupart des ordres religieux dont il avait eu
soin de se déclarer le protecteur, et qu'ainsi il avait
formé autour de lui une milice habile et dévouée
qu'il employait avec le plus grand succès dans toutes
ses affaires, négociations diplomatiques ou intrigues
de cour, depuis le père Joseph, son ministre auprès
de l'Allemagne, jusqu'au père Carré qui surveil-
lait pour lui tous les mouvements et même les
plus secrètes pensées de Mlle de La Fayette et de
Mme d'Hautefort[1]. Sorti de cette école, le cardinal
Mazarin la continua. Il entretenait partout de nombreux agents ecclésiastiques, français et italiens.
L'abbé Fouquet, frère du surintendant, et l'abbé
Ondedei, depuis évêque de Fréjus, lui étaient des
conseillers aussi écoutés et aussi utiles que Nicolas
Fouquet lui-même, Lyonne, Servien ou Le Tellier.
Averti par les fautes de Condé, en le voyant s'effor-
cer de ranimer les passions assoupies des protestants du midi et appeler à son secours le fanatisme
persécuteur du calvinisme anglais, Mazarin, en
même temps qu'il reconnut de quelle nécessité il
était de donner toute satisfaction aux protestants
paisibles, ne manqua pas de faire sentir au clergé
que la cause de l'Église était engagée dans celle de

---

1. Voyez Mme *de Hautefort*, l'*Appendice*.

la royauté, et peu à peu il réussit à faire au Roi
dans le midi autant de partisans zélés que la religion
catholique y comptait d'amis fervents dans toutes
les classes de la société. L'évêque d'Agen, l'évêque
de Saintes et bien d'autres firent des mandements
en faveur de l'autorité royale. En Guienne, l'archevêque de Bordeaux, Henri de Béthune, devint ainsi
le premier lieutenant de Mazarin, à l'égal du duc
de Candale, de Vendôme et d'Estrades. Henri de
Béthune était un prélat éclairé et modéré, qui d'a-
bord n'avait pas été opposé aux princes; mais il
les abandonna quand il les vit rejeter l'amnistie et
s'appuyer sur l'Ormée et sur le parti protestant. Dès
lors il s'était décidé à se servir des armes qui étaient
entre ses mains. Il lança l'excommunication [1] contre
tous ceux qui depuis l'amnistie publiée ne se sou-
mettraient point à l'autorité du Roi, et il interdit à
tous les ecclésiastiques du diocèse de leur donner
l'absolution. Un partisan des princes ayant fait un
écrit intitulé : *Question canonique si M. le Prince a
pu prendre les armes en conscience*, et ayant conclu
à l'affirmative, l'archevêque en fit une censure très
forte qu'il fit signer aussi des évêques de Bazas, de
Saintes, de Conserans, de Rhodez [2]. Conformément
aux ordres du prélat, plusieurs ecclésiastiques prêchè-

1. Montglat, *ibid.*, p. 405, et dom Devienne, p. 462.
2. *Censure de Monseigneur l'Illustrissime et Révérendissime Archevêque de Bordeaux et Primat d'Aquitaine, sur un libelle fait et imprimé à Bordeaux*, Paris, 1652, 7 pages.

rent contre la guerre civile. Ces prédications portèrent leurs fruits ; aussi l'Ormée y mit bon ordre en livrant au pillage les maisons des prédicateurs. Un des curés les plus respectés de Bordeaux, le curé de Saint-Pierre, fut arraché de son église ; le prieur du couvent des dominicains et le gardien de celui des capucins reçurent l'injonction de quitter la ville, et l'archevêque n'aurait pas été à l'abri des insultes s'il ne se fût retiré à temps ; mais de loin comme de près il poussa de toutes ses forces à la résistance, et soutint fermement le combat contre le pouvoir inique et brutal sous lequel gémissait Bordeaux.

Richelieu avait employé et protégé un savant et habile franciscain nommé le père Faure. Anne d'Autriche en avait fait un sous-précepteur de Louis-XIV ; puis on l'avait nommé en 1651 à l'évêché de Glandèves, et on le transféra à celui d'Amiens en 1653 pour le récompenser des services qu'il avait rendus en contribuant puissamment au retour du Roi dans Paris en 1652. Il avait été admirablement secondé par un autre père de sa compagnie, homme adroit et courageux, d'un dévouement à toute épreuve : ce père cordelier s'appelait Berthod [1]. Il était resté en 1652 dans la capitale, et pendant les mois de juillet, d'août et de septembre, il avait été de toutes les conspirations royalistes. Par l'évêque de Glan-

---

1. On en a de curieux mémoires, publiés pour la première fois par M. Montmerqué, collection Petitot, t. XLVIII.

dèves, alors auprès de la Reine, il recevait les ordres
de la cour et les comnuniquait à ses amis, et par le
même intermédiaire il transmettait à la cour des
nouvelles et les avis les plus judicieux. Il avait couru
bien des dangers sans demander aucune récompense; et tandis que l'évêque de Glandèves passait à
l'important évêché d'Amiens; le père Berthod était
resté simple cordelier; toujours prêt à se jeter au
milieu des entreprises les plus périlleuses pour la
cause de la religion et de la royauté, et à rentrer
ensuite dans sa cellule. Autrefois il avait été de la
province d'Aquitaine, et il avait séjourné trois ou
quatre ans à Bordeaux, où il connaissait beaucoup
de monde. L'évêque de Glandèves le jugea parfaitement propre à recommencer à Bordeaux ce
qu'il avait fait avec tant de succès à Paris. On lui
donna des pleins pouvoirs. Montausier à Angoulême,
le duc de Saint-Simon à Blaye, reçurent l'ordre de
lui prêter main-forte. Il devait correspondre avec
le cabinet par le père Faure, comme autrefois dans
les affaires de Paris, et on était convenu d'un chiffre
de correspondance. Enfin, pour enflammer le zèle
du bon père; Servien l'avait présenté à la Reine,
qui lui avait donné elle-même ses dernières instructions. Le père Berthod était arrivé à Bordeaux dans
les derniers jours de décembre 1652. Il avait été
demander l'hospitalité au couvent de son ordre
qu'autrefois il avait habité, donnant pour prétexte à

ce voyage le désir de rétablir sa santé sous le ciel
du midi, et de goûter le repos dont il avait besoin
au sein de ses anciennes habitudes.

Le couvent des franciscains ou cordeliers était le
plus considérable qui fût alors à Bordeaux. Il avait
à sa tête le père Ithier, prédicateur d'une grande
autorité. Ayant prêché quelquefois devant le prince
de Conti et Mme de Longueville, il leur avait fort
agréé; il était même entré dans leur intimité, et par
là s'était fait la réputation d'être, ainsi que son couvent, assez favorable au parti des princes. Cependant, à peine arrivé, le père Berthod s'ouvrit à son
hôte, et lui remit une lettre de la Reine. Le père
Ithier, qui autrefois avait connu Anne d'Autriche,
se rendit sans balancer, et promit tout son concours
à l'entreprise hardie qui lui était proposée[1]. Pour
mieux cacher son jeu, tandis qu'en secret il s'empressait de s'entendre avec les personnes qui lui
avaient été désignées, le père Berthod affecta de
se montrer publiquement dans les diverses cérémonies des fêtes de Noël : il officia le jour de saint
Étienne à la grand'messe et à vêpres, afin qu'on ne
fût pas étonné quand plus tard on le rencontrerait
dans les rues. Mais vingt-quatre heures n'étaient
pas écoulées que le mystère de son voyage était connu
du prince de Conti. A Paris, dans la chambre même

---

1. *Mémoires* du père Berthod, *ibid.*, p. 375.

de la Reine, pendant qu'elle recevait le père Berthod
et lui expliquait tout ce qu'il avait à faire, était une
femme dont la Reine ne se défiait pas, qui entendit
toute la conversation, et alla bien vite la redire à l'un
de ses parents, partisan de M. le Prince, en sorte
que le prince de Conti avait été sur-le-champ
averti [1]. Il se hâta de faire venir le père Ithier,
et, lui parlant comme à un ami, lui dit qu'il rece-
vrait bientôt un père Berthod, envoyé à Bordeaux
par la Reine pour y travailler contre son frère et
contre lui, et qu'il le priait de l'informer dès que ce
dangereux émissaire aurait mis le pied dans son
couvent. Le père Ithier assura le prince qu'on l'avait
trompé, que le père Berthod n'était nullement un
conspirateur, mais un bon religieux qui venait à
Bordeaux pour rétablir sa santé, qu'il était arrivé et
passait sa vie au chœur.

Quelques jours après, le prince de Conti ayant

---

1. *Manuscrits de Lenet*, t. XI, p. 91 : « Monsieur, je m'estimerois
le plus malheureux homme du monde si, sachant avec autant de certitude que je sais, que le père Bertaud, cordelier, est parti d'ici avec
des lettres de change pour aller faire sédition, je ne vous en donnois
avis. C'est une vérité que je vous supplie de ne pas mépriser, car j'en
suis tout à fait certain ; c'est pourquoi ne la considérez pas comme
une sottise, car il donne de bonnes espérances d'y bien réussir. C'est
tout, attendant bientôt avoir l'honneur de m'échapper vers Bordeaux
pour me garantir du mal qu'on me prépare. C'est là que je vous assu-
rerai plus particulièrement que je suis plus qu'homme du monde,

« Votre très humble et obéissant serviteur,

« Le beau-frère de votre Mazarine. »

« Je vous écris la même chose par deux différentes voies. Le 21 décembre 1652, à Paris. »

reçu de nouvelles lettres de Paris bien autrement
détaillées, envoya chercher le père Berthod le premier jour de l'année 1653 : il lui dit qu'il savait
tout, qu'il était obligé de se saisir de sa personne, et qu'il allait le faire conduire dans les prisons de l'hôtel de ville, que néanmoins, s'il voulait
avouer la vérité, il le traiterait doucement et ne le
livrerait point à l'Ormée, qui déjà le réclamait. Le
père Berthod, averti par son confrère, commença
par répondre comme celui-ci avait fait; mais le
prince, reprenant la parole, lui demanda s'il n'était
pas vrai qu'il avait pris congé de la Reine, s'il n'a-
vait pas conféré avec elle une grande demi-heure,
s'il n'avait pas vu Servien, Le Tellier, l'évêque
de Glandèves, l'archevêque de Bordeaux, et il lui
fit voir les lettres qu'il avait reçues. Cependant,
comme ces lettres, avec un grand nombre de choses
vraies, en contenaient beaucoup de fausses, le père,
sans se troubler et en conspirateur exercé, avoua
les unes en leur donnant une bonne couleur, et nia
les autres avec une fermeté qui en imposa au prince
de Conti. Lenet nourrissait toujours le vœu et l'espoir secret d'un accommodement : il crut avoir
trouvé dans le père Berthod l'homme qu'il lui fallait
pour parvenir à ses fins. Il eut avec lui plusieurs
entretiens où il tâcha de lui faire comprendre que,
puisqu'il était chargé par la cour de procurer le rétablissement de l'autorité royale à Bordeaux, il pou-

vait s'acquitter de cette commission à la satisfaction universelle, et se donner aisément l'honneur de
la pacification de la France et même de l'Europe.
« Écrivez à la cour, lui dit-il[1], qu'ici tout le monde
est contre elle et pour M. le Prince, qu'il y est invincible, et qu'il est de toute nécessité de traiter
avec lui. Or, M. le Prince ne veut faire sa paix particulière qu'avec la paix générale, que l'Espagne
désire aussi. Donc vous pouvez, si vous le voulez,
rendre un service immense à toute l'Europe, à la
France, à la Reine et à M. le Prince. » Et là-dessus il lui promettait des merveilles. Cette négociation dura une partie du mois de janvier. Le père
Berthod la traînait habilement en longueur, lorsqu'un matin il reçut la visite d'un des principaux de
l'Ormée, lequel lui dit : « Mon père, je vous viens
avertir comme ancien ami que M. le prince de Conti
vous donnera un passe-port pour quitter Bordeaux,
si vous vous roidissez à ne pas vous mettre de notre
parti, afin qu'on voie qu'il tient les paroles qu'il a
données; mais aussi je vous assure que, dans le moment où vous serez prêt à vous embarquer, vous
serez saisi par une vingtaine d'ormistes qui se mo-
queront de votre passe-port, et qui vous massacre-
ront comme ils ont fait le pauvre M. Thibault[2].

1. *Mémoires* du père Berthod, p. 381.
2. *Mémoires*, p. 384. Ce « pauvre M. Thibault » était un de messieurs
du Chapeau-Rouge, qui paraît avoir été une des victimes de cette
guerre civile. Lenet, p. 550.

Ainsi prenez vos mesures là-dessus, et ne me dé-
couvrez pas, car je vous donne cet avis comme à
une personne que j'aime depuis longtemps. »

On ne pouvait parler plus clairement. Le père
Berthod craignait d'ailleurs l'arrivée de nouveaux
renseignements que le prince de Conti attendait de
ses amis de Paris; aussi, quoiqu'il eût promis au
père Ithier [1] de rester à Bordeaux et de n'en sortir qu'avec un passe-port du prince, il prit ses

1. C'est ce qu'atteste la lettre suivante du père Berthod au père
Ithier, que nous trouvons dans les *Manuscrits de Lenet*, t. XII, p. 1 :

« Mon très révérend Père,

« L'arrivée du courrier prochain est cause que je ne puis demeurer
davantage dans Bordeaux, et que je ne tiens pas la parole que je vous ai
donnée de n'en point sortir sans un passeport de monseigneur le prince
de Conti. Très certainement la venue de ce courrier là fera prendre de
nouvelles résolutions à Son Altesse sur la proposition que m'a faite
M. Laisné de sa part. Je ne puis ni ne dois faire ici plus long séjour,
puisque le sujet pour lequel j'y étois envoyé est découvert. Y demeurant comme je suis, je ne puis rien pour le service du Roi, et y agissant
selon ce qu'on m'a proposé, je tromperois Sa Majesté. Ne pouvant exécuter la commission qu'on m'a donnée, je me retire, pour n'être pas
accusé avec justice de la plus grande de toutes les lâchetés si je demeu-
rois ici sans rien faire, et de la plus horrible des trahisons si je prenois
un autre parti que celui du Roi mon maître, auquel je dois service
inviolable par principe de conscience, et une obéissance aveugle en ce
rencontre, puisque c'est par un commandement exprès de Sa Majesté
que je devois travailler pour le bien de son État et pour le repos du
peuple de Bourdeaux. Ma commission étoit juste, et n'alloit qu'au bien
de la paix. Les traîtres qui l'ont découverte l'ont fait échouer dans son
commencement : ils seront peut-être cause de la désolation de la
province. Je m'en vais avec grand déplaisir de ne vous point dire
adieu, mais j'ai grande joye de voir que mon départ me mette hors
de danger d'être accusé d'intelligence avec monseigneur le prince de
Conti; quoique je me sente assez fort pour résister à toutes les propositions qu'on m'en pouvoit faire. L'attache que vous avez à Son Altesse

mesures pour s'esquiver au plus vite ; il y parvint à travers bien des aventures et alla se réfugier à Blaye. A la nouvelle de cette évasion, le prince de Conti et Lenet virent qu'ils avaient été joués par le bon cordelier. On mit à prix sa tête ; son portrait fut vendu et affiché par les rues de la ville pour servir de signalement. Les ormistes, soupçonnant un conseiller du parlement qui était

et à madame de Longueville, et la promesse que vous leur avez faite de ne me laisser point sortir de la ville sans leur ordre, m'obligent de m'en aller sans vous en parler, dans la créance que vous n'y consentiriez point sans en avertir Leurs Altesses, et qu'elles, me voyant dans la disposition de ne point faire ce qu'elles désirent, comme je n'en fais point de doute, me feroient mettre dans un lieu où je ne voudrois pas. Je vois bien que vous allez déclamer contre moi, que vous allez dire que je vous mets en danger d'être accusé que nous sommes d'intelligence et d'avoir consenti à ma sortie ; mais agréez que je vous dise que si on vous fait cette accusation, c'est très injustement, puisqu'une des plus grandes fautes que j'eusse pu faire étoit de vous parler de mes affaires *, vous sachant attaché à monseigneur le prince de Conti et à Mᵐᵉ de Longueville comme vous êtes attaché. Le danger où je vous mets est fort petit, et celui où je m'exposerois, demeurant davantage dans Bourdeaux, m'étoit très périlleux par tous les endroits qu'on le puisse prendre. Enfin je vous dis que je m'en vais parce que je le dois faire ; mon devoir m'y oblige ; les intérêts du Roi me le commandent ; le bien de son service m'en presse ; la parole que j'ai donnée à Sa Majesté de ne rien faire en ce rencontre d'indigne de l'honneur qu'elle m'a fait de me confier une affaire de si grande importance, m'y contraint, et je ne puis demeurer plus longtemps, sans perdre le titre de bon serviteur du Roi, que je conserverai jusques à la mort ; après lequel, si vous le trouvez bon, je joindrai la qualité d'être,

> « Mon très révérend Père,
> « Votre très humble et obéissant serviteur

> « Bᴇʀᴛʜᴏᴅ. »

---

* Pieux mensonge imaginé pour mettre à couvert le P. Ithier s'il était recherché, et si cette lettre était saisie.

encore à Bordeaux d'entretenir une correspondance avec le père, allèrent, selon leur usage,
piller la maison de ce conseiller, et ils l'eussent
assassiné, s'il ne se fût sauvé par-dessus les toits
dans le couvent des jacobins. Le père Berthod
resta caché à Blaye jusqu'au 11 février. Il se rendit
alors à Paris pour expliquer ce qu'il avait vu, ce
qu'il avait fait, et pour soumettre à la Reine et à
Mazarin un nouveau plan dicté par une sage politique et un grand esprit de conciliation. Mazarin
l'agréa. Le père Berthod était de retour à Blaye
dans les premiers jours de mars. Il renoua les intelligences qu'il avait dans Bordeaux, osa même y entrer plus d'une fois déguisé, y vit ses amis, et régla
avec eux les divers moyens à prendre pour secouer
le joug des princes et la tyrannie de l'Ormée.

Après la fuite du père Berthod, sur la fin du mois
de janvier, le père Ithier s'était plaint hautement
d'avoir été trompé par lui, et il avait cultivé avec plus
de soin que jamais la confiance du prince de Conti et
de Mme de Longueville. En sa qualité de gardien du
couvent des cordeliers, il avait quelques relations avec
la supérieure d'un couvent voisin du sien, la seconde
maison des carmélites de Bordeaux, qu'on appelait
les petites carmélites[1]. Cette supérieure se nommait

---

1. Il y avait au xviie siècle à Bordeaux deux couvents de carmélites
situés aux deux extrémités opposées de la ville. Les petites carmélites
étaient du côté du faubourg de Sainte-Croix, et n'étaient séparées du
jardin des cordeliers que par une rue.

la mère Angélique. S'étant assuré de ses sentiments,
le père Ithier lui confia son entreprise et l'y fit entrer. La mère Angélique avait dans son couvent la
sœur de Villars, l'un des plus bruyants et des plus
puissants chefs de l'Ormée. Villars aimait beaucoup
cette sœur, la venait voir souvent, lui exprimait un
grand dégoût de la vie qu'il menait, le désir de la
quitter et de sortir du parti où il était en rendant au
Roi quelque service signalé[1]. La prudente religieuse
ne se contente pas de ces premiers mouvements;
elle étudie son frère, le sonde, l'éprouve, et lorsqu'elle le croit affermi dans ses bonnes résolutions
par les fréquentes communions qu'elle lui voit faire,
elle le présente à sa supérieure, qui, dirigée par le
père Ithier, dirigé lui-même par le père Berthod,
amène successivement Villars à un traité en règle
qui paraît avoir été parfaitement sincère. Villars
demanda pour la ville et pour son parti des garanties solides, avec des amnisties spéciales et personnelles; pour lui-même 30,000 écus, la charge de
syndic, et d'abord une lettre du Roi qui lui promet-
trait formellement ces diverses récompenses, pour les
services que Villars disait avoir rendus, comme d'a-
voir empêché la ville de se *républiquer*[2], et de l'avoir
délivrée d'une garnison espagnole que M. le Prince
y voulait mettre. Cette lettre royale, rédigée selon

1. *Mémoires* du père Berthod, p. 395.
2. *Ibid.*, p. 397.

la teneur convenue et dûment contre-signée par un
secrétaire d'État[1], fut rapportée de Paris par le
père Berthod le 7 ou 8 de mars, remise au père
Ithier, qui se hâta de la porter à la mère Angélique,
laquelle la remit à Villars. Celui-ci, en la recevant,
sauta d'aise, bénit Dieu et s'écria : « Me voilà délivré de la potence! » Il s'engagea de nouveau, et fit
connaître à la mère Angélique le plan qu'il avait
formé et les moyens dont il comptait se servir.

---

1. *Manuscrits de Lenet*, t. XII, p. 258. « A Monsieur Pierre de Villars, bourgeois de notre ville de Bordeaux.

« Monsieur Pierre de Villars, étant bien informé des bonnes intentions que vous témoignez avoir pour mon service, et sachant que vous
vous êtes opposé à la proposition qu'aucuns factieux et malintentionnés ont osé faire pour l'établissement d'une république dans ma ville
de Bourdeaux, que même vous avez empêché que le prince de Condé
ou ses adhérents y aient depuis introduit une garnison à dessein de se
rendre maître de la ville et de la tenir dans une sujétion tyrannique,
dont la ruine totale des habitants s'ensuivroit, j'ai bien voulu vous faire
cette lettre pour vous témoigner le gré que je vous en sçais, et vous
dire que j'aurai à plaisir et desir que vous continuez à employer tout
ce qui sera en votre pouvoir pour essayer de ramener la ville dans
son devoir, vous assurant de vous gratifier d'une somme de quatre-
vingt-dix mille livres, sur laquelle j'ai ordonné vous être payé comptant quinze mille livres pour vous donner d'autant plus de moyen de
travailler utilement à ce dessein; et, pour le surplus, je le ferai fournir
lorsque la ville se sera remise en mon obéissance. Auquel cas je vous
gratifierai encore de la charge de syndic ou de celle de clerc de la dite
ville. Et me promettant que vous n'épargnerez rien pour faire réussir une si juste et louable entreprise, je ne vous en dirai pas davantage, sinon pour vous assurer de rechef que je n'en perdrai jamais le
souvenir, priant Dieu qu'il vous aye, monsieur Pierre de Villars, en sa
sainte garde.

« Écrit à Paris, le 21 février 1653.

« Signé, LOUIS.

« Et plus bas, LE TELLIER. »

Comme sous le nom et sous l'autorité apparente du
prince de Conti, c'était l'Ormée qui en réalité gouvernait Bordeaux, Villars se proposait de combattre
l'Ormée par elle-même, et de s'en rendre maître en
gagnant le plus d'ormistes qu'il pourrait. Il commença par se former, sous divers prétextes, une
garde composée de soixante hommes bien choisis,
et dont il était sûr, leur donna des armes, et se mit
ainsi à l'abri d'un coup de main de Duretête ou de
quelque autre chef; puis il s'appliqua à séduire les
principaux tribuns de l'Ormée, avec lesquels il était
lié, en promettant à chacun d'eux cinq écus. Ce
n'était pas cher, et l'on fournit à Villars tout l'argent
qu'il demanda. Pendant ce temps, le père Ithier,
par le moyen d'un bourgeois son parent, et qui portait le même nom que lui, gagna tout le quartier de
Saint-Michel. D'autres conjurés travaillèrent les
autres quartiers. Le père Berthod choisit à Blaye
six officiers qui devaient venir à Bordeaux commander les milices bourgeoises. Un régiment de l'armée
royale était déjà embarqué sur les vaisseaux du duc
de Vendôme; il devait remonter la Gironde jusqu'à
Lormont[1], afin d'appuyer le mouvement, s'il réussissait, ou, en cas de malheur, de recueillir les fugi-
tifs. Il fut décidé que le mouvement aurait lieu le
23 mars, pour profiter de l'absence du redouté Mar-

1. Village sur la Gironde fort près de Bordeaux.

sin, qui avec ses troupes était allé tenir tête au duc
de Candale dans la Haute-Guienne. Tout était prêt;
mais le 16 mars Villars, saisi d'effroi au moment
d'agir, et n'étant pas homme à s'arrêter à une seule
trahison, s'en alla tout révéler au prince de Conti.
L'indignation contre le père Ithier fut au comble
dans la maison du prince; Mme de Longueville la
partagea, et il n'y eut pas jusqu'à l'abbé de Cosnac
qui n'appelât une punition exemplaire[1] sur la tête·
du déloyal religieux. Cosnac avait ses raisons pour·
s'emporter plus que les autres, car il avait eu avec
le père Ithier quelques conférences où il lui avait
témoigné le dessein de porter le prince de Conti à
faire sa paix avec la cour. Il avait donc grand'peur
que le père ne le nommât dans ses interrogatoires
et ne l'enveloppât dans sa disgrâce. Cependant,
comme Marsin était alors absent avec la plus grande
partie des troupes, et que sans cet appui on ne pouvait pas sévir comme il était nécessaire, le prince
jugea qu'il fallait presser le retour de Marsin, et, en
l'attendant, amuser les conjurés, obtenir des preuves
convaincantes, et surtout mettre la main sur l'argent promis, dont on avait grand besoin. Le secret
fut gardé fort soigneusement[2]; Villars alla, le

---

1 *Mémoires* de Cosnac, t. I, p. 43.

2. *Manuscrits de Lenet*, t. XII, p. 3. Billet autographe du prince
de Conti à Lenet: « Je vous supplie de ne point dire de qui on tient
l'avis de la découverte de la conspiration, l'auteur ne désirant point
être nommé, si ce n'est dans les lettres que vous écrirez à monsieur

20 mars, trouver le père Ithier, et lui présenta les
six ormistes qui devaient, avec les gens dont ils dis-
posaient, descendre dans la rue et commencer l'insurrection. On distribua les postes, on arrêta le mot
d'ordre : Vive le Roi et la paix ! Le père Ithier prit
l'engagement, dès que ce cri se ferait entendre, de
faire sortir des divers couvents de Bordeaux des
religieux qui le répéteraient et animeraient le peuple. Il remit à Villars 15,000 livres argent comptant, et lui montra les lettres de change destinées
à acquitter le reste des 30,000 écus. Villars prit les
15,000 livres et les porta au prince de Conti, qui les
reçut fort bien. Marsin étant arrivé sur ces entrefaites, on commanda aux capitaines de quartier de
faire mettre le peuple sous les armes, on s'apprêta à
s'emparer des conspirateurs et à en tirer une vengeance éclatante.

Ils étaient dans une sécurité profonde. Le 20 mars,

mon frère, où il est juste que vous en fassiez quelque petite mention. »
Lorsque Condé apprit le service que venait de lui rendre Villars, il
s'empressa de le remercier. Mais Villars n'avait pas trahi sans réclamer le prix de sa trahison : il demandait sans cesse, et Condé en était
réduit à le payer de promesses, comme on le voit dans cette lettre que
nous trouvons parmi les *Manuscrits de Lenet,* t. VI, p. 160 : «M. de
Villars, dès aussitôt que je reçus l'avis de ce que vous aviez fait sur le
sujet de la conspiration du père Ithier, je ne différai pas un moment
de vous en témoigner ma recognoissance. Depuis, comme ce service me
touchoit grandement, je vous en ai encore écrit, et de ces deux lettres
je vous envoye des copies par lesquelles vous verrez comme je sais
considérer les services que vous me rendez, en cas que les miennes en
vous aient pas été rendues, et que quelqu'un par mauvaise volonté
vous en eût supposé d'autres. Je vous avoue que j'ai été un peu surpris
d'apprendre par la vôtre que ces lettres ne vous aient pas satisfait

le père Berthod s'était glissé dans Bordeaux pour
diriger l'insurrection, et il était en conférence avec
le père Ithier, lorsqu'on vint chercher celui-ci de
la part de Mme de Longueville. Le père Berthod le
pria de n'y point aller, lui disant que la princesse
était plus fine que lui et qu'il lui arriverait malheur.
En effet, le père Ithier s'étant rendu à cette invitation fut arrêté dans l'hôtel même de la princesse,
et livré immédiatement à une commission présidée
par le prince de Conti, et composée de Marsin, de
Lenet et du lieutenant des gardes du prince. Il
commença par des désaveux; mais comme on lui
produisit les 15,000 livres qu'il venait de remettre à Villars, Villars lui-même et les six ormistes
devant lesquels tout avait été convenu et arrêté,
accablé sous ces témoignages, le pauvre religieux
prit le parti de dire la vérité tout entière et de ne
rien celer, déclarant qu'il était à la Reine et avait
tout fait pour son service, mais protestant qu'il avait
toujours été convenu qu'on ne ferait aucun mal aux
princes, aux princesses et à leurs amis, et qu'ils

en attendant les effets de tout ce qui vous a été promis, ce que j'effec-
tuerai au premier voyage que je ferai en Guyenne... Mes ennemis cherchent à vous faire quitter les bons sentiments dans lesquels ils voyent
que vous êtes pour mes intérêts, mais je suis en repos de ce côté là,
sachant que votre affection et votre fermeté sont à l'épreuve de toutes
les impressions contraires qu'ils voudroient vous faire prendre... Assurez-vous qu'il n'y a personne qui vous aime tant que moi, ni qui soit si
véritablement que je suis,

« Votre très affectionné ami, etc. »

« A Bruxelles, 9 juin 1653. »

pourraient sortir de Bordeaux comme le prince
de Condé était sorti de Paris. D'ailleurs il nomma
tous ses complices. Que devint Mᵐᵉ de Longueville
lorsqu'elle apprit qu'une de ses chères et vénérées
carmélites était entrée si fort avant dans la conspiration ! C'est sans doute grâce à son intervention
que le procès-verbal officiel de l'interrogatoire du
père Ithier, conservé par Lenet[1], omet le nom de la
mère Angélique et dit seulement : « une religieuse
dont Son Altesse a défendu d'écrire le nom. » L'interrogatoire achevé, on conduisit le père Ithier dans
la prison de l'hôtel de ville pour que son procès lui
fût fait devant le tribunal de l'Ormée.

En attendant qu'on le jugeât, on se mit à la recherche de ses complices, et particulièrement du
père Berthod. On soupçonna sur quelque indice
qu'il pouvait être caché dans le couvent des béné-
dictins ou dans celui des capucins ; deux compagnies de l'Ormée entrèrent dans les deux couvents
et fouillèrent jusque dans les coffres de la sacris-
tie où l'on renferme les vases saints[2]. Violences
inutiles : l'habile conspirateur, familier avec tous les
déguisements, s'était habillé en homme de guerre,
et était allé se mettre ainsi travesti dans une troupe
de cavaliers qui couraient partout à sa découverte,
et où on ne s'avisa pas de l'aller chercher. Il de-

1. Lenet, p. 600.
2. *Mémoires* du père Berthod, p. 406.

meura quelque temps dans la ville et ensuite il
trouva moyen de se sauver encore une fois à
Blaye. Furieuse de ne pouvoir mettre la main sur
lui, l'Ormée s'en vengea sur tous ceux qui étaient
compromis dans l'interrogatoire du père Ithier.
On arrêta plusieurs membres du parlement, et
c'est en cette occasion que le président d'Affis, qui
autrefois avait rendu tant de services à Condé, fut
mis en prison. Le curé de Saint-Pierre, qui déjà,
dans le mois de janvier, avait été assez mal traité
par l'Ormée, eut cette fois une jambe et un bras
rompus. On enferma dans une tour le curé de Saint-
Rémy. La maison de l'un des principaux conjurés
fut ravagée jusqu'aux serrures et aux verrous des
portes. Le parent du père Ithier, vieillard septua-
génaire, fut soumis à la question ordinaire et extraordinaire tant de fois qu'il resta pour mort étendu
sur le chevalet. Le lendemain du jour où leur père
gardien avait été arrêté, les cordeliers étaient sortis
de leur couvent et étaient allés à l'hôtel de ville demander sa délivrance, marchant processionnelle-
ment et avec le saint-sacrement. Pour toute réponse,
les ormistes se rendirent dans leur couvent, et lorsque les religieux voulurent y rentrer, ils les battirent,
les chassèrent, et mirent à leur place une garnison
de calvinistes qui, au nom de la liberté religieuse
entendüe comme on l'entendait alors en Angleterre,
s'y livrèrent à tous les excès.

Pourquoi, au milieu de tant de violences, la mère Angélique et les petites carmélites furent-elles respectées ? Le nom de la bonne religieuse ne fut pas même inscrit au procès-verbal, et quoiqu'elle fût au plus haut degré coupable envers l'Ormée, dont elle avait séduit un des chefs, l'Ormée ne la poursuivit pas : on se contenta de lui faire quitter Bordeaux, et la sainte maison n'essuya aucune avanie. Ne faut-il pas reconnaître ici la main puissante de Mᵐᵉ de Longueville ? Supérieure à l'esprit de parti, elle tâchait au moins de réparer en détail, autant qu'il était en elle, les conséquences les plus désastreuses des mesures que commandaient les circonstances et les ordres secrets de Condé. Dès qu'elle avait appris l'arrestation du président d'Affis et qu'on menaçait de lui faire un mauvais parti, elle s'était empressée de demander [1] qu'on lui envoyât quelques douceurs dans sa prison. D'abord on l'avait enfermé dans ce qui restait du château du Hâ, où il était sous la main de l'Ormée ; on le transféra dans le couvent des récollets, sous une moins dure surveillance [2], et le digne président, comme naguère son intrépide collègue Massiot, put échapper à la vengeance de ses ennemis.

Cependant le père Ithier comparut devant le

---

1. *Manuscrits de Lenet*, billet de Mᵐᵉ de Longueville à Lenet.
2. *Gazette* pour l'année 1653, p. 360-361 : nouvelles de Bordeaux du 3 avril.

tribunal de l'Ormée. Celui qui faisait l'office de procureur général était un apothicaire, qui conclut à
ce que le père Ithier fût coupé en autant de quartiers
qu'il y en avait à Bordeaux, et ses membres attachés
aux diverses portes de la ville. Un autre juge, qui
était un pâtissier, opina pour qu'il fût roué tout vif
et ses cendres jetées au vent. Chacun opina selon le
caprice de sa barbarie. Le tribunal étant fort nombreux, on ne put terminer l'affaire en une seule
séance ; il en fallut plusieurs. Chaque fois le malheureux cordelier était conduit de l'hôtel de ville
chez le prince de Conti, pour prendre aussi l'avis du
Prince qui réunissait alors tous les pouvoirs et était
comme une sorte de dictateur entre les mains de
l'Ormée. Le pauvre père marchait à pied, traîné
par cinq ou six misérables suivis de plus de cinq
cents ormistes, armés de fusils et de hallebardes, et
de la plus vile populace criant sans cesse : « Il faut
qu'il meure. » En effet, tous ceux qui avaient opiné
jusque-là ayant été pour la mort, il n'y avait pas
d'espérance qu'on pût sauver l'infortuné. Heureusement Mme de Longueville veillait sur lui. Elle
s'était prêtée à le faire arrêter dans le premier mouvement d'indignation ; mais quand elle vit le sort
affreux qui l'attendait et le sang d'un religieux prêt
à retomber sur sa tête, elle résolut d'arracher le
père Ithier au supplice qui lui était destiné et sa
propre conscience à une responsabilité aussi cruelle.

Elle déploya en cette circonstance son adresse et
son habileté ordinaires[1]. Grâce à ses inspirations,
on décida que, pour juger définitivement une personne de cette importance, on formerait un grand
conseil où seraient appelés, à côté des principaux
ormistes, un assez bon nombre d'officiers de l'armée,
et ce nouveau tribunal fut présidé par Marsin, dont
les manières rudes et sévères lui donnaient un grand
crédit dans le peuple. Mais Marsin était dans la main
de Mme de Longueville. Devant cette espèce de
conseil de guerre, le père Ithier fut condamné à
faire amende honorable en divers endroits de la
ville et à être enfermé dans un cachot le reste de
sa vie, au pain et à l'eau. La sentence était dure,
mais l'instinct de l'esprit de parti ne se trompa pas
sur l'intention qui l'avait dictée, et l'Ormée frémit
de rage de se voir enlever l'un des chefs de la conspiration. Avant l'exécution de la sentence, on rasa la
tête au père Ithier, on lui ôta sa marque de prêtre,
on le dépouilla de ses habits, puis on le mit sur une
charrette, le bourreau derrière lui, la corde au cou,
la torche au poing, et sur le front un écriteau avec
ces mots en gros caractères : *Traître à la patrie.*
Il fut ainsi traîné dans les principales rues de Bordeaux et devant les maisons du prince de Conti, de
la princesse de Condé et de la duchesse de Longue-

---

1. *Mémoires* de Cosnac, p. 43, et *Mémoires* du père Berthod, p. 415.

ville. Le père Ithier soutint tous ces affronts avec
une constance et une dignité admirables. La populace, qui voulait du sang, fit effort pour l'arracher
à ses gardes et le mettre en pièces. Il fallut faire
entourer la charrette où il était par des compagnies
de gens de guerre, qui empêchèrent qu'on ne se jetât
sur lui. L'Ormée chercha du moins à se satisfaire
par des imprécations et des injures. Il y eut presque
une sédition parce que la vie d'un homme avait été
épargnée, et Lenet, épouvanté, s'adressant à Mme de
Longueville, lui dit : « Voilà, madame, l'effet de vos
beaux conseils ! Si on eût égorgé ou pendu ce moine,
nous ne serions pas en ces peines[1]. » Involontaire
hommage rendu à la bonté de Mme de Longueville !
Elle ne s'en tint pas là : dès que le père Ithier eut
été ramené et déposé dans la prison de l'hôtel de
ville, elle voulut lui apporter dans son malheur la
consolation la plus chère au cœur d'un prêtre : en
dépit de toutes les résistances, elle lui fit rendre l'habit religieux[2]. Nous l'avouons, il nous est doux de
recueillir ces traits de générosité et de délicatesse
échappés à ce grand cœur égaré dans la guerre
civile.

Voici maintenant deux hommes de la bourgeoisie
qui, au lieu de se laisser intimider par l'exemple

1. *Mémoires* du père Berthod, p. 415.
2. Dom Devienne, p. 463.

du père Ithier, osèrent reprendre ses desseins, au
risque d'avoir le même sort. Essayons de disputer à
l'oubli ces dévouements obscurs à moitié trahis par
la fortune et trop méconnus par l'histoire.

L'avocat Chevalier était lié avec plusieurs conseillers du parlement restés dans la ville, et qui y travaillaient au rétablissement de l'autorité royale, de
concert avec leurs anciens collègues réunis à Agen [1].
Chevalier leur servait d'intermédiaire, et il allait
souvent de Bordeaux à Agen et d'Agen à Bordeaux.
L'Ormée était sur sa trace, et un jour qu'il était déjà
dans le bateau qui devait le mener à Agen, Villars,
ce misérable Villars, qui, pour effacer les ombres
qu'avait pu laisser sa conduite dans l'esprit soupçonneux de la faction régnante, rivalisait d'emportement avec les plus cruels ormistes, arrêta Chevalier
et le traîna chez le prince de Conti. On le fouille,
on trouve sur lui une lettre d'un conseiller de Bordeaux qui avertissait un de ses amis d'Agen que dans
peu de jours éclaterait, avec de grandes chances
de succès, l'entreprise qu'ils avaient formée pour la
délivrance de leur malheureuse ville. A l'instant
même, Villars court avec sa bande investir la maison
de ce conseiller, qui réussit à se sauver. On revient
donc à Chevalier, et on le jette dans la prison de
l'hôtel de ville, d'où on ne sortait guère que pour

---

1. *Gazette*, p. 469; dom Devienne, p 465, et le père Berthod,
p. 420 et 422.

aller au supplice. Deux heures après, le tribunal de
l'Ormée s'assemble, composé de cordonniers, de
pâtissiers et d'apothicaires. Chevalier est condamné
à mort. Il demande un prêtre pour se confesser ; les
philosophes de l'Ormée, les prédicateurs de la
liberté religieuse à la mode de l'Angleterre, se
moquent de lui ; on ne veut lui permettre la confession que s'il consent à la faire tout haut, et à son
refus sur-le-champ on le pend à la potence de l'hôtel de ville.

Jacques Filhot[1] était un ancien militaire, devenu
trésorier de France à Montauban, qui dans toutes
les occasions avait montré un grand zèle pour le service du Roi. Sa femme était d'une très bonne famille
de Bordeaux, et elle était venue pour y faire ses
couches, déjà dans une grossesse avancée. Filhot
l'y avait accompagnée, et il put assister à l'horrible promenade du père Ithier. Cette âme fière et
généreuse en fut révoltée. Il s'associa avec Dussaut,
conseiller au parlement, fils de l'avocat général de
ce nom, qui s'était tant distingué en 1650 dans le
parti des Princes, et aussi avec le marquis de Théobon, gentilhomme protestant et officier du plus grand
mérite, qui, comme l'avocat général Dussaut, avait
commencé par servir la Fronde et venait même de
défendre Villeneuve-d'Agen avec une valeur opi-

---

1. Tout le récit qui suit est fidèlement tiré de dom Devienne, de
Berthod et de la *Gazette*.

niâtre : les excès de l'Ormée l'avaient converti à la
cause de l'ordre et de la royauté. Tous les trois
forment une conspiration à la fois civile et militaire.
Filhot en était l'âme ; il se chargea de négocier avec
le duc de Candale, qui bloquait la ville et était alors
à Cadillac, la vieille et presque royale demeure des
d'Épernon. Voici le moyen qu'employa Filhot afin
d'arriver au duc de Candale sans éveiller aucun
soupçon. Il sollicita et obtint du prince de Conti un
passe-port pour aller à Montauban exercer sa charge.
Un des officiers du duc de Candale s'oppose à son
voyage, alléguant qu'il a des ordres formels de ne
laisser passer personne venant de Bordeaux. Filhot
s'emporte sur ce qu'on empêche un trésorier de
France de faire son service, et il demande à parler
au duc de Candale. Dès qu'ils sont seuls, Filhot
s'explique. Ils arrêtent ensemble et signent le 34 mai
1653 un traité où une amnistie nouvelle et plus étendue ainsi que le maintien de toutes les franchises de
Bordeaux sont formellement stipulés, car cet ardent
serviteur du Roi était aussi un excellent citoyen.
Cela fait, Filhot s'en retourne à Bordeaux, et, jouant
à merveille son personnage, il s'en va porter plainte
au prince de Conti de l'injustice et de l'outrage que
l'armée royale vient de faire à un officier du Roi ;
puis il se met à l'œuvre et dispose tout pour l'exécution du projet concerté. L'insurrection devait éclater dans le quartier Saint-Julien, près d'une des

portes de la ville : on devait s'emparer de cette
porte et la livrer aux troupes du duc de Candale.
Au moment de l'exécution, le cœur manque à un
des conjurés qui va révéler le complot au prince de
Conti. Celui-ci, pressé par Duretête et les ormistes,
qui le surveillent, n'a que le temps de monter à
cheval, de rassembler le peu de gens qu'il trouve
sous sa main et de courir à la porte Saint-Julien, par
où l'ennemi devait entrer. On apercevait déjà les
soldats du duc de Candale. Les amis de Filhot
demeurèrent spectateurs immobiles de cette scène,
voyant bien qu'ils étaient trahis. Une bande d'ormistes se précipite sur la maison de Filhot, qui,
connaissant le sort qui l'attendait, résolut de se
défendre. Se souvenant de son ancien métier, il
arma le peu de gens qu'il avait avec lui, et les
plaça de telle sorte qu'il était assuré de vendre au
moins très chèrement sa vie. Les ormistes n'osèrent
pas risquer une attaque, et ils envoyèrent chercher
du bois et de la paille pour mettre le feu à la maison.
Filhot avait l'âme aussi tendre qu'elle était énergique : il trembla pour sa femme enceinte et pour ses
petits enfants ; il espéra les sauver en se sacrifiant :
il ouvrit les portes de sa maison et se borna à se
barricader dans sa chambre. La foule l'y vint assiéger et tenta d'entrer par une croisée. Le premier
qui se présenta reçut à travers le corps un coup de
hallebarde qui le jeta bas et arrêta tous les autres.

On alla avertir le prince de Conti, et cet esclave de
l'Ormée, qui lui-même avait la trahison dans le
cœur et traitait secrètement avec le duc de Candale,
ordonna qu'on se saisît de Filhot mort ou vif. Il
s'avança même pour s'en emparer à la tête de quatre-vingts hommes de pied et d'un piquet de cavalerie. Filhot aurait résisté jusqu'au bout et serait mort
les armes à la main ; mais il entendit les ormistes qui
menaçaient sa femme et ses enfants : craignant qu'ils
ne fussent victimes de sa résistance, il se livra lui-
même. Quoiqu'il ne cherchât plus à se défendre, il
fut maltraité, frappé, traîné dans la rue, et il eût
été massacré, si le prince de Conti, ému de com-
passion, n'eût supplié qu'on ne lui fît aucun mal,
en promettant que la justice aurait son cours. Il le
fit conduire dans son hôtel, rue des Fossés-du-
Chapeau-Rouge. La pauvre Mᵐᵉ Filhot, ne sachant
pas où l'on menait son mari, désespérée, baignée
de larmes, tout en désordre, s'échappe de sa maison, court dans les rues, demandant son mari à
tout le monde. Ses cris, sa douleur, sa grossesse,
le souvenir de la famille respectable à laquelle elle
appartenait, font une vive impression sur le peuple,
et cette multitude, qui tout à l'heure aurait mis en
pièces Filhot, allait se joindre à sa femme pour réclamer sa délivrance. Un des ormistes, craignant l'effet
de cette scène, menaça Mᵐᵉ Filhot de lui brûler à
l'instant la cervelle, si elle ne se retirait. On la ra-

mena de force chez elle, et, selon la coutume, on
pilla sa maison, où l'on trouva des sommes considérables.

Deux jours après son arrestation, Filhot comparut
devant le conseil de l'Ormée, où siégeaient Durètête
et Villars avec des cabaretiers, des marchands de
poisson et des gens du plus bas étage. Un cousin de
Louis XIV, un prince du sang, Armand de Bourbon,
présidait ce tribunal. Lamentable exemple des bas-
sesses où descend forcément un prince dès qu'il sort
de la ligne droite du devoir sous un prétexte quelconque, et oublie le titre même qui le fait ce qu'il
est! Il fallait bien que le prince de Conti se fit le collègue complaisant de Villars et de Duretête pour
pouvoir leur échapper, car lui-même était suspect,
et le moindre indice de ses intelligences fort avancées
avec le duc de Candale le livrait aux mains de l'Ormée. On avait surpris une lettre de Langlade, un
des secrétaires de Mazarin, adressée à l'abbé de
Cosnac, et conçue en termes mystérieux capables
d'exciter la défiance. Duretête avait porté cette
lettre au prince de Conti et lui avait dénoncé la
conduite équivoque de son aumônier. « Je l'intro-
duisis moi-même, dit Cosnac[1], dans la chambre du
Prince, et je fus présent à toute la harangue qu'il
fit contre moi. Dès que j'entendis mon nom, je crus
que tout le secret étoit découvert, et si Duretête eût

---

1. *Mémoires*, t. I, p 62.

pris garde à mon visage et à celui de M. le prince de Conti il eût facilement connu que ses soupçons n'étoient que trop bien fondés ; mais M. le prince de Conti, ayant lu la lettre et n'y trouvant rien de fort important, dit que je ne me mêlois de rien, qu'à l'avenir je m'en mêlerois encore moins, et qu'il me défendroit toutes ces sortes de commerces. »

Les détails du procès de Filhot nous ont été conservés[1]. Le prince de Conti lui commanda de s'asseoir sur la sellette des accusés et de répondre aux questions qu'on allait lui faire. Filhot s'y refusa, disant qu'en qualité d'officier du Roi il avait droit d'être jugé par le parlement, et qu'il ne reconnaissait pas la juridiction de l'Ormée. Le Prince lui dit que s'il refusait de répondre, on allait passer outre et lui faire son procès sur-le-champ. On en était là quand la nouvelle imprévue d'une attaque des ennemis vint forcer le conseil de lever la séance, et on laissa quelque temps Filhot en prison. Lorsqu'on reprit le procès au milieu du mois de juin, Filhot se résigna à reconnaître la compétence du tribunal devant lequel il était traduit, afin de gagner du temps. Il subit donc son interrogatoire ; on le con-

---

1. Filhot avait lui-même écrit un journal de ses aventures, que dom Devienne avait sous les yeux en 1777, et qui n'a pas dû périr. Cependant il ne se trouve ni aux archives communales de Bordeaux ni aux archives départementales de la Gironde ni dans les papiers de la famille. Le dernier M. de Filhot, mort sans enfants, a laissé pour exécuteur testamentaire M. le vicomte de Batz d'Aurice, qui n'a pu découvrir le précieux journal parmi les papiers de la succession.

fronta avec son dénonciateur ; on lui promit sa grâce
s'il voulait nommer ses complices ; on l'assura que
Dussault était pris et qu'il avait tout avoué, qu'il
n'avait donc plus aucune raison de taire la vérité.
Filhot persista à ne rien dire, ne sachant point si
Dussault n'avait pas failli, mais bien décidé lui-
même à faire son devoir jusqu'au bout et à garder
la foi jurée. On commença par décider qu'il serait
mis à la question ordinaire et extraordinaire. Ayant
fait un faux pas en descendant l'escalier de la prison,
il tomba de quinze ou vingt marches ; on fut obligé
de le relever dans le plus triste état, et on dut le
tenir sous les bras pour le mener dans la chambre
de la question. Le médecin, commis pour assister
à ce supplice, lui trouva de la fièvre et ordonna une
saignée. Les commissaires de l'Ormée, parmi lesquels était Duretête, ne voulurent accorder aucun
sursis. Filhot, n'espérant pas survivre aux tour-
ments qu'il allait subir, demanda un notaire et un
confesseur. On les lui refusa, et on l'appliqua immédiatement à la question. Comme on avait un immense intérêt à bien connaître une conspiration qui
avait pensé réussir, pour faire parler Filhot on prolongea l'épreuve bien au delà du temps accoutumé.
L'Ormée se sentait sérieusement attaquée, et elle
était résolue à jouer le tout pour le tout. Les salles
de l'hôtel de ville étaient remplies de sicaires armés
qui attendaient les aveux de Filhot pour aller sur-

23

le-champ saisir les complices qu'il désignerait. On
répétait tout haut qu'il ne fallait épargner personne,
pas même le prince de Conti. On prolongea donc
le supplice de Filhot, dans l'espoir que l'extrême
douleur vaincrait son silence, et qu'il lui échapperait
des aveux dont on brûlait de profiter. L'infortuné
supporta pendant quatre heures entières des tour-
ments affreux. Une blessure qu'il avait reçue autrefois se rouvrit par la violence de la souffrance, mais
l'âme plus forte que le corps résista, et l'intrépide
vieillard (car il avait soixante ans) étonna ses bour-
reaux par sa constance. N'en pouvant rien tirer, ils
le laissèrent à demi mort. Sa malheureuse femme
put s'emparer de ce cadavre auquel il restait à peine
un souffle de vie, et elle le ranima à force de tendresse et de soins. Quelques mois après, il sortit
de prison accablé d'infirmités et le bras en écharpe
pour le reste de ses jours. Toute sa récompense fut
la translation de sa charge de trésorier de France
de Montauban à Bordeaux, avec une pension
de 1,800 livres[1] reversible à ses enfants et la per-

1. M. le vicomte de Batz d'Aurice assure que cette pension n'était
que de six cents livres, et avait pour objet d'indemniser Jacques
Filhot du pillage de sa maison. Elle fut successivement réduite et
supprimée définitivement sous Louis XV par une ordonnance de l'abbé
Terray. Le représentant de la famille de Filhot, conseiller au parlement
de Bordeaux, vint à Paris trouver le contrôleur général et lui proposa
de maintenir la pension par respect pour la mémoire de son aïeul, en
la réduisant à trois francs. Terray n'était pas fait pour entendre une
telle proposition, et la pension demeura supprimée.

mission de porter une fleur de lis d'argent dans
ses armes. Plus tard; Louis XIV, passant par Bordeaux à l'époque de son mariage et de la paix des
Pyrénées, voulut voir Filhot, et, commandant à
ses gardes de s'ouvrir pour le laisser approcher, il
lui dit de ce ton et de ce style royal qui lui est propre, et que nul n'a pu feindre et lui prêter : « Eh
bien! monsieur de Filhot[1], martyr de mon État,
comment vous trouvez-vous de vos blessures? —
Sire, lui répondit Filhot, toutes les fois que j'ai
l'honneur de voir Votre Majesté, elles me deviennent plus chères. » Lorsque Condé apprit quelle
atroce persécution Filhot avait soufferte et quel
courage il avait déployé, à son retour en France
il lui écrivit de sa propre main pour lui témoigner
à la fois sa douleur et son admiration. Il lui offrit
son amitié, et 1,000 écus de pension comme un bien
faible dédommagement du mal qu'involontairement
il lui avait fait. Filhot accepta l'amitié du grand
capitaine avec reconnaissance, mais il déclina la
pension.

Une cause qui réunissait ainsi contre elle toutes
les forces morales de la société, la magistrature, le
clergé, la bourgeoisie, et qui n'était défendue que
par l'audace et le crime, était une cause irrémédia-

---

1. La fleur de lis l'avait ennobli.

blement perdue. Elle devait bientôt périr en Guienne
et à Bordeaux, comme elle avait fait à Paris et dans
tout le reste du royaume.

Déjà en Berri, dans cette province si longtemps
dévouée aux Condé, la citadelle de Montrond, confiée au marquis de Persan, avait été contrainte de
céder aux longs et habiles efforts du comte de
Palluau, auquel cet important succès valut le bâton
de maréchal de France sous le nom de maréchal de
Clérambault. Le marquis de Persan était sorti de
Montrond le 1er septembre 1652, et il était allé
rejoindre Condé en Flandre. Le lendemain de son
départ, la citadelle de Montrond avait été rasée,
selon la résolution que la royauté avait prise de
détruire peu à peu tous ces châteaux forts du centre
de la France, depuis longtemps inutiles contre
l'étranger, et qui ne servaient plus que d'asile à
la haute aristocratie pour fouler impunément les
peuples ou se dérober à l'empire des lois. Le jeune
comte de Bouteville avait tenu plus longtemps en
Bourgogne. Enfermé dans la ville et la forteresse
de Seurre, il y avait fait une résistance opiniâtre,
digne du futur maréchal de Luxembourg. Il avait
pourtant fallu céder à la nécessité, et le 6 juin 1653
Bouteville avait capitulé avec tous les honneurs de
la guerre, et sous la condition que lui et les troupes
qu'il commandait, françaises et étrangères, seraient
conduits en toute sûreté par le chemin le plus court

à Stenay, près de M. le Prince[1]. Derrière lui avait
également disparu, rasée de fond en comble, la citadelle qu'il venait de si bien défendre. En Provence,
le fils aîné du duc de Vendôme, le duc de Mercœur,
devenu le neveu de Mazarin et nommé gouverneur
de la province, venait de contraindre son prédéces-
seur le duc d'Angoulême, cousin germain de Condé,
à lui céder la place, et celui-ci, n'osant pas courir
les aventures de son illustre parent, s'était décidé à
accepter l'amnistie[2]. Les villes du Languedoc qui
s'étaient soulevées à l'instigation de leur gouverneur, le duc d'Orléans, après l'avoir suivi dans la
révolte, l'avaient aussi suivi dans la soumission, et
rentraient sous l'autorité légitime. Le comte du
Dognon n'avait pas été des derniers à abandonner
celui qu'abandonnait la fortune : au mois de mars
1653, il avait conclu son traité avec Mazarin, et,
au prix du bâton de maréchal de France, remis entre
les mains du Roi ses régiments de cavalerie et d'infanterie, sa flotte et le port de Brouage[3]. Enfin,
sur les frontières de la France et des Pays-Bas,
les places qu'en se retirant Condé avait occupées
étaient successivement reprises par Turenne et par La
Ferté-Seneterre. Sans doute nos grandes conquêtes

1. Voyez les divers articles de cette capitulation dans la *Gazette* pour
l'année 1653, p. 580.
2. *Mémoires* de Montglat, p. 391-392.
3. *Gazette* pour l'année 1653, p. 336, et Montglat, *ibid.*, p. 454-455.

étaient perdues, grâce à la Fronde : en Flandre
Gravelines et Dunkerque, Casal en Italie, Barcelone
et toute la Catalogne en Espagne, naguère achetées
par des flots de sang français, nous avaient été
enlevées ; mais du moins le territoire national était
libre, et l'autorité royale, s'affermissant peu à peu,
nous promettait de glorieuses revanches. La Guienne
seule résistait encore. Mazarin voulut en finir avec
ce dernier retranchement de la Fronde : il donna
l'ordre à Candale, à Vendôme et à d'Estrade d'unir
leurs forces et de bloquer étroitement Bordeaux.
D'Estrade sortit d'Agen pour se mettre en communication avec ses deux collègues. Candale battit plusieurs fois Balthazar, prit Bergerac, Marmande, et
soumit toutes les petites villes de l'Entre-deux-Mers[1].
Le duc de Vendôme, avec la flotte royale, grossie
de celle de du Dognon, contint au bas de la Gironde,
vers la tour de Cordouan, la flotte espagnole, que
commandait le marquis de Sainte-Croix, et avec
une partie de la sienne poussa les vaisseaux bordelais jusqu'au-dessous des ruines du château Trompette ; en sorte que des tours de Bordeaux on voyait
de toutes parts la flotte et les deux armées du Roi
investissant la ville, et toutes prêtes, s'il le fallait, à
lui porter les derniers coups.

Le prince de Conti était fort tranquille : son

---

1. On appelle ainsi tout le beau pays situé entre la Dordogne et la
Garonne, entre Libourne et Bordeaux.

traité particulier avec la cour était définitivement
conclu ; il ne s'agissait plus pour lui que d'échapper aux soupçons et aux violences des ormistes,
et d'arriver sain et sauf au dernier acte de ce triste
drame. Mais la princesse de Condé, Mme de Longueville, Marsin et Lenet, qui voulaient rester fidèles
à Condé, étaient au comble de l'anxiété. Marsin
n'ignorait pas le sort qui l'attendait ; il savait bien
qu'après sa trahison de Barcelone, s'il était pris
les armes à la main, il porterait sa tête sur un échafaud. Il se jetait donc au plus épais de l'Ormée,
ne voyant plus de ressource que dans les derniers
efforts du désespoir, et invoquant, ainsi que son
général, le calvinisme, la république, la domination anglaise et la domination espagnole, plutôt
que de tomber vivant entre les mains de Mazarin.
Secondé par Mme de Longueville et le comte de Fiesque, il pressait en vain le marquis de Sainte-Croix
d'attaquer la flotte française ; mais les trois députés
de la ville de Bordeaux ou plutôt de l'Ormée auprès
de la république d'Angleterre, Trancas, Blarut et
Dezert, conservaient l'espérance d'en obtenir des
secours, et dans le mois de juin ils transmirent une
proposition positive et formelle de Cromwell qui ranima un moment le parti des Princes.

C'est l'abbé de Cosnac, si bien informé, qui nous
donne ce précieux renseignement[1]. Cromwell, à ce

1. *Mémoires*, t. I, p. 68.

qu'écrivait Trancas, proposait un secours très considérable d'hommes et d'argent, et s'engageait à
chasser les troupes du Roi de toute la province,
mais à une condition fort dure : c'est qu'au lieu
de lui donner Bourg ou Blaye dans la Gironde
comme places de sûreté, on lui remettrait la ville
même de Bordeaux. Marsin et tous les gens aussi
compromis que lui ne demandèrent pas mieux
que d'accepter cette proposition, désastreuse pour
la France mais qui leur était une chance inespérée
de salut. Cosnac assure que le faible et capricieux
Conti, qui avait déjà signé un traité bien différent,
intimidé par Marsin et par l'Ormée, et même ébloui
des avantages qu'on lui faisait voir dans les offres
de Cromwell, était tenté de les agréer et de les autoriser de son nom. L'abbé prétend que c'est lui qui
arrêta le prince. Il se vante peut-être pour faire
valoir ses services; mais il est impossible qu'il n'y
ait pas quelque fond de vérité dans son récit : il
mérite d'être mis sous les yeux du lecteur. « Je crois
pouvoir dire que je rendis en cette occasion un service important à mon Roi, à mon maître et à l'État.
Je m'opposai fortement en particulier à une si pernicieuse résolution. Je représentai à M. le prince
de Conti le danger qu'il couroit en rendant Cromwell le maître d'une ville en laquelle résidoit toute
sa puissance; la honte dont il se couvriroit, lui qui
étoit ecclésiastique, d'établir un hérétique dans une

ville catholique, lui qui étoit prince du sang de
France, un tyran qui, ayant fait mourir son Roi, ne
manqueroit pas de le traiter de même, pour peu
qu'il lui fût utile d'en user de la sorte. Si M. le prince
de Conti eût accepté les offres de Cromwell, je ne
doute pas que Cromwell, de son côté, n'eût tenu les
paroles que Trancas avoit données pour lui; mais
ce prince fut arrêté par mes remontrances, et ayant
examiné ensuite de plus près le danger qu'il y
avoit dans cette affaire, il s'en dégoûta peu à peu, et
par là donna le temps au monde qui s'étoit échauffé
au premier bruit de cette nouvelle, de se refroidir
aussi. »

Cependant les généraux de Mazarin, avertis sans
doute de cette négociation, et redoutant de voir tout à
coup une flotte anglaise rallier la flotte espagnole et
s'avancer dans la Gironde jusqu'à Bourg, où elles
auraient trouvé un puissant appui, résolurent de les
prévenir et de s'emparer d'une ville qui dominait le
cours de la Dordogne et celui de la Garonne, et cou-
vrait à la fois Libourne et Bordeaux. Le duc de
Vendôme l'assiégea du côté de la Dordogne, le duc
de Candale et le comte d'Estrade du côté de la terre,
et le 20 juin la tranchée fut ouverte. Il y avait une
nombreuse garnison espagnole, commandée par un
chef estimé, don Joseph Ozorio, qui avait succédé
au baron de Vateville. Marsin, sentant le prix d'un
tel poste, s'apprêtait à marcher à son secours, lors-

qu'il apprit que le 3 juillet Bourg avait capitulé
après trois attaques assez faibles[1]. Il n'y eut qu'un
cri d'indignation contre une aussi molle défense;
aussi à peine don Ozorio eut-il mis le pied en Espagne, qu'il fut arrêté, mené au château de Saint-
Sébastien, livré à un conseil de guerre et condamné
à avoir la tête tranchée[2]. Bientôt après, le duc de
Vendôme prit Lormont, village fortifié sur la Gironde, à très peu de distance de Bordeaux, où la
garnison, toute irlandaise, ne se défendit guère
mieux que la garnison espagnole de Bourg. En même
temps, on alla mettre le siége devant Libourne, dont
le fidèle gouverneur, le comte de Maure, était alors à
Bordeaux, et Libourne se rendit au comte d'Estrade,
le 17 juillet, avec ses deux voisines, Castillon et
Saint-Émilion.

Restait Bordeaux, réduite à elle-même, n'ayant
plus de secours à attendre d'aucun côté, assez bien
fortifiée, et gardée par le reste des troupes de Marsin et par les bandes de l'Ormée, mais qu'il n'eût
pas été très difficile d'emporter d'assaut par des
attaques de terre et de mer bien combinées, en se
résignant à voir couler de part et d'autre des torrents
de sang. Mazarin, désormais sûr de la victoire, aima
mieux la demander au temps qu'à la force. Il laissa

1. *Gazette,* p. 678, et pour les détails du siége et de la capitulation,
p. 681-682.
2. Balthazar, *Histoire de la Guerre de Guyenne,* édition de M. Moreau,
p. 365.

Bordeaux se consumer dans ses propres divisions,
et attendit qu'elle vînt d'elle-même recourir à la
clémence royale. Le père Berthod, empruntant tous
les déguisements, bravant tous les périls, allait sans
cesse de Lormont, où était le quartier général de
l'armée, à Bordeaux, y conférait avec les principaux amis du Roi, recueillait leurs conditions, les
portait à Lormont, et les y faisait accepter : vaste
amnistie, rétablissement des priviléges de la ville,
des magistratures municipales, et même quelque
temps après du parlement, tout avait été prévu,
délibéré, consenti des deux côtés. Les honnêtes
gens levaient partout la tête; des femmes même
prenaient part aux conspirations[1]. Il y avait à Bordeaux une ardente et brave jeunesse ouvertement
déclarée contre l'Ormée, fort semblable à cette jeunesse dorée qui, à Paris, à la fin de la Terreur et au
commencement du Directoire, se plaisait à insulter
et à poursuivre les Jacobins à demi vaincus. Plus
courageuse, celle de Bordeaux, en 1653, attaquait
un ennemi redoutable encore, et elle s'en allait sur
les places publiques, au risque de rencontres sanglantes, crier : Vive le Roi et la paix ! Ce cri devint
bientôt général, tout-puissant, irrésistible.

Mazarin avait pour principe de ne pas poursuivre ses ennemis à outrance; il aimait mieux les

---

1. *Mémoires* du père Berthod, p. 400, 421, etc.

séduire, s'il était possible, ou du moins s'en défaire
à de bonnes conditions plutôt que d'avoir à les
exterminer. Il craignait toujours que la flotte espagnole qui était au bas de la Gironde ne se décidât à
livrer un combat à la flotte royale pour délivrer Bordeaux et sauver la Fronde ; il craignait quelque
résolution soudaine de Cromwell, comme celle qui
l'année précédente lui avait fait saisir en pleine
paix dans la Manche les vaisseaux Français allant
au secours de Dunkerque ; il connaissait l'énergie et
la férocité de Marsin, qui, n'ayant plus rien à ménager, pouvait s'ensevelir sous les ruines de Bordeaux.
Il fut donc trop heureux lorsque Gourville [1], qui
passait à son service en quittant celui de La Rochefoucauld, s'engagea à terminer l'affaire de Bordeaux,
s'il pouvait porter aux amis de Condé des propositions honorables. Déjà on avait gagné le prince de
Conti ; il s'agissait, non pas de gagner la princesse
de Condé, Mme de Longueville, Marsin et Lenet,
dont la fidélité était inviolable, mais de s'en débar-
rasser en leur permettant de se retirer où il leur
plairait avec toutes les sûretés nécessaires. La vengeance n'était pas satisfaite, il est vrai, mais la
politique l'était, et Mazarin n'écoutait que la politique. Gourville alla donc à Bordeaux entamer cette
suprême négociation. Les amis de Condé furent

---

1. *Mémoires* de Gourville, collection Petitot, t. LII, p. 274, etc.

bien forcés de s'y résigner, car comment continuer
la guerre avec quelques troupes qu'on ne pouvait
plus recruter et des sectaires indisciplinés, contre
une armée nombreuse et vaillante enhardie par le
succès? Il fallait périr ou traiter. Condé autorisa donc
sa famille et ses amis à le faire sous cette condition
que toutes les troupes que Marsin lui avait conservées ne seraient point licenciées et auraient la permission de venir le joindre à Stenay. Lorsque Gourville fit part de cette clause à Mazarin, le cardinal
se récria ; puis il réfléchit et finit par l'agréer, avec
cet amendement qu'il s'agissait seulement des régiments de M. le Prince et du duc d'Enghien, que le
tout ne passerait pas deux mille cinq cents hommes,
et que les chefs de corps et les officiers seraient
libres de quitter, s'ils le voulaient, le service du
prince. Telle fut la transaction qu'acceptèrent, avec
le prince de Conti, la princesse de Condé, Mme de
Longueville, Marsin et Lenet ; elle fut signée le
24 juillet et exécutée quelques jours après[1]. La princesse, son fils et Lenet s'embarquèrent pour aller
retrouver Condé dans les Pays-Bas. Marsin, avec
le comte de Fiesque, alla d'abord faire un tour en
Espagne, où il fut accueilli avec une haute faveur,
reçut le titre de capitaine général, et, ne désespé-
rant pas de la fortune, imagina de nouvelles entre-

---

1. Ce traité est en substance dans Gourville, *ibid.*, p. 281, et tex-
tuellement dans les *Mémoires* de Cosnac, t. I, p. 95.

prises. Si Mᵐᵉ de Longueville eût suivi son inclination; elle aurait accompagné sa belle-sœur, et se
serait retirée auprès de son frère; mais elle avait
appris à se défier de son cœur; et elle obéit à un
devoir impérieux, acceptant le malheur dans toute
son étendue avec son courage accoutumé, l'esprit
déjà rempli de graves pensées; méditant de se punir
elle-même de ses fautes, mais à la manière des
grandes âmes et par des moyens que Dieu seul
prescrit et récompense, inquiète et troublée dans sa
propre conscience, mais toujours fière en face de
ses ennemis, et bien décidée à ne recevoir aucune
grâce de Mazarin victorieux. Le prince de Conti,
charmé de se voir délivré d'une vie qui lui était
devenue insupportable, s'en alla avec sa petite cour
en Languedoc, dans sa belle maison de La Grange,
près de Pézénas. Mᵐᵉ de Calvimont l'y avait précédé.
Là il s'amusa beaucoup, fit encore de nouvelles
amours, en tomba malade[1]; et termina ses tristes
aventures en épousant la belle et aimable nièce de
Mazarin, d'abord destinée au duc de Candale. Il y
perdit tous ses biens ecclésiastiques, dont le cardinal s'accommoda, et reçut en échange les charges
de Condé, même une partie de son patrimoine, s'en-

---

1. *Mémoires* de Cosnac, *ibid.*, p. 113-137. On trouve en cet endroit
de précieux renseignements sur Molière et sa troupe, qui jouèrent sur
le théâtre de La Grange. L'abbé de Cosnac dit que Molière reçut dès
lors une pension du prince de Conti.

richissant ainsi des malheurs et des dépouilles du
chef de sa maison. Quelque temps après, il avait
le commandement de l'armée de Catalogne. L'abbé
de Cosnac, le premier auteur de la défection du
prince, était élevé à l'évêché de Valence; Sarasin,
qui avait eu la première idée du mariage, recevait une bonne somme d'argent, avec le titre de
conseiller d'État, un peu grave pour un pareil personnage[1], et Gourville 2,000 écus d'abord, puis
autant de pension. Le marquis de Chouppes, l'ami
et le complice de Cosnac, passa tout naturellement
au service du Roi, suivit le prince de Conti en
Catalogne et fit une assez brillante carrière[2]. Le
marquis de Théobon, qui avait expié sa belle défense de Villeneuve-d'Agen en s'associant à l'entreprise de Filhot, fut traité comme Chouppes; plus
tard il servit de nouveau sous Condé pour une meilleure cause, et périt glorieusement au passage du
Rhin. Balthazar, en véritable officier de fortune qui
ne trahit personne, mais qui sert tout le monde
suivant les circonstances, se trouvant quitte envers
Condé, ne vit pas la moindre difficulté à contracter
d'autres engagements : au moyen d'un bon traité
qui lui garantissait ses grades, ses honneurs et ses
pensions, il entra dans l'armée de Catalogne, et se

---

1. Dans le privilége pour l'impression de ses œuvres, édition origi-
ginale de 1656, il est qualifié de conseiller d'État.
2. Il devint lieutenant général.

battit aussi bien pour le Roi qu'il l'avait fait pour la Fronde[1].

Le 3 août 1653, les ducs de Candale et de Vendôme entrèrent dans Bordeaux triomphalement. Le drapeau rouge, symbole odieux des fureurs de l'Ormée [2], comme plus tard de celles des Jacobins, avait été enlevé du clocher de Saint-Michel et remplacé par le drapeau de la France. Quelques jours auparavant, on avait tiré de leurs prisons Filhot et le père Ithier. Les ducs, avec le comte d'Estrade et une brillante escorte, allèrent descendre à l'église métropolitaine de Saint-André, où l'on chanta le *Te Deum*, et le père Ithier prêcha en l'honneur de la paix et du Roi. Peu de temps après, il était fait évêque de Glandèves, en même temps que le père Faure passait à l'évêché d'Amiens, et que le père Berthod, aussi désintéressé qu'intrépide, allait finir ses jours dans le petit couvent des cordeliers de Brioude.

L'amnistie promise à Bordeaux fut religieusement observée; mais si Mazarin était trop politique pour ne pas incliner à la clémence à la fin d'une guerre civile, il était aussi trop homme d'État pour pousser l'indulgence jusqu'à la faiblesse : il avait donc insisté pour qu'on exceptât de l'amnistie cinq personnes

---

1. Il accompagna le prince de Conti en qualité de lieutenant général dans la campagne de 1654, *Mémoires* de Balthazar, *ibid.*, p. 359.
2. Dom Devienne, p. 473.

qui en effet avaient franchi toutes les limites de la
trahison et du crime : Trancas, conseiller au parlement, Blarut et Dezert, qui tous trois avaient été
proposer à Cromwell de céder à la république d'Angleterre plusieurs points du territoire français et
peut-être même Bordeaux, ainsi que Villars et Duretête, les deux chefs de l'Ormée qui avaient amassé
tant de haines. Trancas était encore en Angleterre
avec ses deux collègues : ils y demeurèrent. Le
prince de Conti sauva le lâche Villars en l'emmenant
avec lui, et on l'oublia dans les bagages et la domesticité de son protecteur[1]. Duretête paya pour tous.
Il avait eu l'imprudence de rester à Bordeaux. Apprenant qu'on voulait l'arrêter, il essaya de se sauver dans une charrette de foin, fut reconnu, pris et
condamné à être roué vif. Pendant plus d'une année
cet homme avait été maître absolu de la ville,
faisant mouvoir à son gré le prince de Conti, et
adoré de la populace à qui ses décisions étaient
des ordres souverains. Un historien[2] lui rend cette
justice qu'il n'avait pas profité de son pouvoir pour
s'enrichir, et si l'ancien boucher s'était montré impi-

---

1. *Mémoires* de Cosnac, *ibid.*, p. 110.

2. Dom Devienne, qui a recueilli la tradition de Bordeaux, et qui
avait sous les yeux bien des manuscrits du temps. L'abbé de Cosnac,
qui ne pardonnait pas encore à Duretête la peur qu'il lui avait faite,
parle tout autrement, t. Ier, p. 110 et 111 : « Duretete, l'autre chef,
demeura, soit qu'il fût assez mal avisé pour se fier à sa basse naissance
et pour s'imaginer qu'on négligeroit sa punition, soit qu'il eût regret
d'abandonner le fruit de ses brigandages. »

toyable, du moins il était demeuré pauvre. Il marcha à la mort avec fermeté, et ne donna aucun signe
d'émotion, hormis quand il vit cette multitude, qui
avait été dans sa main et à ses pieds, assister tranquillement à son exécution, et pousser la bassesse de
l'inconstance jusqu'à insulter à son malheur. On
avait choisi la plate-forme de l'Ormée pour le lieu
du supplice. Le corps de Dureteête y resta exposé
plusieurs jours sur la roue ; on mit sa tête au bout
d'un pieu, et on l'attacha au haut d'une tour à l'extrémité de l'Ormée. En même temps on s'empressa
de rebâtir le château du Hâ et le château Trompette ; le futur maréchal d'Estrade fut nommé maire
perpétuel de Bordeaux, et le duc d'Épernon rétabli
dans le gouvernement de la province.

Ainsi finit la Fronde à Bordeaux : ses destins
étaient accomplis sans retour, et, quelques mois à
peine écoulés, il n'en restait plus qu'un souvenir
pénible dans la mémoire des honnêtes gens et une
date funeste dans notre histoire.

APPENDICE

NOTES DU CHAPITRE PREMIER

I

TRAITÉ GÉNÉRAL DES PRINCES AVEC LES FRONDEURS

En Janvier 1651.

La Rochefoucauld et Retz nous apprennent dans le plus grand détail que pendant le mois de janvier 1651 un traité secret se négocia entre les chefs des Frondeurs et les amis des Princes prisonniers au Havre, par l'intermédiaire de la princesse Palatine. Ce traité fut définitivement arrêté et signé la nuit chez la Palatine dans les derniers jours de janvier. « Nous convînmes, dit Retz (édit. d'Amsterdam, 1731, t. II, liv. III, p. 150), que ce traité seroit mis en dépôt entre les mains de Blancménil, qui, tel que vous le connoissez, faisoit en ce temps-là quelque figure à cause qu'il avoit été des premiers à déclamer dans le parlement contre le cardinal Mazarin. Ce traité est en original entre les mains de Caumartin, qui, étant un jour avec moi à Joigny, il y a huit ou dix ans, le trouva abandonné dans une vieille armoire de garde-robe. »

Le traité dont il s'agit a tiré Condé de prison et renversé Mazarin, il a changé la face des affaires, il a donné naissance à la seule situation où la Fronde ait pu s'établir et fonder peut-être un gouvernement. Retz nous dit bien en quoi il consistait, et avec quel soin tous les divers intérêts y avaient été ménagés, grâce à sa prévoyance et à celle de la princesse Palatine ; mais la pièce elle-même, dans sa teneur exacte, cette pièce si importante, est jusqu'ici demeurée in-

connue. Il y en avait deux exemplaires : l'original que Retz
avait confié à Caumartin, et que celui-ci abandonna dans
une vieille armoire ; un double, déposé entre les mains de
Blancménil. Que sont devenus ces deux exemplaires?
MM. Champollion-Figeac n'ont retrouvé ni l'un ni l'autre, et on chercherait en vain ce traité, qui joue un si
grand rôle dans l'histoire de la Fronde, soit dans l'édition des *Mémoires* de Retz que ces deux messieurs ont
donnée sur le manuscrit même du cardinal, conservé à la
Bibliothèque impériale, en l'enrichissant d'une foule de documents accessoires (collection Michaud et Poujoulat, 1851),
soit même dans l'édition nouvelle, fort augmentée encore,
que M. Aimé Champollion vient de faire paraitre chez le
libraire Charpentier, dans cette année 1859. Un heureux
hasard nous a fait rencontrer et nous permet de mettre au
jour pour la première fois une des deux pièces indiquées
par Retz.

Mme la comtesse de Caffarelli, dont la mort laissera de
longs regrets dans le cœur de tous ceux qui l'ont connue,
et qui par sa beauté douce et fière et la supériorité de son
esprit eût été digne de figurer parmi les femmes illustres
du xviie siècle[1], possédait dans son château de Léchelles, en
Picardie, un vieux manuscrit des *Mémoires* de Retz, venu
là on ne sait trop comment, mais qui y était depuis longtemps et bien avant la Révolution. Elle eut la bonté de nous
le communiquer. Dès le premier examen, nous reconnûmes
une copie incomplète mais parfaitement exacte du manuscrit autographe de Retz. Mais ce qui nous frappa le plus
dans ce précieux in-folio, ce furent les divers papiers insérés au milieu du volume, et parmi lesquels était le traité

---

1. Mme de Caffarelli était fille du comte d'Hervilly, le chef infortuné de la triste
expédition de Quiberon, qui du moins mourut au champ d'honneur. Elle avait
épousé le général comte Auguste de Caffarelli, aide de camp de l'Empereur, ministre de la guerre du royaume d'Italie, le plus jeune frère de Caffarelli du Falga,
le plus grand officier du génie des premières guerres de la Révolution, tué en
Égypte au siége de Saint-Jean-d'Acre.

que nous cherchions. Il n'y avait pas à s'y méprendre :
c'était bien là l'un des deux exemplaires mentionnés par
Retz. Il se compose de neuf feuilles in-folio, pliées et atta-
chées par des cordons de soie, selon la mode du temps, et
cachetées à différents endroits. Les cachets ayant été rompus
ne sont plus reconnaissables, mais les signatures sont authentiques. Voilà bien celles, à nous si connues, d'Anne
de Gonzague, de La Rochefoucauld, de Retz, etc. Et, pour.
qu'il ne puisse rester aucun doute, on lit cette note en
tête du traité :

« Cest' original a esté mis en dépost entre les mains de Mr de Blanc-
menil, à condition qu'il sera rendu à M^r le Coadjuteur, et à son
default entre les mains de M^r le marquis de Fosseuse, sitost que
M. le Prince sera en liberté, et jusques a ce il ne pourra estre
délivré ny ouvert que du consentement de M^r le président Viole
et à son default de Madame la princesse Palatine ou de M. Arnaud. »

Il est donc certain que nous avons sous les yeux l'exemplaire du fameux traité qui avait été mis en dépôt entre les
mains de Blancménil. Nous le reproduisons fidèlement sans
la moindre altération.

« Nous soubsignés, recongnoissant par expérience le préjudice que
le Roy et l'Estat recoivent de la détention de Messieurs les princes de
Condé, de Conty, et duc de Longueville, qu'elle donne de nouveaux
advantages aux ennemis de la France par le mécontentement qu'en tes-
moingnent plusieurs personnes considérables ;
« Qu'elle met le desespoir dans l'esprit des peuples qui ont desja
beaucoup souffert des desordres que leur emprisonnement a causés, et
qui ont un juste subjet d'en appréhender les suittes, s'il n'y est promptement pourveu par leur liberté ;
« Avons estimé que nous ne pouvions rien faire de plus advantageux
ny de plus utile au publicq que de nous unir, affin de faire cesser par
tous moiens légitimes et possibles l'oppression de cès trois princes,
arestés et détenus prisonniers contre les lois du Roiaume et recongnus
innocens par l'adveu du parlement qui a ordonné des remontrances en
faveur de leur liberté par l'arrest du 23 décembre 1650 ;
« Et d'auttant que le cardinal Mazarin est notoirement l'autheur de
leur détention, et la cause des desordres qui l'ont précédé et suivy, qu'il

né les a faict arester que pour eslonguer la paix generalle, et affermir
dans le trouble l'authorité qu'il a usurpée pendant la régence, et que
la conduitte expose manifestement la France à tous les malheurs que
les guerres etrangères et civiles peuvent causer dans un estat épuisé
d'hommes et d'argent ; Et que l'on ne peut esperer de le voir paisible
tandis qu'il demeurera dans les affaires ; Nous avons cru aussi qu'il
estoit nécessaire, pour le bien de l'Estat, pour la reunion de la maison
roiale, pour la delivrance de M^{rs} les princes, la seureté commune de
tous les particuliers qui ont tesmoigné du zèle pour le bien publicq,
et se sont opposés, au parlement et ailleurs, aux mauvais conseils
du cardinal Mazarin, pour l'establissement du repos dans le roiaume
et de la paix avec les estrangers, de ne rien obmettre de ce qui
pourroit servir à obtenir de leurs Majestés son eslongnement, ce qui nous
a obligé de faire ensemble le présent traicté, scavoir : Nous Anné
de Gonzague princesse Palatine, Charles Amédée de Savoie duc de
Nemours, Pierre Viole conseiller du Roy en ses conseils et président
dans son parlement, Louis de Rochechouart comte de Maure, et Izac
Arnaud Mareschal de camp, A. de Croissy, au nom de Messieurs les
princes, et en vertu des pouvoirs qu'ils nous en ont donnés, dont l'un
des dits pouvoirs sera mis en depost avec l'original du present traicté
qui doibt estre mis entre les mains de M. le Coadjuteur, aux conditions dont l'on est demeuré d'accord, d'une part, et nous Francois
de Vendosme duc de Beaufort, Francois Paul de Goudy, coadjuteur à
l'archevesché de Paris, Louis de Cossé duc de Brissacq[1], et Francois de
Montmorency marquis de Fossense, d'autre ; Et comme, nous Coadjuteur,
avons esté autrefois plus particulierement honoré des bonnes graces
de M^{rs} les princes, aussi nous trouvons nous plus obligé de tesmoingner,
comme nous avons desja faict dans les assemblées du parlement
et à leurs amis et serviteurs, que nous avons eu d'auttant plus de douleur de voir que les artifices du cardinal Mazarin nous avoient attiré
leurs disgraces, que nous avons tousjours eu plus de respect pour leur
naissance et d'estime pour leur vertu, et que si nous avons tardé quelque
temps d'entrer dans les intérêts de la justice et de travailler à leur
liberté, ça esté à dessein d'attendre une conjoncture favorable qui nous
fist naistre les moiens de les servir plus utillement et donner des tes-
moingnages publicqs de nos bonnes intentions ;

« Suppliant aussi mademoiselle de Longueville de vouloir se souvenir
de la passion que nous avons tesmoingnée de servir M^r son pere
et de satisfaire à tous les debvoirs non seulement de respect, mais aussi
au ressentiment et à la gratitude de toutes les obligations personnelles
dont nous luy sommes redevables.

---

1. *Louis de Cossé Duc de Brissacq* est écrit, puis rayé.

« Nous Francois Paul de Gondy Coadjuteur à l'Archevesché de Paris,
François de Vendosme duc de Beaufort, Louis Cossé duc de Brissacq [1],
François de Montmorency marquis de Fosseuse, promettons a Madame
la princesse Palatine, M^r le duc de Nemours, M^r le président Viole, le
comte de Maure, M. Arnand, A. de Croissy, tous acceptant au nom de
MM. les princes, d'employer nos offices envers M^r le duc d'Orléans,
et nos soins et ceux de nos amis au parlement et par tout ailleurs
par tous moiens possibles, affin de leur procurer la liberté, nous
reservant néantmoins de demeurer dans les interets et la dependence
de M^r le duc d'Orléans, à cause de la protection qu'il nous a
donnée jusques à présent, sans toutefois que cette dependence nous
empesche de nous trouver au parlement, d'y opiner pour leur liberté et
de faire agir nos amis conformément à ce dessein; nous trouvant obligés par le motif de la justice, par celuy de l'honneur, et par l'engagement que nous prenons de suivre ce sentiment; joint que le parlement
a assez déclaré par son arest du 23 déc. 1650 que leur liberté estoit
juste et nécessaire pour le bien de l'Estat;

« Et au cas que M^r le duc d'Orléans se joignit au parti du cardinal Mazarin, contre les interets du parlement et de la ville de Paris,
ou vint à nous abandonner, nous promettons d'agir et faire agir nos
amis au parlement et par tout ailleurs, sans aucune reserve, mesmé a
l'égard de M^r le duc d'Orléans;

« Que s'il prend l'authorité par l'eslongnement du cardinal Mazarin
ou autrement, nous promettons de faire tous nos efforts auprès de luy
affin de le porter à mettre M^rs les princes hors de prison, et au cas que
nous ne le pussions obtenir, nous continuerons nous et nos amis d'opiner dans le parlement pour leur liberté, et conjointement avec les amis
et serviteurs de M^rs les princes proposerons de faire une députation
vers M^r le duc d'Orléans pour ce subjet, et au cas qu'il vint au
parlement, nous et nos amis nous joindrons aux amis et serviteurs de
M^rs les princes pour luy demander leur liberté;

« Et pour tesmoingner avec combien de franchise Nous, Francois Paul
de Gondy, coadjuteur à l'archevesché de Paris, voulons agir en cest'
occasion, si M^r le duc d'Orléans prend l'authorité, comme il est dit cy
dessus, et qu'il ne mette pas M^rs les princes en liberté, nous promettons
de nous retirer dans l'une de nos maisons de campagne, et d'y demeurer
aussi longtemps qu'ils seront en prison, sinon que nous fussions priés
par les soubsignés de vouloir demeurer affin de continuer nos offices et

1. Encore effacé.

nos soins auprès de Mᵣ le duc d'Orléans, et par tout ailleurs où nous
en serons requis;

« Et d'auttant que Mᵣ le duc de Beaufort, Mᵣ le Coadjuteur,
Mᵣ de Brissacq ¹ et Mᵣ le marquis de Fossense, promettent et
s'engagent de s'unir avec leurs amis aux amis et serviteurs de
Mʳˢ les princes, en intention de leur procurer la liberté, si quelquun
dans le parlement parloit contre eux et leurs amis, nous Princesse
Palatine, Duc de Nemours, Comte de Maure, President Viole et
Izac Arnaud, A. de Croissy, promettons que les amis et serviteurs de
Mʳˢ les princes, les soustiendront et tesmoingneront dans leurs places
de n'approuver pas qu'on mesle des invectives particulières dans les
délibérations des affaires publicques;

« Et reciproquement, Nous Francois Paul de Gondy, Duc de Beaufort,
Duc de Brissacq ² Marquis de Fossense, promettons d'appuier et faire
appuier par nos amis, les advis des amis et serviteurs de Mʳˢ les princes,
et de les soustenir si l'on s'adressoit à leurs personnes.

Les principaux motifs de cest' union estant la liberté de Mʳˢ les
princes et l'eslongnement du cardinal Mazarin, nous Princesse Palatine,
Duc de Nemours, Comte de Maure, Président Viole, Izac Arnaud, A. de
Croissy, promettons que les amis et serviteurs de Mʳˢ les princes pour-
suivront dans le parlement, avec Messieurs le Coadjuteur, le Duc de
Beaufort et le Duc de Brissacq ³ et leurs amis, la liberté des dits princes,
par toutes voies et moïens qui auront esté concertés, et en cas que
quelquun dans la compagnie voulut contredire les advis dont l'on sera
convenu ou en faveur de leur liberté ou contre le cardinal Mazarin, les
amis des uns et des autres se reuniront affin de faire passer l'advis
qui de concert aura esté ouvert.

« Comme pour le succes d'une affaire de cest' importance il est besoin
de beaucoup d'union, d'intelligence et de correspondance, nous Princesse Palatine, Duc de Nemours, Comte de Maure, Président Viole,
Arnaud, A. de Croissy, nous obligeons sur nostre foy et nostre honneur
de communiquer à M. le Coadjuteur toutes les propositions qui nous
pourront estre faictes de la part du cardinal Mazarin pour son accommodement avec Mʳˢ les princes, declarant néantmoins que nous ne
refuserons ny ne rejetterons aucun des moiens qui nous seront pré-
sentés affin d'advancer leur liberté, et que c'est sur la parolle que M. le
Coadjuteur donne de garder le secret, de ne descouvrir à personne, pas
mesme à Mᵣ le duc d'Orléans, aucunes des choses que nous lui
confierons, de n'apporter aucun empeschement aux dits traictés, négociations et propositions, ains au contraire de les favoriser en la ma-

1. Effacé.
2. Effacé.
3. Ici le nom n'est pas effacé.

nière que nous desirons de luy; ce que nous Coadjuteur avons promis, et nous sommes obligé sur nostre honneur de donner aussi part aux soubsignés de tous les traités et négotiations, que le cardinal Mazarin ou quelquun de son parti pourroit proposer pour nous ou nos amis, et de n'en conclure aucuns que du consentement des amis et serviteurs de M^{rs} les princes, et de donner advis aux susnommés de toutes les choses qui viendront a nostre cognoissance par quelque voie que ce soit, qui pourroient servir ou nuire directement ou indirectement à leur liberté; nous Princesse Palatine, Duc de Nemours, Comte de Maure, Président Viole, et Arnaud, promettons aussi de lui garder un entier secret.

Nous promettons pareillement, et ce au nom et par ordre de M^{rs} les princes, a M^{rs} le duc de Beaufort, Coadjuteur, duc de Brissacq ¹, et marquis de Fosseuse et leurs amis qui s'uniront pour faire reussir ce traicté, que M^{rs} les princes les considereront comme leurs amis et serviteurs, et qu'en cas que le cardinal Mazarin fist arester prisonniers aucuns de ceux qui s'emploieront utillement pour l'execution des choses y contenues, ou entreprist quelque autre violence soubs quelque prétexte ou occasion que ce pust estre, que nous et les amis et serviteurs de M^{rs} les princes emploieront tous nos offices, soit au parlement ou ailleurs, et prendront tous les moiens convenables pour la faire cesser le plus promptement que nous pourrons.

« Comme pareillement nous Coadjuteur, duc de Beaufort, duc de Brissacq ², et marquis de Fosseuse, promettons de prendre tous les moiens possibles, soit agissant auprès de M^r le duc d'Orléans, au parlement et ailleurs, affin d'empescher ou faire réparer toutes les violences qui pouroient estre ³ soubs quelques prétextes que ce fut a Madame la princesse Palatine, M. le duc de Nemours, M. le comte de Maure, M. le président Viole, M. Arnaud, A. de Croissy, et aux autres amis et serviteurs de M^{rs} les princes.

« Que s'ils estoient delivrés sans qu'il paruct que M^{rs} le Coadjuteur, les ducs de Beaufort et de Brissacq ⁴, le marquis de Fosseuse et leurs amis fussent la seule et principalle cause de leur liberté, nous leur promettons de rendre tesmoingnage à M^{rs} les princes, qui ⁵ leur en sont obligés, et que dans la délibération sur la requeste de Madame la Princesse ils ont agi et opiné dans le parlement en faveur de M^{rs} les princes, et par concert avec leurs amis et serviteurs, et que le cardinal

1. Effacé.
2. Effacé.
3. *Faictes* oublié.
4. Effacé.
5. *Sic.* Pour : qu'ils leur en sont, etc.

Mazarin n'auroit jamais consenty qu'on les mit hors de prison s'il n'y avoit esté nécessité par la conduite desdits sieurs et de leurs amis; et nous obligeons encore en nostre nom de faire en sorte que M^rs les princes les considereront comme les principaux autheurs de leur liberté, et qu'ils executeront en ce qui les concerne et feront executer le présent traicté en tous ses articles selon sa forme et teneur, sans qu'aucun des traictés faits ou à faire cy après avec le cardinal Mazarin, ou autres par M^rs les princes et leurs amis et serviteurs, puisse dégager les dits princes et les soubsignés des choses contenues dans le présent traicté, ny y déroger en quelque manière que ce puisse estre, mesme en ce qui concerne l'eslongnement du cardinal Mazarin;

« Et pour faire congnoistre la sincérité des intentions de Monsieur le Coadjuteur, et qu'il préfère l'honneur de les servir à tous autres intérests, nous avons cru lui debvoir ce tesmoingnage qu'il n'a pas désiré obliger par ce traicté M^rs les princes à aucune condition qui regardast l'advancement de sa fortune particulière, ny qu'on fist un engagement nécessaire des propositions qui lui ont esté faictes, que M. le prince de Conty se désisteroit en sa faveur du chapeau de Cardinal qui est deu à sa naissance, et que M. le Prince appuieroit et favoriseroit sa promotion, se contentant de meriter par ses soins et par sa conduite l'honneur de leurs bonnes grâces.

« En conséquence des articles, par lesquels nous Duc de Beaufort, Coadjuteur, et Marquis de Fosseuse, nous sommes réservés de comprendre dans le traicté nos amis, nous avons nommé et nommons M. le marquis de Narmoustier[1], M. de Vitry, M. de la Boulaie, Mr de Comeny[2], M^r d'Anery[3], Mrs Sevigny et Argenteuil, pour jouir des clauses et conditions du traicté, tout ainsi que nous promettons aussi en leur nom qu'ils emploiront tous les moiens possibles dont l'on sera convenu pour l'execution des choses y contenues. Et encore que la conduitte de M. de Bruxelles[4] soit eslongnée de toute sorte d'engagements, néantmoins considerant ce qui s'est passé, nous croions, quoy qu'à son insceu, le debvoir aussi comprendre dans le dit traicté et demander que M^rs les

---

1. Pour : Noirmoustier, le marquis de Noirmoustier, de la maison de la Trémoille.

2. Retz le cite plus d'une fois comme un de ses amis particuliers. C'était un gentilhomme de Normandie. Saint-Évremond en parle dans sa *Retraite de M. le duc de Longueville en son gouvernement de Normandie*.

3. Charles d'Ailly, sieur d'Annery, né en 1603, conseiller d'État en 1648, et maréchal de camp en 1649. Retz le donne en plusieurs endroits comme un de ses agents et de ses amis affidés : « Je tirai de Brie 14 gentilshommes et Annery m'en amena 80 du Vexin.... Annery pouvoit tout sur eux, et je pouvois tout sur Annery, qui étoit un des hommes du monde les plus fermes et les plus fidèles. »

4. Le président Broussel.

princes l'honorent et ses enffans de leurs bonnes grâces; et nous Princesse Palatine, Duc de Nemours, Comte de Maure, Président Viole et Arnaud, A. de Croissy, promettons au nom et par ordre de M^rs les-princes qu'ils considereront les susnommés et tous ceux qui travailleront à faire reussir ce traicté comme leurs amis et serviteurs, et qu'ils donneront particulièrement à M. de Bruxelles et ses enffans des marques de leur bienveillence.

« Et encore, pour plus grande seureté de l'observation de ce qui est contenu au présent traicté, nous avons promis de le faire approuver par Messieurs les Princes le plus tôt que faire se pourra; et avons mis en dépost le pouvoir que nous avions de M^rs les princes, à condition de le rendre, avec un des originaux qui sera faict en double, à M. le Coadjuteur aux conditions et aux temps qui seront déclarés et mis en escrit sur l'enveloppe des dicts originaux, et avons promis de le tenir secret, et l'avons au dit nom accepté et acceptons et signé de nostre main;

« Comme aussi nous François Paul de Gondy, Duc de Beaufort, et Marquis de Fosseuse, avons recongnu que les originaux et le pouvoir ont esté déposés, avons promis et promettons de le tenir secret, et l'avons accepté, agréé et promis de le executer selon sa forme et teneur, en tesmoing de quoy nous avons signé;

                                       faict en

double [1] ce   janvier mil six cent cinquante et un

ANNE DE GONZAGUE

CH. AM. DE SAUOYE DUC DE NEMOURS

J. F. P. DE GONDI COADJUTEUR DE PARIS

FRANCOIS DE VENDOSME

LOUIS DE ROCHECHOUART

F. DE MONTMORANCY

ARNAUD , VIOLE

A. FOUQUET CROISSY [2]. »

II

TRAITÉS PARTICULIERS.

Anne de Gonzague et Retz connaissaient trop l'incon-

---

1. C'est donc ici le double déposé par Retz entre les mains de Blancménil.

2. L'écriture de cette dernière signature semble bien la même que celle de la pièce entière qui serait alors de la main de Croissy, conseiller au parlement.

stance de la nature humaine et la mobilité des intérêts dans
un temps de troubles et de révolutions pour se fier en un
traité aussi général : ils entreprirent donc d'unir ensemble
les grandes maisons engagées dans la Fronde par des liens
beaucoup plus étroits, et ils projetèrent deux mariages,
l'un, il est vrai assez éloigné, entre le petit duc d'Enghien
et Mlle d'Alençon, une des filles du duc d'Orléans èt de Marguerite de Lorraine ; l'autre, qui pouvait s'accomplir sur-
le-champ, entre le prince de Conti et Mlle de Chevreuse.
Sachant même de quelle importance il était de n'avoir pas
contre soi les intrigues de Mme de Monbazon et du marquis
de La Boulaye, tous deux fort puissants à la cour du Luxembourg et dans les conseils secrets de la Fronde, ils stipu-
lèrent qu'on les satisferait avec de l'argent. De là quatre
traités particuliers qui se négocièrent pendant la prison des
princes, et se conclurent à Paris dans les derniers jours
de janvier 1651. Un double de ces traités, avec les signatures originales, se trouve dans un précieux volume qui
fait partie des manuscrits de Lenet à la Bibliothèque impériale, *Supplément français,* 3001, *Portefeuille du prince de
Condé,* 1649-1669 [1].

A. Traité encore assez général, qui renouvelle en
quelque sorte celui que nous avons fait connaître : il a
pour objet d'unir la maison de Condé à la maison d'Orléans, en l'y subordonnant et en faisant du duc d'Orléans
le chef du parti.

Son Altesse Royalle [2] ayant jugé nécessaire, pour le service du Roy
et le bien de l'Estat, que M^{rs} les Princes fussent mis en liberté,
en donnant asseurance qu'ils demeureront inséparablement attachés
aux intérêts du Roy et du royaume, et mesme Son Altesse Royalle

---

1. M. Aimé Champollion a donné le premier ces pièces dans les notes des
Mémoires de Lenet, mais sans indiquer la source où il les avait trouvées, ce qui ne
permettait pas de les vérifier et de faire disparaître les légères inexactitudes in-
séparables d'une première transcription.

2. Cette pièce est de la main bien connue du président Viole.

ayant tesmoigné à la Reine que c'estoit son advis et son sentiment, il
a estimé encore important pour asseurer la tranquillité publique et
pour sa satisfaction particulière, de faire ce présent traicté, par
lequel les amis et serviteurs de M^rs les Princes cy soubsignés promettent, audit nom de M^rs les Princes, et en vertu du pouvoir
qu'ils en ont, une amitié perpétuelle, sincère et véritable à Son Altesse
Royalle, avec tout le respect qui est deub à sa personne et à sa naissance, et une recognoissance très parfaite de la liberté qu'ils luy deb-
vront; et affin que par ce moyen ils puissent conspirer d'un vœu, plus
puissamment, à tout ce qui se trouvera bon, utile et glorieux pour le
bien de l'Estat, ils sont convenus des articles qui suivent:

ARTICLES.

Que Son Altesse Royalle ayant résolu d'esloingner des conseils de Sa
Majesté le cardinal Mazarin, comme la véritable cause de tous les
désordres de l'Estat et de la division de la maison royalle, M^rs les
Princes promettent de ne s'y point opposer;

Que Son Altesse Royalle pourra conserver dans le conseil d'en haut
telles personnes qu'il luy plaira de celles qui y sont à présent, mesme
y faire donner l'entrée à telles autres personnes qu'il en jugera capables, sans que M^rs les princes y puissent apporter d'obstacles,
ny rien innover dans ledit conseil que du consentement de Son Altesse
Royalle;

Que M^rs les Princes ne s'opposeront point à l'accommodement
de monsieur de Lorraine avec la France, au contraire y apporte-
ront toutes les facilités possibles, Son Altesse Royale promettant d'employer son authorité pour conserver les intérests et establissemens de
mondit sieur le Prince, sans qu'il puisse estre dépossédé, ny y renoncer
qu'il ne soit satisfait et qu'il n'aye receu au préalable la récompense;

Que M^r le Prince ne pourra prétendre à la charge de connestable
que du consentement de Son Altesse Royalle;

Que M^rs les Princes honoreront de leur amitié tous ceux qui font
profession d'estre serviteurs particuliers de Son Altesse Royalle, et
nommément MM. de Beaufort, le coadjuteur de Paris, de Retz, de
Brissacq et Narmoustier[1];

Comme aussi Son Altesse Royale promet l'honneur de ses bonnes
grâces et de sa protection aux amis et serviteurs de M^rs les Princes, et donne sa foy et sa parolle de leur faire tous les offices possi-
sibles vers la Reine et ailleurs, et généralement toutes les choses

---

1. Voyez la note 1 de la p. 378.

nécessaires pour leur liberté, mesme de déclarer dans le parlement qu'elle est nécessaire pour le service du Roy et le repos de l'Estat.

Le présent traicté a esté signé par Son Altesse Royalle et par monsieur le président Violle, ayant nommément le pouvoir, madame la Princesse Palatine, Mᵣ de Nemours, Mᵣ le mareschal de La Mothe et Mᵣ Arnaud, tant en leur nom qu'en celuy de 'Mᵣ le Prince en vertu du pouvoir qu'ils en ont;

Et s'il arrivoit, ce qu'ils jugent pourtant ne pouvoir estre, que Mʳˢ les Princes y contrevinssent, ils s'obligent de renoncer entièrement à l'honneur de leurs bonnes grâces et d'estre directement opposés à leurs intérests.

Le présent traicté a esté signé en double.

Fait à Paris, le 30 janvier 1651.

Gaston, Viole, Anne de Gonzague, Ch. Am. de Savoye, Le mareschal de La Mothe, Arnauld.

B. Traité particulier entre le duc d'Orléans et Condé pour le mariage d'une fille de Monsieur avec le duc d'Enghien.

L'un[1] des plus sensibles déplaisirs qu'aye receu Mᵣ le Prince, depuis sa détention, c'est d'avoir appris qu'on l'aye accusé d'avoir manqué de respect et de defférence pour Son Altesse Royalle, et qu'on aye employé cest artifice affin de les désunir et d'altérer leur bonne intelligence, dont Mᵣ le Prince s'est toujours trouvé honoré et qui est tres nécessaire pour le bien du service du Roy; ce qui luy a faict souhaiter, avec tout le respect qu'il doibt à la personne et à la naissance de sadite [Altesse Royalle, de l'establir par des alliances tres étroittes, affin d'asseurer par ce moyen le repos de la France; et pour cest effect nous a convié, nous, Pierre Viole, conseiller du Roy dans tous ses conseils et président dans son parlement, de supplier sadite Altesse Royalle de vouloir honorer Mᵣ le duc d'Enghien du mariage d'une de ses filles : à quoy son Altesse Royalle ayant consenti et ayant receu ceste proposition avec beaucoup de ressentiment, comme un tesmoignage du dessein que Mᵣ le Prince a de s'unir parfaictement à elle pour le bien du service du Roy, et de vivre dans une entière intelligence, il a esté convenu : que sitost que Mᵣ le Prince seroit en liberté, il feroit toutes les choses nécessaires pour asseurer le mariage de Mᵣ le duc d'Enghien, son fils, avec l'une des filles

---

1. Encore de la main du président Viole.

de sadite Altesse Royale; que l'on en dresseroit des articles raisonnables, avec condition de les faire accomplir et exécuter ledit mariage le plus tost que faire se pourra; lesquels articles seront signés par son Altesse Royale et Mʳ le Prince; ce que nous, en vertu du pouvoir que nous en avons, avons promis et promettons, et engageons la foy de Mʳ le Prince qu'il se trouve honoré et tres obligé à son Altesse Royalle du consentement qu'elle apporte à cette proposition, et qu'il exécutera de point en point ledit article; et avons aussi déclaré et déclarons que Mʳ le prince de Cónty, Mʳ et madame de Longueville ont receu avec respect l'honneur de ceste alliance, et nous ont donné pouvoir d'y consentir de leurs parts.

Le présent escrit a esté signé en double.

Faict à Paris, le 30 janvier 1651.

GASTON, VIOLE.

C. Traité pour le mariage du prince de Conti avec Mˡˡᵉ de Chevreuse, sous les auspices du duc d'Orléans, qui a signé ce traité, ainsi que Mᵐᵉ de Chevreuse pour elle et pour sa fille, et la Palatine au nom de Condé, de Conti, de M. et de Mᵐᵉ de Longueville, en vertu du pouvoir spécial qu'elle en avait reçu.

Messieurs les princes[1] de Condé et de Conty, et monsieur et madame de Longueville, recognoissant combien leur union avec son Altèsse Royalle leur est honorable et advantageux au publicque, et que les alliances peuvent beaucoup servir à l'affermir, nous ont convié, Anne de Gonzague, princesse Palatine, de faire trouver bon à son Altesse Royale que Mʳ le prince de Conty recherchast en mariage mademoiselle de Chevreuse, qui a l'honneur d'estre de la maison de madame la duchesse d'Orléans, et honorée particulièrement de la bienveillance de son Altesse; ce qui ayant esté agréé par sadite Altesse et receu avec respect par madame de Chevreuse, nous, princesse Palatine, promettons au nom et en vertu du pouvoir que nous avons de Mʳˢ les Princes et de madame de Longueville, et engageons la foy et l'honneur de Mʳ le Prince de Conty, que sitost qu'il sera en liberté il passera les articles qui seront trouvés raisonnables entre luy et mademoiselle de Chevreuse, et l'espousera en face de Nostre Mère Saincte Église, et avons déclaré que Mʳ le Prince, monsieur et madame de Longueville ont aussy trouvé bon que nous engageas-

1. Encore l'écriture du président Viole.

sions leur foy et leur honneur qu'ils consentiront, agréeront et approu-
veront le dit mariage; et pour la validité de cest article il a esté signé
par Son Altesse Royale, d'une part, et madame la princesse Palatine
d'autre, et madame de Chevreuse y est intervenue, et a esté signé en
double.

Faict le 30 janvier 1651.

GASTON, ANNE DE GONZAGUE,
MARIE DE ROHAN[1].

D. Traité en faveur de la duchesse de Montbazon et du marquis de La Boulaye.

Madame[2] la princesse Palatine et M[r] le duc de Nemours promettent à madame la duchesse de Montbazon, au nom de M[r] le
Prince, de M[r] le prince de Conty et de M[r] le duc de Longueville, qu'ils feront exécuter les articles suivans après qu'ils seront
en liberté :

M[r] le prince de Conty donnera à M[r] le comte de Rochefort[3] la
valeur de vingt-cinq mille livres de rentes en bénéfices.

M[rs] les Princes et Mr de Longueville feront payer par la cour
à madame de Montbazon, dans l'espace de deux ans, après leur
sortie, quatre-vingt-dix-mil escus qui luy sont deus par le Roy, et feront
monter la ditte somme jusques à cent mil escus, et outre cela en paye-
ront les interests au denier vingt jusques à l'entier payement de la
ditte somme, ou donneront à madame de Montbazon dix mille escus
trois mois après leur sortie.

M[rs] les Princes, en considération des services que M. le marquis de La Boulaye leur a rendus depuis leur prison, promettent de le
conserver et maintenir dans son gouvernement et dans sa charge, et
de luy en faire donner la survivance; et M[r] le prince de Conty
promet de donner dix ou douze mil livres de rentes en bénéfices à un
de ses enfans, moyennant quoy madame la duchesse de Montbazon
promet pour elle et pour ses amis d'entrer et de demeurer constamment dans les interests de M[rs] les Princes et d'aider de tout son
pouvoir à procurer leur liberté, et M[rs] les Princes luy promettent
aussy de la prendre et ses amis en leur protection.

Faict à Paris, ce 30 janvier 1651.

ANNE DE GONZAGUE,
CH. AM. DE SAVOYE.

1. Signatures d'une incontestable authenticité.
2. D'une main qui n'est pas celle de Viole et nous est inconnue.
3. C'est le nom d'un des fils peu connus de Mme de Montbazon, qui avait le
titre de comte de Rochefort, comme l'avait aussi son père le duc de Rohan-
Montbazon.

III

TRAITÉ DE MAZARIN ET DES FRONDEURS EN AOUT 1651.

Mme de Motteville dit positivement, t. V, p. 48, que le
projet de traité fait en juillet ou août 1651 entre Mazarin,
Chateauneuf, Retz et Mme de Chevreuse, et qui avait été
surpris sur le chemin de Cologne dans un paquet porté par
un courrier du marquis de Noirmoustier, gouverneur de
Charleville, fut imprimé et répandu à Paris par l'ordre
des princes. On rencontre cet écrit dans quelques recueils
de mazarinades; mais il est fort rare, et n'existe guère
pour la plupart des lecteurs que dans les Mémoires de
Mme de Motteville. Nous croyons donc devoir l'en tirer et le
publier ici de nouveau, pour appeler l'attention de l'histoire
sur cette pièce du plus grand intérêt. Quand même on dirait
que Mazarin s'était lui-même arrangé pour que cette pièce
fût saisie, afin de brouiller plus que jamais M. le Prince
avec les Frondeurs, cela ne diminuerait pas son importance
et l'augmenterait plutôt. Si au contraire on prétend qu'elle
a été inventée par M. le Prince, comme en effet elle a été
publiée par ses soins, pour démasquer les Frondeurs et les
décrier en leur imputant le crime alors impardonnable de
mazarinisme, on fait bien de l'honneur à la pénétration de
M. le Prince qui aurait prévu avec une si infaillible justesse
presque tout ce qui arriva après la majorité. En tout cas,
voici ce morceau si précieux pour la connaissance des intrigues du temps.

ARTICLES ACCORDÉS ENTRE MESSIEURS LE CARDINAL MAZARIN, LE GARDE
DES SCEAUX DE CHATEAUNEUF, LE COADJUTEUR DE PARIS, ET Mme LA
DUCHESSE DE CHEVREUSE.

Que le Coadjuteur, pour se bien maintenir dans la créance des
peuples, se réserve de pouvoir parler au parlement et ailleurs contre

le cardinal Mazarin, jusqu'à ce qu'il ait trouvé un temps favorable de se déclarer pour lui sans rien hasarder; et que cependant M. de Châteauneuf et Madame de Chevreuse feront semblant d'être mal avec lui, pour traiter séparément avec le dit sieur Cardinal et posséder l'esprit de la Reine, et se conserver en même temps dans le public par le moyen du dit sieur Coadjuteur;

· Que madite dame de Chevreuse et les dits sieurs de Chateauneuf et Coadjuteur feront tous leurs efforts pour détacher M. le duc d'Orléans des intérêts de M. le Prince, sans pourtant s'obliger de le faire rompre absolument avec lui, sachant bien qu'ils n'en ont pas le pouvoir, et qu'ils perdroient par là leur crédit avec son Altesse Royale, à laquelle ils n'oseroient rien proposer qui fût directement en faveur du dit sieur Cardinal, connaissant l'affection que son Altesse Royale a pour le public et l'aversion qu'il a pour ledit sieur Cardinal et qu'il ne peut se fier en lui après les choses qui se sont passées; il suffira pour satisfaire à leur parole qu'ils fassent tout ce qui dépendra d'eux pour empescher que son Altesse Royale ne pousse tout à fait ledit sieur Cardinal;

Que M. de Chateauneuf sera premier ministre; qu'il suffira qu'on rende les sceaux pour quelque temps à M. le premier-président, lequel aussi lui cédera le premier rang;

Que M. le marquis de la Vieuville sera surintendant des Finances moyennant quatre cent mille livres qu'il donnera au dit sieur Cardinal et cinquante et tant de mille livres au sieur Bartet qui a négocié pour lui à Cologne; et ce pour l'aider à payer la charge de secrétaire du cabinet qu'il a eu permission d'acheter;

Que le dit sieur Cardinal fera donner audit sieur de Chateauneuf toutes les assurances nécessaires de la charge de Chancelier, si elle vaque durant que les sceaux seroient en d'autres mains que les siennes;

Que le dit sieur Cardinal fera donner toutes les paroles et expéditions nécessaires pour la nomination du Roi au cardinalat et pour la charge de ministre d'Estat au dit sieur Coadjuteur pour en jouir incontinent après la tenue des Estats Généraux, n'étant pas à propos que cela se fasse auparavant : lequel pourra servir tres utilement ledit sieur Cardinal dans l'assemblée des Estats, pourvu qu'il ne soit pas connu estre son ami. Et que si ladite assemblée des Estats se porte (comme ledit sieur l'espère) à demander au Roi qu'il soit appelé dans son conseil, ledit sieur Cardinal promet de le faire établir ministre, à la prière desdits Estats, afin que paroissant obligé au public plutôt qu'audit sieur Cardinal, il le puisse servir plus utilement en cette place;

Comme aussi le dit sieur Coadjuteur promet d'employer son crédit pour faire casser par l'assemblée des Estats la déclaration que le parlement a fait donner contre son avis pour exclure les cardinaux françois;

Que le dit sieur Cardinal fera jouir dès à présent le marquis de Noirmoustier des honneurs et des avantages accordés aux ducs, en conséquence °des lettres qu'il lui en a fait accorder par la Reine;

Que le dit sieur Cardinal fera donner la somme de cent mille livres au sieur de Laigues sur la finance que payera le sieur de Nouveau pour une charge de secrétaire d'État, laquelle le dit sieur Cardinal lui a fait promettre, en reconnoissance des bons offices qu'il lui a rendus, en fournissant des courriers confidens pour la négociation d'entre ledit sieur Cardinal, Mme de Chevreuse et ledit sieur de Chateauneuf;

Que ledit sieur Cardinal donnera au sieur Mancini le duché de Nevers ou celui de Rethelois, avec le gouvernement de Provence, et lui fera épouser mademoiselle de Chevreuse aussitôt qu'il sera en possession desdits duché et gouvernement, et d'une charge dans la maison du Roi, auprès duquel lesdits sieur et dame favoriseront son retour et son établissement;

Que ledit sieur Cardinal empeschera que Mr de Beaufort ne puisse avoir aucune part dans la confiance de la Reine ni du Roi, et ne fera aucun accommodement avec lui, mais le considérera comme son ennemi aussi bien que lesdits sieur et dame en ce que les abandonnant il s'est attaché à M^r le Prince, nonobstant qu'il ait eu la charge de l'Amirauté par les soins desdits sieur et dame et par l'autorité dudit sieur Cardinal;

Que ledit sieur Cardinal autorisera auprès de la Reine Mrs de Châteauneuf et le Coadjuteur, et dame de Chevreuse, et aura une entière confiance en eux, sur les paroles que ledit sieur de Chateauneuf lui donne, par lui, et par messieurs de Villeroi, d'Estrée, de Senneterre et de Jars qui se rendent les cautions d'être tout à fait attachés aux intérêts dudit sieur Cardinal, et de vouloir servir à son retour toutesfois et quantes qu'il se pourra. Comme aussi, madame de Chevreuse et ledit sieur de Chateauneuf s'obligent à la même chose envers ledit sieur Cardinal pour ledit sieur Coadjuteur, lequel n'entre point dans le présent traité pour les raisons susdites, et demeure libre pour désavouer ce qui pourroit être dit de lui sur ce sujet au cas que ledit sieur Cardinal voulût dire ou faire entendre qu'il lui eût rien promis, le tout à condition qu'il ne se parlera plus des choses passées avant, durant ou depuis la guerre de Paris, et aussi depuis l'accommodement desdits sieurs et dame avec ledit sieur Cardinal et depuis l'emprisonnement de M^rs les Princes, contre lesquels se fait principalement la présente union : l'intérêt commun desdits sieurs Cardinal Mazarin, garde des sceaux de Chateauneuf, Coadjuteur et madame de Chevreuse étant fondé sur la ruine de M^r le Prince, ou du moins sur son éloignement de la cour; et promet ledit sieur Cardinal auxdits sieurs et dame d'empêcher que M^r le duc d'Orléans n'ait connoissance du présent traité, ni des conférences ou négociations que ladite dame de Chevreuse et ledit sieur de Chateauneuf ont eues ou auroient ci-après avec ledit sieur Cardinal.

NOTES DU CHAPITRE II.

Voici diverses pièces, jusqu'ici ignorées, qui montrent que les Condé au xviie siècle ne s'étaient pas moins engagés avec l'Espagne que les Guise au xvie, et que la Fronde à cet égard ressemble fort à la Ligue.

Comme nous l'avons dit, c'est à Montrond qu'à la suite d'un dernier conseil Condé résolut de faire la guerre. Il résolut en même temps de traiter avec l'Espagne, et d'envoyer Lenet à Madrid pour conclure avec Philippe IV une alliance intime dont l'objet apparent devait être de procurer le repos de la chrétienté, la paix générale. Le *Portefeuille du prince de Condé* contient la minute du plein pouvoir alors donné à Lenet, minute écrite tout entière de la main de La Rochefoucauld.

Nous Louis de Bourbon, prince de Condé, Prince du sang, avons donné pouvoir a M^r L'Esnet (*sic*), conseiller ordinaire du Roy en tous ses conseils d'Estat et direction de ses fiuances, de faire toutte sorte de traités et associations avec Sa Majesté Catholique pour parvenir à la paix generale et procurer le repos a toute la Cretienté, en arester les conditions ainssy qu'il le jugera a propos, promettant les ratifier et faire executer de point en point ; comme aussy nous, Armand de Bourbon, Prince de Conty, Prince du sang, Anne de Bourbon, Duchesse de Longueville, Princesse du sang, Charles Amedée de Savoie, duc de Nemours, François duc de la Rochefoucauld, prometons d'entrer dans les mesmes conditions, et les executer en la mesme maniere, quy sera convenue par le dit sieur l'Esnet, auquel nous donnons aussy tout pouvoir. Fait a Monrond, ce 16me septembre, 1651.

Louis de Bourbon, Armand de Bourbon, Anne de Bourbon, Ch. Am. de Savoie, François de la Rochefoucauld.

Nous donnons aussy le mesme pouvoir à Monsieur l'Esnet de traiter pour plusieurs persones de grande qualité, qui seront nomées en temps et lieu.

Louis de Bourbon.

Les négociations de Lenet aboutirent à l'important traité de Madrid, du 6 novembre 1651. Lenet l'apporta de Madrid à Bordeaux en espagnol et en français. Le *Portefeuille du Prince de Condé* contient l'exemplaire espagnol, revêtu de la signature autographe de Philippe IV, *Jo El Rey*, et contre-signé du secrétaire d'État don Hieronimo de la Torre, ainsi que l'exemplaire français signé seulement par de la Torre et par Lenet. Nous donnons ici ce traité qui n'avait pas encore vu le jour.

TRAITÉ DE MONSEIGNEUR LE PRINCE AVEC LE ROY D'ESPAGNE.

La violente conduite du Cardinal Mazarin, l'aversion obstinée qu'il a tousjours eue pour la conclusion de la paix entre les deux couronnes, et sa téméraire entreprise sur la personne de Monseigneur le Prince de Condé dont l'illustre et glorieuse vie le met non seulement a couvert de tous soupçons de crime, mais lui devoient faire recevoir des recompenses qui marquassent à la postérité la gratitude du Roy tres chrestien envers lui pour les signalés services qu'il en avoit receus, sur celle de Mʳ le Prince de Conti son frere aussi grand par ses mérites que par sa naissance, et sur celle de Mʳ de Longueville leur beau frère, qu'il a tenus onze mois dans une rigoureuse prison, ayant excité tous les ordres du royaume de France à faire des remonstrances à la Reyne pendant sa regence pour esloigner ce malheureux ministre de ses conseils et de la personne du Roy son fils; depuis tous les parlemens, ayant donné leurs arrests pour le chasser de ses estats, l'ont enfin contraint de sortir hors de France et obtenu une declaration qui l'esclud d'y retourner jamais. Neantmoins ledit Cardinal s'estant retiré dans les terres de Mʳ l'electeur de Cologne, frontieres de France, il n'a cessé de continuer ses anciennes intelligences pres de leurs Majestés et de faire de fortes cabales dans leur cour pour rentrer dans le ministere, entreprendre de nouveau sur la personne de Mʳ le Prince, entretenir par ce moyen le desordre qu'il a mis depuis longtemps dans l'Estat et qui trouble le repos de toute la Chrestienté; de sorte qu'apres plusieurs vaines entreprises pendant la minorité du Roy tres chrestien, pour parvenir enfin avec plus de facilité à ce detestable dessein, il auroit attendu le jour que S. M. se declara majeure à 15 ans accomplis, suivant l'ancien usage, auquel il fist chasser contre toutes les loix du royaume les principaux ministres de France et faist establir en leurs places ses plus affidés partisans, pretendant en suitte rentrer dans le ministère et exercer sous le nom du Roy de cruelles vengeances contre tous les bons françois, auteurs de son exil, et continuer la guerre pour affermir sa' fortune qu'il a eslevée sur les ruines des peuples. Ce que le dit seigneur Prince ne pouvant plus dissimuler ni souffrir, il seroit sorti hors de la Cour avec M^r le Prince de Conti son frère, madame la duchesse de Longueville sa sœur, M^r le duc de Nemours et M^r le duc de la Rochefoucaut, par l'advis de plusieurs princes, ducs, pairs, mareschaux de France, gouverneurs de province, grands seigneurs et notables personnages, intéressés par la grandeur de leur naissance et par leurs vertus au bien de l'Estat et au repos de la Chrestienté, pour se retirer en ses gouvernemens et aviser avec eux au service du Roy, au soulagement des peuples, à la seureté publique et à la leur particuliere. Enfin, après plusieurs grands et importans moyens desquels ils ont resolu de se servir et dont ils se servent actuellement en France, au contentement de tout le monde, ils ont jugé convenable à un si grand dessein de supplier tres humblement S. M. Catholique qu'il lui plaise contribuer ce qui depend de son auctorité royale pour assister le dit seigneur Prince de Condé et tous les princes, ducs, pairs, mareschaux de France, gouverneurs de provinces et seigneurs cy-dessus nommés, et plusieurs autres unis avec eux et portés de mesme desir (lesquels encore qu'ils soient compris dans ce traicté ne doivent par de certaines raisons y estre nommés quant à present, et qui le seront en temps et lieu) pour le succès d'une entreprise digne d'estre soustenüe par un si grand monarque, et qui est esgalement glorieuse et advantageuse aux deux couronnes, puisqu'elle n'a pour fin que l'establissement d'une paix juste, egalle, honneste et durable entre les deux Roys, le soulagement de leurs sujets qui gémissent depuis longtemps dans les désordres de la guerre; ce que S. M. Catholique ayant oui et approuvé, s'est portée à soustenir ce grand et juste dessein avec tant d'affection qu'elle a bien voulu pour la tranquillité publique le préferer à ses interests propres et à la justice qu'elle doit à tous ses estats pour la réunion de ceux qui s'en sont séparés, avec la mesme bonté qui lui avoit faict relacher à Münster, à la veue de toute l'Europe, de si grands et si considérables advantages pour la couronne de France, afin de l'obtenir, remettant entre les mains de Dieu, l'unique et véritable juge des actions, des desseins et des plus secrettes pensées des Roys, cette affaire pour laquelle S. M. Catholique ne cessera de faire des prières publiques dans toutes les terres de son obéissance. Et afin que ledit seigneur Prince et tous ceux qui sont unis à luy puissent, soubs son autorité royalle, par la force de leurs justes et légitimes armes, parvenir aux fins proposées qui sont la conclusion d'une paix juste, honneste et durable entre les deux couronnes, empescher les desseins de tous ceux qui la traversent pour leurs propres interests et fins particulières, au préjudice de ceux du Roy tres chrestien, de ses estats et de ses peuples, faire observer les declarations et arrests du parlement, establir la seureté du dit seigneur Prince, le remettre dans le rang, dignité et em-

plois qui sont deus à la grandeur de sa naissance et de ses mérites;
semblablement le seigneur Prince de Conti, Madame la duchesse de
Longueville, tous les princes, ducs, pairs, mareschaux, gouverneurs
des provinces, grands seigneurs, personnes de qualité et villes unies
dans toutes les dignitez, rangs, biens et privileges qui leur appar-
tiennent; S. M. Catholique a généreusement et avec une libéralité
toute royale accordé les secours ci-après mentionnés; et a esté convenu
de part et d'autre ce qui en suit, à scavoir : de la part et par le commandement de sa dite Majesté, par dom Hieronimo de la Torre, chevalier de l'ordre de Calatrava, de son conseil et son secrétaire d'estat; et
de la part de M^r le Prince par monsieur Lenet conseiller ordinaire en
tous les conseils du Roy tres chrestien, chargé du plein pouvoir dudit
seigneur prince, et comme aussi de celui dudit seigneur prince de Conti,
de madame la duchesse de Longueville, de M^r le duc de Nemours, de
M^r le dúc de La Rochefoucault, et encore celui de M^r le prince de
Condé pour plusieurs personnes de grande qualité qui ne peuvent estre
nommées quant à present, duquel plein pouvoir la teneur s'en suit :

Nous, Louis de Bourbon, Prince de Condé, prince du sang, avons donné
pouvoir à Mr Lenet, conseiller ordinaire du Roy en tous ses conseils d'estat et direction de ses finances, de faire toute sorte de traictés
et associations avec S. M. Catholique, pour parvenir à la paix generale
et procurer le repos de toute la Chrestienté, en arrêster les conditions
ainsi qu'il le jugera a propos, promettant les ratiffier et executter de
point en point, comme aussi Nous, Armand de Bourbon, Prince de
Conti, prince du sang, Anne de Bourbon, duchesse de Longueville, princesse du sang, Charles Amédée de Savoye duc de Nemours, François
duc de la Rochefoucaut, promettons d'entrer dans les mesmes conditions et les executter en la mesme maniere qui sera convenue par le
dit sieur Lenet auquel nous donnons aussi tout pouvoir. Faict à Mout-
rond ce 16 septembre 1651. Signé Louis de Bourbon, Armand de Bourbon, Anne de Bourbon, Ch. Am. de Savoye, Francois de la Rochefoucaut. Et a costé est escrit : Nous donnons aussi le mesme pouvoir à
monsieur Lenet de traicter pour plusieurs personnes de grande qualité
qui seront nommées en temps et lieu. Signé, Louis de Bourbon.

Et en vertu d'iceluy plein pouvoir ledit sieur Hieronimo de la Torre
et ledit sieur Lenet ont arresté et signé les articles suivans qui seront
ratifiés de part et d'autre selon les formes et teneur.

I

Premierement, que toutes les forces du dit seigneur Prince estant
unies agiront sous la protection de S. M. Catholique par toutes voyes,
sans jamais poser les armes qu'apres estre parvenu à la conclusion
d'une paix juste, egale, honneste et durable, avec une reciproque con-

venance des deux couronnes, moyennant quoi S. M. demeurera entierement satisfaite.

II

Comme au reciproque S. M. Catholique s'oblige et promet en foy de Roy de ne faire jamais aucune paix generale ou particuliere, secrette ou publique, ni aucuns traictés de tresve, suspension d'armes et autres, sans ledit seigneur Prince et avec sa satisfaction juste, honneste et durable, seureté de lui et de toute sa maison, comme aussi de Mr le prince de Conti, de madame la duchesse de Longueville, de Mr le duc de Nemours, de Mr le duc de la Rochefoucaut, et de tous les autres princes, ducs, pairs, mareschaux de France, gouverneurs, grands seigneurs, officiers de parlement, villes, provinces unies avec S. Altesse, et particulièrement de Bordeaux et de toute la province de Guienne.

III

Et pour donner moyen au dit seigneur Prince de soustenir glorieusement une si haute entreprise, S. M. Catholique lui a liberalement accordé les secours qui s'ensuivent, a scavoir : pour la levée de toutes les trouppes qu'il a mises et qu'il mettra ci-apres sur pied, tant de cavallerie que d'infanterie, chevaux d'artillerie, de vivres, etc., la somme de cinq cens mil patagons valant cinquante huit sols chacun monnoye de France, qui seront payés dans la ville de Bourdeaux ou aux environs, au choix de S. Altesse, en trois payemens, dont le premier sera de 300,000 patagons et se fera le jour que le present traité sera par lui ratiffié; sur lesquels sera deduit celle que le sieur baron de Vatteville pourra avoir payée jusques icy sur le premier traité [1]; le second de 100,000 patagons et se fera 30 jours apres la ratiffication dudit seigneur Prince, ès mêmes lieux; et le troisième sera aussi de 100,000 patagons et se fera trente jours après le dit second payement; en telle sorte que toute la dite somme de cinq cent mil patagons sera entierement payée par sadite Majesté Catholique soixante jours apres la ratiffication et en la maniere susdite; et neantmoins si son Altesse en desire quelque partie à Stenay ou Clermont, S. M. la lui fera tenir.

IV.

Pour la subsistance desdites troupes, S. M. C. fournira audit Seigneur Prince pendant chaque mois, à commencer du premier de novembre, la somme de 40,000 patagons de mesme valeur, dont le premier payement se fera ès mêmes lieux que dessus, quinze jours après que le dit seigneur Prince aura ratiffié le présent traité; et continue-

1. Le traité fait par Silleri en Flandre, en juillet ou août 1651.

ront les payements de pareille somme de mois en mois et de la mesme quantité jusques à l'accomplissement de la paix générale.

V.

Et pour les généraux, principaux officiers de cette armée, attirail de vivre et d'artillerie, S. M. C. fournira par chacun an, à commencer dudit jour premier novembre 1651, la quantité de six vingt mille patagons, en douze payements égaux de dix mil patagons chacun, dont le premier commencera comme il est contenu au précédent article, et continuera de mois en mois jusques au temps porté par iceluy.

VI.

S. M. C. fournira audit seigneur Prince certaine quantité de canons, armes, munitions et instrumens de guerre, au nombre et de la quantité dont lui ou ceux qui auront charge de lui conviendront avec le sieur baron de Vatteville, y compris celle qu'il pourra avoir donnée jusques à présent.

VII.

S. M. C. entretiendra dans la rivière de Bourdeaux ou aux environs une armée navale de trente vaisseaux de guerre, armés, munis, équipés en victuailles, chargés de gens de guerre et de marins pour combattre et servir sur lesdits vaisseaux; et outre ce, ladite flotte portera quatre mille hommes de pied, qui mettront pied à terre pour toutes entreprises de guerre par les ordres dudit seigneur Prince, lorsque le port, dont ci-après sera parlé, sera fortifié et en deffence telle que cette infanterie y soit en seureté, comme il est porté par l'article douziesme, à condition que ledit seigneur Prince en ait besoin, et que, lorsqu'il sera en estat de s'en passer, S. M. C. les retirera, laissant seulement ceux qui seront nécessaires sur les vaisseaux, et seront tous lesdits soldats, vaisseaux et équipages entretenus et defrayés par S. M. C. pendant toute la guerre.

VIII.

Il y aura sur lesdits vaisseaux un officier de la part du dit seigneur Prince pour exposer ses ordres à celui qui les commandera de la part de S. M. C., qui obéira auxdits ordres sans difficulté, et sera chargé particulièrement ladite armée navalle d'entretenir la communication et le commerce avec toute la ponctualité possible.

IX.

Et au cas que les ennemis opposent plus grand nombre de vaisseaux à ceux que S. M. C. accorde audit seigneur Prince et autres confédérés, S. M. C. s'oblige de fortifier sa dite armée de tous les vaisseaux

qui seront en sa disposition et mesme d'en prendre au fret s'il est nécessaire.

X.

Que tous les vaisseaux de guerre ou marchands qui seront en mer
sous les saufs conduits et sous le pavillon dudit seigneur Prince,
auxquels se conformeront ceux du seigneur prince de Conty et autres
princes, ducs, pairs, mareschaux, gouverneurs, seigneurs, villes unies,
seront receus comme amis dans tous les ports de l'obéissance du Roy
catholique et traités aussi favorablement que les siens propres, et le
mesme s'observera envers les vaisseaux de sadite Majesté dans les
ports qui seront à la disposition dudit seigneur Prince et seigneurs
confédérés.

XI.

Le mesme est entendu par terre pour tous ceux qui auront des passeports du dit seigneur Prince et de ses lieutenans généraux, et seront les
ordres nécessaires envoyés par tout de part et d'autre pour la seureté
et exécution desdits articles.

XII.

Que pour la seureté de ladite armée navale ledict seigneur Prince
donnera un port qui soit capable de tenir en tout temps et d'hiverner
lesdits vaisseaux, et qui puisse estre fortifié par S. M. C., en sorte que
toute ladite infanterie y puisse demeurer en toute seureté, et afin
qu'elle y puisse establir des magazins, tenir munitions, artillerie et
autres choses nécessaires pour la subsistance, retraite et conservation, et
mesme pour assister les trouppes voisines ; lequel port ainsi fortifié sera
gardé par S. M. C. jusques à la paix, auquel temps elle le remettra
entre les mains dudit seigneur prince de Condé en l'estat qu'il se trouvera, retirant les armes et munitions ; et pour juger si ledit port sera
capable de ce que dessus, S. M. C. ou ceux ayant charge d'elle et
ledict seigneur Prince en conviendront de bonne foy, le feront sonder
et recognoistre par gens à ce cognoissant nommés en pareil nombre
de part et d'autre.

XIII.

Outre ce que dessus, S. M. C. donnera la somme de cinquante mil
patagons en un seul payement au seigneur prince de Conty pour lui
aider à soutenir les frais du voyage qu'il se dispose faire en Provence,
et se fera ledit payement à Bourdeaux le premier jour de mars prochain 1652.

XIV.

A esté pareillement accordé de part et d'autre que le traité de Stenay du 30 avril 1650 sera continué, et suivant icelui seront les articles 4, 5, 6, 7, 8, 9, 10 et 12 ici copiés et insérés pour estre exécuttés reciproquement par S. M. C. et ledit seigneur Prince ou ceux qui commanderont de sa part les trouppes qu'il a aux environs dudit Stenay, jusques à la paix générale, en la mesme manière qu'il a esté accordé de la part de S. M. C. avec madame la duchesse de Longueville et Mʳ de Turenne, sans y changer aucune chose que leurs noms ou celui dudit seigneur Prince et de celui qui commandera de sa part lesdites trouppes de Son Altesse.

S'en suit la teneur desdits articles :

4. Plus S. M. C. donnera chaque mois quarante mil patagons pour l'entretenement et subsistance des trouppes desja levées ou qui se leveront pour madame de Longueville ou ledit sieur de Turenne, le mois de trente jours inclusivement et commençant ledit premier mois du jour que le traité aura esté signé; comme aussi S. M. C. donnera de plus à ladite dame de Longueville et audit sieur de Turenne la somme de soixante mille patagons par an, payable à trois payements, de quatre en quatre mois, sçavoir : 20,000 à chaque premier mois des quatre qui commenceront dès le premier jour que le present traité aura esté signé, et la dite somme sera pour employer en ses affaires particulières et des personnes de condition de son parti et en d'autres frais comme bon leur semblera.

5. S. M. C. joindra aussi aux trouppes levées ou qui se doivent lever de la part de la dite dame de Longueville et du dit sieur de Turenne deux mil hommes de pied et 3000 chevaux effectifs, armés avec les munitions nécessaires tant pour les susdites trouppes que pour l'artillerie que S. M. C. entretiendra dans la dite armée; toutes lesquelles trouppes jointes entreront en France se servant de tous les moyens possibles soit pour la prise des villes et places, soit pour faire des prisonniers du parti contraire, et en toute autre manière, pour obliger le cardinal Mazarin à l'une et à l'autre des deux fins ci-dessus expliquées, et pour luy oster la facilité de se rendre plus grand, estant desja la puissance où il se trouve sans mesure, pernicieuse et dangereuse tant à la France qu'aux autres parties de la Chrestienté.

6. Reciproquement, ladite dame de Longueville et ledit seigneur de Turenne mettront entre les mains de S. M. C., toutes les fois qu'ils en seront requis, la ville de Stenay, excepté la citadelle, dans laquelle ville S. M. C. mettra la garnison qu'il jugera à propos pour servir de retraite et passage à ses trouppes en cas de nécessité, et pour la tenir en depost jusques à la liberté du seigneur prince de Condé et establissement de la paix, lequel cas estant il la remettra au dit sieur Prince, retirant la garnison et les armes avec toutes les munitions qui y auront esté mises de sa part.

7. Les places qu'on aura conquises en France sous la protection de S. M. C. demeureront en sa disposition et sous sa garde jusques à la conclusion de la paix entre les deux couronnes, avec cette distinction que S. M. C. mettra garnison dans les frontières, et que celles qui se prendront dans le royaume seront gardées par les trouppes que ladite dame de Longueville et ledit sieur de Turenne voudront faire entrer dans icelles, et de quelque manière que ce soit, ce sera tousjours sous le nom et sous la protection de S. M. C.

8. La distribution des susdites sommes d'argent, excepté seulement celle des soixante mil escus destinée pour les affaires particulières de la dite dame de Longueville et dudit sieur de Turenne, seront acquittées conjoinctement ou separe-

ment par les officiers du compteur ou payeur general, qui seront establis et residéront auprès desdites personnes de la part de S. M. C.

9. Les quarante mil escus qui se doivent donner chaque mois se reduiront de moitié, les six mois de campagne expirés, après que le présent traité aura esté signé.

10. Les deux mil hommes de pied et lesdits 3000 chevaux que S. M. C. doit donner, seront conduits par un chef de sa part qui obéira aux ordres dudit sieur de Turenne. Lesdits 5000 hommes vivront en France en bonne discipline, et seront païez de l'argent de S. M. C., et ladite dame de Longueville et sieur de Turenne seront obligés de leur fournir le pain de munition pendant qu'ils seront en France, sauf si les dits 5000 hommes campent ou font siége à huit lieues inclusivement des frontières et lieux voisins de ses estats du Pays-Bas, auxquels cas S. M. C. leur donnera le pain de munition.

12. S. M. C. estant en possession de la ville de Stenay la pourvoira de tout ce qui sera necessaire pour entretenir la garnizon qui y sera mise de sa part, et aider par tous moyens qui se trouveront dans la ville à la subsistance des troupes qui seront dans le voisinage et pour la nécessité des entreprises de la campagne, si toutes fois S. M. C. ne trouve pas plus à propos d'establir un magazin de munitions de guerre et de bouche pour mesme effect dans la ville de Montmédi ou autre de ses estats.

Tous lesquels 4, 5, 6, 7, 8, 9, 10 et 12 articles sus-escrits du traicté de Stenay seront continués et exécuttés, les autres demeurant de nul effect comme iceux ayant esté entièrement parfournis, et entendu qu'en tous lesdits articles les noms de Mme de Longueville et de Mr de Turenne demeureront convertis en celui dudit seigneur prince de Condé ou de ceux qui de la part de Son Altesse commanderont en Champaigne et Bourgongne, et que les fins y seront semblables à celles du présent traicté, s'observant seulement que les mois commenceront à courir et se feront les payemens d'iceux de la mesme manière que ceux du présent traicté pour Bourdeaux, sinon au cas que les trouppes de Son Altesse eussent joint celles de S. M. C. plustost que le premier de novembre, auquel cas les payemens commenceront du jour de la jonction et continueront de termes en termes jusques à la paix generale.

XV.

Est de plus accordé que si mondit sieur le Prince a besoin de quelque partie de l'argent que S. M. C. sera obligée de lui fournir à Stenay ou Clermont pour ses places de Bourgongne, S. M. C. les lui fera tenir en déduction dans la ville de Dole ou Besançon où elles seront delivrées avec bonne et seure escorte à celui qui ira querir lesdites sommes de la part et avec ordre dudit seigneur Prince, en donnant pour lui quittance que Son Altesse approuve dès à présent comme dès lors, de mesme que si elles estoient de sa propre main; la mesme chose est entendüe pour ceux qui recevront les sommes sus exprimées à Stenay et à Bourdeaux ou aux environs.

XVI.

Pour l'entretenement et subsistance de toutes les places qui sont sous le commandement et au pouvoir dudit seigneur Prince et garnisons d'icelles, y compris celle de Damvilliers commandée par ledit seigneur prince de Conti, S. M. C. a accordé, outre les secours cy dessus, la quantité de six vingt mil patagons par chacun an pendant toute la guerre, qui commencera à courir du premier novembre, et ce en douze payemens égaux de dix mil patagons chacun, dont le premier commencera quinze jours après la ratification du présent traité, pour continuer de mois en mois jusques à la paix; et se feront lesdits payemens moitié à Stenay et moitié aux lieux dont mondit sieur le Prince conviendra avec celui qui a le plein pouvoir de S. M. C.

XVII.

Outre toutes les sommes ci-dessus, S. M. C. donnera audit seigneur Prince, pour les frais des courriers et autres despenses secretes, la somme de soixante mil escus par an en douze termes égaux de cinq mil patagons, qui seront payables de mois en mois en mesmes temps et lieux que les autres sommes cy dessus rapportées pour l'entretenement de l'armée, et à continuer jusques à la paix.

XVIII.

Les trouppes de S. M. C. agiront entièrément de concert et de bonne foy avec celles dudit seigneur Prince, afin que les entreprises qui seront faites de part et d'autre puissent plus facilement obtenir les fins susdites.

XIX.

Que toutes lesdites trouppes de S. M. C. obéiront audit seigneur Prince sans difficulté; et pour tous les autres princes qui ne sont pas princes du sang et mareschaux de France, qui sont ou seront unis, ils en useront avec les généraux de S. M. C. comme et en la mésme manière que Mr de Turenne en usoit l'an 1650 avec Mr le comte de Fuensaldagne.

XX.

En cas que quelques unes des places desdits seigneurs Princes ou autres unis viennent à estre assiégées par les trouppes ennemies, S. M. C. veut et entend, pour tesmoigner audit seigneur Prince combien ses interests sont unis avec ceux de Son Altesse, que tous les généraux et les trouppes qu'ils commanderont fassent tous les efforts possibles pour les secourir et leur donner toute l'assistance qui dépendra d'eux,

XXI.

S. M. C. donnera ordre au seigneur Archiduc en Flandre de faire venir à Ostende, Nieuport et aux environs, deux mil Wallons bien armés, équippés et munis pour, sur les ordres qui leur seront envoyés par ledit seigneur Prince ou ceux qui auront charge de lui, passer par mer ou par terre au lieu qui sera porté par ledit ordre, et leur fournir les vaisseaux, vivres, armes, munitions et escortes nécessaires.

XXII.

Que dès à présent S. M. C. envoyera tous les ordres nécessaires pour l'exécution de tout ce que dessus en Flandre en tous les autres lieux et à tous les officiers et chefs qu'il appartiendra, comme aussy pour recevoir les trouppes, que ledit seigneur Prince aura en Champaigne te Bourgongne, dans les terres de S. M. C., en cas que par quelque accident imprévu elles fussent contraintes de se retirer, auquel cas elles y seront receues comme amies et traictées comme celles de S. M. C.

XXIII.

Semblablement S. M. C. envoyera ordre au sieur Archiduc, afin qu'il les envoye à ceux qui commandent dans sa comté de Bourgongne, d'assister ledit seigneur Prince, ses trouppes et toutes les places qu'il tient dans le duché de Bourgongne en tout ce qui leur sera possible.

XXIV.

En cas que du costé de Flandre[1] on aye convenu de quelque chose touchant ce que dessus, il demeure réduit au present traicté, et les sommes qu'on y pourra avoir receues précomptées sur icelui.

XXV.

S'il manque quelque chose à l'accomplissement du traicté fait entre S. M. C. et madame la Princesse et M[rs] les ducs de Bouillon et de La Rochefoucault à Saint-Sébastien au mois de juin 1650, on l'adjustera avec le sieur baron de Vatteville comme il est raisonnable.

XXVI.

Enfin on se rendra de part et d'autre tous les offices requis et de bonne foy avec asseurance de sincerité, tant pour les payemens qui seront parfournis (mesme dans la paix s'il restoit quelque chose à payer lorsqu'elle sera conclue) que pour tout le contenu au present traicté, et

1. Entre l'Archiduc et Silleri.

pour appuyer et soustenir reciproquement les desseins des uns et des autres, qui tous n'auront qu'une mesme fin, procurant tous les avantages possibles de part et d'autre, ledit seigneur Prince, le seigneur prince de Conti, madame la duchesse de Longueville, M. le duc de Nemours, M. le duc de La Rochefoucault, et tous les princes, ducs, pairs, mareschaux, gouverneurs, grands seigneurs, officiers et villes unies, recongnoissant avec respect et gratitude les graces et secours qu'ils reçoivent de S. M. C. en contribuant si généreusement au repos de la Chrestienté, à la tranquillité des deux couronnes dans lequel se trouve inclus le leur particulier; et S. M. C. continuera en leur faveur les effects de sa bonté royale et de son amitié, les gratifiera en toutes les occasions qui se pourront presenter pour leur satisfaction et entière seureté, comme il se verra dans la suite du present traicté.

XXVII.

En exécution du présent traité, s'il survient quelque difficulté, S. M. C. consent qu'elle soit terminée de sa part par le sieur baron de Vatteville, en vertu de son plein pouvoir, promettant de ratiffier ce qui sera convenù pour ce regard entre lui et celui qui aura charge dudit seigneur Prince.

Fait à Madrid, le sixiesme novembre 1651.

Continuation du traicté du sixiesme novembre et articles adjoustés à icelui.

En continuant le traité fait cejourd'hui à Madrid entre S. M. C. par M. Dom Hieronimo de la Torre, chevalier de l'ordre de Calatrava, du conseil de S. M. C., et son secrétaire d'Estat, et M. le prince de Condé, M. le prince de Conti, madame de Longueville M. le duc de Nemours, M. le duc de La Rochefoucault et autres confédérés par M. Lenet, conseiller du Roi tres chrestien en tous ses conseils d'Estat et finances, en vertu de son plein pouvoir, est accordé de part et d'autre ce qui s'ensuit:

XXVIII.

A sçavoir, que pour donner plus de moyen audit seigneur Prince de soustenir sa grande et louable entreprise, attendant que S. M. C. soit en estat de lui faire les avantages qu'il mérite, comme elle espere faire avec la grace de Dieu, elle lui accorde outre les secours d'hommes, de vaisseaux et d'argent contenus audit traité pour subvenir aux frais extraordinaires et impréveus de la guerre, la somme de six vingt mil patagons par an, qui commenceront à courir le premier jour de novembre jusques à la paix générale, qui lui seront payés par S. M. C. au mesme lieu et au mesme temps que les sommes accordées pour la subsistance de ses trouppes, et ce en douze payemens égaux de dix mil patagons chacun par mois dont le premier commencera comme est dit, et quinze jours après qu'il aura ratiffié le present traicté et continuera de mois en mois tant que la guerre durera.

XXIX.

Comme aussi pour soulager d'autant plus ledit seigneur Prince en la grande despence qu'il est obligé de supporter, S. M. C. lui accorde, outre tout ce que dessus, pour plusieurs princes, ducs, pairs, seigneurs, gouverneurs, gentilshommes, officiers et personnes particulières, la somme de six vingts mil patagons par chacun an tout le temps de la guerre, qui lui seront payés en la mesme forme et aux mesmes termes que ceux contenus en l'article précédent, en douze payemens égaux, chacun de dix mil patagons, qui seront payés de mois en mois jusques à la paix et distribués en la manière convenüe avec ledit sieur Lenet si ledit seigneur Prince ne juge plus à propos de la distribuer d'autre sorte, et est le mesme entendu du contenu au 17e article.

XXX.

Toutes les sommes que S. M. C. donne par ce présent traité montent, tant pour les levées que pour le voyage de monsieur le prince de Conti en Provence, à celle de cinq cens cinquante mil patagons; et pour l'entretenement, reduisant toutes les sommes en payemens égaux, se monte à six vingts mil patagons par mois, outre l'assistance d'hommes, de vaisseaux et d'artillerie par elle entretenus particulièrement tant en la partie de Flandres qu'en celle de Guienne.

Fait à Madrid, le sixiesme novembre 1651.

Signé HIERO^{mo} DE LA TORRE et LENET

Ce traité, appelé traité de Madrid, ayant été apporté par Lenet en Guyenne, fut ratifié par les divers intéressés, et M. de Saint-Agoulin reporta à Madrid cette ratification, dont voici la minute originale :

Nous, Louis de Bourbon, prince de Condé, prince du sang, pair et grand maistre de France, duc d'Anguien, Chasteauroux, Montmorency, Albret et Fronsac, gouverneur et lieutenant-général pour le Roy en ses provinces de Guyenne et Berry, après avoir veu les traictez faictz en nostre nom par monsieur Lenet, conseiller ordinaire du Roy en tous ses conseils d'estat, et direction de ses finances, en vertu du pouvoir que nous lui en avons donné à Montrond le 16 septembre dernier, avec Mᵣ dom Hiëronimo de la Torre, chevalier de l'ordre de Calatrava, du conseil de S. M. C. et son secrétaire d'estat, au nom et du commandement de sadite Majesté ; lesdicts traictés conclus et arrestés à Madrid le 6ᵉ du present mois, desquels a esté expédié deux originaux en espagnol et deux en françois, et tous signés desdicts sieurs de la Torre et Lenet, et un de chaque langue demeuré entre les mains de S. M. C. et autant pardevers nous ; recognoissons les avoir ratiffiés et approuvés en tous leurs poincts selon leur forme et teneur, promettant de les entretenir et exécuter en tout ce qui dependra de nous, sans jamais y contrevenir pour quelque cause et occasion que ce puisse estre ; remerciant tres humblement S. M. C. des assistances qu'il lui plaist de nous accorder. Faict à Xainctes le 23 novembre 1651.

LOUIS DE BOURBON.

Comme aussi nous, Charles Amédée de Savoye, duc de Nemours, François duc de La Rochefoucault, ratiffions et approuvons lesdicts traictez et promettons d'executer le contenu en iceux sans jamais nous despartir des choses qui seront convenües par S. A. monsieur le Prince. Faict à Xainctes le 23 novembre 1651,

CH. AM. DE SAVOYE, DUC DE NEMOURS,

LE DUC DE LA ROCHEFOUCAULD.

Comme aussi nous, Armand de Bourbon, prince de Conty, prince du sang, pair de France, gouverneur et lieutenant-general pour le Roy en Champagne et Brie, et nous, Anne de Bourbon, Duchesse de Longueville, princesse du sang, ratifions et approuvons lesdicts traictés et promettons d'exeoutter le contenu en iceux sans jamais nous departir des choses qui seront convenües par S. A. monsieur le Prince. Faict à Bordeaux ce vingt-neuf^{me} novembre mil six cent cinquante et ung.

ARMAND DE BOURBON,

ANNE DE BOURBON.

Comme aussy nous de la Trimoille, prince de Tarante, ratiffions et approuvons lesdictz traictez, et promettons d'executer le contenu en iceux, sans jamais nous despartir des choses qui seront convenües par S. A. monsieur le Prince. Faict au camp de la Bergerie le 10ᵉ jour de decembre 1651.

HENRY CHARLES DE LA TREMOILLE.

NOTES SUR LE CHAPITRE III.

M. le marquis Amelot de Chaillou, descendant d'une famille de magistrats et de diplomates fort estimés au xviie siècle, et dont l'un, Jean-Jacques Amelot, a été membre de l'Académie française, possède et a bien voulu nous communiquer un manuscrit in-folio ayant pour titre : *Lettres de négociations de l'année* 1652. C'est, comme le titre l'indique, une collection de lettres de divers agents qui, de plusieurs points, de Rome, de Venise, de Milan, de Cologne, de Prague, de Dantzic, de La Haye, de Barcelonne, et surtout de Paris, écrivent ce qui se passe sous leurs yeux et ce qu'ils apprennent, pendant l'année 1652, et l'adressent à une personne qui n'est pas nommée, et qui est vraisemblablement un des ancêtres du possesseur actuel de cette Gazette, soit Denis Amelot, mort conseiller d'État en 1655, soit plutôt son second fils Jacques Amelot, seigneur de Chaillou, qui était déjà conseiller au grand conseil en 1641, et mourut doyen des maîtres des requêtes en 1699. Les lettres de Paris semblent venir de trois sortes de correspondants, l'un qui parait assez favorable à la Fronde, l'autre à Mazarin, et le troisième assez impartial ou indifférent. Nous tirons de ces lettres d'assez nombreux morceaux relatifs aux événements les plus remarquables de 1652 dont nous parlons dans le chapitre troisième.

I

AFFAIRE DE BLENEAU.

De Paris, le 26me mars 1652.

Les chambres assemblées, Son Altesse Royale y estant, le président de Nesmond fut chargé de porter au Roy les remontrances du Parle-

ment pour l'esloignement du cardinal Mazarin, avec les sieurs Mus-
nier, Benoise, Bitault, Lotin et Charpentier, conseillers[1]. Pendant cette
délibération, M. le comte de Fiesque fut introduit dans la Grande
Chambre, où il dit à S. A. R. et à la compagnie que les habitans d'Orléans avoient promis de ne point recevoir le cardinal Mazarin, et
qu'ensuite M. de Beaufort avoit esté reçu dans la ville. Dimanche, le
dit sieur de Beaufort arriva ici qui confirma la mesme chose d'Orléans,
adjoustant toutesfois qu'ils estoit à propos que S. A. R. ou Mademoiselle s'y acheminassent affin que les habitans laissassent passer l'armée des Princes dans leur ville, et qu'ils luy baillassent retraite en
cas de nécessité; et à cet effet Mademoiselle partit hier d'ici, où M. le
prince de Tarente arriva aussi dimanche de la part de M. le Prince pour
demander secours à S. A. R., laquelle, ayant tenu conseil pour ce sub-
ject, il fut arresté que l'on conserveroit toutes les trouppes pour s'opposer à celles de l'armée du Roy.

De Paris, le 29 mars 1652.

L'on escrit de Blois, du 20 mars, en ces mots : « La cour, voyant les
affaires si contraires pour la ville d'Orléans, a résolu de demeurer
quelque temps ici, jusques à un autre changement des affaires. Hier,
Sa Majesté avec le cardinal Mazarin et autres grands de la cour, ensemble le duc de Bouillon et le mareschal de Turenne, furent à une
lieue et demie de cette ville pour voir l'armée commandée par le mareschal d'Hocquincourt, laquelle s'estant rangée en bataille, le dit
mareschal de Turenne fut desclaré général de l'armée; sur quoy il fut
complimenté par tous les grands de la cour, et en aura aussi le brevet
à son désir. Le rendez vous général a esté différé pour quelques jours.
Cependant toutes les troupes s'approchent de bien près. On a bonne
opinion de ce mareschal, surtout qu'il attirera les Allemans de son
costé desquels il est assez aimé. Le Roy est partout très bien venu;
mais au regard du Cardinal, le peuple lui porte une haine immortelle;
on lui fait bien de belles harangues partout, mais cela ne va pas de
bon cœur. »

Le 23 de ce mois, M. le duc de Beaufort entra dans Orléans pour y
seconder le comte de Fiesque, et à son entrée il reçut grande acclama-
tion du peuple, qui s'est déclaré pour M. le duc d'Orléans; et ensuite
ledit duc de Beaufort est venu en cette ville (Paris) trouver M. d'Orléans;
ils tinrent conseil. Messieurs de Beaufort et de Chavigny estoient d'advis
que S. A. R. allast en personne à Orléans afin d'encourager les peuples;
mais le cardinal de Retz, ci devant appelé coadjuteur de Paris, représenta qu'il ne falloit pas que S. A. R. desemparast la ville de Paris, et

1. Le *Journal ou Histoire du temps présent*, contenant toutes les déclarations, etc , depuis le mois d'avril 1651 jusques en juin 1652, p. 237.

qu'il falloit plustost envoyer Mademoiselle à Orléans avec quelques personnes de condition. Mademoiselle, estant dans la chambre du conseil, s'offrit de bonne grâce à S. A. R., l'asseura que si elle ne lui rendoit un service important, du moins elle lui seroit fidelle, ce qui toucha tellement le cœur de S. A. R. qu'elle en pleura de joye, et sur l'heure il fut résolu que Mademoiselle partiroit, laquelle partit le 25 pour Orléans accompagnée du duc de Rohan, du comte de Fiesque et d'autres personnes de condition.

Le duc de Beaufort fut appellé en duel lundi matin de la part du comte de Brancas. S. A. R. fit l'accommodement, et puis ce duc partit le jour mesme pour son armée.

L'on a advis de Guyenne que le comte d'Harcourt, ayant passé la rivière de Garonne, marchoit en bataille contre M. le Prince, de quoy ce prince ayant advis tint conseil de guerre. Les sieurs Marcin et Balthazar estoient d'advis que l'on presentast bataille au comte d'Harcourt; mais M. le Prince dit que ce comte avoit mille chevaux plus que lui, que les troupes du Roy estoient meilleures que les siennes, qu'il ne falloit point combattre, d'autant que s'il estoit battu son parti seroit ruiné, et qu'il valoit mieux se retirer à Agen, ce qui fut ainsi resolu. Or, pour faciliter la retraite, le Prince mit sur une éminence 500 chevaux, entre lesquels il y avoit 100 de ses gardes, afin d'arrester quelque temps la marche du comte; lequel comte environna les dits 500 chevaux et les prit prisonniers de guerre, et renvoya ensuite les gardes du Prince; mais ses gens les despouillèrent et desmontèrent. Il s'advança ensuite dans la haute Guyenne et demeure maistre de la campagne. Cette nouvelle fut raportée à la cour, d'où aussitost l'on a mandé à Paris que M^r le Prince estoit deffait et s'estoit retiré, mais voilà pourtant le véritable.

Le Roy s'ennuye fort à Blois, où le duc de Bouillon s'est rendu, comme aussi M. de Vendome. Le Cardinal a fait donner des brevets de ministres d'Estat au duc de Vendome, duc de Bouillon et mareschal du Plessis Praslin, afin de les obliger d'advantage dans son parti.

L'on escrit d'Orléans, du 23 de ce mois, en ces mots : « L'armée de M. de Beaufort n'est qu'à une lieue d'ici, qui marche avec les troupes de M. de Nemours vers Jargeau et Gien, pour faire rencontre des troupes du Roy conduites par MM. de Paluau et de Vaubecourt, qui passent dans le Gatinois. Il est venu un maître des requestes de la part du Roy, nommé Legras, de qui l'on n'a pas fait grand estat, apportant une deffence à M^{rs} d'Orléans de s'assembler et les voulant obliger de recevoir le Roy avec toute sa suite, en cas qu'il voulût venir à Orléans, ce que les habitants ne veulent aucunement. L'on est disposé dans cette ville à soutenir un siège en cas que le mareschal (d'Hoquincourt) y voulus entrer de force. »

Le 29 arriva un courrier à S. A. R., qui l'assura que le Roy avec la cour estoit parti de Blois le 27, pour coucher à Cléry à 4 lieues d'Orléans, espérant y entrer le lendemain, sur ce que le cardinal Mazarin par ses finesses avoit tant fait que ses émissaires avoient gagné la pluspart des bourgeois et se seroient saisis de la porte par laquelle Mademoiselle devoit entrer; où à son arrivée elle demanda l'entrée aux officiers d'icelle porte; ils s'excusèrent sur ce qu'ils n'avoient point les clefs, et à faute de celles la lui offrirent une eschelle de corde pour monter par dessus les murailles, ce qu'elle accepta; et estant ainsi entrée, tous les bourgeois de ce quartier l'accompagnèrent jusques à son logis avec des cris de *Vive le Roy! Vive Son Altesse Royale! et point de Mazarin!* Cette nouvelle estant rapportée à la cour, il y fust resolu d'aller de Clery à Sully.

Du 2me avril 1652.

Hier sur les 10 heures du matin, S. A. R. reçut un courrier qui lui apporta nouvelles que M. le Prince devoit arriver le soir à Paris, que M. de la Rochefoucault et autres estoient avec lui, qu'ils avoient pris leur chemin par le Perigord et par l'Auvergne; ce qui obligea S. A. R. d'aller l'après dinée jusques à 2 ou 3 lieues au devant de lui, accompagnée de plus de 150 hommes de cheval et d'un nombre prodigieux de carosses. Cette nouvelle s'estant répandue, tout le monde y alla en foule. S. A. R. voyant la nuit s'approcher s'en revint avec tous les autres carosses; elle envoya seulement au devant de lui un carosse et 100 cavaliers, lesquels s'estant avancés rencontrèrent un courier de M. le Prince, qui venoit dire à S. A. R. qu'ayant sceu qu'il y avoit contestation entre M. de Nemours et M. de Beaufort pour le commandement de l'armée, et qu'aujourd'huy elle devoit faire quelque attaque, il avoit jugé nécessaire de s'y rendre; lequel courier n'arriva que sur les 10 heures heures du soir, S. A. R. attendant toujours M. le Prince. Ce matin, Monsieur est affligé des placards par lesquels le peuple est adverti des travaux que M. le Prince avoit fait pour venir à leur secours contre le cardinal Mazarin, qu'il estoit temps de se délivrer de sa tyrannie, et d'avoir un autre gouverneur à Paris, celui qui y est estant tout à fait Mazarin, et que le peuple se trouvast à deux heures sur le Pont-neuf pour tesmoigner leurs sentiments de joye à M. le duc d'Orléans et à M. le Prince. Ce matin, l'hòstel de ville s'est assemblé où l'on a résolu de prier S. A. R. que M. le Prince ne fist point de séjour à Paris, s'il y venoit, plus de vingt quatre heures, ce que S. A. R. a promis. M. de l'Hospital, en sortant sur les onze heures de l'hostel de ville, a esté couru par du peuple criant au Mazarin, ce qui l'a obligé à faire doubler le pas de ses chevaux. Sur les deux heures, jusqu'au soir, le Pont-neuf a esté rempli de monde, en sorte que l'on avoit peine à y passer. Le peuple s'est advisé de faire arrester tous les gens de cheval et tous les carosses, et de faire crier à tous ceux qui estoient dedans, tant hommes que femmes : *Vive le Roi et point de Mazarin!* L'ambassadeur de Venise, qui y a passé avec 6 chevaux, a crié comme les autres; l'on demandoit le nom. Sur les cinq ou six heures un carosse de M. d'Elbeuf y a esté pillé et rompu, le cocher blessé, et quelques gens, à ce que l'on asseure, jettés dans la rivière, et d'autres mis en prison.

De Paris, le 5 avril 1652.

Les deux armées sont maintenant entre Jargeau et Gien, où elles pourront bien se battre; elles ont présentement la rivière entre deux, mais l'on croit que le mareschal de Turenne, qui commande l'armée mazarine, veut passer sur le pont de Gien pour attaquer celle des Princes, qui est par effect la plus forte, montant à près de 10 à 12 mil hommes, tant de cavalerie que d'infanterie; celle du mareschal de Turenne n'est que de 7,000 hommes.

M. le Prince est venu à Chatillon sur Loing, y coucha la nuict de Pasques, et le lendemain matin s'en alla trouver l'armée d'où il a escrit à M. le duc d'Orléans que, selon les affaires, il reviendroit à Paris. Les prevosts des marchands et eschevins, comme aussi le mareschal de L'Hospital, furent trouver M. le duc d'Orléans pour lui dire qu'ils n'avoient point estés advertis du voiage de M. le Prince. M. le duc d'Orléans dit qu'il n'estoit point nécessaire aussi, vu qu'il y venoit par ses ordres et qu'il n'y seroit que 24 heures. Ledit sieur mareschal et le prevost des marchands s'assemblèrent ensuite dans l'hostel de ville et enregistrèrent la parole que M. d'Orléans avoit dite, de quoy S. A. R. se mit en colère contre eux et dit que ce n'estoit point à eux d'enregistrer ses paroles.

L'on attacha mardy matin quantité de placards aux carrefours des rues tendant à sédition, et exhortant le peuple de se trouver à 2 heures au pont Neuf, afin d'aller tesmoigner à S. A. R. combien ils sont obligés envers elle et envers M. le Prince de travailler pour le bien public. A ladite heure de deux heures se trouva grande foule de peuple au pont Neuf, gens ramassés, lesquels commirent de grandes insolences; car ils arrestèrent quantité de carosses et entre autres celui de la comtesse de Rieux [1], dans lequel il y avoit la mareschale d'Ornano avec un escuier et une demoiselle, lesquels se retirèrent à une maison. Le carosse ensuite fut déchiré en mille pièces. Il y eut 4 cavaliers desmontés à cause qu'ils ne vouloient pas crier : Vive le Roy et point de Mazarin; et ensuite cette canaille alla à l'hostel de Nevers, demeure

---

1. Le comte de Rieux était un des fils du duc d'Elbeuf.

de M. de Guenegaud, pour le piller, mais M. le duc d'Orléans y envoya ses gardes qui empeschèrent le désordre.

Le mareschal de L'Hospital a quitté son hostel, et en fait sortir ses meilleurs meubles, craignant d'estre volé par la populace.

Il est advis que le duc de Longueville fait de grandes levées, et qu'il en a les commissions du Roy, avec permission de prendre les deniers des receptes pour cet effect, de sorte qu'on ne peut encore rien dire de certain sur ses intentions. Mercredi dernier un courrier arriva à S. A. R., depesché de M. le Prince, qui lui donnoit advis qu'il avoit fait revue de son armée, laquelle il avoit trouvé fort leste et capable de faire de grands exploits, qu'il avoit envoyé mille chevaux conduits par le duc de Beaufort pour ranger à la raison les habitants de Montargis qui s'estoient emparés du chasteau où ils faisoient mine de se deffendre.

Ces jours passés arriva un courrier au palais d'Orléans pour donner advis à S. A. R. qu'il y avoit eu de la brouillerie entre les ducs de Beaufort et de Nemours. Celui-ci vouloit mener les troupes qui sont venues de Flandres avec lui à M. le Prince, ce qui n'ayant pas esté jugé à propos par le conseil de guerre qui se tint dans un fauxbourg d'Orléans en présence de Mademoiselle ; ce dernier (Mᵉ de Nemours) lui en fit des plaintes dans sa chambre, et comme il passoit par l'antichambre, rencontrant M. de Beaufort il lui dit qu'il trahissoit M. le Prince ; à quoi le dernier ayant respondu par un desmenti, ils mirent la main à l'espée, ce qui fit sortir Mademoiselle qui les fit embrasser. M. de Beaufort, après avoir fait feu deux ou trois jours à Jargeau pour se saisir du pont et de la ville, que tenoient les troupes du Cardinal, ledit sieur de Beaufort a fait retirer ses gens qui estoient desjà maîtres de plus de la moitié du pont. En ce rencontre le baron de Sirot, mareschal de camp et un des plus vaillants et grands capitaines qui soient dans l'armée des Princes, fut blessé d'une balle de mousquet qui lui vint aboutir sur la lèvre supérieure et lui rompit deux dents, sans lui faire plus grand mal. Il s'est fait aporter à Orléans pour estre pansé de sa blessure qui n'est pas dangereuse.

Hier sur le soir, la populace s'esmut derechef, et il fallut que des bourgeois prissent les armes pour empescher que ces canailles ne pillassent l'hostel de Nevers où demeure le sieur du Plessis Guenegaud, secrétaire d'Estat. Le mareschal d'Estampes son beau-frère y vint avec des exempts et gardes de S. A. R., et sur ce qu'un coquin demandoit à celui qui battoit le tambour pourquoi il le faisoit, un bourgeois lui couvrit la joue, et au mesme temps et à l'aide de ses voisins il le mena en prison.

Il y en a d'autres des canailles susdits qui ont commis tant d'insolences ces jours passés sur le pont Neuf, qu'on les a faits prisonniers, desquels il y en a trois qui sont condamnés d'y estre pendus. Ce soir, quantité de·bourgeois se doivent mettre en armes pour empescher les désordres.

Samedi et hier il fut encore pendu au bout du pont Neuf quelques-uns de ceux qui avoient pillé le carosse de madame de Rieux. Les bourgeois, pour empescher qu'il n'arrivast quelque désordre à l'exécution, ont pris les armes, du moins quelques compagnies pour garder les avenues du pont où dimanche il y en eut en garde toute la journée.

M. le Prince, au préjudice de la convention faite avec ceux de Montargis, a fait entrer son armée dans cette ville où les soldats ont presque tout pillé. Les bateaux qui se sont trouvés sur le canal n'en ont pas été exempts. Ensuitte il envoya saisir Chasteau-Regnard et sommer Montereau où l'on dit qu'il a jeté quelque cavalerie. Il a aussi dessein, à ce que l'on dit, de se rendre maître de Joigny et de Sens, pour s'opposer au passage du Roy qui est toujours au delà de la rivière. Il se dit presentement que l'avant-garde de l'armée du Roy, qui estoit passée en deçà de Gien, composée de 2,000 hommes, commandée par le mareschal d'Hocquincourt, a esté entièrement deffaite par M. le Prince, et que ce mareschal y est demeuré et M. de Nemours blessé. Celui-ci s'est retiré à Chastillon où madame de Nemours l'est allée trouver et a mené avec elle des chirurgiens. Demain le parlement se doit assembler sur le retour de M. de Nesmond et des autres deputés du parlement vers la cour où ils ont fait leurs remontrances, bien receus du Roy et mal de la Reyne, qui interrompit le président de Nesmond et dit que ce n'estoit que des bagatelles. Plusieurs de ceux qui avoient suivi le conseil ont quitté à cause de la nécessité qui est à la cour si grande, qu'il y en a qui ne descouchent pas et qui ont peine à y avoir de quoy vivre, les gens de guerre ayant tout ruiné. Les trouppes qui estoient à Blois ont violé, à ce que l'on dit, dans la ville ou proche, des religieuses et ferré un prestre avec un fer à cheval. Celles de M. de Vaubecourt, proche de Montargis, ont violé des femmes dans des églises et pillé ce qui estoit dans ces lieux saints; toute la campagne est entièrement désolée.

M. de Chasteauneuf est ici, et M. le cardinal de Retz y est malade.

A Montargis, du 8 avril 1652.

Le samedi 6ᵐᵉ du courant, sur les huit heures du soir, 200 chevaux, dragons et Allemands de l'armée du Roy, qui tenoient l'avant-garde de M. le mareschal d'Hocquincourt à Rogny, retournant d'un parti qu'ils avoient fait du costé de Chasteau-Regnard, et croyant cantonner autour de l'église de Rogny n'eurent pas plus tost allumé leurs feus que M. de Beaufort, qui conduisoit l'avant-garde de M. le Prince, la-

quelle estoit deslogée de Chasteau-Regnard dès le vendredi précédent,
vint foudre sur eux, les mena battant sans qu'ils se pussent recongnoistre depuis l'église dudit Rogny jusques aux environs de Berteau
et Saint-Croges, et les contraignit de se sauver à la nage et à gué
au travers de la rivière de Loing et ès environs de l'ecluse de Sainte-
Barbe, où le sieur de la Cotterie avoit posé son corps de garde
avancé et fait abattre le pont de Sainte-Barbe de la rivière du Loing,
au-dessous dudit Rogny, et fait remplir pleinement le large de l'ecluse
de Sainte-Barbe pour le rendre guéable. Ce corps de garde avancé du
parti du Roy fut enlevé si promptement, qu'il n'eut pas le loisir de
se reconnoistre, et fut poursuivi si vivement aussi bien que les
200 dragons susdits, le long des chasteaux de Coustard et la Bruslerie
et grand chemin de Bleneau jusques à Saint-Croges d'un costé, et de
Berteau de l'autre, que ceux du Roy n'eurent pas le loisir de regarder
derrière eux. Ce combat dura jusques environ les onze heures de nuit
tant le long du canal que du costé de Rogny et Chastillon. Du costé
de Berteau, depuis Saint-Croges et Berteau jusques à Monteresson,
il y avoit des feus de vingt pas en vingt pas dans les taillis, si grands
que l'on voyoit comme en plein jour. A Chastillon, où estoit le quartier de M. le Prince, les feux estoient en si grand nombre qu'il sembloit
que la ville fust embrasée. Le Roy et sa maison estoient à Gien, M. le
mareschal de Turenne à Briare, ses troupes à Ouzouer, La Bussière,
Dannemarie en Puisaye, Batillé, Breteau et Lavau; l'avant-garde de
M. d'Hocquincourt à Rogny et à Bleneau, M. de Grandpré à Saint-Prive
et Saint-Martin-des-Champs. L'on tient que M. le Prince enleva quatre
quartiers de l'armée du Roy, mit 300 hommes sur la place et fit
400 prisonniers, mais qu'il fut arresté de passer plus avant par un
fossé qui se trouvoit dans la colline de Berteau. Il est croyable que
c'est la rigole de Saint-Prive, où ceux du Roy avoient braqué le canon
qui fit grand deschet sur ceux de M. le Prince. M. de Maré, mareschal de camp, en eut une cuisse emportée. M. de Nemours fut blessé
d'un coup de mousquet légèrement à la jointure de la cuisse; pour se
faire panser, il s'est retiré à Chastillon d'où il a envoyé icy quérir des
chirurgiens. M. de Beaufort a eu un cheval tué sous lui. M. le Prince
fut 36 heures sous les armes et à cheval; son armée a pris beaucoup
de bagages à celle du Roy. M. d'Hocquincourt seul y a perdu plus de
300,000 livres en vaisselle d'argent, pistolles et chevaux et autres
équipages. Les armées ont fait trève pour quelques jours pour, de part
et d'autre, ramasser leurs gens. L'armée de M. le Prince est à Chastillon
et aux environs, celle du Roy à Gien et ès environs, dans laquelle,
faute de pain, la nécessité les oblige à manger les chevaux. Le Roy
est à Gien où l'on ne croit pas qu'il puisse subsister davantage.

On nous avise que, par les ordres de M. le Prince, M. de Nemours ayant attaqué samedi au soir les quartiers du mareschal d'Hocquincourt, il y a eu combat opiniastre, à cause qu'il y estoit en personne et qu'au bruit des armes il avoit fait mettre en estat de resistance tous ceux qui estoient avec lui. Cela n'empescha pas que l'on n'enlevast un de ses quartiers, et qu'après avoir plié et s'estre mis en fuite tout son bagage ne fût pris, cinq pièces de canon et 600 prisonniers faits. Le duc de Nemours fut blessé en ceste action d'une mousquetade au flanc, et le baron de Maré, mareschal de camp de l'armée de S. A. R., blessé d'un coup de canon dont il est mort depuis. Toute l'armée du mareschal d'Hocquincourt y a esté generallement noyée, prise, bruslée et deffaicte. Il s'est sauvé, avec huict autres, dans le bois de Blesneau où M. le Prince est allé le poursuivre.

Après que les généraux de l'armée eurent pris consil devant le Roy et le Cardinal de passer la Loire pour aller à Montargis et Sens, l'on fist passer les troupes sur le pont de Gien le vendredy, et le samedy l'ennemi fit feinte de se retirer vers Montereau, et mesme le duc de Nemours avoit marché deux lieues; de quoi le Roy, qui estoit à Gien, ayant esté adverti, le Cardinal estoit d'advis de partir le dimanche de Gien pour suivre l'armée, laquelle estoit divisée en deux, dont la plus advancée estoit celle du mareschal d'Hocquincourt qui avoit amené le Cardinal de la frontière, et l'autre estoit commandée par le mareschal de Turenne. Le mareschal d'Hocquincourt avoit le samedy au soir un peu étendu ses quartiers, et avoit mis un corps de garde sur un pont d'une petite rivière qui séparoit ses quartiers d'avec ceux des Princes, et reposoit sous l'assurance de cette garde, espérant que si on le forçoit, elle se retireroit vers lui pour lui donner alarme et l'advertir du dessein des Princes : mais il en arriva tout autrement, car le duc de Nemours, avec 2,000 hommes, alla pour attaquer ce pont, et voyant que la garde estoit advantageusement retranchée, il ne l'attaqua pas et laissa auprès des troupes commandées par le baron de Clinchamp, et ensuite suivit la petite rivière ou ruisseau qui n'estoit pas guéable, et rencontra des paysans qui lui montrèrent un lieu guéable où il passa la nuit du dimanche et vint attaquer la garde dudit pont par derrière, qui fut aussi attaquée par l'autre costé par les troupes dudit baron de Clinchamp : ainsi elle fut surprise et deffaite promptement. M. le Prince y accourut, qui passa avec Clinchamp ledit pont pour soutenir le duc de Nemours, lequel, suivant les ordres de ce prince, surprit trois quartiers du mareschal d'Hocquincourt, qu'il tailla entièrement en pièces, et de là fut au quatrième quartier qui estoit le camp du mareschal d'Hocquincourt, qu'il chargea. Mais il y trouva grande résistance, car les gardes de ce mareschal, dragons de Senecterre et régiment de Navaille, le repoussèrent, mais le régiment de Wirtemberg et autres Allemands vinrent fondre si vertement sur ces dragons, qu'ils le deffirent; puis M. de Nemours fut blessé d'un coup de pistolet entre cuir et chair, à costé du ventre. Son cheval tomba sous lui. On le releva et ensuite on le porta à Montargis. M. de Beaufort, qui estoit à la teste des gens d'armes de Valois, prit sa place et chargea les gens d'armes d'Hocquincourt et eut un cheval tué sous lui. M. le Prince empescha le ralliement de toute la cavallerie d'Hocquincourt, et les mit en deroute, sans que la cavallerie et l'infanterie dudit mareschal d'Hocquincourt, qui estoit de 2,500 chevaux et 2,000 hommes de pied, ait pu en aucune façon se rallier. Les fuyards prirent la fuite dans les bois et il y en eut beaucoup de noyés en un estang. Quelque centaine des bonnets verts, eschappés vers les d'Hocquincourt, se retirèrent dans une grange pour y deffendre leur vie; ils y furent attaqués, et, par un malheur extraordinaire, le feu se mist à la grange où il y en eut plusieurs de grillés. M. le Prince mit des gardes autour du bagage du sieur d'Hocquincourt, de Broglie, de Navaille et autres, pour empescher le pillage, et le lendemain, après avoir dissipé les troupes dudit sieur d'Hocquincourt et fait grande quantité de prisonniers, il donna les bagages au pillage. Il s'est trouvé entre autres 18 chevaux de main au mareschal d'Hocquincourt, plusieurs chariots, mulets et coffres où il y avoit dans l'un 2000 pistoles, sa vaisselle d'argent, estimée à 7 à 8,000 escus, ses tentes d'armée, meubles, linge et habits, estimés à grand prix: les bagages des autres officiers sont aussi grandement estimés, et l'on remarque que dans le combat l'on a tué quelque 800 hommes sur ce mareschal et fait près de 1,500 prisonniers, entre lesquels il y a 150 officiers. L'on est estonné de la grande fatigue et diligence de M. le Prince, qui, dans cette rencontre, a esté trente-six heures à cheval. Il mist ensuite toute son armée en bataille, pour aller attaquer l'armée du mareschal de Turenne, mais il y avoit un marais entre lui et ce mareschal qui l'empescha d'attaquer; ils se battirent à coups de canon. M. le Prince fit retirer son armée, à cause que le canon de ce mareschal lui desmonta une pièce de canon. Le comte de Maré, qui appartient à M. le duc d'Orléans, et 50 soldats y furent tués. Ce mareschal s'est advancé vers la Loire où M. le Prince fait estat de l'aller attaquer d'un costé et M. de Beaufort d'un autre. Pendant ce combat l'alarme fut très grande à la cour, avec une si grande horreur qu'ils croyent estre tous perdus, et celui qui l'a escrit mande qu'on faisoit disner le Roy en diligence pour sortir de Gien et qu'on ne sçavoit où aller, qu'il estoit bien asseuré que là où il iroit, il

ne trouveroit point de pain, parce que le pays par delà de la rivière de
Loire est entièrement ruiné. L'on croit que la cour s'en ira du costé
de Bourges. L'on attend une ample relation de M. le Prince pour
sçavoir tout le détail. Cependant M. le Prince a fait distribuer
40,000 escus en cette ville pour les capitaines des régiments de Condé
et d'Anghien pour faire des recrues, et a fait un traité avec un colonel allemand qui lui doit amener 4,000 hommes des troupes de
Brandebourg. La ville d'Orléans a envoyé 20,000 rations de pain à
l'armée de M. le Prince. Mademoiselle d'Orléans gagne fort les bonnes
grâces du peuple et lui fait faire ce qu'elle veut.

Le parlement de Paris est fort mal satisfait de la cour, en ce que
leurs députés n'ont pas esté bien reçus. La Reyne ne voulut pas
qu'ils fissent lecture au Roy de la remonstrance par escrit, ce qui
obligea le président de Nesmond de parler fort haut et toucha les principaux points de cette remonstrance. La Reyne l'interrompit. Ce président dit : « — Madame, nous souhaitons parler à notre Roy : il est
majeur. » Ce mot fascha fort la Reyne. Le premier président, garde
des sceaux, dit : « — Nostre compagnie a manqué dans son devoir,
ayant laissé entrer les Espagnols en France. » Le président de Nesmond
lui repartit : « — Mais, monsieur, qui avez par tant de fois donné la
parole royale pour l'esloignement du Cardinal, nous n'en voyons
point d'effect. » La Reyne les fit retirer et leur dit qu'elle envoyeroit la
responce du Roy par escrit.

Le baron de Sirot, malade à Orléans de la blessure qu'il a reçue
en forçant le pont de Gerjeau, voyant M. le prince de Condé arriver
à l'armée de S. A. R., a eu un tel desplaisir de ne s'y pas trouver,
qu'une émotion d'humeur l'a pris, et du cerveau est tombée sur la
poitrine, dont il est mort. C'est un des premiers hommes de guerre
qui fust au monde; il avoit son corps tout plein de playes, ayant
commandé cinquante-cinq ans en quantité de siéges de villes qui ont
toutes esté prises, et a tousjours esté blessé. Il a pareillement assisté
à seize batailles rangées qui ont toutes esté gaignées et lui blessé, a
fait le coup de pistolet avec trois Rois et les a tous trois blessés, sçavoir
le Roi de Bohême, celui de Danemark et celui de Suède auquel il renversa son casque; et, après ledit Roi de Suède, voyant de son sang sur
une riche escharpe qu'il portoit, il la lui envoya en présent, lui man-
dant que c'estoit le premier qui avoit vu de son sang. Tellement que
ledit sieur de Sirot est regretté generalement de tout le monde.

Hier au soir, M. le prince de Condé et M. le duc de Beaufort arrivèrent en cette ville. M. le duc d'Orléans alla au devant d'eux et les
conduisit en son palais, avec grand applaudissement du peuple. En
ce matin, le parlement s'estant assemblé, lesdits trois Princes y ont
assisté, et les députés du parlement ont fait récit à la compagnie de

leur députation èn cour. Il a esté aussi fait lecture de la responce que
le Roy avoit envoyée aussi par escrit au parlement où, entre autres, le
Roy désire que le parlement envoye les informations qui ont esté
ci-devant faites contre le Cardinal, le Roy l'ayant qualifié dans sadite
responce de son très cher et bien-aimé cousin, toute la compagnie s'est
mise à rire en lisant ces mots, et l'assemblée a esté remise pour
demain.

LETTRE DU ROY AUX GOUVERNEURS DES PROVINCES.

Mon Cousin, les artifices que quelques malintentionnés ont employés
ci-devant pour tenter la fidélité inviolable de ma bonne ville de Paris,
et pour donner des impressions à leur advantage à mes amés sujets,
me faisant juger qu'ils ne manqueront pas de prendre advantage de
qui s'est passé depuis hier en ces quartiers entre mon armée et celle
que commande à present le prince de Condé, pour descrier l'estat de
mes affaires, j'ai esté aise de vous en mander la vérité par cette lettre,
afin que vous en donniez part à tous mes bons serviteurs, subjets de
ladite ville. Hier au soir mon cousin, le maréchal d'Hocquincourt, qui
estoit logé à Blesneau, ayant eu advis que le prince de Condé, au lieu
de continuer la marche qu'il avoit commencée, s'en venoit à Chastillon
sur Loing, envoya aussitost ses ordres en tous les quartiers du corps
qu'il commande pour faire assembler les troupes, et donner advis en
mesme temps à mon cousin le mareschal de Turenne de faire assembler les siennes. Mais ledit Prince estant arrivé au quartier des dragons
avant qu'ils fussent deslogés, il y en eust quelques-uns de pris; et
néantmoins la perte ne fust pas grande, tant parce que la pluspart
estoient dispersés en plusieurs chasteaux que parce qu'il y en avoit
encore d'autres commandés ailleurs. Le prince de Condé s'estant
advancé ensuite vers le quartier de mondit cousin le mareschal
d'Hocquincourt, et n'y ayant plus trouvé personne, parce que ledit
sieur mareschal estoit desjà au rendez-vous, marcha vers les autres
quartiers et rencontra en sa marche quelques bagages et quelques
troupes du corps dudit sieur mareschal d'Hocquincourt, que l'obscu-
rité de la nuit sans lune avoit fait esgarer en venant au mesme rendez-
vous. A la vérité, quelques soldats du régiment d'infanterie de Navailles
ont esté pris et perdus en ce rencontre; mais toute la cavalerie qui y
estoit aussi s'est sauvée. Et outre que celle dudit Prince, qui suivoit cette
partie des troupes du corps dudit sieur mareschal d'Hocquincourt, y a
esté en général fort maltraictée, le duc de Nemours y a esté grievement
blessé, à ce qu'a rapporté un gentilhomme des siens appelé Siourat,
lequel a esté fait prisonnier. Cependant mon cousin, le mareschal de
Turenne, après avoir assemblé ses quartiers, a marché en bataille ce

matin dès la pointe du jour, vers le quartier de mon cousin le mareschal d'Hocquincourt, et ayant joint en passant la brigade du sieur de Navailles, a rencontré à moitié chemin ledit Prince avec toutes ses troupes, lequel, pour empescher qu'on n'allast à lui, a fait halte à un certain vallon marescageux proche d'un estang et d'un bois, à couvert duquel il a posté son infanterie. Ce qu'ayant vu, mondit cousin le mareschal de Turenne, et que la situation du lieu ne lui permettoit pas de passer pour aller charger ledit Prince, ni audit Prince pour venir à lui, il a faict quelques démarches en arrière pour attirer ledit Prince hors du défilé, tant par l'apparence de sa retraite que par la commodité qu'il lui laissoit de prendre un terrain suffisant pour ranger ses troupes en bataille après qu'il auroit passé le défilé. Cela obligea ledit Prince à faire passer aussitost huit escadrons à la teste desquels on assure qu'estoit le sieur duc de Beaufort. Mais mon cousin le mareschal de Turenne les a chargés si vigoureusement, qu'ils ont esté contraints de repasser ledit défilé avec grande précipitation et désordre. Il a faict ensuite poster son canon sur une hauteur, d'où l'on a sceu par les prisonniers qu'il avoit tué plus de deux cens hommes tant soldats qu'officiers, et entre autres le baron de Maré. En ces entrefaites, mon cousin le mareschal d'Hocquincourt, ayant rassemblé toutes ses troupes, est arrivé au champ de bataille, et toute mon armée ainsi réunie a faict tout ce qui estoit possible pour attirer les ennemis au combat, mais ils n'y ont jamais voulu entendre, et la situation du poste où ils estoient ne permettoit pas de les y pouvoir contraindre. La journée s'est passée de la sorte. Il y a eu plusieurs des ennemis qui ont esté pris, et entre autres le nommé La Barre-Civray, lieutenant des gardes du duc de Rohan, dont la compagnie a esté défaicte ; de façon que, laissant ce qui peut estre du bagage, il y a eu beaucoup plus de perte sans comparaison de la part des ennemis que de la mienne, en ce qui est des officiers et soldats. Sur la fin du jour, voyant qu'il n'y avoit point d'espérance de venir aux mains, mon armée s'est retirée en ses quartiers, comme les ennemis dans les leurs, aux résolutions, de mon costé, de ne rien oublier pour les combattre, et après un succès tel que je le dois attendre de la justice de mes armes, avancer mon retour tant désiré vers ma bonne ville de Paris. Cependant je prie Dieu qu'il vous ait, mon cousin, en sa sainte garde.

Escrit à Gien, le 10me avril 1652.

II

Paris, 1er juillet.

Le Roy partit vendredi de Melun et vint coucher au Rinsy et le samedi à Saint-Denis. Le dimanche une partie de son armée tira du costé de Pontoise, afin d'aller attaquer les trouppes de M. le Prince qui estoient dans Poissy; de quoi M. le Prince ayant eu advis fit rapprocher ses troupes de Saint-Cloud et des villages en deçà de la rivière. Le mareschal de Turenne fit dresser un pont de bateaux à Saint-Ouën pour y faire passer son armée et aller attaquer celle du prince, ce que celui-ci empescha hier; et afin de n'estre point surpris cette nuit, il a fait descamper son armée, et l'a fait marcher par les environs des fauxbourgs Saint-Martin, Saint-Denis et Saint-Antoine, pour aller gagner Charentou. Quelques trouppes du Roy l'ont attaqué au fauxbourg Saint-Martin, où il y a eu quelque escarmouche, ce qui n'a pas empesché qu'il n'ait gagné le fauxbourg Saint-Antoine, où il a esté attaqué par le mareschal de Turenne, lequel le Prince a repoussé jusques à cinq fois. Il y a eu de part et d'autre beaucoup de gens de tués; le plus grand carnage s'est fait devant l'abbaye Saint-Antoine. M. de Nemours y a esté blessé d'un coup de pistolet au bras, M. de la Rochefoucauld au visage, Clinchamp blessé à mort. Plusieurs soldats se sont ici retirés estropiés; le Prince y fait rentrer son bagage qui estoit dans le fauxbourg de la ville. Comme il estoit avancé jusques à Rambouillet (la Folie-Rambouillet), il y a eu quelques chevaux de pris par les cavaliers de M. de Turenne. Il y avoit ce matin ordre aux portes de ne laisser entrer ni sortir personne, ce que l'on croit que le gouverneur et le prévost des marchands ont fait pour favoriser la cour. Le régiment de Valois, qui a esté le premier attaqué, s'estant voulu retirer dans la ville, la garde lui a fait résistance; il a esté obligé de faire ferme et il a beaucoup souffert. M. le Prince, outré de ce refus, est venu à la porte, où il a tué lui-mesme le commandant de la garde. Depuis, son armée a eu l'entrée libre, et aussitost, à la sollicitation de Mademoiselle d'Orléans, la ville a envoyé ordre aux portes de laisser entrer et sortir tous ceux qui auroient des armes. Ensuite 2,000 volontaires bourgeois sont allés au secours du Prince, pour lequel le bourgeois ne s'est guères mis en peine, quoique M. de Beaufort soit venu demander du secours. Présentement il est campé avec son armée tout du long du fauxbourg Saint-Antoine, et l'armée du Roy est dans la plaine entre Charonne et le fauxbourg Saint-Antoine. Depuis qu'elles sont campées elles n'ont laissé que d'escarmoucher et tirer du

canon l'une sur l'autre. Le bagage de l'armée du Prince, et quelque cavalerie qui estoit restée à Saint-Cloud, se loge présentement au fauxbourg Saint-Germain, ce qui donne sujet de croire que la nuit venue il
fera passer son armée par Paris pour aller loger au fauxbourg Saint-
Germain. Les boutiques et le palais sont fermés, les conseillers commencent à craindre le peuple et ne marchent plus qu'en habit court
par les ruës. Les plus sages se tiennent chez eux. Le Prince attend
quelques troupes que le comte de Pas, de la maison de Feuquières,
amène de Liège. Il espère que le mareschal d'Hocquincourt, qui est
mescontent de la cour, les pourra joindre et conduire. Il y a quelques
gens qui sont partis pour aller à Péronne l'en empescher, mais ils
pourront arriver trop tard. Le peuple murmure ici beaucoup et ne sçait
à quoy se résoudre. Les vivres y enchérissent chaque jour, particulièrement le pain. Ce matin Leurs Majestés sont vénues faire leurs
dévotions à Nostre-Dame-des-Vertus, et ensuite elles sont allées sur
une montagne voir le campement des deux armées. L'on ne sçait pas
si elles sont retournées à Saint-Denis, ou si elles auront pris le chemin
de Grosbois. Depuis que les députés du parlement sont partis, l'on les a
laissés à Charenton et aux environs, jusques à hier qu'ils furent mandés
pour aller à Saint-Denis où l'on leur donna audience, et ensuite l'on les
a renvoyés à Argenteuil pour y attendre la responce du Roy que la plupart
croyent qui se moque d'eux. Il a couru ce matin un bruit que le mareschal de Turenne estoit pris prisonnier, et présentement qu'il est
seulement blessé au costé gauche, et qu'il a perdu le régiment de la
marine qui a esté deffait par le Prince, qui a aussi perdu celui de
Valois. Le Prince donne les mains à un accommodement. Il n'y a que
le duc d'Orléans qui persiste à vouloir que le cardinal Mazarin se
retire, ce qu'il dit sans se mettre en peine de sortir de sa chambre.
Le peuple commence à crier contre lui. Il est arrivé aujourd'huy jusques à 400 blessés à l'Hostel-Dieu de l'armée du Prince.

De Paris, le 2me juillet 1652.

Les trouppes des Princes, qui estoient à Poissy, Surenne et Saint-
Cloud, s'estant apperçues que l'armée du Roy vouloit venir les attaquer par le moyen d'un pont de bateaux qu'on faisoit faire vis-à-vis
d'Argenteuil, elles s'assemblèrent toutes à Saint-Cloud, en partirent hier
à dessein de regagner Charenton pour se mettre en sûreté à la faveur
du pont de Marne et du passage de Paris, où elles commencèrent d'arriver sur les huit heures du soir du costé de Saint-Honoré, croyant traverser la ville jusques hors la porte Saint-Antoine. Mais on ne leur
voulut permettre, ains seulement de filer le long des murs par le
chemin qui borde les fossés; à quoi ils ont employé toute la nuit jusques à 4 heures de ce matin qu'ayant voulu gagner Charenton, ils ont

trouvé en teste une partie de l'armée du Roy qui les a contraincts de
se refugier et retrancher dans le village de Piquepuce, tout ce qui s'est
trouvé escorté ayant esté deffait et poursuivi jusques à la porte Saint-
Antoine, dont on a refusé sur-le-champ l'entrée à M. de Beaufort qui
estoit des premiers. Depuis, toute la journée s'est passée en escarmouches furieuses, pendant lesquelles on n'a cessé de charrier des morts
et des blessés dans Paris du parti des Princes; et sur le soir on a laissé
entrer tout leur bagage qu'on a logé dans le Pré-aux-Clercs; et pour
leur canon il est braqué en pleine rue entre la porte Saint-Antoine et
l'Abbaye, et celui du Roy à l'opposite hors le fauxbourg. M. de Nemours
est blessé au bras, le duc de La Rochefoucault a les deux yeux emportés, et Clinchamp, qui commandoit les troupes de l'Archiduc que
M. de Nemours avoit amenées, tué sur la place. Le Roy est à Saint-
Denis depuis samedi.

(De Paris, le 6 juillet 1652.

Dimanche dernier au soir le maréchal de Turenne fit faire un pont
de batteaux sur la rivière de Seine, à Espinay près Saint-Denis, afin
de passer avec son armée, fortifiée encore de toute l'armée de la Ferté-
Seneterre, pour aller attaquer l'armée des princes du costé de Saint-
Cloud; de quoy les princes ayant advis firent feinte de se fortifier à
Suresnes et Saint-Cloud et d'attendre l'armée de ce mareschal. Mais
le lendemain lundi, se recognoissant trop foibles, ils firent passer la
rivière à leur armée, et se rendirent à 8 heures du soir au fauxbourg
Saint-Honoré, marchèrent toute la nuit jusques au fauxbourg Saint-
Antoine, du côté de Picquepuce, et ne peurent aller à Charenton où
ils avoient desseing, à cause que 2,000 chevaux du mareschal de Turenne leur coupèrent le chemin; et mardi à 5 heures du matin, le mareschal de Turenne commença à passer au-dessus de Montfaucon, et
destacha un parti de 400 chevaux qui furent au desus de Montmartre, où
il y avoit un corps de cavalerie des princes, qui se combattirent l'espace
de demie-heure. La cavalerie des princes se retira dans le fauxbourg
appelé la Nouvelle-France. Pendant ce combat, il s'en faisoit un autre
du costé du fauxbourg Saint-Martin, où M. de Beaufort avec sa troupe
fut contraint de plier et de se retirer à la porte de la ville et laissa des
mousquetaires aux Récolets qui se défendirent longtemps. Il y eut en
même temps un autre combat vis-à-vis la porte du Temple entre un
corps de cavalerie du mareschal de Turenne et un autre des princes
qui plia aussi. M. le Prince estoit dans le haut du fauxbourg Saint-
Antoine; il fit pointer son canon auprès de deux moulins au bout du
fauxbourg, et mit une partie de son infanterie aux barriquades qui
estoient aux avenues des rues qui vont vers Charonne. L'armée du
mareschal de Turenne estoit dans les champs qui sont entre le dit

27

fauxbourg et Charonne; et sur les 10 heures le Prince, avec des volontaires et partie de sa cavallerie, se mit dans un champ par delà le
fauxbourg, où aussitôt la cavalerie du mareschal de Turenne s'avança
et il y eut rude combat, car l'infanterie du mareschal de Turenne
donna en même temps. Le Prince fit aussi donner la sienne, et y eut
de part et d'autre grand nombre de cavaliers tués et blessés. Le combat s'opiniastra, particulièrement à la rue qui aboutit aux étables,
dans laquelle rue l'on avoit percé deux jardins où l'infanterie des
princes fit grand feu et empescha les autres de passer outre. Il y avoit
dans cette rue cinq compagnies des gardes avec le régiment de la Marine, soutenues par environ 300 chevaux légers et gendarmes commandés par Saint-Maigrin, et où le jeune Villequier, le marquis de
Nantouillet et Manciny, neveu du cardinal, estoient volontaires. La
rue s'estant trouvée estroite, pleine d'ornières et un grand fossé à l'entrée dans la rue Saint-Antoine fait par ceux du fauxbourg il y a quelque temps, les compagnies des gardes et la Marine n'avançant pas
assez, Saint-Maigrin voulut les devancer avec sa cavalerie. Les soldats
du Prince, qui estoient retranchés dans les maisons des coins de cette
rue, depuis le premier estage jusques aux greniers, où ils avoient
deffait la couverture pour passer la teste et leurs armes, firent une
rude descharge en laquelle Saint-Maigrin fut d'abord tué avec Nantouillet, et leurs corps laissés sur la place. Les chevaux légers se voyant
pressés dans la rue, peu de facilité pour entrer dans celle de Saint-
Antoine, où il y avoit des corps d'infanterie et escadrons de cavalerie
qui estoient commandés pour les charger au passage, ces chevaux
légers et gendarmes firent volte face et laissèrent là le corps de
Saint-Maigrin avec les cinq compagnies de gardes et la Marine qui
furent obligés de se retirer après avoir fait leur décharge et soustenu
celle des gens des princes qui en tuèrent beaucoup. Le grand M..... et
Villequier y firent merveille; Manciny y reçut un coup de mousquet
dans la cuisse, dont il est beaucoup blessé. L'armée du Roy se trouva
un peu estonnée croyant enlever les trouppes du Prince sans beaucoup
de résistance. Nantouillet, à ce que l'on dit, avoit fait dessein de tuer
le Prince. Entre les blessés du costé des Princes se trouve le duc de
Nemours blessé à la main, le duc de La Rochefoucauld blessé à la teste,
baron de Clinchamp, comte de Boussu, blessé à mort, comte de Holac,
comte de Kinsqui, Desfourneaux et Flamarins tués, et plusieurs autres;
du parti du Roy, le marquis de Saint-Maigrin a esté tué et Nantouillet.
M. le Prince, voyant qu'il ne pouvoit pas se maintenir dans le fauxbourg, obligea M. le duc d'Orléans de lui faire donner passage par la ville.
Le prevost des marchands s'y opposa fort, mais il ne fut pas le maitre.
Ainsi l'armée passa au travers de la ville, depuis le midi jusques sur
les 7 heures du soir, l'espée à la main, et est allé camper le long de la
rivière du costé du fauxbourg Saint-Victor. L'armée du mareschal de

Turenne quitta le fauxbourg Saint-Antoine, et sur le minuit, par l'intrigue de Mademoiselle, il fut tiré, sur les 4 ou 5 heures, 8 coups de canon de la Bastille sur l'armée du Roy.

Le Prince a gaigné, au combat de mardi, 13 drappeaux de l'armée du Roy, qui y a perdu les marquis de Saint-Maigrin, Nantouillet et trois capitaines des gardes tués [1], cinq prisonniers, huit cents morts, parmi lesquels on compte soixante hauts officiers, plusieurs personnes de condition blessées, mesme le neveu du cardinal, Manciny, légèrement au bas-ventre.

III

SCÈNE DE L'HOTEL DE VILLE.

Le 4 juillet, comme mardi, les soldats des Princes avoient de la paille à leur chapeau pour se recognoistre d'avec ceux du Roy. Personne n'a marché en seureté dans Paris sans en porter ou au chapeau ou à la ceinture; mesme les moines en portoient attachée à leur froc, et ceux qui n'en ont porté ont couru risque de leur vie, et esté appelés et tenus Mazarins. L'assemblée de l'hostel de ville ayant commencé à 2 heures de relevée, S. A. R. et messieurs les Princes y sont arrivés sur les 4 à 5 heures, et comme un trompette estoit venu de la part du Roy un peu auparavant apporter commendement de surseoir cette assemblée de huitaine, leurs Altesses n'y ont demeuré qu'un demi-quart d'heure, ayant trouvé la pluspart de l'assemblée dans la résolution d'obéir à ce commendement. En sortant, le peuple criant : *Point de Mazarin!* et demandant leur union, ils auroient respondu qu'on ne faisoit que mazariner dans l'hostel de ville, et qu'ils estoient tous Mazarins. Sur ce, le peuple se mettant en colère de la remise de huitaine que le Roy demandoit, remise qui seroit capable de faire mourir cent mille âmes de faim, auroit résolu de tuer tous ceux de l'assemblée, et se mettant en devoir d'entrer à main armée dans l'hostel de ville, les archers qui le gardoient dedans auroient tiré quelques coups, tué et blessé plusieurs du peuple, qui, irrité plus qu'auparavant, autant qu'il en sortoit autant en tuoit, auroit fait décharge dans toutes les fenestres de l'hostel de ville, se seroit saisi de toutes les advenues et sorties, tandis que d'autres auroient couru aux fagots, cottrets et bûches, et mis le feu contre la principale porte. Ceux de dedans ayant mis une épée nue à une fenêtre et un mouchoir, la paix ou la guerre, on auroit commencé à tirer contre plus qu'auparavant. Puis, ayant jetté un papier par lequel ils

---

1. Note du manuscrit : « Il n'y a point de capitaines des gardes tués; seulement Beys a été fait prisonnier. Il n'y a plus de cinq cents morts. La blessure de Manciny est dans la cuisse où l'on n'a pas encore trouvé la balle. »

demandoient l'union avec les Princes et point de Mazarin avec la seureté pour leurs personnes, on n'y auroit point eu esgard, au contraire, le feu auroit consommé la porte. Le curé de Saint-Jean ayant fait porter le Saint-Sacrement, dans l'espoir d'apaiser ce peuple, arriva vers la principale porte; mais ceux de dedans ayant recommencé à tirer, cela auroit esté cause que, sans respect au Saint-Sacrement, cette populace auroit continué ses attaques, pendant lesquelles MM. Ferrant fils, Hardier et Fayet[1], conseillers au parlement et capitaines de leurs quartiers, ont esté tués. Et, ce qui est plus remarquable, est que, quand ce peuple avoit tué quelque Mazarin, un crocheteur ou autre le mettoit sur ses espaules et alloit le monstrer dans les rues, et que M. de Beaufort étant accouru sur les 10 heures du soir pour faire esteindre le feu, en offrant de l'argent, tout ce peuple lui demanda le mareschal de l'Hospital et le prévost des marchands, et qu'ensuite il laisseroit sortir les 4 à 500 personnes qui estoient dedans. A la fin cette populace s'apaisa par l'entremise du duc de Beaufort, et la pluspart des gens qui estoient dans l'hostel se sauvèrent par une petite porte de cave.

AUTRE RELATION [2].

« Le jeudi 4me juillet, l'assemblée estant convoquée à l'hostel de ville, plusieurs bourgeois et officiers y furent mandés. Un nommé Martin, avocat au Parlement, comme tous les députés furent venus, commença à mettre de la paille à son chappeau, ce qui donna sujet à quelques uns de s'en formaliser, d'autres repliquèrent que chacun estoit libre. En mesme temps trois ou quatre cens canailles atitrés dans la Grève, et qui beuvoient et offroient du vin à ceux qui alloient à l'assemblée, en leur disant qu'ils ne vouloient point de Mazarin, commencèrent aussi à mettre de la paille à leur chapeau, et aussitost il n'y eut plus de sûreté de marcher par les rues sans paille à son chapeau. Quelques uns furent même maltraités pour n'en avoir point. Depuis on l'a porté, au moins quelques uns, en forme de galands, et qui n'en a point est Mazarin. La plus part de ces canailles estoient gens atitrés, à ce que l'on croit, par les Princes. L'on y remarqua quelques uns de leurs domestiques, des laquais du duc de Beaufort et des mariniers. Le duc d'Orléans estant arrivé à l'assemblée sur les 5 heures avec le Prince et le duc de Beaufort, ils en sortirent incontinent après tous trois, et tesmoignèrent à 3 ou 400 canailles qui estoient assemblés au milieu de la Grève qu'ils n'estoient pas satisfaits et que l'assemblée vouloit prolonger pour donner moyen au Cardinal de faire ses affaires. Aussitost cette canaille dont quelques uns estoient armés, commencèrent à crier

---

1. Ces deux derniers noms écrits, puis effacés.
2. Voyez la relation très détaillée de Conrart, *Mémoires*, p. 113, et suiv.

et à tirer dans l'hostel de ville par les fenestres, ce qui donna sujet à
60 archers qui estoient dedans de fermer les portes et de faire une descharge sur cette canaille dont cinq ou six furent tués. Ce qui l'ayant
irritée, elle recommença à tirer et à mettre le feu à l'hostel de ville à
toutes les portes. Aussitost les chaisnes furent tendues et barricades
faites aux environs de la Grève, et les bourgeois s'estant mis en armes
empeschèrent que quelques bons bourgeois, les uns par compagnies, les
autres en particulier, ne passassent pour aller secourir ceux qui se trou-
voient enfermés dans l'hostel de ville. Ils empeschèrent aussi que
d'autres canailles n'allassent augmenter le nombre de ceux qui estoient
à la Grève, lesquels continuant à mettre le feu à l'hostel de ville et à
tirer, cinq ou six cens députés qui estoient enfermés dans l'hostel de
ville, se voyant ainsi attaqués et pressés par le feu dont la fumée les
estouffoit sans secours, commencèrent à se préparer à la mort et à se
confesser. Ils jettèrent des billets à la canaille pour leur accorder ce
qu'ils demandoient et mirent des linges aux fenestres pour marque
qu'ils vouloient leur satisfaire, ce qui sembloit les irriter tirant à mesure qu'ils voyoient paroître quelqu'un. Le Président Charton se per-
suadant que le peuple auroit quelque considération pour l'escouter, se
voulut présenter avec un linge à la fenestre dont cinq ou six coups de
mousquet l'obligèrent à se retirer bientost. Tout le monde plaignant ce
désastre et la perte d'un si grand nombre de personnes de condition
qui estoient enfermés, sans que l'on se mist beaucoup en devoir de
les secourir, le curé de St-Jean porta deux fois le St-Sacrement au
milieu de la Grève, mais cette canaille manquant de respect continua,
et voyant les portes bruslées entra l'espée nue à la main sur les 8 à
9 heures dans l'hostel de ville. Quelques uns furent tués par les archers
qui firent encore une descharge. Ils pillèrent d'abord la maison du
Sr Le Maire, greffier de l'hostel de ville, et après montèrent où estoient
les députez dont quelques uns s'estoient voulu sauver aussitost qu'ils
virent la canaille entrer dans l'hostel de ville. Cette canaille tua
d'abord à coups d'espées, pistollets, bayonnettès, et de bastons que
quelques-uns avoient pour toutes armes, le sieur de Janvry, conseiller
au parlement, fils de M. Ferrand de la grande chambre, capitaine de
son quartier, ainsi qu'un nommé Froissand[1], marchand de fil de la place
Maubert. Un nommé Hion, ci-devant eschevin, qui fut pris pour le
prévost des marchands auquel il avoit quelque ressemblance, fut massacré de coups de bayonnette; M. Miron, maître des comptes, frappé,
par une personne qu'il reconnut et qu'il n'a pas voulu nommer, d'un
coup de pistolet dont il mourut le lendemain. M. Legras, maître des
requestes, ayant composé de sa liberté avec un qu'il rencontra en se

1. Conrart, p. 140, le nomme Fressand.

sauvant, moyennant 12 pistoles qu'il avoit, il fut conduit par ce coquin jusques au bas de l'escalier de l'hostel de ville où après avoir receu son argent, il lui bailla quatre coups de poignard, et un autre qui survint deux coups d'espée sur la teste, et ensuite le despouillèrent. N'estant pas mort sur l'heure il fut porté par quelques spectateurs chez un chirurgien de la Grève où il est mort deux jours après. On alla au duc d'Orléans, à Mademoiselle, à M. le Prince, à M. de Beaufort pour les prier de se transporter à l'hostel de ville pour faire cesser ce désordre. Pas un n'y voulut aller [1]. Le premier y envoya un exempt qui en arrivant à la Grève fut tué. M. de Beaufort y arriva sur les 9 heures, eut beaucoup de peine à passer et tascha à appaiser cette canaille qui estoient apres à piller et à fouiller les députés dont beaucoup se sauvèrent après avoir esté frappés, blessés, pillés, et moyennant composition qu'ils faisoient les uns de 4, 6, 10, et les autres jusques à 12 et 200 pistoles. D'autres se sauvèrent avec le mareschal de l'Hospital par un petit escalier qui est du costé du St-Esprit. Il y avoit de ces canailles assez hardies pour porter ceux qu'ils avoient blessés dans leurs maisons, et qui alloient recevoir le prix dont ils avoient convenu pour les délivrer de la mort. Le lendemain mesme il y en eut qui furent querir le reste du payement que l'on leur avoit promis en quelques endroits. S'estant retirés sur le minuit, tout le lendemain vendredi fut calme, chacun déplora seulement ce désordre. Le samedi· quelques conseillers furent au parlement. Le mareschal de l'Hospital et le prévost des marchands donnèrent leur démission. L'après dînée il fut fait une assemblée à l'hostel de ville où les princes assistèrent seulement et quelques unes de leurs créatures. M. de Bruxelles [2] y fut eslu prévost des marchands. Il presta aussitost le serment entre les mains de M. le duc d'Orléans où le Prince le mena. S. A. R. à cause de l'absence du mareschal a pris le soin du gouvernement de la ville, où il fut aussi résolu que les billets seront donnés pour la garde des portes à chaque jour aux capitaines et qu'il seroit pourvu à la seureté de la ville et à la police. Le dimanche, M. de l'Hospital, conduit par M. de Beaufort, sortit pour aller à sa maison de campagne, estant mal à la cour, où S. Éminence estoit persuadée qu'il ne la serviroit pas, à cause qu'il avoit dit qu'il falloit qu'elle se retirast. Le prévost des marchands se retira aussi pour aller à la cour. M. de Chasteauneuf, M. et Madame de Liancourt, et quelques présidents au mortier et conseillers sont aussi sortis; plusieurs personnes se disposent aussi à sortir. Hier le parlement s'assembla où les Princes se trouvèrent, le doyen de la grand chambre présidant par l'absence de tous les présidents au mor-

---

1. Voyez plus bas la lettre de Marigny, témoin oculaire.
2. Le président Broussel.

tier. Il y fut ordonné que tous les présidens et conseillers s'y trouve-
roient à peine d'interdiction, et que les deputés qui sont à la cour
seroient mandés de revenir pour jeudi; aujourd'hui l'on leur doit
donner audience à la cour, et l'on espère qu'ils reviendront demain.
Les Princes parlent de faire loger leur armée dans la ville, pour ne la
pas croire en seureté aux fauxbourgs, ce qui, selon le sens de plusieurs,
va à se rendre bientost maitres de tous les bourgeois afin de commencer à leur faire payer des taxes.

IV

LIEUTENANCE GÉNÉRALE DU DUC D'ORLÉANS. — DUEL DU DUC DE BEAUFORT
ET DU DUC DE NEMOURS. — AFFAIRE DU COMTE DE RIEUX.

De Paris, le 26 juillet 1652.

Le 20 du courant fut donné arrest, toutes les chambres assemblées en
présence de S. A. R., de M. le Prince, du duc de Beaufort, et autres
ducs et pairs et officiers de la couronne, portant que le Roy est desclaré
prisonnier entre les mains d'un estranger et ennemi de l'Estat, enjoint
à tous les officiers de la couronne et capitaines des gardes qui sont
proche de Sa Majesté, de la ramener en sa bonne ville de Paris, et à
faute d'y obéir déclarés criminels de leze-majesté, et que comme tels
leur procès sera fait et parfait, et que le Roy estant prisonnier, comme
dit est, il a esté necessaire de remedier à la seureté de l'Estat. La
cour, après une mûre deliberation, a déclaré et déclare M. le duc d'Orléans, oncle du Roi, lieutenant général du Royaume et de l'Estat tant
et si longtemps que Sa Majesté sera entre les mains de l'ennemi de
l'Estat, enjoint à tous les fermiers et receveurs généraux et autres
d'aporter incessament les deniers qu'ils doivent et devront par ci-après
à la recette generale de Paris et non ailleurs, à peine de payer deux
fois, pour ces deniers estre employés par S. A. R. à lever des troupes
pour aller quérir le Roy et l'oster d'entre les mains de l'ennemi et le
mettre en liberté; et que S. A. R. disposera aussi de toutes les charges, offices et bénéfices qui viendront à vaquer tant et si longuement
que le Roy sera comme il est; que M. le Prince sera généralissime des
armées de Sa Majesté sous M. le duc d'Orléans, et M. le duc de Beaufort son lieutenant général; lequel arrest sera envoyé à tous les parlemens de France pour estre enregistré dans les registres de leurs greffes,
enjoint à tous les maires et eschevins des villes de ce ressort de ne
recognoistre autres ordres que ceux de S. A. R. Le présent arrest sera
mis en bonne forme et authentique pour estre porté au Roy, pour lui
estre communiqué. M. le duc d'Orléans est supplié par la compagnie

de le faire enregistrer au greffe de l'hostel de Paris, pour estre après le dit arrest lu, publié et affiché partout où besoin sera.

Le neveu du Cardinal, nommé Manciny, qu'on disoit n'estre pas mort, fut enterré la semaine dernière en l'église des Jésuites de Pontoise.

Le 21 du courant, M. le duc d'Orléans, M. le Prince, les ducs de Beaufort, de Nemours, et autres ducs et pairs disnèrent chez le Sr Tubeuf, président en la chambre des comptes, et de là allèrent chez M. le Chancelier de France ; et on n'en sçait pas encore au vray le suject, sinon qu'on croit que c'est pour faire un grand sceau, et le donner à ce chancelier.

Messieurs les Princes ont trouvé un fonds de 400,000 escus. L'on parle de faire un conseil à Paris, que le président de Thou sera garde des sceaux et le président Viole secrétaire d'estat de la Lieutenance.

Mardy dernier on exécuta à mort les deux prisonniers convaincus d'estre du nombre de ceux qui furent les assassins à l'hostel de ville. L'on dit que par un testament secret ils ont confessé que ce jour là il y avoit trois factions, l'une pour les Princes, l'autre pour le Cardinal, et la troisième pour le Coadjuteur.

La cour est toujours à Pontoise assez mescontente pour ce qui s'est passé samedi au parlement, dans l'appréhension des suittes, si S. A. R. se sert du pouvoir qu'on lui a donné, et que les provinces le recognoissent pour lieutenant général du Roy et obeissent à ses ordres ; car ne pouvant aller en Normandie, ils se trouvent obligés de se retirer des environs de Paris dans quelque province ou ville qui les veuille recevoir. On parle de la Bourgogne, de la ville de Lyon, où ils parlent d'establir un nouveau parlement, de Nantes où le mareschal de la Meilraye leur asseure qu'ils seront les bien venus. On croit que si la cour s'esloigne de Paris elle aura peu de suite, à cause des incommodités qu'ont souffert ceux qui l'ont suivie depuis tantost un an ; et ce qui les fasche le plus est le refus que l'Archiduc a fait des offres qui lui ont esté faits de la part de la cour de restituer aux Espagnols les places sur eux prises pendant cette guerre, ne voulant point traiter avec le Cardinal, mais bien avec les Princes, notamment depuis que le Roy a esté déclaré n'estre en liberté par l'arrest de samedy auquel on a aujourd'huy adjousté l'injonction à tous les receveurs des provinces et autres d'envoyer ici incontinent les deniers qu'ils ont entre les mains et deffence de les porter en cour. On a aussi trouvé moyen pour faire le fonds des 50,000 escus pour la teste du Cardinal qui sera mis entre les mains de 4 marchands ayant banque et correspondance en Italie, Allemagne, Angleterre et autre lieu, où celui qui fera le coup se pourra retirer. On a aussi ordonné au parlement que le surplus des meubles du Cardinal qui sont encore icy seront vendus.

M. le duc d'Orléans bailla hier les patentes à M. de Beaufort de gouverneur de Paris.

M. le duc d'Orléans et M. le Prince ont tant fait qu'ils ont porté M. le Chancelier à reprendre les sceaux. Il s'estoit excusé d'aller au parlement lorsqu'il y fut convié sur ce qu'il avoit promis au Roy en lui remettant les sceaux de ne faire aucune fonction de la charge de chancelier : jeudi il avoit encore refusé d'accepter les sceaux, mais vendredi il se laissa gagner et les reprit, et samedi il assista à un conseil qui fut tenu chez M. le duc d'Orléans où il eut differend avec M. de Beaufort pour la préséance, ce qui fut ajusté. L'on dit que le président de Maisons reprendra aussi la surintendance et que le président Viole sera secrétaire d'estat de la Lieutenance générale. Le parlement a continué ses assemblées pour faire un fonds pour les 50,000 escus destinés pour l'exécution de leur arrest contre M. le Cardinal. Hier matin le Prince fit decamper son armée des jardins du fauxbourg St-Victor où elle a tout ruiné pour aller à Juvisy, sous le bruit d'aller assiéger Corbeil, mais en vérité pour aller ruiner le pays plus loin, ne pouvant plus rien trouver ici aux environs, où ils ont ruiné tous les grains et fourages, coupé, battu et vendu les bleds, quoiqu'ils ne fussent pas murs, impunément dans Paris, et à ceux qui en ont voulu aller acheter, ce que les Parisiens ont souffert et la ruine de leurs jardins et maisons d'un œil sec et sans se remuer, quoique la dite armée ne soit que d'environ mil hommes de pied et 1500 chevaux. L'on continue toujours fort mal à propos la garde aux portes, et personne ne sort sans passe-port. C'est S. A. R. qui les accorde. La qualité qu'elle prend c'est : Gaston, fils de France, oncle du Roy, duc d'Orléans et lieutenant général du Royaume.

Hier 29me juillet il se tint une assemblée à l'hostel de ville qui dura jusques à huit heures du soir. Les Princes y estoient. Le duc de Beaufort fut fait gouverneur de Paris, et résolu qu'il seroit levé jusques à 800,000 livres pour mettre 14,000 hommes sur pied; lesquelles seroient prises sur les maisons de Paris, savoir 150 livres sur les portes co-chères, 25 pour les portes carrées et 5 sur les rondes; que quatre bourgeois dans chaque quartier prendroient le soin de lever ces taxes, et que pour les 150,000 livres affectés pour l'execution de l'arrest donné contre le cardinal Mazarin, ils seroient présentement pris sur les deniers qui estoient à l'hostel de ville. Il y a des gens icy assez malheureux pour se resjouir de toutes ces choses qui auront de fascheu-ses suittes. Les entrées doivent aussi estre remises aux portes et reçues par ceux qui en sont fermiers, par bail du conseil, pour en estre les deniers employés pour l'entretenement des gens de guerre.

Le conseil de M. le duc d'Orléans est composé des princes de Tarente et Guémené, de M. le Chancelier, des ducs de Beaufort, de Nemours,

. de Rohan et de la Rochefoucault, du comte de Rieux, du mareschal d'Estampes, des présidents de Nesmond, de Maisons, de Thou et de Viole, Aubry et Larcher, Dorieux et Lenoir.

De Paris, du 30 juillet.

Il a esté envoyé une lettre circulaire par le parlement de Paris à tous les autres du royaume contenant ces mots : Après avoir tasché par tant de remonstrances de vive voix et par escrit d'obtenir du Roy, nostre souverain seigneur, le calme si nécessaire au royaume par l'esloignement du Cardinal, nous avons bien recognu qu'il falloit avoir recours à d'autres remèdes, et que le dit Cardinal, tenant en sa puissance nostre Roy, l'empeschoit de nous accorder une prière que nous lui faisons au nom de tous ses peuples. C'est ce qui nous a fait resoudre à donner l'arrest que nous vous envoyons, par lequel vous verrez que nous avons essayé de pourvoir au salut de l'Estat et de la personne dudit Roy que le Cardinal détient ; vous priant de seconder nos bons desseins et de nous croire, etc.

Le 27 juillet, le parlement s'assembla où Son Altesse Royale, M. le Prince et autres ducs et pairs de France estoient, et fut donné un arrest après avoir ouï les gens du Roy par la bouche de M. Bignon, advocat général, qui fit une harangue très éloquente en faveur de M. le duc d'Orléans, remonstrant qu'estant oncle du Roy, sa naissance lui donnoit pouvoir d'estre le lieutenant du Roy dans son royaume, pour la conservation de la couronne et de l'Estat, et bien d'autres tels discours ; et apres que messieurs les gens du Roy furent retirés, fut arresté que M. le duc d'Orléans seroit remercié de l'acceptation qu'il faisoit de la charge de lieutenant général du Roy dans le royaume et du zèle qu'il tesmoignoit par là à la conservation de la monarchie et au bien de l'Estat, qu'il composeroit son conseil de telles personnes qu'il lui plairoit, et mesmes en pourroit donner advis, si bon lui sembleroit, à M. le chancelier pour y venir prendre sa place et y tenir le rang que sa charge lui donne, le tout à la charge et condition qu'il ne s'y traiteroit rien qui ne fust à la conservation du Roy, de l'Estat et de la monarchie, et qu'il falloit toujours respecter et conserver l'image du Prince. Et à la levée du parlement, Son Altesse Royale, M. le Prince, et autres ducs et pairs de France, furent chez M. le chancelier lui faire entendre la teneur des arrests ci-dessus mentionnés et l'inviter de prendre sa place au conseil et exercer sa charge, ce que le dit chancelier différa pour aller visiter Son Altesse Royale en son palais, où il se transporta le mesme jour de relevée et accepta la dite charge, ensuite de quoi le dit chancelier a esté fait garde des sceaux de France, M. de Chavigny premier ministre d'Estat, M. le comte de Fiesque, fils de la gouvernante de Mademoiselle, second ministre d'Estat; M. le president de Nesmond premier président, MM. de Viole et de Charton[1] secrétaires d'Estat. Quelques-uns disent que le président Tubeuf est surintendant des finances, les autres que c'est le président de Maisons.

Il a esté donné un arrest en conseil d'en haut tenu à Pontoise samedi dernier, le Roy y estant, portant cassation de tout ce qui a esté fait au parlement de Paris, portant aussi interdiction du parlement de Paris, declarant que tous les arrets qu'ils rendront à l'advenir seront de nul effect.

· **Du 30me.**

Hier au soir M. de Nemours ayant querelle avec M. le duc de Beaufort, le fit appeler en duel et se furent battre dans la place du marché aux chevaux, derrière l'hostel de Vendosme. Ils estoient 3 contre 3; le comte de Brancas[2] servoit M. de Nemours, et le comte de Bury le duc de Beaufort; et après un rude combat, le duc de Beaufort tua M. de Nemours. Il n'expira pas sur l'heure; on le mit dans son carosse, et est fort regretté de tout le monde. Ce combat s'est passé comme le dit la Gazette de Renaudot, qui a seulement obmis qu'il y avoit une haine particulière entre M. de Nemours et M. de Beaufort, qui fit aisément naistre leur différend pour leur séance au conseil de Son Altesse Royale, laquelle et le Prince prétendoient les accommoder le mercredy. Pour cela, le Prince avoit la parole du duc de Nemours de ne se point battre ce jour-là, au préjudice de laquelle il fit l'appel et pressa le duc de Beaufort. Mme de Cavois[3] fit ce qu'elle put avec quelques gens qui la suivoient pour s'opposer à leurs desseins; mais la porte de l'hostel de Vendosme s'estant trouvée fermée par hazard, elle ne put passer. Le coup que reçut le duc de Nemours se trouva de trois balles qui lui fendirent le cœur. Le duc de Beaufort s'en alla ensuite dans l'hostel de Vendosme, tout troublé, allant dans le jardin de costé et d'autre, sans savoir où il alloit. La nuit suivante, la duchesse de Nemours envoya M. de la Nauve et M. l'Empereur, trésorier de sa maison, à M. le Prince pour le prier de venger la mort de son mari et lui faire excuse de ce qu'elle ne l'avoit pas vu lorsqu'il estoit allé pour la voir.

· **Du 31.**

. Sur le midi à Luxembourg, M. le prince de Tarente (qui n'est pas allé en Poitou comme le bruit en a couru) et le comte de Rieux

---

1. Note du manuscrit : « Cecy à l'esgard du P. Charton n'est pas vray. »
2. Le marquis de Villars était de la maison de Brancas, et pouvait s'appeler ainsi.
3. Voyez plus bas le récit de Marigny.

ayant différend pour la préséance au conseil de Son Altesse Royale, l'on a eu crainte qu'il n'arrivât pareil accident que hier, ce que M. le Prince a voulu prévenir, et il les a exhortés à l'union. Au lieu de quoi, le dit comte a tancé le dit Prince sur l'appui qu'il faisoit de sa partie contre lui; M. le Prince lui repliqua qu'il estoit obligé de protéger une personne qui l'avoit servi, et qu'il estoit son serviteur. Ce comte, perdant tout respect, levant la main contre le chapeau de M. le Prince, lui dit : Et moy, je ne suis pas le vostre; auquel discours le Prince lui a donné un soufflet, et ce comte a rendu un coup de poing à l'espaule pour le repousser et avoir moyen de mettre l'espée à la main, ce que le Prince a empesché en mesme temps. Sur cela, Son Altesse Royale cria à ses gardes et leur ordonna de mener ce comte à la Bastille, ce qui fut fait sur-le-champ. Depuis M. le Prince sollicite tant qu'il peut la liberté de ce comte, mais Son Altesse Royale lui a refusé tout net.

AUTRE RELATION.

Le 31 juillet, le prince de Tarente et le comte de Rieux estant sur le midi dans la gallerie du palais d'Orléans, eurent différend pour leur préséance au conseil de Son Altesse Royale; de quoi celle-ci, qui estoit à l'autre bout de la gallerie, estant avertie avec M. le Prince, envoya ce dernier pour les mettre d'accord; ce qu'ayant essayé, le comte de Rieux lui répliqua par deux fois qu'il prenoit plus tôt le parti du prince de Tarente que le sien; à quoi le Prince ayant répondu que le prince de Tarente estoit son ami, le comte de Rieux dit, en levant la main assez proche de M. le Prince et se tournant : qu'il n'estoit pas le sien, ni du Prince non plus, parlant à lui, ni qu'il ne le seroit jamais : ce qui porta le Prince à lui donner un soufflet. Le comte de Rieux se retirant, lui allongea un coup de poing dont les glands du Prince furent rompus, et ayant fait trois pas en arrière il voulut mettre l'espée à la main. Ce que voyant le Prince, il s'en saisit et de son espée, et aussi tost Son Altesse Royale et ses gardes estant accourus, le comte de Rieux fut arresté et mené prisonnier à la Bastille [1].

La cour n'est pas moins brouillée de son costé que nous sommes ici; car au suject que le Roy avoit faict le cocher dans Pontoise et le valet du Cardinal qui estoit dans la carosse conduit par le Roy, M. de Villeroy s'est plaint de cette action, et on lui a voulu faire pièce, ce qui auroit obligé plusieurs de ses amis de lui aller offrir service; et les autres, au contraire, se disposoient à un appel où 6 contre 6 se doivent battre. En quoi un chaquun trouve le Cardinal fort heureux de

---

1. Il y a bien plus de détails dans le récit de Marigny.

voir de part et d'autre ses ennemis se deffaire et mesme sans qu'il
courre aucune risque.

On tient le duc de Bouillon à présent mort de maladie à Pontoise. Le
sieur de Saintot, maistre des cérémonies, y est trespassé depuis peu.
Mme de Nemours, inconsolable qu'elle est, fut conduite en carrosse
aux filles de Sainte-Marie, où elle veut finir ses jours.

V

INTRIGUES DE TOUT GENRE ET AFFAIRES MILITAIRES. — TRAHISON DU DUC
DE LORRAINE. — CONDUITE DE RETZ. — LE DUC D'ORLÉANS SE REND. —
CONDÉ SE RETIRE.

De Paris, le 6 septembre 1652.

Du 3me. Ce jour, la cour, toutes les chambres assemblées, où estoient
présents M. le duc d'Orléans, M. le prince de Condé, M. de Beaufort,
ouïe la matière mise en délibération, la cour a ordonné que M. le duc
d'Orléans sera prié d'escrire au Roy qu'il est prest et M. le Prince de
mettre bas les armes présentement, en envoyant par le Roy les asseu-
rances nécessaires pour la marche des troupes qui sont sous leur nom
et les passe-ports nécessaires pour les estrangers, et une amnistie
générale en bonne forme à tous les parlements de France, qui remette
et restablisse les choses en mesme estat qu'elles estoient auparavant
les présents mouvements, que les compagnies souveraines seront invi-
tées de faire pareille députation au Roy que le parlement, pour remercier Sa Majesté de l'esloignement du Cardinal, le prier de donner
la paix et de venir dans sa bonne ville de Paris; que l'assemblée générale sera faite à l'hostel de ville de tous les corps tant séculiers que
ecclésiastiques tendant à mesme fin, et que M. le duc d'Orléans et
M. le Prince seront priés d'obtenir de la justice et bonté du Roy les
passe-ports pour les dits députés des compagnies; qu'il en sera escrit
à M. le président de Mesme qui est à présent à la cour, qu'il sera
prié de solliciter de la part de la compagnie les dits passe-ports.

Du 4me. Ce matin, MM. les princes sont allés à la chambre des comptes
faire pareille déclaration que hier au parlement, où, après répétition
de la lecture de la lettre de Sa Majesté à Son Altesse Royale, ils ont
délibéré en leur présence et résolu de fermer leur chambre comme par
une espèce d'interdiction volontaire pendant quinzaine, et cependant
envoyer en cour leur procureur général après le passe-port obtenu. Il
y a plusieurs particuliers qui ont frondé les Princes, ce qui a obligé
M. le Prince de menacer en sortant un maistre des comptes pour trop
d'irrévérences et de paroles effrontées par lui contre eux prononcées

dans son opinion. Ensuitte sur les 11 heures, ils sont allés à la cour des aides où ils ont esté jusques à 2 heures après-midy, où ils ont pris la mesme résolution.

Du 6ᵐᵉ. Ce matin, les chambres assemblées, l'on a ouvert le paquet du Roy venu de Pontoise il y a quelques jours, dans lequel s'est trouvée la desolaration du Roy touchant la translation du parlement d'icy à Pontoise, lequel, par arrest de la cour, estoit demeuré au greffe jusques à la sortie du Cardinal hors du royaume ; ce qu'ayant appris estre fait, on a lu au long la ditte déclaration et renvoyé à demain la délibération. De relevée, MM. les Princes sont allés à la maison de ville pour assister à l'assemblée générale qui a esté indiquée ensuite de l'arrest de la cour de mardy dernier, en laquelle tout s'est passé avec l'applaudissement d'un chaquun : que l'on députeroit 2 eschevins et 4 conseillers de ville, et deux quarteniers, et 2 de chaque corps de marchands et communautés, et 2 bourgeois de chaque quartier pour aller en cour prier le Roy, conformément aux arrests du 22 aoust et 3 septembre, et adjousté que la Reyne seroit humblement suppliée de se rendre médiatrice et interposer sa prière auprès du Roy pour son retour et autres demandes à lui faire.

Hier au soir les coureurs de M. de Turenne, ou plustost les espions qu'il a dans le conseil des Princes, ayant sçu la résolution par eux prise de faire passer l'armée dessus le pont de bateaux vis-à-vis leur camp pour aller à Brie joindre le duc Charles et le duc de Wirtemberg, ce mareschal a fait marcher toute la nuit son armée et vint pour combattre celle des Princes avant leur jonction. M. le prince de Condé en ayant eu advis, partit à minuit à la teste de 2,000 chevaux pour aller à Ablon, où il a fait faire promptement un petit pont, par le moyen duquel il a ce matin joint l'armée de Lorraine et de Wirtemberg au-dessus de Villeneufve-Saint-George, dans le mesme poste où elle estoit lorsque le duc Charles fit son traité au moyen du Roy d'Angleterre, sur quoi le mareschal de Turenne s'est retiré à la Grange-Chevrit, et à 7 heures le reste de l'armée des Princes a pris le mesme chemin ; l'on ne croit pas que le mareschal de Turenne veuille rien hazarder si on ne le force.

Du 7ᵐᵉ. Hier, à 4 heures du soir, M. le prince de Condé amena le duc de Lorraine au palais d'Orléans pour conférer avec Son Altesse Royale, et retournèrent le même soir à 7 ou 8 heures à leur armée.

De Paris, le 10ᵐᵉ septembre 1652.

L'armée du Roy est tousjours campée devant Villeneufve-Saint-George, ayant derrière elle la ville de Melun pour retraite en cas de besoing.

Le reste des trouppes de M. le Prince qui estoient hors du fauxbourg·

Saint-Victor, se sont rendues à Charenton par le pont de l'isle Notre-Dame et la Porte Saint-Anthoine, où M. le duc d'Orléans leur fit donner hier passage, parce que le jour précédent s'estant voulu acheminer audit Charenton pour passer un pont de batteaux qu'on avoit fait vis à vis, M. de Montbas, qui commande à Corbeil, les chargea si rudement qu'ils furent contrains de regaigner leur terrier et sauver leur artillerie dans les chantiers le long de la rivière, après avoir laissé une partie dudit bagage à la merci des poursuivans et une centaine de morts sur la place, la pluspart desquels estoient enfans de marchands qui s'estoient picqués d'aller fortifier cette escorte en faveur de M. le Prince.

Nonobstant tout cela, M. le cardinal de Retz nous fait espérer la paix, et le retour du Roy à Paris. Il partit hier matin de cette ville pour aller trouver Sa Majesté à ce dessein, accompagné de tous les curés des paroisses de Paris, et des députés des chapitres, abbayes, corps et communautés ecclésiastiques qui remplissoient vingt-cinq carrosses, dont l'on se promet un grand effect.

De Paris, le 13 septembre 1652.

Du 7ᵐᵉ. Le Prince n'a pu encore faire résoudre le duc Charles à donner combat; il dit avoir fait la commission du roi d'Espague par la jonction des troupes de Wirtemberg à celles des Princes. Néantmoins il a escrit à la Reyne que s'il faut continuer la guerre, il sera plus tost de leur parti. S. A. R. a aussi escrit en cour pour savoir la dernière résolution de la Reyne, après la responce de laquelle, si elle n'est favorable, on croit qu'il y aura combat, dont le Prince a grande envie. L'on a tenu conseil en cour, dans lequel on a résolu de secourir Dunquerque.

Le duc de Beaufort ayant appris qu'on commençoit à lui faire son procès pour avoir tué M. de Nemours, comme vous avez sçu, au prétendu parlement de Pontoise, à la requeste du procureur général, pour l'intérest du Roy, car il n'y a point de partie, a baillé sa requeste au parlement, sur laquelle on a ordonné qu'elle vaudroit pour lettre scellée en chancellerie et dont on doit parler mardi en l'assemblée des chambres.

Les armées sont toujours en présence à trois lieues d'icy et en mesmes postes. On dit que le mareschal de Turenne ne sauroit sortir des siens sans hazarder beaucoup. Le Prince le serre de si près, qu'on dit qu'il ne se sauroit sauver qu'en faisant un pont de batteaux sur la rivière à Villeneufve-Saint-George, où il est campé.

Du 8ᵐᵉ. Le coadjuteur est parti ce matin avec grand cortége, et quoiqu'il ait promis de ramener ici le Roy et faire la paix, on n'en peut rien croire, n'en ayant pas le pouvoir.

L'on mande de la cour, qu'on a donné la charge du comte d'Harcourt de grand escuyer au prince Thomas.

Le bagage des Princes, escorté par Holac, a pris le chemin de Charenton pour aller joindre et rafraîchir M. le Prince. Celui-ci a fait dresser
une batterie de vingt pièces de canon dans le dessein qu'il a tousjours
de combattre le mareschal de Turenne, qui est tousjours enfermé et
au mesme poste, où il n'a point encore de pont de batteaux et dont
l'armée se trouvera affamée cette semaine, s'il ne descampe. Il attend
encore 1,400 hommes que lui mène le comte de Palluau, qui couche
à Corbeil ce soir, à deux lieues de son camp qui est tousjours à Villeneufve-Saint-George.

Le duc de Lorraine reçut mardy un gentilhomme du Roy pour lui
offrir 150,000 escus, pourvu qu'il quitte les Princes. Il en communiqua
avec M. le Prince, ensuite avec M. le duc d'Orléans, lesquels se trouvèrent hier dans une maison près du pont de Charenton, où fut arresté
que M. le Prince donneroit au duc de Lorraine 100,000 escus, à
prendre sur les assignations du Roy d'Espagne, et qu'il mettroit la
ville de Clermont entre les mains de M. le duc d'Orléans pour la
rendre après la paix au duc de Lorraine. Le traité de ceci fut hier
signé par les deux princes; moyennant cela, le duc de Lorraine promet
de bien servir.

Les armées sont toujours aux environs de celle du mareschal de
Turenne, qui est advantageusement retranchée à Villeneuve-Saint-
Georges, où il n'a pas toutes les abondances de vivres et de fourrages
qu'il voudroit. Le vicomte de Montbas la joint avec 2,000 hommes,
comme aussi le sieur de Palluau.

Messieurs les Princes ont pris un espion portant et rapportant
lettres et responces de la cour et de Paris au camp du mareschal de
Turenne : que le Coadjuteur estoit d'accord avec le duc de Lorraine,
qu'il ne s'entreprendroit rien sur le camp dudit mareschal de trois
jours après son arrivée en cour, et qu'il sera ici samedi.

Mercredi dernier arriva à l'hostel de Condé M. de Persan, venant de
commander dans Montrond; il n'a ramené qu'environ quatre-vingts
hommes avec lui, et le lendemain jeudi s'en alla trouver M. le Prince
au camp, lequel lui fit de grandes caresses, lui disant qu'il avoit tenu
quatre mois plus qu'il ne croioit, et qu'il se recongnoistroit de ses bons
services.

L'on a fait courir le bruit d'une trefve avec les Princes, mais ce
bruit est venu du cloistre par l'ordre laissé en partant par le Coadjuteur dans la créance qu'il a donnée d'en venir à bout, au lieu de quoi
nous avons reçu lettres de la cour comme mardi dernier ils eurent
audience du Roy, et comme ledit sieur Coadjuteur harangua Sa Majesté pour tout le clergé, après avoir tesmoigné les grandes grâces et

obligations à eux faites par Sa Majesté, ayant mesme touché quelque mot en faveur du Cardinal, il commençoit de prier Sa Majesté, au nom d'eux tous, de vouloir donner la paix à ses peuples, et de venir dans Paris où il est tant aimé et souhaité. Sur quoi il fut interrompu, lui ayant esté dit qu'il n'estoit pas là pour cela, et qu'il ne se meslast de tant de commissions. Ce qui fait croire qu'ils reviendront bientost sans aucun fruit de leur députation.

On mande que l'on avoit fait trois nouveaux ministres en cour, MM. d'Elbœuf, d'Estrées et d'Anville, et que M. de Vandosme avoit refusé de l'estre avant son despart pour le secours de Dunquerque, qui est fort pressé.

L'on dit que le cardinal de Retz a reçu de la main du Roy son bonnet de cardinal.

M. le duc d'Orléans fut hier montrer au parlement la responce que le Roy lui a faite où il dit qu'on lui avoit fait quelque proposition de paix qu'il avoit reçue avec joye, et qu'il avoit envoyé aussitost en cour M. de Joyeuse, par lequel M. de Lorraine avoit escrit à la Reyne et la prioit de faire la paix, ou qu'il s'engageroit avec ses troupes plus fortement avec les Princes; qu'il falloit voir quel seroit le succès de cet envoyé; sur quoy la compagnie pria S. A. R. de continuer cette négociation et qu'il fist son possible pour obtenir la paix; et fut résolu de ne s'assembler qu'à la huictaine, pour lors apprendre ce que le voyage dudit sieur de Joyeuse aura produit. Cependant les deux armées sont tousjours dans leurs mesmes postes retranchés.

Par lettres d'hier de la cour, on apprend que la responce faite à la harangue du cardinal de Retz contient en substance que le Roy ira à Saint-Germain pour s'approcher de Paris et contribuer tout ce qu'il se pourra pour procurer le repos aux peuples de sa bonne ville de Paris, pourvu qu'ils y contribuent de leur part. Il y en a une autre faite au procureur du Roy de la ville de Paris, par laquelle Sa Majesté veut bien accorder des passeports aux deux anciens eschevins, mais non pas aux deux nouveaux que le Roy ne veut recongnoistre, et ne les refusera aussi aux six corps des marchands, ni à tous ceux qui ne sont point rebelles à ses volontés.

On advise de Dieppe, du 13, que Dunquerque a capitulé, pour se rendre le 16, si dans ce temps il n'est secouru.

Le 14me. Le cardinal de Retz retourna samedy au soir de la cour, avec le bonnet rouge que le Roy lui a mis sur la teste, et le lende-

28

main on publia en toutes les chaires de Paris que la paix se prac-
tiquoit et que le Roy s'approcheroit de Paris à Saint-Germain ou à
Saint-Denis, ce que l'on a peine à croire.

L'on dit que la cour avoit dressé une déclaration de criminel de
lèze-majesté contre S. A. R., et que l'assemblée parlementaire de
Pontoise en avoit refusé la vérification. Il est vrai que l'on lui en a
fait voir une copie, ce qui ne s'est fait que pour jetter une terreur
panique dans son esprit par un conseil du cardinal de Retz qui, con-
gnoissant son fort et son faible, le veut disposer à recevoir toutes sortes
d'impressions en faveur de la cour. Aussi depuis, dans ses passeports,
qu'il ne refuse à personne, il ne prend pas la qualité de lieutenant
général, à lui donnée par arrest du parlement; au contraire, lorsque
ce sont des personnes du conseil, il met dans ces passeports que c'est
pour aller au conseil de Sa Majesté à Compiègne.

Le 16me. S. A. R. est venu au parlement où il a apporté la lettre
que le Roy lui a escrite en responce à la sienne reçue vendredy au
soir. Ensuite, lecture faite de ladite responce qu'un chacun a jugée
infamante à S. A. R., la matière mise en délibération il y eut
quantité d'opinions; mais enfin S. A. R. dit que le sieur de Joyeuse
estant parti hier pour aller en cour il trouvoit bon d'attendre sa responce, ce qui a esté ainsi conclu.

Mademoiselle est allée ce matin au camp. M. le Prince l'a traitée
et lui a tout fait voir, et après, elle a demandé pareillement à voir
celui de M. de Turenne, ce qui lui a d'abord esté accordé; mais
comme elle se disposoit d'entrer, on remarqua qu'elle avoit près de
2,000 hommes à sa suite, et on lui a refusé d'entrer, ce qui l'a obligée
à revenir fort tard dans cette ville.

M. le Prince a fait faire un fort pour battre le pont du mareschal
de Turenne et deffendre la Seine. Ledit Prince fait faire quantité de
bombes et grenades sans qu'on sache à quelle fin.

Les lettres receues hier de la cour portent que le comte d'Orval y a
esté fait duc et pair, et que le Cardinal n'est pas encore sorti de Sedan,
sur cette excuse qu'il n'a pu avoir passeport de l'électeur de Cologne, qui est allé à la diète de Ratisbonne; cependant il emploie tous
les faiseurs d'armes et fait faire des levées de troupes des 800,000 livres
qu'on lui a apportées.

M. le Prince, depuis hier midy, a envoyé six courriers au duc
Charles, qui fait ici l'amoureux d'une suivante de Mme de Chastillon,
chez laquelle il est perpétuellement; et il est de fait que les quatre
derniers courriers d'aujourd'hui l'y ont tousjours trouvé. Il lui mandoit que s'il vouloit aller au camp, il y avoit une belle occasion de
faire parler d'eux; mais à tous ces envoyés le duc a tousjours fait la
sourde oreille : aussi dit-on qu'il n'a donné aucune parole à M. le prince

de Condé de combattre, si ce n'est en cas que le mareschal de Turenne voulust se retirer, ou que ce fust les Princes qui y fussent obligés. Ce duc, par les libéralités de Mme d'Orléans, a pris le deuil, hors quoi il n'y auroit pas songé, tant il est avare.

Du 19. L'on confirme aujourd'hui la prise de Dunquerque, et on ajouste la deffaite de l'armée navale composée de 9 vaisseaux, 15 chaloupes, plusieurs barques et 12 bruslots, à la seule réserve du vaisseau nommé *le Berger* et un bruslot qui a rapporté cette nouvelle; et de plus que les Anglois se préparent pour aller assiéger Calais, à moins, disent-il, qu'on ne leur rende les trois milords Germain, Digby et Montaigu, qui ont esté condamnés à mort par leur parlement. D'autre costé les Espagnols envoyent le prince de Ligne au Prince avec 3,000 hommes et 4,000 chevaux, à dessein d'entretenir tousjours icy nos forces dans le cœur de la France et nos divisions, pendant que l'Archiduc avec le reste de ses troupes va assiéger la Bassée. C'est ainsi que nous perdons en un ou deux ans ce qui nous a cousté tant d'années, tant d'hommes et tant de millions; à quoi j'ajousterai que l'on dit que la Reyne ayant receu la nouvelle de cette perte, elle s'en rejouit en disant : « Bon, bon, voilà deux mille hommes qui nous viendront. »

De Paris, le 24 septembre 1652.

Le Roy devoit partir hier de Compiègne, pour estre après-demain à Saint-Germain et de là venir ici où toutes choses se disposent, Dieu merci, à l'obéissance; en sorte que cette après-disnée, M. de Beaufort et M. de Broussel se sont démis de leurs prétendues charges, dans l'hostel de ville, entre les mains de M. le duc d'Orléans, qui en avertira demain Sa Majesté.

Ce matin il s'est fait une assemblée, dans le palais Royal, de grand nombre de personnes de toutes qualités et par ordre du Roy, affin d'arriver à restablir toutes choses et désabuser le peuple des mauvaises impressions qu'on lui donne du retour de Sa Majesté; contre laquelle assemblée les partisans de M. le Prince ont voulu faire du bruit, mais chacun se confirme au bien. Cette action de M. de Beaufort et de M. de Broussel produira tout le reste.

De Paris, le 1er octobre 1652.

Nous avons eu cy devant quelque espérance de paix, mais nous n'en avons plus maintenant. M. de Joyeuse est revenu de la cour qui en estoit le négociateur et n'en a rapporté aucune bonne nouvelle. Les eschevins de cette ville et les députés des six corps des marchands sont aussi revenus de la cour, auxquels on n'a point fait de bonnes responces pour le retour du Roy à Paris. Ainsi nous sommes dans une perpétuelle appréhension de la continuation de la guerre.

Il y a quatre jours que M. le Prince est malade d'un grand rhume. Il est au lict et a esté saigné cinq fois. Il a receu il y a trois jours nouvelle de Bourdeaux que madame sa femme est accouchée d'un garçon à sept mois qui se porte assez bien.

Le duc de Lorraine s'en alla hier d'icy en son camp. Il est maistre de ses troupes, car il ne les avoit engagées au Roy d'Espagne que jusques aujourd'hui premier octobre. Nous verrons de quel costé il se rangera; les princes se promettent qu'il sera pour eux et la cour espère qu'il se retirera.

De Paris, le 4me octobre 1652.

Nous n'avons jamais eu tant d'espérance de la paix qu'à présent, selon les apparences humaines, parce qu'à la cour on nous promet une déclaration d'amnistie en bonne forme, si Mgr le duc d'Orléans ne demande que cela. Or comme hier il fit sa déclaration au Parlement qu'il ne demandoit autre chose, et qu'il l'a envoyée au Roy escrite et signée de sa main, il faut espérer qu'ensuitte on accordera à la cour la dite déclaration, et que sans s'arrester à la formalité on l'envoyera pour estre registrée au Parlement de Paris, qui est une chose essentielle pour l'effet et sureté de la dite amnistie; pendant quoy on tient que M. le Prince ajustera son accommodement avec la cour, qui est bien avancé, et ensuitte on se promet que pour comble de nostre bonheur le Roy reviendra à Paris où desjà il s'approche, et dit on qu'il sera lundy à St Germain. Ce qu'il desire pour le restablissement de son autorité estre fait avant son retour, sera executé aussi tost que l'amnistie sera registrée, laquelle le corps de ville va encore tout de nouveau demander au Roy et lui faire de nouvelles instances pour son retour en ceste ville, comme aussi les corps des métiers. Il faut attendre qu'il se laissera fléchir à toutes ces soumissions.

« De Paris, le 5 octobre 1652.

La nuit du 27 au 28, l'on arresta des colporteurs lesquels affichoient par les carrefours certaines ordonnances de Sa Majesté par lesquelles l'on deschargeoit les bourgeois de Paris seulement des recherches que l'on pourroit faire contre eux de ce qui estoit arrivé à l'hostel de ville le 4 juillet et au palais le 25 juin précédent, et par icelles les modifications apportées par le parlement de Pontoise sont levées. Cela donna lieu à M. le duc d'Orléans de venir le 28 au palais en la chambre des vacations pour se plaindre de telles entreprises, en sçavoir les autheurs, ensemble pour informer contre ceux qui faisoient des complots pour exciter sédition dans la ville. Le dit seigneur duc d'Orléans dit aussi qu'il avoit esté averti que la mesme nuit quelques factieux avoient délibéré d'attaquer quelques uns des voisins des princes, s'ils eussent été en estat d'exécuter leur dessein.

Le 29 l'on publia une lettre du Roy escrite à M. de Paris par laquelle le Roy lui enjoignoit de publier l'amnistie verifiée à Pontoise, et l'ordonnance où se voyent les modifications portées par l'arrest de vérification.

L'on publia aussi le mesme jour que l'on avoit arresté un courrier allant trouver le Cardinal de la part de l'abbé Fouquet, lequel estoit chargé de deux lettres. Par la première le dit sieur abbé lui mandoit d'avoir vu S. A. R. ; qu'il y avoit lieu d'espérer de faire condescendre sa dite A. R. à des conditions advantageuses pour le dit Cardinal, et que M. de Chavigny estoit fort porté pour la paix et faisoit espérer que M. le Prince se relascheroit de ce qu'il demande pour Marchin et du Doignon ; qu'au surplus l'affaire du Palais Royal avoit desja eu un bon succes et qu'il se promettoit que la dite assemblée reussiroit, qu'il entretiendroit M. le Coadjuteur, lequel promettoit de vouloir joindre son parti au sien. L'autre lettre, à ce que l'on dit, étoit des sieurs de Rohan et Chavigny et de la duchesse d'Aiguillon au cardinal Mazarin par laquelle ils lui mandoient qu'il falloit faire une treve, parce que pendant le dit temps l'on desgageroit le mareschal de Turenne et l'on desgraderoit les troupes de M. le Prince, parce qu'il n'avoit point d'argent pour les faire subsister. L'on adjoustoit à cela que les dits susnommés estoient les chefs de l'assemblée du palais Cardinal.

Le 30ᵐᵉ, le parlement s'assembla et donna arrest d'absolution pour M. de Beaufort et ses seconds. L'on y lut deux lettres, la première de la Reyne à S. A. R. par laquelle elle lui mandoit qu'elle vouloit vivre en union avec lui, mais lorsqu'il auroit obéi aux volontés du Roy; la seconde du Chancelier au sʳ Talon qui porte que l'on ne lui peut accorder des passeports que le parlement n'aye obei.

Le mesme jour l'eschevin le Vieux et le procureur du Roy et de la ville retournèrent de la cour, laquelle tesmoigne assez qu'elle ne veut point la paix par la responce qu'elle a faite, car les dits sieurs ayant dit qu'ils portoient la démission de M. de Bruxelles, on leur a dit qu'il falloit restablir M. Le Febvre ; ils ont répliqué que son temps estoit fini, qu'il falloit que le Roy fist procéder à une nouvelle élection et qu'on l'esliroit : l'on a fait responce qu'il y avoit des eschevins suspects; sur quoi il fut dit qu'ils se desmettroient, qu'ils l'avoient desjà accordé; la cour dit alors qu'il falloit restablir M. de l'Hospital. Les susdits repondirent que M. de Beaufort y consentoit et demandèrent la Bastille. L'on répliqua que le Roy l'avoit confiée à celui qui la possédoit. Bref, l'on a dit qu'il falloit que le Parlement obéît.

Du 2 octobre. Par le retour des députés des six corps des marchands de cette ville d'auprès du Roy, nous avons appris que le dessein de la cour n'est pas encore de retourner ici ni de donner la paix, comme l'on avoit espéré jusques à présent; et quoique tous les artisans se disposent d'envoyer supplier le Roy de revenir en sa bonne ville de Paris, on ne peut croire qu'il y revienne tant que la cour se flattera des intelligences qu'elle entretient parmi ceux de son parti, gagnés par argent ou promesses pour y semer de la division et faire armer le père contre ses enfants.

Le duc de Guise est arrivé hier, et aussitost est allé rendre visite au prince de Condé son libérateur, qui a esté saigné 6 fois pour un rhumatisme qu'il avoit gaigné, ayant couché trois nuits sur un pont de batteaux sans qu'on sceut au camp où il estoit. Le dit duc de Guise a esté visité de S. A. de Lorraine venu exprès du camp où il a laissé M. de Beaufort, lequel sur l'advis que le mareschal de Turenne devoit descamper, y estoit retourné, auparavant mesme d'avoir remercié ses juges qui l'ont absous, au lieu qu'à Pontoise il a été condamné par deffault et contumace, suivant la rigueur de l'ordonnance contre les duellistes.

Le duc de Joyeuse a apporté de la cour des articles de paix à S. A. R.; mais d'autres assurent que la cour veut avoir les demandes des Princes par escrit signées d'eux pour les faire voir au peuple et tascher de semer de la division; à quoi faire on n'oublie rien.

Du 3ᵐᵉ. Ce matin S. A. R. est revenue au Parlement accompagnée du duc de Guise; les advis ont passé suivant la proposition de S. A. R.: qu'il renvoyera ce jourd'hui en cour pour obtenir une amnistie générale et ample comme elle doit estre, comme au temps de celle de Loudun en 1616. Pendant l'assemblée, une troupe de mariniers, gens de rivière et autres canailles ont fait du bruit; et comme quelques uns d'entre eux ont parlé trop librement, on en a aresté deux prisonniers qui interrogés ont confessé qu'une femme nommée la Guérin, veuve d'un avocat, une diablesse, leur avoit donné à chaquun 34 sols pour aller faire du bruit au Palais et demander le Roy, la paix et point de Princes. On a aussitost decrété contre elle, et on a sceu qu'elle est de la cabale du Coadjuteur et qu'elle est retournée depuis peu de la cour.

De Paris, le 11 octobre 1652.

Du 5. La nuit du 4 au 5, l'armée du mareschal de Turenne descampa à la sourdine, et pour couvrir leur descampement ils tirèrent force coups de mousquet, criant aux armes. Enfin, sur les trois heures, les troupes des Princes ont escarmouché jusques au jour avecque quatre escadrons de cavalerie dudit mareschal. Ladite armée estoit filée par Maugeron droit au milieu de la forêt de Senart, à la barbe des

Lorrains qui n'ont pas branlé, quoique leur estant fort aisé d'empescher le descampement. On ne peut exprimer la colère de M. le Prince, que le duc Charles n'a osé voir et qu'on dit se vouloir retirer à tout risque.

Ce matin, dans l'assemblée du parlement, on a parlé des assemblées nocturnes qui se font en cette ville, en plusieurs endroits, au préjudice des deffences, et comme ceux qui en sont les autheurs ont dit avoir reçu ordre du Roy pour les faire, quelques uns des conseillers ont dit que le Roy, advouant l'action des séditieux arrestés au dernier jour, qui ont demandé le Roy, la paix, il n'y avoit lieu de passer outre à leur procès, et là-dessus on a renvoyé l'assemblée à lundy.

Nonobstant toutes les deffences du parlement, les artisans et gens de toute sorte de mestiers, mesme les colonels, ne laissent pas de s'assembler pour députer vers le Roy, quoique S. A. R. leur refuse des passeports et les renvoye à l'hostel de ville pour y aller communiquer leur dessein.

Du 6. L'on ne doute plus que la retraite du mareschal de Turenne n'aye esté favorisée du duc Charles qui tasche de s'en excuser. Il a desjà de la cour la route qu'il doit tenir pour sortir de France, qui lui a esté baillée par l'abbé Fouquet.

L'on a dit l'accommodement du Prince avec la cour fait par l'entremise de Mme de Chastillon et de M. de Chavigny, qui y trouvent aussi leur compte, ce qu'on ne peut croire, mais bien celui du duc d'Angoulesme par la démission de son gouvernement de Provence pour celui d'Auvergne et recompense en argent.

L'on a tenu grand conseil aujourd'hui dont la résolution est de faire marcher en diligence devers Pontoise où l'on a advis que le mareschal de Turenne va par Lagny; l'on a commencé desjà à defiler.

Il court un bruit que l'armée des Princes a fait une contre-marche et qu'elle tasche à prendre un passage sur l'Oise pour faire passer de la cavalerie du costé de Normandie, afin d'investir Pontoise, où il est certain qu'il y a eu grande esmotion sur le sujet du passage des troupes, car nous avons vu lettres de Mantes, par lesquelles on escrivoit que le 8 à minuit il arriva un ordre pour envoyer des troupes à Pontoise, et que l'on avoit destaché la moitié de la garnison pour y aller.

M. le Prince convalescent se doit rendre à l'armée demain ou après demain. Les uns disent qu'il va se saisir de quatre places qui sont sur l'Oise, pour hiverner, d'autres qu'il se retirera en Flandre et qu'il lèvera cet hiver des troupes en Allemagne et y négotiera avec l'Empereur, d'autres que sa paix est faite, et que tout ce qui se commet autour de Paris n'est que pour mater les peuples de cette ville, afin qu'ils ne disent mot lorsque l'on restablira la maltôte. Quoi qu'il en soit, le temps nous découvrira de grandes choses.

Du 11 octobre. M. de Chavigny est mort ce matin à quatre heures. Il a agonisé depuis hier midi. Il n'a été que cinq jours malade. Les affaires du temps sont cause de sa mort. Mme sa femme est grosse de sept mois du dix-neuvième enfant. Il n'avait que quarante-quatre ans. · ·

De Paris, le 18 octobre 1652.

Du 11me. On dit que S. A. R. et toute sa famille doit aller à Blois, quoique Madame n'aye plus que cinq semaines de temps pour accoucher.

M. le Prince ayant sçu que, par les intrigues du Roy d'Angleterre, S. A. R. avoit signé une suspension d'armes pour dix jours, et ayant rencontré ce Roy chez Mme de Chastillon, il l'a traicté de traître et indigne de la qualité et titre de Roy; et si ce Roy eut reparti le Prince seroit allé plus avant et passé des paroles aux mains.

Les troupes des Princes ont ordre de se retirer vers la rivière d'Oise, après les plaintes qu'on a icy faites des désordres qu'elles ont commis à quatre lieues à la ronde, sans respect de qui que ce soit.

Ce soir le sieur de Chavigny a esté enterré. Le premier président Molé a profité, par sa mort, de la charge de trésorier de l'ordre, de 15,000 livres de revenu; son fils Champlastreux, du gouvernement de Vincennes, et sa fille la religieuse, de l'abbaye de Saint-Antoine, dont la tante dudit sieur Chavigny estoit pourvue en mourant.

Il y en a qui croyent que le départ du Prince causera de la division, S. A. R. voulant la paix et le Prince la guerre; et on n'estime pas peu icy la conduite de S. A. R. d'avoir empesché que le Prince n'aye défait le mareschal de Turenne, parce que la force seroit demeurée ensuite aux estrangers, dont la plupart de l'armée des Princes est composée.

Du 13me. Ce matin, le prince de Condé et le duc Charles sont partis de cette ville pour l'armée, et toute leur suite et autres troupes qui y pouvoient estre, pour aller coucher à Dammartin. On dit que le premier va vers l'Archiduc et que leur dessein est de faire hiverner leurs troupes dans la Picardie et Champagne, et que le Prince doit traiter d'un mariage qui pourra bien causer la paix.

Ce matin, dans l'assemblée du parlement, S. A. R. a asseuré la compagnie de la sortie du Prince et retraite des troupes, et d'avoir escrit au duc d'Anville pour le sujet de l'amnistie. Le duc de Beaufort y a fait desclaration de n'avoir accepté que par l'ordre de S. A. R. le gouvernement de cette ville pendant l'absence du mareschal de l'Hospital, dont il se desmettoit volontiers.

Aujourd'hui matin, l'ouverture a esté faite en parlement d'un paquet de la cour adressé à S. A. R, qui porte que l'on ne doit point attendre d'autre amnistie que celle envoyée au parlement de Paris transféré à

Pontoise, jusqu'à ce qu'un chacun se soit mis dans son devoir; et pourtant ladite Altesse Royale a dit que l'on lui fait espérer pour samedy une ample satisfaction, ce qui fait croire son accommodement fait.

La mareschal de Turenne a passé la rivière de Marne à Trilleport et est à présent, avec son armée, ez environs de Senlis, et celle des Princes vers la Ferté-Milon, tirant à Fimes et allant, dit-on, au devant du prince de Ligne, qu'on dit estre aux environs du Ham avec 5,000 hommes. Le duc de Lorraine se retire vers Liége, pour y prendre ses quartiers d'hiver et y faire payer les contributions de l'année passée. Il doit pourtant laisser 3,000 hommes de ses troupes au prince de Condé.

L'on mande de la cour que le Roy, venant en cette ville, doit loger à l'Arsenal, et qu'on récompensera le gouverneur de la Bastille de 30,000 escus pour disposer de ce gouvernement.

La charge de trésorier de l'ordre, dont estoit pourvu M. de Chavigny, est fort briguée en cour. Le premier président, Guénegaud, Servien et Tellier, tout cela y aspire; il y a apparence qu'elle sera baillée à celui qui en offrira le plus et qui sera favorisé du Cardinal.

L'on dit que le gouvernement d'Antibes a esté donné au chevalier Molé, fils du premier président; les autres asseurent que c'est au duc de Mercœur.

Il court un bruit que Mademoiselle a eu ordre de se retirer dans sa principauté de Dombes.

Mardy dernier, les capitaines et colonels de cette ville et fauxbourgs ont, à la fin, obtenu des passeports de S. A. R., pour aller en cour supplier Sa Majesté de revenir dans sa bonne ville de Paris et donner la paix à son peuple. Ils se réunirent au Cours-la-Reyne au nombre de 300 et vinrent ainsi coucher à Ruel.

Hier au soir, le Roy arriva à Saint-Germain. Les députés qui sont à Ruel ont reçu ordre de s'y rendre pour avoir audience de Sa Majesté.

De Paris, le 22 octobre 1652.

Enfin, le Roy arriva hier au soir en cette ville. Il a tenu ce matin un lit de justice au Louvre, où la réunion du parlement est faite et la publication de la déclaration d'amnistie, et aussi d'une déclaration portant cassation de tout ce que le parlement a faict depuis sa majorité concernant les affaires publiques. Mais ce qui a traversé cette joye est l'ordre que M. le duc d'Orléans a eu de se retirer à Limours, et Mademoiselle au Bois-le-Vicomte, ce qu'ils ont esté forcés d'exécuter ce matin, et si dès hier Son Altesse Royale ne l'eust promis par escrit, il y eut esté contraint par la force. M. le duc de Beaufort, M. de La

Rochefoucauld, Mme de Montbazon, le marquis de La Boulaye; du parlement, MM. les présidents Viole et de Thou; des conseillers, MM. de Brusselles, Portail, Bitault, de Croissy, Machault, Genou, le Poindre [1] et Lallemant, ont eu ordre de sortir de Paris incessamment, et on croit qu'ils ont tous obéi ce jourd'hui. Le Roy a fait deffense aussi au parlement de ne plus s'assembler pour les affaires d'Estat que par son ordre. Tout cela a diminué beaucoup cette grande resjouissance de la venue du Roy.

Mme la duchesse d'Orléans est accouchée d'un fils.

De Paris, le 25 octobre 1652.

Ce matin quelques uns des députés sont partis avec les colonels et revinrent hier fort tard. Ils ont fait relation de leur voyage; que mardi dernier estant partis tous ensemble pour Ruel, la nuit du mercredi ils eurent advis de la part du Roy qu'ayant appris leur arrivée il se rendroit au premier jour à Saint-Germain, ce qui fut cause qu'une grande partie s'en revinrent coucher à Paris. Le jeudi le Roy arriva à Saint-Germain et leur fit sçavoir que vendredi matin il leur donneroit audience et ensuite à disner. Ils partirent de Ruel au nombre de 5 escadrons, ils furent conduitz au parcq et vinrent passer au vieux chasteau où le Roy estoit sur le balcon; il les voulut voir passer ensuitte les uns après les autres et monter dans la salle où le Roy estoit en estat de les entendre, la Reyne d'un costé et le duc d'Anjou de l'autre; M. le chancelier et le garde des sceaux, les mareschaux de Villeroy et de l'Hospital avec les secrétaires d'Estat présents. M. de Sève, doyen des colonels, fit son discours fort excellent après avoir salué le Roy à genoux. Lequel les remercia en ces mots : « Messieurs, je me souviendrai toute ma vie du service que vous m'avez rendu à cette occasion : je vous prie aussi de vous asseurer toujours de mon affection. Quoyque les affaires que m'ont suscitées ceux qui se sont révoltés contre moi me peuvent obliger de faire d'autres voyages, néantmoins, puisque vous m'en tesmoignez le désir, j'ai résolu d'aller à Paris; au plus tost je feray sçavoir aux prevost des marchands et eschevins ce qui sera nécessaire pour cela. » Après cette response, Sa Majesté les voulut voir tous passer devant lui, et donna à baiser sa main à plusieurs de ceux qui s'en approchoient, disant et tesmoignant ce dessein; pendant quoy la Royne en railla plusieurs. Un quidam à qui elle demanda où estoit son escharpe rouge, lui respondit qu'il estoit François; et la Reyne repartit : Et moi Espagnole, et partant j'aime bien ceste couleur. A un autre elle demandoit l'escharpe jaune, qui est celle

---

1. Ce nom n'est point ailleurs.

de Lorraine. Elle dit au président Charton fort à propos en le picquant : Si, Monsieur, que c'estoit un grand feu que celui de la Grève, qui a illuminé beaucoup de personnes. Le garde des sceaux lui montra le lieutenant-colonel de Champlatreux qui est prestre; elle répondit : Je le cognois bien, il est chanoine de la Sainte-Chapelle, et ainsy railla plusieurs autres. De là ils furent dans une grande salle, où il y avoit 250 couverts, et il n'y en avoit quasi que pour la moitié; le reste ne laissa de disner de costé, Sa Majesté leur ayant donné ses trompettes pour les resjouir. Après quoi ils furent remercier le Roy et eurent asseurance de Sa Majesté d'estre à Paris mardi prochain. Cependant par lettres d'hier au soir de Pontoise, on mande en ces mots : Les présidents et procureurs généraux sont partis ce jourd'huy pour aller faire leur cour; depuis sont revenus, et ont rapporté que les prevost des marchands, eschevins et gouverneur vont demain à Paris pour revenir lundi au devant du Roy. Ils ont rapporté la translation du parlement de Pontoise au Louvre, où sera lue l'amnistie, si bien que nous serons lundi à Paris, Dieu aidant; par où l'on voit, d'après les derniers termes précis de cette lettre escrite par un homme du mestier, que la cour a des très manifestes desseins contre le véritable corps du parlement.

A neuf heures le parlement s'est assemblé. MM. les ducs d'Orléans, de Guise, de Beaufort, de Rohan, et mareschal d'Estampes y estoient. Son Altesse Royale prenant la parole a dit, suivant sa lettre envoyée au duc d'Anville pour l'amnistie et passeports, qu'il en avoit eu telle satisfaction qu'il ne sçavoit que juger des desseins de la cour, qu'il craignoit la venüe du Roy non pour lui mais pour la compagnie, ne sçachant de quelle façon cette venue se devoit faire, que pour lui il ne se séparera jamais de la compagnie, et ne sera point content qu'elle ne la soit aussi. M. le président de Nesmond l'a remercié au nom de la compagnie, et prié de vouloir continuer, et mesme d'escrire encore en cour, et que par le jour il en auroit peut-être responce; et ainsi l'on n'a point donné d'autre arrest.

M. d'Aligre est allé prier Son Altesse Royale de vouloir se retirer pour quelques jours à Limours avec Mademoiselle, et d'obliger M. de Beaufort d'en faire de mesme; laquelle lui a dit qu'il n'en feroit rien et ne bougeroit de Paris, M. de Beaufort ajoutant que si elle sortoit et qu'on le voulust obliger d'en faire de mesme, il se cantonneroit plus tost dans son quartier. Son Altesse Royale lui a dit : Non, non, mon neveu, je ne veux pas que vous ni qui que ce soit sorte.

Du dimanche le 20ᵐᵉ. Ce matin M. de Saintot a apporté une léttre de cachet au président de Nesmond, datée de Saint-Germain du 19, par laquelle le Roy lui donne advis que désirant tenir son lict de justice dans son chasteau du Louvre, il aye à s'y trouver mardi, à 7 heures

du matin, en robe rouge, pour délibérer suivant sa volonté de choses
qui seront proposées, qui est la substance de la teneur de la dite lettre.
Le dit sieur de Saintot est allé ensuite au palais faire prendre des
mesures pour faire des siéges au Louvre, semblables à ceux du parquet de la Grand'Chambre.

Ceux qui disent que la paix est faite disent aussi que nous en avons
la plus grande obligation aux mareschaux de Turenne et Villeroy, ce
dernier ayant agi puissamment, et le premier ayant fait voir qu'il ne
pouvoit avec si peu de monde couvrir la cour d'un costé et de l'autre
se deffendre, et qu'il est de nécessité absolue que la cour se réfugie
pour un tèmps à Paris, et après qu'il ne resteroit qu'à attaquer ou se
deffendre, en quoy il espéroit de reussir ; sinon, qu'il plust à la Reyne
de donner le commandement à qui bon lui sembleroit.

Les soldats du mareschal de Turenne ont fait de grands desgats à
Chantilly, maison de M. le Prince, et surtout on a coupé la gorge à un
pélican et à un autre très rare oiseau, qui ne se trouvent point en
aucune autre maison de France.

De lundy 21. Ce matin, les chambres assemblées, MM. le duc d'Orléans, de Beaufort, et le mareschal d'Estampes y estant, le président
de Nesmond a fait relation comme quoi il a reçu des lettres de cachet ;
lesquelles ayant esté leues, M. le duc d'Orléans a dit qu'il n'avoit eu
aucun advis de tout ceci ; sur quoi il y eut plusieurs voix différentes.
L'on devoit aller demain au Louvre, conformément à l'ordre desdites
lettres et suivant leurs conclusions. On a ordonné de s'assembler
demain au parlement avant sept heures, en robes rouges, pour en
délibérer.

Messieurs de la ville, avec leur gouverneur, s'estant portés à la
porte de la Conférence, suivant la lettre de cachet d'hier du Roy, pour
le haranguer, Sa Majesté n'y est arrivée qu'entre six et sept heures.
Elle estoit à cheval, avec les mesmes ornements que ceux de la majorité, ayant ses officiers bien vestus et superbement montés à l'entour de
lui. Le carosse de la Reyne suivoit, dans lequel estoit le duc d'Anjou,
la princesse de Carignan et autres, les gardes suisses et françoises en
haie. S. M. alla ainsi au Louvre en ordre. S. A. R. a fait dire au Roy,
par le duc d'Anville qu'il ne pouvoit paroistre devant lui que demain,
après l'enregistrement de l'amnistie.

Du 22me. Tous les conseillers qui ont reçu lettre de cachet du Roy,
comme sus dit est, se réunirent au Palais, et de là allèrent au Louvre,
où avoit esté transporté le lict de justice et les siéges exposés dans une
grande salle. Sa Majesté ayant dit que son garde des sceaux diroit à la
cour ses volontés, et celui-ci ayant harangué le parlement, y furent
faites quatre déclarations : la 1re, la réunion des deux parlements ; la
2me, l'amnistie générale : la 3me, deffences au parlement de se mesler

des affaires d'Estat et du maniement des finances ; la 4ᵐᵉ les noms de
ceux qui n'avoient point reçu des lettres de cachet ; de plus S. A. R.,
les ducs de Beaufort, de Rohan et de La Rochefoucauld, Fontrailles
et Mademoiselle, ont eu ordre de se retirer.]

Du 23ᵐᵉ. Le duc d'Anville partit pour Limours accompagné de
trente chevaux, et disoit-on qu'il alloit déclarer à S. A. R., de la part
du Roy, qu'il eust à venir en cour pour prendre sa place dans le
conseil ; d'autres tiennent que S. A. R. avoit ordre de se retirer dans son
gouvernement de Languedoc, ce qui n'a pas beaucoup d'apparence.
On assure que S. A. R. a fait respouce qu'elle vouloit sçavoir la cause
pour laquelle on l'avoit chassé de sa maison ; mais le sujet du voyage
du duc d'Anville est pour lui faire signer l'acte par lequel il renonce à
tous les traités qu'il a faits sans permission du Roy. Le mesme jour,
le mareschal de Turenne reçoit ordre de partir le lendemain pour son
armée, laquelle se grossit tous les jours par des recrues et est vers
Senlis et à la vallée de Montmorency. L'armée de M. le Prince est
ez-environs de Soissons et vers Compiègne ; le Cardinal est à Sedan,
la cour à Paris où l'on tient qu'elle doit passer l'hiver. Il y a corps de
garde par tous les environs du Louvre, aux portes de la Conférence et
Saint-Honoré, à la Bastille et dans l'Arsenal.

Le Roy demande trois millions aux Parisiens. Beaucoup de personnes
de qualité et autres sortent de Paris ; les uns s'en vont vers l'armée de
M. le Prince, et les autres se retirent d'autre part.

De Paris, le 29ᵐᵉ octobre 1652.

L'accommodement de M. le duc d'Orléans est fait et a esté négotié
par M. le duc d'Amville et M. Le Tellier, qui revinrent hier de Limours avec ceste asseurance. On n'en sçait encore autre particularité,
sinon que S. A. R. se retire à Blois par le chemin de Chartres, et qu'il
a baillé tous les ordres dépendants de lui pour faire revenir dans l'armée du Roy toutes les troupes qui sont sous son nom, et on dit desjà
que depuis que le Roy est à Paris la plupart des François qui estoient
avec M. le Prince l'ont quitté, et le duc Charles aussi, à la réserve
de 2,000 hommes qu'il lui a laissés, de sorte qu'il est à présent en
mauvaise fortune. Mademoiselle n'est pas de l'avis de son père, estant
allée de Bois-le-Vicomte où elle estoit pour empescher, s'il lui estoit
possible, que ses troupes ne reviennent dans l'armée du Roy.

VI

LETTRES DE MARIGNY, DE L'ABBÉ ET DU PRÉSIDENT VIOLE.
SCÈNE DE L'HOTEL DE VILLE. *Manuscrits de Lenet*, tome VII,
fol. 35 et suiv.

MARIGNY A LENET.

A Paris, le 7 de juillet 1652.

J'ai vu par votre lettre du 1er de ce mois que 49 (Mme de Longueville) est une dangereuse créature. Si 49 (Mme de Longueville) m'écrit une bonne lettre, assurez-vous que je ferai une bonne réponse. Nous sommes plus que jamais dans le temps du proverbe : à bon chat bon rat, et de l'autre encore qui dit : s'il te fait fais lui. Je ne m'étonne pas pourtant de la fierté de 49 (Mme de Longueville), car sa réputation est si éclatante que cela lui donne une vanité extraordinaire.

Je ne vous écrivis jeudi dernier qu'un fort petit billet, car Son Altesse m'ayant commandé de travailler incessamment à la relation de son combat, il fallut obéir[1], et vous ne le trouverez pas mauvais, s'il vous plaît, puisque ce n'a pas été pour vous offenser[2] que M. le Prince me fit ce commandement et que je l'exécutai tout aussitôt. Vous verrez, par le récit véritable de ce qui se passa, que Mars ou Condé n'est qu'une même chose. Sa conduite et sa valeur ont tellement étonné la cour, qu'elle ne peut encore sortir de l'admiration dans laquelle elle est, et je n'ai rien à adjouter à la Relation que ce que Boyer des gardes, qui est prisonnier, m'a dit, que sitost qu'on voyoit venir Mr le Prince les soldats effrayés ne vouloient plus combattre.

Cette action a bien gagné des cœurs à Son Altesse. Mais ce qui se passa jeudi dernier dans la grande assemblée de l'hostel de ville, qui se faisoit pour chercher les moyens de pourvoir à la sûreté de la ville et du parlement, est si étrange que les ennemis de Mr le Prince font tout ce qu'ils peuvent pour s'en servir afin de le décrier très injustement dans le public. Son Altesse Royale et Mr le Prince étoient attendus à cette assemblée de ville. Son Altesse Royale, qui quatre jours auparavant et la veille même avoit donné parole d'y aller, en ayant été divertie par le cardinal de Retz et ses émissaires, fut tellement

---

1. Preuve indubitable que la relation du combat de Saint-Antoine attribuée à Marigny (voyez plus haut, chap. III, p. 158) est bien réellement de lui, et Lenet le dit positivement dans un billet du 15 juillet adressé à Madrid à M. de Saint-Agoulin. *Ibid.*, fol. 65.

2. Lenet avait fait sur des récits incomplets une première relation qu'il remplaça ensuite par celle de Marigny.

pressée par Mademoiselle et par tous ceux du parti de M^r le Prince et par M. de Beaufort, qu'enfin elle se laissa vaincre. Les bourgeois de temps en temps venoient au palais d'Orléans pour l'en solliciter, et parce que le jour du combat ceux du parti des princes avoient pris de la paille à leur chapeau, le bourgeois qui vouloit témoigner son zèle avoit pris de la paille aussi, et forçoit tout le monde d'en prendre, à peine d'être declaré Mazarin et en mesme temps assommé. Les moines et les chanoines n'en étoient pas exempts; il falloit que les capucins en missent au bout du capuchon, et tous les autres cloistriers au coqueluchon. Enfin la procession de la Ligue n'étoit rien en comparaison, et votre Ormée n'est que fleurette auprès de ce que nous vîmes. Mon cher Monsieur, la paille n'est plus paille, c'est fleur d'antimazarin. Leurs Altesses allèrent à l'hôtel de ville; on leur donne dans les rues et à toute leur suite de la paille; ils entrent, et lorsqu'ils eurent pris leurs places, M^r le duc d'Orléans dit à l'assemblée qu'il venoit pour remercier la ville du passage qu'elle avoit donné à ses trouppes, qu'il esperoit qu'en pareille occasion elle feroit la même chose, que le Mazarin étoit la cause de tous les desordres; qu'il n'avoit point de plus forte passion que son expulsion, et que la ville de son côté devoit y contribuer de toutes ses forces. M. le Prince dit qu'il n'avoit rien à adjouter à ce que venoit de dire S. A. Royale, sinon qu'il exposeroit toujours comme il venoit de faire et son sang et sa vie pour la conservation de la ville et pour l'expulsion du Cardinal. Le mareschal de l'Hôpital remercia leurs Altesses, et le prevôt des marchands dit que sans doute au retour des deputés du parlement on auroit de bonnes nouvelles pour la paix. Monsieur se leva sans vouloir attendre la délibération. Devant qu'il entrât on avoit déjà vu les conclusions du procureur du Roy, qu'on avoit fait corriger parce qu'elles ne parloient point contre le Mazarin. Comme les princes sortoient, le peuple leur démanda s'ils étoient contents et si l'union de la ville étoit faite. On leur repondit qu'on alloit delibérer, et le bruit s'estant glissé que le prevôt des marchands demandoit encore un délai de quattre ou cinq jours, nous n'étions pas à vingt pas [1] dans la rue de la Mortellerie que l'on tira un coup de l'hôtel de ville, auquel le peuple qui étoit dans la Grève répondit. Comme leurs Altesses furent arrivées au Luxembourg, on leur vint dire que l'hôtel de ville étoit assiégé, que l'on mettoit le feu aux portes et que le peuple vouloit égorger toute l'assemblée. Il se faisoit tard; M. le Prince y vouloit aller disant à S. A. Royale qu'il ne vouloit point laisser périr ses amis qui étoient

---

1. Marigny était donc sur les lieux; aussi sa relation est bien autrement sûre que celle de Conrart, qui n'y était pas et répète les bruits répandus par les Mazarins.

dedans [1]. M. le duc d'Orléans et Mademoiselle s'y opposèrent, apprehendant que dans la sedition quelque coquin ne fist un mauvais coup. M. de Bethunes, Mr de Lamont, M. le Boults [2] et quantité d'autres personnes fort sages le prierent de n'y point aller, mais d'envoyer quelque ordre. Mademoiselle y alla, mais elle eut toutes les peines imaginables devant que de pouvoir arriver au bout du pont Notre-Dame. Cependant les assiégés qui avoient peur du feu tachoient de s'echapper, les uns en donnant de l'argent, les autres en se deguisant. Dans ce tumulte furent tués entre autres M. Miron, maître des comptes, fort bon frondeur, M. Janvri Conés [3], autre frondeur, tous deux fort affectionnés au parti; M. Legras, maître des requêtes, blessé et depuis mort de ses blessures, un eschevin, quantité de bons bourgeois; le prevôt des marchands eut quelques coups, mais il se sauva travesti. M. de Beaufort vint; il fut jusques après minuit à faire retirer la populace qui se faisoit donner de l'argent par ceux qui sortoient de l'hôtel de ville. Le lendemain le peuple vint demander aux Princes M. de Beaufort pour gouverneur et M. de Broussel pour prevôt des marchands. Celui-ci ayant été mandé par S. A. Royale, fit quelque refus; mais enfin hier, l'hôtel de ville étant assemblé, et M. le Prince étant allé prendre dans son carrosse M. de Broussel et les échevins qui ne voulurent pas venir autrement, le s^r de Broussel fut élu et accompagné ensuite au palais d'Orléans où il prêta le serment à S. A. Royale. Cette émeute fait faire d'étranges discours à ceux mêmes qui étoient allés à l'assemblée bien intentionnés, et qui disent qu'on les avoit abandonnés, et je ne sais s'il sera bien facile de faire assembler le parlement pour entendre la réponse des députés qui, comme on croit, doivent arriver ici demain. Les ennemis des Princes les accusent de la sédition, mais tandis que les uns sèment ces écrits, les autres recommencent à dire que 36 (M^r le Prince) a de nouveau député en cour. Presentement une femme de qualité me vient de dire que la personne qui gouvernoit autrefois 47 (Nemours) et qui gouverne maintenant 36 (M^r le Prince) [4], en a dit quelque chose. Si cela est, grand bien lui fasse; il faut être bien incorrigible. 64 (Paris) est tout à fait pour 36 (M^r le Prince) et dit tout haut qu'il faut que les Mazarins sortent de chez 35 (S. A. Royale); mais, à vous dire vrai, j'ai grand'peur que 35 (S. A. Royale) ne se lasse; car il est certain que

---

1. Réponse à l'assertion du nouvelliste Mazarin, plus haut, p. 422.

2. Cela contredit absolument ce que dit Conrart, *Mémoires*, p. 136.

3. *Sic.* Ce nom ne se trouve nulle autre part. Ne serait-ce pas, avec l'addition de *Conés* dont nous ne nous rendons pas compte, *Janvri*, conseiller au parlement, fils du président Ferrand, qui fut tué en effet dans cette circonstance? Voyez plus haut, p. 421.

4. Mme de Chatillon, que Marigny n'a pas osé nommer, étant de sa coterie.

le jour du combat, lorsque la femme de 47 (Nemours) le vint trouver pour le prier de sortir, il dit qu'on vouloit toujours l'engager dans les extrémités, qu'il sçavoit bien que 36 (M^r le Prince) et 47 (Nemours) et d'autres avoient voulu traiter sans lui, mais qu'il sçauroit bien prendre parti, et il fallut des machines pour le tirer. Le bon succès le rassura, mais jugez de là! Les troupes du Roy sont à Challiot et à Boulongne, et le Cours est un païs de frontière. Roze a passé ce matin par le faubourg Saint-Antoine pour aller à Charenton. Cette nuit, dans notre Marais, on a eu une fausse alarme, car le bruit a couru que les ennemis étoient à la porte du Temple, et l'on avoit commencé de se barricader, mais il s'est trouvé que la frayeur étoit mal fondée. Nous sommes serrés de près, et nous attendons le secours de l'Archiduc, mais je ne sçais s'il ne sera point comme « *il soccorso di Pisa, o come la carta che s'aspetta e non vien mai.* » Cependant Salène, capitaine de Condé, qui arriva de Flandres, lorsque l'on alloit attaquer la dernière barricade du fauxbourg Saint-Antoine, m'a assuré que le 28 du passé il l'avoit laissé entre Cambray et Valenciennes dans un lieu appelé *Hape*, attendant le reste des troupes qui estoient devant Donkerques que l'on a levé pour venir secourir S. A., et qu'il y a dix mille hommes de pied et huit mille chevaux. On dit aujourd'hui qu'ils sont déjà à Saint-Simon. Si cela est, nous aurons devant qu'il soit peu à nos portes 30 ou 40 mille hommes de part et d'autre. Cela ne sera-t-il pas honneste à voir?

Si vous êtes en peine de ceux qui informent 49 (Mme de Longueville) de ce que vous escrivez, sachez que 100 (Viole) le peut faire, et pour les autres instructions vous connaissez les résidents de 49.

Les présidents au mortier qui croient que la fête de l'hôtel de ville ne s'est faite que pour eux, et qu'ils courroient risque de leur vie s'ils demeuroient, se sauvèrent travestis. Les présidents de Novion et Le Cogneux sont sortis. M. de Beaufort a escorté le mareschal de L'Hospital jusques hors les portes, de peur de scandale. Ceux qui se sentent un peu malades du Mazarin, tirent païs; enfin les suspects pour la pluspart n'attendent pas qu'on les chasse...

DUEL DU DUC DE NEMOURS ET DU DUC DE BEAUFORT, ET DÉMÊLÉ DU COMTE
DE RIEUX ET DE M. LE PRINCE.

MARIGNY A LENET. *Manuscrits de Lenet*, tom. VII, fol. 156 et suiv.

Le 12 juillet 1652, à 10 heures du soir.

Dans un temps où il sembloit que nos affaires ne faisoient que prospérer et que l'on voyoit tout Paris bien gai, la mauvaise fortune est venue troubler toute notre joye, et la mort de Monsieur de Nemours, qui fut tué hier en duel par M. de Beaufort, a donné la der-

nière affliction à cette cour. Ce prince est généralement regretté de tout
le monde comme un des plus braves et des plus accomplis que l'on
ait jamais vus, mais il est généralement blâmé d'avoir poussé à bout
M. de Beaufort. Une nouvelle de cette importance mérite bien que
vous en sachiez toutes les circonstances et je ne sais si on vous les
mandera aussi exactement que je vais faire.

Vous avez sceu par mes dernières lettres que depuis la déclaration
de Mr le Chancelier pour ce parti, on avoit formé ici beaucoup de con-
testations mal fondées pour les rangs, et que les princes qui dispu-
toient la préséance à M. le Chancelier n'étoient pas d'accord entre eux.
M. de Nemours prétendoit passer devant M. de Beaufort et M. de
Rieux [1], M. de Beaufort devant ces deux-ci, et M. de Rieux croyoit
qu'on faisoit injure à la maison de Lorraine de lui contester le pas.
M. de Nemours qui ne pouvoit cacher l'aigreur que la contestation de
M. de Beaufort lui causoit, s'emportoit contre lui estrangement, et il
parloit en des termes les plus extravagants du monde. M. le Prince avoit
tâché de fléchir M. de Beaufort, et ce que je puis vous dire est tout à
fait particulier. S. Altesse voyant que les raisons qu'elle alléguoit ne
pouvoient le persuader, crut le toucher par l'intérêt du parti en lui
disant que si Mr de Nemours ne jouissoit en cette rencontre des avantages qu'il croioit lui estre dus, il pourroit sortir de Paris et se raccommoder avec le Mazarin. Mr de Beaufort lui dit que ce parti-ci ne seroit
pas plus foible quand il l'abandonneroit ni celui du Cardinal plus fort
quand il s'y jetteroit. Cette opiniatreté n'estoit pas seulement fondée sur
la prétention du rang, mais sur le souvenir que Mr de Beaufort con-
servoit du mauvais traitement qu'il avoit reçu de Mr de Nemours à
Orléans [2], dont il fut très indignement traité et appelé cent fois poltron,
infâme et homme sans honneur. Quoique cette querelle eust été ac-
commodée par Mademoiselle, néantmoins *amicitia reconciliata piaga
mal saldata*. L'un avoit toujours conservé quelque reste de mespris, et
l'autre quelque ressentiment. Enfin cette occasion dernière ayant réchauffé
Mr de Nemours, bien qu'il eût donné sa parole à Mr le Prince de n'en
faire point parler à Mr de Beaufort, il le fit appeler par le marquis de Villars qui d'abord lui fit bien des remontrances sur l'importance d'une
telle action qui n'avoit point eu d'exemple; mais ce fut vainement. La
partie fut liée, mais parce que Mr de Beaufort avoit quelques gens
auprès de lui lorsque Villars lui fit appel, et qu'il lui eût esté impossible de s'en défaire, il les engagea dans le combat, de sorte qu'ils furent
cinq contre cinq. Le rendez-vous fut vers la place près des Petits-Pères,
proche du marché aux chevaux. Mr de Nemours, à cause de la bles-

1. Un des fils du duc d'Elbeuf.
2. Voyez le récit de Mademoiselle.

sure qu'il avoit reçue à la porte Saint-Antoine, voulût se battre à coups
de pistolets, à pied; il en fit porter sur le lieu et des espées, et M^r de
Beaufort les prit de sa main. Mr de Nemours avoit de son costé Villars, Dusesche, Campan et La Chaise; Mr de Beaufort avoit du sien le
comte de Buri, Héricourt, Brillet et de Ris. Mr de Nemours tira son
pistolet le premier et brûla les cheveux de Mr de Beaufort qui, tirant
presque en même temps, lui donna tout au travers du corps. Ce coup
ne l'empêcha pas de reprendre l'espée. Mais comme il voulut s'advancer
il tomba sur le visage; Mr de Beaufort courut pour séparer les seconds.
Campan avoit donné un coup d'espée au comte de Buri, Dusesche avoit
blessé de Ris, Brillet avoit désarmé et blessé La Chaise, de sorte qu'il
arriva presque en même temps que Mr de Beaufort à Villars qui avoit
donné deux coups d'espée à Héricourt qui nonobstant étoit venu aux
prises. Brillet dit que puisqu'il avoit fait ce maudit appel, il falloit le
tuer. Mr de Beaufort, après l'avoir mal traité de paroles, dit qu'il meritoit bien qu'on ne lui fist pas de quartier. Villars répondit qu'il n'estoit
pas malaisé à trois d'en tuer un, mais qu'il se defendroit bien des uns
après les autres. Mr de Beaufort se contenta de lui faire rendre l'espée
et aux autres seconds. Cependant M^r le Prince ayant été adverti que ces
messieurs estoient sortis pour se battre, sortit des Thuilleries toujours
courant; il monta en carosse; son cocher étoit si ivre qu'il lui pensa faire
rompre le col; il jette son cocher hors du siège; il fait monter un valet
à sa place; il fait toucher à toute bride, mais il n'arriva sur le champ
que comme l'affaire estoit achevée. Nous sortions de chez M^r le comte
de Bethunes, Mrs de Belesbat, de Croissi et moi, et pour aller chez
Renard nous avions commandé au cocher de passer pardevant le logis
du Mazarin pour voir si l'on vendoit ses meubles. Comme nous fûmes
près de la petite place qui respond à la rue qui va aux Petits-Pères,
j'apperçus M^r le Prince qui s'appuioit sur un gentilhomme comme une
personne affoiblie et hors d'elle. Je jettai la portiere à bas pour courir
après lui : d'abord il me cria : le pauvre Mr de Nemours est mort; il
vient d'estre tué en duel par Mr de Beaufort. Et puis il se jeta dans
notre carrosse. En même temps celui de Mr de Nemours passa, et à
ce spectacle il pria qu'on l'emmenât. Comme nous estions près de la rue
de St-Honoré, le carosse de S. A. arriva, et les comtes de Fiesque et de
Fontrailles, le marquis de Rochefort et Chavagnac qui avoient eu ordre
de Monsieur de courir après ces Messieurs. S. Altesse monta dans son
carosse, et nous la suivimes afin de voir quels seroient les sentiments
du peuple. Je vous puis assurer qu'ils estoient favorables pour M^r de
Beaufort. On apporta le corps du mort à l'hôtel de Condé, et ce furent
des cris épouvantables que jetèrent ses officiers et ceux de M^r le Prince.
Mme de Nemours apprit cette mauvaise nouvelle d'abord par les cris de
ses gens; elle tomba esvanouie. Mademoiselle et M. le Prince l'allèrent

visiter, et sans mentir S. Altesse estoit touchée tout autant qu'elle put jamais l'estre. Le corps n'a pas été montré en parade. Demain on fera des services et peut estre même qu'ils seront sans cérémonies.

Aujourd'hui il est arrivé au palais d'Orleans une autre chose qui ne vous surprendra pas moins. Mʳ de Rieux avoit eu quelques paroles avec M. de Tarente sur ces maudites préseances. Mʳ le Prince avoit pris la parole de M. de Tarente, Mʳ de Rohan celle de Mʳ de Rieux : ils ne devoient point se parler dans l'accommodement que S. A. R. devoit faire. Cependant le comte de Rieux, poussé par quelque humeur brutale, a voulu parler à Mʳ de Tarente. Mʳ de Tarente qui est fort sage n'a fait que regarder Mʳ le Prince, et comme S. A. R. les a voulu faire embrasser, le comte de Rieux s'est détourné. Mʳ le Prince lui a dit qu'il manquoit de respect à Monsieur : il a répliqué que personne ne lui apprendroit le respect qu'il devoit à S. A. Royale. Mʳ le Prince lui a reparti qu'il s'emportoit. Il a repondu qu'il voioit bien que Mʳ le Prince portoit plus les intérets de Mʳ de Tarente que les siens. Mʳ le Prince lui a dit que cela estoit vrai. Alors il lui a parlé fort insolemment et dit en faisant un geste de la main fort injurieux qu'il ne seroit jamais son serviteur. M. le Prince ne pouvant souffrir l'impertinence du principion, lui a donné un soufflet à tour de bras; le cadet lorrain a voulu riposter, mais il n'a frappé qu'à l'épaule de S. Altesse, et en même temps il a voulu mettre l'espée à la main pour tuer M. le Prince qui n'avoit point d'espée. M. le Prince s'est jetté sur lui, lui a saisi la garde de son espée, et ajouté au soufflet quelques coups de poings et de pieds. M. Viole, qui s'est treuvé assez près, a fait quelques impositions, à ce que l'on dit. On a retiré le comte de Rieux, et M. de Rohan l'a fait entrer sur la terrasse. Cependant M. le Prince de Tarente demandoit une espée, et il a voulu prendre celle de M. de Migennes qui estoit dans la galerie, mais il n'a pu s'en saisir. Mais M. le Prince la lui a tirée fort adroitement et a couru en même temps du côté de la terrasse. M. de Rohan s'est mis devant la porte apres l'avoir tirée. S. A. Royale qui s'estoit retirée au commencement du demelé, est accourue, a envoyé arrester le comte de Rieux qui a rendu son espée à M. de Rohan, et l'a envoyé à la Bastille. M. le Chancelier, qui estoit au palais d'Orléans, a dit qu'il ne falloit pas beaucoup de temps pour faire le procès au comte de Rieux, que pour avoir voulu tirer l'épée chez S. A. Royale contre un Prince du sang Royal il meritoit d'avoir la tête coupée. Cependant M. le Prince, dont la générosité n'a point de bornes, traite cette affaire comme l'emportement d'un brutal, et a sollicité ce soir sa liberté auprès de M. le duc d'Orléans qui ne l'a pas voulu accorder. Ceci paroit d'une consequence si dangereuse à Marigny qu'il a dit, il n'y a pas trois jours, à M. le Prince que veritablement il ne voudroit pas solliciter la mort de qui que ce fut, mais qu'il seroit d'avis de laisser con-

damner le comte de Rieux et puis de lui faire grace. Bien en a pris à
ce Lorrain qu'il ait été mené vitement à la Bastille devant que le peuple
ait été adverti, car il eût esté déchiré. Pradine, lieutenant des gardes de
Monseigneur, qui l'a conduit, dit qu'au retour le bourgeois disoit qu'il
falloit le mettre en pièces. En sortant du Luxembourg le comte a dit
aux gens qui estoient à la porte qu'on l'avoit voulu assassiner, qu'on
le menoit en prison parce qu'il avoit visité M. de Beaufort, et que ce
dernier seroit bientôt emprisonné si les bourgeois n'y prenoient garde.
Il n'est pas nécessaire de vous faire des commentaires sur ce discours :
vous comprenez assez la malice.

Quand j'avois commencé à mettre la main à la plume, il n'estoit que
dix heures, mais depuis Son Altesse est arrivée; elle m'a commandé
de souper avec elle; il en est deux après minuit, voyez si vous ne
m'êtes pas bien obligé de vous faire une si longue lettre. Faites en part
à Mme la Princesse et aux personnes que vous sçavez. Vous êtes trop
de mes amis pour ne pas vous dire encore ce que l'on a fait au Palais
ce matin. Dans la dernière assemblée de l'hôtel de ville on arrêta de
prendre sur les maisons la dernière taxe de Corbie qui montera à huict
cent mille livres pour la subsistance et pour les recrues des troupes.
Le parlement, sans s'arrester au premier arrêt qu'il a déjà donné pour
lever la taxe sur les boues, pour parfaire les 50 mille escus pour la
tête du Mazarin, a ordonné que cette somme seroit prise sur les premiers deniers qui seroient levés en conséquence de la taxe dont on est
convenu dans l'hôtel de ville. On est fort échauffé contre le vilain. Il
fait une compagnie de hallebardiers pour l'accompagner. Cependant il
y a des gens qui sont résolus d'en délivrer le monde : Dieu les bénisse !

Je suis fâché de finir ma lettre par une nouvelle qui ne vous affli-
gera pas moins que celle qui est au commencement : M. de Bouillon
est à l'extrémité. Langlade, son secrétaire, sort de céans il y a deux
heures, qui a dit à Son Altesse ce que je vous mande. Il est venu
quérir le médecin Desfougerests; il appréhende de ne pas trouver en
vie son maître lorsqu'il arrivera à Pontoise. Le mareschal de Turenne
est venu à la cour pour le voir; il n'a pas eu grand chemin à faire,
car ses troupes sont près d'ici ; aussi sont bien celles de Fuensaldagne,
qui, avec celles du duc de Lorraine, montent à 24 mille hommes effectifs. Cette armée-là n'est pas loin de La Ferté-Milon. Celle des Princes
est retournée à Saint-Cloud. Le Mazarin, pour empêcher la jonction du
duc de Lorraine et pour obtenir pour lui de traiter avec la cour, a
offert à l'Archiduc Arras et La Bassée. Je n'en puis plus de sommeil.
Bonsoir, mon cher patron, aimez-moi toujours et mandez-moi des nouvelles de vos cours et faites bien la mienne, etc.

MARIGNY AU MÊME, *ibid.*, T. VIII, FOL. 24.

Paris, le 4 d'août 1652.

...... Je vous mandai jeudi dernier tout le détail du combat de M. de
Nemours et de M. de Beaufort, et, sans m'intéresser ni pour les vivants
ni pour les morts, je vous mandai la vérité. S'il y a quelque chose à
dire encore, c'est que Brillet, après avoir blessé La Chaise, avoit été
porté par terre, et lorsque M. de Beaufort vint désarmer La Chaise,
il étoit dessus Brillet. Beaucoup de gens qui sont jaloux de la réputation et de la bonne fortune de M. de Beaufort, diront qu'il pouvoit
donner la vie à M. de Nemours, puisqu'il ne tira que le second ; mais,
outre qu'il tira tout aussitôt qu'il eust essuyé le coup de M. de Nemours, il ne pouvoit hasarder cette générosité sans estre désarmé ; car
les seconds de M. de Nemours, après avoir blessé leurs hommes, les
quittoient pour venir à lui sans qu'ils eussent achevé leurs combats
particuliers : il n'y a rien de si certain, ils en demeurent d'accord.
M. de Beaufort fut légèrement blessé au petit doigt de la main droite
en parant un coup d'espée que lui porta M. de Nemours depuis qu'il
eut reçu le coup de pistolet ; je le vis hier à l'hôtel de Vendôme, où il
commence à recevoir des visites. S'il eût esté tué, je ne doute point de
la perte du parti dans Paris : la peuple eût cru très assurément que la
chose se seroit faite de concert avec la cour, comme le bruit court
parmi la populace que M. de Nemours avoit traité avec le Mazarin[1].
M. de Beaufort a été deux ou trois jours inconsolable ; il vomissoit
tout ce qu'il prenoit ; mais depuis qu'il a su que M. de Nemours le
déchiroit dans toutes les compagnies et qu'il le menaçoit même des
derniers outrages, il est tout à fait consolé d'avoir fait ce qu'il dit
qu'il eût été contraint de faire une autre fois. Villars se retire chez
lui peu satisfait de M. le Prince ; il se plaint de ce que Son Altesse le
blâme partout d'avoir fait cet appel, et dit tout haut que feu M. de
Nemours, l'engageant à le faire, lui avoit dit que la veille M. le
Prince s'étoit lui-même offert d'appeler M. de Beaufort[2]. Il est à craindre que si M. de Beaufort vient à sçavoir cela, il ne retombe dans
les premières froideurs qu'il avoit eues pour Son Altesse, de laquelle
il se plaignoit durant toutes ces malheureuses négociations ; et il est
vrai que, lorsque Gancour[3] fut envoyé la première fois, il n'y avoit eu
que quatre personnes du parti à qui on l'avoit communiqué : sçavoir, M. le Prince, M. de Nemours, M. de La Rochefoucauld et Mme de

---

1. Voyez plus haut la note de la page 167.

2. Bruit contraire à toute vraisemblance, Condé s'étant efforcé constamment de
raccommoder les deux beaux-frères.

3. Un des gentilshommes de M. le Prince.

Chastillon; et lorsque cette négociation fut découverte, M. de Beaufort s'en plaignit, et peu s'en fallut qu'il ne se raccommodât avec le cardinal de Retz, et ç'auroit esté un très grand malheur pour M. le Prince, car il ne faut point se flatter; il est le maître de Paris, et, comme je vous ai déjà mandé, dans l'assemblée de l'hôtel de ville on lui faisoit plus de complimens qu'à Leurs Altesses. M. de Nemours négotia avec Mme de Montbazon la réunion de M. de Beaufort et de M. le Prince; le jour du combat de Saint-Antoine, il se raccommoda lui-même avec son beau-frère, et du depuis cette malheureuse préséance a causé le combat dans lequel il a esté tué.

Je trouve le procédé de M. le Prince avec le comte de Rieux très dangereux pour les suites qu'il peut avoir; car ce cadet Lorrain est emporté, et il ne craint point de dire que si M. le Prince ne se bat contre lui quand il sera en liberté, il l'assassinera; ces impertinents propos mériteroient une correction. Le comte de Brancas m'a dit qu'il avoit sçu que Mme de Guise, parlant à Mme d'Orléans de cette affaire, avoit dit que toute la maison de Lorraine estoit intéressée dans l'injure qu'avoit reçue le comte de Rieux, et qu'il falloit que tous ceux qui en sont périssent les uns après les autres pour en tirer la satisfaction. Je vous cite mon autheur en cette rencontre, car Mme de Guise est fort sage. On croit ici que cette querelle pourra servir de prétexte à M. de Guise pour oublier l'obligation qu'il a à Son Altesse de sa liberté. Vous pourrez voir quels seront ses sentiments, si tant est qu'à la fin vous le voyez, après tant de paroles qu'on vous a données.

On avoit commencé à régler le conseil, et M. le Prince, pour appaiser tous les différends, avoit proposé d'entrer sans aucun rang ni pour les uns ni pour les autres. Voyez à quoy les guerres civiles réduisent les princes du sang, et s'ils ne sont pas bien misérables d'estre obligés de se mesurer avec des gens qui sont infiniment au-dessous d'eux. Je ne pense pas que l'on fasse des ministres, au moins n'en parle-t-on pas encore; et ceux de la robe qui entrent dans le conseil n'y entrent que comme députés de leurs compagnies ou comme ayant esté choisis de ces corps-là par son Altesse Royale, afin d'accréditer davantage dans le public les résolutions que l'on y prendra. Ainsi il y a deux présidents de la cour des comptes, deux de la cour des aides, et outre les deux présidents au mortier les présidents Viole et de Thou y ont été appelés. J'ai peur que l'affaire du comte de Rieux n'en attire quelque mauvaise au président Viole; car il est certain qu'il frappa le prince Lorrain et qu'il crioit dans la galerie: Un baston, un baston pour M. le Prince. Le Lorrain l'entendit comme tous les autres, et il ne lui promet pas de foibles reconnoissances.

Je ne manquerai pas de parler à M. de La Rochefoucauld de ce que vous m'écrivez et je vous en rendrai compte. Je ne voi pas que les

levées des taxes que l'on a résolues se fassent trop diligemment, et je
souhaiterois que MM. les Princes pressassent un peu plus qu'ils ne font.
Cependant Fuensaldagne avance, et j'ai vu cette après-disnée le baron
de Clinchamp qui est encore au lit de la blessure qu'il reçut à la
porte Saint-Antoine : il m'a dit que par les lettres qu'il avoit reçues
ce matin, on lui mandoit que les troupes seroient ce soir au pont
Sainte Maxence, près de Senlis. Fuensaldagne auroit fait une plus
grande diligence, mais il a eu à combattre l'esprit du duc de Lorraine,
toujours porté à écouter toutes les négociations, et pour le faire marcher il fut contraint de faire mettre ses troupes en bataille et de
menacer le duc de Lorraine de tailler les siennes, si il ne les faisoit
marcher. Cette bizarrerie du duc de Lorraine est fâcheuse, et soit
qu'elle soit sans intelligence avec les Espagnols, soit qu'elle paroisse
de concert, il me semble qu'elle est à appréhender. Cependant ces
messieurs avancent, et il est à croire qu'ils viendront ouvrir les passages de Lagni, de Corbeil, et qu'après avoir joint les troupes des
Princes ils se retireront. Clinchamp dit qu'on nous donnera six mille
hommes à choisir des meilleures troupes du monde. Cependant si on
ne refait nos troupes promptement et tandis que Fuensaldagne sera à
nos portes, il est certain que ce secours sera comme inutile, puisqu'il
sera à moitié dissipé devant que notre petite armée soit en état de
marcher, et si nos recrûes étoient faites, et que les officiers pour se
remettre en équipage eussent tous quelque argent, et qu'avec les six
mille hommes qui nous viennent nous en eussions encore six mille
autres bien effectifs, et que M. le Prince se résolut de quitter Paris et
ses pompes et de se mettre à la tête de l'armée, son Altesse seroit en
état de donner la loi aux Mazarins. M. de Bouillon n'est pas encore
mort, mais il ne vaut guère mieux : il a le brevet de surintendant.
M. de Turenne n'est pas bien avec le cardinal. On a cru qu'il quitte-
roit le commandement de l'armée, et que le mareschal d'Aumont, qui
estoit venu à la cour, le prendroit; mais ce dernier est retourné dans
son gouvernement. On dit que le sujet du mécontentement de M. de
Turenne est qu'on lui a refusé la charge du marquis de Saint-Maigrin [1].
Il n'a pas sujet de se plaindre, si c'est pour la donner au père du
défunt, comme le bruit en est...

L'ABBÉ VIOLE A LENET. *Manuscrits de Lenet*, t. VII, p. 153.

Paris, 31 juillet 1652.

.....Je voudrois bien oublier le mardi qui ne fut remarquable que par

1. Tué au combat de Saint-Antoine. Il commandait les chevau-légers de la
Reine, emploi de guerre et de cour fort recherché et qui fut donné à Mancini,
neveu de Mazarin, lequel ne le garda pas longtemps, et mourut bientôt des blessures reçues au combat où périt Saint-Megrin.

le duel entre MM. de Nemours et de Beaufort avec des seconds qui
se battoient à l'espée, pendant que ces deux seigneurs se battoient à
pied à coups de pistolets, à cause de la blessure du pauvre M. de Nemours, qui n'avoit que la main gauche de libre. Mais parce qu'on ne
sauroit trop pleurer cette perte, il est bon que vous sachiez le détail
de l'affaire.

Vous vous souvenez bien que je vous mandois par ma dernière qu'il
y avoit quelque contestation pour la préséance. Cela raffraichit à M. de
Nemours l'aversion qu'il avoit conçue contre son beau-frère. Il lui fit
faire l'appel par M. de Villars, et comme M. de Beaufort étoit à l'hôtel de Montbazon, Mme de Montbazon vit qu'il y avoit quelque chose :
elle en avertit le comte de Bury pour y donner ordre. Ce que voyant,
M. de Beaufort, il dit à ceux qui estoient avec lui qu'il falloit qu'ils
fussent de la partie. L'on alla advertir M. de Nemours qu'il y avoit du
monde avec M. de Beaufort au nombre de cinq dont il ne se pouvoit
défaire. Il prit quatre de ses domestiques avec M. de Villars, et
sans que personne les arrestât, ils furent tous au marché aux chevaux,
et passant devant Mme de Cavoye ils lui firent complimens, et lui
dirent qu'elle en auroit le plaisir. M. de Nemours tira son coup de
pistolet qui brûla les cheveux de M. de Beaufort; puis il mit la main
à l'espée. M. de Beaufort lui dit : Ah! mon frère, que voulez-vous
faire? M. de Nemours lui répartit qu'il en falloit mourir, et portant
son coup d'espée il blessa M. de Beaufort au doigt, ce qui fit que dé-
chargeant son pistolet il porta au dessus de la mamelle gauche,
dont il fut tué roide. Des seconds il y a Héricourt et le comte de Bury
blessés à mort. L'on porta le corps à l'hôtel de Condé. M. le Prince en
est au désespoir et si fort qu'il fallut le soustenir. M. de Beaufort s'ar-
rache les cheveux et ne veut voir personne. Mme de Nemours demande justice et présente requeste au parlement contre son frère. Mais
Monsieur doibt accommoder cette affaire. Voilà la chose comme elle
s'est passée. Vous en aurez sans doute de la douleur.....

L'ABBÉ VIOLE A LENET, t. VIII, fol. 40.

..... Sur l'affaire de M. de Nemours, il y a quelque chose encore à
vous en dire, c'est que tout le monde encore qu'affligé lui donne le
tort, ayant pressé M. de Beaufort, qui déjà estoit sensiblement offensé
des discours injurieux que M. de Nemours faisoit continuellement de
lui. Il ne s'est point montré du depuis, et deux des gentilshommes qui
le servoient sont morts. Le comte de Bury n'est pas hors de danger;
avec tout le tort que l'on lui donne, c'est un grand dommagé, et il a été
fort regretté à la cour.....

LE PRÉSIDENT VIOLE A LENET, *ibid.*, fol. 30.

Paris, 4 aoust 1652.

Tous les accidents de cette semaine me mettent tellement hors de moi que je n'ai pas presque la faculté d'escrire. La mort du pauvre M. de Nemours, pour lequel j'avois toute la tendresse imaginable, m'a accablé de douleur, et le demeslé de Son Altesse[1], auquel je me suis engagé, m'y étant rencontré, ne me laisse pas sans chagrin ni sans inquiétude. C'est un coup qui saignera peut-être longtemps. On vient d'apporter la nouvelle de la mort de M. de Bouillon, et à tout moment il arrive tant de choses fâcheuses qu'il est impossible d'être en repos.....

L'ABBÉ VIOLE A LENET, *ibid.*, fol. 51.

Paris, ce 7 aoust 1652.

..... Sur le soir se fit l'entrevue de M. le Prince et de M. de Beaufort qui ne s'étoit point montré depuis la mort de M. de Nemours, qui saigne encore pour bien des gens. M. le Prince a cru, pour des raisons que vous pouvez bien imaginer, qu'il falloit faire bonne mine, et il a obligé tous ses amis d'aller voir ce meurtrier du plus aimable prince du monde. Ce fut au palais d'Orléans où ils se virent, et depuis il a continué d'y aller. Mme de Nemours, qui est toujours dans une extrême douleur, aux Filles de Sainte-Marie où Mademoiselle et M. le Prince l'ont vue, se résout de suivre le corps de son mari à Aix où l'on le portera, après son service qui se fera à Saint-André où son corps est en dépost, et de là elle s'enfermera pour le reste de ses jours aux Filles de Sainte-Marie de ce même lieu. On ne dit point ce que fera M. de Rheims[2], qui a demeuré au collége des Jésuites depuis la mort de son frère.....

NOTES DU CHAPITRE IV.

VIE INÉDITE DE MATHIEU MOLÉ.

Voici la vie de Mathieu Molé dont nous avons parlé. Elle est écrite de la propre main de Claude Le Pelletier,

1. Avec le comte de Rieux.

2. Le frère cadet du duc de Nemours, d'abord archevêque de Rheims, après la mort de son frère quitta l'Église, prit le rang et le titre de duc de Nemours, et épousa Mlle de Longueville. Mort sans laisser d'enfant, emportant avec lui la maison de Savoie-Nemours.

et fait partie d'autres notices sur plusieurs magistrats, Du Vair, Le Tellier, Bignon, etc. Bibliothèque Impériale, *Supplément français,* n° 2431, pièces diverses, histoire et littérature. Cette petite biographie est intitulée : *Mémoire sur la vie et les actions de monsieur Molé, garde des sceaux de France.*

La vénération que j'ai toujours eue pour la mémoire de M. Molé qui a été procureur général, premier président et garde des sceaux, m'engage à ne pas laisser perdre par ma mort les choses singulières que j'ai sçues de ce grand homme. Il avait honoré feu mon père de son amitié, et il m'a souffert l'approcher lorsque j'étois encore fort jeune dans quelques occasions que M. Le Tellier me donna pour lui parler de sa part.

M. Molé naquit en 1584, M. son père étant alors président au mortier. Il fut pourvu premièrement d'une charge de conseiller au parlement, à l'âge de vingt-deux ans, puis de président aux requêtes du palais. Lors de la mort de M. son père, la charge de président au mortier fut donnée à M. Bellièvre, qui étoit procureur général et fils du grand chancelier Bellièvre, et M. Molé fut pourvu de la charge de procureur général qu'il a exercée pendant vingt-huit ans. Cette charge montra M. Molé tout entier au public. Il n'étoit pas riche, mais sa charité regardoit le besoin de ceux à qui il donnoit plus que l'état de son bien. Il avoit une douceur et une affabilité en un haut point. Sa maison étoit ouverte à toute heure comme les temples. Dans le temps que les vacations lui permettoient de passer à la campagne, il s'occupoit à terminer les procès des paysans de tous les villages voisins, et souvent il mettoit la main à la bourse pour faciliter les accommodements. L'innocence de ses mœurs, son intégrité, sa fermeté constante, et son zèle toujours ardent pour le bien public lui donnèrent une grande réputation.

Feu M. Dupuy aîné m'a dit que pendant la prison du garde des sceaux de Marillac et de son frère le maréchal, auxquels la cour donna des commissaires pour les juger, leur famille présenta une requête au parlement pour demander qu'ils y fussent jugés comme officiers de la couronne, sur laquelle on mit un *soit montré,* et M. le procureur général y mit ses conclusions portant que, la partie ouïe au parquet, il feroit ce que de raison ; dont le cardinal de Richelieu fut très affecté. Cependant il dit au Roi que le procureur général ayant grande réputation, il falloit le ménager, et pour cela attendre les vacations du parlement pendant lesquelles le ministère cesseroit dans le palais, et que lors on lui feroit donner un ordre du Roi de se retirer dans sa

maison de Champlastreux et de n'en pas sortir. A la Saint-Martin, le
cardinal de Richelieu conseilla au Roi de faire venir le procureur
général à Saint-Germain, ce qui fut exécuté ; et quand lé procureur
général arriva à la cour, M. le prince de Condé et les principaux officiers du Roi se trouvèrent à sa descente de carosse pour l'accompagner
chez le Roi, lequel lui dit qu'il avoit été fort mal satisfait des conclusions qu'il avoit prises dans l'affaire de MM. de Marillac. A quoi ce
magistrat répondit humblement qu'il n'avoit rien fait en cela que
suivre le style de ses prédécesseurs en pareilles occasions ; ce qui fâcha
le Roi, et il lui dit de mauvaises paroles ; sur lesquelles il se jéta aux
pieds de Sa Majesté, en disant qu'il étoit bien malheureux d'avoir
fâché un si bon maitre. Sur quoi le Roi se retira en colère, sans lui
dire qu'il pouvoit retourner aux fonctions de sa charge. M. Molé se
retira accompagné du prince de Condé et de la même escorte. Il revint
à Champlastreux sans se donner aucun mouvement pour procurer son
retour ; mais le cardinal de Richelieu engagea le Roi de le faire revenir au Louvre, où Sa Majesté lui dit qu'en considération de ses autres services elle lui pardonnoit et le renvoyoit à la fonction de sa
charge.

M. le maréchal d'Effiat ayant été fait surintendant des finances,
M. Molé ne crut pas lui devoir une visite en qualité de procureur
général. Le surintendant s'en fâcha, et ne lui paya ni ses appointements ni ses pensions pendant cinq ans. M. Molé ne s'en plaignit pas
et ne fit aucune sollicitation. M. d'Effiat fit ériger Chilly en marqui-
sat et eut besoin de conclusions pour l'enregistrement de ses lettres.
Il consulta M. Le Tellier, lors procureur du Roi au Châtelet, qui m'a
appris les circonstances de ce fait, et qui conseilla à M. d'Effiat de
faire présenter sa requête au parquet sans façon, disant que le procureur général étoit capable d'en bien user. Et en effet, le surintendant, dînant chez M. Martin (?), où étoit aussi M. Le Tellier, son
procureur lui rapporta, pendant qu'on étoit à table, les conclusions
favorables que M. Molé avoit signées sur-le-champ, en disant que
puisqu'il servoit le Roi son maître, il vouloit l'expédier promptement.
Sur quoi M. d'Effiat s'écria tout haut que le procureur général étoit un
galant homme et que lui étoit un grand misérable. A l'issue du dîner,
il alla faire son remercîment, y menant avec lui M. Le Tellier ; et dès
le soir même il envoya payer tout ce qui étoit dû au procureur général pour les cinq années précédentes.

L'intégrité de M. Molé, sa fermeté si constante, et son zèle si ardent
pour le bien public résolurent Louis le Juste de lui donner la charge
de premier président au parlement de Paris, en confiant son autorité souveraine en des mains si pures et si vigoureuses. Le feu Roi,
de glorieuse mémoire, avoit laissé le royaume aussi paisible au de-

dans que glorieux au dehors. Les batailles de Rocroy, Norlingue et
Fribourg, et tant de villes importantes prises sur les ennemis pro-
mettoient qu'enfin une guerre si heureuse produiroit une paix constante et honorable; mais il se répandit un air empoisonné de faction
dans Paris qui causa la journée célèbre des Barricades. Ce fut là où
parut la fermeté du président. Ce vénérable vieillard passa au travers
des corps de garde et des barricades formées par la sédition avec la
même sérénité de visage que s'il eût passé dans la salle du palais. Les
regards de ses yeux et le caractère de la magistrature imprimé sur son
front par le doigt de Dieu, protecteur de la royauté qu'il défendoit, étonnèrent les mutins. Il passa à la tête du parlement chez le Roy pour
conjurer la tempête qui se calma. Étant revenu chez lui, une populace
encore furieuse se présenta à la porte de sa maison qu'il fit ouvrir, et
il se présenta aux séditieux avec une assurance dont ils ne purent
soutenir la majesté. Il n'eut qu'à se montrer pour couvrir les mutins
de honte et les renvoyer chez eux avec respect pour cet homme intrépide. Lorsqu'il demanda sa robe pour s'aller présenter à cette populace
mutinée, l'abbé de Chanvallon, qui a été depuis archevêque de Paris,
s'étant trouvé auprès de lui, voulut lui représenter qu'il s'exposoit
trop, mais il lui répondit : « Jeune homme, apprenez qu'il y a toujours bien loin de la poitrine d'un homme de bien au poignard d'un
séditieux. » Et le jour des Barricades, lorsqu'il traversa les rues pour
aller au Palais-Royal, un homme plus furieux que les autres s'étant
présenté pour l'insulter, il l'arrêta par sa fermeté ; et quand au retour
l'on lui dit qu'un bourgeois avoit nommé cet homme, il dit ne vouloir
pas savoir son nom, mais qu'il le plaignoit d'avoir un assez mauvais
voisin pour le vouloir déceler. Et un jour ses gens s'étant saisis d'un
homme qui s'étoit introduit dans la maison avec un poignard pour
le tuer, il défendit qu'on se saisit de lui ni qu'on lui fît aucun mal, le
renvoyant en sûreté, pour reconnaître, dit-il, la miséricorde de Dieu
qui l'avait préservé.

M. le chancelier Le Tellier m'a dit que lorsque le Roi choisit M. Molé
pour le faire premier président, le cardinal de Richelieu exigea de lui
un écrit par lequel il promettoit de ne point assembler les chambres
du parlement sans un ordre exprès du Roi, et que ce papier s'étant
trouvé parmi ceux du cardinal de Richelieu, lui, M. Le Tellier, avoit
été chargé par la Reine régente de porter cet écrit à M. le premier président Molé pour lui en demander l'exécution. Sur quoi ce magistrat
lui répondit qu'il étoit trop vrai qu'il avoit signé cet écrit, et qu'il
voudroit que Dieu l'eût retiré du monde auparavant, mais qu'il chargeoit M. Le Tellier de dire à la Reine que les temps étoient bien
changés, et que si à présent l'on lui crachoit au visage pendant qu'il
seroit à sa place de premier président, la Reine n'étoit pas en état

de lui pouvoir fournir un mouchoir pour s'essuyer ; ce que M. Le Tellier rapporta exactement comme il lui avoit été dit.

Pendant que les Princes et les Frondeurs étoient maîtres de Paris, le Roi ayant été obligé d'en sortir, l'on fit venir un matin, pendant une assemblée des chambres du parlement, plusieurs soldats du régiment de Valois, lesquels, joints à d'autres mutins, entrèrent dans la salle du palais, et vinrent à la porte de la grand'chambre en criant qu'on leur livrât les Mazarins. Sur quoi, les huissiers épouvantés entrèrent pour en donner avis au premier président. Henri de Mesmes étoit lors second président. La frayeur le saisit, et il proposa de sortir par les derrières de la grand'chambre pour se retirer dans la maison de M. le premier président [1]. Mais lui, avec son intrépidité ordinaire, se leva en disant au président de Mesmes que la cour n'avoit point accoutumé de s'enfuir. Et quand Henri de Mesmes se fut retiré, M. Molé ordonna aux huissiers de marcher en frappant sur leurs portefeuilles, à l'ordinaire; mais en même temps il saisit par le bras M. le duc de Beaufort qui assistoit à la délibération ; et l'ayant empoigné en sorte qu'il ne pouvoit lui échapper, il le fit marcher à côté de lui en déclarant qu'il répondoit au Roi de ce qui arriveroit; et faisant marcher les huissiers devant lui, il passa toute la salle du palais et la galerie des marchands pour entrer chez lui par la porte ordinaire, où il congédia M. de Beaufort et rentra chez lui en toute sûreté. Peu de jours après on envoya à sa porte pendant qu'il dînoit les mêmes soldats du régiment de Valois avec d'autres séditieux qui frappèrent à la porte avec un grand bruit, menaçant de le poignarder, et ils avoient effectivement des poignards à la main. L'on vint avertir le premier président, lequel se leva de table, et ayant ordonné qu'on leur ouvrît la grande porte, il descendit son degré et vint se présenter à cette troupe séditieuse en leur demandant ce qu'ils vouloient de lui. Son visage respectable et son intrépidité arrêta toute la chaleur de ces gens-là ; et comme ils ne lui dirent rien, après être demeuré quelque temps en leur présence, il leur dit : Allez-vous-en , vous avez chacun gagné votre teston [2]; et il remonta dans sa chambre.

M. Le Tellier m'a dit que lorsqu'on ôta les sceaux à M. Molé pour les donner à M. de Châteauneuf, avant la majorité [3], il eut ordre d'aller dire, de la part du Roi et de la Reine, à M. Molé, alors encore premier président, qu'on lui accordoit la nomination au cardinalat; sur quoi il répondit à M. Le Tellier qu'il seroit mort avant que le courrier fût arrivé et de retour de Rome, et que ce ne seroit qu'un titre pour

1. L'hôtel de la présidence est devenu depuis celui de la préfecture de police.
2. Petite pièce de monnaie.
3. Voyez le premier chapitre, p. 66 et 67.

son tombeau: Et s'étant tenu ferme à le refuser, M. Le Tellier lui dit
qu'il avoit ordre de lui offrir une cinquième charge de secrétaire d'État
que l'on créeroit exprès pour M. de Champlastreux, son fils; mais
il s'écria qu'il ne vouloit point faire tort aux quatre secrétaires d'État
qui servoient bien le Roi son maitre, et que si on en ordonnoit un cinquième ils seroient bientôt comme les six vingt secrétaires des finances,
en ajoutant qu'il savoit bien que le Roi ne lui ôtoit pas les sceaux à
cause de la mauvaise satisfaction de ses services, mais que c'étoient
ces méchants (en désignant les Frondeurs) qui forçoient Leurs Majestés, lesquelles enfin rendirent les sceaux à M. Molé aussitôt après
la majorité.

Quand il tomba malade, il se disposa à la mort avec une fermeté
chrestienne. Il fit venir Cramoisy, un des directeurs de l'Hôtel-Dieu,
auquel il fit remettre une petite cassette avec la clef, dans laquelle il
lui dit qu'il y avoit six mille pistoles, et un mémoire de l'emploi qu'il
vouloit qu'on en fît pour les pauvres, déclarant qu'il n'avoit point fait
de testament, et que rien ne chargeoit Cramoisy. Après sa mort, il n'y
eut aucune église dans Paris où l'on n'y dit un service volontaire pour
le salut de l'âme de M. le garde des sceaux Molé, et cela se communiqua dans toutes les provinces même les plus éloignées où les
peuples firent dire des messes à son intention, ce qui a rendu sa mémoire précieuse à tous les gens de bien ; et l'on n'a sçu qu'après sa
mort que pendant ses dernières années aucun de ses valets ne l'avoit
vu se lever ni se coucher, et qu'il fesoit de grandes austérités, lesquelles il cachoit avec soin. Il avoit perdu de bonne heure madame sa
femme, fille du président de Nicolaï, laquelle lui laissa une nombreuse
famille. Après sa mort, M. Godeau, évêque de Vence, prononça son
oraison funèbre dans l'église de Saint-Antoine-les-Champs en présence
de plusieurs archevêques et évêques, et j'ai tiré de cette pièce ce que
j'ai cru pouvoir servir à mon sujet[1]. M. Molé se prépara à mourir
comme Moïse par le commandement du Seigneur. Il n'occupa pas son
esprit à des affaires domestiques, et il ne voulut point faire de testament, selon ce qu'il avoit dit à un de ses vertueux amis : qu'à l'égard
de ses biens, qui étoient médiocres, la coutume en feroit la distribution, et qu'il avoit toujours cru que les charités faites à la mort étoient
plutôt une marque d'avarice qu'un effet de piété. Lorsqu'il reçut les
sacrements, il répondit à toutes les prières, et après avoir élevé les

---

1. *Oraison funèbre de Messire Mathieu Molé, chevalier, garde des sceaux de
France, prononcée en l'église Saint-Antoine-des-Champs, le 10 de février de
l'année 1656, etc.,* in-4o de 26 pages. Voyez aussi *OEuvres chrestiennes et morales
en prose de Messire Antoine Godeau,* évesque de Vence, 2 vol. in-12, 1658, t. Ier,
p. 362-386.

yeux au ciel, il les referma et rendit son âme à Dieu, laissant dans
le public une réputation sans envie et une vénération pour sa mémoire qui est sans exemple. C'est ainsi que finissent ceux qui ont préféré l'innocence aux cabales, la modestie au luxe, et la solide probité
à la prudence du siècle.

NOTES DU CHAPITRE V.

PLAN DE RÉPUBLIQUE CALVINISTE A BORDEAUX.

Nous avons vu, par les divers articles de l'*Union de
l'Ormée* que nous avons cités, que cette *Union* avait une
assez forte couleur calviniste et républicaine. Voici maintenant un plan avoué de république, conçu dans l'esprit
qui régnait alors à Genève et en Angleterre. Le style en est
si incorrect et si barbare qu'il est impossible d'y mécon-
naître l'œuvre d'un étranger; nous avons même été forcé
de le corriger presque partout pour le rendre un peu intel-
ligible, et encore il ne l'est pas toujours. Cette pièce fut remise au prince de Conti pour servir de manifeste aux insur-
rections qu'il s'agissait d'exciter et de seconder dans les
diverses provinces du midi de la France où il y avait beaucoup de protestants. Il est certain que pour la Guienne et
Bordeaux c'était une excellente préparation à l'annexion de
ce pays à la république protestante d'Angleterre. On y re-
trouve le symbole des covenantaires avec le mot même de
covenant, l'éloge des lois et des coutumes anglaises, la plupart des folies calvinistes et républicaines qui s'agitaient
au delà de la Manche, le suffrage universel, le droit d'é-
lire à vingt et un ans, l'assemblée unique, le parlement
annuel, l'égalité absolue, le service militaire non obliga-
toire, la doctrine du contrat comme le seul fondement légitime de la société, les déclamations d'usage contre les
rois, les cours et l'Église, l'invocation de l'Église primitive,
l'inflexible observation du dimanche, en un mot tout le

régime moral et religieux de Calvin et de Knox. Tel est le bel idéal que l'Angleterre, en 1653, proposait à la France de Henri IV, de Richelieu et de Mazarin!

Nous avons trouvé ce curieux document à la BIBLIOTHÈQUE IMPÉRIALE, *Supplément français*, n° 3001, *Portefeuille du prince de Condé*. On y lit cette note de la main de Lenet : « *Mémoires donnés à son Altesse de Conti par les sieurs Saxebri et Arrondel, que je n'approuve pas. Angleterre.* » Saxebry ou Saxebery et Arondel étaient deux agents anglais qui allaient dans le midi de la France soufflant le feu de l'insurrection, poussant à la révolte les malheureux protestants, en leur promettant des merveilles, si on voulait livrer la ville de Bordeaux à l'Angleterre. *Manuscrits de Lenet, t.* XV, fol. 102. Lenet à Barrière, 5 octobre 1653 : « .....Vous avez bien sçu que M. de Saxebery (*sic*) a été longtemps à Bordeaux et à la Rochelle, que lui et le sieur Arrondelle (*sic*) ont fort negotié, aussi bien que dans le haut pays, pour favoriser le dessein de ceux qui voudroient imiter l'Angleterre dans sa nouvelle façon de gouverner. En ce temps là on nous disoit que toutes les négociations que Son Altesse vous faisoit faire à Londres ne reussiroient jamais, mais que si la ville de Bordeaux se vouloit joindre et appeler les Anglois, ils donneroient un secours à la Guyenne, et que cette province pourroit se maintenir, conserver ses priviléges, et même acquérir la liberté.... »

Voici le mémoire anglais destiné à assurer ce démembrement de la France au nom de la république et du calvinisme.

LES PRINCIPES, FONDEMENT ET GOUVERNEMENT D'UNE RÉPUBLIQUE.

1. Que la supreme[1] authorité de France, et les territoires qui en dépendent, par laquelle nous voulons estre gouvernés, sera et résidera

---

1. Pour donner une idée parfaitement exacte du style dont cette pièce est écrite, nous transcrivons le premier article tel qu'il est dans l'original : « Que la supremme authorité, de France, et les territoires incorporés à icelles, par lesquelles nous voulons estre gouvernées, seront et resideront cy apres en une representative du peuple, consistant en nombre de personnes, au choix desquelles, selon le droit naturel, tous les hommes de l'age de vingt et un an... etc. »

doresnavant en une assemblée représentative du peuple, consistant en un certain nombre de personnes, au choix desquelles, selon le droit naturel, tous les hommes de l'âge de vingt et un ans ou plus haut, n'estant serviteurs ou vivant d'aumosne, ou n'ayant pas volontaire-- ment contribué contre nous, auront voix et seront capables d'eslire ceux qui feront la représentative.

. 2. Que la moitié dudict nombre de personnes que nous avons choi- sies, et non moins,. seront pris et estimés pour un nombre complet, pour faire le tout de la représentative, et la majeure partie des voix présentes seront comme la représentative mesme.

3. Et afin que tous officiers publics soient contraints de rendre compte, et qu'il n'y aye des factions pour maintenir l'interest cor- rompu, nul officier de troupes ou garnison, ni trésorier ou receveur de l'argent du public, ne seront admis, après trois ans de la publication d'icelle, pour estre membres d'une représentative; et, si on fait choix d'un advocat, il n'en fera la fonction durant le temps qu'il sera de la représentative, afin que toute personne soit en subjection aussi bien qu'en authorité.

4. Et pour empescher le nombre de dangers et inconvéniens qui viennent par la longue continuation des mesmes personnes en autho- rité, nous accordons qu'aussitost que le Seigneur nous aura donné un establissement et nous aura delivré de nos ennemis, ce présent parle- ment finira sur un tel jour préfix, et après n'aura nul pouvoir ni authorité, et l'on fera élection d'une nouvelle representation, selon le veritable interest d'un peuple libre, afin que l'autre parlement puisse estre en pouvoir et authorité comme une legitime et veritable represen- tative, et ce, le jour après la dissolution du premier.

5. Nous stipulons davantage : si le présent parlement omet d'ordonner telles élections et séances d'un nouveau parlement, ou qu'il soit autre- ment empesché de le faire, en tel cas, nous ferons la mesme chose qu'avons faict dans la première election, comme appert dans le pre- mier article de cest accord; estant très injuste et desraisonnable que nous soyons empeschés de frequentes et successives representatives, ou que cette supreme authorité tombe es mains de ceux qui ont mani- festé n'estre affectés à nostre liberté, ains faict leur possible de nous tenir en esclavage.

6. Et pour la conservation de la supreme authorité en tout temps et entierement ès-mains de telles personnes qui seront choisies, nous consentons et declarons que la représentative en suitte et les futures demeureront en leur plein et entier pouvoir pour un an, et que le peuple choisira un parlement une fois tous les ans, afin que tous les membres d'iceux pourront estre en une capacité de prendre la place de l'autre parlement, sur un tel jour, et toujours ainsi, s'il plaist à

Dieu. Pour la mesme raison, les représentatives qui suivront continueront journellement en leurs places durant quatre mois du moins, et après cela auront liberté d'ajourner de deux en deux mois, comme ils verront estre necessaire, mais ne demeureront qu'un an, à peine de trahison de tous ceux qui contreviendront, et durant le temps d'adjournement ils erigeront un conseil d'Estat, ou comitté, de ceux de leurs corps, leur donnant telles instructions qui ne contreviendront point à cest accord et le feront publier.

POUVOIRS DU PEUPLE DONNÉS AU PARLEMENT.

Afin que personne doresnavant ne puisse estre ignorant ou en doubte concernant la supreme authorité des affaires, nous accordons et declarons que le pouvoir des representatives s'etendra sans le consentement ou concurrence d'autre personne que ce soit :

1. Premièrement, à la conservation de paix et commerce avec toutes nations et Estats estrangers ;

2. A la preservation et securité de nos vies, libertés et facultés, contre tous les ennemys d'icelles ;

3. Pour le levement de l'argent, et generalement à toutes choses qui évidemment concerneront ces fins, ou à l'eslargissement de nostre liberté, empeschement de tous nos griefs, et à la prosperité de ceste république.

CHOSES RESERVÉES PAR LE PEUPLE HORS DE LA COGNOISSANCE DES PARLEMENTS.

Pour la sureté d'icelle, et pour empescher la prevalence de l'interest particulier, à quoi plusieurs en authorité sont enclins au detriment de nostre paix et liberté, ce considéré, nous accordons et déclarons :

1. Que nous ne nous fions, ni ne donnons pouvoir à nostre parlement de continuer en force ou de faire des lois, serments ou convenants, par quoi ils peuvent contraindre, par amendes ou autrement, aucunes personnes à quelque chose qui concernera la foy, religion ou service de Dieu, ou de restreindre aucune personne dans la profession de sa foy et dans l'exercice de sa religion, selon sa conscience. Il n'y a rien en effet qui cause plus de divisions et mal de cœur en tous ages, que la persecution et molestation des consciences concernant la religion.

2. Nous ne lui donnons pas pouvoir de presser ou contraindre aucune personne de servir en guerre, par mer ou par terre ; car la conscience d'un chacun doibt estre satisfaicte où il hazarde sa vie ou peut oster celle d'un aütre.

3. Nous ne lui donnons pas pouvoir de donner jugement contre aucune personne ou ses biens, où il n'y a pas eu de loix formelles auparavant, ni de donner pouvoir à une autre cour de ce faire ; parce

que où il n'y a pas de loïx il n'y a pas de transgression ; aussi nous ne lui donnons pas pouvoir de se mesler de l'exécution de quelle loi que ce soit.

4. Qu'il ne sera pas dans le pouvoir d''aucun parlement de punir ou de faire punir aucune personne qui refuse de respondre à aucune question criminelle contre soy-mesme.

5. Qu'il ne sera pas dans le pouvoir d'un parlement de continuer ou faire aucune loi pour empescher personne de traffiquer en quel pays estranger que ce soit, où ceste nation peut traffiquer.

6. Qu'il ne sera pas en le pouvoir d'un parlement de faire des loix, par lesquelles aucun des biens ou partie d'iceux sera exempt de payer ses debtes, ni d'emprisonner aucune personne pour debtes, s'il n'a cinquante livres, n'estant pas un fait de chrestien en soi, ni advantage au créancier, mais un reproche et préjudice à la république.

7. Qu'il ne sera pas au pouvoir d'un parlement de faire ou continuer aucune loi pour oster la vie à aucune personne, si ce n'est pour meurtre ou quelque entreprise de détruire la société humaine, ou de détruire par violence cest accord ; mais ils feront tout leur possible de proportionner les punitions aux offences, afin que les vies et biens des hommes ne soient ostés pour des choses trivialles, comme a esté fait par ci-devant, et auront un très spécial soing et esgard de préserver toute sorte de peuple de vice, de misère et pauvreté ; ni mesme ne sera permis de confisquer le bien d'aucune personne, si ce n'est pour trahison seulement ; et en toute autre sorte d'offence recompense sera faite à la personne offencée selon le mal par la personne coupable, soit en ses biens ou vie.

8. Qu'il ne sera pas au pouvoir d'un parlement de faire aucune loi pour empescher qu'une personne, de quelle qualité que ce soit, ne soit jugée soit pour sa vie ou ses biens, au rapport de douze hommes de probité, contre qui le prevenu ne pourra trouver juste raison d'accusation.

UN MANIFESTE DECLARANT LE SENTIMENT DU PEUPLE ET HABITANS DE.......

Voyant l'authorité pervertie de ses fins naturelles et de la sureté et contentement du peuple, c'est pourquoi ils se sont mis en une posture pour deffendre leurs droicts et celui de leur nation contre tous tyrans et oppresseurs.

L'amour et le desir que nous avons en pour la paix nous a faict, par plusieurs années, supporter avec patience la ruine de nos biens et l'espanchement de nostre sang et celui de nos frères, sans chercher autre moyen pour remède que par requeste aux puissances qui nous gouvernent, et prières à Dieu pour nostre delivrance, espérant que le Seigneur mettroit dans le cœur de quelques-uns parmi eux de consi-

dérer les misères que cette nation en général souffre, manque d'un bon
gouvernement bien establi parmi nous. Nostre condition est celle
de pauvres brebis dans la forest et comme les petits poissons dans la
mer. Les bestes de proye s'augmentent, et non contentes de prendre nos
toisons, elles ne peuvent estre satisfaictes qu'elles n'ayent devoré le
tout. Cecy nous a fait considérer serieusement nostre condition et
nostre relation à Dieu et à l'homme; et, après examen fait, nous
trouvons que pas homme n'est né esclave ni commandé de Dieu d'estre
tel, puisqu'il ne nous a pas refusé le privilège que la nature a donné
aux bestes brutes de se preserver soi-mesme; mais il est impossible,
la fontaine estant empoisonnée, que les ruisseaux soient sains. Les
vices de l'ivrongnerie, serments et paillardise sont les petits peschés
de la cour. Par les actions et comportements des serviteurs nous pouvons comprendre les desseings des maistres. Ne sçavons-nous pas que
les Roys ne gardent leurs promesses que jusques à ce qu'ils trouvent
opportunité et force pour les rompre? ces bestes de proye doibvent-
elles estre assistées, nourries et chéries par les amis de justice et liberté? sommes-nous encore ignorants quel monstre les produict, et in-
sensibles aux misères qu'ils nous imposent? y a-t-il aujourd'huy aucun
qui règne dans l'Europe qui ne soit venu par conqueste, exerçant ses
commandemens sur tous comme un tyran, et son pouvoir sur les
pauvres comme le lion sur l'aigneau, et la baleine sur les petits poissons? Il est vrai que Dieu a créé tous; aussi a-t-il créé le diable, mais
non pas pour lui obéir, ains pour lui resister et opposer. Mais il pourroit estre objecté que nous sommes sous le pouvoir et authorité d'un
Roy, aux prédécesseurs de qui nos pères se sont soubmis, en sorte que
nous sommes obligés en conscience de lui obéir. Nous respondons qu'il
n'y a que deux voyes par où les Roys viennent à régner sur un peuple
en ce temps-ci, par consentement ou par conqueste. Si, par consentement, il faut donc qu'il y aie un accord fait avec nos prédécesseurs
par lequel il se verra qu'il a rompu le convenant; car il ne peut estre
imaginé avec raison que nos pères estoient si foibles et personnes si
peu raisonnables de donner de si grands revenus et privileges à aucun
homme qu'à condition de leur faire des services. Si on dit que l'authorité
des roys repose sur ces fondements, nous trouverons qu'ils ont rompu
l'accord, et préjudicié nos privilèges; qui plus est, ils disposent journellement des vies et biens de nos frères à leur volonté, à cause de
quoi nous sommes francs et libres du contract fait avec eux. Mais
cela ne sera pas ainsi: nos pères ne nous peuvent pas obliger, car s'il
leur estoit loisible de choisir quel gouvernement il leur plaisoit, il nous
l'est aussi, estant aussi francs et libres que nos pères. Ou bien la
royauté vient de la conqueste, et c'est ainsi que les peuples sont devenus esclaves : estant ainsi, il ne peut pas estre resché dans les con-

quis de vouloir regaigner ce que le conquereur leur a osté et qu'ils ont perdu.

Par ainsi, nous voyons que la cause de toute nostre misère est d'avoir laissé le gouvernement s'esgarer hors de son propre et droit channal.

C'est pourquoy nous vous prions de considérer si ce n'est une chose triste et lamentable que les gouvernements, que le grand Dieu du ciel et de la terre a ordonné pour le soulagement des oppressés, de l'orphelin et de la vefve, pour la punition des malfaicteurs, pour l'aplaudissement et la bénédiction de ceux qui font bien, sont tellement pervertis que ceux qui doibvent gouverner pour le peuple soient devenus ses oppresseurs? Gouvernement est donné à l'homme non pour l'amour des gouvernants et pour les faire vivre en toute sorte de volupté et plaisir, mais pour l'amour du peuple, pour prévenir quelque danger qui puisse arriver, cela estant la veritable fin de gouvernement et subjection.

Et si n'estoit pour cette fin, gouvernement en soi seroit un fardeau parce qu'il restreint un homme de sa liberté naturelle; neantmoins, nous savons que sans le gouvernement le fort destruiroit le foible, le sage le fol, le riche le pauvre, et que les pareils recevroient pareils torts.

Mais gouvernement est ordonné de prévenir ceux hors d'authorité de faire tort l'un à l'autre, et pour ceux en authorité de faire tort à euxmêmes ou à nous, et pour cela ils ont nos moyens pour disposer d'une partie d'iceux, si besoing le requiert, afin de preserver le restant.

De plus, celui qui est non seulement l'auteur, mais le gouverneur de l'univers, créateur de toutes choses en icelui, et particulièrement de l'homme comme la plus glorieuse pièce et comme la teste du tout, nous a faict un peuple raisonnable, et nous a donné sa parole pour nostre guide, laquelle nous dict que tous hommes en leur premier estre sont semblables et seront de mesme en la fin. Le païsan est aussi libre qu'un prince, estant venu au monde ny avec un sabot au pied ny selle au dos, non plus que l'enfant d'un Roy avec une couronne d'or sur la teste. Ainsi, chacun par naissance est esgalement libre, et estant ainsi il a pouvoir de choisir le gouvernement par lequel il veut estre gouverné, car on ne peut pas obliger un homme que par ses deputés ou par son consentement, et on ne doibt conferer telles charges à un homme pour sa naissance mais pour son mérite, vertu estant le principal diademe.

A present, voyant que la liberté à quoy nous sommes tous nés est veritablement due à tous hommes, et que pour la gaigner Dieu en tous ages a assisté par sa presence tous ceux qui l'ont cherchée, c'est pourquoy la cause que nous entreprenons à présent estant la mesme pour laquelle nous portons nos vies et nos mains, il ne nous faudra pas d'autre apologie. La seule chose qui se pourra trouver estrange en nos actions est la façon d'agir pour procurer nos indubitables droicts. Ici nous prions qu'on considère que tous moyens ordinaires et quelques extraordinaires ont esté desjà tentés, et après plusieurs siècles de patience n'ont produict aucun fruict, comme il appert qu'on n'a fait autre usage de nos submissions que pour nous abuser et toute la nation.

1. Premierement nous trouvons que tout le tresor qui est amassé est employé contre nous;

2. Nous trouvons que les armées parmi nous sont entretenues de nostre pain et de celui de nos enfans, tous les chefs, depuis le plus haut degré jusques au plus bas, ne faisant autre usage de leur pouvoir que pour eslever leurs fortunes sur nos ruines;

3. Nous trouvons plusieurs emprisonnés, blessés et tués par des gens de néant qui n'ont qu'une espée à leur costé;

4. Nous trouvons que les taxes s'augmentent sans nombre et sans esperance de fin, qu'ainsi personne ne sçait ce qu'il a ny ce qu'il aura;

5. Nous trouvons que les pauvres sont tout à fait négligés et les plus oppressés, et plusieurs milliers à l'aumosne et prets à perir de faim;

6. Nous trouvons le nom de Dieu blasphemé, son pouvoir méprisé, le jour de repos prophané;

7. Nous trouvons que les plus hommes de bien sont jettés hors du conseil et commandement, et que pour s'estre trouvés fidelles, n'abuser pas de leurs consciences ny trahir leur patrie, ils sont bannis de leurs maisons et plusieurs d'iceux ruinés dans leurs biens;

8. Nous trouvons que nos heroiques princes ont esté emprisonnés, leurs conseils méprisés, leurs biens sequestrés, leurs personnes et familles designées pour estre ruinées [1];

9. Nous trouvons des estrangers préferés aux plus grandes charges de confiance et d'authorité et les natifs rejetés;

10. Nous trouvons tous ou la pluspart des edicts ou ordonnances faictes en faveur du pauvre peuple depuis peu abolies, et de grandes taxes et fardeaux insuportables de nouveau imposés;

11. Nous trouvons que les armées s'augmentent, et nos compagnies pleines de soldats mercenaires qui ne sont pas appelés par nous;

12. Nous trouvons par là que le peu qui nous reste et que nous avons eu bien de la peine à conserver, est desja presque dévoré, et qu'une inevitable misere par famine doibt apparemment estre nostre sort si Dieu soudainement ne nous delivre de ces oppresseurs;

---

1. C'est le seul endroit, avec le suivant, no 9, où se trouvent quelques-uns des griefs ordinaires de la Fronde et un souvenir des Princes.

13. Nous trouvons que toutes les promesses et ordonnances du Roy et de son conseil sont de nulle validité, estant violées par tous les gouverneurs et officiers ;

14. Nous trouvons que tous gouverneurs et commandants, à la campagne et dans les garnisons, commandent aussi absolument que des monarques, nous taxent quand et comme il leur plaist;

15. Nous trouvons le pesché venu en un tel degré que nos femmes sont ravies, nos filles desflourées, nos jeunes hommes tués, nos villes et habitations et tout le païs presque semblable à un désert ;

16. Nous trouvons le commerce de la nation, qui debvoit estre advancé et augmenté, si generalement ruiné que nous ne pouvons longtemps subsister si non par quelque prompt secours;

17. Nous trouvons que tous les offices de justice et charges de l'interest public de cette nation sont acceptés par les favoris mercenaires de la cour; c'est pourquoy nos biens et libertés sont tousjours à la discretion et volonté de ces monopoleurs;

18. Nous trouvons que les gens d'Esglise sont beaucoup dégénérés de la primitive pureté, mettant des millions en leurs poches, quoy qu'une grande partie d'iceux aye esté destinée pour les pauvres;

19. Nous trouvons que les revenus publiqs, s'ils estoient bien et fidellement emploïés, desfrayeroient toute la despence de cette nation, sans qu'on mette aucune taxe sur le peuple, la pluspart estant donnés aux favoris et despensé pour le maintien de la pompe et du luxe de la cour pendant que le pauvre païsan est obligé de payer plus que le revenu de tout son bien;

Considerant nostre deplorable estat et celui de tout le peuple en general, et l'apparent danger d'une plus grande effusion de nostre sang, et considerant que non seulement nous avons tenté toutes voyes et moyens de procurer la fin de nos longues oppressions, comme aussi considerant que nostre esclavage sous ce pouvoir arbitraire vient du manquement d'un juste et esgal gouvernement, qui s'il estoit establi nous donneroit prompt soulagement de tous nos communs fardeaux ; nous ne pouvons penser à un remède plus probable que de nous mettre et inviter tous ceux de nostre nation de se mettre avec nous en une posture de deffence, par laquelle nous pouvons estre garantis de tout danger et n'estre empeschés dans nos bonnes intentions par l'opposition de ceux qui ont projeté nostre esclavage et celui de nostre nation. Nous avons donc ainsi arrêté les principes sur lesquels nous pouvons nous accorder entre nous et establir une paix ferme et assurée :

1. Premierement que nul homme doresnavant ne soit accusé ou jugé de vie ou biens que par telles lois qui seront faites par un parlement ou representative du peuple.

2. Que nul homme ne soit obligé à se deffendre en justice sur les

accusations ou dires de qui que ce soit, que l'accusateur ne soit présent et les tesmoins confrontés face à face et devant des juges gens de bien et de probité.

3. Que tous soient punis selon les offences et suivant les véritables interests d'un juste et sainct gouvernement, que rien ne soit estimé trahison si ce n'est ce qui tend manifestement à maintenir la tirannie et renverser la liberté.

4. Que personne ne soit contraint par amendes ou autrement concernant matiere de foy, religion ou les ordonnances de Dieu, ni restreints de la profession de sa foy ou exercice de sa religion, selon sa conscience.

5. Que ceux de la religion, estant natifs de ceste nation et fidelles à son interest, soient ci apres esgalement receus en toutes charges et gouvernement.

6. Qu'il y aye des lieux et places publiques, en toutes cités, villes et bourgs et villages, où il se trouvera gens de la religion pour prescher la parole de Dieu et faire profession de ses sainctes ordonnances.

7. Qu'il soit accordé entre les deux partis que tous ceux qui tascheront de nous diviser seront punis; car pourquoy nous qui sommes frères nous dévorerons nous les uns les autres comme les canibales?

8. Que toutes parties cessent de prescher la controverse, et preschent la parole de Dieu, Christ estant le reconciliateur de son Esglise.

9. Que les jours de dimanche ne soient plus prophanés comme ils sont et ont esté depuis plusieurs siècles, mais que tous les magistrats soient obligés de les faire ponctuellement observer, à peine d'estre mis hors de leurs charges et jugés incapables d'en plus exercer.

10. Comme les énormes peschés de l'ivrongnerie, blaspheme, paillardise, pour lesquels peschés Dieu a ruiné plusieurs nations, n'abondent pas seulement mais surabondent parmi nous, voilà pourquoi la main de Dieu est sur nous et n'en sera retirée qu'elle ne nous ait destruits, ou que nous ayons destruict ces peschés; il faut encore qu'ils soient doresnavant punis chez ceux où ils seront trouvés, aussi bien en un prince qu'en un païsan, et ce selon les lois d'Angleterre faictes contre tels cas, affin que la main de Dieu qui est sur nous se retire, et que nous puissions regarder sa face joyeuse dans le calme de paix, tandis que nous ne ressentons à présent que ses coups.

11. Que nulle personne, de quelle qualité ou condition qu'elle soit, demeurant en aucune cité, ville ou province en France, en office, charge ou gouvernement, excepté telles personnes qui, par serment de deux hommes de probité, fairont voir qu'elles n'ont pas cent livres tournois, ne soient exemptes de payer leur portion esgale de toutes taxes, selon leur dequoi, soit réel ou personnel, comme leurs voisins de villes, bourgs, et campagnes.

12. Que nulle personne que ce soit ne mette aucune taxe sur le

peuple , ès villes, bourgs ou campagnes, ou ne force de bailler argent ou meubles, sous aucun pretexte d'ordres de quelle personne que ce soit, ou de son propre pouvoir, sans l'ordre et commandement de la majeure partie de ceux qui sont en authorité dans la mesme province, sous peine d'estre procédé contre elle comme contre un larron.

13. Que tous privileges donnés par les usurpateurs des droicts du peuple à aucune place ou personne soient entierement ostés.

14. Que tous officiers publiqs soient choisis annuellement par le peuple du lieu où ils doibvent exercer leurs charges.

15. Que personne ne soit forcé de servir en guerre ny par mer ny par terre.

16. Que tels ordres soient pris et telles provisions faictes pour les pauvres qu'il n'y aye pas des mandiants, et que principalement ceux qui ne peuvent travailler ne couchent et ne meurent dans les rues comme ils ont fait cy devant.

17. Que le païsan puisse avoir sa cause ouie, et justice faicte contre le seigneur, aussi bien que le seigneur contre lui, et que les amis de l'adversaire du pauvre n'empeschent la prompte determination et le juste jugement donné en la cause du pauvre, quand ce seroit un prince, car Dieu n'a point·de respect des personnes.

18. Que tous procès entre toutes personnes soient deffinitivement terminés en un temps fixe, et ce au rapport de douze hommes de probité ou un tel nombre que sera estimé à propos, estant choisis avecque liberté des paroisses ou bailliages où les parties demeureront.

19. Que les commerces à toutes les personnes de la nation soient esgalement libres, tant dans le païs, qu'ailleurs.

20. Que toute obedience ou titres serviles, donnés aux seigneurs des villes et campagnes, le grand support de la tyrannie, soient tout à fait ostés.

21. Que le commerce géneral avec l'Angleterre soit instamment demandé.

Ces choses estant nostres et composant les indubitables droicts de nostre nation, manque d'un pareil establissement, les miseres ont esté grandes sur nous depuis bien des années , et puisqu'il ne nous est pas laissé d'autre voye que de prendre nos espées dans nos mains pour garder ce que nous avons, et regaigner ce que nous avons perdu, nous formons cette entreprise sans nous promettre d'autre assistance que celle des peuples.

Neantmoins nous, ayant intention de ne faire tort à personne ni chercher advantages secrets pour nous mesme, et la cause pourquoy nous comparoistrons estant si claire et juste, nous reposons nostre confiance au grand Dieu pour nous proteger de la malice et rage de tous hommes ambitieux, et qui cherchent leur propre interest, affectant

grandeurs et tyrannie, et qui ont projeté l'esclavage du peuple, et une
perpétuité de leur regne et de tous leurs mercenaires vassaux, qu'ils
ont ou loueront pour nous destruire, et tenir le joug d'esclavage sur
le col du peuple; nous par ces présentes promettons et nous engageons
envers tous ceux de nostre nation que, en quelque temps que l'establissement de paix et de liberté icy proposé, sera effectué, nous re-
tournerons à nos habitations et vocations, en participant seulement et
esgalement de nostre part de liberté et paix avec ceux de cette
nation.

NOTES DU CHAPITRE VI.

APOLOGIE DU PRINCE DE CONTI PAR LUI-MÊME.

Lorsqu'à la fin de l'année 1653 on connut en France la
conduite du prince de Conti, il n'y eut qu'un cri contre sa
lâcheté ou sa perfidie. Il sentit donc le besoin de se justifier,
et composa ou fit composer en son nom par Sarasin un exposé de tout ce qu'il avait fait depuis l'insurrection du Berri
jusqu'à la fin de celle de Guienne. Cet exposé a son prix à
plus d'un égard : il résume fidèlement tous les événements
auxquels le prince a pris part, et il en indique plusieurs qui
n'étaient pas connus. Le point le plus important et le plus
nouveau est l'accusation formelle que le prince de Conti
élève contre Lenet et Marsin, d'avoir détourné à leur profit
des sommes considérables, et d'avoir fait renvoyer le baron
de Vateville, le commandant des troupes espagnoles de terre
et de mer, parce qu'ils n'avaient pu le corrompre et en faire
leur complice. Il est bien à remarquer qu'il ne se trouve
pas ici la moindre plainte contre Mme de Longueville. Mais
ce qui aujourd'hui n'échappe à personne, c'est l'effronté
mensonge dont le prince couvre sa trahison en disant qu'il
ne traita avec la cour qu'à la dernière extrémité, en cédant
à l'unanime sollicitation des habitants de Bordeaux, tandis
que depuis les Mémoires de l'abbé de Cosnac nous savons

qu'il s'entendait bien auparavant avec le duc de Candale.

BIBLIOTHÈQUE IMPÉRIALE, *Portefeuille du prince de Condé*. A la marge, en avant du mémoire justificatif, on lit ce mot: Mr *de Sarrasin;* ce qui semble indiquer que Sarasin est l'auteur de ce mémoire.

MÉMOIRES POUR SERVIR AUX AFFAIRES DE GUYENNE, ET QUI FONT VOIR LES RAISONS POURQUOY MONSEIGNEUR LE PRINCE DE CONTY A ABANDONNÉ LE PARTI DE SON FRÈRE.

M. le Prince, partant de Berry pour la Guyenne, y laissa M. le prince de Conty et M. de Nemours, qui avoit fait dessein de brouiller en Auvergne.

Le prince de Conty va à Montrond, distribue des commissions pour lever des troupes, s'assure de la noblesse du pays et de quelques villes, prend l'argent des tailles, fait vendre le sel des greniers, employe les deniers à ces levées et à munir Montrond, en envoye en Auvergne pour surprendre quelques places et lever des troupes.

Le prince de Conty revient à Bourges, y fait prendre les armes aux bourgeois, reçoit les compagnies de gendarmes et chevaux légers d'ordonnance de M. le Prince, de M. le duc d'Anguien et les siennes qui venoient de Stenay, les remonte et les rafraichit. Bourges estoit lors sans bled, sans poudre, canon ni boulets, et le peuple fort effrayé.

La cour part de Fontainebleau, s'avance vers le Berry; la sédition est preste de se former dans Bourges contre le prince de Conty sur la nouvelle que le Roy y venoit.

Le prince de Conty fait arrester le maire de la ville, et le fait conduire prisonnier dans la grosse tour; il monte à cheval, il va dans les rues, il distribue de l'argent au peuple, raffermit son parti, et fait par là balancer le Roy de venir en Berry.

La cour, pressée sous main par les eschevins de Bourges et avertie que la ville n'estoit pas en estat de se deffendre, passe la Loire et s'avance en Berry. Bougy [1], d'autre costé, passe la même rivière à la Charité avec des troupes à dessein de se mettre entre Bourges et Montrond et d'enfermer le prince de Conty, Mme de Longueville et M. de Nemours dans Bourges.

Le prince de Conty donne ordre à toutes ses troupes de se rendre à Montrond, sort de Bourges avec Mme de Longueville et M. de Nemours, tire le maire de la tour et l'emmène pour servir de représailles, et marchant la nuit en peu d'heures se rend à Montrond.

1. Lieutenant général au service du Roi, qui fit partie de l'armée du comte d'Harcourt en Guienne.

En huit jours, il amasse mille chevaux et deux mille hommes de pied; il depesche en Provence, où il avoit ses desseins, le président Galifet et l'abbé de Sillery pour y soulever les peuples et assurer un passage sur le Rhône. Il envoye deux gentilshommes pour tenter les passages d'Auvergne, et resout de s'acheminer par là, laissant M. de Nemours pour commander en Berry et en Auvergne. Cependant M. le Prince l'appelle en Guyenne pour s'y fortifier des troupes qu'il avoit levées, et de crainte qu'il ne s'engageast, estant trop foible, à soutenir ses affaires en un poste si avancé. Le prince de Conty a peine de s'y resoudre. Enfin, M. de Palluau, après avoir pris quelques lieux pour incommoder Montrond, se presente aux portes, plus fort de cavalerie et d'infanterie que le prince de Conty, qui, avec M. de Nemours, s'avance pour donner le temps aux siens de monter à cheval et de garnir les postes d'infanterie. Tout le jour se passe en escarmouches. Les troupes du Roy se postent à Charenton, petite ville à demi lieüe de Montrond. La nuit et le lendemain on la tint sous les armes. Le soir, le prince de Conty, ayant laissé dans Montrond Persan, lieutenant de Roy du Berry, avec 300 chevaux et 2,000 hommes de pied, et des munitions pour plus d'un an, envoye le soir donner une grande allarme à Charenton; et cependant se leve de Montrond avec sept cents chevaux, et accompagné de Mme de Longueville et de M. de Nemours, dont les desseins sur l'Auvergne n'avoient pas réussi, passe le Cher à Montrond, la Creuse à Argentan, la Gastempe au-dessus de Magnas et la Vienne à Lille en Jourdain, faisant 84 lieües de marche sans se reposer que deux heures de quinze en quinze heures. En passant à Belat, petite ville de la Marche de Lymosin, des habitants tirèrent quelques mousquetades au travers du carosse de Mme de Longueville, où elle estoit à l'arrière garde. Le prince de Conty fait mettre pied à terre aux gendarmes et chevaux légers qui l'accompagnoient, et, se mettant à la teste avec M. de Nemours, se résolut d'emporter Belat. Les habitans demandèrent pardon et menèrent à la potence ceux qui avoient tiré; le prince de Conty les fait délivrer. Ayant mis ainsi un si grand pays et trois rivières entre lui et M. de Palluau qui l'avoit suivi, et s'estant joint aux levées qui se faisoient en Angoumois, il rafraîchit ses troupes dans des quartiers autour d'Angoulême et s'avance vers Bordeaux. M. le Prince vint au devant de lui à Libourne où ayant conféré ils se rendent à Bordeaux ensemble.

Vers la mi-novembre, M. le Prince part de Bordeaux pour aller à l'armée, et laisse le commandement de la ville et de la province à M. le prince de Conty.

Le lendemain de Noël, le prince de Conty part et va à Agen, seconde ville de la province, et d'une extrême considération pour la Haute-Guyenne. En y allant, il assure les villes de la Garonne. Il fait les conseils à Agen, et restablit le parti affoibli dans la province par les exactions de l'intendant Guyonnet; il donne M. de Chouppes, lieutenant général, à M. de Bellegarde, qui commandoit les troupes en Haute-Guyenne, et les envoye ravitailler Lauzette, pressée par le marquis de Saint-Luc, et revint ensuite à Bordeaux.

M. le Prince s'estant retiré à Saint-Andreas et de là à Bourg, où le comte d'Harcourt l'avoit suivi, M. le prince de Conty va l'y trouver, et reconnoit avec lui et le colonel Balthazar, eux trois seuls, l'armée du Roy à portée de pistolet : ils resolurent en suite que M. le Prince demeureroit pour empescher le passage de la Dordogne au comte d'Harcourt, et que le prince de Conty iroit en Haute-Guyenne, où le Roy avoit pris Moissac, Auvillar et Caudecoste, ce dernier lieu à deux lieües d'Agen.

Le prince de Conty arrive à Agen, en part aussitost pour l'armée, assiége Caudecoste et l'emporte en sept heures, s'expose lui-même à tous les périls, et pendant tout ce temps passant toutes les nuits en bataille, de crainte que le marquis de Saint-Luc, plus fort que lui, ne lui tombast sur les bras. Après cette prise, forcé par la saison, il met ses troupes fatiguées en quartier d'hiver et se retire à Agen.

Le mercredy des cendres, il a avis de M. de Chouppes, qui commandoit à Estaffort, le plus advancé de ses quartiers, que M. de Saint-Luc marchoit à lui; il part d'Agen, rassemble ses quartiers et se vient poster à Estaffort avec l'armée. Saint-Luc vient jusque sous les murs en bataille, estant beaucoup plus fort. Le prince de Conty se contente d'escarmoucher à Estaffort; se trouvant assis sur une rivière, il met son infanterie dans la ville et la rivière entre la cavalerie et les ennemis qu'il va reconnoistre et qui se campe à une lieüe de lui.

Les ayant reconnus, il depesche à mesme temps à M. le Prince, qui estoit à Libourne, et lui demande seulement quatre cens chevaux des vieilles troupes, promettant avec cela qu'il battroit Saint-Luc, qui pour l'aisance de ses troupes s'esloigne de deux lieües d'Estaffort, et, ayant passé le pont de Gimbrede, se campe à Miradoux.

M. le Prince amène lui-même les quatre cens chevaux. En arrivant à Estaffort, il marche droit aux troupes du Roy et leur enlève deux quartiers. Le prince de Conty le suit avec le reste des troupes. Tout le jour se passe en escarmouches. Le soir, les troupes du Roy se voulant retirer, les deux Princes les chargent, défont les régimens de Champaigne, de Lorraine, de Saint-Luc et toute la cavalerie, renfermant le reste dans Estaffort. Partout les deux Princes chargent les premiers l'espée à la main, suivis de peu de gens. Le cheval du prince de Condé tombant d'une blessure, le prince de Conty se met au devant de lui pour lui donner son cheval, le couvre, et lui donne temps de se relever avec le sien. Il n'y avoit que six personnes avec les Princes qui devant les troupes chargèrent et rompirent toujours tous les corps les premiers.

Le prince de Conty laisse son frère au siége de Miradoux et retourne à Bordeaux, où les affaires l'appeloient. Marchin joignit M. le
- Prince avec toute l'armée.

Le siége de Miradoux ayant eu un malheureux succès, le comte d'Harcourt en suite s'estant jetté entre les quartiers de M. le Prince, l'oblige à se retirer à Agen. Le prince de Conty s'y rend en haste. Le prince de Condé y veut mettre garnison. La ville se révolte et se barricade. Les Princes se trouvent seuls au milieu de ces barricades; on leur porte la pique et le pistolet contre l'estomac; ils payent de fierté et de résolution, font abattre les barricades, demander pardon aux magistrats, et apaisent le désordre. Mais les troupes n'entrent pas et demeurent aux environs.

M. le Prince part pour venir commander l'armée vers Paris. Le prince de Conty demeure à Agen. Les consuls traitent avec le comte d'Harcourt. Le prince de Conty estant seul, est contraint d'en sortir. Il vient au Port-Sainte-Marie, où les troupes du Roy le suivent et escarmouchent tout le jour. Il passe à Aiguillon qui lui refuse les portes, il vient à Clairac qui ne veut le recevoir que lui troisième, et estant entré on songe à l'arrester; il se sauve par une porte particulière et vient à Marmande qui ne veut pas le recevoir. Enfin, il est poussé jusques à Cadillac et Langon où il se fortifie, et ayant laissé les troupes à Marchin il se rend à Bordeaux pour l'assurer.

Il le trouve divisé en factions et le parlement, lassé du parti, tentant de reprendre son authorité. Le prince de Conty delibère de l'abaisser peu à peu et d'eslever et fortifier l'Ormée. Cependant le comte d'Harcourt, attiré par quelques-uns du parlement, se présente aux portes de Bordeaux. Le prince de Conty sort contre lui à la faveur du canon. Le comte se retire.

L'Ormée, qui estoit une assemblée de peuple en un quartier de Bordeaux appellé l'Ormée, près Sainte-Eulalie, s'establit par les quartiers de la ville, pour prendre garde aux suspects; elle s'assemble dans les couvents et se fortifioit sous l'authorité du prince de Conty, qui y tenoit la main pour former un corps qui pût s'opposer au parlement.

Le prince de Conty fomente encore les divisions du parlement en grande et petite Fronde. La grande s'appuie de l'Ormée et la petite du quartier du Chapeau-Rouge, qui est une rüe ainsi nommée à Bordeaux. La grande Fronde estoit un nombre de conseillers et la petite de mesme.

En ce temps on commença de chasser les suspects pour s'assurer de la ville, et l'Ormée, sous l'authorité du prince de Conty, establit une chambre d'expulsion.

Le parlement donne un arrest où il deffend ces assemblées. Les or-

mistes l'arrachent à l'huissier et en empeschent la publication, ils
assiégent mesme le palais. Le prince de Conty y va, apaise la petite
bourgeoisie, la fait retirer et chasse ensuite quelques conseillers de la
petite Fronde.

Cependant les conseillers de cette petite Fronde, maltraités par l'Ormée, souslevent le Chapeau-Rouge; il veut prendre les armes; l'Ormée
veut s'armer aussi; M. le Prince de Conty calme les choses, allant
par la ville avec Mme de Longueville, Mme la Princesse et le duc d'Anguien. Il rappelle mesme les conseillers, qui promettent de bien servir
et deffend les assemblées.

Cependant les troupes estant souslevées au delà de la Dordogne
contre Marchin qui les maltraitoit, le prince de Conty va à l'armée,
l'y restablit et l'y ramène, passe à Peyrigueux et prend quelques
chasteaux en Peyrigord.

Le Chapeau-Rouge et la petite Fronde se voulant servir de son
absence pour attérer (?) l'Ormée et se rendre maistres de la ville, se
mettent avec quelques jurats à la teste de ce peuple armé, attaquent
l'Ormée, tuent quelques bourgeois. Les Princesses se mettent au milieu; Mme la Princesse a un homme tué auprès de sa chaise; elles
apaisent le désordre et députent au prince de Conty.

L'Ormée se réveille, s'assemble, se saisit de l'hostel de ville, en
tire du canon, marche au Chapeau-Rouge. Les bourgeois du Chapeau-
Rouge se barricadent, se deffendent. On se bat tout le long du jour.
L'Ormée pousse les autres et brûle leurs maisons. Les Princesses, avec
ce qui restoit de personnes de conseil et de main, se jettent au milieu
du combat. On y porte le Saint-Sacrement. Le Chapeau-Rouge cède;
on en chasse les chefs et tout s'appaise; l'Ormée domine.

Le prince de Conty revient, establit plus fortement l'Ormée, s'en
déclare chef, chasse les suspects, fait changer d'estat et de forme à la
ville.

Le comte d'Harcourt, ayant attaqué Villeneufve d'Agenois que
Theobon défendoit pendant le siége qui fut long, le prince de Conty
restablit son armée, il fait aussi les jurats à Bordeaux, les tirant du
corps de l'Ormée et choisissant les plus affectionnés au parti. Le prince
de Conty tombe malade et en péril; cependant les choses demeurent
calmes, et vont du bransle et du mouvement que le Prince y avoit
donné. Mme la Princesse accouche du duc de Bourbon, et l'Ormée,
sous le commandement de Marchin, prend Casteljaloux, le Mas d'Agenois, Monsegur et Sarlat.

On met l'armée dans les quartiers, forte de six mille hommes. Le
prince de Conty se porte mieux; il prétend qu'ayant fortifié son armée
de quatre mille Irlandois qu'il attend d'Espagne, de douze cents cavaliers avec des selles, des pistolets et des bottes que M. le Prince

lui devoit envoyer, de quitter Bordeaux et la Guyenne, la laisser en repos, et, la rivière assurée par l'armée navale d'Espagne plus forte que celle du Roy, de porter la guerre en Poictou. Cependant des espérances si bien fondées tombent et le parti se ruine par les causes que voici :

Après que M. le Prince fut parti pour Paris, il laissa deux hommes à M. le prince de Conty pour agir sous lui : Marchin pour commander l'armée, et Lesnet pour avoir soin des affaires et des finances. Celui-ci, esprit léger et d'imagination fort vaste et déréglée, ayant besoin de fortune et la voulant faire, après s'être ajusté avec Marchin, va trouver le baron de Batteville, qui commandoit dans Bourg, baillé pour ostage aux Espagnols par M. le Prince, et qui commandoit aussi l'armée navale qui estoit dans la rivière de Garonne. Il lui propose d'agir de concert et de faire ensemble leurs affaires. Batteville, qui connoissoit Lesnet et ne l'estimoit pas, n'y voulut point consentir ; Lesnet fait dessein de le pousser, et, sans en rien communiquer au prince de Conty, escrit au prince de Condé que Batteville ne donnoit point d'argent, et qu'il estoit gaigné du cardinal Mazarin, qu'il faisoit périr ses affaires [1]. M. le Prince le croit, escrit à dom Louis de Haro pour le retirer de Guyenne. Cependant Lesnet, pour se mieux cacher, escrit mille complimens à Batteville. Dom Louis de Haro envoye les lettres de M. le Prince à Batteville, et Batteville lui envoye celles de Lesnet. M. le Prince, cependant, presse qu'on le rappelle ; et ainsi dom Louis, quoiqu'il vît la fourbe et la mauvaise intention de Lesnet, retire Batteville pour satisfaire à M. le Prince. Mais, afin de le faire avec honneur, on feint qu'il faut mener l'armée navale à Saint-Sébastien pour la radouber. M. le prince de Conty s'y veut opposer ; M. le Prince prévaut ; Batteville part, laisse la rivière ouverte et sans deffence, et un Ozorioo, mauvais officier, dans Bourg ; dom Louis, ayant dessein d'y restablir Batteville, n'y envoye personne.

1. Cette accusation contre Lenet et contre Marsin est grave : elle est déjà dans l'abbé de Cosnac, et pourrait bien être une invention de l'abbé et de la petite cour du jeune prince pour décrier les fidèles serviteurs de Condé. Cependant nous ne nous portons pas le défenseur de la scrupuleuse délicatesse de Marsin et de Lenet ; mais nous repoussons entièrement la justification du baron de Vateville : il est certain que c'est son inaction, involontaire ou calculée, comme chef de la flotte espagnole, qui a découragé du Dognon et a préparé le succès de Vendôme dans la Gironde. Vateville s'est conduit en Guienne comme Fuensaldagne en Flandre. Nous ne disons point qu'il interceptait et s'appropriait l'argent envoyé par son gouvernement, nous croyons bien plutôt qu'il suivait les ordres de Madrid ; et ce que dit ici le prince de Conti nous surprend d'autant plus, que lui-même, le 9 décembre 1652, adressait contre les lenteurs et la mauvaise volonté de Vateville un mémoire long et développé que Lenet nous a conservé. Ce mémoire, rédigé peut-être par Lenet, a été fait sous l'autorité du prince de Conti, à la suite d'un conseil qu'il avait lui-même assemblé et qu'il présidait. Voyez Lenet, p. 588.

Les conspirations cependant commencent dans Bordeaux. Massiot, conseiller au parlement, est pris et accusé; le prince de Conty le mène prisonnier à l'hostel de ville pour le sauver de la furie de l'Ormée, d'où il le délivre quelques jours après et le fait sortir de la ville.

Dans ce temps-là, la cour envoye le père Bertaut, religieux cordelier, à Bordeaux, pour former des partis qui pussent détruire l'Ormée et ceux du prince de Conty. Le prince de Conty en est adverty de Paris; il fait arrester le père Bertaut; le père Bertaut se sauve à Blaye par finesse. On chasse les suspects, entre autres le curé de Saint-Pierre, qui avoit presché la paix et esmu son quartier. Le prince de Conty fait prendre les armes à la ville et la purge de ceux qui lui estoient suspects.

M. de Vendosme voyant la rivière ouverte et l'armée navale espagnole à Saint-Sébastien, y entre et ne l'auroit pu faire si Batteville y fût demeuré et qu'il eût radoubé les vaisseaux à Bourg, comme c'estoit le dessein. Bourg est bloqué; le prince de Conty envoye en Espagne pour avoir secours; Batteville, qu'on avoit laissé à Saint-Sébastien, retarde le radoubement de la flotte, estant bien aise que Bordeaux fût pris, Lesnet et Marchin l'en ayant chassé.

Le vingt-sixième, le baptesme du duc de Bourbon se célèbre avec toutes les magnificences possibles.

Le père Ithier, religieux cordelier, qui estoit d'intelligence avec le père Bertaut, qui faisoit les voyages de la cour dans ce mois-là, forme son parti; il se découvre à Villars, qui étoit un des chefs de l'Ormée. Villars, sur le point d'exécuter l'affaire et ayant peur d'estre découvert, se découvre et toute la cabale au prince de Conty qui, pour en avoir preuve, lui ordonne d'y joindre cinq ou six des chefs de l'Ormée; il le fait; le père Ithier leur bailla l'argent; ils le portent au prince de Conty qui le leur rend [1] et fait arrester le père Ithier, le 22 mars 1653. La ville se mit en armes ce jour-là; on sçavoit que le père Berthaut estoit dans Bordeaux. On le cherche partout, mais on ne le peut trouver, et il y demeure jusques au 24, qu'il en sortit en plein midi, au travers des gardes sans estre conu. Ce jour là mesme, le père Ithier fut condamné; le prince de Conty lui sauve la vie. Il fait amende honorable le 26, et est mis en prison perpétuelle. Les Cordeliers veulent soulever le peuple avec le Saint-Sacrement, qu'ils portent en procession. Le prince de Conty y accourt, fait prendre le Saint-Sacrement par un des aumosniers, et, faisant passer la Garonne aux Cordeliers, les chasse hors de la ville et met garnison dans leur couvent. Cette intrigue soulevoit l'Ormée contre le prince de Conty si elle eût réussi.

Cependant Lesnet et Marchin ne payoient point les troupes, et ne se contentent pas de faire fabriquer de mauvaise monnoye de l'argent

1. Le P. Berthod ne dit point du tout que le prince et Lenet aient rendu cet argent.

d'Espagne et gagner sur cette fabrique des sommes immenses, mais, retenant l'argent et ne payant point les troupes, les meilleures se révoltent dans Monsegur et dans Sarlat. Le reste des quartiers, séparé et placé contre l'advis des bons officiers qui vouloient que toute l'armée hivernast ensemble, est battu et affoibli. L'Ormée, et ce qui estoit du parti du prince de Conti, se soulève contre eux. Le prince de Conty lui (à son frère Condé) mande qu'il haste ces gens. M. le Prince, au lieu de satisfaire le prince de Conty, maintient Marchin et Lesnet, leur ordonne d'agir comme ils jugeront à propos, se deffie du prince de Conty et veut lui oster toute l'authorité.

La demoiselle de Lure conspire, elle est prise[1]; estant femme on la sauve; elle estoit accusée par un de l'Ormée qui l'avoit trahie et qui est aussi prisonnier. Le prince de Conty lui donne aussi la vie.

M. de Candale, commandant les armées à la place du comte d'Harcourt, s'avance à un quart de lieue de Bordeaux, espérant que les conspirations lui en ouvriroient les portes. D'autre part, M. de Vendosme, fortifié de plusieurs vaisseaux, bruslosts et petits bastiments, s'avance entre le Bec-d'Ambès et Bordeaux, et fait un fort à Vallier, à trois lieues de la ville.

Le prince de Conty envoye Chouppes[2] en Espagne. Il y négotie le restablissement de Batteville, qui estoit le seul moyen de sauver Bordeaux. Lesnet et Marchin non-seulement s'y opposent, mais font donner le commandement de l'armée navale qui devoit secourir Bordeaux au marquis de Sainte-Croix; et pour exclure mesme Batteville de revenir à Bourg ou d'avoir aucun commandement dans l'armée de terre, Marchin obtient des provisions du roy d'Espagne de capitaine général. Batteville, indigné, retarde l'armement naval et fait passer à Bordeaux, par La Teste de Buch, des Irlandois sans argent, afin qu'ils se révoltassent n'estant point payés, et que, tenant lieu d'autres troupes, Marchin et Lesnet ayant perdu l'armée pendant le quartier d'hiver, ils affoiblissent tout d'un coup le parti. Le prince de Conty continue d'escrire au prince de Condé, qui maintient Lesnet et Marchin. On calomnie auprès du prince de Conty Sarrazin et l'abbé de Cosnac[3]. Chouppes est aussi mal avec le prince de Condé, parce qu'il estoit mal avec Marchin[4]. Chevalier, envoyé par les conseillers restés de la petite Fronde qui estoient d'intelligence avec Theobon, lequel, après avoir défendu Villeneufve et reçu cent amitiés du prince de Condé, quitte le parti pour une injustice de Marchin; Chevalier, dis-je, est

1. Voyez les Mémoires du P. Berthod.
2. Il ne dit pas que Chouppes était gagné par Cosnac, et qu'il tourna sa commission contre les intérêts de Condé. Voyez plus haut, chap. vi, p. 306-307.
3. On voit par les Mémoires de Cosnac si c'était sans raison.
4. Et parce qu'il trahissait.

pris, chargé de lettres et de passeports. Il est condamné et pendu.

Cependant la cour, advertie du mauvais traittement que M. le Prince faisoit à M. le prince de Conty, dans le temps qu'il le servoit si bien et que sa seule personne lui maintenoit Bordeaux, le fait solliciter. Le prince de Conty respond qu'il remettra la Guyenne aussi florissante et au mesme estat que lorsque M. le Prince y estoit venu, et qu'alors la lui rendant il prendra le parti qu'il jugera à propos et auquel le mauvais traittement de son frère l'obligeoit, ou que s'il faut perir il ira jusqu'à l'extrémité auparavant que de faire un accommodement, quoiqu'il sceut bien que lorsque M. le Prince avoit pensé s'accommoder à Saint-Denis [1] avec M. le Cardinal, il l'avoit de sorte abandonné qu'il avoit donné un escrit par lequel il promettoit à la cour qu'on ne tiendroit pas à M. le prince de Conty les paroles qu'on lui donnoit pour le gouvernement de Provence qu'il prétendoit, et que depuis il avoit dit qu'il ne vouloit pas qu'on fît mention quelconque de M. le prince de Conty, enfin qu'il maintenoit contre lui et contre ses affaires propres des gens qu'il devoit lui sacrifier dès la première plainte et qui avoient seuls perdu les armées, la province et la ville, c'estoit Lesnet et Marchin.

L'Ormée continue à vouloir perdre Lesnet et Marchin. Le prince de Conty les protége par honneur, et continue à mander l'estat des choses à M. le Prince, qui s'en mocque.

Le 25 juin, la conjuration de Chastain et Filliot (sic) est découverte. Le premier s'enfuit, le second est pris et appliqué à la question, mais le prince de Conty lui sauve la vie. Il est pris à minuit; le lendemain il devoit, avec ceux de sa faction, se saisir d'une porte et M. de Candale entrer dans la ville. En effet à l'heure nommée, cinq heures du matin, le prince de Conty en estant sorti, l'armée du duc de Candale lui tombe sur les bras. Il se retire pourtant, combattant en ordre, et le duc de Candale voyant l'entreprise manquée, se retire [2].

L'armée navale d'Espagne s'approchant lentement, le duc de Candale prend La Teste de Buch, qui estoit le seul lieu par où la communication restoit en Espagne; on met des Irlandois à Lormont, qui est un poste avancé à une lieue de Bordeaux, vers l'armée du duc de Vendosme. On a advis qu'ils traittent avec lui. Le prince de Conty ordonne à Marchin de les charger; il le néglige; ils rendent Lormont au duc de Vendosme, qui prend ensuite Bourg.

Dans cette extrémité, l'armée estant ruinée faute de payement,

---

1. Nous ignorons ce détail, dont il n'y a pas de trace certaine; mais nous avons vu qu'en 1652, dans les négociations de Condé avec la cour, Condé persista à demander pour son frère le gouvernement de Provence. Voy. chap. III, p. 150.

2. Dom Devienne, d'après les manuscrits de Filhot, raconte l'affaire différemment

Bordeaux estant assiégé par mer et par terre, le secours ne venant point, les corps députent au prince de Conty pour le prier de faire la paix. Il s'élève quelque sédition des marchands vers le quartier de la Bourse et pont Saint-Jean. Le prince de Conty y va, veut charger les séditieux; Marchin et Lesnet l'empeschent, et, n'esteignant pas le commencement, donnent lieu à toute la ville de se révolter; elle le fait, et prend pour signe le ruban blanc; elle abat l'Ormée, et demande si ouvertement la paix qu'on est obligé de traiter.

L'armée navale d'Espagne paroist. Le prince de Conty lui envoye ordre de combattre et secourir ou périr : elle refuse.

Marchin et Lesnet, chargés de la haine publique et de la perte de Bordeaux, veulent par une calomnie s'en garantir et font courre le bruit que le prince de Conty a traité avec la cour, proposent mesme de faire assassiner Sarrazin et Cosnac comme ayant paru à ce traité [1].

Le prince de Conty tient un conseil où il proposé de prendre ce qui restoit de cavalerie et M. le duc d'Anguen, de passer en Espagne ou périr, et d'envoyer devant Balthasar à Tartas, sur le chemin; Marchin et Lesnet s'y opposent, aussi bien que les Princesses [2]; enfin, le prince de Conty traite [3] séparément avec M. de Candale pour le seul salut de sa maison. Et, n'ayant voulu que des passeports pour Mme la Princesse, Marchin et Lesnet pour aller trouver M. le Prince, pour Mme de Longueville pour aller à Montreuil-le-Bellay en Poictou, et pour lui pour se retirer en une de ses maisons, tous signent le traité et sortent de Bordeaux le 2 d'aoust.

Le prince de Conty va à Cadillac, où il est huit jours ; de là il part et va à la comté de Pesenas en Languedoc, qui lui appartient. La cour lui donne ordre d'aller à Chasteauroux en Berry, et, depuis, un autre ordre d'aller à Bourgueil; enfin il envoie Sarrazin à la cour, qui lui apporte la permission de demeurer à Pesenas.

Le sieur d'Anglade, secrétaire de M. le Cardinal, va trouver le prince de Conty; il le renvoie à la cour avec Sarrazin, d'où ils renvoyent un ordre au prince de Conty de venir trouver Leurs Majestés [4].

1. On sait maintenant si Marsin et Lenet avaient tort.
2. Il était trop tard.
3. Il avait traité bien auparavant. Voyez les Mémoires de Cosnac.
4. Pas un mot sur les avantages promis au prince de Conti aux dépens de Condé, et sur la mission donnée à Sarasin pour demander en mariage une nièce de Mazarin.

TABLE DES MATIÈRES

CHAPITRE IV.

TRIOMPHE DE MAZARIN, LE 3 FÉVRIER 1653.

CHAPITRE V.

LA FRONDE A BORDEAUX. 1652 ET 1653.

CHAPITRE VI.

FIN DE LA FRONDE A BORDEAUX, 3 AOUT 1653.

APPENDICE.

PARIS. — IMPRIMERIE DE J. CLAYE, RUE SAINT-BENOIT, 7.

www.ingramcontent.com/pod-product-compliance
Lightning Source LLC
Chambersburg PA
CBHW061326050726
47504CB00013B/328